사기꾼, 그의 가면무도회

사기꾼, 그의 가면무도회

초판 1쇄 펴낸날 | 2019년 8월 10일

지은이 | 허먼 멜빌
옮긴이 | 이용학
펴낸이 | 류수노
펴낸곳 | (사)한국방송통신대학교출판문화원
　　　　03088 서울특별시 종로구 이화장길 54
　　　　전화　1644-1232
　　　　팩스　02-741-4570
　　　　홈페이지　http://press.knou.ac.kr
　　　　출판등록　1982년 6월 7일 제1-491호

출판위원장 | 백삼균
편집 | 마윤희 · 이명화
본문 디자인 | (주)동국문화
표지 디자인 | 이상선

ⓒ이용학, 2019

ISBN 978-89-20-03440-4　03840
값 14,000원

이 도서의 국립중앙도서관 출판예정도서목록(CIP)은 서지정보유통지원시스템 홈페이지(http://seoji.nl.go.kr)와
국가자료종합목록 구축시스템(http://kolis-net.nl.go.kr)에서 이용하실 수 있습니다. (CIP제어번호 : CIP2019029518)

The Confidence-Man:
His Masquerade

사기꾼

그의 가면무도회

허먼 멜빌(Herman Melville) 지음

이용학 옮김

지식의날개

차례

1장
벙어리가 미시시피강에서 배에 오르다

4월 1일 해 뜨는 시각, 크림색의 옷을 걸친 사내가 세인트루이스시의 강가에, 티티카카 호수에 나타난 망코 카팍*처럼 돌연히 나타났다.

그의 볼은 살결이 희었고, 턱은 솜털 같은 수염이 덮여 있었으며, 머리 털은 엷은 황갈색이고, 그의 모자는 긴 양털 보풀이 달린 하얀 모피로 만 든 것이었다. 그는 트렁크도, 여행 가방도, 배낭도, 봇짐도 없었다. 그를 따르는 짐꾼도 없었다. 군중이 어깨를 움츠리며 킥킥거리고, 수군거리며 수상히 여기는 것으로 미루어 볼 때, 그는 극단적인 의미로 낯선 사람인 것이 분명했다.

출현과 동시에, 그는 뉴올리언스로 이제 막 떠나려고 하는 인기 있는 증기선 '피델르'호에 올랐다. 남의 시선을 끌지도 피하지도 않고, 황야로 통하든 도시로 통하든, 의무처럼 따라야 할 길을 한결같이 좇는 자의 태 도로, 시선은 끌지만 누구 하나 맞이하는 사람 없이 하갑판을 따라 계속 가다가, 마침내 최근에 동부에서 흘러들어 온 것으로 추정되는 불가사의

---

*   Manco Capac: 페루 잉카 제국의 전설적 창시자.

한 사기꾼의 체포에 현상금을 건 플래카드가 선장실 가까이 걸려 있는 곳에 그는 우연히 도달했다. 사기꾼의 독창성이 어디에 있는지는 분명히 명시되지 않았지만, 그의 직업에서 자주 드러나곤 했듯이, 그는 상당히 독특한 재주꾼이었고, 그의 신상에 대한 상세한 설명이라고 주장하는 내용이 잇따랐다.

그것이 극장 포스터라도 되는 것처럼 군중은 그 공고문 주위에 모여 있었고, 그 가운데에는 남의 지갑에 눈독을 들이고 있는 것이 분명한, 아니면 적어도 사이에 끼어든 사람들의 외투에서 열심히 지갑을 노리고 있는 소매치기들이 몇 명 있었다. 그들의 손가락에 관한 한, 그것은 상당히 신비에 싸여 있었고, 우연한 순간에 이 소매치기들 중 하나가, 직업상 전대(纏帶) 행상인 또 다른 소매치기에게서 그가 가장 좋아하는 보호 수단들 중 하나를 구입하는 중에 그의 손을 약간 보여 주었다. 한층 더 재주 있는 또 하나의 소매치기인 또 다른 행상은 빽빽한 군중들 틈에서, 오하이오의 강도 미센, 미시시피강의 해적 머럴, 그리고 켄터키주 그린 리버 지방의 폭력배들인 하프 형제의 전기를 돌아다니며 팔았는데—그들은 그 당시엔 같은 부류의 다른 자들과 함께 한 명도 남김없이 근절되었고, 대부분 같은 지역에서 여러 세대에 걸쳐 사냥 당해 거의 멸종되다시피 한 늑대들 같은 자들이었으며, 늑대들이 멸종된 지방들에서 여우들의 수가 증가한다고 생각하는 사람들을 제외한 모든 사람들에겐 진정으로 경하할 일처럼 보일 것이다.

이 지점에서 멈춘 나그네는 지금까지는 요리조리 헤치며 나아가는 데 성공했고, 마침내 플래카드 바로 옆에 우뚝 서서 작은 석판을 꺼내 그 위에 몇 자를 적더니, 전자를 읽은 사람들이 후자를 읽을 수 있도록 플래카드와 같은 높이로 치켜들었다. 적은 것은 다음과 같았다.

자선(慈善)은 앙심을 품지 않습니다.*

　그가 자리를 점유하는 데, 불쾌감을 주지 않을 정도의 조심스러운 끈기는 말할 것도 없고 약간의 인내심이 불가피했으므로, 그의 분명한 난입을 대하는 군중의 태도는 그다지 호의적이지 않았다. 더 주의 깊게 살펴보면, 그가 아무런 권위 있는 명찰도 달고 있지 않고 오히려—그는 아주 기이하게 순진한 모습이고, 어쩐지 때와 장소에 어울리지 않는 모습을 하고 있어서, 권위는 고사하고 뭔가 정반대라는 것을 알아차리고, 그가 쓴 글도 같은 부류의 것이라는 견해로 기울었다.

　요컨대, 그가 혼자 있으면 전혀 무해하지만 침입자로서 전적으로 유쾌하진 않은, 다소 이상한 종류의 얼간이로 그를 생각하면서—사람들은 그를 한쪽으로 밀치는 것을 예사로 여겼고, 한편 가장 친절치 못하거나 가장 익살꾸러기인 한 녀석은, 교묘하게 보이지 않는 주먹질로 그의 머리 위 양털 모자를 납작하게 눌러 놓았다. 그것을 바로 고쳐 쓰지도 않고 그 나그네는 조용히 돌아서서, 석판 위에 새로이 글을 써서 그것을 다시 위로 치켜들었다.

자선은 오래 견디며, 친절합니다.

　생각했던 대로 그의 끈덕짐에 불쾌해진 군중은 다시 그를 옆으로 밀어내며 욕설과 약간의 실랑이도 있었지만, 그는 그 모든 것에 개의치 않았다. 하지만 무저항주의자임이 분명한 자가 전투적인 사람들에게 그의 존재를 부각시키려고 애쓰는, 너무나 힘들고 대담한 계획을 마침내 단념하

---

* 「코린토 1서」 13장.

는 것처럼, 나그네는 이제 천천히 자리를 옮겨 가면서도 그의 글을 이렇게 바꾸었다.

자선은 모든 것을 참습니다.

사람들이 빤히 보며 조롱하는 가운데, 그는 석판을 방패처럼 들고 천천히 왔다갔다 하다가, 어느 전환점에서 그의 글을 바꾸었다.

자선은 모든 것들을 믿습니다.

그 다음에는,

자선은 결코 실패하지 않습니다.

처음부터 확인되었듯이, 자선이란 말은 흡사 인쇄된 날짜의 왼쪽 숫자처럼, 다른 데는 편의상 공란으로 남겨져 있고 그 말만 시종일관 지워지지 않은 채 남아 있었다.

일부 주시하는 사람들 눈에는 그 나그네의 광기, 아니면 특이성인 그가 벙어리인 것에 의해서, 또한 어쩌면 흡연실 아래쪽에 술집을 마주보고 선장의 사무실에서 두 칸 건너 옆칸에 그의 가게를 가진, 그 배의 이발사의—다소간 평소 눈에 띄는 순서의—행위들과 나그네의 행위들과의 대조에 의해서 더욱 두드러졌다. 마치 이 근처의 양쪽 측면 모두에 상점같이 창문이 난 객실들로 둘러싸인 길고 넓게 덮개를 씌운 갑판이, 한 종목 이상의 장사가 열심히 행해지는 콘스탄티노플의 아케이드나 상점가인 것처럼, 이 여객선의 이발사는 앞치마를 두르고 슬리퍼를 신고, 아마도 방금 전 잠자리에서 일어난 때문일지도 모르지만 매우 무뚝뚝한 모습으로, 그날 일을 하기 위해서 그의 가게문을 휙 열어젖히고 외부를 적절하게 정돈하고 있었다. 그는 민첩하게 가게문을 열어 놓고, 쇠로 된 고정물에 그의 장식적인 간판대를 비스듬히 설치해 놓고, 이것도 지나가는 사람들의 팔꿈치와 발끝을 배려한 지나친 친절은 전혀 없는 채로, 그는 사람들에게 좀 더 옆으로 비켜서라고 말하면서 작업을 마쳤다. 그러고 나서 그는 탁자 위로 뛰어 올라서며, 그 자신이 솜씨 있게 제작한, 면도할 준비를 갖춘 젖혀진 면도칼 모양으로 금박을 입힌, 야한 종류의 조명 장식으로 이루어진 간판을 그의 가게문 늘 쓰는 못에 걸어 놓았다. 거기에는 공익을 위하여 육지에서 이발소 이외의 다른 가게들을 꾸밀 때 자주 보곤 하는 두 개의 낱말이 금박으로 입혀져 있었다.

외상 사절

그 문구는, 어떤 점에서는 나그네의 문구들 못지않게 주제넘은 것이었지만, 겉으로는 어떤 상당한 조롱이나 놀람을 유발하지 않았으며, 더구나 분노를 자극하지도 않았고, 하물며 그것을 쓴 사람에게 바보라는 평판을 가져다 주지도 않았다.

그동안 그 석판을 든 자는 천천히 오르내리기를 계속하며, 몇 번의 노려봄을 조소로 바뀌게 하고, 몇 번의 조소를 떼밀기로, 그리고 몇 번의 떼밀기를 주먹질로 바뀌게 했다. 그런데 그때 갑자기 그가 또 한번 방향을 바꾸고 있을 때, 커다란 트렁크를 운반하고 있던 두 명의 짐꾼이 뒤에서 그를 큰 소리로 불렀다. 그러나 그 소리는, 소리가 크긴 했지만 효과가 없었으므로, 그들은 우연히 또는 그 반대로 그들의 짐을 그에게 들이대어 하마터면 그를 꺼꾸러뜨릴 뻔했는데, 그때 그는 펄쩍 뛰어 비키며 알아들을 수 없는 기이한 신음 소리를 내고 애처로운 손가락 신호를 함으로써, 자기가 벙어리뿐만 아니라 귀머거리이기도 한 것을 무의식중에 드러냈다.

이윽고, 지금까지 그가 사람들에게 얻은 반응에 완전히 영향을 받지 않은 것은 아니라는 것처럼, 그는 앞쪽으로 걸어가 앞 갑판의 외딴 곳에, 거기서 상갑판으로 통하는 사다리의 발치 가까이에 자리잡고 앉았다. 그 사다리 위아래로 몇몇 선원들이 그들의 임무를 수행하여 이따금 오르내리고 있었다.

그가 이 초라한 장소로 옮겨 간 것으로 보아, 갑판 승객으로서 그 나그네가 고지식해 보였지만, 그에게 수하물이 없는 것으로 보아 그의 목적지가 몇 시간 항해 거리 이내에 있는 중도의 작은 선착장들 중 하나인 것이 거의 확실했으므로, 그가 갑판 도항을 택한 것이 어느 정도는 편의를 위해서였을지도 모르지만, 그가 좌석에 대해 전혀 모르는 것은 아닌 것이 분명했다. 그러나 그가 갈 길이 멀지 않다 할지라도, 그는 이미 아주 먼 곳에서 온 것 같았다.

더럽혀진 것도 옷차림이 단정치 못한 것도 아니지만, 그의 크림색 양복은 마치 대평원 너머 어떤 먼 고장으로부터 밤과 낮을 여행하면서 오랫동안 침대에 편안히 누워 보지 못한 것처럼, 옷을 입은 채 뒤척이느라 온통 보풀이 일어난 행색이었다. 그의 모습은 점잖기도 하고 동시에 지칠 대로 지쳐 있어서, 자리잡고 앉는 순간부터 피곤한 방심과 환상에 점점 더 빠져들었다. 점차적으로 잠에 취해 그의 황갈색 머리는 축 늘어졌고, 그의 유순한 모습 전체는 긴장이 풀려 사다리의 하단부에 반쯤 기댄 채, 새하얀 평온과 함께 밤새 몰래 조용히 내려와, 새벽녘 문지방에서 밖을 응시하는 거무스름한 농부를 깜짝 놀라게 하는 3월의 솜사탕 같은 눈처럼, 꼼짝하지 않고 잠들어 있었다.

2장
십인십색임을 보여 주다

"괴짜로군!"

"불쌍한 놈!"

"누굴까?"

"카스퍼 하우서*로군."

"원 저런!"

"희한한 생김새인데."

"유타주에서 온 풋내기 예언자."**

"협잡꾼이야!"

"특이한 순진무구함이군."

"무언가 중요한 뜻이 있는 거야."

---

* Casper Hauser(1812?-33): 1829년 독일 뉘른베르크의 거리에서 처음 발견된 기아임. 어느 날 밤 한 남자가 그를 뉘른베르크로 길안내를 하여 데려다 놓을 때까지, 그는 평생 동안 어두운 방 안에 갇혀 있었다는 것 이외에는 그의 과거에 대해 아무것도 몰랐다. 그의 신원에 대해 많은 토론이 있었고, 어떤 사람들은 그가 바덴의 왕세자라고 믿었다.

** the Prophet(예언자)는 모르몬교의 창시자인 Joseph Smith(1805-44)를 가리키기도 함. 유타주의 주도인 솔트레이크시티는 모르몬교 본부 소재지임.

"강신술사 같다."

"백치 같다."

"가련하군."

"관심을 끌려고 저러고 있어."

"저런 사람 조심해."

"이 사람은 여기 깊이 잠들어 있지만 틀림없이 소매치기들이 배에 탔어."

"일종의 백주의 엔디미온*이군."

"피해 다니느라 지쳐 버린 탈옥한 죄수야."

"루스**에서 꿈꾸는 야곱***이군."

상갑판의 앞쪽 막다른 곳에 가로로 놓인, 전방이 내려다보이는 발코니에 모여서, 앞서 일어난 일들을 목격하지 못한 잡다한 승객들이 상충되게 말하거나 생각하는 최종적 판단의 논평들은 이러한 것들이었다.

그동안에도 무덤 속에서 어떤 요술에 걸린 사람처럼, 조작되었든 입방아에 올랐든 행복하게도 모든 험담을 괘념치 않고, 귀머거리이자 벙어리인 나그네는 여전히 편안하게 잠들어 있었고, 배는 이제 항해를 시작했다.

중화(중국)에서 대운하는 부분적으로 미시시피강처럼 보이는데, 여기서 강은 운하 양쪽의 배를 끄는 길처럼 덩굴 식물이 얽혀 있는 평평하고 낮은 강둑 사이를 널따랗게 흐르며, 황제의 평저선처럼 내부를 야하게 치장하고 래커를 칠한, 근들거리는 거대한 기선들을 띄운다.

---

*   Endymion: 〈그리스 신화〉 달의 여신 셀레네의 사랑을 받은 양치기 미소년. 여신은 매일 밤 내려와 그를 포옹할 수 있도록 소년을 영원히 잠들어 있게 함.

**   Luz: 베델의 본래의 지명.

*** Jacob: 이삭의 아들이며 아브라함의 손자로서, 루스에서 그가 꾼 꿈속에서 지상에 세워져 천국에 닿는 사다리를 타고 천사들이 오르내리는 것을 보았다 함.

그 거대한 하얀 선체를 따라 흘수선 상당히 위로 두 줄의 작은 총안(銃眼) 같은 창문들이 뚫려 있는 '피델르'호를 멀리서 본 나그네들은, 떠 있는 섬 위에 솟은 하얗게 회칠한 어떤 성채로 여겼을지도 모른다.

벌집 속에서 벌들이 졸졸거리는 소리 같은 중얼거림이 보이지 않는 곳에서 들려오는 동안, 갑판 위에서 웅성대는 승객들은 거래소의 상인들처럼 보인다. 쾌적한 산책길, 둥근 천장의 담화실, 긴 주랑들, 양지바른 발코니, 내밀한 통로들, 신부의 방들, 비둘기장의 드나드는 구멍들처럼 수많은 특등실들, 그리고 접는 책상에 있는 비밀 서랍들 같은 외딴 피난처들이, 공적인 또는 사적인 설비처럼 존재한다. 경매인이나 화폐 주조자가 똑같이 용이하게 여기 어딘가에서 그들의 거래를 할 수 있다.

거대한 '피델르'호의 2백 마일에 이르는 항해는 사과 산지에서 오렌지 산지까지 다양한 풍토에 걸쳐 있지만, 그럼에도 여느 작은 나룻배처럼, 강의 좌우로 있는 모든 선착장에서 하선하는 사람과 교환하듯 추가의 승객들을 여전히 받았다. 그래서, 결코 모든 지역에서 똑같이 생소한 입자들로가 아니라, 항시 미지의 광천수로 넘쳐흐르는 코르코바도산맥에서 흘러든 리우데자네이루의 샘처럼, 그 배는 언제나 나그네들로 만원이지만, 어느 정도 계속적으로 한층 더 낯선 나그네들로 승객들을 첨가하거나 대체한다.

지금까지 보아 온 바와 같이, 크림색 옷을 입은 사내가 결코 남의 눈에 띄지 않고 지나간 적은 없었지만, 그럼에도 외딴 곳으로 몰래 들어가 거기서 계속 잠이 들어 있음으로써, 자기 같은 초라한 후보자에게 흔히 허용되는 혜택인 망각을 추구했던 것 같았다. 강가에서 응시하고 있던 사람들은 이제 멀리 뒤에 남겨져, 처마 위의 제비들처럼 떼를 지어 모여 있는 것이 보였고, 한편 승객들의 관심은 얼마 안 있어 미주리강 기슭의 신속하게 지나가는 높은 절벽과 탄환 제조탑으로, 또는 갑판 위의 군중들 가운데 퉁명스러워 보이는 미주리주 사람들과 키가 큰 켄터키주 사람들에게로 향해 있었다.

머지않아 두세 번 더 배가 선착장에 멈추었으며, 그 잠든 자에 대한 마지막 덧없는 기억도 사라졌고, 그는 아마 더 일찍 잠에서 깨어나 배에서 내렸을 것 같았고—으레 있는 일이지만, 승객들은 모든 부분에서 군집 상태로부터 여러 무리 또는 팀으로 해체되기 시작했으며, 그들은 조만간 그 집단의 일원들이 그러하듯이, 소멸을 명하는 자연법칙에 부지불식간에 굴복하여, 일부의 경우 다시 4인조, 3인조, 그리고 2인조, 또는 심지어 외톨이로 균등하게 분해되었다.

제프리 초서의 캔터베리 순례자들, 또는 축제 기간에 메카를 향하여 홍해를 건너는 동양의 순례자들처럼, 그들도 다양성은 부족하지 않았다. 모든 종류의 원주민들과 외국인들, 실업가들과 행락객들, 사교계 인사들과 벽지의 사람들, 농지 찾는 사람들과 명성을 추구하는 사람들, 여자 상속인을 찾는 사람들, 금을 찾는 사람들, 들소 사냥꾼들, 꿀벌 사냥꾼들, 행복 사냥꾼들, 진실 사냥꾼들과, 이 모든 사냥꾼들을 찾는 한층 더 예민한 사냥꾼들. 실내화를 신은 우아한 숙녀들과 모카신을 신은 인디언 여자들, 북부의 투기꾼들과 동부의 현인들, 영국인, 아일랜드인, 독일인, 스코틀랜드인, 덴마크인, 산타페의 줄무늬 담요 장수들과 황금색 천의 넥타이를 맨 브로드웨이 멋쟁이들, 건강해 보이는 켄터키 뱃사공과 일본인처럼 보이는 미시시피 목화 재배자들, 짙은 황갈색 옷을 입은 퀘이커 교도들과 군복 정장을 한 미합중국 병사들, 노예들인 흑인, 흑백 혼혈아, 백인과 반백인의 혼혈아들, 유행을 따르는 젊은 스페인계 크리올 사람들과 구식의 프랑스계 유대인들, 모르몬 교도와 가톨릭 교도들, 부자와 거지, 익살꾼들과 상주들, 절대 금주주의자들과 연회 애호가들, 집사들과 직업 도박사들, 완고한 침례교인들과 남부의 농민들, 싱긋 웃는 흑인들과 대사제처럼 엄숙한 수어족 추장들. 요컨대, 혼합된 의회, 모든 종류의 다양한 순례자의 종(種)들, 즉 다양한 인간 군상의 아나카르시스 클로츠* 의회다.

소나무, 너도밤나무, 자작나무, 물푸레나무, 낙엽송, 솔송나무, 전나무, 참피나무, 단풍나무가 천연의 숲 속에서 그것들의 잎들을 섞듯이, 이들 다양한 인간은 그들의 다양한 얼굴과 복장을 혼합했다. 타타르족 같은 독창성, 일종의 이교도의 포기와 확신. 여기선 모든 것을 융합하는 서부의 기세 좋은 정신이 지배했고, 그 표상은 미시시피강 자체이며, 그 강은 가장 먼 정반대 지역들의 물줄기들을 허둥지둥 통합하며, 그것들을 하나의 세계주의적이고 확신에 찬 바다에 쏟아붓는다.

---

*   Anacharsis Cloots(1755-94): 프로이센 출신의 귀족으로 프랑스 혁명에 대한 모든 인류의 지지를 상징하기 위하여, 1790년에 다인종 및 다민족 대표단을 이끌고 프랑스 국민의회로 들어갔다.

3장
다양한 인물들이 등장하는 곳

한동안 배의 앞쪽 부분*에서 전혀 사람의 마음을 끌지 못한 불쌍한 자는, 마의(麻衣)를 걸치고 손에 석탄을 선별하는 낡은 체 같은 탬버린을 든 괴상한 흑인 앉은뱅이였는데, 그는 두 다리 어딘가 고장난 데가 있기 때문에, 사실상 뉴펀들랜드종(種) 개의 키 높이로 줄어들어 있었다. 그가 발을 끌고 걸어 다니기를 그럭저럭 해나가며, 변변치 못하지만 음악 소리를 내고, 근엄한 사람들에게서조차 미소를 자아내면서, 그의 매듭진 검은 머리털과 온후하고 거짓 없는 검은 얼굴이 사람들의 허벅다리를 스치고 지나다녔다. 그가 그토록 명랑하게 인내하는, 그의 신체 장애와 곤궁하고 거처도 없는 형편으로, 튼튼한 팔다리를 포함하여 그들 자신의 돈주머니, 가정, 마음, 그 외의 모든 소유물도 그들을 즐겁게 만들 수 없는 저 군중의 일부를 희희낙락하게 하는 것은 신기한 일이었다.

"이봐, 자네 이름이 뭔가?" 자줏빛 얼굴의 가축 상인이 그 앉은뱅이의 텁수룩한 고수머리 위에, 마치 그것이 검은 수송아지의 곱슬곱슬한 털이

---

*   벙어리가 마지막으로 보였던 곳.

난 이마인 것처럼, 그의 큰 자줏빛 손을 얹으면서 말했다.

"검둥이 기니라고 혀유, 사장님."

"그럼 자네 주인은 누군가, 기니?"

"아, 사장님, 지는 주인 없는 개인디유."

"자유로운 흑인이라는 건가, 응? 이런, 자네를 위해선 그건 정말 안된 일이군. 주인 없는 개들은 어렵게 살지."

"증말 그려유, 사장님, 증말유. 허지만 있잖여유, 여기 이 다리들이 보이시쥬? 어떤 양반이 여기 이 다리들을 갖고 싶겠어유?"

"사는 곳은 어디인가?"

"강기슭을 따라 아무데서나유. 지금은 선착장에서 동생을 만나려고 허지만유, 주로 저는 도시에 살어유."

"아, 세인트루이스? 그곳에서 밤에 잠은 어디서 자나?"

"착한 제빵업자의 화덕 바닥에서지유, 사장님."

"화덕 안에서? 이봐, 누구네 것인데? 어떤 제빵업자가 그의 맛있는 롤빵과 함께, 이런 검은 빵을 그의 화덕에서 굽는지 알고 싶군. 그래, 그렇게 자비심이 많은 제빵업자가 누군가?"

"저기에 계셔유." 만면에 웃음을 지으며 그는 머리 위로 높이 그의 탬버린을 들어 올리면서 말했다.

"태양이 제빵업자라고?"

"네, 사장님, 그 도시에서 저 착한 제빵업자가 이 늙은 흑인을 위하여 밤에 포장도로 위에서 노숙할 때 돌멩이들을 따뜻하게 혀줘유."

"그러나 여보게, 그건 틀림없이 여름뿐일 것이네. 쌀쌀한 코사크 기병들이 달가닥달가닥 딸랑딸랑 소리를 내면서 몰려오는 겨울은 어떤가?"

"그땐 이 불쌍한 늙은 검둥이는 증말로 심하게 벌벌 떨지유. 오오, 겨울에 대해선 말도 하지 마셔유." 그는 하얀 양떼의 한가운데에 비집고 들어가 아늑한 잠자리를 차지하는 꽁꽁 언 검은 양처럼, 가장 밀집한 군중 속으로 발을 질질 끌고 들어가면서 덧붙여 말했다.

지금까지 그에게 주어진 동전들은 몇 푼 되지 않았고, 그의 이상한 모습에 마침내 익숙해져서, 배의 앞쪽 부분에 있던 사람들 중 별로 예의 바르지 못한 승객들은 호기심을 끄는 대상으로서 그에게 싫증을 느끼기 시작했다. 그때 갑자기 그 흑인은 한 가지 방법을 써서 그들이 최초에 느꼈던 것보다 훨씬 더 흥미를 되살렸고, 그것은 그의 다리 상태보다 한층 더 그를 개처럼 걷게 만들었지만, 우연이든 고의든 그것은 기분 전환과 동정심을 동시에 부추기는 기이한 유혹이었다. 요컨대, 외관상 그가 개처럼 보였듯이, 이제 사람들은 재미있다는 듯이 그를 개처럼 취급하기 시작했다. 여전히 군중 사이에서 발을 질질 끌며 걸어 다니다 이따금 잠시 멈춰, 동물원에서 던져 주는 사과를 받아먹으려는 코끼리처럼 머리를 뒤로 젖히고 입을 벌리곤 했다. 그리고 그때 사람들은 그의 앞에 공간을 만든 후 이상한 종류의 동전 던지기 게임으로 한판 승부를 겨루어, 앉은뱅이의 입은 과녁인 동시에 동전 지갑이 되고, 그가 동전을 능숙하게 받을 때마다 대담하고 화려한 탬버린 연주와 함께 미친 듯이 환호했다. 자선의 대상이 되는 것은 괴로운 일이고, 그 시련을 너머 기꺼이 감사하는 것처럼 보여야 할 의무가 있다고 느끼는 것은 한층 더 괴로운 일임에 틀림없다. 그러나 그의 은밀한 감정이 무엇이라 할지라도, 그는 그것들을 받아 낸 후 각각의 동전들을 삼키지 않고 입안에 간직했다. 그리고 거의 언제나 그는 이를 드러내며 싱긋 웃었고, 단지 한두 번 주춤했는데, 그것은 장난 잘하는 구호금 분배인이 던져 준 어떤 동전들이 불편하게 그의 입에 다가왔을 때였고, 그런 사건의 달갑지 않음은 이렇게 던져 준 동전이 단추로 판명되는 상황으로 인해 극에 달했다.

이 자선 게임이 아직 절정에 있는 동안, 절뚝거리고 눈이 날카롭고 심술궂은 얼굴을 한 사람이 ─그는 어떤 해고당한 세관원으로, 갑자기 편리한 부양 수단을 빼앗기고 모든 상황과 모든 사람을 증오하거나 의심함으로써, 평생 동안 자신을 불행하게 만들어 정부와 인간에 대해 복수하기로 결정한 자일지도 모른다─ 이 천박하고 불운한 사람이 그 흑인에 대해 조목조목 시시한 관찰을 한 후에, 그의 신체 장애가 구걸을 목적으로 계획된 가짜라는 것에 대해 쉰 목소리로 말하기 시작했고, 그것은 즉시 동전 던지는 사람들의 흥겨운 자선 행위에 찬물을 끼얹었다.

그러나 이런 의심들이 그 자신 나무 의족에 의지하여 절뚝거리며 다니는 자에게서 나왔다는 것은, 마침 그 자리에 있는 어느 누구의 주의도 끄는 것 같아 보이지 않았다. 불구자들은 누구보다도 서로 친구로 사귈 만해야 하거나, 적어도 같은 절름발이를 혹평하는 일은 삼가야 하는, 요컨대 공유하는 불행에 약간의 동정심을 가져야 한다는 생각은, 그 자리를 함께한 사람들의 마음에는 떠오르지 않는 것 같았다.

그러는 동안 참을성 있는 고운 마음씨로 주목받은 그 흑인의 얼굴은 잔뜩 풀이 죽어, 대단히 고통스러운 고민으로 가득 찬 침울한 표정으로 변했다. 그 본연의 신체 높이보다 아래로 잔뜩 더 낮아졌고, 그의 얼굴은 마치, 옳거나 그름은 뛰어난 지성이나 어떤 변덕스러운 감정과는 크게 관계가 없을지도 모른다는 것을 본능이 그에게 말해 준 것처럼, 소극적으로 절망적인 호소를 하며 표정을 바꾸었다.

그러나 본능은, 아는 것이 많지만 그럼에도 이성보다 낮게 평가되는 교사이고, 이성 자체는, 희극에서 퍽(Puck)이 그의 마력으로 라이샌더(Lysander)를 현자로 만든 후에, 라이샌더가 내뱉는 근엄한 대사와 같다.

인간의 의지는 그의 이성에 의하여 좌우된다.*

그래서 사람들이 그들 마음대로 갑자기 변한다 할지라도 그것은 반드시 변덕이 아니라 향상된 판단력이고, 라이샌더의 경우나 현재의 경우에서처럼, 그것은 그들과 함께 작용한다.

그렇다. 그들은 그 흑인을 아주 신기한 듯이 철저히 검사하기 시작했는데, 그때 그 의족을 한 사내는 자신의 말들의 효험에 대한 이 증거에 의해 대담해져서, 그 흑인에게 절뚝거리며 다가가 마치 교구 직원처럼 점잔을 빼며, 그의 사기 혐의를 현장에서 증명하기 위해 그를 발가벗긴 다음 쫓아냈을 테지만, 방금 전 거의 모든 사람들의 마음을 다른 쪽으로 바꾸게 한 자에 반대하여, 이제는 그 불쌍한 친구의 편을 드는 군중의 아우성이 그자를 막았다. 그래서 그 의족을 한 자는 물러서야만 했고, 그때 나머지 사람들은 자신들이 그 사건에서 유일한 재판관들로 남겨진 것을 깨달으며 그 역할을 행할 기회를 뿌리칠 수 없었다. 그것은 확실히 지금 이 불행한 흑인처럼, 증인석에 있는 자의 재판을 즐기는 것이 인간의 약점이기 때문이 아니라, 어느 한 고등 법원 판사에 의해 엄격하게 다루어지는 범죄 혐의자를 보고 방관하지 않고 그들의 동료 의식이 발동되어, 군중들이 갑자기 동일 사건에서 결국 모두 고등 법원 판사가 될 때, 그것은 인간의 지각 작용을 더욱 예민하게 하기 때문이다. 과거에 아칸소주에서 한 사람이 법에 의해서 살인을 범한 것으로 판명되었으나, 주민들은 그의 유죄 판결을 부당한 것으로 간주하여 그를 불법으로 탈옥시켜 심문했는데, 그 결과 사람들은 그가 법정이 확인한 것보다 한층 더 유죄인 것을 발견하여 즉시 사형 집행을 속행했고, 이처럼 그의 친구들에 의해 교수형에 처해진 사람의 예는 그러한 사실을 진실로 보여 주고 있다.

그러나 지금의 군중은 이러한 극단책, 또는 그와 비슷한 처지에 이르지

---

* 〈한여름 밤의 꿈(*A Midsummer Night's Dream*)〉 II, ii, 115.

는 않았고, 그들은 당분간 그 흑인을 공정하고 신중하게 심문하는 것에 만족하여, 그중에서도 특히, 그가 가짜가 아니라는 것을 증명하는 어떤 문서상의 증거, 또는 명백한 신분 증명서가 있느냐고 그에게 물었다.

"아니, 아녀유. 이 불쌍한 늙은 검둥이에게 그런 유익한 문서는 없어유."

"하지만 당신을 위해서 좋은 말을 해줄 수 있는 누군가 그런 사람이 없어요?" 배의 다른 부분에서 새로이 옮겨 온 사람이 말했다. 그는 몸통 부분이 길고 반듯한 검은 외투를 입은 젊은 감독파 성직자인데, 키는 작지만 사내답고, 맑은 얼굴과 푸른 눈을 가졌으며, 그의 태도에는 순결, 친절, 그리고 양식이 지배하고 있었다.

"아, 예예, 사장님들." 그는 마치 냉담한 동정으로 인해 갑자기 완전히 얼어붙었다가, 마찬가지로 최초의 친절한 말에 갑자기 도로 녹아서 유체화한 것처럼 간절하게 말했다. "아, 예예, 상장(喪章)을 두른 대단히 교양이 있고 착한 신사분과, 나에 대해서 모든 것을 아는 회색 외투를 입고 흰 넥타이를 맨 신사분, 그리고 큰 책을 소지한 신사분, 그리고 약초의(藥草醫), 보라색 긴 옷을 걸치신 분과, 군인이신 분이 여기에 타고 계시고, 그리고 나를 알고 나를 위해 말해 줄 매우 많은 착하고 친절하고 정직한 신사분들이 더 많이 승선해 계시고, 그분들에게 신의 가호가 있기를! 그래유, 이 불쌍한 늙은 흑인이 자신을 아는 만큼 저를 잘 아는 그분들에게 신의 가호가 있기를 빌어유! 아, 그분들을 찾으셔유, 그분들을 찾으셔유." 그가 간절하게 덧붙였다. "그리고 그분들을 빨리 오게 해서, 여러분 모두에게 이 불쌍한 늙은 흑인이 친절하신 여러분 모두의 신뢰를 받을 만한 가치가 아주 충분히 있다는 것을 보여 주게 하셔유."

"하지만 이 많은 군중 속에서 어떻게 그 사람들을 모두 찾을 수 있겠소?" 우산을 손에 든 한 구경꾼의 질문이었는데, 천성적 호의를 보이는 중년의 남자인 그는, 해고당한 세관원의 도의에 어긋나는 악감정에 의해

적어도 신중해져 있는 시골 상인임이 분명했다.

"어디서 그들을 찾을 것이냐고요?" 젊은 감독파 성직자가 다소 비난하듯이 되풀이했다. "내가 맨 먼저 한 사람을 찾으러 가겠어요." 그가 재빨리 덧붙여 말하고, 기꺼이 말과 행동을 일치시키면서 신속하게 떠났다.

"뜬구름 잡기 같은 일이오!" 나무 의족을 한 자가 다시 가까이 다가오면서 쉰 목소리로 말했다. "그들 중 한 사람도 배에 타고 있다고 믿지 마시오. 거지가 그렇게 많은 좋은 친구들을 가진 적이 있습니까? 그는 마음만 먹으면 아주 빠르게, 나보다 훨씬 더 빨리 걸을 수 있지만, 그보다 한층 더 빠르게 그는 거짓말을 할 수 있소. 그는 구걸을 목적으로 몸을 비틀고 얼굴에 검은 페인트를 칠한 백인 사기꾼이오. 그와 그의 친구들도 모두 협잡꾼들이오."

"당신은 동정심도 없어요, 친구?" 이때 감리교 목사가 앞으로 나서면서, 그의 억제되지 않은 모습과 기묘하게 대조되는 자제된 어조로 말했다. 그는 키가 크고 근육질이고 군인다워 보이는 테네시주 출신의 사내로, 멕시코 전쟁 중엔 소총 연대의 자원 군목이었다.

"자비심과 진실은 별개의 것이오." 나무 의족을 한 자가 대꾸했다. "그러니까 그는 악당이오."

"하지만 동지, 불쌍한 사람을 가능한 한 관대하게 해석해도 좋지 않소?" 군인같이 생긴 감리교 목사가, 온순하게 대해 주기에는 그의 거친 말투가 매우 옹졸해 보이는 자를 향하여, 점점 힘들게 온순한 태도를 유지하면서 말했다. "그는 정직해 보입니다, 그렇죠?"

"용모와 사실은 다른 것이오." 상대방이 외고집으로 날카롭게 말했다. "그리고 당신의 해석에 관한 한, 그가 악당이라는 것 이외에 무슨 다른 해석을 할 수 있습니까?"

"그렇게 캐나다 엉겅퀴처럼 억센 척하지 마세요." 감리교 목사가 전보다 다소 인내심을 잃고서 주장했다. "자비심 말야, 이 양반아, 자비심."

"당신의 자비심으로 잘해 보시오! 그걸로 잘해 보라고요!" 상대방이 악마적으로 다시 날카롭게 말했다. "이곳 지상에서 진실한 자비심은 망령들었고, 가짜 자비심은 음모를 꾸민다오. 자비로운 바보는 키스로 자신을 속이는 자가 자기를 사랑하고 있다고 믿고, 증인석의 관대한 악당은 피고인석의 동료를 위하여 관대한 증언을 한다오."

"확실히, 동지." 고결한 감리교 목사가 여전히 치밀어 오르는 분노를 애써 누르면서 대꾸했다. "확실히, 간단히 말하더라도, 당신은 당신 자신을 잊고 있어요. 그걸 핵심으로 적용하시오." 그가 겉으론 침착하지만 속에 지닌 감정으로 전전긍긍하면서 말을 계속했다. "지금 내가 당신에게서 쏟아져 나온 말로 당신 자신의 성격을 판단하면서 관용을 발휘하지 않으면, 내가 당신을 어떤 종류의 비열하고 냉혹한 인간으로 여길 거라고 당신은 생각하시오?"

"필시……." 이를 드러내고 싱긋 웃으면서, "기수(騎手)가 그의 정직성을 잃는 것과 아주 똑같은 식으로, 그의 신앙심을 잃어버린 상당히 무자비한 사람."

"어째서 그런가요, 동지?" 마치 그가 맹견 마스티프의 멱살을 잡고 있는 것처럼, 그의 마음속에 깃들어 있는 악마를 여전히 진지하게 억제하면서 말했다.

"어째서 그런지는 신경 쓰지 마시오." 그는 비웃으며 말했다. "하지만 모든 말들이 정숙하지 않은 것은 모든 인간이 친절하지 않은 것이나 마찬가지고, 가까이서 많이 다루다 보면 매력적인 것들도 있는 법이오. 당신이 나를 덕이 높은 기수라고 생각할 때, 나는 당신을 인정 많은 현자라고 생각할 것이오."

"빗대어 말하고 있군요."

"그것으로 어쩔 줄 모르게 된 당신을 더욱 우롱하는 거지요."

"하느님의 버림을 받은 놈!" 상대방이 소리쳤고, 그의 분노는 이제 마침내 거의 끓어넘칠 지경이었다. "믿음이 없는 저주받은 놈! 자비심이 나를 제지하지 않는다면, 나는 당신이 받아 마땅한 악담을 당신에게 퍼부을 수 있을 텐데."

"그럴 수 있을까, 정말로?" 그가 무례하게 비웃으며 말했다.

"그래, 그리고 너한테 당장 자비심을 가르치겠다." 자극을 받은 감리교 목사는 갑자기 이 분통 터지게 하는 적수의 낡아 빠진 외투깃을 붙잡고, 그의 나무 의족이 갑판 위에서 볼링용 핀처럼 달가닥달가닥 울릴 때까지 그를 흔들면서 소리쳤다. "넌 내가 싸움을 필요로 하지 않는 사람이라고 생각했지? 넌 꼴사나운 겁쟁이지만, 기독교도를 매도하고도 벌을 받지 않을 거라고 생각했지? 네가 착각한 것을 깨달아라." 그리고는 또 한번 잡아 흔들었다.

"말 잘했고 행동은 더 잘했어, 교회 투사님!" 누군가의 목소리가 말했다.

"세상과 맞서 싸우는 흰 넥타이 전사!" 또 하나의 목소리가 소리쳤다.

"잘한다, 잘한다!" 많은 목소리들이 똑같이 열광하며 단호한 투사를 편들면서 합창했다.

"이 바보들!" 나무 의족을 한 자가 몸부림치며 목사에게서 벗어나, 얼굴이 빨개진 채 군중을 향하여 소리쳤다. "이 바보들의 배 안에, 이 바보들의 선장 밑에, 이 바보들의 무리야!"

이 절규와 함께 그의 훈계자에게 무의미한 위협을 하며, 이 정의의 당연한 피해자는 이러한 어중이떠중이들과 더 이상 논쟁을 하는 것을 경멸하듯이 다리를 절뚝거리며 멀리 가버렸다. 그러나 그의 경멸은 그를 뒤쫓는 힐책 소리들로 곱빼기로 되갚음을 당했고, 그 속에서 그 용감한 감리교 목사는 이미 한 비난에 만족하며, 너무도 관대하게 행동을 같이하지는 않았다. 오직 그가 말한 것은, 떠나가는 기피자를 가리키면서 하는 이 말이었다. "저기 그가, 그의 한쪽으로 치우친 인간관을 상징하는 외짝다리로 비틀비틀 떠나가고 있소."

"당신은 당신의 페인트칠한 미끼나 신뢰하시오." 멀리서 상대방이 그 흑인 앉은뱅이를 가리키며 항변했다. "그러면 나는 원한을 풀어요."

"그러나 우린 그를 신뢰하지 않을 작정이오." 한 목소리가 되받아 소리쳤다.

"그러면 더욱 좋습니다." 그가 조소하며 대꾸하고는 그 자리에 딱 멈추면서 덧붙여 말했다. "조심해요, 나를 캐나다 엉겅퀴라고 불렀소. 아주 좋습니다. 그리고 꼴사나운 자라고도 했소. 훨씬 더 좋소. 그리고 그 씨가 많은(=꼴사나운) 캐나다 엉겅퀴는 당신들 사이에서 아주 잘 휘둘렸고요. 무엇보다도 좋습니다. 아마 어떤 씨는 털어내졌을 것이지만, 그것은 싹이 트지 않을까요? 그리고 그것이 싹이 트면 사람들은 어린 엉겅퀴들을 베어내겠지만 그것들은 더 많이 싹이 트지 않을까요? 그것은 끊임없이 싹이 트고 자라날 것입니다. 이제, 나의 엉겅퀴들이 당신들의 농장에 풍부하게 쌓이게 될 때, 그때 여러분은 농장을 버릴지도 모릅니다!"

"한데, 그게 모두 무슨 뜻입니까?" 시골 상인이 빤히 쳐다보며 물었다.

"아무것도 아니오. 그저 실패한 늑대의 최후의 울부짖음이오." 감리교 목사가 말했다. "울화, 많은 울화, 그것은 신앙이 없는 그의 악하고 허약한 마음의 산물이고, 그것이 그를 미치게 만들었습니다. 나는 그가 태생적으로 하느님의 버림을 받은 사람이 아닌가 하고 생각합니다. 오, 여러분." 설교단에서처럼 그는 두 팔을 들어 올리면서, "오, 친애하는 여러분, 이 제멋대로 살아가는 사람의 우울한 광경에서 어떤 경고를 받습니까? 그 교훈에서 도움을 받읍시다. 그리고 그것은 이런 것이 아닌가요? 즉, 하느님을 불신하는 것 다음으로 인간이 반대해야 할 어떤 것이 있다면, 그것은 자기 동포를 불신하는 것에 대한 반대입니다. 나는 비참한 우울증 환자들로 가득 찬 정신 병원에 있었고, 거기서 의심의 최후를 보았습니다. 즉, 우울한 광기에 사로잡혀 구석에서 중얼거리는 냉소주의자, 수년간 그곳에 고정된 듯한 초라한 인물로, 머리는 아래로 축 늘어진 채 자신의 입술을 물어뜯고 있는, 자기 자신을 파먹는 독수리를 말입니다. 한편, 맞은편 구석에서는 발작적으로 백치가 그에게 우거지상을 지었습니다."

"대단한 경고로군." 한 사람이 속삭였다.

"타이먼*을 단념시킬지도 몰라"하고 누군가 응답했다.

"오, 친절한 신사님들, 이 가엾은 늙은 검둥이를 신뢰하지 않으셔유?" 이제 그 흑인이 돌아오면서 울부짖었다. 그는 이전의 장면이 진행되는 동안 놀라서 한쪽 구석으로 뚜벅뚜벅 걸어가 서 있었다.

"자네에 대한 신뢰?" 속삭이듯 말하던 자가 돌변한 태도로 무뚝뚝하게 돌아다보며 되풀이해서 말했다. "그게 남아 있는 볼거리로군."

"내가 어떻게 된 상황인지 말해 주지, 까만 양반." 속삭이듯 말하던 자에게 응답하던 사람이 비슷하게 변화된 어조로 말했다. 그는 멀리 떨어져 있는 나무 의족의 사내를 가리키면서, "저기에 있는 시골뜨기는 의심할 바 없이 꽤 야비한 자이고, 난 그자와 같이 되고 싶지 않지만, 그렇다고 그것이 자네가 어쩌면 흑인 제레미 디들러**가 아닐지도 모른다는 이유는 아닐세."

"그러면 이 늙은 검둥이를 신뢰하지 못허시나유?"

"자네에게 우리의 신뢰를 주기 전에……." 또 한 사람이 말했다. "우리

---

* Timon: 펠로폰네소스 전쟁 시기에 살았던 아테네의 염세가. 그는 셰익스피어의 비극 〈아테네의 타이먼(*Timon of Athens*)〉의 주인공이다.
** Jeremy Diddler: 제임스 케니의 소극(笑劇) 〈바람 일으키기(*Raising the Wind*)〉의 주인공이자 사기꾼.

는 자네를 위해서 무언가 말해 줄 자네 친구 하나를 찾으러 간 친절한 신사의 보고를 기다리겠네."

"아마 그런 경우에는……." 또 다른 사람이 말했다. "우리는 크리스마스까지 여기서 기다리게 될 거요. 우리가 그 친절한 신사를 다시 만나지 못한다 해도 이상하지 않을 것이오. 잠시 동안 찾아보는 헛수고를 한 후에 그분은 자기가 바보가 되었다고 결론 짓고, 그래서 순전히 창피하다는 이유로 우리에게 돌아오지 못할 것이오. 사실 나 자신도 이 흑인에 대해서 약간 불안함을 느끼기 시작했소. 이 흑인에게 뭔가 의심쩍은 게 있는 건 틀림없소."

한번 더 그 흑인은 울부짖으며, 마지막으로 말한 사람으로부터 절망적으로 돌아서면서, 애원하듯이 감리교 목사의 외투 자락을 붙잡았다. 그러나 좀전의 정열적인 중재자에게는 이미 변화가 일어나 있었다. 그는 우유부단하고 불안한 태도로 말없이 그 탄원자를 주목했고, 그자에 대하여 무언가 직관적 영향력처럼 보이는 것에 의해 처음 시작된 불신이, 이제 전체적으로, 그리고 더욱 엄격하게 되살아나고 있었다.

"이 가없은 늙은 검둥이를 믿지 않다니!" 그 흑인은 쥐고 있던 외투 자락을 놓아 주고, 애원하듯 그의 주변을 돌아다니면서 또다시 울부짖었다.

"아냐, 가없은 친구, 난 자네를 신뢰하네." 그때 앞서 거명된 시골 상인이 이렇게 소리쳤는데, 그 흑인의 호소가 매정한 말에 뒤이어 매우 가련하게 다가오면서, 마침내 인도적으로 그를 결심시킨 것 같았다. "그리고 여기, 나의 신뢰에 대한 약간의 증거가 있소." 이 말과 함께 그의 우산을 겨드랑이에 끼고 주머니 속에 손을 쑤셔 넣어 지갑을 꺼냈는데, 우연히도 그것과 함께 그의 명함이 딸려 나와 남의 눈에 띄지 않고 갑판에 떨어졌다. "자, 가없은 친구." 그가 반 달러 은화를 내밀면서 말했다.

주화보다 그의 친절함에 더 고맙게 여기면서, 그 흑인 앉은뱅이의 얼굴은 잘 닦은 구리 냄비처럼 빛났고, 발을 질질 끌며 한 걸음 더 가까이 다가가 한 손을 위로 뻗어 그 구호금을 받았고, 자신도 알지 못하는 사이 앞으로 내민 그의 한쪽 가죽 의족이 그 명함을 덮었다.

일반적인 정서를 무시하고 행해진 그 상인의 선행은, 그것이 어쩐지 군중에게 일종의 질책을 전하는 것처럼 보였으므로, 그들로부터 어쩌면 달갑지 않은 대꾸가 생겨났는지도 모른다. 그리하여 다시, 어느 때보다 더 끈덕지게 그 흑인에 반대하는 여론의 소리가 일어났고, 또다시 그는 울면서 한탄과 호소를 털어놨다. 그중에서도 특히, 이미 그가 그 명단을 줄줄 읽었던 그 친구들을 누구든지 가서 찾아오면, 그들이 거리낌 없이 그를 변호할 것이라고 되풀이하여 말했다.

"어째서 자네 스스로 그들을 찾으러 가지 않나?" 퉁명스러운 선원 하나가 물었다.

"어떻게 내가 스스로 그분들을 찾으러 갈 수 있어유? 불구의 다리를 가진 이 불쌍한 늙은 검둥이의 친구들이 와야 허지유. 오, 이 검둥이의 착한 친구, 상장(喪章)을 단 착한 사람이 어디, 어디에 있나유?"

그 순간에 한 승무원이 종을 울리고 지나가면서, 승선권을 갖지 못한 모든 사람들에게 선장실로 올 것을 요구했고, 그 공고는 흑인 앉은뱅이 주위에 있던 군중을 신속히 줄어들게 했으며, 그 흑인 자신도 잠시 후 쓸쓸히, 아마 나머지 사람들과 똑같은 용무로, 의족으로 뚜벅뚜벅 걸어서 시야에서 사라졌다.

4장
오랜 우정의 부활

"안녕하세요, 로버츠 씨?"

"에?"

"절 모르세요?"

"네, 그럼요."

선장실 가까이에 있던 군중이 서서히 사라지고 났을 때, 배의 뒷부분 측면 발코니에서, 깨끗하고 훌륭하지만 조금도 번지르르하지 않은 상복을 입고, 그의 모자에 긴 상장(喪章)을 두른 남자가 앞서 언급한 시골 상인에게 오랜 친구처럼 허물없이 다가와서 말을 걸었다.

"그럴 수가 있습니까, 선생." 상장을 두른 자가 다시 시작했다. "선생께서 내 얼굴이 기억나지 않는다니? 하지만 나는 마치 당신을 만난 지 반평생이 아니라 겨우 반 시간이 지난 것처럼 당신 얼굴을 뚜렷하게 기억하는데, 그것은 어째서일까요? 자, 이제 내가 생각나지 않습니까? 더 자세히 보세요."

"확실히, 정말로, 말합니다." 상인은 당황스러움을 감추지 않고, "저런, 선생, 난 당신을 모릅니다. 정말로, 정말로. 하지만 기다리세요, 기다리세요." 그가 약간은 흐뭇해져서, 그 남자의 모자에 두른 상장을 흘긋 쳐다보고는 황급히 덧붙여 말했다. "잠깐만, 그래요, 내가 개인적으로 당신을 알지는 못하지만, 틀림없이 당신에 대해서 최근에, 아주 최근에 소문을 들은 것 같습니다. 여기에 승선한 불쌍한 흑인이, 자기 신원에 대해서 당신에게 문의하라고 한 것이 기억나요."

"오, 그 앉은뱅이. 가엾은 친구. 난 그를 잘 알아요. 사람들이 나를 찾았어요. 나는 그를 위해서 내가 할 수 있는 모든 것을 말해 주었어요. 내가 그들의 불신을 누그러뜨렸다고 생각해요. 더 실질적인 도움이 될 수 있었더라면 좋았을 텐데. 그건 그렇고, 선생." 그가 덧붙여 말했다. "내가 문득 생각이 나서 말인데, 아무리 보잘것없다 할지라도, 한 사람이 다른 사람에게 인적 사항을 문의하는 상황은, 아무리 괴롭다 할지라도 후자의 도덕적 가치를 다소 입증하지 않는지 물으면 실례가 되겠습니까?"

착한 상인은 난처해 보였다.

"아직도 내 얼굴이 기억나지 않습니까?"

"나의 최선의 노력에도 불구하고, 아직도 진실은 나에게 기억나지 않는다고 말하라고 합니다." 마지못해 하는 상인의 솔직한 대답이었다.

"내가 그렇게 변할 리가 있습니까? 나를 보십시오. 아니 내가 잘못 생각하고 있는 것인가? 당신은, 선생, 펜실베이니아주 휠링의 발송 상인 헨리 로버츠가 아닙니까? 그렇다면 제발, 당신이 업무용 명함 한 장을 지니고 있으면 그걸 한번 보시고, 당신이 내가 생각하고 있는 사람이 맞는지 확인해 보시오."

"뭐라고요?" 상인은 약간 약이 올라, "나는 나 자신을 알고 있다고 생각합니다."

"그런데도 자기 인식은 그리 쉬운 일이 아니라고 생각하는 사람들이 있지요. 어쩌면 선생, 잠깐 동안 당신이 자기 자신을 어떤 다른 사람으로 생각했었을지 누가 알아요? 더 이상한 일들도 일어나고 있으니까요."

착한 상인은 남자를 말똥말똥 쳐다보았다.

"자초지종을 말할 것 같으면, 선생, 나는 당신을 약 6년 전 브레이드 형제 회사의 사무실에서 만났던 걸로 기억해요. 나는 필라델피아의 한 회사의 외판원이었습니다. 손위 브레이드가 우릴 소개한 것을 기억하실 거고, 약간의 직업상 담소가 이어진 후 당신이 억지로 나를 가족 다과회에 데려갔고, 우린 그곳에서 가족적인 시간을 가졌죠. 당신은 항아리에 대해서, 나는 베르테르의 샤롯테에 대해서, 그리고 버터 바른 빵과 큰 덩어리 빵에 대해서 당신이 말해 준 그 중요한 이야기를 잊었어요? 그 후로 여러 번 나는 그 일을 생각하며 웃었어요. 그러니 적어도 내 이름을 기억해야 합니다, 링맨, 존 링맨."

"큰 덩어리 빵? 당신을 다과회에 초대했다고요? 랭맨? 링맨? 랭? 링?"

"아, 선생." 남자는 슬프게 미소 지으면서, "그런 식으로 같은 말을 여러 가지로 바꾸어 말하지 마시오. 당신이 믿을 수 없는 기억력을 가지고 있는 것을 알겠소, 로버츠 씨. 하지만 내 기억력의 정확함을 믿으시오."

"글쎄, 사실을 말하자면, 어떤 일들에서 내 기억력은 최상의 상태는 아니오." 그가 어찌할 바를 모르고 덧붙였다. "그럼에도 불구하고, 그래도 나는……."

"오, 선생, 내가 말하는 그대로라고만 말해 둡시다. 우리가 잘 아는 사이라는 것을 의심하지 맙시다."

"하지만…… 하지만, 내 자신의 기억과 이렇게 전적으로 반대되는 것이 싫소, 나는……."

"그러나 선생, 몇 가지 것들에서 당신의 기억력이 다소 믿을 수 없다는 것을 인정하지 않았습니까? 그렇다면, 믿을 수 없는 기억력을 가진 사람들은 믿을 수 없는 정도가 덜한 다른 사람들의 기억력을 다소 신뢰해야 하지 않나요?"

"하지만, 그 다정한 담소와 빵에 대해서 나는 조금도 (기억이) 없어요."

"알겠소, 알겠소. 메모장에서 완전히 지워졌군. 이봐요, 선생." 남자가 불현듯 깨달으며, "약 6년쯤 전에, 머리에 어떤 손상을 입은 일이 당신에게 일어났나요? 이 놀라운 결과가 그러한 원인에서 생겨난 것 아닙니까? 그 손상 직후 다소간의 시간 동안 생긴 일들에 대한 무의식뿐만 아니라, 또한 이상한 부언이지만, 그 손상 직전 다소간의 시간에 존재했던 사건들에 관한 완전한 그리고 불치의 망각인데, 즉 그때 마음은 완전히 그 일들을 지각할 수 있었고, 기억 속에 그것들을 완전히 기록할 능력이 있어 사실상 그렇게 했지만, 그러나 모든 것은 허사였으니, 왜냐하면 모든 것이 그 손상으로 인해 나중에 멍들어 사라졌기 때문입니다."

처음엔 놀라고 나서, 그 상인은 보통 이상의 관심을 가지고 귀를 기울였다. 상대방이 말을 계속했다.

"내가 소년 시절에 말의 발길질에 차여, 오랫동안 의식 불명 상태로 누워 있었습니다. 의식을 회복하자, 얼마나 멍하던지! 내가 어떻게 그 말 가까이에 갔었는지, 또는 무슨 말이었는지, 또는 그곳이 어디였는지, 또는 나를 그런 위기로 몰아넣은 것이 말이었다는 사실에 대해 도무지 아주 희미한 기억의 흔적도 없었어요. 그 자초지종에 대해서는 오로지 내 친구들에게 신세를 지고 있는데, 그들의 진술에 일련의 상세한 내용이 있음에 틀림없고, 그들이 나를 속여야 할 이유가 없으므로, 말할 필요도 없이 나는 무조건 신뢰했어요. 아시다시피 선생, 마음은 유연하고, 이미지들은 그 속으로 유연하게 받아들여져, 그것들을 내 안에서 굳히고 단단하게 하는 어느 정도의 시간을 필요로 하죠. 그렇지 않으면 내가 말하는 그러한 상해 사고는, 마치 결코 없었던 일처럼 즉시 지워 없애 버릴 것이었소. 우리는 선생, 성서가 말하듯이,* 단지 진흙, 도공의 진흙, 연약한, 그리고 지나치게 유연한 진흙이오. 하지만 나는 철학적으로 설명하진 않겠습니다. 말해 주세요, 내가 언급하는 시기에 두뇌에 어떤 충격을 받는 불행한 일이 있었소? 그렇다면, 나는 우리의 교우 관계를 더욱 상세히 말함으로써 당신 기억 속의 공백을 기꺼이 채우겠습니다."

상인이 무심코 드러낸 관심은, 다른 한쪽이 말을 계속함에 따라 결코 누그러지지 않았다. 상인은 약간 주저한 후에, 사실상 주저 이상의 어떤 것이었는데, 언급된 종류의 어떤 상해도 결코 입지 않았지만, 그럼에도 대략 문제의 시기에 그는 실제로 뇌염에 걸려, 상당한 시간 동안 정신을 잃었다고 고백했다. 그가 말을 계속하고 있을 때, 남자는 매우 기운차게 큰 소리로 말했다.

"거봐요, 아시다시피 내 말이 전부 다 틀리지는 않았습니다. 이 모든 것이 그 뇌염 탓이었습니다."

"글쎄, 하지만……."

"죄송합니다, 로버츠 씨." 남자는 공손하게 그의 말을 가로막으면서, "하지만 시간이 부족하고, 내가 선생에게 말씀드릴 사적이고 특별한 것이 있어서 실례지만 말씀드리겠습니다."

로버츠 씨는 착한 사람인지라 단지 순순히 따를 뿐이었고, 두 사람이 묵묵히 약간 은밀한 장소로 걸어갔을 때, 상장을 두른 사내의 태도가 갑자기 거의 고통스러울 정도로 심각해졌다. 몸부림치며 괴로워하는 표정이라고 말할 수 있는 것이 순식간에 그를 엄습했다. 그는 속에 지닌 어떤 비참한 궁핍으로 고심하고 있는 것 같았다. 그는 한두 번 말을 하려고 시도했지만, 말이 그를 숨막히게 하는 것 같았다. 그의 말동무는 인간적으로 놀라서, 무슨 말이 나올지 궁금히 여기며 서 있었다. 마침내, 그의 감정을

---

* 「이사야」 64장 7절.

억제하는 노력과 함께 어느 정도 안정된 어조로 그가 말했다.

"제 기억이 맞는다면, 선생은 프리메이슨단의 회원이죠, 로버츠 씨?

"네, 네."

흥분의 재발로부터 침착해지기 위한 것처럼 잠시 몸을 돌리고 있다가, 남자는 상대방의 손을 붙잡았다. "그리고 당신은 한 형제가 1실링을 필요로 한다면, 그에게 그것을 빌려주지 않겠습니까?"

상인은 거의 뒤로 물러서려는 것처럼, 분명히 깜짝 놀랐다.

"아, 로버츠 씨, 나는 당신이 불행한 사람들과 결코 무관한 것을 업으로 삼는, 그런 사업가들 중의 한 사람이 아니라고 믿습니다. 제발 나를 저버리지 마십시오. 내 가슴에, 내 가슴에 중요한 것이 있습니다. 비참한 상황하에서 낯선 사람들, 완전히 낯선 사람들 사이에 내던져져 있죠. 나는 비밀을 털어놓을 수 있는 친구를 원합니다. 당신의 얼굴은, 로버츠 씨, 많은 날들 동안에 내가 본 거의 최초의 아는 얼굴입니다."

그것은 너무 갑작스런 격정의 폭발이었고, 그 면담은 주변의 풍경과 너무나 큰 대조를 이루었기 때문에, 상인은 매우 신중했지만, 그럼에도 전적으로 몰인정하진 않았기에, 완전히 태연한 채로 있지는 않았다.

상대방은 여전히 떨면서, 다시 말을 계속했다.

"나는 말할 필요가 없습니다, 선생. 방금 내가 한 것과 같은 말로 사교적 인사말을 계속 추구하는 것이, 얼마나 나를 영혼까지 아프게 하는지를 말이오. 내가 당신의 훌륭한 평판을 위태롭게 한다는 것을 나는 압니다. 그러나 나는 그걸 피할 수 없소. 사흘 굶어 도둑질 안 할 놈 없고, 어떠한 위험도 무릅쓰지요. 선생, 우리는 프리메이슨단의 회원들이니, 한 걸음만 더 옆으로 비켜서시면 내 이야기를 들려드리겠습니다."

낮은, 다소 억제된 어조로 그는 이야기를 시작했다. 그의 이야기를 듣는 사람의 표정으로 미루어 보면, 그것은 어떤 성실함도, 어떤 신중함도,

어떤 힘도, 어떤 재주도, 어떤 신앙심도 보호할 수 없는 큰 재난들을 연상시키는, 기묘하게 흥미를 끄는 이야기인 것 같았다.

털어놓는 모든 이야기마다, 듣는 사람의 연민은 증가했다. 감상적인 동정이 아니었다. 이야기가 계속되는 동안 그는 그의 지갑에서 지폐를 꺼냈는데, 하지만 잠시 후에 한층 더 불행한 어떤 뜻밖의 이야기를 듣고, 그것을 약간 더 큰 금액의 다른 지폐로 바꾸었고, 이야기가 끝났을 때, 적선은 아니라며 신중하게 부인하는 태도로, 그는 그것을 남자의 두 손 안에 쥐어 주었다. 남자는 그의 입장에서, 적선받기를 신중하게 부인하는 태도로 그것을 자신의 주머니 속에 넣었다.

도움을 받고 나자 남자의 태도는, 그 상황하에서는 거의 냉정한 것처럼 보이는, 그래도 어느 정도의 예의 바른 품위를 나타냈다. 지나치게 열렬하지는 않지만, 반드시 부적절하지도 않은 몇 마디 말을 한 후에, 마치 고난이 아무리 크다 할지라도 자존심을 꺾을 수 없고, 감사의 마음이 아무리 깊다 할지라도 신사의 자존심을 상하게 할 수 없는 것처럼, 어떤 단련된 자립정신의 알 수 없는 그 무엇이 묻어나는 절을 하면서, 그는 작별을 고했다.

그가 아직 시야에서 사라지지 않았을 때, 마치 생각 중인 것처럼 걸음을 멈추더니 빠른 걸음으로 상인에게 되돌아와서, "흑여울 석탄 회사의 사장이 주식 명의 개서(改書) 대리인이기도 한데, 우연히도 여기에 승선해 있고, 켄터키주에서 처리 중인 주식 소송 사건에 증인으로 소환되었던 터라, 그의 주식 이전 대장을 지니고 있는 것이 방금 생각났어요. 한 달 전에 교묘한 유언비어 유포자들에 의해서 획책된 (주식) 공황에서, 일부 속기 쉬운 주주들이 주식을 다 팔아 버렸는데, 하지만 그 유언비언 유포자들의 의도를 좌절시키기 위해서, 그들의 계획을 사전에 통지받은 회사는, 가짜 공황임이 틀림없으므로 공황 조작자들이 그것으로 이득을 보아서는 안 된다는 결의하에, 투매된 지분을 본사의 수중으로 회수되도록 관리했어요. 회사는 이제 그 지분을 다시 처분하려 한다는 소문이지만, 그러기를 갈망하는 것은 아니고, 공황 이전에 그 주식이 상종가를 치고 있었지만, 그 주식을 하락한 가격에 획득했으므로, 지금은 액면 가격으로 그것들을 팔 것입니다. 회사가 이렇게 하려는 의향이 일반적으로 알려져 있지 않고, 그 주식이 아직도 회사 명의로 주식 이전 대장에 등재되어 있다는 것은, 돈을 가지고 있는 사람에게 투자할 좋은 기회를 제공한다는 사실입니다. 왜냐하면, 그 공황이 점점 더 진정되면서, 그것이 어떻게 시작되었는지 매일 알려지게 될 것이고, 신용은 회복되고도 남아 주가 반등이 있게 될 것인데, 하락한 주가의 반등은 무하락에서보다 더 높을 것이고, 주주들은 스스로 안심하며 또 다른 불운한 운명을 두려워하지 않을 것이기 때문입니다."

처음엔 호기심으로 듣다가 마침내는 관심을 가지고 귀담아듣고 나서, 상인은 얼마 전에 그것에 관심이 있는 친구들을 통해서 그 회사에 대한 소식을 들었지만, 최근에 파동이 있었던 것은 모르고 있었다는 취지로 대답했다. 자기는 투기꾼이 아니고, 지금까지 어떤 종류의 주식과도 관계 갖는 것을 피했었지만, 현재는 정말로 약간 마음이 끌린다고 그는 덧붙인 후 결론적으로 말했다. "이봐요, 위급한 처지에 직면하여 여기 선상에서 주식 명의 개서 대리인과 무엇이든 거래할 수 있다고 당신은 생각하오? 당신은 그 사람과 아는 사이요?"

"직접은 아닙니다. 나는 단지 우연히 그가 탑승객이라는 것을 들었을 뿐입니다. 그 밖의 것에 대하여는, 그것이 다소 비공식적일지도 모르지만, 그 신사분은 선상에서 약간의 거래를 하는 것을 거절하지 않을지도 모릅니다. 아시다시피 미시시피강 여행 중 거래는 동부에서만큼 딱딱하지 않습니다."

"맞아요." 상인이 대꾸했고, 잠시 동안 생각에 잠겨 아래를 내려다보더니 재빨리 머리를 들며, 그의 평소의 어조만큼 상냥하지 않은 어조로 말했다. "이건 정말 좀처럼 없는 기회인 것처럼 보일 텐데, 어째서 처음 듣자마자 당신은 그것을 냉큼 붙들지 않았소? 즉 당신 자신을 위해서 말이오!"

"내가요? 그게 가능할 수 있다면!"

이 말을 하면서 약간의 강렬한 감정이 없지 않았고, 그 응답에 약간의 무안함이 없지 않았다. "아, 그래요, 내가 깜빡 잊었어요."

이 말을 듣자 남자는 온화하면서도 진지하게 그를 보았고, 그건 상대방을 적잖이 당황케 했는데, 거기엔 윗사람일 뿐만 아니라 힐책하는 듯한 사람의 모습 같은 것이 있었으므로 더욱더 그러했다. 그의 후원자에 대하여 수혜자가 보이는 그런 종류의 태도는 꽤 이상해 보였는데, 그럼에도 불구하고 어쩐지 그것에 외람된 모습 같은 것이 없이, 마치 그 자신에 대한 진정한 의무감만이 그를 지배하는 것처럼 일종의 고통스러운 성실함과 융화되어, 수혜자에게 전적으로 어울리지 않는 것은 아니었다. 마침내 그가 말했다.

"금전상 투자의 기회를 이용하지 않은 것을 가지고 무일푼인 사람을 태만하다고 책망하다니…… 하지만, 아니오, 아니오, 그건 건망증 탓이었소. 그리고 관대한 마음은 이것을 저 불행한 뇌염의 고질적인 영향 탓으로 돌릴 것이고, 한층 더 소급해 올라가는 사건들에 관하여 그 병이 로버츠 씨의 기억을 한층 더 심각하게 어지럽혔던 것이오."

"그것에 대해선……." 상인이 기운을 차리면서 말했다. "나는 그게 아니라……."

"실례지만 방금, 아무리 애매하더라도 당신이 불쾌한 불신을 가졌던 것을 인정해야 합니다. 아, 천박하지만 의심은 얼마나 미묘한 것인가. 그것은 때때로 가장 인간적인 가슴과 가장 현명한 두뇌에조차도 침범할 수 있습니다. 하지만 이제 그만. 이 주식에 선생의 주의를 환기시킨 나의 목적은, 당신의 친절에 대한 보답인 셈입니다. 나는 감사드리려고 애쓸 뿐이고, 내 정보가 별것 아닌 것이 된다 할지라도 그 동기를 꼭 기억해야 합니다."

그는 고개 숙여 절한 후 마침내 물러갔고, 스스로 무례한 생각에 빠지는 것을 용납하지 않는 자존심을 가진 것이 분명한 사람에 대해 잠시 모욕적인 생각을 품었던 것에 대하여, 전적으로 자책감이 없지는 않은 상태로 로버츠 씨를 남겨 두었다.

5장
상장(喪章)을 두른 남자는, 그가 훌륭한 현자인지 아니면 대단한 얼간이인지를 호각을 다투는 문제로 만들다

"그래, 세상에는 슬픔이 있지만 착함도 있는데, 하지만 단순함이 아닌 착함은 슬픔일 따름이야. 그리운 착한 사람이여, 가엾이 뛰는 가슴이여!"

그 상인에게서 물러난 후에 그리 오래지 않아, 심장병이 있는 사람처럼 그의 옆구리에 손을 얹고 혼자서 중얼거리고 있는 사람은 상장을 두른 남자였다.

받아들여진 친절에 대한 심사숙고가, 어려울 때 도움을 받는 현장에서 일부 사람들에겐 어울리지 않는 자존심과 전적으로 다르지 않아 보이는, 예사롭지 않은 자존심을 가진 사람에게서 아마도 기대할 수 없었을, 어쩌면 뭔가를 그에게 완화시킨 것처럼도 보였는데, 자존심은 어디서나 좀처럼 감정적이 아니다. 하지만, 아마도 착함에 둔감하지 않은 것 외에도 악덕에 가장 적게 물든 사람들은, 때때로 우세한 예절 감각으로 인해 은혜를 입고서도 감사할 줄 모르지는 않으나 냉정한 것처럼 보이는 사람들인 것이 사실일지도 모른다. 왜냐하면, 이러한 때에 열광적이고 진지한 말들과 진심에서 우러난 주장들로 머리가 꽉 차는 것은 추태를 연출하는 것이고, 교육을 잘 받은 사람들은 그것보다 더 싫어하는 것이 없기 때문이다.

그것은 마치 세상이 진지함을 불쾌하게 생각하는 것처럼 보이지만, 세상은 대단히 진지하므로 진지한 장면을 좋아하고, 진지한 사람은 단지 그들의 장소―그 활동 무대에서만 아주 호의적이기 때문에, 이것을 모른 채 아일랜드풍의 열정으로 그리고 아일랜드풍의 성실성으로, 시혜자에게 격정을 나타내는 사람들이 그로 인해 얼마나 슬픈 일을 만드는지를 보라. 그가 친절함은 물론 지각 있고 체통 있는 사람이면, 그로 인해 다소 짜증 날 수 있고, 일부의 사람들이 그렇듯이 신경질적으로 까다로운 성격이라면, 수혜자의 감사하는 마음에 의해서 시혜자가 짜증나는 것을, 단지 경솔한 언동이 아닌 마치 그가 배은망덕한 일을 저지른 것처럼 훨씬 덜 호의적으로 생각하게 될지도 모른다.

그러나 현명한 수혜자들은 시혜자에게 이러한 고통을 가하지도 않고, 그런 어떠한 위험도 무릅쓰려고 하지 않는다. 그리고 이러한 현명한 사람들이 절대다수다. 따라서 세상에 감사의 마음이 별로 많이 존재하지 않는다고 불평하는 자들이 얼마나 지각 없는지를 누구나 알고 있는데, 사실은 그때 수줍음 못지않게 감사의 마음이 존재하지만, 둘 다 음지를 좋아해서 대부분 보이지 않는 곳에 있는 것이다.

이러한 설명의 발단은, 사사로이 예절의 냉정한 옷을 벗어던지고 그의 참된 가슴이 따뜻이 이끄는 대로, 거의 다른 존재로 변형된 것처럼 보이는 상장을 두른 남자의 변화된 태도를 설명하려는 것이었다. 이 차분하고 부드러운 태도는, 아무리 예의 바른 것과 일치되지 않는다 할지라도, 한층 더 그의 진지함을 증명하는 스스럼없는 우울함과 조율되어 있었는데, 그 까닭은 진지함이 있는 곳에 또한 우울함이 존재하는 것이, 어째서인지는 모르지만 때때로 그런 일이 생기기 때문이다.

그때 그는 깊은 생각에 잠겨, 가까이에 있는 또 하나의 생각에 잠긴 인물―즉 머리를 뒤로 넘겨 검은 리본으로 묶고 여자처럼 열린 셔츠깃을 단, 백조처럼 목이 긴 젊은이―에게는 무관심한 채 뱃전의 난간에 기대어 있었다. 그리스 문자가 묘하게 새겨진 네모난 작은 조각으로 된 브로치로 보아, 젊은이는 아마 처음으로 여행 중에 있는―어쩌면 2학년생인―대학생인 것 같았다. 로마의 고급 가죽으로 장정한 작은 책이 그의 손에 들려 있었다.

옆자리 사람이 중얼거리는 소리를 우연히 듣고, 젊은이는 관심은 말할 것도 없고 약간 놀라서 그를 눈여겨보았다. 하지만 대학생치곤 유별나게 소심한 성격이어서 그는 아무 말을 하지 않았고, 그때 상대방이 무간함과 비애감이 이상하게 혼합된 태도로 독백에서 담화로 바꿈으로써 그의 수줍음을 한층 더 증가시켰다.

"아, 이게 누구야? 젊은 친구, 내 말을 듣지 않았죠? 이런, 당신도 역시 슬퍼 보이는군. 내 우울증은 전염성이 없는데!"

"어르신, 어르신." 다른 한쪽이 말을 더듬었다.

"이봐요, 그런데……." 일종의 붙임성 있는 슬픔을 띠고, 천천히 난간을 따라 살며시 움직이면서, "그런데 젊은 친구, 들고 있는 게 무슨 책이오? 실례 좀 하겠소." 그것을 자신에게로 점잖게 끌어당기면서, "타키투스!" 동시에 그것을 되는 대로 펼쳐 읽었다. "전반적으로 어둡고 치욕적인 시대가 내 앞에 놓여 있다." 깜짝 놀란 듯이 그의 팔을 건드리면서, "친애하는 젊은 양반, 이 책을 읽지 말아요. 그것은 독약, 도덕적 독약이오. 타키투스에게 진실이 있다 할지라도, 이러한 진실은 그릇된 진실이라는 점을 가지고 있고, 그래서 여전히 도덕적 독약일 것이오. 이 타키투스를 나는 너무 잘 알고 있소. 나의 대학 시절에 그는 내 성미를 까다롭게 만들어 나를 냉소주의자로 만들 뻔했소. 그래요, 나는 내 옷깃을 여미고, 경멸적이고 쓸쓸한 표정을 짓고 돌아다니기 시작했소."

"어르신, 어르신, 저…… 저는……."

"나를 믿으시오. 그런데 젊은 친구, 아마 당신은 타키투스가 나처럼 단지 우울하다고만 생각하겠지만, 사실 그는 그 이상이오. 그는 추악해요. 우울한 견해와 추악한 견해 사이에는 커다란 차이가 있소, 젊은 양반. 전자는 세상이 아직도 아름답다는 것을 말해 줄지 모르지만, 후자는 그렇지 않소. 전자는 자비심과 양립할 수 있지만, 후자는 결코 아니오. 전자는 통찰력을 심화하고, 후자는 그것을 반감시켜요. 타키투스를 버리세요. 젊은 친구, 골상학적으로 당신은 크고 잘 발달된 머리를 가진 것처럼 보이지만, 추악한 견해, 즉 타키투스의 견해를 밀어 넣는 순간, 마치 당신의 두뇌는 좁은 들판의 큰 황소처럼 그만큼 굶주릴 것이오. 그리고 일부 학생들이 그럴지도 모르듯이, 이 추악한 견해를 택함으로써 더 심오한 책들의, 더 심오한 의미들이 동시에 당신에게 드러나게 될 것이라고는 꿈꾸지 마시오. 타키투스를 버리세요. 그의 미묘함은 허위요. '미묘한 사람이 있는데, 바로 그는 잘못 생각하고 있다'*라는 성경의 말씀이, 인간 성격에 대한 그의 세련된 이중 분석에 잘 적용되지요. 타키투스를 버리세요. 자, 그러면 내가 이 책을 강물 속에 던져 드리지요."

"어르신, 저…… 저는."

"아무 말도 하지 마세요. 나는 정확히 당신의 마음속에 무엇이 있는지를 알고 있고, 바로 그것이 내가 언급하려는 거요. 그래요, 세상에 슬픔들은 많지만, 세상에 사악함은, 즉 그 추악함은 적다는 것을 나에게서 배우시오. 인간을 동정해야 할 큰 이유이고, 인간을 불신해야 할 작은 이유요. 나 자신이 역경을 겪었고, 아직도 겪고 있소. 하지만 그 때문에 내가 냉소

---

*　　정확한 인용은 아니지만, 「집회서」 19장 25-26절을 참조할 수 있다.

주의자가 될 것 같소? 아니오, 아니오. 나는 나의 동료 인간들에게서 위안을 얻지요. 그래서, 내가 무슨 일을 겪었다 할지라도, 그것은 인간에 대한 나의 신뢰를 심화시킬 뿐이오. 자, 그러면……." (애교있게) "이 책을, 당신 대신 내가 강물에 던지게 해주겠소?"

"그래요, 어르신…… 저는…… ."

"알겠소, 알겠소. 당연히 당신은 인간성을 이해하는 데 도움을 얻기 위해서 타키투스를 읽었을 것이오. 마치 언제나 비방하는 글에 의해서 진실이 파악되는 것처럼 말이오. 나의 젊은 친구, 인간성을 아는 것이 당신의 목적이라면, 타키투스를 버리고 오번과 그린우드의 공동묘지를 향해 북쪽으로 가시오."

"이거 참, 저…… 저는……."

"뿐만 아니라, 나는 그 모든 것을 내다보오. 당신은 타키투스, 저 천박한 타키투스를 지니고 다니오. 하지만 나는 무엇을 지니고 다니느냐고? 잘 보시오." 문고판 한 권을 꺼내면서, "아켄사이드, 그의 '상상력의 기쁨.'* 조만간 당신도 그것을 알게 될 것이오. 우리의 운명이 무엇이든, 우리는 사랑과 신뢰를 고취하도록 만들어진 평정하고 기분 좋은 책들을 읽어야 하오. 하지만 타키투스! 나는 오랫동안 이 고전 작품들은 대학의 맹독이라는 의견을 가지고 있었는데, 왜냐하면 오비디우스, 호라티우스, 아나크레온, 그리고 그 밖의 사람들의 부도덕성과, 아이스킬로스와 그 밖의 사람들의 위험스러운 신학 체계를 암시할 것도 없이, 투키디데스, 유베날리스, 루키아노스, 특히 투키디데스에게서만큼 인간성에 해로운 견해들을 어디서 찾겠소? 일찍이 학문의 부흥 이후로, 이 고전 작품들이 연속적

---

* Mark Akenside(1721-70): 영국의 시인이며 내과 의사였음. 그의 시 「*Pleasures of Imagination*」은 1744년에 출판되어 절찬을 받았다.

인 세대의 학생들과 면학에 힘쓰는 사람들이 좋아하는 것들이었다는 것을 생각할 때, 수 세기 동안 기독교계의 한가운데에서 전혀 짐작도 못한 채 부글부글 끓고 있었음에 틀림없는 모든 중대한 논제들에 대한 저 많은 이설(異說)을 생각하니 몹시 걱정이 되오. 하지만 타키투스, 그는 가장 비상한 본보기의 이단자이고, 그와 같은 부류에는 티끌만큼의 신뢰도 없소. 이런 자가 현명하다는 평을 받고, 투키디데스가 정치가의 입문서로 존중받다니 얼마나 웃음거리인지! 하지만 타키투스를, 나는 타키투스를 증오하오. 확신하건대, 죄를 짓는 증오심으로서가 아니라 정당한 증오심으로 말이오. 스스로 신뢰도 없이, 타키투스는 그의 모든 독자들에서 신뢰를 깨버려요. 이 세상에 아낌없이 사랑을 베푸는 하느님은 알고 계시는 신뢰를, 아버지처럼 우리를 보호해 주는 신뢰를 깨버려요. 친애하는 젊은 친구, 당신은 비록 세상을 잘 모르지만 얼마나 신뢰가 조금밖에, 아주 조금밖에 없는지 주시해 본 적이 없소? 인간과 인간 사이에, 더 두드러지게는 남남 사이에 말이오. 슬픈 세계에서 그것은 가장 슬픈 사실이오. 나는 때때로 신뢰는 사라졌다고, 신뢰는, 이민간, 실종된, 사라진, 새로운 아스트라이어 여신*이라고 때때로 생각했었소." 그러면서 아주 부드러운 태도로 살며시 미끄러지듯 접근하며, 의기소침한 표정으로 쳐다보면서, "자, 친애하는 젊은 양반, 이런 상황에서 단순하게 나를 신뢰할 수 있겠소?"

처음부터 이 젊은이는 지금까지 보여진 대로 남자에게서 나오는 이런 이상한 말들―또한, 이처럼 끈덕지게 계속되는 말들에서 비롯한 커져 가는 난처함과 악전고투하고 있었다. 그가 여러 번 변명하는 듯, 또는 작별을 고하는 듯 말함으로써 그 마법을 풀려고 애썼으나 허사였고 헛수고였다. 아무래도 이 남자가 그의 넋을 빼앗은 것 같았다.

*   Astraea: 〈그리스 신화〉 정의의 여신.

사람의 마음을 움직이는 힘에 부닥쳤을 때, 앞서도 말했듯이 내성적인 성격의 그는 거의 말을 할 수 없었지만, 원통해하는 남자가 불쑥 그 장소에서 물러나 반대 방향으로 어슬렁거리며 떠나가게 둔 것은 이상한 일이 아니었다.

6장
이 장(章)의 처음에 어떤 승객들은 자선의 외침에
귀를 기울이지 않는 것으로 판명되다

"이봐요, 참나! 어째서 선장은 이 구걸하는 자들의 승선을 허용하지?"

이 토라진 말들은 루비색 벨벳 조끼를 입고, 루비색 볼에 루비 손잡이가 달린 지팡이를 든 부티 나는 신사가, 앞서 설명한 대담이 있은 직후에, 세미놀족*들 사이에 창설된 '미망인과 고아 보호소'에 기부금을 권유하기 위해서 그에게 다가와 말을 건넨, 회색 외투에 흰 넥타이를 맨 사내에게 격렬한 어조로 뱉어낸 것이었다. 언뜻 보면 이 사내는, 상장을 두른 남자보다는 천한 티가 덜한 불운아 중 하나처럼 보일지도 모르지만, 더 가까이서 관찰하면, 그의 얼굴은 많은 고결함을 드러내지만 슬픈 모습은 거의 드러내지 않았다.

과민한 혐오감이 담긴 말들을 덧붙이며, 그 부티 나는 신사는 급히 가버렸다. 무례하게 거절을 당했지만, 회색 옷의 남자는 투덜거리지 않고, 그에게 주어진 차가운 고독 속에 한동안 참을성 있게 남아 있었고, 그의 얼굴 표정에는 억제되긴 했지만 잠재적인 기대의 표시가 없지 않았다.

*   Seminole: 플로리다에 정착한 북아메리칸 인디언.

드디어 다소 몸집이 큰 노신사가 가까이 다가왔고, 그에게서 다시 기부금을 얻으려고 했다.

"저런!" 노신사는 걸음을 딱 멈추고 그를 향해 얼굴을 찌푸리면서, "남들을 위해서 당신이 돈을 요구하다니! 내 팔만큼 길쭉한 얼굴을 가진 친구. 자, 들으시오. 길쭉한 얼굴에는 세 종류가 있는데, 슬픈 일을 꾸준히 하는 사람의 얼굴, 갸름하고 뾰족한 턱을 가진 사람의 얼굴, 그리고 협잡꾼의 얼굴이지. 어느 것이 당신의 얼굴인지는 당신이 가장 잘 알 것이오."

"당신에게 더 많은 하느님의 자비가 있기를 빕니다, 선생."

"그리고 당신에겐 더 적은 위선을 비오, 선생."

그 말과 함께 냉혹한 노신사는 당당하게 걸어가 버렸다.

상대방이 아직 쓸쓸히 서 있는 동안, 앞서 소개된 젊은 성직자가 그곳을 지나다가 그를 우연히 보고는 갑자기 어떤 기억이 떠오른 것처럼 보이더니, 잠시 멈춘 후에 서둘러 말했다. "죄송합니다만, 조금 전 나는 당신을 여기저기에서 찾고 있었어요."

"나를요?" 흰 넥타이를 맨 사내는 별로 중요하지 않은 사람을 열심히 찾는 것에 놀란 것처럼 말했다.

"네, 당신을요. 당신은 이 배에 타고 있는 앉은뱅이 흑인에 관해서 무언가 알고 있으세요? 그는 겉으로 보이는 것과 같은가요, 다른가요?"

"아, 가엾은 기니! 당신도 의심을 품었습니까? 당신이 주장하는 것들의 증거를 자연이 당신의 몸에 게시해 주었는데도?"

"그렇다면 당신은 정말로 그를 알고 있고, 그는 제법 쓸 만한 자입니까? 그 말을 들으니 안심이 되는군요…… 무척 안심이 됩니다. 자, 그를 찾으러 갑시다. 그리고 무엇을 해줄 수 있는지 알아봅시다."

"신뢰가 너무 늦게 올 수 있다는 또 하나의 사례로군요. 유감스럽게도 바로 요전의 선착장에서 내가 마침 현문 널판 위에서 우연히 그를 찾아내어 그 앉은뱅이를 육지에 내려 주었습니다. 오직 도와줄 시간뿐 얘기할 시간은 없었어요. 그가 당신에게 말해 주지 않았을지 모르지만, 그 부근에 사는 형인지 동생인지가 있어요."

"아, 내가 다시 만나지 못하고 그가 가버린 것은 매우 섭섭한 일이군요. 어쩌면, 당신이 생각하는 것보다 더 유감으로 생각합니다. 아시다시피, 세인트루이스를 떠난 후에 그는 앞 갑판에 있었고, 거기서 많은 다른 사람들과 함께 나는 그를 보았고, 나는 그를 너무나 많이 신뢰했기 때문에, 그렇지 않은 사람들을 확신시키기 위해서 그의 간청에 따라 당신을 찾으러 다녔습니다. 당신은 그가 당신의 외모에 대해 대충 말해 주면서, 기꺼이 그를 변호해 줄 것이라고 말한 몇몇 사람들 중의 하나였습니다. 하지만, 부지런히 찾아보아도 당신을 찾지 못하고, 그가 열거한 다른 사람들 중 어느 누구도 전혀 눈에 띄질 않아서 마침내 의심이 들었지만, 그 의심은 단언컨대, 다른 사람에 의해서 냉혹하게 표명된 이전의 의심에서 간접적으로 생긴 것이었습니다. 그럼에도 불구하고, 확실히 나는 수상쩍어하기 시작했습니다."

"하, 하, 하!"

웃음이라기보다는 오히려 신음 소리 같은 느낌이었는데도, 왠지 그것을 웃음으로 여겨지게 하려는 듯했다.

그래서 둘이 한꺼번에 뒤를 돌아보았는데, 젊은 성직자는 나무 의족을 한 사내가 겨자 연고를 등에 바른 형사법 재판관처럼 시무룩하게 수심을 띤 채 그의 뒤에 서 있는 것을 보고 깜짝 놀랐다. 지금의 경우 겨자 연고에 해당하는 것은, 최근에 겪은 어떤 통렬한 좌절과 굴욕의 기억이었을지도 모른다.

"웃은 것이 나라고 생각하진 않겠죠, 그렇죠?"

"하지만 당신이 웃은 것은 누굴 보고였나요? 아니 그보다는, 누굴 보고 웃으려고 했어요?" 젊은 성직자는 얼굴을 붉히며 물었다. "저요?"

"당신도 아니고 당신에게서 1천 마일 이내에 있는 그 어느 누구도 아니오. 하지만 어쩌면 당신은 그것을 믿지 않을지도 모르지요."

"만일 그가 의심이 많은 성격이라면 믿지 않을지도 모릅니다." 회색 옷을 입은 남자가 침착하게 끼어들며 말했다. "아무리 방심 상태일지라도, 자신에게 어떤 이상야릇한 방법으로 웃거나 몸짓하는 것을 보고, 모든 낯선 사람이 은밀히 자기를 표적으로 삼고 있다고 상상하는 것은 의심이 많은 사람의 바보 같은 짓들 중 하나요. 몹시 침울한 기분으로 의심 많은 사람이 길을 따라 걷는 동안, 거리의 모든 움직임들이 그를 향한 명백한 무언의 조롱처럼 보일 것이오. 간단히 말해서, 의심이 많은 사람은 제 발로 자신을 찹니다."

"누가 그렇게 할 수 있든, 열에 하나 그는 다른 사람들의 튼튼한 신발창을 아껴 주는 격이오." 의족을 한 남자가 유머를 시도하며 무뚝뚝하게 말했다. 그러나 더 늘어난 쓴웃음과 옴죽거림으로 똑바로 젊은 성직자를 향하며, "당신은 방금 내가 웃었던 것이 당신을 보고 한 짓이라 아직도 생각하고 있소. 당신의 착각을 증명하기 위해서, 나는 내가 무엇을 보고 웃었는지 당신에게 말해 주겠소, 바로 그때 내가 우연히 생각해 낸 이야기를 말이오."

그리고 그의 가시 돋친 방식으로, 그리고 되풀이하여 말하기 매우 불쾌한 냉소적인 세부 사항들과 함께, 어쩌면 온후한 각색으로는 다음과 같이 묘사되었을지도 모르는 하나의 일화를 이야기했다.

뉴올리언스에 사는 프랑스인으로, 팔다리보다 지갑은 덜 홀쭉한 한 노인이 어느 날 저녁 우연히 극장에 갔다가, 그곳에서 생생하게 재현된 성실한 아내 역에 너무나 매료되어, 그것에 근거해서 결혼해야 한다고 생각하기에 이르렀다. 그래서 그는 테네시 출신의 예쁜 여자와 정말 결혼을 했는데, 그녀는 우선 개방적 성향으로 그의 주의를 끌었고, 이어서 그녀의 성향과 대등하게 개방적인 교육과 성격 때문에 그녀의 친족을 통해 그에게 천거되었다. 과장되긴 했지만, 그 칭찬은 지나치지 않은 것으로 판명되었다. 왜냐하면, 머지않아 그 부인이 실수에 대해서도 관대하다는 이야기를 살며시 퍼뜨림으로써, 소문이 그 칭찬을 보강하고도 남음이 있었기 때문이다. 그러나 독신으로 오래 있었던 대부분의 신혼 남자들이 거의 결정적인 일이나 다름없다고 생각할 여러 가지 상황들을, 그의 친구들이 그 프랑스인 노인에게 때에 알맞게 자세히 이야기해 주었지만, 그럼에도 그의 신뢰가 너무 강했기 때문에 그는 전혀 믿지 않다가, 마침내 그가 아파트에 들어섰을 때 웬 낯선 사람이 벽감(壁龕)에서 갑자기 튀어나오자, "빌어먹을 놈! 이제 의심이 간다"하고 그가 소리쳤다.

이야기를 마치자 나무 의족을 한 남자는 고개를 뒤로 젖히고, 고압 엔진이 증기를 조롱하듯 내뿜는 소리처럼 참을 수 없는 길고 숨가쁘고 귀에 거슬리는 종류의 비아냥거리는 고함소리를 내지르더니, 그것으로 역력하게 만족한 듯 절뚝거리며 가버렸다.

"저 비웃는 사람은 누구요?" 회색 옷을 입은 남자가 적잖이 흥분하며 말했다. "진실이 그의 입에 오른다 할지라도, 그의 말투는 진실을 허위처럼 불쾌하게 만들 저 사람이 누구요? 그는 누구요?"

"그 흑인에 대한 의심을 호언장담했다고 내가 선생에게 언급한 그 사람이오." 마음의 동요에서 침착을 되찾으며 그 젊은 성직자가 말했다. "요컨대, 나에게 불신의 씨앗을 심어 준 장본인이오. 그는 그 흑인이 동정의 미끼로 쓰려고 비틀어 구부리고 페인트칠을 한 어떤 백인 불한당이라고 주장했어요. 그래요, 이게 바로 그 사람의 말이었다고 생각해요."

"그럴 리가! 그의 생각이 그렇게 잘못될 리가 없소. 제발 그를 되돌아 오게 하여, 그가 정말 진심으로 그러는지 내가 그에게 물어보게 해주겠 소?"

상대방이 그에 응했고, 적잖은 퉁명스러운 반대에도 불구하고, 마침내 그 다리가 하나인 사람을 잠시 돌아오도록 설득했다. 그러자 회색 옷의 남자가 그에게 이렇게 말을 걸었다. "선생, 이 목사님이 불쌍한 어떤 흑인 불구자를 당신이 교묘한 사기꾼으로 생각한다고 내게 말합니다. 한데, 이 세상의 일부 사람들은 자기들이 총명하다는 뚜렷한 증거를 보여 줄 수가 없으니까, 인간에 대한 무자비한 의심으로 자신들이 그것을 슬기롭게 알 아챘다면서 지적하는 것을 이상한 낙으로 삼는다는 것을 나는 모르지 않 아요. 나는 당신이 그런 사람들 중의 하나가 아니길 바랍니다. 요컨대, 당 신이 그 흑인에 대해서 넌지시 비친 생각이 단지 농담으로 말한 것이 아 닌지를, 지금 나에게 말해 주겠습니까? 친절하게도 그래 주시겠습니까?"

"아니오, 나는 친절하게도가 아니라, 잔인하게도 그렇게 하겠소."

"그거야 좋으실 대로."

"그래요, 그는 바로 내가 말한 대로 그런 인물이오."

"흑인으로 가장한 백인이란 말이오?"

"그렇소."

회색 옷의 남자는 잠시 젊은 성직자를 흘긋 보더니, 조용히 그에게 귀 엣말을 했다. "당신은 여기 있는 당신의 친구를 대단히 의심 많은 부류의 사람이라고 주장한다고 나는 생각했지만, 그는 쉽게 믿어 버리는 남다른 성격을 타고난 것처럼 보이는데요. 말해 주세요, 선생. 당신은 정말로 백 인이 그렇게 흑인처럼 보일 수 있다고 생각합니까? 나로서는 그것을 썩 좋은 연기라고 말하고 싶은데요."

"다른 어떤 사람이 연기하는 것보다 별로 더 나을 것 없소."

"뭐라고요? 세상 사람들이 모두 연기합니까? 이를테면, 나도 배우입니까? 여기 내 목사 친구도 역시 연기자입니까?"

"그렇소, 두 사람 다 연극을 하고 있지 않습니까? 행동하는 것은 무대에 서는 것이므로, 모든 행위자들은 배우입니다."

"실없는 말을 하시는군. 다시 묻지만, 만일 그가 백인이라면 어떻게 그렇게 흑인의 얼굴처럼 보일 수 있을까요?"

"흑인으로 분장한 백인 악극 단원을 본 적이 없지요?"

"있어요. 하지만 그들은 검은색을 지나치게 사용하는 경향이 있어서, '악마는 결코 페인트칠한 것처럼 검지 않다'는, 정당하기보다는 관대한 옛 속담을 실증하지요. 하지만 만일 앉은뱅이가 아니라면, 어떻게 그가 그의 팔다리를 그렇게 비틀어 구부릴 수 있을까요?"

"다른 위선적인 걸인들이 그들의 팔다리를 어떻게 비틀어 구부리는지, 그들이 어떻게 몸을 일으키는지는 아주 쉽게 알 수 있어요."

"그게 속임수가 분명합니까, 그러면?"

"통찰력 있는 눈에는." 그는 의족의 나사 하나를 끔찍하게 조이면서 말했다.

"이런, 기니는 어디 있지요?" 회색 옷의 남자가 말했다. "그는 어디 있어요? 당장 그를 찾아서 이 모욕적인 억측을 트집 잡을 수 없을 만큼 반박합시다."

"그렇게 해요." 다리가 하나뿐인 남자가 소리쳤다. "나는 지금 그를 찾아서, 사자가 카피르족 흑인의 몸에 그의 발톱으로 할퀸 자국을 남기듯이, 이 손가락들로 그의 페인트 위에 줄무늬를 남기고 싶은 간절한 마음이 듭니다. 아까는 나한테 그를 만지지 못하게들 했어요. 그래요, 그를 찾으시오. 나는 양털을 날리게 하고 그를 추적하겠소."

"당신은 잊고 있군요." 여기서 그 젊은 성직자가 회색 옷을 입은 남자에게 말했다. "당신 자신이 불쌍한 기니를 도와 뭍에 내려 주었다면서요."

"정말 그랬어요, 정말 그랬어요, 참 운이 없군. 하지만 자, 보세요." 상대방에게, "나는 개인적인 증거 없이도 당신에게 당신의 잘못을 납득시킬 수 있다고 생각해요. 왜냐하면 나는 당신에게 이런 질문을 던지는 바인데, 당신이 말하는 것과 같은 역할을 할 만큼 충분한 두뇌를 가진 사람이, 단지 그 하찮은 동전 몇 푼을 위해서 그 모든 수고를 하고, 그 모든 위험을 무릅쓸 거라고 상상하는 것이 온당한가요? 내가 듣기론, 그 몇 푼의 돈이 수고의 대가로 그가 얻은 전부였다는데요?"

"그 말이 그 사례를 반박할 수 없이 설명하는군." 젊은 성직자가 다리가 하나뿐인 남자를 향해 도전적인 시선을 보내며 말했다.

"둘 다 세상 물정 모르는 사람들이군! 이 세상에서 돈이 수고와 위험, 기만과 극악무도한 짓의 유일한 동기라고 당신들은 생각하고 있소. 악마가 이브를 속여서 얼마나 많은 돈을 벌었답니까?"

그런 뒤에 그는 과도한 조롱을 반복하면서 다시 절뚝거리며 걸어가 버렸다.

회색 옷의 남자는 그가 물러가는 것을 잠시 조용히 보면서 서 있더니, 그의 친구를 향하며 말했다. "나쁜 사람, 위험한 사람이야. 어떤 기독교 사회에서나 제거되어야 할 사람이오. 그런데 저 사람이 당신에게 불신을 생기게 한 바로 그 장본인이오? 아, 우리는 불신으로부터 우리의 귀를 막아야 해요. 그 반대편에 대해서만 귀를 열어 두어야 해요."

"하나의 도덕 기준을 말씀하시는데, 만일 내가 오늘 아침 그것에 근거해서 행동했었더라면, 나 자신이 지금 느끼는 기분을 면하게 되었을 것입니다. 단지 그 한 사람, 다리가 하나뿐인 사람은, 당연히 그에게 갖춰진 이러한 나쁜 힘을 가지고 있고, 그의 비뚤어진 한마디 말은 전에 아주 상냥했던 수많은 동료를 (내가 알고 있는 바로는 과거에 그러했을) 의기투합하는 심술궂음 속에 물들게 하지요. 하지만 넌지시 말했듯이, 그 당시 나에게는 그의 심술궂은 말들이 아무 소용도 없었고 지금과 똑같았는데, 단지 나중에 그의 말들이 효과를 나타내어, 고백컨대 이것이 나를 곤혹스럽게 해요."

"그래서는 안 됩니다. 어떤 독약들이 그렇듯이 불신의 망령은 인간적인 마음에 무언가를 일으키는데, 그것은 이런 마음속에 들어와서도 길든 짧든 간에 한동안 그 속에 조용히 있을지도 모르는 망령이지만, 오직 그것의 궁극적 활동이 몹시 통탄할 일입니다."

"난처한 해석이네요. 왜냐하면, 저 파멸을 초래하는 남자가 방금 새로이 나에게 그의 맹독을 떨어뜨렸으므로, 그 효력으로부터 내가 계속해서 면제될 것이라는 걸 어떻게 확신하나요?"

"확신할 수는 없지만, 당신은 그것에 맞서 싸울 수 있소."

"어떻게요?"

"장차 무슨 도발에 의해서든, 당신에게서 일어날 수 있는 어떤 종류의 것이든, 하찮은 불신의 징후라 할지라도 억제함으로써 가능하지요."

"그렇게 하겠습니다." 그런 다음 혼잣말처럼 덧붙여 말했다. "정말, 정말, 그 외다리 남자의 영향력하에서 수동적인 태도를 취한 것은 나에게 책임이 있었습니다. 내 양심은 나를 신랄하게 힐책합니다. 그 가엾은 흑인! 당신은 혹시 그를 가끔 만납니까?"

"아니오, 자주는 아니고 이삼 일 후에, 공교롭게도 내게 용무가 있어 그의 현재 은신처 근처에 들르게 될 것인데, 기특한 기니는 고마워할 줄 아는 사람인지라, 필시 거기로 나를 만나러 올 것이오."

"그러면 당신은 그의 후원자였습니까?"

"그의 후원자라고요? 나는 그런 말은 하지 않았소. 나는 그와 아는 사이요."

"그렇다면 이 성금을 받으시오. 기니를 만나면 이걸 그에게 전해 주고, 이것이 그의 정직성을 완전히 믿는, 그리고 아무리 일시적이라 할지라도 신뢰하지 못했던 것에 대하여 충심으로 미안하게 생각하는 자에게서 나온 것이라고 말해 주시오."

"나는 그 일시적 위탁을 받아들이는 바요. 그리고 말이 나온 김에, 당신은 이처럼 진실로 자비심이 강한 성격을 가졌으므로, 세미놀족 미망인과 고아 보호소를 위한 호소를 외면하진 않겠죠?"

"그 자선 시설에 대해선 들어 본 적이 없어요."

"최근에 창설되었습니다."

잠시 생각한 후에, 젊은 성직자는 우유부단하게 그의 주머니 속에 손을 집어넣고 있다가, 친구의 표정에서 무언가에 이끌린 듯 불안할 정도로 지나치게 캐묻듯이 그를 보았다.

"아, 그래요." 상대방이 방심하지 않고 미소를 지었다. "우리가 방금 언급한 그 미묘한 독액이 이렇게 빨리 효력을 발휘하기 시작하고 있다면, 당신에 대한 나의 호소는 헛수고요. 잘 가시오."

"아니오." 다소 마음이 흔들린 채, "당신은 나를 오해하고 있어요. 현재의 미심쩍은 생각에 빠지지 않고, 나는 오히려 이전의 의심들에 대한 보상을 하고 싶소. 당신의 보호소에도 약소하지만 드리겠습니다. 많지는 않지만 십시일반이죠. 당연히 증서가 있죠?"

"물론이지요." 비망록 수첩과 연필을 꺼내면서, "성함과 금액을 적어 놓겠습니다. 우리는 이 명단을 발표합니다. 그리고 지금 우리 보호소의 간략한 연혁과, 그 시설이 출범하게 된 신의 뜻이 담긴 방침을 말씀드리겠습니다."

7장
옷소매에 금단추를 단 신사

　이야기의 흥미 있는 국면에서, 그리고 많은 호기심에서, 아니 사실 다급하게, 서술자가 각별히 그 요점에 대해 질문을 받고 있는 순간에, 처음부터 보이는 곳에 서 있었지만, 우연히도 지금까지 그에게 목격되지 않았던 것처럼 보이는 한 신사를 바로 그때 발견함으로써, 그는 그 요점과 이야기 모두에서 관심의 방향이 완전히 전환되었다.

　"실례지만……." 그가 일어서면서 말했다. "저쪽에 기부를, 그것도 후하게 할 것으로 아는 분이 있습니다. 내가 당신 곁을 떠나더라도 그것을 나쁘게 생각하진 마십시오."

　"가세요, 우선 임무가 첫째죠"라는 양심적인 대답이 돌아왔다.

　그 나그네는 아주 매력적인 용모의 남자였다. 그는 그곳에 따로 떨어져 평온한 모습으로 서 있었음에도, 목초지에 홀로 서 있는 잎이 무성한 어떤 느릅나무가, 한낮에 낫질하는 농부를 그 우아한 자태로 유혹하여, 그의 곡물 다발들을 내던지고 나무 그늘로 보시를 구하러 오게 하는 것과 같이, 그의 단순한 얼굴 표정으로 회색 옷을 입은 남자를 그의 이야기로부터 꾀어내었다.

그러나, 착함은 인간들 사이에서 그렇게 드문 것이 아님을 생각하면—세상 사람들은 모든 언어에서 보통 명사인 그 단어를 익숙하게 알고 있다—그 나그네를 그렇게 두드러지게 하고, (일부 사람들에게는 이 인물 묘사에서 그것이 그를 다소 실재하지 않는 것처럼 보이게 만들듯이) 군중들 속에서 그를 일종의 이방인처럼 보이게 만든 것이, 오직 아주 일반적인 특성의 표현뿐인 것은 기이한 일이었다. 이러한 착함이, 상당한 부와 결합되어 그의 것이 된 것처럼 보였으므로, 그 자신의 개인적 경험에 관한 한, 물질적이든 도덕적이든 그가 악을 체험했을 리는 절대 없었을 것이고, 어떤 심각한 정도로든(그러한 정도가 존재한다고 가정하면) 관찰이나 철학에 의해서 악을 체험하거나 짐작하는 것은, 아마도 그의 천성적 저항으로 인해 자격이 불충분하거나 완전히 면제되었을 것이다. 그 밖의 것은, 그는 55세, 어쩌면 60세일지도 모르지만, 혈기 왕성하고 의기양양한 태도와 포동포동한 것과 비대한 것의 중간쯤으로, 키가 크고 때와 장소에 어울리는 축제 분위기의 세련되고 우아한 옷차림을 하고 있었다. 그의 외투 자락 안감은 하얀 공단이었고, 그것이 오히려 상당한 문장(紋章)처럼 보이지 않았더라면 유별나게 어울리지 않아 보였을지도 모른다. 본의 아니게 그 문장은 그가 어딘지 착해 보이는 것이 모두 외부에만 있는 것이 아니라는 점을, 즉 우수한 외피는 한층 더 우수한 안감을 가지고 있다는 것을 보여 주었다. 그는 한 손에는 하얀 새끼 염소 가죽장갑을 끼고 있었지만, 다른 한쪽 손은 장갑을 끼고 있지 않는데, 둘 다 거의 같은 정도로 흰 손이었다. 그런데 피델르호도 대부분의 기선들처럼 갑판 위에, 특히 난간 주변 여기저기에 그을음으로 줄무늬가 그려져 있었으므로, 이러한 상황에서 이 손들이 어떻게 흠 없는 상태를 유지하는지는 신기한 일이었다. 하지만 잠시 그 손들을 지켜보면, 그 손들이 무엇이든 만지는 것을 피하는 것이 금방 인지되었다. 요컨대, 자연이 손을 검게 물들여 놓은 어떤 흑인 몸종이,

아마도 제분업자들이 흰 옷을 입는 것과 똑같은 목적으로, 그의 주인의 손을 대신하여 주인이 어떠한 해도 입지 않도록, 그를 위하여 오물을 다룬다는 것을 알아챘다. 그러나 만일 어느 신사가, 자기에게 무해한 결과를 가져오기 위해 그의 대리인을 시켜 죄를 짓는다면, 그것은 얼마나 충격적인 일인가! 그러므로 그것은 허용되지 않으며, 설령 허용된다 할지라도, 사리 분별 있는 도덕주의자는 아무도 그것을 선언하고자 하지 않을 것이다.

그런고로 이 신사는 유다의 총독*처럼, 항상 손을 깨끗이 해둘 줄 알고, 일생 동안 결코 우연히도 서두르는 실내 도장공이나 청소부와 갑자기 충돌한 적이 없는 사람, 한마디로 말하면 대단히 착한 사람이며 행운아였다고 주장할 수 있다.

마치 그가 적어도 윌버포스** 같은 사람처럼 보였기 때문은 아니고, 그런 뛰어난 가치가 아마도 그의 장점은 아니었을 것이며, 그의 태도에서 그가 착한 것 말고는 아무것도 의로움을 나타내지 않았다. 착한 것이 의로운 것보다는 훨씬 못하지만, 그리고 그 둘 사이에는 차이가 있지만, 그럼에도 의로운 사람이 착한 사람인 경우가 서로 양립할 수 있기를 희망하는 바이다. 거꾸로, 단순히 착한 사람, 즉 단순히 그의 천성에 의해서 착한 자는 그것에 의해서 의롭게 되기는커녕, 완전한 변화와 전향이 아닌 어떤 것도 그를 그렇게 만들 수 없다는 것이 설교단에서 매우 타당하게 주장되어 왔다. 그것은 의로움의 역사에 박식한 어떤 정직한 지성도 부인하지 않을 중요한 사실인데, 그럼에도 불구하고 사도 바울 자신이, 전적

---

* 예수를 십자가에 못박기 전에, 군중들 앞에서 그의 손을 씻으면서, '나는 이 사람의 피에 책임이 없소'라고 말한, 폰티우스 빌라도(「마태오 복음서」 27장 24절).

** William Wilberforce(1759-1833): 흑인 노예 제도의 폐지에 그의 생애를 바친 영국의 박애주의자.

으로 설교의 연역법으로는 아니지만 설교의 특징에 어느 정도까지 동의하면서, 그리고 또한 문제의 두 가지 특성 중 어느 쪽이 그의 사도적인 선호를 받는지 아주 분명히 암시하면서 매우 의미심장하게, "의로운 사람을 위해서 죽을 사람은 거의 없지만, 혹시 착한 사람을 위해서라면 누군가 죽겠다고 나설지도 모릅니다"*라고 말했으므로, 우리가 이 신사에 대해서, 그는 오직 착한 사람이라고 거듭 말할 때, 엄중한 비판자들이 다른 어떤 것을 그에 대한 반대 이유로 내세운다 할지라도, 그의 착함이 적어도 그에게 범죄적인 것으로 간주되지 않기를 역시 희망하는 바이다. 좌우간 아무도, 심지어 의로운 사람조차도, 이 신사를 그 죄로, 그는 그것을 괴상하다고 생각할 테지만, 투옥하는 것이 전적으로 옳다고 생각하지 않을 것이며, 모든 것을 알 수 있을 때까지, 그 신사가 결국 사실 그대로 완전히 결백해질 수 있는 어떤 기회가 있을 것이기 때문이다.

그 착한 사람이 그 의로운 사람, 즉 사회 계급보다는 오히려 키 차이에서 분명히 그보다 아래인, 회색 옷을 입은 남자의 인사를 받는 것을 지켜보는 일은 유쾌했다. 게다가 그 착한 사람은 인자한 느릅나무처럼, 우쭐한 겸손으로서가 아니라 누구에게도 자신을 낮추는 일이 없이 친절할 수 있는, 즉 진실한 위엄이 갖는 한결같은 싹싹함으로 그 청원인 위에 그의 착함의 차양을 두르는 것 같았다.

세미놀족 미망인과 고아들을 위한 기부에 대해서, 그 신사는 한두 가지 질문을 하고 충분히 답을 들은 후에, 은행에서 새로 나와 표면에 땟자국 하나 없는 빳빳한 새 지폐들을, 녹색의 고급스런 프랑스 염소 가죽을 이용해 장인의 솜씨로 한땀한땀 만든 품질 좋고 멋진 대형 지갑에서 꺼냄으로써 응수했다. 이 지폐들이 재물일지는 모르지만, 아직까지 세상 사람들

---

* 「로마서」 5장 7절.

로부터 흠 없이 보존되었기에 불결한 종류의 돈은 아니었다. 즉시 석 장의 그 신권 지폐를 기부 청원자의 손에 건네면서 기부금이 소액임을 용서해 주기 바랐고, 그리고 사실 그는, 이것이 마침내 그의 복장에 대한 설명이 되었는데, 축제에 적합한 숲에서 오후에 열릴 조카딸의 결혼식에 참석하기 위해서 강 하류로 단거리 여행을 하게 되었고, 그런 이유로 많은 돈을 몸에 지니고 있지는 않았다.

상대편이 감사의 뜻을 표하려고 할 때 그 신사는 쾌활하게 그를 막았고, 그 감사의 마음은 다른 쪽으로 옮겨 가야 했다. 그에게 자선은 어떤 의미에선 노력이 아니라 사치였고, 그것에 지나치게 빠지지 않도록 해학가(諧謔家)인 그의 집사가 때때로 주의를 주었다고 그는 말했다.

그 신사는 선행을 베푸는 조직화된 방법들에 대한 얼마간의 일반적인 대화에서, 현존하는 매우 많은 자선 단체들이 나라 안 여기저기 고립되어 있어, 이미 각 단체를 구성하는 개인들이 해온 방식으로 협력하여 활동하지 않는 것에 유감의 뜻을 표했고, 만일 그렇게 하면 커다란 이점이 있을 것이라고 그는 말했다. 사실 이러한 연합으로, 어쩌면 정치적으로 합중국에 비견할 만큼의 행복한 결과가 따랐을지도 모른다.

이러한 암시는 지금까지 아주 온건함을 보인 그의 말동무에게 '영혼은 조화(調和)다'라는 소크라테스의 견해에 다소 예증(例證)이 되는 효과를 가져왔는데, 왜냐하면 플루트의 음향이 어떤 특정한 조(調)라든지 가청 범위 내에서, 조율이 잘된 어느 하프의 현에 상응하여 잘 들리도록 영향을 미칠 것이라고 말하듯이, 바로 지금 그렇게 그의 내부에서 어떤 심금이 활기 있게 반응했기 때문이다.

그런데 그 활기는, 그가 처음 소개되었을 때 보여 준 무기력한 태도를 고려하면, 그 회색 옷 입은 남자에겐 다소 어울리지 않는 것처럼 보였을지 모르지만, 그는 이미 어떤 뒷담화들에서 어떤 성격의 사람들에게 보인 침착하고 자제심 있는 태도로, 전문 지식이 텅 비었음을 나타내기는커녕, 그것이 낭비되지 않았기 때문에 기회가 오면 보다 풍부히 더 효과적으로 이용될 수 있다는 좋은 증거가 된다는 사실을 어느 정도 입증했었다. 이제 회색 옷을 입은 남자에게서 나오는 말들은 어쩌면 다소 두드러지게 이 말의 진실, 혹은 그런 것처럼 보이는 것을 한층 더 실증할 것이다.

"선생!" 그가 간절히 말했다. "내가 당신보다 앞서 당신의 것과 다르지 않은 계획을, 런던 만국 박람회에서 제안했습니다."

"만국 박람회라고요? 당신이 거기에? 그것은 어찌 된 일이었나요?"

"우선, 내가요……."

"아니, 먼저 무슨 일로 당신이 박람회에 갔는지를 말해 주겠소?"

"내가 발명해 놓았던 장애인용 안락의자를 전시하러 갔습니다."

"그러면 당신은 내내 자선 사업에 종사한 것이 아니었소?"

"인간의 고통을 덜어 주는 것이 자선 행위가 아닌가요? 나는 자선 사업에 종사하고 있고, 언제까지나 그럴 것이듯이 늘 그래 왔다고 확신하는 바입니다. 하지만 자선이란, 한쪽은 머리가 되고 다른 한쪽은 뾰족한 끝이 되는 나사못과 같은 것이 아니라, 훌륭한 일꾼이 그것의 모든 부문에서 소임을 감당할 수 있는 업무요. 나는 식사와 수면 시간에서 틈틈이 시간을 떼어 내어 나의 '무한 변형 안락의자'를 발명했습니다."

"당신은 그것을 '무한 변형 안락의자'라고 부르는데, 그것에 대해 설명해 주시오."

"나의 '무한 변형 안락의자'는 전체적으로 조립식이며, 경첩이 달렸고 완충재가 덧대어져, 모든 점에서 너무나 신축성과 탄력이 있기 때문에 별로 힘 안 들이고도 다루기 쉬운 의자입니다. 등 부분, 앉는 부분, 발판, 그리고 팔걸이를 끝없이 변화시킬 수 있는 조절 기능들이 있어, 아무리 불편한 몸, 아무리 고통을 겪는 몸이라 할지라도, 사실 나는 가장 괴로운 양심조차 추가할 뻔했는데, 어디서든지 어떻게든지 틀림없이 휴식을 얻습니다. 나는 이런 의자를 고통스러워하는 인간에게 최대한 알려야 할 의무가 있다고 믿었으므로, 나의 적은 재산을 긁어모아 그걸 가지고 만국 박람회로 떠났습니다."

"잘했소. 하지만 당신의 계획 말이오, 어떻게 그것을 생각해 내게 되었던 거요?"

"말해 주려던 참이었습니다. 내 발명품이 정식으로 목록에 실리고 자리가 정해지는 것을 확인한 후에, 나는 내 주변의 광경을 보며 묵묵히 생각에 빠졌습니다. 저 빛나는 예술품의 전시회와, 여러 국가들의 감동적인 참여를 곰곰이 생각하고, 유리로 만든 전시장 안에서 세계의 자랑거리들이 이름을 높이고 있는 광경의 허영된 느낌이 나에게 깊은 인상을 주었습니다. 그리고 이 허영의 제전이 계획된 것보다 더 나은 이득을 향한 단서를 줄 수 없는지 확인해 보겠다고 스스로 다짐했습니다. 이제 세계적인 대의를 위해 세계적인 좋은 일이 이루어지게 하자! 요컨대, 그 광경에서 영감을 받아, 네 번째 날 나는 만국 박람회에 '세계 자선 기금'에 대한 나의 취지서를 냈습니다."

"굉장한 생각인데요! 그것을 자세히 설명해 주시오."

"'세계 자선 기금'은 현존하는 모든 자선 기관과 선교 단체의 대표자들을 망라해 회원으로 거느린 협회가 될 것이고, 그 협회의 한 가지 목적은 세계적 자선의 체계화입니다. 그 목적을 위하여 현재의 임의적이고 불규칙한 기부 체계는 폐지됩니다. 협회는 매년 모든 사람들에게 하나의 총괄적인 자선세(稅)를 징수할 권한을 여러 정부들에 의해서 부여받게 되는데, 아우구스투스 시저 시대에 그랬듯이 전 세계 사람들이 징세 대상이 되고, 그것은 협회의 사업 계획을 위해서 영국의 소득세와 비슷한 것이어야 하는 세금입니다. 또한 전에 암시했듯이, 가능한 모든 자선세들을 통합하는 세금이 되어야 하는데, 여기 미국에서 주세(州稅)와 군세(郡稅), 읍세(邑稅)와 인두세(人頭稅)가 세액 사정자들에 의해서 합쳐져 하나로 되듯이 말입니다. 이 세금은, 나의 산술 제표에 따라 조심스럽게 계산되어, 매년 8억 달러에 가까운 기금을 모으게 될 것이고, 이 기금은 1년에 한 번씩 여러 자선 단체와 선교 단체들이 대표자 총회에서 정한 목적들에, 그리고 정한 방식으로 사용됩니다. 그렇게 해서 어림잡아 14년이 지나면 112억 달러의 금액이 자선 사업에 충당되었을 것이고, 그 기금이 사리 분별 있게 쓰여 전 세계에 한 명의 거지나 이교도가 남아 있지 않다면, 그때 협회의 해산을 정당화할 것입니다."

"112억 달러라! 그리고 모두 기부금을 모아서!"

"예, 나는 불가능한 사업 계획의 설계자인 푸리에* 같은 사람이 아니라 실행 가능한 자선과 자금 조달을 발표하는 박애주의자이자 재무관입니다."

"실행 가능한?"

"예. 112억 달러, 소규모 자선가가 아니고는 그 금액에 아무도 소스라쳐 놀라진 않을 것입니다. 14년 동안 매년 고작 8억 달러가 대수입니까? 그런데 8억 달러는, 그것을 평균하면 지구상의 인구 1인당 고작 하찮은 1달러인데, 그게 무슨 대수로운 일입니까? 그리고 누가, 정말이지 터키 사람이나 다약족**조차도, 친절한 자선을 위해서 자신의 하찮은 1달러를 내놓기 거부하겠습니까? 8억 달러! 그보다 더 많은 금액이 허황된 일뿐만 아니라 참화(慘禍)에도, 인간에 의해서 해마다 소진됩니다. 저 피에 굶주린 낭비의 주범, 전쟁을 잘 생각해 보십시오. 그리고 인간은 너무나 어리

---

* François Marie Charles Fourier(1772-1837): 프랑스의 사회주의자. 그는 후에 푸리에주의로 알려진 유토피아적 공산주의 체제를 제기했다.
** 보르네오 내륙에 사는 비이슬람교 종족.

석고 너무나 사악하여, 이런 이유에 따라 그들의 행동을 개선하면서, 세상을 저주하지 않고 축복하는 데 그들의 남아도는 재화를 바치려고 하지 않을까요? 8억 달러! 그들은 그것을 만들 필요가 없이 이미 그들의 것이고, 그들은 악에서 선(善)으로 그것의 사용을 돌리기만 하면 됩니다. 그리고 여기에 자기 부정은 절대 필요하지 않습니다. 확실히 그들은 더 좋아지고 더 행복해질 것이며, 실제로 그들은 그것 때문에 한 푼도 더 가난해지지 않을 것입니다. 모르시겠어요? 하지만 선생, 인간이 미치지 않았고 나의 계획이 실행 가능하다는 것을 인정해야 합니다. 왜냐하면 선 또는 악, 그중 하나가 자기 자신에게 틀림없이 되돌아올 것이 분명한데, 미친놈 말고 어떤 사람들이 못된 짓보다는 착한 일을 하려고 하지 않겠습니까?"

"당신의 추론 방식은……." 그 친절한 신사가 그의 옷소매에 달린 금단추를 바로 하면서 말했다. "그런대로 모두 논리적인 것처럼 보이지만, 인간에겐 적합하지 않소."

"이성이 인간에게 적합하지 않다면, 그러면 인간은 이성적 존재가 아닙니다."

"그건 엉뚱한 말이오. 말이 난 김에, 당신이 세계의 인구 조사에 대해 언급한 방식을 보면, 당신의 세계적인 계획에 따라 거지도 큰 부자 못지않게 빈민 구제에 기여해야 하고, 기독교도 못지않게 이교도도 이단의 개종에 기여해야 하는 것처럼 보일 것이오. 그건 어째서인가요?"

"아니, 그것은 실례지만 억지스런 말입니다. 그리고 어떤 박애주의자도 억지스런 말에 맞서고 싶어하지 않습니다."

"그래요, 더 이상 그런 말은 하지 않겠소. 하지만 결국 내가 당신의 사업 계획을 이해한다면, 그것엔 현재 실시 중인 방법의 확대 이상으로 특별히 새로운 것은 거의 없소."

"확대하고 활력을 주는 것입니다. 첫째로, 나는 전도 사업을 철저히 개혁할 것입니다. 나는 전도 사업을 월(Wall)가 정신으로 추진할 것입니다."

"월가 정신?"

"예. 왜냐하면 만일 어떤 종교적 목적들이 오직 세속적 방법의 보조적 작용을 통해서만 명백히 달성될 수 있다면, 이러한 종교적 목적들의 더 확실한 달성을 위하여, 세속적 사업 계획들에서의 세속적 수단의 본보기가 종교적 계획자들에 의해서 경시되어서는 안 되기 때문입니다. 요컨대, 이교도의 개종은 지금까지 적어도 인간의 노력에 의존하고 있으므로, '세계 자선 기금'에 의해서 계약에 따라 도급받게 될 것입니다. 인도를 개종하기 위한 입찰 가격으로 얼마, 보르네오엔 얼마, 아프리카엔 얼마, 이런 식의 경쟁이 허용되고 격려도 해줄 것입니다. 무기력한 독점은 없을 것입니다. 선교관이나 지역 회관을 두어선 안 되는 것은, 비방자들이 어떤 식으로든 그럴듯하게, 그것이 사무 직제 속에서 일종의 세관으로 타락했다고 말할 수 있어서입니다. 하지만 중요한 점은 부담하게 될 아르키메데스적 자금력입니다."

"8억 달러의 힘 말입니까?"

"예. 아시다시피, 지금 세상에서 조금씩 착한 일을 하는 것은 정말 가치가 없습니다. 나는 진정으로 세상에 착한 일을 하자는 쪽입니다. 나는 단호하게 세상에 착한 일을 하고 그것을 끝내자는 쪽입니다. 단지 선생님, 중국에서 일어난 이교도들의 대혼란을 생각해 보십시오. 그곳에서 사람들은 이것이 무엇인지 전혀 모릅니다. 서리가 내린 홍콩의 아침에, 걸인 이교도들이 마치 완두 저장용 통 속의 상한 완두들처럼 길거리에 죽어 있습니다. 중국에서 불멸의 존재라는 것은 진눈깨비 속 눈송이와 별 차이가 없습니다. 이런 국민에게 몇십 명의 선교사들이 무슨 의미가 있단 말입니까? 소용없는 일이죠. 나는 한꺼번에 1만 명의 선교사들을 보내어 상륙한 지 6개월 이내에 중국 국민을 한 묶음으로 개종시키자는 쪽입니다. 그 일은 그때에 끝내고, 어떤 다른 일을 시작하는 것입니다."

"당신은 너무 열광적인 것 같군요."

"박애주의자는 필연적인 결과로 열광적인 사람인데, 왜냐하면 열광적이지 않고서야 평범한 일 이외에는 도대체 무슨 일이 이루어졌습니까? 또한 런던에 있는 빈민들을 생각해 보십시오. 저 비참한 무리들에게, 여기에 고기 한 덩어리, 저기에 빵 한 덩어리가 무슨 의미가 있단 말입니까? 나는 그들에게 우선 2만 마리의 어린 수소들과 10만 배럴의 밀가루를 지원할 것을 결의하자는 쪽입니다. 그들은 그래야만 편안해지고, 런던의 빈민들 사이에서 이제는 한동안 굶주림이 없어집니다. 그리고 그렇게 한 바퀴 돌아갑니다."

"당신의 전반적 계획의 특성에 대해 공감하지만, 이런 일들은 앞으로 일어나게 될 기적들이라기보다는, 오히려 희망하는 기적들의 본보기라고 나는 생각하오."

"그러면 기적의 시대는 지나갔습니까? 세계는 이미 너무 늙었나요? 불모지인가요? 사라를 생각하십시오."

"(웃으면서) 그러면 나는 천사를 매도하는 아브라함이군.* 그럼에도 불구하고, 전체적으로 당신의 계획에는 어느 정도의 무모함이 있는 것 같소."

"그러나 만일 그 계획의 무모함에 균형 잡힌 집행의 신중함이 부여된다면, 그렇다면 어떠할 것 같습니까?"

"뭐라고? 당신은 소위 '세계 자선 기금'이 언젠가 실시될 것이라고 정말로 믿고 있소?"

---

* 「창세기」 17장 17절: '나이 백 살 된 자에게서 아이가 태어난다고? 그리고 아흔 살이 된 사라가 아이를 낳을 수 있단 말인가?'

"나는 그렇게 될 것이라고 확신합니다."

"하지만 당신이 지나치게 자신하는 것이 아닐까?"

"기독교인이 그렇게 말하다뇨!"

"그렇지만 장애물들을 생각하시오!"

"장애물들? 비록 산일지라도, 나는 장애물들을 제거할 자신이 있습니다.* 그래요, 보다 나은 사람이 대신하겠다고 아무도 나서지 않으므로, 내가 스스로 잠정적 회계원을 자임했고, 당분간 나의 취지서를 백만 장 더 인쇄하는 데 충당하기 위한 기부금을 기꺼이 받을 정도로 '세계 자선 기금'을 확신합니다."

담화는 계속되었고, 회색 옷의 남자는, 농부의 근면한 정신이 다가오는 파종기에 대비한 사전 계획에 고무되어 그를 그의 농장의 모든 밭으로 인도하는 것과 같이, 천년 왕국의 약속을 염두에 두고 세계만방으로 널리 퍼져 나간 박애 정신을 드러냈다.

회색 옷 남자의 마음은 감동으로 떨렸고, 그 떨림은 그치지 않을 것처럼 보였다. 그는 오순절 추가된 혀들의 움직임**과, 그 힘으로 화강암 같은 심장도 부스러져 자갈이 될지도 모르는 설득력을 지닌, 은방울을 굴리는 듯한 혀를 가지고 있었다.

그러므로, 보기만큼 남다르게 마음씨 착한 그의 청취자가 어떻게 이 유창한 화술에 넘어가지 않은 채 남아 있었는지는 예상 밖이었지만, 나중에 드러난 바와 같이, 그가 이러한 탄원에 넘어가지 않은 것은 아니었다. 왜

---

* 「코린토 1서」 13장 2절: '산을 옮길 수 있는 큰 믿음이 있다 하여도, 나에게 사랑이 없으면 나는 아무것도 아닙니다.'

** 「사도행전」 2장 4절: '그리고 불꽃 모양의 혀들이 나타나 갈라지면서 각 사람 위에 내려앉았다. 그러자 그들은 모두 성령으로 가득 차, 성령께서 표현의 능력을 주시는 대로 다른 언어들로 말하기 시작하였다.'

냐하면, 잠시 동안 쾌활한 모습으로 쉽사리 믿지 않으며 좀 더 귀를 기울인 후에, 이윽고 배가 그의 목적지에 닿자, 그 신사는 반은 익살스럽고 반은 동정 어린 표정으로 회색 옷 남자의 두 손 안에 또 하나의 은행권을 쥐어 주었기 때문인데, 오직 열광적인 꿈을 위해서라지만, 그는 끝까지 자비심이 충만했다.

8장
자비로운 여인

　술을 마시지 않은 상태의 술고래가 가장 따분한 인간이라면, 제정신인 상태의 열광자는 가장 활기 없는 사람이다. 그리고 이것도 크게 개선된 그의 이해력을 손상하지 않고서인데, 왜냐하면 그의 의기양양함이 그의 광기의 절정이었다면, 그의 의기소침은 그의 본정신의 극단이기 때문이다. 지금 어느 모로 보나 회색 옷 남자의 경우가 이러했다. 사회는 그의 자극물이었고, 고독은 그의 권태였다. 고독은 먼 거리의 허공으로부터 불어와 흩어지는 해풍처럼, 노련한 외톨이들이 그러듯이 별로 기운을 돋우는 것으로 그는 생각하지 않았다. 요컨대, 그의 잠재적 점액질을 이끌어 낼 대상이 아무도 없이 방치되면, 그는 서서히 그의 본래의 태도인 지독한 비하와 새침함이 섞인 나태한 태도를 되찾는다.

　머지않아 그는, 내키지 않는 마음으로 누군가를 찾아 나선 듯이, 여성 전용 담화실로 느리게 들어가지만, 실망한 시선으로 몇 번 주변을 둘러본 후에 기진맥진하고 의기소침한 태도로 우울하게 소파에 주저앉는다.

　그 소파의 저쪽 끝에, 만일 그녀에게 약점이 있다면 그것은 틀림없이 아주 훌륭한 그녀의 동정심은 결코 아님을 암시하는 것처럼 보이는 용모를 가진, 통통하고 상냥한 여자가 앉아 있다. 새벽처럼 환하지도 어둠처럼 검지도 않은, 황혼처럼 어스름한 그녀의 드레스로 보아, 그녀는 거상 기간의 과도기를 이제 막 벗어나는 과부인 것이 분명하다. 그녀가 방금 읽고 있었던 금박을 입힌 작은 성서가 그녀의 손 안에 있다. 책을 쥔 손이 느슨해진 채 그녀는 몽상 속에 잠겨 있고, 그녀의 손가락이 「코린토 1서」 13장에 끼워져 있는데, 아마도 최근에 경고하는 벙어리와 그의 석판 장면을 목격함으로써, 그 장(章)에 그녀의 관심이 쏠렸을지도 모른다.

더 이상 그녀의 시선은 그 신성한 지면에 머물고 있지 않은데, 해는 졌지만 당분간 서녘의 산들은 계속 빛나는 저녁 무렵처럼, 가르쳐 준 사람은 잊혀졌지만 그녀의 사려 깊은 얼굴엔 그 말씀의 다정함이 계속 남아 있다.

그러는 동안, 그 남자의 표정은 머지않아 그녀의 시선을 끌기에 충분하다. 하지만 응답하는 시선이 없자, 이윽고 그녀가 뭔가를 좀 알고 싶어하며 주변을 둘러보는 중에 그녀의 책이 바닥에 떨어진다. 책은 곧 회수되었으나 그 행동에는 눈에 거슬리는 우아함은 없고, 꾸밈없는 상냥함뿐이다. 그 여인의 두 눈이 빛나는 것으로 보아, 그녀는 지금 생각에 사로잡혀 있는 것이 분명하다. 잠시 후, 몸을 앞으로 숙이며 낮고 애처로운 어조로, 그러나 존경으로 가득 차 남자가 속삭이듯이 말한다. "부인, 나의 외람됨을 용서하십시오. 하지만 그 얼굴에 이상하게 내 마음을 끄는 무언가가 있습니다. 부인께서는 혹시 교회의 자매님이신지 물어봐도 되겠습니까?"

"어머, 정말…… 댁은……."

그녀의 당황함에 대한 배려로 그는 서둘러 시선을 내리지만, 그것을 거두려는 낌새를 보이진 않는다. "여긴 남자에겐 참 외롭습니다." 바탕을 문직(紋織)으로 짜 넣은 화려한 여인들을 눈여겨보면서, "영혼을 교류할 사람이 없습니다. 이것은 틀린 생각일지도 모르고, 나는 그렇다는 것을 알지만, 그러나 세상 사람들과 억지로 편해질 수는 없습니다. 나는, 아무 말 없이 있을지라도 명망 있는 형제나 자매님과 같이 있기를 좋아합니다. 그런데 부인, 신뢰하는지를 여쭈어봐도 되겠습니까?"

"정말, 선생님…… 어머, 선생님…… 정말…… 나는……."

"이를테면 나를 신뢰할 수 있습니까?"

"정말, 선생님…… 웬만큼은…… 즉, 누구나 현명하게 어느…… 어느…… 낯선 사람, 완전히 낯선 사람에게 줄 수 있는 만큼이라고, 하마터면 말할 뻔했어요." 그 여인이 상냥하게, 아직은 마음을 놓지 못하고, 스스로 약간 옆으로 다가가면서 응답하는 한편, 동시에 그녀의 마음은 반대 방향으로 그만큼 멀리 끌려갔을지도 몰랐다. 관대함과 신중함 사이의 당연한 갈등이었다.

"완전히 낯선 사람!" 남자는 한숨과 함께, "아, 누가 낯선 사람이 되고자 하겠습니까? 헛되이 떠돌아다니는 나를 아무도 신뢰하지 않을 것입니다."

"당신은 나에게 관심을 갖게 합니다." 가볍게 놀라며 그 착한 여인이 말했다. "여하간 내가 당신에게 힘이 되어 줄 수 있습니까?"

"신뢰하지 않으면, 아무도 나에게 힘이 되어 줄 수 없습니다."

"하지만 나는…… 나는 갖고 있어요…… 적어도 그 정도로…… 내 말은 요……."

"아니오, 아닙니다. 당신은 전혀 없습니다…… 조금도 없어요. 실례지만 나는 그것을 압니다. 조금의 신뢰도 없습니다. 내가 그것을 얻으려고 하다니, 정말 어리석은 바보야!"

"당신은 부당합니다, 선생." 그 착한 여인이 높아진 관심과 함께 응답했다. "당신이 체험한 어떤 불행한 일이 당신을 심하게 편벽되게 했을지도 모릅니다. 내가 당신을 비난하고자 하는 것은 아니고요. 나를 믿으세요, 나는…… 그래요, 그래요…… 난 말할 수 있어요…… 저……."

"당신이 신뢰한다는 것 말입니까? 그것을 증명하십시오. 20달러를 나에게 주십시오."

"20달러!"

"거봐요, 내가 말했죠. 부인, 당신은 나를 신뢰하지 않았어요."

그 여인은 이례적인 방식으로 감동되었다. 그녀는 일종의 불안한 고통 속에서 어찌할 바를 모르고 앉아 있었다. 그녀는 스무 개의 상이한 문장을 시작하다가, 각각의 문장의 첫음절에서 그만두었다. 그리고 마침내 자포자기하며 그녀는 허둥지둥 말했다. "말해 주세요, 선생. 무엇 때문에 당신은 20달러를 원하세요?"

"아, 말을 안 했군……." 그리고 그녀의 반상복(半喪服)을 흘긋 보면서, "미망인과 고아를 위해서입니다. 나는 최근에 세미놀족 사이에서 설립된 '미망인과 고아 보호소'의 순회 직원입니다."

"그런데 왜 처음부터 당신의 목적을 나에게 말하지 않았어요?" 그녀는 적잖이 안심된다는 듯이, "가엾은 사람들…… 인디언들, 역시…… 저 잔인하게 이용당한 인디언들. 자, 내가 어떻게 망설일 수 있어요? 이것뿐이어서 너무 미안합니다."

"그 때문에 마음 아파하지 마십시오." 남자가 일어서며 그 은행권을 접어 포개고는, "이것이 얼마 안 되는 금액인 것을 인정합니다만……." 그의 연필과 장부를 꺼내어, "여기에는 금액만 기록하지만, 또 하나의 장부가 있어 거기에 동기를 적어 둡니다. 안녕히 가십시오! 당신은 나를 신뢰하십니다. 그뿐만 아니라, 사도께서 코린토 신자들에게, '나는 모든 면에서 여러분을 신뢰하기 때문에 기뻐합니다'*라고 말씀하셨듯이 당신도 나에게 말할 수 있습니다."

* 「코린토 2서」 7장 16절.

9장
두 상인이 작은 거래를 하다

"이봐요, 선생. 이 근처에서 상장(喪章)을 두른 남자분, 좀 우울해 보이는 남자분을 보았습니까? 그분은 도대체 어디로 갔을까? 이상하군, 불과 20분 전에 나는 그분과 이야기하고 있었어요."

이 말들은, 거래 장부 같은 책을 겨드랑이에 끼고 장식술이 달린 여행용 모자를 쓴, 활기차고 볼이 불그레한 남자가, 앞서 소개된 대학생에게서 상장을 두른 남자가 물러난 지 얼마 되지 않아 다시 그리로 다가와, 거기 머무르고 있던 난간 옆 그 젊은이에게 갑자기 건넨 말이었다.

"그분을 보았소, 선생?"

그 낯선 사람의 쾌활함과 명랑함에 힘입어, 젊은이는 수줍음에서 뚜렷하게 회복되어 보기 드문 신속함을 보이며 대답했다. "예, 상장을 두른 사람이 조금 전에 여기에 있었습니다."

"우울해 보이던가요?"

"예, 그리고 약간 정신이 이상한 것 같던데."

"그분이었어요. 불행한 일로 그의 두뇌가 어지럽혀졌던 것 같아요. 자, 어서요, 그분이 어느 쪽으로 갔나요?"

"바로 당신이 온 그 방향으로, 저 현문 쪽 말이에요."

"그랬소? 그러면, 방금 만난 회색 옷의 남자가 제대로 말한 거로군. 그분은 배에서 내렸음에 틀림없어요.* 참 불운하시군!"

그는 부아가 나서, 그의 구레나룻 옆에 흘러내린 모자의 장식술을 잡아당기면서 계속해서 말했다. "원 참, 정말 안됐군. 사실은 그분한테 드릴 것이 있었어요." 그러더니 더 가까이 다가서며, "있잖아요, 그분이 나에게 후원금을 신청했는데, 아니오, 내가 그분을 오해하는 거요. 그게 아니라, 그분이 내게 넌지시 말하기 시작했어요. 그런데 아시다시피 바로 그때 내가 대단히 바빠서 거절했는데, 게다가 쌀쌀하고 언짢고 냉혹한 방법으로 아주 무례하게 대했던 것 같아요. 여하튼 간에 3분도 채 안 돼서, 그 불운한 사람의 손 안에 10달러 지폐를 넘겨주려는 매우 단호한 일종의 이끌림과 함께, 나는 자책감을 느꼈어요. 당신은 웃는군요. 그래요, 그것은 불합리한 고정관념일지 모르지만, 나는 어쩔 수 없소. 고맙게도 나에겐 그런 약점이 있어요. 또 한편……." 그가 재빨리 계속해서 말했다. "우린 우리의 업무에서 최근에 너무나 순조로웠기 때문에, 여기에서 우리란 '흑여울 석탄 회사'를 말합니다. 정말이지 공동의 그리고 개인적인 나의 풍족함에서, 한두 번 자선 투자를 해야 하는 것이 온당한 일이죠. 그렇게 생각하지 않아요?"

"선생!" 젊은이가 전혀 거리낌 없이 말했다. "당신이 '흑여울 석탄 회사'와 공식적으로 관계를 가지고 있다는 뜻입니까?"

"예, 내가 마침 사장 겸 주식 명의 개서(改書) 대리인이오."

"그래요?"

"그렇소, 하지만 그것이 당신과 무슨 관계가 있소? 혹시 투자하길 원하

---

* 여기에 관련된 부차적 사건에서, 다섯 번째로 변장한 사기꾼이 세 번째로 변장한 자신의 행방에 관하여 네 번째 변장의 자기 자신을 인용한다.

78

는 것인가요?"

"아니, 당신은 주식을 판매합니까?"

"약간은 매입할 수 있을지 모르지만, 그건 왜 물으시죠? 투자하길 원하는 것은 아닌지?"

"만일 내가 그런다면……." 차분하고 냉정하게, "당신은 나를 위해, 여기서 그 일을 처리해 줄 수 있습니까?"

"원 저런!" 놀라서 젊은이를 응시하며, "정말로 당신은 사업가나 다름없구려. 정말 나는 당신이 두렵습니다."

"아, 그럴 필요 없습니다. 어쨌든 당신은 그 주식을 얼마간 나에게 팔 수 있습니까?"

"난 모릅니다, 몰라요. 물론 회사가 사들인 특수한 상황의 지분들이 약간 있지만, 이 배를 회사의 사무실로 만드는 것은 적절한 일이 아닐 것이오. 나는 당신이 투자를 미루는 것이 낫다고 생각합니다." 그리고는 무관심한 태도로, "당신은 내가 말한 그 불운한 분을 보았습니까?"

"그 불운한 사람은 가버리게 놔두십시오. 그런데 당신이 들고 있는 그 큰 책은 무엇입니까?"

"나의 주식 이전 대장(臺帳)이오. 나는 그것과 함께 법원에 소환되었소."

"'흑여울 석탄 회사'." 책의 등에 금박으로 입혀진 제목을 비스듬히 보고 읽으면서, "나는 그 회사에 대해 얘기를 많이 들었습니다. 혹시 당신 회사의 상황에 대한 어떤 보고서를 지금 지니고 있나요?"

"보고서가 최근에 인쇄되었소."

"죄송합니다만, 나는 천성적으로 캐묻기를 좋아합니다. 당신이 지금 그 사본을 소지하고 있습니까?"

"다시 말하는데, 이 배를 회사의 사무실로 만드는 것이 적절하다고 생각하지 않아요. 그 불운한 분, 당신은 그분을 조금이라도 도와드렸나요?"

"그 불운한 사람은 스스로 걱정을 덜게 내버려 두십시오. 자, 그 보고서를 나에게 보여 주세요."

"아이고, 당신은 대단한 사업가입니다. 당신에게는 거절할 수가 없군요. 자, 여기 있소." 남자가 인쇄된 작은 소책자를 건네준다.

젊은이는 사려 깊게 책을 넘겨 본다.

"나는 의심 많은 사람은 싫어요." 상대방이 그를 주시하면서 말했다. "하지만 정말 신중한 사람을 만나기를 원해요."

"그 점이라면 나는 당신을 만족시킬 수 있어요." 그리고는 힘없이 그 소책자를 되돌려주면서, "왜냐하면 앞서 말했듯이, 나는 천성이 호기심이 많고 또한 신중하기 때문이지요. 어떤 겉모양만으로는 나를 속일 순 없어요. 당신 회사의 보고서는……." 그가 덧붙여 말했다. "대단히 좋은 이야기를 하고 있지만, 사실 당신 회사의 주식은 얼마 전 약간 약세가 아니었나요? 하락 추세? 그 주식 보유자들 사이에서 말하자면 맥이 빠지지 않았나요?"

"그래요, 불황이 있었습니다. 그러나 그것이 어떻게 왔는가? 누가 그것을 꾸몄나? 바로 곰들*이오, 선생. 우리 회사 주식의 불황은 오로지 곰들의 으르렁거림, 그 위선적인 으르렁거림 때문이었소."

"뭐요? 위선적이라고요?"

"물론이지요, 모든 위선자들 중에서 가장 끔찍한 자들이 이 곰들입니다. 도착적인 위선자들, 밝지 않고 어두운 것을 흉내 내는 위선자들, 불황보다는 불황의 날조를 삶의 보람으로 삼는 인물들, 불황을 조작하는 사악한 기술을 가진 교수들, 가짜 예레미야**들, 그 우울한 날(불황)이 끝나자

---

* 주가가 내릴 것을 예상하고 공매(公賣)하는 사람들.
** 기원전 6세기와 7세기 이스라엘의 위대한 예언자들 중에서 두 번째 예언자로, 〈구약 성서〉

거지들 가운데 가짜 라자로*들처럼 돌아와, 자칭 그들의 민감한 머리로 얻은 이익을 갖고 흥청망청 노는 가짜 헤라클레이토스**들, 비열한 곰들 같으니!"

"당신은 이 곰들에 대해 반감을 가지고 있습니까?"

"비록 그렇다 하더라도, 그것은 우리 회사 주식에 대해 그들이 부린 술책의 기억 때문이라기보다는, 바로 이 신뢰의 파괴자들, 그리고 주식 시장의 우울한 철학자들, 본래 못돼먹었지만 거기에 더하여 진짜 전형적인 대부분의 신뢰 파괴자들과 우울한 철학자들이 세계 도처에 퍼져 있다는 확신 때문이오. 주식, 정치, 빵, 도덕, 형이상학, 종교, 어디서든, 그것이 무엇이라 할지라도, 오로지 모종의 은밀한 이익을 목적으로, 본래 평온한 광휘 속에 그들의 검은 공황을 날조하는 패거리 말이오. 그 우울한 철학자가 과시하는 큰 재난의 시신은 그의 적절한 대용품일 뿐입니다."

"그렇고말고요." 젊은이가 아는 체하며 느리게 말했다. "나는 이 우울한 인물들이 그 다음 인물 못지않게 옹졸하다고 생각합니다. 사치스런 정찬 후에 내 소파에 앉아 있을 때, 내 농장산 시가를 피우며 침울한 자가 내게 오면 얼마나 따분한가요!"

"당신은 그에게 그것이 모두 허튼소리라고 말해 주죠, 그렇죠?"

"나는 그에게 그것이 현실적이지 않다고 말해 줍니다. 나는 그에게, 당신은 충분히 행복하고, 당신은 그것을 알고 있으며, 다른 모든 사람들도 당신만큼 행복하고, 당신은 또한 그것을 알고 있으며, 우리는 죽은 후에도 모두 행복할 것이고, 당신은 그것 또한 알고 있지만, 그래도 당신은 틀

의 「예레미야」가 그의 예언서이다.
* 예수가 부자와 거지를 비유한 이야기에 나오는 병든 거지(「루카 복음서」 16장 19-31절).
** Heraclitus(540?-475 B.C.): 그리스의 철학자로, 그의 우울한 철학 때문에 '우는 철학자'라고 칭해졌다.

림없이 언짢은 기분일 것이라고 말해요."

"그런데 당신은 이런 종류의 인물이 어디서 그의 언짢은 기분을 배우는
지 압니까? 생활에서가 아녜요. 왜냐하면 그는 흔히 지나친 은둔자이거
나, 아니면 너무 어려서 생활 속에서 아무것도 경험한 적이 없기 때문입
니다. 아니, 그는 무대 위에서 본 다소 낡은 연극들에서, 아니면 그가 다
락방에서 찾아내는 다소 낡은 책들에서 그것을 배웁니다. 십중팔구, 그는
경매에서 케케묵은 낡은 세네카의 저서를 구해 집에 끌어다 놓고, 저 싱
싱하지 못한 해묵은 건초를 잔뜩 먹기 시작하여, 그 결과 비관론자가 되
는 것이 현명하고 고풍스러워 보이며, 그것이 그의 부류보다 훨씬 뛰어난
입장을 취하는 것이라고 생각합니다."

"꼭 그대로군요." 젊은이가 동의했다. "나는 그동안 살아오면서 매우
많은 이러한 갈까마귀들을 간접적으로 경험했어요. 그런데, 선생께서 물
어보신 그 상장을 두른 남자분은, 단지 내가 조용히 있기 때문에 나를 나
약하고 감상적인 사람으로 여기는 것 같았고, 내가 타키투스의 저서 한
권을 지니고 있기 때문에 침울함을 찾아 그것을 읽고 있다고 생각한 게
이상해요. 그러나 나는 그분이 멋대로 말하게 놔두었어요. 그리고 정말이
지 점잖게 그의 비위를 맞춰 주었어요."

"그러지 않았어야 했는데, 이런. 불운한 사람이로군, 말하자면 당신은
그 사람을 바보나 다름없이 만들었음에 틀림없습니다."

"내가 그랬다 해도 그것은 그 사람의 잘못이에요. 나는 여유 있는 사람
들, 편안한 사람들, 선생처럼 편안하고 여유 있게 말하는 사람들을 좋아
해요. 이런 사람들은 일반적으로 정직해요. 그리고 이제야 말하는데, 마
침 내 주머니 속에 여유가 있어요. 그리고 나는 다만……."

"그 불운한 분에게 형제의 역할을 하겠다는 거요?"

"그 불운한 사람 스스로 알아서 하라고 하세요. 무엇 때문에 선생은 줄

곧 그 사람을 끌어들이고 있어요? 당신은 증권의 양도를 기록하거나 주식을 조금도 처분하고 싶지 않고, 마음은 딴 곳에 가 있다고 누구나 생각할 거예요. 내가 투자하겠다는데도 말입니다."

"잠깐, 잠깐, 시끄러운 몇 사람이 여기로 오고 있어요. 이쪽으로, 이쪽으로 오세요."

격의 없으나 정중하게, 그 장부를 가진 남자는 떠들썩한 무리에서 떨어진, 사람 눈에 잘 띄지 않는 작은 피난처로 그의 동반자를 모시고 들어갔다.

일이 처리되자, 두 사람은 다시 나와서 갑판을 걸어갔다.

"그런데 말해 줘요, 젊은이." 장부를 가진 남자가 말했다. "처음 보기에도 조용한 학생인 당신 같은 젊은 신사가, 주식 같은 종류의 일을 취미 삼아 해보는 것은 어찌 된 일이죠?"

"세상에는 약간의 미숙한 잘못들이 있습니다." 젊은이가 자신의 셔츠 깃을 찬찬히 바로잡으면서 느리게 말했다. "그중 적지 않은 것이 현대 학자의 본질, 그리고 현대의 학자적 침착함의 본질에 관한 통속적 생각입니다."

"정말 그런 것 같아요, 정말 그런 것 같아요. 확실히 이것은 나의 경험에서 아주 새로운 장이오."

"선생, 경험은……." 그 젊은이가 기발하게 말했다. "유일한 스승입니다."

"따라서 나는 당신의 제자요. 왜냐하면 내가 인내하며 투자에 귀를 기울일 수 있는 것은 단지 경험이 말할 때이기 때문이오."

"선생, 내 투자는……." 냉담하고 꼿꼿한 태도로, "주로 베이컨경의 금언에 의해서 결정되어 왔는데, 나는 내 사업과 가슴에 절실히 느껴지는 철학들 속에서 투자하는데, 혹시 다른 어떤 좋은 주식에 대해서 아십니까?"

"당신은 뉴 예루살렘에 관여하고 싶진 않죠, 그렇죠?"

"뉴 예루살렘?"

"그렇소. 이른바 북부 미네소타에 새롭게 번성하는 도시요. 그곳은 본래 몇 명의 모르몬교 망명자들에 의해 창설되었소. 여기에서 그 이름이 나온 것이오. 그 도시는 미시시피강 연안에 있소. 여기, 여기에 지도가 있소." 두루마리를 하나 꺼내며 말했다. "거기, 거기에 보이는 것이 공공 건물들이고, 여기에 선착장이 있고, 저기에 공원, 건너편에 식물원, 그리고 여기 이 작은 점은, 아시다시피 마르지 않는 샘이오. 당신은 스무 개의 별 표들을 주시할 필요가 있소. 그것들은 문화 회관들을 나타내요. 회관들은 유창목(癒瘡木)으로 만든 연단들을 가지고 있소."

"그래서 이 모든 건물들이 현재 세워져 있습니까?"

"모두 세워져 있소, 진실로."

"여기 이 가장자리의 정사각형들, 그것들은 유수지들인가요?"

"뉴 예루살렘 시내에 유수지라고요? 모두 견고한 땅이오. 하긴, 당신은 투자에 관심이 없는 것 같군요?"

"법학도들이 말하듯이, 내 권리 증서를 명백히 이해해야 한다고는 전혀 생각하지 않습니다." 젊은이가 하품을 했다.

"신중하군, 당신은 신중하오. 또한 당신은 완전히 바닥을 드러낸 것을 모르오. 여하간, 나는 이 다른 주식 지분 둘보다 오히려 석탄주 지분 하나를 갖고 싶소. 그래도, 첫 이주가 건너편 강기슭에서 벌거숭이로 헤엄쳐 건너온 두 명의 망명자들인 것을 고려하면, 그곳은 놀라운 곳이오. 진실로 그렇소. 하지만 저런, 나는 그만 가야 하오. 아, 혹시 그 불운한 분을 뜻밖에 만나거든……."

"그런 경우엔……." 느릿느릿 그러나 조바심내며 젊은이가 말했다. "내가 승무원을 시켜, 그분과 그의 불운들을 배 밖으로 탁송시키겠습니다."

"하, 하! 지금 어떤 우울한 철학자가, (앙그라마이뉴* 숭배자들의 은혜 속에서, 있잖아요, 두둑한 성직록을 얻으려는 마음속의 목적을 가지고) 풍부한 인간성을 으르렁거리며 깎아내릴 기회를 끊임없이 노리는 어떤 곰 같은 신학자가 여기 있다면, 그는 그것을 잔인해지는 마음과 나약해지는 두뇌의 신호라고 단언할 것이오. 그렇소, 그것이 바로 그의 음흉한 해석일 것이오. 하지만 그것은 싹싹한 기질, 싹싹하지만 메마른 기질의 괴벽에 지나지 않소. 젊은 양반, 그것을 인정하시오. 잘 가시오."

---

* 　배화교(拜火敎)에서 암흑과 악의 화신.

10장
선실에서

걸상, 긴 의자, 소파, 침대 의자, 스툴—그것들을 점유하고 있는 것은 늙은이들과 젊은이들, 약삭빠른 이들과 고지식한 이들의 여러 무리였는데, 그들의 손에는 다이아몬드, 스페이드, 클럽, 하트들이 배치된 카드가 있었고, 선호하는 게임은 휘스트, 크리비지, 그리고 브래그였다. 안락의자에 기대어 늘어져 있거나, 대리석으로 표면을 덮은 테이블들 사이를 빈둥거리며 그 장면을 즐기는 비교적 소수의 사람들이 있는데, 그들은 게임에 참여하지 않고 대부분 손을 그들의 주머니 속에 넣고 있다. 이들은 계몽 사상가들일지도 모른다. 하지만 여기저기에서는 호기심이 강한 표정으로, 다소 장황한 표제가 붙여진 익명의 시가 적혀 있는 작은 전단을 누구나 읽고 있다.

신뢰를

얻기 위해서

사심 없이 노력하는 중에,

거듭된 거절들에서 본의 아니게 추론된,

인간에 대한 불신

의

암시들에 관한

시(詩)*

　바닥에 여러 장이 떨어져 있는데, 마치 풍선에서 퍼덕거리며 떨어진 것처럼 보인다. 그것들이 거기에 나타난 경위는 이러했다. 퀘이커 교도 복장을 한 다소 나이가 지긋한 사람이, 대체로 그들의 재고 정리 판매를 제의하기에 앞서, 다음에 내놓을 책들의 직간접적인 자화자찬식 광고지를 나누어 주는 열차 서적 행상인들의 수법으로, 조용히 그 시가 적힌 전단들을 건네며 돌아다녔고, 그것들은 대부분 흘끗 쳐다본 사람들에 의해, 어떤 떠돌이 음유 시인의 감상적 작품처럼 무례하게 바닥에 버려졌다.

　잠시 후, 여행용 모자를 쓴 혈색이 좋은 남자가 겨드랑이에 책을 끼고 경쾌한 걸음걸이로 가볍게 이리저리 옮겨 다니며, 사교성의 핵심을 나타내는 갈망하는 듯 기꺼이 맞이하는 친근감과 동경으로 활기에 넘쳐 주변을 둘러보고는, 마치 "오, 여러분, 우리의 세상은 친절한 지인을 사귈 수 있는 대단히 즐거운 세상이고, 게다가 형제들이여, 우리 모두는 사랑스럽고 행복한 사람들이므로, 제각각 어머니의 아들인 여러분과 내가 직접 아는 사이가 된다면 좋으련만!"하고 말하려는 것 같다.

　그리고 그가 실제로 그것을 지저귀듯 토로한 것처럼, 그는 어슬렁거리는 낯선 사람에게 차례로 형제처럼 다가가서, 약간의 즐거운 말을 그와 주고받는다.

---

*　워즈워스의 「어린 시절을 회상하고 얻은 불멸성의 암시(*Ode: Intimations of Immortality from Recollections of Early Childhood*)」에 대한 장난임.

"이봐요, 거기 가지고 있는 게 뭐요?" 그가 새로이 다가가 말을 건넨 사람으로, 식사를 한 적이 없는 것처럼 보이는 바싹 마른 작은 사내에게 물었다.

"짧은 시인데, 좀 괴상하기도 해요." 그 사내의 대답이었다. "여기 바닥에 흩어져 있는 것과 같은 거요."

"나는 몰랐어요. 어디 보자." 그도 한 장을 집어 들고 그것을 대충 훑어 보았다. "그런데 이런, 이거 애처롭고 멋지군요. 특히 첫머리가…….

가엾도다 인간이여, 그에겐 정다운
신용과 신뢰의 관념이 희박하도다.

정말 매끄럽게 줄줄 읽힙니다, 선생. 아름다운 비애감이오. 하지만 그 정서가 온당하다고 생각합니까?"

"그것에 관해서는……." 그 바싹 마른 작은 사내가 말했다. "전체적으로 보아 나는 그것을 일종의 괴상한 작품이라고 생각하지만, 매우 부끄러워 덧붙여 말하고 싶지 않은데, 그것이 정말로 나한테 생각하게 했고, 아니 그뿐 아니라 느끼게도 했어요. 바로 이 순간, 말하자면 나는 어쩐지 사람을 신뢰하게 되고 정답게 느껴져요. 나는 일찍이 전에는 그렇게 느낀 적이 없어요. 나는 본래 감수성이 둔하지만, 내가 부정과 죄악 속에서 죽어 있는 것을 이 시는 슬퍼함으로써, 그 때문에 나를 감동시켜 활발히 선행을 행하게 하는 설교처럼, 그것 나름으로 나의 무감각을 일깨워 주네요."

"그 말을 들으니 기쁘고, 의사들이 말하듯이 잘되기를 바랍니다. 하지만 누가 여기에 이 전단들을 뿌렸습니까?"

"몰라요, 나는 여기에 오래 있지 않았어요."

"천사는 아니었죠, 그렇죠? 자, 당신이 사람들을 정답게 느낀다니, 다른 사람들처럼 카드놀이를 합시다."

"아닙니다, 나는 카드놀이를 하지 않아요."

"포도주 한 병은?"

"아닙니다, 나는 술을 마시지 않아요."

"시가는요?"

"아닙니다, 나는 시가를 피우지 않습니다."

"이야기를 하는 것은요?"

"사실대로 말하면, 나는 들려줄 가치가 있는 이야기를 하나도 알고 있지 않아요."

"그렇다면, 당신에게서 일깨워지고 느껴진다고 말하는 이 온정은 물레방아 없는 방앗간의 수력인 것 같군요. 자, 당신의 정다운 손으로 카드놀이나 하십시오. 우선 당신이 원하는 만큼만 적은 금액을 걸고 할 거요, 오직 판을 재미있게 할 만큼만."

"정말로, 나를 빼주십시오. 왠지 나는 카드놀이를 믿을 수 없어요."

"뭐라고요? 카드놀이를 믿지 않는다고요? 정다운 카드놀이를요? 그러면 이번엔 내가 여기서 우리의 슬픈 필로멜라*와 행동을 같이합니다.

> 가엾도다 인간이여, 그에겐 정다운
> 신용과 신뢰의 관념이 희박하도다.

안녕히 계십시오!"

---

* 〈그리스 신화〉 아테네의 전설적인 왕 판디온의 딸로, 그녀에게 반한 트라키아의 왕 테레우스에 의해 혀가 잘린 채 외진 곳에 감금된다. 그녀는 테레우스의 아내인 그녀의 언니에게 자신의 곤경을 알리려고 애쓰다가, 울음소리가 아름다운 나이팅게일(유럽산 지빠귓과의 작은 새)이 되었다 함.

다시 여기저기 거닐며 잡담하다가, 그 남자는 드디어 피곤한 얼굴로 자리를 찾아 사방을 둘러보고, 측면에 바짝 붙여 놓은 한쪽이 비어 있는 긴 의자를 발견하고 거기에 털썩 주저앉는데, 그의 옆자리 사람은 공교롭게도 그 친절한 상인이고, 잠시 후 그 사람처럼, 더 가까이 그의 앞에서 벌어진 장면, 즉 휘스트 게임을 하고 있는 일행에 적잖은 흥미를 갖게 된다. 한 사람은 빨간 넥타이를 다른 한 사람은 녹색 넥타이를 맨, 하얗게 질린 얼굴을 한, 들떠 있고 세련되지 않은 두 명의 청년들이, 일종의 직업적인 검정색 옷을 단정하게 입은, 민사법 분야에서 상당히 저명한 박사들임이 분명한, 두 명의 차분하고 근엄하고 잘생기고 침착한 중년의 남자들과 마주앉아 있다.

　이윽고, 그 친절한 상인은 옆에 새로 온 남자를 먼저 유심히 쳐다본 후에, 그가 들고 있는 시가 적힌 구겨진 전단으로 앞을 가리고 비스듬히 상체를 구부리며 속삭인다. "선생, 나는 저 두 사람의 모습이 마음에 안 들어요, 그렇죠?"

　"대체로 그러네요." 남자도 속삭이며 대답했다. "저 채색된 넥타이들은 도무지 멋도 없고, 적어도 내 마음엔 들지 않아요. 물론 내 심미안이 모든 것의 표준은 아닙니다."

　"당신은 오해하고 있소. 나는 다른 두 사람을 의미하는 것이고, 의상이 아니라 용모를 언급하는 것이오. 나는 이런 패거리에 대해 신문에서 읽은 것 이상으로 실은 알지 못합니다만……, 저 두 사람은 전문적인 도박꾼들…… 이죠, 그렇죠?"

　"흠잡거나 비난하는 마음이 우리에겐 없길 바랍니다, 선생."

　"정말이지 선생, 나는 흠을 잡고 싶지 않고 그런 쪽에 빠지지 않지만, 아무리 줄잡아 말하더라도, 저 두 청년들은 전혀 명수일 리가 없고, 반면에 맞서 있는 두 사람은 확실히 더 노련할지도 몰라요."

"채색한 넥타이들은 돈을 잃을 정도로 서투르고, 검은 넥타이들은 속임수를 쓸 만큼 솜씨가 좋을 것이라고 빗대어 말하고자 하진 않겠죠? 비뚤어진 상상들이오, 선생. 그것들을 버리시오. 당신이 손에 들고 있는 그 시를 읽은 것이 거의 헛된 일이 되었습니다. 세월과 경험이 당신의 순수성을 잃게 하진 않았다고 나는 확신합니다. 선명하고 관대한 해석이 저 네명의 카드꾼들이, 실로 이 선실에 가득 찬 카드꾼들 전체가, 즉 모든 카드꾼들이 공정하게 놀이를 하고, 지기만 하는 카드꾼은 없는 카드놀이를 하고 있는 것으로 간주하도록 우리를 깨닫게 해줄 것입니다."

"하지만 모두 이길 수 있는 게임들, 이런 게임들은 아직까지 이 세상에 만들어져 있지 않기 때문에, 나는 전혀 그런 뜻으로 하는 말은 아니라고 생각합니다."

"자, 자." 아주 기분 좋게 등을 기대고, 한가하게 카드꾼들을 훑어보면서, "운임은 모두 지불됐고, 소화도 잘되고, 근심, 노고, 가난, 슬픔은 알 수 없고, 허리띠를 푼 채 이 소파에 늘어져 기대어 있으면서 자기의 운명을 기꺼이 감수하고, 세상 사람들의 축복받은 운명에서 까다롭게 흠을 들추지 않아도 좋지 않습니까?"

이 말을 듣자 착한 상인은 오랫동안 뚫어지게 남자를 응시하다가, 그 다음 그의 이마를 문질러 닦은 후에, 처음엔 불안한, 그러나 마침내 차분한 명상에 빠졌고, 결국은 다시 한번 그의 말동무에게 말을 걸었다. "그건 그렇고, 이따금 자기의 사적인 생각들을 털어놓는 것이 좋다고 생각해요. 왠지 까닭 모르게, 어떤 막연한 의혹이 다소의 사람들과 사물들에 관한 자기의 사적인 대부분의 생각들에서 떨어질 수 없는 것처럼 보이지만, 일단 이 막연한 생각들을 털어놓아 그것들이 다른 사람들의 생각들과 단순한 접촉을 하면, 이내 그것들을 없애거나, 아니면 적어도 수정합니다."

"그러면, 당신은 내가 당신에게 도움이 되었다고 생각합니까? 아마도,

내가 도움이 됐을지도 모릅니다. 하지만 나한테 감사하진 마세요. 사교적인 시간에 무심코 한 말들에 의해서 내가 얼마간의 도움이 된다면, 그것은 단지 무의식적 효과, 개아카시아가 그 밑에 있는 풀을 달콤하게 하는 것처럼 조금도 취할 만한 점이 없는, 단지 자연의 건강한 우연에 불과합니다. 모르시겠습니까?"

착한 상인이 또 한번 빤히 쳐다보았고, 둘 다 다시 침묵을 지켰다.

그의 책이 그의 무릎 위에, 거기서 다소 지루한 모양으로 지금까지 그대로 있는 것을 발견하고, 그 주인은 이제 그것을 긴 의자 위 가장자리인 자기 자신과 옆자리 사람 사이에 놓았고, 그렇게 하는 중에 마침 책의 등에 새겨진 글자, '흑여울 석탄 회사'를 드러냈다. 세심하고 정직한 그 착한 상인은 그것을 읽지 않으려고 크게 고심했는데, 만일 그가 양심적으로 그것을 외면하지 않았다면 아주 정면으로 그의 눈에 들어왔을 것이다. 그런데 갑자기, 마치 방금 무언가 생각난 듯 그 남자는 놀라 벌떡 일어나 서두르다가 그의 책을 놓아 두고 물러갔으며, 상인이 그것을 알아차린 후 지체 없이 그것을 집어 들고 서둘러 뒤쫓아가 그것을 정중하게 돌려주었고, 그 현장에서 그는 무의식중에 책의 등에 새겨진 글자의 일부를 보지 않을 수 없었다.

"감사합니다, 감사합니다, 선생님." 상대방이 그 책을 받으며 인사하고 다시 물러가기 시작할 때, 그 상인이 급히 말했다. "죄송합니다만, 내가 소문을 들은 그…… 석탄 회사와 어떻게든 관계가 있지 않습니까?"

"소문으로 들을 수 있는 석탄 회사는 하나뿐이 아닙니다, 선생." 상대방이 괴로운 조바심을 냉담하게 억제하는 표정으로 잠시 걸음을 멈추며 미소를 지었다.

"하지만 당신은 특히 한 회사와 관계가 있죠. '흑여울', 그렇죠?"

"어떻게 그것을 알아냈습니까?"

"그건 그렇고, 선생. 나는 당신네 회사에 대해 다소 구미가 당기는 정보를 들었소."

"이봐요, 당신의 정보 제공자가 누구요?" 남자가 좀 쌀쌀맞게 말했다.

"링맨이라는 이름의 사…… 사람이오."

"모르는 사람이오. 물론 나는 우리 회사를 알지만, 우리 회사를 모르는 많은 사람들이 있지요. 한 사람이 어느 개인을 알 수는 있지만, 그래도 그 개인에게는 그 사람이 모르는 사람일 수 있는 것과 같은 방식으로 말입니다. 그 링맨이라는 사람과는 오랫동안 아는 사이인가요? 오랜 친구이겠지요. 그런데 죄송합니다. 지금 이 자리를 떠나야만 해서요."

"가만, 선생, 저…… 저 주식."

"주식?"

"그래요, 어쩌면 약간 변칙적일지도 모르지만, 하지만……."

"저런, 당신은 나와 거래하려고 생각하진 않지요, 그렇죠? 나의 공적인 자격이 당신에게 법적으로 인증되지 않았습니다. 이 주식 이전 장부는 그런데……." 새긴 글자가 잘 보이도록 그것을 위로 치켜들면서, "당신은 이것이 가짜 장부가 아닐지도 모른다는 것을 어떻게 압니까? 그리고 당신은 개인적으로 나를 모르는데, 어떻게 나를 신뢰할 수 있습니까?"

"왜냐하면……." 그 착한 상인은 영악하게 미소를 지었다. "만일 당신이 내가 신뢰하는 인물과 전혀 딴판이라면, 도저히 당신은 그런 식으로 불신을 촉구하진 않을 것이니까요."

"하지만 당신은 내 장부를 검토하지 않았습니다."

"내가 이미 그것이 표제에 새겨진 대로의 장부라는 것을 믿는다면, 굳이 그럴 필요가 무엇이 있습니까?"

"하지만 당신은 그러는 편이 더 좋습니다. 그것이 의심할 점들을 떠오르게 할지도 모릅니다."

"어쩌면 의심들을 떠오르게 할지도 모르지만, 그것이 정보는 아닌 거죠. 왜냐하면, 그것이 진짜 장부라면, 나는 이미 그것을 그렇게 생각하고 있으므로, 그리고 만일 그렇지 않다면, 나는 진짜 장부를 본 적이 없고 그것이 어떻게 생겨야 하는지를 알지 못하므로, 그 장부를 검토한다고 해서 내가 지금 알고 있는 것 이상으로 알게 될 거라고는 생각하지 못할 것이기 때문이오."

"당신의 논리를 비판하지는 않겠소. 당신의 신뢰에 감탄하고, 그것을 끌어내기 위해서 내가 택한 방법이 익살스러웠지만, 진정으로 감탄하오. 이제 그만 저쪽 테이블로 갑시다. 그리고 나의 사적인 자격으로든 공적인 자격으로든, 내가 당신을 도와서 해줄 수 있는 일이 있으면, 바라건대 나에게 요구하십시오."

11장
단 한 페이지 정도

거래를 끝내고도 두 사람은 계속 앉아 있으면서 허물없는 대화를 시작하여, 꾸밈없는 호감의 최종적 정화이며 사치인, 친숙한 성격의 교감적 침묵에 점차 가까워지고 있었다. 진실로 우호적이기 위해서는, 계속해서 친절한 행위를 하는 것 이상으로 시종 친절한 말을 해야 한다고 상상하는 것은, 일종의 사교적 미신이다. 진실한 우정은 진실한 종교처럼, 노력의 성과와 어느 정도 무관하다.

마침내, 멍하니 생각에 잠겨 저 멀리 즐거운 테이블들에 시선이 머물러 있던 착한 상인이, 그 배의 다른 방들이 보여 줄지도 모르는 것을 아무도 전혀 간파하지 못할 거라고 말하면서 침묵을 깼다. 그는 불과 한두 시간 전에 우연히 마주친, 이민자들의 방 빈 널빤지 위에 환자처럼 큰대자로 뻗은 채 생명과 돈에 간절히 집착하는, 줄어든 낡은 두더지 가죽옷을 걸친 주름진 구두쇠 노인의 사례를 예로 들었다. 그의 생명은 이미 출구를 갈망하고 있었고, 돈에 대해선 죽음 또는 어떤 다른 파렴치한 소매치기가, 그에게서 그것을 빼앗아 가지나 않을까 하고 고뇌하고 있었지만, 비슷하게 허약한 보유 형태로 허파와 돈주머니를 지키고 있으면서도, 그것들 이외에는 아무것도 알지도 바라지도 않았으며, 그 까닭은 그의 정신이 아직 인체에서 이탈하지는 않았지만, 지금 거의 붕괴되었기 때문이었다. 실제로 그는 어느 것도 신용하지 않았고, 심지어 시간의 파괴적 힘으로부터 더 잘 보존하기 위해서 독한 술을 담는 주석통 속에, 브랜디에 절인 복숭아처럼 다져 넣고 밀봉해 놓은, 그의 양피지 공채 증서들조차 믿지 않았다.

그 존경할 만한 남자는 자신을 낙심시키는 내용들을 상당히 자세하게 계속하여 말했다. 그리고 그의 명랑한 말동무는 이러한 극단적인 신뢰 결여의 사례가, 만찬 후의 포도주와 올리브처럼 전적으로 환영받지 못하는 특징들을 인간적인 마음에 나타낼 수 있는 관점이 있을지도 모른다는 사실을 완전히 부인하려고 하지 않았다. 그래도 그는 보완적 배려가 없지 않았고, 온후하고 완곡한 방법으로, 그가 다소 옹졸한 감정이라고 빗대어 말하는 것을 나타낸다는 이유로 그의 말동무를 책망했다. 셰익스피어가 말하길, 자연에는 곡식과 왕겨가 있다고 했는데, 정확히 보면 왕겨는 그것 나름으로 폐기 처분할 수 없다고,* 그는 덧붙여 말했다.

상대방은 셰익스피어 생각의 정당성에 시비걸 생각이 없었지만, 이 경우에는 그 말은 고사하고, 그 적용의 적절함을 조금도 인정하려고 하지 않았다. 그래서 그 한심스러운 구두쇠에 대해서 약간 더 온건한 토론을 한 후에, 그들이 완전히 일치할 수는 없다는 것을 깨닫고, 그 상인은 또 하나의 사례, 즉 흑인 앉은뱅이의 예를 들었다. 그러나 그의 말동무는, 그 불행하다고 간주된 사람에 대해 증거 없이 주장된 고충이, 관찰당한 당사자의 경험보다 관찰자의 동정 가운데 더 많이 존재할지도 모르지 않느냐

---

* 〈심벨린(*Cymbeline*)〉 4막 2장 26-27: '비겁자들은 비겁자들을 낳고, 비천한 것들은 비천한 것들을 낳는다. 자연에는 곡식과 왕겨가, 멸시와 은총이 있다.'

고 말을 꺼냈다. 그는 그 앉은뱅이에 대해 아무것도 모르고 본 적도 없지만, 누구나 그의 마음의 실제 상태를 제대로 파악할 수 있다면, 그가 말하는 이 자신만큼 충분히 행복하지는 않다 할지라도, 대략 대부분의 사람들만큼 행복한 것으로 사실상 확인될 것이라고 과감히 추측했다. 흑인들은 천성이 유별나게 명랑한 인종이고, 아무도 본토박이 아프리카인 짐머만*이나 토르케마다** 같은 사람에 대해서 들어 본 적이 없다며, 심지어 그들은 종교로부터 오는 모든 어둠을 떨쳐 버리고, 그들의 유쾌한 의식에서, 이를테면 춤을 추고 비둘기의 날개들을 자른다고 덧붙여 말했다. 그러므로, 아무리 운수 소관으로 손과 발이 잘리게 되었다 할지라도, 흑인에게서 결코 웃는 원리를 떼어 낼 수는 없을 것 같았다.

재차 실패했지만, 그 착한 상인은 단념하지 않고 과감히, 또 하나의 사례인 상장을 두른 남자의 이야기를 했는데, 그 자신이 말해 준 그대로, 그리고 그 상인이 나중에 만난 회색 옷을 입은 어떤 사람의 증언에 의해서 확인되고 확충된 그대로, 그의 이야기를 말하기 시작했고, 제2의 정보 제공자가 털어놓은 자세한 내용을 감추지 않았지만, 내용의 미묘함 때문에 그 불운한 사내 자신은 언급하지 못한 것이었다.

그러나 그 착한 상인이 그 이야기보다 그 사내를 한층 더 잘 공평하게 평할 수 있었으므로, 어떤 다른 취지로는 아니지만, 우리는 그와는 다른 말로 과감히 그것을 이야기하게 될 것이다.

---

*   Johann Georg Zimmermann(1728-95): 스위스인 내과 의사이며 철학적 저술가로서, 그의 주요 작품 중 하나는 〈고독론(*On Solitude*)〉이다.
**   멜빌은 Tomas de Torquemada(1420?-98)를 가혹하기로 악명 높은 스페인 최초의 종교 재판소장으로 알고 있었다(〈화이트 재킷(*White-Jacket*)〉 Chapter 70).

12장
그의 칭호가 정당한지 아닌지를 헤아릴 수 있는, 그 불운한 사내의 이야기

　그 불운한 사람은 인류를 사랑하는 형이상학적인 사람으로 하여금, 모든 경우에 인간의 모습이 인간성의 결정적 증거일지, 때때로 그것이 일종의 변변치 않고 평범한 영혼의 임시 거처일지, 그리고 "악덕을 증오하는 자는, 인간을 증오한다"는 트라세아*의 말(그 자신이 매우 착한 사람이었던 것을 고려하면, 까닭 모를 말)을 단호하게 압도하기 위해서는, 착한 사람들만이 인간답다는 말이, 자기 방위의 온당한 격언으로 존중되어서는 안 되는지를 거의 의심하게 할 만한, 파격적으로 잔인한 성질의 사람을 아내로 두었던 것 같았다.

　고네릴은 젊고 나긋나긋하고 꼿꼿했는데, 정말 여자치고는 너무 꼿꼿했고, 얼굴 피부는 타고나기를 발그레했고, 석기(石器) 위에 유약을 칠한 그것처럼 약간 단단하고 구워 놓은 듯한 느낌이 없었더라면 훨씬 매력적인 혈색이었을 것이다. 그녀의 머리털은 짙고 선명한 밤색이었지만, 그녀

---

*　Publius Clodius Paetus Thracea(?-66 A.D.): 네로 치세에 로마 상원 의원이며 스토아 철학자. 그를 몹시 증오하고 두려워하여, 네로는 그를 사형시켰음.

의 머리 전체는 빽빽하고 짧은 곱슬 털로 덮여 있었다. 그녀의 인디언 같은 풍채는 그녀의 하반신에 해가 되는 측면이 없지 않았던 반면에, 그녀의 입은 콧수염의 흔적만 없었더라면 꽤 예쁘장했을 것이다. 몸단장의 수단에 의한 도움으로, 멀리서 보는 그녀의 모습은 대체로 대단한 정도여서, 다소 특이하고 선인장 같은 풍채의 미모였지만, 아무튼 어떤 사람들은 그녀를 상당히 예쁘다고 생각했을지도 모른다.

　그녀의 색다른 점들이 그 개인과 관련되었다기보다는, 오히려 기질과 취향과 관련된 것은 고네릴에겐 다행이었다. 닭가슴살, 또는 겨자, 또는 복숭아, 또는 포도와 같은 것들에 본래 질색하는 반면에, 고네릴은 딱딱한 크래커와 햄 조각으로 남모르게 만족스러운 점심 식사를 할 수 있다는 것을 어떻게 밝혀야 할지 모를 정도다. 그녀는 레몬을 좋아했고, 그녀가 즐겨 먹는 유일한 과자류는, 주머니에 은밀히 지니고 다니는 말린 푸른 점토 토막들이었다. 게다가 그녀는 확고한 정신과 결의와 함께, 인디언 여자 같은 튼튼한 건강을 유지하고 있었다. 그녀에 관한 그 밖의 다른 점 몇 가지는, 역시 야만적인 생활을 하는 여성들에게 어울리는 것들이었다. 그녀는 유연했지만 빈둥빈둥거리는 것을 좋아했는데, 그러나 때때로 금욕주의자처럼 인내할 수 있었다. 그리고 그녀는 역시 무뚝뚝했다. 이른 아침부터 오후 세 시 무렵까지, 그녀는 좀체 말을 하려 하지 않았는데—누구의 말을 들어 봐도, 그녀의 긴장을 누그러뜨려 사람들과 단지 몇 마디를 주고받을 사이로 바꾸는 데 그 정도의 시간이 걸렸다. 그 시간 동안 그녀는 오직 바라보기만 할 뿐이었는데, 그녀의 커다란 금속성의 눈으로 계속 바라보기만 할 뿐이었고, 그녀의 적대자들은 그 눈을 오징어 눈처럼 차다고 말했지만, 그녀 자신은 사슴같이 순한 눈이라고 여겼는데, 고네릴에겐 허영심이 아주 없지는 않았기 때문이었다. 그녀를 가장 잘 안다고 생각하는 사람들은, 어떤 성질의 사람들이 그들 주변의 사람들에게 단순히 고통을 주는 대단히 용이한 방법에서 얻을 수 있는 행복을 고려에 넣지 않고, 이러한 존재가 인생에서 어떤 행복을 얻을 수 있을까 하고 생각했다. 고네릴의 이상한 성격 때문에 손해를 입은 사람들은, 화를 잘 내는 사람들의 마음이 기우는 하나의 과장법으로, 그녀를 모종의 아첨쟁이라고 선언했을지도 모르지만, 그녀를 가장 나쁘게 험담하는 사람들조차도 어떤 정당성을 갖고 그녀를 아첨쟁이라고 비난할 수는 결코 없었을 것이다. 큰 의미에서 그녀는, 지성의 독립이라는 장점을 지니고 있었다. 고네릴은 자리에 없는 사람에 대해서조차, 비록 당연하다 할지라도 칭찬을 내비치는 것을 아첨이라 여겼지만, 사람들에게 전가된 잘못을 그들의 면전에서 지적하는 것을 정직이라 여겼다. 이것은 악의라고 생각되었지만, 그것은 확실히 열정은 아니었다. 열정은 인간적이다. 고드름 단검처럼, 고네릴은 찌르기도 하고 동시에 얼어붙었다고 사람들은 말했고, 동일한 근거에 의하면, 솔직함과 결백함이 그녀의 주문(呪文)에 묶여 말도 안 되는 신경 쇠약으로 왜곡되는 것을 그녀가 보았을 때, 사람들은 그녀가 푸른 점토를 씹으며 킬킬 웃는 것에 주목할 수 있었다. 이런 기벽들은 이상하고 불쾌했지만, 또 하나 정말로 이해할 수 없는 것이 강력히 주장되었다. 그녀는 남 앞에서 우연히 그런 것처럼, 얼굴이 잘생긴 젊은 남자의 팔이나 손을 만지는 이상한 버릇이 있었고, 그것에서 은밀한 즐거움을 얻는 것처럼 보였지만, 사람들이 생각하듯 그것이 황홀한 촉감을 주었다는 우아한 만족에서인지, 아니면 놀랄 만한 것도 아니고 상당히 한탄스러운 그녀 내면의 어떤 다른 것이었는지는, 여전히 수수께끼였다.

그 불운한 남자가 동석자들과 대화를 하고 있다가, 그의 고네릴이 그녀의 이해할 수 없는 접촉 행위를 하는 것을 갑자기 감지하곤 할 때, 특히 접촉당한 사람이 훌륭한 교양 탓에 그 불가사의한 일을 즉석에서 동석자들에게 토론의 주제로 제안하지 못했다 할지라도, 그 행위에 대해 이상한 감정이 그에게 문득 떠오른 것처럼 보이는 경우에, 그 불운한 남자의 고통이 얼마나 심했을지는 말할 필요도 없다. 또한 그 불운한 사내는, 접촉을 당한 젊은 신사의 얼굴에서 모종의 조롱하듯 아는 체하는 표정과 마주치는 굴욕이 두려워, 나중엔 그를 지켜보는 것조차도 결코 견딜 수 없어, 그는 몸서리치며 그 젊은 신사를 피하곤 했다. 그러므로 이 점에서, 고네릴의 접촉 행위는 남편에게 이교도의 금기가 갖는 공포 효력을 가지고 있었다. 이제 고네릴은 어떠한 책망도 참지 않았다. 그래서 그는 적절한 때에, 신중한 방법으로, 상스럽지 않게, 사적인 면담에서, 과감히 이 미심쩍은 버릇을 점잖게 에둘러 언급하곤 했다. 그녀는 그의 생각을 간파했다. 그러나 그녀의 쌀쌀하고 무정한 방식으로, 누구나 꿈에서 본 것들, 특히 어리석은 말을 하는 것은 바보 같은 짓이라고 말했지만, 그 불운한 남자가 부부로서 이러한 망상들로 그의 영혼을 즐겁게 하기 좋아했다면, 그것들은 그에게 결혼 생활의 많은 즐거움을 가져다 주었을지도 모른다. 이 모든 것은 슬픈 일이었고, 측은한 사례였지만—그 불운한 남자는—친절한 하늘이 그녀를 그에게 맡겨 준 동안은—길이길이—그의 사랑스러운 고네릴을 사랑하고 아껴야 할 그의 서약을 양심적으로 잊지 않고—아마, 모든 것을 참고 견뎠을지도 모르지만—시샘이라는 마귀가 그녀에게 들었을 때, 그것은 차분한, 진흙 같은, 덩어리진 마귀로, 왜냐하면 다른 어떤 것도 그녀의 마음을 사로잡을 수 없었기 때문이었다. 어쨌든 그 미친 시샘의 대상은 그녀의 친자식, 일곱 살 난 어린 소녀인 그 아비의 귀염둥이였는데, 고네릴이 그 천진난만한 어린아이를 교묘하게 괴롭히고 나서 그 아이에게 모성의 위선을 부리는 것을 보았을 때, 그 불운한 남자의 참을성 있는 긴 인고는 무너졌다. 그녀가 실토하지도 개심하지도 않을 것이고, 어쩌면 지금보다 더 나빠질지도 모른다는 것을 알기 때문에, 그는 그 아이를 그녀에게서 떼어놓는 것이 오직 아비로서의 의무라고 생각했지만,

실제로 그는 그 아이를 사랑하고 있었으므로, 그 자신도 아이와 함께 집에서 나가 있지 않고는 그렇게 할 수 없었다. 비록 힘들었지만, 그는 그것을 실행했다. 그 결과, 지금까지 고네릴을 전혀 칭찬해 본 적이 없던 이웃 여성들 전체가, 고의로 애처를 버리고, 그녀에게서 자식을 돌보는 위안을 빼앗음으로써 그녀의 상처를 더욱 아프게 할 수 있는, 남편의 행동에 분개하여 화를 내기 시작했다. 고네릴을 향한 기독교인의 자비심과 함께 자존심 때문에, 오랫동안 그 불운한 남자는 이 모든 것에 대하여 계속 입을 다물고 있었다. 그리고 그가 계속해서 그렇게 했더라면 좋았을 텐데, 자포자기의 심정으로 그가 그 상황의 진실을 어느 정도 내비쳤을 때, 아무도 그것을 믿으려 하지 않았고, 한편 고네릴은 그가 말한 모든 것이 악의적으로 꾸며낸 것이라고 선언했다. 오래지 않아, 몇몇 여권 운동가 여성들의 제안에 따라, 감정이 상한 아내는 소송을 시작했고, 유능한 법정 변호사와 호의적인 증언 덕분에 아이에 대한 친권을 회복했을 뿐만 아니라, 그녀가 얻어낸 법정 동의에 의하여 그의 사적인 명성의 사법적 사살을 달성하는 것 외에도, 그 불운한 남자를 무일푼으로 만들(그렇게 그가 주장했다) 정도의 증여 재산을 받게 되는 식으로 승소했다. 상황을 한층 더 한탄스럽게 만든 것은, 그 불운한 남자가 재판관 앞에서, 그가 생각했던 문제의 진실과 모순되지 않으면서도 가장 기독교인답고 가장 현명한 계획이라고 여긴, 고네릴의 정신 착란에 대한 청원을 제출한 일이었다. 그렇게 함으로써 그에게 그다지 굴욕적이지 않고 그녀도 비난을 덜 받게 하며, 결혼 생활의 기쁨으로부터 그를 물러서게 한 그 괴벽스러운 버릇들을 정당방위로 폭로할 수 있을 것이라고 생각하면서—특히 그중에서도, 그가 도무지 이해할 수 없는 그녀의 손버릇을 증언할 때—결국 이 착란의 혐의가 치명적으로 그 자신에게 되돌아오는 것을 막기 위해서 많은 고심을 한 것이었다. 그의 법정 변호사는 그 정신 착란이 실제로 존재한다며, 그로 인해 어떤 사태가 벌어졌는가를 입증하려고 노력하면서, 그와 달리 생각하는 것, 즉 고네릴과 같은 존재가 제정신이라고 생각하는 것은 추정적으로 여성에 대한 모욕이라고 주장했지만 허사였다. 그리고 모든 것은 그 불운한 남자가, 차후에 고네릴이 그를 정신 이상자로 영구히 수감되게 해줄 작정이라는 소문을 알아내는 것으로 끝났다. 그렇게 되자 그는 도망쳤고, 이제는 죄 없이 추방당한 사람이 되어, 고네릴의 사망을 상징하는 상장을 모자에 두르고, 커다란 미시시피강 유역에서 의지할 곳 없이 떠돌아다니고 있었는데, 왜냐하면 그녀가 죽었다는 것을 최근에 그가 신문에서 보았고, 이런 경우에 규정된 애도의 형식에 따르는 것이 적절하다고 생각했기 때문이었다. 지난 며칠 동안 그는 그의 자식에게 돌아갈 만한 돈을 마련하기 위해 노력했었고, 이제야 충분치 못한 돈으로 길을 나서게 되었다.

한데 이 모든 것이 처음부터, 그 불운한 남자에게는 상당히 견디기 어려운 일이라고 그 착한 상인은 생각하지 않을 수 없었다.

13장
여행용 모자를 쓴 남자가, 자기가 가장 논리적인 낙천주의자들 중 한 사람이라고 말해 주는 것처럼 보이는 방식으로, 많은 인간애를 나타내다

여러 해 전에 어느 근엄한 미국인 학자가 런던에 있으면서 그곳의 한 야회(夜會)에서, 양복저고리 옷깃에 웃기는 리본을 달고 재치 있는 농담을 많이 하고 감탄해 마지않는 사람들이 놀랄 정도로 이리저리 신속히 움직이는, 그가 생각했듯이 멋부리는 어떤 사나이를 목격했다. 그 학자의 경멸감은 컸지만, 잠시 후 우연히 그 멋쟁이와 한 구석진 자리에 동석하게 되어 대화를 시작했는데, 그때 그는 그 멋쟁이의 양식(良識)에 다소 대비가 부족했지만, 그 멋쟁이가 거의 자신만큼이나 대단한 학자이고, 험프리 데이비경* 못지않은 인물이라는 것을 한 친구가 귀띔해 주자, 그는 완전히 뒤로 나자빠졌다.

위의 일화는, 지금까지 여행용 모자를 쓴 남자에게서 나타나는 많은 쾌활한 경거망동, 또는 그러한 것으로 간주될 수 있는 것에서, 그에 대해 다

---

* Sir Humphrey Davy(1778-1829): 영국의 화학자이며, 그의 열정적이고 별난 태도로 유명했다.

소 성급한 평가를 내리는 쪽으로 마음이 끌렸을지도 모르는 독자들에게 선제적 조언으로서 여기에 소개된 것인데, 이러한 독자들이 곧 그럴 것이 듯이, 바로 그 동일 인물이 지금까지처럼 단순한 우발적인 한두 마디 말이 아니라, 앉아 있는 거의 모든 시간 동안 내내 견실하게 지속되는 철학적이고 인도주의적인 담론을 할 수 있는 것을 발견할 때, 그 결과 그 미국인 학자처럼, 무심코 이전의 통찰력에 대한 그들 자신의 호평과 모순되는 어떤 놀라는 모습을 드러내지 않도록 하기 위해서다.

상인의 이야기가 끝나자, 상대방은 그것이 어느 정도 그에게 감명을 주었다는 것을 부정하려 하지 않았다. 그는 자기가 그 불운한 남자에 대해 정확한 감정을 가지고 있기를 바랐다. 그러나 그는, 남자가 증거도 없이 시작된 그 큰 불행을 어떤 정신으로 견뎠는지 알고자 했다. 그가 낙담했는지 아니면 확신을 가졌는지?

상인은 그 질문의 마지막 구절의 정확한 취지를 아마 이해하지 못했을지도 모르지만, 그 불운한 남자가 자신의 고통을 그에 걸맞게 체념했는지 아닌지가 요점이라면, 그가 모범적일 정도로 체념했음을 그를 위해 말할 수 있다고 대답했는데, 왜냐하면 알려진 바에 의하면, 그가 인간의 선함과 정의에 대한 어떤 치우친 비방도 삼갔을 뿐만 아니라, 그에게서 때때로 완화된 쾌활함이 묻어나는 정화된 신뢰의 태도를 관찰할 수 있었기 때문이다.

그 말을 듣자 상대방은, 그 불운한 남자가 겪었다고 전해진 경험이 인간성을 실제보다 더 좋게 보는 사고방식에 대하여 그다지 회유적인 것으로 간주될 수 없으므로, 분명히 그렇게 흥분한 순간에 인간애로부터 그가 비뚤어져 염세가의 대열로 넘어가지 않은 것은, 그의 신앙심은 물론 공정함도 크게 높았다고 말했다. 그는 또한, 이러한 사람에게는 그의 경험이 결국 완전하고 인정 많은 반전으로 작용하고, 그의 동료에 대한 그의 신뢰를 흔들기는커녕, 그것을 더 확인하고 굳게 할 것이라는 것을 의심하지 않았다. 그(불운한 남자)가 그의 마음이 혼란스런 동안에 그의 고네릴이 모든 점에서 공명정대한 행동을 하지는 않았다는 것을 마침내 (조만간 아마 그럴 것이 분명하듯이) 납득하게 되었다면, 그것은 더 확실한 일이 되었을 것이다. 여하튼 간에, 그 여인에 대한 자선 단체의 묘사가 다소 과장되고, 그만큼 부당하다고 간주하지 않을 수 없었다. 사실은 아마 그녀가 약간의 결점들이 약간의 장점들과 섞여 있는, 그런 아내라는 것이었을 것이다. 그러나 그 결점들이 드러났을 때, 여자의 성격에 정통한 사람이 아닌 그녀의 남편은, 뭔가 훨씬 더 설득력 있는 것 대신에 그녀에게 이성을 사용하려고 애썼다. 이 사실에서 그가 그녀를 납득시키고 개심시키지 못한 일이 비롯되었다. 그녀로부터 뒤로 물러난 행위는, 그 상황에서는 갑작스러운 것 같았다. 요컨대, 아마 양쪽 모두에게 큰 장점들에 의해 상쇄될 수 없는 작은 결점들이 있었을 것이고, 누구나 어떤 것도 성급하게 판단해서는 안 된다.

이상한 이야기지만, 그 상인이 그토록 차분하고 편견이 없는 견해들에 반대하고, 게다가 다소 흥분하여 그 불운한 남자의 경우를 몹시 한탄했을 때, 그의 말동무는 심각하게 그를 저지했다. 이것은 용납되지 않는 오직 가장 예외적인 경우에 한하지만, 부당하게 겪는 불행의 실재를 인정하는 것은, 더욱이 특별하게 사악한 자의 거리낌 없는 술책에 의해서 야기된 것이라고들 말하는 경우라면, 어떤 사람들에겐 이러한 인정이 그들의 가장 중요한 의견을 불리하고 편벽되게 할지도 모르므로, 아무리 좋게 말하더라도 신중하지 못하다고 말했다. 그것은 그 신념들이 이러한 영향력에 논리적으로 굴종적이기 때문이 아니다. 인생에서 흔히 일어나는 일들이, 사실상, 무역풍 속의 깃발들처럼 결코 꾸준히 한 방향을 바라보고 하나의 얘기를 말하지 않으므로, 따라서 신(神)의 판결이, 이를테면 일상의 사건들과 같은 변동성에 어쨌든 의존하게 된다면, 그 판결의 등급은, 길고 불확실한 전쟁 동안 주식 거래의 등락과 유사한 흥망성쇠에 영향을 받기 쉬울 것이기 때문이다. 여기서 그는 그의 주식 이전 대장을 옆으로 흘긋 보고, 잠시 숨을 돌린 후에 계속해서 말했다. 경험보다는 오히려 직관에 근거하여, 신성(神性)은 날씨에 좌우되지 않을 정도로 위에 높이 솟는 것이, 인간의 올바른 판결과 관련해서처럼 신성의 올바른 판결에서도 가장 중요한 것이었다.

이제야 상인이 진심으로 이것과 의견을 같이했을 때(신앙심이 깊은 것은 물론 지각 있는 사람이었으므로, 그는 그렇게 하지 않을 수 없었다), 그의 말동무는 이러한 주제들에 대해서, 상당한 불신의 시대에 그렇게 건전하고 숭고한 신뢰를, 거의 최대한도로 그와 함께 공유하는 사람과 아직도 만날 수 있다는 것에 만족감을 표시했다.

하지만 그는 온당하게 대두되는 철학은 허용할 수 있다는 것을 부정하는 옹졸함과는 거리가 멀었다. 오직 그는, 그 불운한 남자에 대해 주장된 것과 같은 사건이 철학적 토론의 주제가 될 때, 진실한 빛을 갖추지 못한 사람들에게 기회가 주어지지 않도록, 그것은 철학적으로 설명되는 것이 적어도 바람직하다고 간주했다. 왜냐하면, 단지 이러한 사건에 수수께끼라도 있다고 인정하는 것을, 그 사람들은 그 문제에 대한 암묵적 포기로 여길지도 모르기 때문이다. 그리고 (고네릴과 그 불운한 남자에 관해서 알려진 언외의 의미에 의해서 그랬던 것처럼) 때때로 착한 사람보다 우선하여 악한 사람에게 일시적으로 허용되는 명백한 방종에 관한 한, 죄를 짓고도 현재 벌을 받지 않는 것에 대한 변명으로서 미래의 응보 원칙을 지나치게 논쟁적으로 강조하는 것은, 그 점에서 현명하지 못할지도 모른다. 왜냐하면 실제로 옳은 마음을 가진 사람에게는 그 원칙이 참되고 충분한 위안이 되지만, 괴팍한 사람에게는 그것의 논쟁적 언급이, 이러한 원칙은 신의 섭리가 현재가 아니라 앞으로 있게 될 것이라는 점을 주장하는 것과 같을 뿐이라는, 장난기 있지만 천박한 독단을 야기할 뿐일지도 모르기 때문이다. 요컨대 모든 종류의 트집쟁이들에게는, 그들과 모든 사람들을 위해서, 진실한 빛을 가진 사람은 누구나 신뢰의 안전한 요새 뒤에 도열해 있어야 하고, 이성의 열린 마당 위에서 벌어지는 위험한 논쟁에 유혹당해 기어나오지 않는 것이 최선이었다. 그 결과, 지나칠 정도의 철학적 사색, 또는 실제로 연민의 정에 빠지는 것은, 부적당한 때에 예상외로 그를 배반할 수 있는 경솔하게 생각하고 느끼는 버릇을 낳을지도 모르므로, 착한 사람에게는, 심지어 그 자신의 마음속이나 또는 동질의 지성과의 교감에, 그는 그것을 권장할 수 없는 것으로 간주했다. 실제로 비공식으로든 공공연이든, 착한 사람이 일부 논제들에 대해서 그 어느 것에서보다 스스로 가장 조심하지 않을 수 없는 것은, 바로 그의 자연스런 감정적 솔직함이었는데, 그 까닭은, 자연스런 감정은 몇 가지 점들에서 우리가 추측하는 그것이 아니라고, 인간은 명령적으로 주의를 받았기 때문이었다.

그러나 그는 자기가 무미건조해지고 있을지도 모른다고 생각했다.

상인은 그의 선량한 성품으로 인해 달리 생각했고, 그는 온종일 이러한 이야기로 기운을 차리면 기쁠 것이라고 말했다. 그것은 노련한 설교를 들으며 앉아 있는 것이었고, 익은 복숭아나무 아래보다 이러한 자리가 더 좋았다.

상대방은, 그가 두려워한 것처럼 자신이 지루하게 이야기하고 있지 않았음을 깨닫고 좋아했지만, 설교하는 사람의 딱딱한 양상으로 간주되고 싶지 않았고, 동등하고 친절한 말동무로서 여전히 받아들여지는 것이 더 좋았다. 그 때문에 그의 태도에 한층 더 많은 사교성을 갖추면서, 그는 다시 그 불운한 남자를 재론했다. 그 사건을 아주 최악으로 보자면, 그의 고네릴은 실제로 한 사람의 고네릴이었던 것을 인정하고, 자연의 법칙이나 법적으로도, 마침내 그가 이 고네릴에게서 벗어나 얼마나 다행인가! 만일 그가 그 불운한 남자와 아는 사이가 된다면, 그를 문상하지 않고 오히려 축하할 것이다. 이 불운한 남자가 큰 행운을 맞았다고, 행운이라고, 결국 그는 그렇게 말했다.

그 말에 대해서 상인은, 그렇게 되기를 간절히 바라고, 그 불운한 남자가 이 세상에서 행복하지 못하면, 적어도 저세상에서 그렇게 될 것이라는 확신으로 자신을 위로하려고 최선을 다한다고 대답했다.

그의 말동무는 양쪽 세상 모두에서 그 불운한 남자의 행복을 믿어 의심치 않았고, 얼마 안 있어 약간의 샴페인을 청하면서 그 상인에게, 그가 경사스러운 것이 아닌 어떤 생각들을 그 불운한 남자와 관련해 생각한다 할지라도, 약간의 샴페인은 즉시 그것을 거품처럼 날려 버릴 것이라는 웃기는 구실을 대며 같이 마실 것을 권했다.

이따금 그들은 아무 말 없이 각자 깊은 생각에 빠져 여러 잔을 천천히 꿀꺽꿀꺽 마셨다. 마침내 표정이 풍부한 상인의 얼굴이 빨개졌고, 그의 눈은 촉촉이 빛났으며, 그의 입술은 상상력이 풍부하고 섬세한 여성적인 감정으로 떨렸다. 그의 머리로는 단 한 번도 술의 독기가 흘러들지 않고, 그 술은 그의 심장으로 돌진하여, 거기서 예언을 시작하는 것 같았다. "아!" 그가 그의 술잔을 밀어내며 큰 소리로 말했다. "아, 술이 좋고 신뢰가 좋지만, 술이나 신뢰가 힘겨운 문제들처럼 단단한 모든 지층들을 뚫고 스며들어, 진실의 차가운 동굴 속으로 따뜻하고 붉게 흘러들 수 있을까요? 진실은 위로받지 못할 겁니다. 소중한 자선 단체에 이끌리고 달콤한 희망에 홀려, 맹목적인 환상이 이 곡예를 시도하지만 헛될 뿐이니, 단순한 꿈과 이상들, 그것들은 당신의 손안에서 폭발하여 단지 검게 탄 자국만 뒤에 남길 뿐입니다!"

"이런, 이런, 이런!" 상대가 보이는 감정의 격발에 놀라서, "원 저런, '술 속에 진리가 있다'라는 말이 진실한 격언이라면, 당신이 방금 나와 함께 공언한 그 순수한 신뢰에도 불구하고, 불신, 깊은 불신이 그 밑바닥에 잠재하고, 1만 배나 강하게, 마치 아일랜드 혁명처럼, 지금 당신에게서 터져 나오고 있습니다. 저 술, 저 좋은 술이 그런 짓을 하다니! 맹세코……." 반은 진지하고 반은 익살스럽게 술병을 지키면서, "당신은 더 이상 이것을 마시지 말아야 하겠소. 술은 마음을 우울하게 하려는 것이 아니라 기쁘게 하려고, 신뢰를 낮추려는 것이 아니라 강화하려고 마시자 했습니다."

이러한 상황에서 가장 효과적인 힐책인 이 희롱 섞인 말에, 술이 깨고 창피스럽고 거의 당황한 그 상인은 그를 빤히 쳐다본 다음에, 확 바뀐 태도로, 자기한테서 새어 나온 말에 스스로도 거의 그의 말동무 못지않게 놀랐다고, 말을 더듬으며 고백했다. 그는 그것을 이해하지 못했고, 이러한 격앙된 감정의 표현이 그에게서 갑자기 튀어나온 것을 설명할 수 없어 아주 난처했다. 그것이 샴페인 탓일 리가 전혀 없었고, 그는 자신의 머리가 멀쩡한 것을 느꼈으며, 사실상 오히려 술은 머리에, 커피에 탄 달걀 흰자위 같은, 뭔가 맑고 밝게 하는 작용을 했었다.

"기분을 밝게 한다고요? 밝게 할지도 모르지만, 커피에 탄 달걀 흰자위 같다기보다는 오히려, 난로 표면에 칠한 검은 광택처럼 당신 머리를 빛내고 있을지도 모릅니다. 진정으로 나는 샴페인을 시킨 것을 후회합니다. 당신 같은 기질의 사람에게는 샴페인을 권해서는 안 됩니다. 바라건대, 선생, 다시 기분이 좋아졌습니까? 신뢰도 회복됐고요?"

"그렇게 생각해요. 그렇다고 말해도 좋겠지요. 하지만 우린 오래 이야기를 나눴고, 이제 나는 가서 자야겠소."

그렇게 말하면서 상인은 일어서서 작별을 고하고, 그 자신의 거짓 없는 선성(善性)에 의해 우연히 자극받아―남에게 하듯 자기 자신에게―그의 꾸밈없는 마음의 기묘하고도 설명할 수 없는 일시적 생각들을 무분별하게 폭로한 것에 굴욕을 느끼며 그 자리를 떠났다.

14장
그들에게 그것이 고려할 만한 가치가 있는 것으로
판명될지도 모르는 사람들이 고려할 가치가 있는

지난 장(帳)이 앞을 내다보는 암시로 시작되었다면, 이번 장은 뒤돌아보는 것으로 구성되어야 한다.

그 상인이 최근 갑작스럽게 충동에 이끌리는 순간에 이르기까지 시종일관 자기 자신을 보여 주었듯이, 그렇게 신뢰로 가득 찬 사람이 그 순간에 이러한 깊은 불만을 드러낸 것은, 어떤 사람들에겐 어느 정도의 놀람을 가져올지도 모른다. 그는 무정견하다고 생각될 수 있고, 심지어 그러하기도 하다. 하지만 이 때문에 작가가 비난받아야 하나? 진실로, 어떤 인물이든 그 묘사에서 그것의 일관성이 유지되어야 한다기보다, 지각 있는 독자치고 더 신중히 기대하는 것이 없듯이, 소설의 작가가 더 조심스럽게 유의해야 하는 것은 없다고 주장할 수 있다. 하지만 언뜻 보기에 이것은 아주 논리적인 것처럼 보이지만, 더 면밀히 관찰을 해보면 아주 그러하지는 않다는 것이 드러날지도 모른다. 왜냐하면 모든 소설에 얼마간 창작력의 발동이 허용된다고는 해도, 사실에 바탕을 두고 있는 소설은 결코 모순되어서는 안 된다는 또 하나의—어쩌면 동등하게 요구되는 요건과 어떻게 연결되며, 실제 생활에서 일관된 인물은 보기 드문 사람이라는 것이 사실이 아닌가 하는 의문 때문이다. 그렇기 때문에 소설에 적합하지 않은 인물들에 대한 독자의 혐오는, 그들의 허위성에 대한 어떤 인식에서 전혀 생길 리가 없다. 그것은 오히려 그들을 이해하는 것에 관한 혼란에서일지도 모른다. 하지만 가장 예리한 현자조차도 흔히 살아 있는 인물을 이해하는 데 어찌할 바를 모른다면, 현자가 아닌 사람들이 한 페이지의 끝에서 다른 끝으로 벽을 따라 지나가는 그림자들처럼 가볍게 지나가는 저 단순한 허깨비들의 성격을 신속하게 읽어서 알 수 있기를 기대할 것인가? 모든 인물이, 그것의 일관성 때문에 잠깐 보아서 파악될 수 있는 그러한 소설은, 오직 인물의 단면들만을 나타내어 그것들을 유기적인 통합체로 보이게 만들거나, 그렇지 않으면 실제에 매우 충실하지 않으며, 이에 반해서 인물을 묘사하는 작가는, 그것의 특별한 부분들에서 보편적 시각과는 날다람쥐처럼 부조화하고, 애벌레가 여러 단계를 거쳐 변화해서 나비가 되는 만큼이나 그 자체와 일치되지 않는다 할지라도, 그런데도 그렇게 하는 가운데 불성실하지 않고 사실들에 충실한지도 모른다.

이성이 재판관이라 할지라도, 어느 작가도 자연 자체가 만들어 낸 것과 같은 모순된 인물들을 창작하지 못했다. 소설에서 개념의 모순과 인생의 모순을 정확하게 구분하는 것은, 독자에게 틀림없이 적잖은 총명함을 요구할 것이다. 다른 경우와 마찬가지로 이 경우에도 경험은 유일한 길잡이이지만, 어느 누구도 사물의 참된 내용과 동일한 시간 또는 공간에 걸쳐 있을 수 없으므로, 모든 경우에 경험에 의존하는 것은 현명하지 못할지도 모른다. 오리 같은 주둥이를 가진 오스트레일리아의 비버를 박제하여 영국에 처음으로 가져왔을 때, 박물학자들은 그들의 분류법에 호소하여 실제로 이러한 생물은 존재하지 않는다고 단언했고, 그 박제의 주둥이는 어떻게든 해서 인위적으로 붙여 놓은 것이라고 고집스럽게 주장했다.

그러나, 박물학자들이 난처하게도 자연은 그 오리 주둥이를 가진 비버들을 만들어 낸다 할지라도, 그보다 더 못한 작가들은 오리 주둥이를 가진 인물들로 독자들을 골치 아프게 할 자격이 없다고, 어떤 사람들은 생각할지도 모른다. 그들은 항상 인간성을 모호하지 않고 투명하게 표현해야 하고, 그것은 실제로 대부분의 작가들이 일상적으로 행하는 일이며, 어떤 경우에는, 그들이 무슨 수를 써서라도 그들의 부류에게 바치는 일종의 명예라는 생각이 들게 될지도 모른다. 그러나 그것이 필연적으로 명예를 수반하는지 아닌지는, 이 인간성의 바다가 그토록 손쉽게 꿰뚫어 볼수 있다면, 그 바다가 대단히 깨끗하거나 대단히 얕을지도 모르므로, 실제적 의미가 없어질지도 모른다. 대체로, 신성(神性)의 현저한 차이들 때문에 그것은 알아낼 수 없다고, 신성에 대해서 말해지는 것과 똑같은 식으로 인간성의 모순들을 고려하여 그것에 대해서 말하는 자는, 인간성을 항상 명백하게 묘사함으로써, 그가 명확하게 그것에 대해서 모든 것을 알고 있다고 추측하게 두는 자보다, 그로 인해 인간성에 대한 더 좋은 이해를 이끌어 낸다고 오히려 생각될지도 모른다.

작품들 속의 모순된 인물들에 대한 편견이 있지만, 처음에는 그들의 모순처럼 보였던 것이, 나중에 작가의 솜씨에 의해서 그들의 훌륭한 조화임이 드러날 때, 그 편견은 반대 방향으로 기운다. 거장들은 어느 것보다도 바로 이 점에서 탁월하다. 그들은 어떤 인물의 뒤얽힌 이야기에서 놀라움을 촉구하고, 그 다음에 그들이 그것을 만족스럽게 해결함으로써 한층 더 큰 감탄을 자아내는데, 이런 식으로 때때로 물정 모르는 여학생들조차도 이해하도록, 창조주에 의해서 두렵고 경이롭게 만들어진 것으로 확인되는 바로 그 영혼*의 마지막 난제들을 공개한다.

---

* 「시편」139장 14절: '제가 오묘하게 지어졌으니 당신을 찬송합니다. 당신의 조물들은 경이로울 뿐. 제 영혼이 이를 잘 압니다.'

적어도 이와 비슷한 것이 심리 소설가라는 사람들에게 요구되는데, 그 주장을 여기서는 논하지 않겠다. 하지만 이 점과 관련하여, 그 모든 창의력의 분출은 확고한 원칙에 따른 인간성의 폭로를 목적으로 삼고 있으므로, 가장 우수한 심판관들에 의해서 수상학(手相學), 관상술, 골상학, 심리학과 같은 과학의 지위에서 경멸적으로 제외되었던 사실은 시사하는 바가 큰 것으로 판명될지도 모른다.

게다가 이러한 상충하는 관점들을, 모든 시대의 가장 저명한 지성들이 인간에 대해서 취해 왔다는 사실은, 다른 논제들과 관련해서 흔히 있는 일이듯이, 그것에 대한 매우 보편적이고 매우 철저한 무지함을 얼마간 추정하는 것처럼 보일 것이다. 그리고 그것은, 면학에 힘쓰는 청년이 인간성을 묘사했다고 공언하는 우수한 소설들을 열심히 읽은 후에, 실제로 사회에 나갈 때 아주 흔히 겪는 어찌할 바 모르는 위험을 여전히 무릅쓰곤 하는 것을 고려한다면, 그만큼 더 사실에 가까운 것 같아 보일지도 모른다.

한편 이에 반해서, 그가 정확한 도해를 갖추었다면, 손에 지도를 들고 보스턴 시내에 들어가는 나그네의 경우처럼, 그의 일은 어느 정도 잘되어 갈 것임에 틀림없고, 도로가 매우 굴곡지고 그가 자주 머뭇거릴지도 모르지만, 그의 정확한 지도 덕분에 그는 절망적으로 길을 잃지 않을 것이다. 그리고, 도로의 굴곡은 언제나 똑같고, 인간성의 굴곡은 바뀌는 수가 있다는 것은, 이러한 비교에 대한 적절한 반대가 될 리 없다. 인간성의 중요한 점들은 오늘날이나 천년 전이나 똑같다. 그것들 가운데 오직 변하기 쉬운 것은 표정이지, 얼굴 생김새는 아니다.

그러나 외관상의 실의(失意)에도 불구하고, 일부의 수학자들은 아직도 길이를 측정하는 정확한 방법을 생각해 내기를 기대하고 있듯이, 한층 더 진지한 심리학자들은, 이전의 실패에도 불구하고 인간의 본심을 절대 오류 없이 알아내는 어떤 방법에 관한 기대를 아직도 고이 간직하고 있을지도 모른다.

하지만 그 상인의 성격에서 적절하지 않거나 불명료한 것처럼 보였을지도 모르는 모든 것에 대한 변명으로서 충분한 것을 말했으므로, 우리의 희극으로 돌아가는 것, 아니 더 정확히 말하자면, 사색(思索)의 희극에서 행위의 희극으로 나아가는 일만 남아 있다.

15장
늙은 구두쇠가 적절한 설명에
설복되어 과감히 투자하다

그 상인이 물러가고, 상대방은 어떤 훌륭한 사람과 담화를 나눈 후 그에게서 나온 말을, 그것이 아무리 지적으로 열등하다 할지라도, 유익한 것을 하나도 놓치지 않도록 주의 깊게 묵묵히 생각하고, 그가 들은 어떤 솔직한 말에서든 그의 덕행 이론을 굳게 하는 것 외에도, 또 고결한 행동의 지표 구실을 할지도 모르는 어떤 암시를 얻을 수 있으면 행복한 그런 사람의 태도로, 한동안 홀로 남아서 앉아 있었다.

머지않아 그의 눈이, 마치 무슨 이러한 암시를 방금 감지한 것처럼 빛났다. 그는 장부를 손에 들고 일어나 객실에서 나가, 좁고 어둑한 일종의 복도에 들어섰는데, 그것은 객실보다 꾸민 것이 없고 불편한 은거처로 가는 샛길이었고, 바로 그것은 이주민들의 방이었지만, 현재의 여행이 강하류로의 항해이기 때문에, 틀림없이 방에 들어 있는 사람이 비교적 적은 것으로 드러날 것이다. 측면의 창들을 차단해 놓았기 때문에 모든 공간이 어스레하고 대부분 무척 어두웠지만, 그래도 천장 돌림띠에 나 있는 폭이 좁고 제멋대로 생긴 채광창에 의해서 드문드문 매서운 눈매처럼 여기저기 빛이 들어오고 있다. 하지만 그 장소가 낮보다는 오히려 밤을 보내기 위해서 계획된 곳으로, 간단히 말해서 침구는 없이 마디가 많은 소나무 침상들로 이루어진, 소나무 황야의 공동 침실 같은 곳이어서, 조명은 특별히 필요가 없는 것처럼 보일 것이다. 한 무리를 이룬 펭귄과 펠리컨의 기하학적 도래지들에 있는 둥지처럼, 이 침상들은 필라델피아처럼 규칙적으로 배열되어 있었지만, 그것들은 꾀꼬리의 둥지처럼 천장에 매달려 있었고, 더욱이 삼층 요람들이었는데, 그중 하나를 설명하면 모든 것이 충분할 것이다.

천장에 묶어 놓은 네 개의 밧줄이 층층으로 이루어진 세 개의 거친 널빤지의 귀퉁이마다 뚫린 나사 구멍들을 통해 아래로 드리워져 있고, 그 널빤지들은 밧줄에 상하로 만들어 놓은 매듭들에 의해 균등한 간격으로 얹혀 있는데, 맨 아래의 널빤지는 방바닥에서 불과 1인치나 2인치 떨어져 있으며, 전체의 모습이 마치 대규모 밧줄 책꽂이를 닮았으나, 벽에 단단히 달라붙어 있질 않고 아주 작은 움직임에도 이리저리 흔들렸으므로, 그중 한 곳에 기어 들어와 거기에 몸을 눕히려고 하는 미숙한 이주자의 도발에 더욱 유별나게 살아 움직이는 듯하여, 그 흔들림은 거의 그가 온 곳으로 그를 도로 내던져 버릴 정도였을 것이다. 결과적으로, 맨 위의 널빤지에서 휴식을 시도하는 다소 경험이 있는 사람이, 혹시 미숙한 초보자가 그보다 아래에 있는 널빤지를 선택하면, 그는 아주 심각한 방해를 받아야 했다. 때때로 한 떼의 가난한 이주자들이, 밤에 갑자기 쏟아지는 비로 인해 이 꾀꼬리 둥지들을 차지하려고 몰려오면서—그것들의 특성을 전혀 모르기 때문에—널빤지들이 심히 흔들리는 소란을 야기하며, 거기에 매우 소란스런 절규를 덧붙이기 일쑤였으므로, 그건 마치 어떤 불운한 선박이 모든 선원들과 함께 암초 가운데서 산산이 부서지고 있는 것 같았다. 그것들은 가난한 여행자들을 조롱하는 어떤 적이, 잠뿐만 아니라 잠들기 전에 있어야 하는 바로 그 평온을 그들에게서 빼앗기 위해 고안한 침대들이었다. —그 딱딱한 나뭇결 위에서 소박한 가치와 정직이 아직도 휴식을 간절히 바라면서 몸부림치는데, 오직 고통만이 응수하는 프로크루스테스의 침대들*이었다. 아, 누구든지 이러한 침상을 남에게 부탁하여 만들게 하지 않고 자기 스스로 그것을 만든다면, '당신은 그 위에 누워야 한다'고 말하는 것이 정당할지도 모르지만 얼마나 잔인한가!

그 장소가 연옥처럼 보일 테지만 그 나그네는 그 안으로 전진해 들어가고, 지옥으로 즐겁게 내려가고 있는 오르페우스처럼 오페라의 한 대목을 가볍게 혼자서 콧노래로 흥얼거린다.

갑자기 옷 스치는 소리가 나고, 동시에 삐걱거리는 소리가 나며, 침상 하나가 어둠침침한 구석에서 휙 튀어나오고, 일종의 쇠약해진 펭귄 날개 같은 팔을 애원하듯이 내밀며, 동시에 다이비스**의 울부짖음 같은 소리가 들린다. "물, 물!"

그것은 상인이 언급했던 그 구두쇠였다.

자선회 수녀처럼 신속하게 나그네는 그를 굽어보며 머뭇거린다.

"불쌍한, 불쌍한 어르신, 무엇을 해드릴까요?"

"콜록, 콜록, 물!"

그는 쏜살같이 달려 나가 물 한 잔을 구해서 돌아와, 그것을 환자의 입에 대주고, 그가 마시는 동안 그의 머리를 받쳐 준다. "가엾은 어르신, 그런데 사람들이 목이 타는 갈증으로 고통을 겪게 하며 당신을 여기에 눕혀 놓았습니까?"

구두쇠는 비쩍 마른 노인으로, 그의 살결은 가연물(可燃物)처럼 말라 소

---

*　프로크루스테스는 고대 그리스의 전설적인 강도로. 그의 모든 희생자들을 쇠침대에 눕혀, 키가 큰 사람은 다리를 자르고, 작은 사람은 잡아 늘였다고 함. '프로크루스테스의 침대'는 강제되고 획일화된 제도를 가리킴.

**　라자로의 비유에 나오는 부자(「루카 복음서」 16장 19-31절).

금에 절인 대구처럼 보였고, 머리는 어떤 천치가 나무 마디를 깎아서 모양을 만든 것 같았으며, 납작하고 뼈만 앙상한 입은 매부리코와 턱 사이에 끼어 있고, 표정은 심술쟁이와 백치 사이를 오가며, 때로는 전자였다가 때로는 후자의 표정을 짓는데—그는 아무런 응답이 없었다. 그는 두 눈을 감고 있었고, 그의 뺨은 더러운 눈더미 위에 놓인 시든 사과처럼, 그의 머리 밑에 둘둘 말아 놓은 낡고 질긴 흰색 면포 외투 위에 얹혀 있었다.

마침내 기운을 다시 찾은 그가 그의 봉사자 쪽으로 몸을 기울이고, 기침으로 망가진 음성으로 말했다. "나는 늙고 비참하고 불쌍한 거지이고, 털끝만큼도 가진 것이 없는데…… 당신에게 어찌 보답할 수 있나요?"

"나를 신뢰하면 됩니다."

"신뢰라고!" 그가 태도를 바꿔 낄낄거리며 말했고, 한편 침상이 흔들렸다. "내 나이에 남은 것이 거의 없지만, 한물간 남은 것들을 가져가시오, 그래도 괜찮소."

"특별히 내세워 말할 것까지는 아니지만, 그래도 주시는군요. 좋습니다, 그렇다면 1백 달러를 주십시오."

이 말을 듣자 구두쇠는 완전히 공황 상태에 빠졌다. 그는 두 손을 허리 쪽으로 더듬어 가더니, 갑자기 그의 질긴 면포 외투를 둘둘 말아 만든 베개 밑으로 급히 올려, 무언가를 안 보이는 곳에서 움켜쥐고 있었다. 동시에 혼자서 그는 두서없이 중얼거렸다. "신뢰? 거지 구걸하는 소리야, 소매치기 패거리군! 신뢰? 흠, 봉이군! 신뢰? 도둑질, 사기야! 백 달러? 백 번 빌어먹을!"

몹시 지친 그는 잠시 말을 못 하고 누워 있었고, 그러고 나서 힘없이 몸을 일으키며, 빈정거림으로 한층 강해진 음성으로 말했다. "백 달러? 신뢰를 쌓는 데 다소 비싼 값이군. 그리고 당신은 내가 여기, 판자 위에서 죽어 가는 불쌍한 늙은이인 것을 모르겠소? 당신은 나를 돌보아 주었지만, 나는 정말 가련한 사람이어서, 나는 당신에게 기침으로 나의 감사를 내뱉을 뿐이오. 콜록, 콜록, 콜록!"

이번에 그의 기침은 너무 격렬하였으므로 그 발작이 널빤지에 전달되어, 그 널빤지는 투척되기 직전 투석기의 돌멩이처럼 그를 앞뒤로 흔들었다.

"콜록, 콜록, 콜록!"

"참으로 지독한 기침이군. 내 친구인 약초의(藥草醫)가 지금 여기에 있으면 좋겠는데, 그의 종합 진통 강장제 한 상자면 당신에게 효력이 있을 텐데."

"콜록, 콜록, 콜록!"

"내가 그를 찾으러 갈 의향이 있습니다. 그는 이 배 안 어딘가에 있습니다. 나는 그의 긴 황갈색 외투를 보았습니다. 내 말을 믿으세요, 그의 약은 세상에서 제일 좋습니다."

"콜록, 콜록, 콜록!"

"아, 참 딱하십니다."

"그야 물론이지." 상대방이 다시 콜록거리며 말했다. "하지만 어서 밖으로 나가 갑판에서 당신의 자선 기금이나 거두시지. 거기엔 돈 자랑하는 겉치레꾼들이 누비고 다닐 텐데, 그들은 가련하고 늙은 나처럼 이 아래쪽에 내버려져 어둠 속에서 콜록거리진 않아요. 내가 숨넘어갈 것같이 심한 기침에 찌든, 얼마나 천한 가난뱅이인지를 보시오. 콜록, 콜록, 콜록!"

"저는 당신의 기침에 대해서 뿐만 아니라, 또한 당신의 가난에 대해서 참 딱하게 생각합니다. 좀처럼 없는 이러한 기회를 이용할 수 없게 되다니. 지정된 금액만 가지고 계시면, 내가 당신을 위해서 그것을 잘 투자해 줄 수 있을 텐데. 세 배의 이익을 얻을 수 있는! 하지만 신뢰를⋯⋯ 당신이 그 귀중한 현금을 가지고 있다 할지라도, 당신은 내가 언급하는 더 귀중한 신뢰를 갖고 있지 않을 것 같아 걱정입니다."

"콜록, 콜록, 콜록!" 구두쇠는 마음이 들떠 몸을 일으키며, "그게 무슨 말이오? 뭐, 뭐라고요? 그러면 당신은 자기가 쓰려고 그 돈을 바라는 것이 아니오?"

"어르신, 어르신, 어떻게 그런 터무니없는 이기주의를 나에게 전가합니까? 내 사적 이익을 위해서, 생판 모르는 사람한테서 백 달러를 내놓으라고 한다고요? 나는 미치지 않았습니다, 어르신."

"뭐, 뭐라고요?" 구두쇠는 한층 더 어리둥절해져, "당신은 그러면, 무료로 사람들의 돈을 투자해 주려고 애쓰면서 세상을 돌아다녀요?"

"나의 보잘것없는 직업입니다, 어르신. 세상 사람들은 나를 신뢰하려하지 않지만, 나는 이기적으로 살지 않으며, 나에 대한 신뢰는 큰 이득일 것입니다."

"하지만, 하지만……." 일종의 정신적 혼란 속에서, "무엇을…… 당신은 하는지…… 사람들의 돈으로? 콜록, 콜록! 이득은 어떻게 얻어지나요?"

"그걸 말하면 나는 망할 겁니다. 그것이 알려지면, 누구나 다 그 사업에 나서려 들 것이고 과당 경쟁이 될 것입니다. 영업 비밀인데…… 내가 당신과 갖는 유일한 관계는 당신의 신뢰를 받아들이는 것이고, 당신이 나와 갖는 유일한 관계는 적당한 때 세 곱절의 이득으로 세 번에 걸쳐 수익을 되돌려 받는 것입니다."

"뭐, 뭐라고요?" 구두쇠의 우둔함이 다시 한번 기세를 떨치더니 갑자기 다시 깍쟁이처럼 말했다. "하지만 증명서들, 증명서들……."

"정직의 최선의 증명서는 정직한 얼굴입니다."

"당신의 얼굴을 볼 수가 없소. 하긴……." 그리고는 어둠을 뚫을 듯 응시했다.

이 마지막 교차하는 합리성의 깜박임으로부터, 그 구두쇠는 침을 튀기며 이전의 횡설수설을 다시 시작했지만, 그것은 이제 산수의 셈으로 바뀌었다. 그는 혼자서 중얼거리며 두 눈을 감고 누워 있었다.

"1백, 1백…… 2백, 2백…… 3백, 3백."

그는 눈을 뜨고 힘없이 빤히 쳐다본 후에, 한층 더 힘없이 말했다.

"여긴 약간 어두워요, 그렇죠? 콜록, 콜록! 하지만 내 약한 노안이 볼 수 있는 한에서 당신은 정직해 보이네요."

"그 말을 들으니 기쁩니다."

"만일…… 만일, 지금 내가 한다면……." 노인은 몸을 일으키려고 애썼지만, 흥분이 거의 그를 소진시켰으므로 허사였다. "만일, 만일 지금, 내가 한다면, 한다면……."

"만일은 없음. 철저한 신뢰, 아니면 그만. 정말로, 전 어설픈 신뢰는 받지 않겠습니다."

그는 냉담하고 거만한 태도로 그렇게 말했고, 그곳을 떠나려는 것처럼 보였다.

"안 돼요, 나를 저버리지 마시오. 친구, 나를 참아 주오. 나이 탓에 약간의 의심은 어쩔 수 없소. 어쩔 수 없어요, 친구, 어쩔 수 없어요. 콜록, 콜록, 콜록! 오, 나는 너무 늙고 가련하오. 내겐 보호자가 있어야 해요. 말해 줘요, 만일……."

"만일? 이제 그만!"

"가만히 있어요! 얼마나 빨리…… 콜록, 콜록!…… 내 돈이 세 곱절이 될지? 얼마나 빨리 말이오, 친구?"

"당신은 신뢰하려고 하지 않습니다. 안녕히 계십시오."

"가만히, 가만히 있어요." 구두쇠는 이제 어린아이처럼 겁을 내며 주춤하면서, "난 신뢰해요, 신뢰해요, 친구, 내 불신을 고쳐 주시오!"

손을 떨면서 끄집어 낸 낡은 사슴 가죽 주머니에서, 열 개의 낡은 뿔단추처럼 변색된 열 개의 10달러 금화들을 꺼내서, 반쯤은 간절히, 반쯤은 달갑지 않게, 나그네에게 내놓았다.

"내가 이 느슨한 신뢰를 받아들여야 할지 모르겠습니다." 금화를 받으면서 상대방이 차갑게 말했다. "하지만 막판의 신뢰, 병상(病床)의 신뢰, 결국은 병적인, 임종(臨終)의 신뢰요. 건전한 맑은 정신을 지닌, 건강한 사람들의 건강한 신뢰를 내게 주십시오. 하지만 그런 것쯤 눈감아 주겠습니다. 다 좋아요, 안녕히 계십시오."

"아냐, 돌아와, 돌아와…… 영수증, 내 영수증! 콜록, 콜록, 콜록! 당신 누구야? 내가 무슨 짓을 한 거야? 당신 어디 가? 내 금화, 내 금화! 콜록, 콜록, 콜록!"

그러나 이 마지막 가물거리는 이성의 외침에도 그 나그네는 이제 부르는 소리가 들리지 않는 곳으로 가버렸고, 다른 어느 누구도 그렇게 미약한 소리가 들리는 곳에 존재하지 않았다.

16장
한 병자가 상당히 조바심을 낸 후에
설득당해 치료약을 구입하다

하늘은 어느덧 푸른색으로 바뀌고, 강가의 절벽들은 새롭고 산뜻해지고, 유속이 빠른 미시시피강은 넓어지고, 강물은 74문의 포를 장착한 이중 갑판 전함의 광대한 항적인 양 도처에 소용돌이들을 이루며 반짝반짝 꼴꼴 소리를 내며 흐른다. 황금의 기병 태양은 온 세상에 그의 투구를 번쩍이며 그의 천막에서 나온다. 그 풍경 속에서 기운이 난 삼라만상은 약동한다. 솜씨 좋게 만든 배가 꿈결처럼 속도를 낸다.

그런데, 숄로 몸을 감싸고 한구석에 틀어박혀, 수명이 다한 것 같은데 싹들이 나고 씨들이 활기를 띠고 있는 식물처럼—햇빛은 받고 있지만 몸은 따뜻해지지 않는 한 외톨이 사내가 앉아 있다. 그의 왼쪽에 있는 의자에, 칼라를 뒤로 젖힌 황갈색 외투를 입은 낯선 사람이 앉아 있는데, 그의 손을 설득하는 동작으로 흔들면서 그의 눈은 희망으로 빛나고 있다. 하지만 고질병처럼 오랫동안 절망에 빠져 인사불성이 된 자에게서 아마 희망은 쉽사리 일깨워지지 않을지도 모른다. 무슨 말엔가 그 병자가, 말 또는 표정으로 조바심을 내며 성마른 대꾸를 한 것처럼 보였을 때, 상대방은 탄원하는 듯한 태도로 다시 말을 계속했다.

"글쎄, 제가 다른 사람들의 치료약을 깎아내림으로써 내 치료약을 치켜세우려고 애쓴다고 생각하지 마십시오. 하지만 누구나 자기 쪽에 진실성이 있고 상대편은 그렇지 않다고 확신하고 있을 때, 심판은 중용이 아니라 양심이기 때문에 자비롭게 되는 것은 그다지 용이한 일이 아닌데, 그 까닭은 자비심은 관용을 낳는 법이고, 알다시피 그것은 일종의 암묵적 묵인이고 사실상 일종의 허용이며, 허용되는 것은 그만큼 조장되기 때문입니다. 그러나 허위가 조장되어야 합니까? 그럼에도 불구하고, 이 세상을 위하여 나는 이 미네랄 치료사들의 주장을 조장하기를 거부하지만, 나는 그들을 계획적인 비행자들로서가 아니라 잘못되어 있는 착한 사마리아인들로 기꺼이 간주하고 싶습니다. 그리고 이것이…… 나는 선생의 판단에 그것을 맡기는데…… 이것이 오만한 적수이자 현학자의 생각입니까?"

그의 체력은 바닥이 나서, 그 병자는 음성이나 몸짓으로 대꾸하지 못하고 얼굴의 힘없는 무언의 표현으로, "제발 나를 버리고 가주오, 어느 누가 빈말로 치료된 적이 있소?"라고 말하고 있는 것 같았다.

그러나 상대방은, 마치 이러한 의기소침을 참작하는 데 익숙한 것처럼 계속해서 친절하면서도 단호하게 말했다.

"루이빌의 저명한 생리학자의 권고에 따라, 선생은 철제정기(鐵劑丁幾)를 복용했다고 말하십니다. 무엇 때문에? 선생의 잃어버린 기력을 회복하기 위해서. 그런데 얼마나? 글쎄요, 건강한 사람들에게 철분은 혈액 속에서 당연히 발견되는 것이고, 철분은 동물의 기운을 돋우어 주는 근원입니다. 그런데 선생은 정력이 부족하므로, 당연한 결과로 그 원인은 철분 부족이 됩니다. 그렇다면 철분이 선생의 몸속에 투여되어야 하고, 그럼으로써 선생의 정기(丁幾)가 투여되었습니다. 한데 여기서 그 이론에 관해서는, 나는 유구무언입니다. 하지만 겸손하게 그것이 진실임을 당연한 일로 치고, 그런 다음 평범한 사람으로서 그 이론을 실제 문제로서 검토하면서, 나는 정중하게 당신의 저명한 생리학자에게 묻고 싶습니다. '선생!' 나는 말할 것입니다. '자연 그대로의 과정에 의해서 영양분으로 섭취함으로써 생명 없는 자연물들이 활력을 얻게 되지만, 그렇다고 생명 없는 자연물로서의 그 모든 특성들이 불변인데도, 생명 없는 자연물이 어떠한 상황에서나 생명을 주는 매개 역할을 할 능력이 있습니까? 만일 선생, 소화 작용에 의해서 말고는 아무것도 살아 있는 몸과 동화될 수 없다면, 그리고 그것이 (램프에서 기름이 불꽃으로 융화되듯이) 하나의 사물의 다른 사물로의 전환을 의미한다면, 이 견해로는, 기름기 있는 음식을 먹음으로써 캘빈 에드슨*이 살찔 것 같습니까? 즉, 식탁 위에서 지방인 것이 골격에 붙은 지방으로 드러날까요? 그렇게 된다면 선생, 물약병 속에서 철분인 것은 혈관 속에서 철분으로 판명될 것입니다.' 이러한 결론이 너무 독단적인 것 같습니까?"

그러나 병자는 마치, "제발 저리 가시오. 어째서 이 육신의 고통이 너무도 고통스럽게 증명한 것의 허황됨을, 불쾌한 말들로 빗대어 말합니까?"라고 말하는 것처럼, 그의 무언의 표정을 바꾸었다.

하지만 상대방은, 마치 그 성마른 표정을 알아차리지 못하는 듯이 말을 계속했다.

"그러나 과학이 육신에 농부의 역할을 하여, 거기에 그것이 원하는 만큼의 생명력 있는 토양을 만들 수 있다는 이 견해는—과학이 오늘날 너무나 노련하여 당신과 같은 폐질환의 경우에, 어느 일정한 증기들의 흡입을 처방함으로써 거의 생명이 없는 진폐증에 생명의 숨결을 불어넣어, 최고의 전능한 행위를 완수할 수 있다는…… 다른 하나의 독단만큼 이상하지

---

* 1847년 뉴욕에 있는 P. T. Barnum 소유의 '미국 박물관(American Museum)'에 49파운드의 '살아 있는 해골'로 전시된 미국인.

는 않은 것 같습니다. 왜냐하면 가엾은 선생, 볼티모어의 유명한 약제사의 명에 의하여, 3주 동안 당신은 인공호흡기 없이는 전혀 외출을 못 했고, 매일 일정한 시간 동안 약재를 태워서 생기는 증기를 들이마시며 일종의 가스 저장기 안에 등을 받치고 앉아 있었다고, 나한테 말하지 않았습니까? 마치 인간의 이 날조된 공기가 하느님의 천연 공기의 해독제인 것처럼 말입니다.

오, 그것은 무신론적이라는, 저 과학에 대한 해묵은 질책에 도대체 누가 놀랍니까? 그리고 많은 비방(秘方)들을 찾아낸 이 화학적 시술자들에 반대하는, 나의 중요한 이유가 여기에 있습니다. 왜냐하면 그것이 하느님의 권능에 대한 겸허한 의존과 양립할 수 없을 것 같은, 인간의 기술에 대한 그런 종류와 정도의 자부심이 아니라면, 그들의 비방들이 무엇을 나타냅니까? 내 마음에서 그것을 떨쳐 버리려고 아무리 노력한다 할지라도, 그럼에도 이 화학적 시술자들은 그들의 정기(丁幾)와 증기와 화로와 불가해한 주문(呪文)들과 함께, 나에게는 하느님의 뜻을 압도해 보려고 하는 파라오의 헛된 요술사들*처럼 보입니다. 쉬지도 자지도 않고, 몹시 가엾게 여겨서, 나는 하늘이 그들의 비방들에 격분하지 말고, 그들의 비방들에 복수하지 말아 달라고, 그들을 위해서 중재합니다. 당신이 일찍이 이들 이집트인들의 수중에 있었다는 것은 대단히 유감스러운 일입니다."

그러나 병자는 다시 마치, "제발 저리 가시오. 돌팔이 의사들, 그리고 돌팔이 의사들에 대한 분노, 둘 다 헛수고요"라고 말하는 것처럼, 무언의 표정만 보였다.

그러나 상대방은 다시 계속해서 말했다. "우리 약초의들은 얼마나 다른가! 우리는 아무것도 요구하지도, 아무것도 조작하지도 않고, 다만 지팡

---

* 「탈출기」 7-9장.

이를 손에 쥐고, 늪지에서, 산허리에서, 자연계에서, 겸손하게 자연의 치료법들을 찾아서 돌아다닙니다. 이름들은 잘 모르지만, 진실한 인디언 주술사들을, 그 영적 존재들을…… 레바논의 삼나무로부터 벽에 걸린 우슬초에 이르기까지, 모든 식물들을 알았던 솔로몬 현왕(賢王)의 후계자들을 우리는 잘 압니다. 그래요, 솔로몬은 최초의 약초의였습니다. 그리고 약초의 효능은 옛 시대의 사람들한테 한층 더 존중받았습니다. 달빛 어린 밤에, '메데아는 늙은 아이손을 회복시킨 마법의 약초를 채집했노라'*고 써 있지 않습니까? 아, 당신이 신뢰만 한다면, 당신은 새로운 아이손이 될 것이고, 나는 당신의 메데아가 될 것입니다. 나의 '종합 진통 강장제' 몇 병이면, 확신컨대 당신의 기력을 상당히 회복시킬 것입니다."

병자는 이 말을 듣자 분노와 혐오가 지나쳐서, 마치 진통 강장제에서 약속한 효능을 일으키는 것 같았다. 그 긴 냉담한 무기력에서 깨어나 그 송장 같은 몸이 움찔하더니, 막혔던 공기가 미로 같은 부서진 벌집을 통해 꼴꼴 새어 나오는 소리 같은 목소리로 소리쳤다. "썩 물러가시오! 당신들은 모두 똑같소. 돕는 사람이 꿈이라는, 의사라는 이름을 가진 당신들을 단죄하오. 수년간 나는 당신 같은 실험자들이 당신들의 실험 장치들을 헹군 물을 흘려 넣는 작은 약단지에 불과했고, 지금은 이 납빛 피부로 내 오장육부의 상태를 드러내고 있소. 썩 물러가시오. 나는 당신네들을 증오하오."

"만일 내가 배반자들로 인한 너무 쓰라린 경험에서 비롯된 신뢰의 부족에 모욕을 느낀 적이 있다면, 나는 몰인정한 놈일 것입니다. 하지만 뭔가 느낌이 다른 사람이라면 받아들이세요."

"썩 물러가시오! 불과 6개월 전에 물 치료소에서, 독일인 의사가 바로

---

* 〈베니스의 상인〉 5막 1장, 12-14절.

그런 목소리로 나에게 말했고, 지금 나는 거기서 돌아오는 중이오. 6개월 동안 60번의 격통으로 내 무덤에 더 가까워져서야 말이오."

"물 치료법? 오, 선의의 프라이스니츠*에 대한 치명적 착각이여! 선생, 나를 믿으세요……."

"썩 물러가시오!"

"아뇨, 병자는 반드시 그의 마음대로 해서는 안 됩니다. 아, 선생, 당신과 같은 사람에게 이러한 불신은 얼마나 타이밍이 나쁜지를 곰곰이 생각하십시오. 당신이 얼마나 허약한가, 그리고 그것이야말로 신뢰에 적합한 계제가 아닙니까? 그래요, 허약함 때문에 모든 것이 절망을 말할 때, 그때는 신뢰에 의해서 힘을 얻을 때입니다."

그 병자는 태도가 누그러지며 마치, "신뢰와 함께 반드시 희망이 온다면, 희망은 어떤 것일까?"하고 말하는 것처럼, 간청하는 눈빛으로 오랫동안 그를 훔쳐보았다.

그 약초의는 외투 주머니에서 봉인된 종이 상자를 꺼내었고, 그를 향해 그것을 손에 들고 엄숙히 말했다. "고개를 돌리지 마세요. 이것이 건강이 부탁하는 마지막 기회일지도 모릅니다. 자신의 감정을 움직이시오. 잿더미에서 신뢰를 불러내시오. 그것을 일깨우시오. 당신의 생명을 위해서 그것을 일깨우고, 그것을 불러내십시오, 이봐요."

상대방은 떨며 침묵을 지켰고, 그러고 나서 약간 감정을 억제하면서 그 약의 성분을 물었다.

"약초들."

"무슨 약초들? 그것들의 특성은? 그리고 그것들을 투약하는 이유는?"

---

*   Vincenz Preissnitz(1799-1851): 유럽 중부의 실레지아 사람으로, 물 치료법에 관한 책의 저자이며, 물 치료법 시설의 운영자였다.

"그건 밝힐 수 없습니다."

"그럼 나는 사양하겠소."

그의 면전에 있는 그 활기 없고 쓸쓸한 모습을 차분하게 지켜보면서, 그 약초의는 잠시 동안 침묵하더니 말했다. "난 포기합니다."

"어째서?"

"당신은 병들었으면서도, 철학자요."

"아니오, 아니오, 철학자는 아니오."

"하지만, 투약하는 이유와 함께 성분을 말하라고 다그치는 것이 철학자의 증거이고, 그것은 잘난 체하는 것이 바보의 죗값인 것과 마찬가지입니다. 병든 철학자는 불치의 환자입니다."

"왜요?"

"그는 신뢰하지 않기 때문입니다."

"어째서 그것이 그를 불치의 환자로 만든단 말이오?"

"그는 그의 가루약을 퇴짜놓거나, 그것을 복용해도 그것은 위약(僞藥)으로 판명되기 때문인데, 하긴 똑같은 것을 비슷한 곤경에 처한 시골뜨기에게 투약하면 신통하게 잘 들을 것입니다. 나는 유물론자가 아니지만, 정신은 육체에 크게 작용하기 때문에, 전자가 신뢰하지 않으면 후자도 마찬가지입니다."

또다시 병자는 마음이 움직인 듯했다. 그는 실제로 이 모든 것에 대해서 솔직하게 무슨 말을 할 수 있을지 생각하고 있는 것 같았다. 그리고 드디어 말했다.

"당신은 신뢰를 말합니다. 다른 사람의 병세에 아주 자신만만하게 처방한 약초의가, 자신이 쇠해졌을 때는 스스로 자기 자신을 신뢰하지 못하여, 그 자신의 병세에 대해 처방하는 데 가장 확신이 없다는 사실이 드러나는 것은 어찌 된 일이죠?"

"그러나 그는 자기가 왕진을 부탁하는 동료를 신뢰합니다. 그리고 육체가 쇠약해지면 정신이 바로 서지 못한다는 것을 그는 알고 있으므로, 그가 그렇게 하는 것이 그에겐 수치가 아닙니다. 그래요, 이때 그 약초의는 자신을 믿지 않지만, 그의 의술을 의심하진 않습니다."

그 병자의 지식으로는 이 말에 이의를 제기하는 것이 역부족이었다. 그러나 그는 그것을 애석해하는 것 같지 않았고, 보기에 따라서는 그가 바라는 쪽으로 논박당하는 것이 다행인 것처럼 보였다.

"그러면 당신은 나에게 희망을 걸고 있소?" 그의 움푹 들어간 눈이 위로 향했다.

"희망은 신뢰에 비례합니다. 당신이 나를 얼마나 신뢰하느냐에 따라, 나는 그만큼의 희망을 당신에게 겁니다. 이것에 대해서 말인데……." 그 상자를 들어 올리며, "만일 모든 사람들이 이것을 신뢰하면, 나는 편히 쉬게 될 것입니다. 이것은 자연의 것입니다."

"자연!"

"왜 놀랍니까?

"모르겠소." 병자는 살짝 몸서리를 치며, "하지만 나는 '질병 속의 자연'*이라는 제목이 붙은 책에 대한 소문을 들은 적이 있소."

"내가 동의할 수 없는 제목인데, 그것은 수상쩍게도 과학적입니다. '질병 속의 자연'? 마치 자연이, 신성한 자연이 건강과는 거리가 먼 것처럼, 마치 자연을 통해 질병이 정해지는 것처럼! 하지만 내가 전에 그 금단의 나무, 과학의 의도에 대해서 넌지시 말하지 않았습니까? 선생, 만일 그 제목이 생각나서 의기소침해지면, 그것을 잊어버리시오. 나를 믿으시오. 자

---

* 〈질병 속의 자연(*Nature in Disease*)〉: 미국의 식물학자이며 내과 의사인 Jacob Biglelow (1787-1879)가 1854년에 보스턴에서 출판한 책.

연은 건강이오. 왜냐하면 건강은 유익하고, 자연은 건강에 나쁘게 작용할 리가 없기 때문입니다. 절대로 자연이 잘못을 일으킬 리가 없습니다. 자연을 드시면 당신은 건강해집니다. 자, 내가 다시 말하는데, 이 약은 자연의 것입니다."

또다시 그 병자는 자기의 식견에 준하여, 상대방이 말하는 것을 양심적으로 논박할 수 없었다. 그는 좀 전처럼 과도하게 그렇게 하고 싶어하는 것 같지 않고, 그의 과민함 속에서 외관상 일종의 암묵적인 불경(不敬) 같은 것이 없이는 그렇게 할 수 없는 것 같았으므로, 그만큼 더 그러고 싶어하지 않는 것 같았고, 그것에 상반하는 정신이 약초의의 모든 희망적인 말들에 충만했으므로, 희망적이라는 사실에 대해 그(병자)가 의학적일 뿐만 아니라 학리적인 근거를 가진 것을, 그는 속으로 고맙게 여겼다.

"그러면 당신은 정말로……." 그는 병적으로 얼굴이 붉어지며, "내가 이 약을 먹으면……." 기계적으로 그것을 잡으려고 손을 뻗으면서, "내가 건강을 되찾게 될 것이라고 생각하오?"

"나는 그릇된 희망을 조장하지는 않겠어요." 그에게 상자를 넘겨주며, "당신한테 솔직하게 말하겠습니다. 솔직함이 반드시 미네랄 치료사의 약점은 아니지만, 그래도 약초의는 솔직해야 하고, 그렇지 않으면 가치가 없습니다. 자, 선생, 당신의 병세에서 근본적인 치료법, 잘 알아들으세요. 당신을 건강하게 만들 그런 치료법, 그런 치료법을, 나는 보증하지 않으며 할 수도 없습니다."

"오, 그럴 필요 없소! 오직 다른 사람들에게 귀찮은 걱정거리가 되지 않고, 나 자신에게 고민의 씨가 되지 않을 만한 기력을 나에게 회복시켜 주기만 하면 되오. 나의 이 허약한 고통을 사라지게만 해주시오. 오직 내가 햇빛을 받으며 돌아다닐 수 있고, 부패하기 시작하는 것에 꾀어들듯, 파리들을 나에게 끌어들이지 않을 수 있도록만 나를 만들어 주시오."

"대단한 것을 요구하지 않으니 당신은 현명하고, 고통을 겪은 것이 헛되진 않았습니다. 적으나마 당신이 요구하는 모든 것을 들어줄 수 있다고 생각합니다. 하지만 기억해 두십시오. 하루도 아니고, 일주일도, 또한 어쩌면 한 달 사이에도 아닐지 모르지만, 아무튼 조만간입니다. 나는 정확히 어느 때라고 말하지 않는데, 그 까닭은 나는 예언자도 협잡꾼도 아니기 때문입니다. 그래도 만일, 거기 있는 상자 안의 사용법에 따라, 당신이 그 약을 중단할 가깝거나 먼, 어떤 특별한 날을 정하지 않고 꾸준히 내 약을 드시면, 그러면 언젠가는 일어날 어떤 좋은 결과를 침착하게 기대하시길 바랍니다. 하지만 또다시 말하는데, 당신은 신뢰해야 합니다."

열광적으로, 그는 이제 자신이 신뢰하는 것을 확신하며, 끊임없이 신뢰가 증가하길 빌겠다고 대답했다. 그리고 그 순간 갑자기 일부 병자들에게 나타나는 특유한 저 변덕스러운 성질로 되돌아가면서, 그가 덧붙여 말했다. "하지만 나 같은 사람에게 그건 너무 힘들어요, 너무 힘들어. 가장 확신하고 있던 희망들이 매우 자주 나를 저버렸고, 그렇게 자주 나는 절대로, 그래, 절대로 다시는 그것들에 의지하지 않겠다고 맹세했었소. 오!" 힘없이 그의 두 손을 꽉 쥐면서, "당신은 몰라, 당신은 몰라요."

"내가 아는 것은 이것이오. 올바른 신뢰는 결코 실패로 끝난 적이 없다는 것입니다. 하지만 시간은 짧고, 당신은 당신의 치료제를 손에 들고 있습니다. 간직할 건지 거부할 건지는……"

"간직해요." 가슴에 상자를 껴안으며, "한데 얼마요?"

"당신의 마음과 하늘에서 원용(援用)할 수 있는 만큼이오."

"얼마요? 이 약의 값이?"

"나는 당신이 의미하는 것이 신뢰인 걸로, 즉 당신이 얼마나 많은 신뢰를 가져야 하나로 생각했습니다. 그 약, 그건 한 병에 반 달러입니다. 당신의 상자에는 여섯 병이 들어 있습니다."

돈이 지불되었다.

"자, 선생." 약초의가 말했다. "업무상 자리를 떠야 하는데, 결코 다시 뵙지 못할지도 모르는데, 만일 그러면……."

그는 잠시 말을 멈추었고, 그 까닭은 병자가 얼빠진 표정을 지었기 때문이었다.

"용서하십시오." 상대방이 큰 소리로 말했다. "'결코 다시 당신을 뵙지 못한다'는 그 경솔한 말을 용서하십시오. 오로지 나 자신과 관련해서 하는 말이었지만, 그럼에도 나는 당신의 예민한 감수성에 대해 깜박 잊었습니다. 다시 말하는데, 우리가 혹시 부가적인 면담을 수월하게 갖지 못하게 될지도 모르므로, 이후에 또 한 상자의 약이 혹시 필요해지면, 가게에서 구입하는 것 외에는 그것을 대체할 수 없을지도 모르고, 그러는 중에 어떤 건강에 좋지 않은 약을 사는 위험을 다소 무릅쓸지도 모릅니다. 왜냐하면 '종합 진통 강장제'가 단순한 사람들의 고지식함이 아니라, 현명한 사람들의 신뢰에 의해서 번창하면서…… 그 인기가 정말 굉장하여서, 몇몇 계략자들이 일반 사람들에게 주는 슬픈 결과를 내가 알고 있다는 것을, 실제로 경솔하게 단언하지는 않을 것이지만, 그것은 그들이 놀고 있지 않았기 때문입니다. 살인자들이라고, 이 계략자들을 칭하는 사람들이 있지만, 나는 그렇지 않습니다. 왜냐하면 살인은(이런 범죄가 가능하다면) 마음에서 생기고, 이 사람들의 동기는 돈주머니에서 생기기 때문입니다. 그들이 가난에 처해 있지 않다면, 그들이 하는 짓을 아마도 하지 않을 것이라고 생각합니다. 그럼에도, 공익은 생계를 위한 그들의 가난한 계략을 내가 성공하게 놔두는 것을 금합니다. 요컨대, 나는 예방 조치를 취했습니다. 나의 약병들 어느 것에서나 포장지를 벗겨서 그것을 햇빛에 비춰 보면, '신뢰'라는 낱말이 대문자로 투명 무늬처럼 들어 있는 것을 보게 될 것이고, 그것은 그 약의 암호이자, 나는 그것이 세계의 암호이기를 바랍니다. 포장지에 그 표시가 없으면 그 약은 가짜입니다. 그러나 여전히 어떤 잠재적 의심이 혹시 남아 있으면, 이 주소로 포장지를 동봉해서 보내주십시오." 그는 명함을 건네주면서, "그러면 반신용 우편으로 내가 회답하겠습니다."

처음에 그 병자는 생생하게 흥미 있는 태도로 귀담아들었지만, 상대방이 아직 말하고 있는 동안, 점차적으로 그에게 또 하나의 이상한 변덕이 생겼고, 그는 아주 비참하게 낙담하는 모습을 보였다.

"어찌 된 거요?" 약초의가 물었다.

"당신은 나에게 신뢰하라고 말했고, 신뢰는 필요 불가결하다고 말하고선, 지금 나에게 불신을 설교하고 있소. 아, 진실은 언젠간 드러나는 법이오!"

"나는 당신에게 신뢰를, 절대적 신뢰를 가져야 한다고 말했고, 진짜 약에 대한, 그리고 참된 나에 대한 신뢰의 뜻으로 말했습니다."

"하지만 당신이 없을 때 당신 회사 것이라고 말하는 물약을 사면서, 나는 절대적 신뢰를 가질 수 없을 것 같소."

"모든 물약들을 시험해 보고, 진품인 것들을 믿으십시오."

"하지만 의심하고, 수상쩍어하고, 입증하고…… 계속적으로 이 모든 지치게 만드는 일을 해야 하고…… 어쨌든 신뢰의 반대편에 서다니, 그것은 악이오."

"악에서 선이 생깁니다. 불신은 신뢰로 가는 단계요. 우리의 면담에서 그것이 어떻게 판명되었습니까? 그런데 당신의 목소리가 쉬었는데, 내가 당신에게 너무 많은 말을 하게 했습니다. 당신은 이제 당신의 치료약을 갖고 있으니, 나는 그만 물러갑니다. 하지만 가만히 계세요…… 내가 당신이 건강해졌다는 소식을 들으면, 내가 아는 어떤 사람들처럼 자만하여 자랑하지 않고, 모든 영광을 당연히 돌려야 할 곳에 돌리면서, 버질의 〈아이네이스〉에서 성실한 약초의 야푸스*가, 보이지 않지만 효능이 있는 비너스 앞에서 아이네아스의 부상을 약초로 치료했을 때의 그 약초의와 같이 말하겠습니다.

> 이것은 인간의 솜씨도 아니고, 나의 치료법도 아니고,
> 의술의 효력도 아니고, 신의 권능에 의해서 행해지도다."

---

* Japus: 아폴로에게서 거머리 치료술을 배운 약초의. Virgil의 서사시 〈아이네이스 (*Aeneis*)〉의 12권에서 주인공 아이네아스가 부상당했을 때 야푸스가 그를 치료한다.

17장
이 장의 끝 무렵에, 그 약초의가 위법 행위의 사면권자임을 입증하다

　일종의 대기 선실에, 새로 탑승한 다수의 남부끄럽지 않아 보이는 남녀 여행객들이, 서로 부끄럼 타는 듯한 침묵 속에 활기 없이 앉아 있다.

　가톨릭 교회의 유화로 그린 성모 마리아상의 얼굴처럼 부드러운 연민으로 가득 찬 얼굴 판화를 사용하여 타원형으로 라벨을 붙인, 작고 각진 병을 위로 치켜들고, 그 약초의는 상냥하고 예의 바른 태도로 그들 사이를 천천히 지나가며, 이쪽저쪽으로 얼굴을 돌려 가면서 말한다.

　"신사 숙녀 여러분, 여러분이 보는 초상화의 주인공인 저 사심 없는 인간애의 수호자에 의해 크게 축복받은 발견물인, '사마리아인의 진통제'를 나는 여기 내 손에 들고 있습니다. 순수한 식물 추출물로, 10분 이내에 극심한 고통을 없애는 것을 보증합니다. 실패하면 5백 달러를 드립니다. 특히 심장병과 안면 경련에 효과가 있습니다. 이 보증된 인간애의 수호자의 표정을 지켜보십시오. 가격은 단돈 50센트."

　헛수고였다. 처음엔 한가한 눈으로 빤히 쳐다보던 그의 관객들은—아주 건강하다는 듯—그의 공손함을 격려하기는커녕, 오히려 그것을 아주 싫어하는 것처럼 보였는데, 어쩌면 단지 소심함이나, 아니면 그의 감정에 대한 약간의 작은 배려 때문에 그렇게 말할 수 없었을지도 모른다. 하지만 그들의 냉담함에 무감각하거나, 아니면 관대하게 그것을 못 본 체하면서, 그는 지금까지보다 더 간청하듯이 다시 말하기 시작했다. "내가 하나의 작은 가정을 감히 해봐도 되겠습니까? 친절하게도 허락하십니까, 신사 숙녀 여러분?"

그 겸손한 간청에 대하여, 아무도 친절하게 한마디의 대꾸도 하지 않았다.

"이런!" 그가 체념한 듯이 말했다. "침묵은 적어도 부정은 아니며, 찬성일 수도 있습니다. 내 가정은 이런 것입니다. 혹시 여기에 계신 어떤 부인 중 자기가 사는 곳에, 척추 질환으로 고생하는 환자를 소중한 친구로 두고 있을지도 모릅니다. 만일 그렇다면, 그 환자에게 이 세련된 작은 병의 진통제보다 더 적절한 선물이 어디 있겠습니까?"

또다시 그는 그의 주위를 흘긋 보았지만, 전과 똑같은 대접을 받았다. 동정이나 놀람에 한결같이 소원한 저들의 얼굴은, "우리는 여행자의 입장으로, 많은 괴상한 광대들과 이상야릇한 야바위꾼들을 만나리라 예상하므로 조용히 참아야 합니다"하고 느긋하게 말하는 것 같았다.

"신사 숙녀 여러분." (이제 스스로 만족해하는 그들의 얼굴에 그의 시선을 공손히 집중시키면서) "신사 숙녀 여러분, 실례지만 제가 다른 하나의 작은 가정을 해봐도 되겠습니까? 그것은 이런 것입니다. 이 한낮에 그의 병상에서 몸부림치고 괴로워하는 환자치고, 한때 만족스럽게 건강하고 행복하게 지내지 않았던 자가 거의 없다는 것과, '사마리아인의 진통제'는 살아 있는 사람들이 제각기, 누가 알아요? 현재 또는 장차, 고통의 제물로 바쳐질지도 모르는 것에 대비한 유일한 진통제라는 것입니다. 요컨대, 아, 오른손에는 행복을, 그리고 왼손에는 예방 조치를 들고, 당신들은 현명하게 신의 뜻을 받들면서 대비하는 것을 지혜로 생각하지 않을 수 있습니까?

대비하십시오!" (약병을 들어 올리면서.)

　설령, 이 호소가 무슨 즉각적인 효과를 가져왔을지는 불확실하다. 왜냐하면 바로 그때 배가 산사태에 의해서처럼, 어둠침침한 산림지에 움푹 파여 만들어진 인가도 없는 선착장에 닿았기 때문이었는데, 그 산림지 안으로 단 하나뿐인 길이 나 있었고, 그 길은 좁고, 겹겹이 쌓인 엉클어진 나뭇잎들로 어스레히 둘러싸여 있어서, 귀신이 출몰한다는 런던의 도로인 '콕 레인'처럼, 어느 도시의 어떤 동굴 같은 해묵은 협곡의 조망을 드러냈다. 홈스펀 옷을 걸친 일종의 병약한 타이탄 같은 거인이 그 길에서 나와 선착장을 건너와서, 거기 문간에 그의 텁수룩한 형상을 웅크리더니, 마치 포탄이 그의 양쪽 주머니에 들어 있는 것처럼 생각될 만큼 부담스런 걸음걸이로 대기 선실로 들어왔는데, 그의 턱수염은 캐롤라이나 이끼처럼 검게 매달려 있고, 사이프러스 나무 이슬로 축축이 젖어 있으며, 그의 안색은 구름 낀 날 철광석 지대처럼 황갈색으로 어두웠다. 그는 한쪽 손에 늪지 떡갈나무의 묵직한 지팡이를 들고 있었고, 다른 한쪽 손으로는 모카신 (밑이 평평한 노루 가죽신)을 신고 걸어가는 아주 작은 소녀를 데리고 왔는데, 그의 자식인 것 같아 보였지만, 어쩌면 크리올 사람이거나, 혹은 심지어 코만치족일지도 모르는 이질적 모계를 가진 것이 분명했다. 그 애의 눈은 여자치곤 큰 편이었는데, 산악 지방의 소나무숲 가운데 있는 폭포의 웅덩이처럼 새까맸다. 납빛의 술 장식으로 가장자리를 처리한 오렌지 빛깔의 인디언 담요가, 그날 아침 폭우성 소나기로부터 그녀를 감싸 주었던 것 같았다. 그 애의 팔다리는 떨고 있었고, 겁에 질린 어린 카산드라*처럼 보였다.

---

*　Casandra: 〈그리스 신화〉 트로이의 왕 프리아모스의 예언자 딸. 그녀는 트로이의 운명을 예견했지만, 사람들은 그녀의 예언을 믿지 않았다.

약초의가 두 사람을 발견하자마자, 두 팔을 집주인처럼 벌리고 쾌활한 태도로 나아가서, 마지못해 하는 그 아이의 손을 잡고 경쾌하게 말했다. "장거리 여행 중인가, 아아, 나의 귀여운 메이 퀸? 만나서 반갑구나. 참 예쁜 노루 가죽신이구나. 신고 춤추기 좋겠다." 그런 다음 다소 신나게 노래를 불렀다.

헤이 디들, 디들, 고양이와 바이올린.
암소가 달을 뛰어넘었네.

"자, 쨱쨱, 쨱쨱, 내 귀여운 티티새야!"
그러나 그 쾌활한 환영의 인사는 그 아이에게서 명랑한 응답을 이끌어 내지 못했고, 그 아버지를 기쁘게 하거나 환심을 사지도 못하는 듯했는데, 오히려 그의 침울하고 무거운 표정에 우울하게 경멸하는 미소를 가미하는 것 같았다.
약초의는 다시 냉정해지면서, 씩씩하고 사무적인 방식으로 그 나그네에게 말을 걸었는데―그 변화는 약간 갑작스러운 것처럼 보였을지 모르지만 무리한 것 같아 보이지는 않았고, 실제로 좀 전의 그의 경거망동은 경박한 성격 탓이기보다는 친절한 마음의 흥거운 겸양인 것을 잘 나타내고 있었다.
"죄송합니다." 그가 말했다. "하지만 제가 틀리지 않다면, 일전에 선생과 대화를 나눈 적이 있습니다. 켄터키의 여객선상에서죠, 그렇죠?"
"난 그런 적이 없소." 나그네의 대답이었고, 폐기된 탄갱의 밑바닥에서 나왔을 법한 깊고 쓸쓸한 음성이었다.
"아! 이런, 내가 또 잘못 생각하고 있습니다. (그의 시선이 그 늪지 떡갈나무 지팡이에 쏠리면서) 혹시 약간 절뚝거리지 않습니까, 선생?"

"내 평생 동안 절뚝거린 적이 없었소."

"설마? 절뚝거림이 아니라 다리 엉킴, 가벼운 엉킴을 나는 감지했다고 생각하는데, 이런 일들에 내가 약간의 경험이 있어…… 다리가 엉키는 어떤 숨겨진 원인을 예측했고…… 어쩌면 몸에 박힌 탄환 때문일지도 모르고, 멕시코 전쟁에서 일부 기병들은 그런 이유로 전역 조치되었습니다. 아시다시피, 가혹한 운명이죠!" 그가 한숨지었다. "그것에 대해 딱하게 생각하지도 않습니다. 왜냐하면 누가 그것을 살펴보기나 하나요? 그런데 무언가를 떨어뜨렸습니까?"

글쎄, 왜 그런지 말할 수 없지만, 나그네는 허리가 굽어져 있었고, 강풍에 굴하는 큰 돛대, 아니면 우렛소리에 굴복하는 아담처럼 그의 큰 키를 기울인 채 불완전한 자세로 동작이 정지된 듯이, 그냥 그렇게 있는 것이 아니라면 무엇인가를 집어 올리기 위하여 허리를 굽히는 것처럼 보였을지도 모른다.

그 아이가 그를 끌어당겼다. 일종의 파동과 함께 그는 몸을 똑바로 세웠고 한순간 약초의를 바라보았지만, 감정이나 혐오 때문이든, 둘 다 함께 때문이든, 아무 말도 하지 않고 곧 그의 시선을 거두었다. 이윽고 그는 그의 무릎 사이에 아이를 끌어당기면서, 여전히 웅크린 채 자리에 앉았으며, 그의 큼직한 두 손은 떨렸고 여전히 약초의의 얼굴을 외면하고 있었으나, 그 아이는 약초의의 동정적인 얼굴을 향해 아주 싫은 듯한 우울한 시선으로 뚫어지게 쳐다보았다.

약초의는 잠시 동안 서서 지켜보다가 말했다.

"틀림없이 당신은 어딘가에 통증을, 아주 심한 통증을 가지고 있는데, 튼튼한 체격이지만 통증은 매우 심합니다. 그렇다면, 내 특효약을 써보십시오."(그것을 위로 치켜들면서) "그저 이 인정 많은 친구의 표정을 보기만 하세요. 나를 믿으십시오. 이 세상의 어떤 통증에나 잘 듣는 확실한 치료제입니다. 보시지 않으렵니까?"

"싫소." 상대방은 숨이 막혀 말을 제대로 못했다.

"좋습니다. 즐거운 시간 되세요, 작은 메이 퀸."

그리고는 마치 아무에게도 그의 치료제를 강요하고 싶지 않은 것처럼, 그러나 또다시 그의 상품을 큰 소리로 알리면서 유쾌하게 옮겨 갔는데, 마침내 그 일이 헛되지 않게 되었다. 강기슭에서가 아니라 배의 다른 부분에서 온 새 손님인 창백한 젊은이가, 몇 가지 질문을 한 후에 한 병을 구입한 것이다. 그러자 동석한 다른 사람들도 약간 깨닫기 시작했고, 무관심 또는 편견의 비늘 같은 것이 그들의 눈에서 벗겨진 것이었는데, 이제야 그들은 돈만 내면 구할 수 있는 바람직한 무언가가 여기에 있다는 사실을 눈치채는 것 같았다.

하지만 좀 전보다 열 배나 더 기분이 부드러워진 약초의가 그의 자비로운 장사를 하면서, 하나씩 팔릴 때마다 물건에 대한 추가적 칭찬의 말을 곁들이는 동안, 약간 떨어져 앉아 있던 그 음울한 거인이 뜻밖에도 소리를 질렀다.

"당신이 맨 나중에 한 말이 뭐였소?"

그 질문은, 큰 괘종시계가—귀를 먹먹하게 경고하듯—한 시를 치고, 비록 그 울림이 단 한 번이지만, 종실(鐘室) 안에 큰 소음으로 울려 퍼질 때처럼, 뚜렷하면서도 낭랑하게 들렸다.

모든 행동이 중단되었다. 그 특효약을 달라고 내민 손들이 뒤로 물려지고, 동시에 모든 시선이 그 질문이 나온 쪽을 향했다. 하지만 약초의는 조금도 당황하지 않고, 평소보다 한층 더 침착하게 그의 목소리를 높이면서 대답했다.

"사실 말이죠, 선생이 그걸 원하니까 기꺼이 다시 말하는데, 내가 여기 손에 들고 있는 '사마리아인의 진통제'가 그것을 사용한 후 10분 이내에,

142

당신이 원하는 어떤 통증이든 고치거나 덜어 줄 것이라고 말했습니다."

"그것이 감각 마비를 일으키나요?"

"결코 그렇지 않습니다. 이것의 가장 큰 장점은, 아편제가 아니라는 것입니다. 이것은 감각을 죽이지 않고 고통을 죽입니다."

"거짓말! 감각 마비를 일으키지 않고는 완화되지 않고, 죽음을 초래하지 않고는 고쳐지지 않는 통증들도 있소."

더 이상 그 음울한 거인은 아무 말도 하지 않았는데, 상대방의 장사를 해칠 목적은 별로 없는 것 같아 보였다. 감탄과 놀람이 뒤섞인 표정으로 그 무례한 화자(話者)를 잠시 눈여겨본 후에, 그곳에 동석한 사람들은 달갑지 않은 양심의 가책을 받아 말없이 서로 공감하는 눈짓을 주고받았다. 구입한 사람들은 당황해하거나 부끄러워하는 얼굴을 했고, 그 장면이 잘 보이는 구석에 홀로 앉아 있는, 축 늘어진 성긴 턱수염과 항상 씩 웃는 듯한 얼굴과 함께 냉소적으로 보이는 작은 사내가, 색 바랜 중절모로 그의 얼굴을 가리고 있었다.

그러나 또다시 약초의는, 그 고압적인 반박에 유념하지 않고 새로이 약 선전을 하기 시작했고, 오히려 전보다 더 자신 있는 어조로, 그의 특효약은 육체적 고통의 사례 못지않게 때때로 정신적 고통에도 효과가 있다고 말하기까지 했으며, 아니 더 정확히 말해, 교감을 통해서 두 종류의 통증이 함께 작용하여 둘 다 절정으로 치달은 병세들에서—이러한 사례들에서 그 특효약이 아주 잘 들었다고 그는 말했다. 그는 한 예를 들었는데, 지난번 전염병으로 하룻밤 사이에 남편과 자식이 몰사한, 그들의 죽음으로 인해 (어두운 방 안에서 3주 동안 잠을 못 이루는) 신경과민성 슬픔을 겪는 루이지애나 과부가, 단지 세 병을 충실히 복용하여 회복됐다는 것이었다. 이것이 진실임을 입증하기 위해서, 정식으로 서명된 증명서를 내보였다.

그가 그것을 큰 소리로 읽고 있는 사이, 갑자기 그는 옆구리를 강타당하고 하마터면 쓰러질 뻔했다.

그렇게 한 것은 그 거인이었고, 그는 건강 염려증의 광기로 납빛이 된 간질성의 안색을 하고 크게 소리쳤다.

"심금을 농락하는 천벌받을 사기꾼! 뱀 같은 놈!"

그는 더 많은 말을 덧붙였을 테지만, 경련을 일으키는 바람에 할 수가 없었고, 그래서 더 이상 다른 말 없이 그를 따라온 아이를 잡아 일으킨 후 흔들리는 걸음걸이로 선실에서 나갔다.

"체면불고하고, 정말 인정사정없군!" 약초의가 침착해지려 애쓰며 큰 소리로 말했다. 그러고 나서 그는 자신의 상처를 살펴 약간의 그의 특효 외용약을 바르는 것을 잊지 않았고, 어쩐지 그 일로 인해 얼마간 성과를 거둔 후, 숨을 돌리며 혼자서 푸념했다.

"아냐, 아냐, 나는 배상을 요구하지 않아. 결백이 나의 배상이야. 하지만……." 그들 모두를 향하면서, "저 사내의 노기등등한 강타가 결코 나를 분노케 하지 않지만, 그의 사악한 불신이 여러분을 자극하여 불신으로 몰아대야 합니까? 나는 열렬히 희망합니다." 당당하게 목소리를 높이고 팔을 들어 올리며, "인간의 신의를 위하여…… 이 비겁한 공격에도 불구하고, '사마리아인의 진통제'는 제 말을 듣고 있는 모든 사람들의 신뢰 속에서 흔들리지 않기를 희망합니다!"

그러나 그는 상처를 입었고, 또한 상처의 고통을 인내했지만, 어쩐지 지금은 그의 웅변술이 감격을 일으키지 못한 듯이, 더 이상 깊은 동정을 일깨우지 못했다. 그럼에도 그는, 동석한 사람들의 냉랭한 시선에도 불구하고 끝까지 연민의 정을 자아내며 호소를 계속하더니, 마침내 밖으로부터의 빠른 호출에 응하는 것처럼 갑자기 스스로 중단하며, "갑니다, 갑니다"하고 다급하게 말했고, 갑작스럽게 일을 신속히 처리하는 모든 시능을 하며, 선실 밖으로 나가 버렸다.

18장
약초의의 진실한 성격에 대한 심리(審理)

"결코 다시는 저 친구를 못 볼 겁니다." 적갈색 머리의 신사가 매부리코를 가진 옆자리 사람에게 말했다. "사기꾼이 이렇게 완전히 정체를 드러낸 것을 전에는 본 적이 없소."

"하지만 사기꾼이 그런 식으로 정체를 드러내는 것이 정당한 일이라고 생각해요?"

"정당한? 맞소."

"파리 증권 거래소의 고액 거래소에서, 아스모데우스*가 어슬렁거리고 들어와 전단지를 나눠 주며, 참석한 모든 투자자들의 진실한 생각과 속셈들을 폭로한다면, 그것이 아스모데우스에게는 정당한 일일까요? 아니면 햄릿이 말하듯이, 그것은 '그 일을 너무 세심하게 생각하는 것'일까요?"

"그것에 대해 상세히 논하지는 맙시다. 이미 당신은 그 친구가 악한

---

* Asmodeus: Lesage(1668-1747)의 〈절름발이 악마(*Le Diable Boiteux*)〉에 등장하는 악마. 그는 갇혀 있던 병 속에서 그를 꺼내 준 자를 즐겁게 해주기 위해서 집들의 지붕을 들어 올려 안에서 일어나는 일을 보여 준다.

임을 인정하니까……."

"난 그것을 인정하지 않아요. 아니, 내가 만약 그랬다면, 나는 그것을 철회해요. 아무튼, 그가 혹시 악한이 아닌가, 혹은 대수롭지 않은 자에 불과한가 하고 생각해선 안 돼요. 그에 대해서 무엇을 증명할 수 있어요?"

"나는 그가 봉이 될 만한 사람들을 찾는다는 것을 증명할 수 있소."

"존경받는 많은 사람들이 같은 짓을 하고, 전적으로 악한이 아닌 많은 사람들 역시 그런 짓을 해요."

"방금 그 사람은 어떻소?"

"그는 실제로 완전히 악한은 아니고, 그 자신도 그의 봉들 중 하나인 듯해요. 당신은 문제의 야바위꾼 친구가 자기 자신에게 스스로 엉터리 치료를 하는 것을 보지 않았어요? 광적인 야바위꾼, 사실상 악한이지만 본질적으로 바보죠."

몸을 앞으로 숙이고 그의 무릎 사이로 바닥을 내려다보며, 적갈색 머리의 신사는 깊은 생각에 잠겨 잠시 그의 단장으로 거기에 낙서를 하더니, 상대를 흘긋 쳐다보면서 말했다.

"여하간 나는 당신이, 어째서 그를 바보로 여기는지 상상할 수 없소. 무슨 말을 그렇게 잘하는지, 그렇게 입심 좋고, 그렇게 술술 거침없이, 그렇게 능숙하게."

"영리한 바보는 항상 말을 잘해요. 영리한 바보는 잘 지껄여야 해요."

대체로 같은 어투로 대화는 계속되었는데—매부리코의 신사가 영리한 바보는 항시 꼭 그렇게 말한다는 것을 논증할 목적으로, 상세하고 뛰어난 화술로 그를 거의 확신시킬 의도로 이야기했다.

얼마 안 있어, 적갈색 머리의 신사가 돌아오지 않을 것이라고 예언한 장본인이 돌아왔다. 그는 눈에 띄게 문간에 서서, 맑은 목소리로 말했다. "'세미놀족 미망인과 고아 보호소'의 대리인이 이 안에 계십니까?"

아무도 대답하지 않았다.

"어떤 자선 단체라도 대리인이나 회원이 누구든 이 안에 계십니까?"

아무도 대답할 자격이 있는 것 같지 않았고, 아니, 아무도 대답할 가치가 있다고 생각하지 않았다.

"누구든 그런 분이 이 안에 계시면, 그에게 줄 2달러를 내 손에 가지고 있습니다."

그러자 약간의 관심이 표명되었다.

"나는 다급하게 호출을 받아 자리를 뜨게 되었는데, 내 본분인 이 부분을 망각했습니다. '사마리아인의 진통제' 사업주의 경우는, 판매 수익의 절반을 즉석에서, 자선을 위한 어떤 목적에 바치는 것이 규칙입니다. 이 자리의 일행들에게서 여덟 병이 처분되었습니다. 따라서 50센트 은화 네 닢이 결국 자선 단체의 것이 됩니다. 누가, 사무장의 자격으로 그 돈을 수령할 건지요?"

한두 사람의 발이, 일종의 근질거림 때문인 것처럼 마룻바닥 위에서 움직거렸지만, 아무도 일어서지는 않았다.

"수줍음이 본분을 압도합니까? 만일 조금이라도 자선 단체와 어떠한 관계라도 있는, 신사분이나 숙녀분이나 누구든 여기에 계시면, 그분 또는 그 여자분은 앞으로 나오십시오. 그분 또는 그 여자분이 마침 그러한 관계의 증명서를 수중에 가지고 있지 않은 것은 중요하지 않습니다. 나는 하느님 덕분에 의심하는 기질이 아니라서, 그 돈을 받겠다고 나서는 사람을 누구나 신뢰할 것입니다."

다소 값싸고 구겨진 옷을 걸친 새침해 보이는 여자가, 그녀의 두건을 충분히 끌어 내리고 일어섰지만, 그녀를 바라보는 모든 시선에 주목하면서 여러 가지를 고려할 때, 다시 앉는 것이 현명하다고 생각했다.

"이 기독교도 일행 가운데에, 자비심 많은 분이 한 사람도 없다는 것을 믿을 수 있습니까? 즉, 어떤 것이든 자선 단체와 관련된 사람이 아무도 없습니까? 이런, 그러면 여기에 자선의 대상자는 없습니까?"

이 말을 듣자, 깔끔하지만 몹시 낡은, 일종의 상복을 입은 불행한 얼굴을 한 여자가, 빈약한 보따리 뒤에 그녀의 얼굴을 숨기고 흐느끼는 소리가 들렸다. 그러나 그녀가 보이지도 들리지도 않는 것처럼, 약초의는 또다시, 그리고 이번에는 비장하게 말했다.

"도움의 필요를 느끼는, 그리고 이러한 도움을 받으면서, 언젠가 그들이 받을지도 모르는 것보다 더 많은 것을 살아 있는 동안에 베풀었다고 느낄 만한 사람이 여기에 아무도 없습니까?"

그 여자의 흐느낌이, 억제하려고 애썼지만 더 크게 들렸다. 거의 모든 사람들의 주의가 그녀에게 쏠려 있는 동안에, 하얀 붕대를 그의 얼굴에 둘러 코의 측면을 감추고, 시원하게 하기 위한 붉은색 플란넬 와이셔츠 차림으로 상의를 한쪽 어깨에 걸치고, 밉상의 소매 끝동들을 뒤로 늘어뜨린 채 앉아 있던 날품팔이 행색의 사내―이 사내가 옷을 되는대로 걸치고 일어나서, 죄수들의 밀집 행진의 좀처럼 버려지지 않는 추억거리처럼 보이는 걸음걸이로, 정당하게 자격 있는 요구자임을 지원하고 나섰다.

"가엾은 부상자 만세!" 약초의는 한탄하며, 그 사내의 대합조개 껍질 같은 손 안에 그 돈을 떨어뜨리고 돌아서서 가버렸다.

그 자선 기부금의 수령인이 뒤쫓아가려고 할 때, 적갈색 머리의 신사가 그를 멈추게 했다. "놀라지 마시오, 당신. 하지만 그 주화들을 보고 싶소. 맞아, 맞아, 진짜 은화야, 진짜 은화. 자, 다시 가져가고, 가서 어딘가 뒤에 숨어서 당신의 나머지 부분을 붕대로 감으시오. 아셨소? 당신 자신을 중히 여기시오, 오로지. 코의 상처 말이오. 자, 어서 가시오."

관대한 성격이어선지, 그렇지 않으면 자신의 목소리를 뱃심 좋게 믿지 못하는 감정 때문인지, 그 사내는 아무 말 않고 다소 급하게 물러갔다.

"이상하군." 적갈색 머리의 신사가 그의 친구에게 돌아오면서 말했다. "그 돈은 진짜 돈이었어."

"그렇고말고요. 그런데 소위 멋진 악당 근성은 지금 어디에서 왔을까요? 자기 수령액의 절반을 자선 단체에 봉납하는 악당 근성 말이오. 나는 그가 바보라고 다시 말해요."

"다른 사람들은 그를 독창적인 천재라고 부를지도 모르오."

"그래요, 그의 어리석은 행동이 독창적이니까. 천재라고? 그의 천재는 깨진 골통이고, 이 시대를 기준으로 말한다면 거기엔 독창성이 별로 없어요."

"그는 악한, 바보, 그리고 천재를 모두 합한 것이 아닐지?"

"실례지만……." 이때 귀를 기울이고 있던 수다스러운 표정을 지닌 또 한 사람이 말했다. "두 분은 그 사내로 인해 다소 곤혹스러워하고 있는데, 사실 그러는 것도 무리가 아닙니다."

"그 사람에 대해서 무언가 아는 것이 있어요?" 매부리코 신사가 말했다.

"아니오, 하지만 나는 무언가에 대해 그를 의심쩍게 여깁니다."

"수상쩍은 생각이라. 우리는 정보를 원해요."

"그런데, 의심을 두는 것이 먼저이고 아는 것은 다음입니다. 진실한 정보는 의심이나 계시에 의해서만 생깁니다. 그것은 나의 좌우명입니다."

"그런데도……." 적갈색 머리의 신사가 말했다. "현명한 사람은 일부의 확실한 것들조차도 남에게 알리려고 하지 않고, 더군다나 일부 수상쩍은 생각들은 말할 것도 없으므로, 좌우간 적어도 그는 그것들이 정보로 무르익을 때까지 그렇게 할 거요."

"당신은 현명한 사람에 관해 그런 것을 얻어듣나요?" 매부리코 신사가 새로 온 사람을 향하면서 말했다. "그런데 당신이 그 사내에 대해 의심쩍게 여기는 것이 무엇이오?"

"나는 예리하게 생각합니다." 그가 열정적으로 응답했다. "그자는 전국을 돌며 뭔가를 노려 어슬렁거리는 예수회 밀사들 중 하나가 아닌가 하고 말입니다. 그들의 비밀 계획들을 더 잘 완수하기 위해서, 그들은 때때로, 내가 듣기론 매우 기이한 변장을, 외관상 터무니없는 변장을 때때로 한답니다."

이 말은, 실로 어떤 까닭인지 매부리코 신사의 얼굴에 익살스러운 미소를 일으켰지만, 그 토론에 또 하나의 관점을 추가시켰고, 그것은 이제 일종의 삼자 간의 결투가 되었으며, 마침내 그저 삼자 간의 결정으로 끝났다.

19장
운 좋은 병사

"멕시코? 몰리노 델 레이*? 레사카 데 라 팔마**?"

"레사카 데 라 툼스***!"

간혹 있는 일이듯이, 약초의는 그의 평판에 대해 토론 중인 것을 전혀 몰랐으므로, 그것이 저절로 처리되게 놔둔 채 배의 앞부분 쪽에서 어슬렁 거리다가, 거기서 때에 절은 낡은 군복 외투를 걸친 보기 드문 인물을 발견했는데, 얼굴은 험상궂으면서도 쭈글쭈글했고, 서로 꼬인 채 마비된 두 다리가 고드름처럼 뻣뻣하게 조잡한 목발 사이에 매달려 있고, 한편 경직된 몸 전체가 선박의 짐벌(나침반이나 경도 측정용 시계 등을 수평으로 유지하는 장치) 위의 긴 기압계처럼, 기계적으로 배의 동요에 따라 충실히 이리저리 흔들렸다. 흔들리면서도 머리를 아래로 숙인 채, 그 불구자는 골똘

---

* 멕시코시에서 남서쪽으로 몇 마일 떨어진 이곳에서, 1847년 9월 8일 멕시코 전쟁의 가장 치열했던 전투가 벌어짐.

** 남부 텍사스의 한 곳으로, 여기서 1846년 5월 9일 멕시코 군대가 미국 군대에 의해 대패를 당함.

*** la Tombs는 'the Tombs'로 '뉴욕시 교도소'를 말하며, 본래 tomb은 무덤이다.

히 생각에 잠겨 있는 것처럼 보였다.

그 광경에 감동된 듯이, 마치 여기에 멕시코 전장에서 뭉그러진 대단한 영웅이 있다고 추측하면서, 약초의는 호의적으로 그에게 다가가며 말을 걸었고, 위에서 말한 다소 애매한 대답을 들었다. 반은 침울하고 반은 무뚝뚝한 태도로 그 대답을 했듯이, 그 불구자는 의도적인 반사 운동으로 그의 흔들림을 증가시켰고(감정에 사로잡혔을 때 그의 버릇), 사람들은 꽹장한 돌풍이 갑자기 배를, 그리고 그것과 함께 기압계를 좌우로 흔들었다고 생각했을 것이다.

"무덤들? 이봐요!" 약초의가 가볍게 놀라며 큰 소리로 말했다. "댁은 죽은 이들한테 내려가진 않았죠, 그렇죠? 나는 당신을 상처 입은 종군자, 전쟁의 숭고한 자식들 중의 한 사람, 당신의 사랑하는 조국을 위한 영광스러운 수난자라고 상상했었습니다. 하지만 당신은 라자로인 것 같습니다."

"그래요, 종기투성이였던 자."

"아, 또 하나의 라자로* 말이오. 그러나 나는 그들 중 어느 쪽도 군에 입대한 것을 전혀 몰랐습니다." 그리고 그의 초라한 군복을 흘긋 보았다.

"그거면 됐소, 이제! 농담은 그만해요."

"이봐요." 상대방이 책망하듯이 말했다. "당신은 잘못 생각하고 있어요. 도의적으로 나는 다소 유쾌한 말로 불행한 사람들을 맞이하는데, 그것은 그들의 생각을 그들의 근심거리에서 다른 곳으로 돌리기 위해서지요. 현명하면서도 인간적인 의사는 좀처럼 그의 환자에게 기탄없이 동정을 드러내지 않습니다. 하지만 나는 약초의이고, 또한 자연 접골사입니

---

* 「루카 복음서」 16장 19-31절의 '부자와 라자로의 비유'에서 종기투성이의 라자로가 등장하고, 또 하나의 라자로는 「요한 복음서」 11-12장에서 예수가 죽음에서 살린 남자를 가리킴.

다. 내가 너무 자신만만한지도 모르지만, 당신을 위해서 무언가 해줄 수 있다고 생각합니다. 자, 고개를 드세요. 당신의 신상 얘기를 해주세요. 치료에 착수하기 전에 병세에 대한 완전한 설명이 절대 필요합니다."

"당신은 나를 고칠 수 없소." 불구자가 퉁명스럽게 대꾸했다. "저리 가시오."

"당신은…… 심히 결여된 것 같습니다."

"아니오, 나는 궁핍하지 않아요. 오늘날, 적어도 나는 빚지지 않고 살아갈 수 있소."

"자연 접골사는 정말, 그 말을 들으니 기쁩니다. 하지만 당신은 조급했습니다. 나는 당신의 현금이 아니라, 신뢰의 결핍을 몹시 한탄하고 있었습니다. 당신은 자연 접골사가 당신을 고치는 데 도움이 될 리가 없다고 생각합니다. 그러나 만일 그렇다면, 당신은 그에게 당신의 내력을 말해 주는 것에 어떤 이의가 있습니까? 이봐요, 친구. 당신은 주목할 만한 방식으로 역경을 겪었습니다. 그렇다면 어떻게, 고결하신 불구자 에픽테토스*로부터의 도움 없이, 불행 가운데서 그의 영웅적 침착에 도달했는지를, 나를 위해서 사적으로 말해 주세요."

이 말을 듣고 그 불구자는, 고난 속에서 강경해진 도전적인 자의 냉엄하고 비꼬는 듯한 시선을 말하는 이에게 집중시켰고, 결국은 면도하지 않은 도깨비 같은 얼굴로 그를 향해 이를 드러내고 싱긋 웃었다.

"자, 자, 붙임성 있게 대하시고…… 인간적으로 말이오, 친구. 그런 얼굴을 하지 마세요, 내 마음을 아프게 합니다."

"아마……." 비웃음과 함께, "당신은 내가 오랫동안 소문을 들어 온 사람일 거요…… '행복남'이라고."

---

*   Epictetus(55?-135? A.D.): 그리스 스토아 학파 철학자로, 어려서부터 절름발이였다.

"행복하다고요? 친구, 맞아요. 아무튼 나는 그래야 해요. 내 마음은 평화롭습니다. 나는 모든 사람을 신뢰합니다. 내 보잘것없는 직업으로, 나는 세상 사람들에게 꽤 많은 착한 일을 한다고 확신합니다. 그래요, 나는 외람됨이 없이, 내가 '행복남'…… '행복한 접골사'라는 주장에, 실례지만 찬성해도 괜찮다고 생각합니다."

"그렇다면 내 이력을 들려주겠소. 여러 달 동안 나는, 그 '행복남'을 붙잡아 그에게 구멍을 뚫은 다음 폭약을 장전하여, 그를 느긋하게 폭발시켜 버리고 싶은 생각이 간절했었소."

"정말 마귀 들린 불행한 사람이군." 약초의가 물러서며 큰 소리로 말했다. "진짜 시한폭탄이군."

"잘 들으시오." 상대방이 그의 뒤를 쫓아 목발로 걸으며, 막일로 거칠어진 손으로 그의 뿔단추를 붙잡고 소리쳤다. "내 이름은 토마스 프라이요. 그러니까 나의……."

"프라이 여사와 어떤 관계라도?" 상대방이 급히 말을 가로막았다. "나는 아직도 교도소들에 관하여 그 훌륭한 여사님과 편지를 주고받습니다. 말해 주시오. 당신은 친애하는 프라이 여사님*과 연고 관계를 가지고 있습니까?"

"프라이 여사 좋아하네! 감정에 흐르는 그 사람들이 교도소나 다른 어떤 암담한 시설에 관해서 무엇을 알고 있단 말이오? 내가 당신에게 교도소 이야기를 말해 주겠소. 하! 하!"

당연히 그 웃음은 사람을 이상하게 깜짝 놀라게 했고, 약초의는 움츠러들었다.

---

*   Elizabeth Gurney Fry(1780-1845): 영국의 박애주의자이며 퀘이커 교도로서, 교도소들의 상태를 개선하기 위한 그녀의 노력으로 가장 잘 알려짐.

"단연코, 친구!" 그가 말했다. "그걸 멈추시오. 나는 그것을 견딜 수 없으니, 그것은 이제 그만하시오. 나는 친절이라는 우유를 갖고 싶지만, 당신의 위협적인 비난이 조만간 그것을 상하게 할 것입니다."

"참아요, 나는 아직 우유를 상하게 하는 일을 하지 않았소. 내 이름은 토마스 프라이요. 내 나이 스물셋이 될 때까지 나는 '행복한 톰'이라는 별명으로 통했소…… 행복한…… 하, 하! 사람들이 나를 '행복한 톰'이라고 불렀소, 알겠소? 바로 지금의 나처럼, 그토록 사람 좋은 얼굴로 언제나 웃고 있었기 때문이오…… 하, 하!"

이 말을 듣자마자 약초의는 어쩌면 도망쳤을지도 모르지만, 다시 한번 그 하이에나 같은 자가 그를 붙잡았다. 이윽고, 냉정을 되찾고 그가 말을 계속했다.

"그건 그렇고, 나는 뉴욕에서 태어났고, 거기서 꾸준하게 열심히 일하는 사람으로 살았고, 직업은 통장이(통을 메우는 일을 직업으로 하는 사람)였소. 어느 날 저녁, 나는 공원에서 열린 정치적 모임에 갔는데…… 꼭 알아야 할 것은, 그 시절에 나는 대단한 우국지사였다는 것이오. 운수 사납게도, 술을 마시고 있던 신사와 맑은 정신의 도로포장 인부 사이에 말썽이 생겼소. 도로포장 인부는 담배를 씹었고, 신사는 그에게 추잡하다고 말하며 그의 자리를 차지하고 싶어 그를 떼밀었소. 도로포장 인부는 계속 담배를 씹으며 되받아 밀어 버렸소. 그런데 신사는 속에 칼이 든 지팡이를 지니고 다녔고, 얼마 안 있어 도로포장 인부는 쓰러졌소…… 꼬챙이로 꿰어진 채 말이오."

"뭐라고요?"

"아시다시피 그 도로포장 인부가 자기 힘에 부치는 일을 하려고 했던 거지요."

"그러면 상대방은 틀림없이 삼손 같은 사람이었을 것이오. '도로포장 인부처럼 힘센'은 하나의 비유입니다."

"정말 그래요. 그리고 그 신사는 육체적으로 다소 약한 사람이었지만, 그럼에도 불구하고 다시 말하면, 그 도로포장 인부가 자기 힘에 부치는 일을 하려고 했었소."

"무슨 말을 하고 있습니까? 그는 자기의 권리를 지키려고 했습니다, 그렇죠?"

"네, 하지만 다시 말하는데, 그는 자기 힘에 부치는 일을 하려고 했었소."

"나는 당신의 말을 모르겠습니다. 하지만 계속하시오."

"그 신사와 함께 나는, 다른 증인들과 같이, 뉴욕시 교도소로 연행되었소. 거기서 심문이 있었고, 재판에 출두하기 위해서 그 신사와 증인들은 모두 보석금을 냈소, 아니 나만 빼고 모두 말이오."

"그런데 어째서 당신은 못 했습니까?"

"보석을 받을 수 없었소."

"꾸준하게 열심히 일하는 당신 같은 통장이가, 그런 당신이 보석을 받을 수 없었던 이유가 무엇이었습니까?"

"꾸준하게 열심히 일하는 통장이에게는 친구들이 없었소. 글쎄, 갑문 안으로 풍덩 떨어지는 운하용 배처럼, 곤두박질치듯 나는 축축한 감방에 들어가 소금물에 절여져서 감금되었소. 아시겠소? 재판 시간에 대비해서요."

"하지만 당신이 뭘 했습니까?"

"글쎄, 나는 친구라고는 아무도 없었소, 정말이지. 머지않아 알게 될 것이듯이, 그것은 살인보다 더 나쁜 죄요."

"살인? 부상당한 사람이 죽었습니까?"

"사흘째 되던 날 밤에 죽었소."

"그러면 그 신사의 보석은 그에게 도움이 되지 못했네요. 현재 수감되었죠, 그렇죠?"

"그는 친구들이 대단히 많았어요. 그리고 수감된 것은 나였소. 하지만 나는 계속 움직이고 있었소. 그들은 낮에는 복도를 걸어 다니게 해주었지만, 밤에는 유치장에 들어가야 했소. 거기서 습기와 누기가 느닷없이 나의 뼛속에 파고들었소. 그들은 나에게 의사의 치료를 받게 했지만, 아무 소용이 없었소. 재판이 열렸을 때, 나는 증언대에 서서 내가 할 말을 했소."

"그래서 한 말이 무엇이었습니까?"

"내가 한 말은, 나는 칼이 들어가는 것을 보았고, 그것이 꽂혀 있는 것을 보았다는 것이었소."

"그래서 그것으로 그 신사의 목을 매달았군요."

"그에게 금목걸이를 걸어 주었소! 그의 친구들이 공원에서 모임을 소집했고, 그가 무죄 방면되자 그에게 금줄이 달린 금시계를 선사했소."

"무죄 방면?"

"그에게 친구들이 많다고 내가 말하지 않았소?"

잠깐 대화가 중단되었고, 마침내 약초의에 의해 대화가 이어졌다.

"그래요, 모든 것에는 밝은 면이 있습니다. 이것이 산문적으로는 정의를 대변한다면, 낭만적으로는 우정을 대변하는구려! 하지만 계속하시오, 나의 멋진 동지."

"내가 할 말을 다하자, 그들은 가도 좋다고 나에게 말했소. 나는 도움 없이는 갈 수 없다고 말했소. 그래서 경찰관들이 나를 도왔고, 어디로 갈 것이냐고 물었소. 나는 '뉴욕시 교도소'로 돌아가겠다고 그들에게 말했소. 다른 어떤 곳도 나는 알지 못했소. '하지만 당신 친구들은 어디 있소?'하고 그들이 물었소. '내겐 아무도 없소.' 그래서 그들은 차양이 달린 손수레에 나를 싣고 부두로 운반하여 배에 승선시켜, 멀리 블랙웰즈섬의 시립 병원으로 후송했소. 거기서 나는 더 악화되었고, 지금 보고 있는 바와 같이 되었소. 나를 치료할 수 없었소. 3년 후에, 나는 신음하는 절도범들과 서서히 썩어 가는 강도들과 삐걱거리는 철제 침대에 나란히 누워 있는 것에 넌더리가 났소. 그들은 나에게 1달러 은화 다섯 닢과, 이 목발을 주었고, 나는 절뚝거리며 그곳을 떠났소. 나에겐, 수년 전에 인디애나로 간 유일한 동생이 있었소. 나는 그에게 갈 노자를 구하기 위해서 돌아다니며 구걸했고, 마침내 인디애나에 도착했지만, 사람들은 그의 무덤으로 가는 길을 알려 주었소. 무덤은 말코손바다사슴의 뿔처럼 칙칙한 잿빛 뿌리들이 사방으로 뻗친 그루터기들로 둘러막은, 통나무 교회 묘지 안의 넓은 평지에 있었소. 무덤은 최근에 조성된 것이어서, 그 위에 설치된 둘레목은 나무껍질을 벗기지도 않은 녹색의 히커리 재목으로 된 것이었고, 초록빛 나뭇가지들이 거기서 싹트고 있었소. 누군가 무덤 위에 한 묶음의 제비꽃을 심어 놓았지만, 메마른 땅이어서(묘지용으로는 항시 가장 메마른 땅을 골라요) 그것들은 모두 말라 버려 부싯깃이 되어 있었소. 나는 둘레목에 걸터앉아 하늘나라에 가 있는 내 동생에 대한 생각을 하려고 했지만, 둘레목은 받침대들이 납작못으로 접착되었을 뿐이어서 그만 무너져 버렸소. 그래서 거기서 코로 땅을 파며 먹을 것을 찾고 있는 몇 마리의 돼지들을 묘지 밖으로 몰아낸 후에 나는 떠났고, 긴 이야기 할 것 없이, 다른 어떤 하나의 난파선처럼 흐름을 따라 표류하여 여기까지 왔소."

약초의는 생각에 잠겨 한동안 침묵했다. 마침내 고개를 들며 그가 말했다. "나는 당신의 얘기 전체를 생각해 보았고, 친구, 내가 사물의 질서라고 믿는 것에 대한 기록에 비추어서 그것을 고려하려고 노력했는데, 하지만 그것은 모든 것과 너무나 어긋나고, 모든 것과 너무나 모순되므로, 죄송하지만 당신에게 정직하게 말하면, 나는 그것을 믿을 수가 없습니다."

"그 말에 나는 놀라지도 않소."

"어째서요?"

"거의 아무도 내 얘기를 믿지 않고, 그래서 대부분 사람들에게 나는 다른 것을 말해 준다오."

"또 어떻게요?"

"여기서 잠시 기다리면 내가 보여 주겠소."

그 말과 함께 그는 넝마 같은 모자를 벗고, 그가 할 수 있는 최선을 다해서 그의 해진 군복을 단정히 하고, 갑판의 가까이에 있는 승객들 사이로 목발을 짚은 채 뚜벅뚜벅 걸어가며 유쾌한 말투로 말했다. "나리, 부에나 비스타*에서 싸운 '행복한 톰'에게 한 푼 줍쇼. 마님, 영광의 콘트레라스**에서 양쪽 다리가 불구가 된, 스콧 장군의 병사에게 적선합쇼."

그런데 우연히도 그 불구자가 모르게, 꼼꼼해 보이는 한 나그네가 그의 이야기의 일부를 들었다. 그러고 나서, 현재 구걸 행각을 하고 있는 그를 주시하면서, 약초의를 향해 분연히 말했다. "저기에 있는 놈이 그렇게 거짓말을 하는 것이 선생은 과히 나쁘진 않습니까?"

"자비심은 결코 기대를 저버리지 않습니다, 선생"하고 대답했다. "이 불운한 사람의 악덕은 용서할 수 있습니다. 잘 생각하세요, 그는 방자함에서 거짓말을 하는 것은 아닙니다."

"방자함에서가 아니라고? 나는 더 방자한 거짓말을 들어 본 적이 없습니다. 단숨에 그의 진실한 이야기일 듯한 것을 당신에게 말하고, 바로 이어서 망설이지 않고 그것을 왜곡하다니."

---

* Buena Vista: 멕시코 북부에 있는 마을로, 1847년 2월에 멕시코 전쟁의 결정적 전투가 Zachary Tailor 휘하의 미국 군대와 Santa Anna 휘하의 멕시코 군대 사이에 벌어진 전쟁터.

** Contreras: 멕시코 남부의 마을로, 멕시코 전쟁 중인 1847년 8월 19-20일에 Scott 장군 휘하의 미국 군대가 멕시코 군대에 패배를 안긴 전쟁터.

"그럼에도 불구하고, 다시 말하지만 그가 방자함에서 거짓말하는 것이 아닙니다. 재정적으로 어려운 시기에 명문 소르본 대학에서 쫓겨난 원숙한 철학자의 불행은, 돈을 얻기 위하여 그것이 남들에게 전해질 때 가장 달콤한 것이라고 생각합니다. 축축한 지하 감옥 안에서 얻은 그의 슬개골의 수치스러운 파상풍은, 영광의 콘트레라스 전투에서 불구가 된 것보다 훨씬 더 불쌍한 질병이지만, 그럼에도 그는 이 더 가벼우면서도 거짓인 질병이 주의를 끄는 반면에, 더 무거우면서도 진짜인 질병은 혐오감을 줄지도 모른다고 생각합니다."

"말도 안 되는 소리! 그는 협잡배에 불과해요. 그래서 나는 그의 정체를 폭로할 생각이 있어요."

"부끄럽지 않은가요? 감히 저 불쌍한 불운아를 폭로하다니오? 그리고 맹세코…… 당신은 그 짓을 못 합니다, 선생."

그의 태도에 무언가를 주목하면서, 상대방은 반박하기보다 물러서는 것이 더 신중하다고 생각했다. 이윽고 그 불구자가 돌아왔고, 꽤 많은 소득을 거둬들였는지 희희낙락했다.

"거봐요." 그가 흥겨워했다. "내가 어떤 종류의 병사인지 이제 아시겠지."

"옳소, 어리석은 멕시코 병사하고가 아니라, 당신의 술책에 걸려든 적과 싸우는 사람이오…… 다행입니다!"

"히, 히!" 싸구려 극장의 1층 뒷좌석을 차지한 사람처럼 불구자가 떠들어 대다가 말했다. "당신이 무슨 뜻으로 말한 건지는 잘 모르지만, 일은 잘되었소."

이 말이 끝나자, 그의 얼굴은 다시 변덕스럽게 침울한 도깨비상을 띠었다. 그는 친절한 질문에도 전혀 친절한 대답을 하지 않았다. 그의 나라를 그가 비아냥거리며 일컫는, '자유로운 파쇼적 미국'에 대하여 건전하지 못한 생각들을 넌지시 비쳤다. 이런 것들이 약초의의 마음을 어지럽히고 아프게 하는 것 같았고, 그는 잠시 동안 생각에 잠겨 있다가 다음과 같은 말로 그에게 엄숙히 설파했다.

"나의 훌륭한 친구, 당신은 자신이 그 밑에 살면서 고통을 겪는 정부를 비난하여 나의 관심을 끌었습니다. 당신의 애국심은 어디로 갔습니까? 당신의 감사하는 마음은 어디에 있습니까? 진실로 관대한 사람은 당신이 진술하는 당신의 사례에서, 당신에게서 나오는 이러한 비난들을 부분적으로 설명할 무언가를 찾아낼지도 모릅니다. 그럼에도, 그 사실들이 어떠하든 당신의 비난들은 역시 정당성을 인정받기 어렵습니다. 우선, 당신의 경험들이 당신이 말한 대로라치고, 그 경우에 정부가 당신의 경험들 중에 바람직스럽지 못한 것으로 보이는 부분들과 다소 관계가 있다고 생각될 수 있음을 나는 인정할 것입니다. 그러나 인간의 정부는 천국의 정부에 종속되어, 그 때문에 그 정도는 천국 정부의 특성들을 공유하지 않을 수 없다는 것을 결코 잊어서는 안 됩니다. 즉, 일반적으로 행복에 효과적으로 기여하지만, 그럼에도 속세의 법은 일부의 경우에, 이성의 눈으로는 불공평하게 시행되고 있다고 보일지도 모르는데, 그것을 똑같은 불완전한 안목으로 보면, 다소의 불공평한 것들이 꼭 그대로 천국 법의 시행에서도 나타날지도 모르며, 그럼에도 불구하고 올바르게 신뢰하는 사람에게 궁극적 자비는, 모든 경우에 천국의 법 못지않게 세속의 법에서도 확실합니다. 나의 가엾은 동지, 이것들이 마땅히 평가받을 만하기 때문에, 당신이 당하는 분명한 재난을 온전한 확신으로 견딜 수 있게 해줄 이유들이기 때문에, 나는 그 점을 상당히 자세히 설명합니다."

"무엇 때문에 당신은 내게 같잖은 문자를 쓰시오?" 불구자가 큰 소리로 말했고, 그는 상대방이 말하는 동안 대단히 무식한 완고함을 드러냈으며, 몹시 성난 표정으로 다시 목발에 의지하여 몸을 흔들었다.

상대방은 역정이 가라앉을 때까지 딴 방향을 잠깐 보다가 말을 계속했다. "당신은 아마, 자신이 가혹하게 냉대받는다고 믿고 있으므로, 친구, 당신을 설득하기 좀 힘든 것을 자선 단체는 이상히 여기지 않지만, 하느님은 자신이 사랑하는 사람들을 단련시킨다는 것을 잊지 마세요."

"하지만, 그들의 피부와 마음이 굳어져 버려 고통도 간지럼도 느끼지 못하니까, 그들을 지나치게 많이, 그리고 너무 오랫동안 단련시켜서는 안 되오."

"단순한 판단으로, 당신의 경우는 매우 가련한 사람으로 보인다는 것을 나는 인정합니다. 하지만 낙담하지 마세요. 많은…… 아주 많은 것들이…… 아직 남아 있소. 당신은 풍부한 공기를 숨쉬고, 이 고마운 태양에 의해 온기를 얻고, 실로 가난하고 친구도 없고, 젊었을 때처럼 민첩하지 못하지만 그럼에도 쓸쓸함이 환희가 되고, 당신의 순수한 자립정신 속에서 당신이 기뻐서 날뛸 때까지, 빛나는 이끼와 꽃들을 따면서 숲을 헤치고 매일매일 산책을 하니 얼마나 기분 좋은가요?"

"여기 이 말뚝으로 잘도 날뛰겠소…… 하, 하!"

"죄송해요. 내가 그 목발을 잊었어요. 내 마음이, 내 의술의 이익을 받아들인 후의 당신을 상상하면서, 내 앞에 서 있는 당신을 본 것이오."

"당신의 의술? 당신은 접골사라고 자칭하는데…… 자연 접골사, 그렇죠? 가서, 기형의 세상을 접골하시오. 그런 다음 기형인 나를 접골하러 오시오."

"나의 정직한 동지, 내 본래의 목적을 다시 상기시켜 주어서 정말로 고맙습니다. 당신을 진찰해 봅시다." 허리를 굽히면서, "아, 알겠소, 알겠소. 그 흑인의 병세와 매우 비슷한 사례로군. 그 사람을 보았습니까? 아냐, 당신은 그 후에 승선했습니다. 글쎄, 그의 병세가 당신의 경우와 약간 비슷한 것이었습니다. 내가 그 사람을 위해 약을 처방했고, 아주 짧은 기간 안에, 그 사람이 거의 나만큼 걸음을 잘 걸을 수 있다 할지라도 나는 조금도 놀라지 않을 것입니다. 그런데, 당신은 나의 의술을 전혀 신뢰하지 않습니까?"

"하, 하!"

약초의는 잠시 스스로 눈을 돌렸는데, 하지만 그 거친 웃음이 잦아지자 다시 시작했다.

"나는 당신에게 신뢰를 강요하지 않겠습니다. 그럼에도 나는 기꺼이 당신에게 친절한 일을 해주고 싶습니다. 여기, 이 약상자를 받으시고, 아침 저녁으로 단지 관절에 그 약을 바르고 문지르세요. 자, 받으세요. 약값은 없습니다. 신의 가호가 있기를 빕니다. 안녕히 가십시오."

"잠깐!" 너무나 예상치 못한 행동에 감동되어, 그의 흔듦을 잠시 멈추면서, "잠깐…… 고맙구려…… 하지만 이것이 정말로 나에게 도움이 될까요? 틀림없이 그럴까요? 불쌍한 놈을 속이지 마시오." 태도가 갑자기 바뀌며 눈이 반짝였다.

"그걸 써보시고, 안녕히 가세요."

"잠깐, 잠깐! 틀림없이 그것이 나에게 도움이 될까요?"

"가능합니다. 가능해요, 써보는 데 손해 볼 것은 없습니다. 안녕히 가십시오."

"잠깐, 잠깐, 나에게 세 상자 더 주시오. 그리고 돈 여기 있소."

"친구여!" 심히 만족스러운 듯한 태도로 그를 향해 돌아오면서, "당신에게 신뢰와 희망에 찬 기대가 생겨난 것을 기뻐합니다. 당신의 목발처럼, 자신의 다리가 제 역할을 못 할 때는 신뢰와 희망에 찬 기대가 정말로 오랫동안 사람을 지탱해 줍니다. 그렇다면, 당신이 당신의 목발을 버리기를 몹시 열망하므로, 신뢰와 희망찬 기대에 더욱 집착하시오. 당신은 내 약을 세 상자 더 요청합니다. 다행히도, 내게 꼭 그 숫자만큼 남아 있습니다. 자, 여기 있습니다. 나는 그것들을 개당 반 달러에 판매합니다. 그러나 나는 당신에게 아무것도 받지 않으렵니다. 자, 다시 한번 당신에게 하느님의 가호가 있기를, 안녕히 가십시오."

"잠깐!" 떨리는 음성으로, 그리고 몸을 흔들면서, "잠깐, 잠깐! 당신은 나를 보다 나은 사람으로 만들어 주었소. 당신은 착한 기독교인답게 나를 참아 주었고, 나를 타일렀고……. 나에게 이 약상자들을 선사하지 않아도 그것만으로도 충분합니다. 자, 돈을 드립니다. 나는 거절하지 못하게 하겠소. 자, 자, 그리고 전능하신 하느님의 가호가 있기를 빕니다."

약초의가 물러가면서, 그 불구자는 심한 흔들림에서 점차 차분한 진폭으로 완화되었다. 그것은 어쩌면, 그의 환상이 진정된 기분을 가져왔을지도 모른다.

20장
기억될지도 모르는 자의 재출현

약초의가 멀리 가지도 못했을 때, 그의 앞에서 다음과 같은 광경이 펼쳐졌다. 키가 12살 소년만한 쭈글쭈글한 노인이, 조금 전까지 침상에 누워 있던 흔적을 보여 주는 구겨진 낡은 면직 옷을 걸치고, 우둔하게 꾸준히 이따금 기침을 하며, 마치 겁을 먹고 그의 간병인을 찾는 것처럼 여기저기 자세히 들여다보면서, 눈처럼 하얀 여객선의 양지쪽에서 그의 족제비눈을 가늘게 뜨고 정신 나간 사람처럼 비틀거리며 돌아다니고 있었다. 그는 몸져누워 있다가, 화재로 인한 소동과 같은 압도적인 흥분 상태로 인하여, 자극을 받아 두 발로 일어선 사람의 모습 같아 보였다.

"누군가를 찾고 계시는지……." 약초의가 그에게 다가가서 말을 걸며 물었다. "도와드릴까요?"

"그래요, 그래 줘요. 난 너무 늙고 괴로워요." 노인이 기침을 했다. "그분이 어디 있나요? 나는 일어나서 여태껏 그분을 찾으려고 애썼어요. 하지만 내겐 친구가 아무도 없고, 지금까지 자리에서 일어날 수도 없었어요. 그분, 어디 있어요?"

"누구 말입니까?" 이렇게 병약한 사람이 더 이상 헤매는 것을 막으려고, 약초의가 더 가까이 다가가면서 말했다.

"저, 저, 저……." 그때 상대방의 옷을 주목하면서, "당신, 그래요, 당신…… 당신, 당신…… 콜록, 콜록, 콜록!"

"나요?"

"콜록, 콜록, 콜록! 당신이 그가 말하던 사람이오. 그는 누구요?"

"참 나, 그건 바로 내가 알고 싶은 것입니다."

"이런, 이런!" 어찌할 바를 모르고 노인이 기침을 했다. "그를 만나고부터 계속 내 머리는 이렇게 빙빙 돌아요. 나는 보호자가 있어야 하는데. 이 것이 당신의 황갈색 외투요, 아니오? 웬일인지, 그 사람을 믿고부터 이제는 내 본정신을 믿을 수가 없어…… 콜록, 콜록, 콜록!"

"오오, 당신은 누군가를 신뢰했습니까? 그 말을 들으니 반갑군요. 그런 종류의 어떤 사례든지 소문을 들으면 기뻐요. 모든 사람들에 대해 호의적으로 곰곰이 생각하는 것이지요. 하지만 당신은 이것이 황갈색 외투인지를 묻고 있습니다. 나는 그렇다고 대답하는 바이고, 약초의는 그것을 입는다고 덧붙여 말하겠습니다."

이 말을 듣자 노인은 조금 풀이 죽은 듯한 목소리로, 그렇다면 그(약초의)가 자기가 찾는 사람—지금까지는 알려지지 않았지만 다른 인물에 의해서 언급된 사람이라고 대답했다. 그런 다음 그는 들뜬 상태로 간절하게, 이 결정적 인물이 누구이며, 그가 어디에 있고, 세 배로 불리도록 안심하고 그에게 돈을 맡겨도 좋은지를 알고 싶어했다.

"옳거니, 이제 차츰 이해가 되는데, 십중팔구 당신은 순수하게 친절한 마음에서, 단지 하나의 작은 신뢰의 위임을 청구하면서 사람들에게 그들의 재산…… 글자 그대로 그들의 영원한 재산을…… 벌어 주는, 나의 훌륭한 친구를 빗대어 말합니다. 옳지, 옳지, 내 친구에게 자금을 맡기기 전에, 당신은 그에 대해서 알고 싶어합니다. 그것은 대단히 적절한 처사입니다. 그리고 나는 주저할 필요가 없다고, 전혀, 전혀, 정말 조금도, 진실로 전무하다고 기꺼이 당신을 확신시키는 바입니다. 일전에 그는 나에게 순식간에 1백 달러를 1천 달러로 불려 주었습니다."

"그랬소? 그랬소? 하지만 그는 어디 있소? 나를 그에게 데려다 주시오."

"이봐요, 내 팔을 잡으시오! 이 배는 큽니다! 우린 꽤 많이 찾아다녀야 할지도 모릅니다! 자, 가시지요! 아, 저게 그 사람인가?"

"어디요? 어디?"

"오, 아니오. 내가 저쪽의 코트 자락을 그의 것으로 착각했습니다. 하지만, 아니오. 나의 정직한 친구는 결코 저런 식으로 등을 돌리지 않습니다…… 아!"

"어디요? 어디?"

"또 틀렸습니다. 놀랄 만큼 닮았어요. 난 저쪽의 목사님을 그 사람으로 생각했습니다. 자, 가시지요!"

배의 저쪽 부분을 수색하여 찾아보고 나서 그들은 다른 부분으로 갔고, 그곳을 조사하는 동안 배가 선착장에 측면을 바짝 댔는데, 그때 두 사람이 터놓은 방호물 옆을 지나가다가, 약초의가 갑자기 배에서 내리고 있는 사람들을 향해 돌진하면서 큰 소리로 외쳤다. "트루먼 씨, 트루먼 씨! 저기에 그가 가고 있습니다…… 저게 그입니다. 트루먼 씨, 트루먼 씨! 빌어먹을 저 뱃고동 소리. 트루먼 씨! 제발, 트루먼 씨! 안 돼, 안 돼. 저런, 널빤지를 끌어 올렸어…… 너무 늦었어…… 놓쳤어요."

그와 동시에 거대한 배는, 강력한 해마가 뒹구는 듯이, 강기슭으로부터 떨어져 좌우로 흔들리며 다시 전진을 계속했다.

"참으로 약오르는군!" 약초의가 돌아오면서 큰 소리로 말했다. "한순간만 더 빨랐더라면……. 저기에 그가, 지금 그의 대형 여행 가방을 뒤에 끌고, 저쪽의 호텔로 향해 갑니다. 그가 보이죠, 그렇죠?"

"어디요? 어디?"

"이제는 그가 보이지 않습니다. 조타실이 사이를 가로막고 지나갑니다. 대단히 미안합니다. 나는 당신이 1백 달러 정도의 돈을 그에게 위탁해 놓기를 참으로 바랐는데……. 당신은 정말로 그 투자를 기뻐했을 것입니다."

"아, 나는 이미 내 돈을 조금 그에게 맡겨 놓았소." 노인이 끙끙거리며 말했다.

"그랬어요? 어르신." 그 자신의 양손으로 구두쇠의 양손을 붙잡고 진심으로 그 손들을 흔들면서 말했다. "어르신, 내가 얼마나 당신을 축하하는지, 당신은 모르십니다."

"콜록, 콜록! 아무래도 그런 것 같소." 또 한번 끙끙거리며 말했다. "그의 이름이 트루먼이라고요?"

"존 트루먼."

"어디에 삽니까?"

"세인트루이스에요."

"그의 사무실은 어디에 있소?"

"가만 있자, 존스로(路) 1백 번지 그리고…… 아냐, 아냐…… 여하간, 존스로 어딘가의 2층입니다."

"번지수를 기억할 수 없소? 기억해 봐요, 당장에."

"1백…… 2백…… 3백……."

"아, 내 돈 1백 달러! 나는 그 돈으로, 1백 달러, 2백 달러, 3백 달러가 되지 않을까 생각하오! 콜록, 콜록! 번지수가 생각나지 않소?"

"물론 이전에는 알고 있었지만, 잊어먹었어요. 그것을 완전히 잊어먹었습니다. 이상하군. 하지만 염려 마세요. 세인트루이스에선 쉽게 알 것입니다. 그는 그곳에서 유명합니다."

"하지만 나한텐 영수증이 없소…… 콜록, 콜록! 증명할 게 아무것도 없소…… 내가 어떤 입장에 있는지를 모르오…… 보호자가 있어야 하는데…… 콜록, 콜록! 아무것도 모르오. 콜록, 콜록!"

"이런, 당신은 그에게 당신의 신뢰를 준 것을 알고 있잖아요, 그렇죠?"

"아, 맞아요."

"어, 그런데요?

"하지만 무엇을, 무엇을…… 어떻게, 어떻게…… 콜록, 콜록!"

"이런, 그가 당신에게 말해 주지 않았습니까?"

"아뇨."

"뭐라고요? 그가 그것은 비밀, 미스테리라고 말해 주지 않았습니까?"

"아…… 맞아요."

"어, 그런데요?"

"하지만 나에겐 증서가 없소."

"트루먼 씨와는 아무 증서도 필요 없습니다. 트루먼 씨의 말이 그분의 증서입니다."

"하지만 어떻게 내 이자와…… 콜록, 콜록!…… 내 돈을 돌려받아야 할지? 아무것도 모르오. 콜록, 콜록!"

"어허, 당신은 신뢰를 가져야 합니다."

"그 말을 두 번 다시 하지 마시오. 내 머리를 이렇게 뱅뱅 돌게 합니다. 아, 나는 너무 늙고 비참하고, 아무도 나를 돌봐 주지 않고, 누구든지 나를 속여서 빼앗고, 내 머리는 이렇게 뱅뱅 돌고…… 콜록, 콜록!…… 이 기침은 나를 이렇게 괴롭혀요. 다시 말하는데, 내겐 보호자가 있어야 해요."

"정말 그래요, 그리고 트루먼 씨는 당신이 그에게 투자했다는 점에서 당신의 보호자입니다. 우리가 방금 그를 만나지 못해서 유감이지만, 당신은 곧 그에게서 소식을 듣게 될 것입니다. 좋아요, 그렇지만 이런 식으로 몸을 드러내는 것은 경솔합니다. 당신을 당신의 침대로 데려다 주고 싶습니다."

쓸쓸하게도 그 구두쇠 노인은 그와 함께 천천히 물러갔다. 그러나 층계를 내려가는 동안, 그는 너무 심한 기침에 사로잡혀 어쩔 수 없이 잠시 멈추었다.

"대단히 심한 기침입니다."

"숨이 넘어갈 듯한…… 콜록, 콜록!…… 심한 기침이오…… 콜록!"

"그것에 대해 무언가 해보았습니까?"

"해보는 데 지쳤소. 아무것도 나에겐 효력이 없소…… 콜록! 콜록! 매머드 동굴*조차도 도움이 되지 못했소. 콜록! 콜록! 6개월 동안 굴속에서 살았지만, 너무 심하게 기침을 해서 나머지 기침 환자들이…… 콜록! 콜록!…… 나를 내쫓았소. 콜록, 콜록! 아무것도 나에게 도움이 되지 않소."

"하지만 '종합 진통 강장제'를 써보았습니까, 선생?"

"그것은 저 트루먼이란 사람이 내가 복용해야 한다고 말한 거요. 약초로 만든 약, 당신이 역시 그 약초의인가요?

"바로 그 사람입니다. 당신이 지금 내 약 한 상자를 써보면 어떨까요? 나를 믿으십시오. 내가 트루먼 씨에 대해서 아는 바로 미루어 보아, 그분은 자기가 그것의 우수성을 양심적으로 확신하지 않는 이상, 친구를 위해서조차 어느 것도 권할 양반이 아닙니다."

"콜록!…… 얼마요?"

"한 상자에 단돈 2달러입니다."

---

* 미국 켄터키주 중서부에 있는 큰 석회암 동굴로, 동굴 안의 순수한 공기와 일정한 온도가 치유력이 있을지도 모른다고 생각한 폐렴 환자들이 1843년에 여기에 거주한 적이 있으나, 그 실험은 실패했다.

"2달러라고? 2백만이라고 하는 게 어때요? 콜록, 콜록! 2달러, 그것은 2백 센트고, 그것은 8백 파싱이고, 그것은 2천 밀인데, 오로지 한 개의 작은 상자에 든 약초로 만든 약값일 뿐이라니. 내 머리, 내 머리!…… 아, 내 머리 때문에 보호자가 있어야 해요. 콜록, 콜록, 콜록, 콜록!"

"그래요, 한 상자에 2달러가 비싼 것 같으면, 20달러에 열두 상자를 가져 가시오. 그러면 네 상자를 거저 얻는 셈이 될 것이고, 당신은 단지 그네 상자만 사용하면 되니 나머지를 액면가 이상으로 소매할 수 있고, 그래서 당신의 기침을 치료하고 그것으로 돈도 벌 수 있습니다.* 자, 그러는 것이 좋을 것이오. 현찰 거래입니다. 하루 이틀 걸려 주문에 응할 수 있습니다. 자, 여기 있습니다." 한 상자를 꺼내며, "순수 생약입니다."

그 순간, 또 하나의 발작에 사로잡힌 듯 구두쇠는 기침이 멎은 틈을 타서, 유혹하듯이 치켜든 그 약에 그의 반신반의의 시선을 집중했다. "틀림없이…… 콜록! 틀림없이 완전 생약 제제요? 단지 약초들로만? 그때 그것이 순수 생약이라고 생각만 했더라면…… 오로지 약초들뿐이라고…… 콜록, 콜록!…… 아, 이 기침, 이 기침이…… 콜록, 콜록!…… 내 온몸을 기진맥진하게 만드는군. 콜록, 콜록, 콜록!"

"제발, 내 약을 써보시오, 단 한 상자만이라도. 그것이 순수 생약이라는 것을 확신해도 좋습니다. 트루먼 씨에게 문의해 보세요."

"그의 번지를 몰라요…… 콜록, 콜록, 콜록, 콜록! 아, 이 기침. 하긴 그는 정말 이 약에 대해 좋게 말했고, 그것이 나를 치료할 것이라고 진지하게 말했소…… 콜록, 콜록, 콜록, 콜록!…… 1달러를 깎아 주면 한 상자 사겠소."

---

* 약초의의 셈은 의도적으로 불확실할지도 모르지만, 몇 개의 이러한 착오가 멜빌의 작품들에서 나타난다.

“안 돼요, 선생, 안 됩니다.”

“그럼 1달러 50센트. 콜록!”

“안 돼요. 오직 정직한 제도인 정찰제를 지킬 것을 굳게 서약했습니다.”

“1실링을 깎아 주시오…… 콜록, 콜록!”

“안 됩니다.”

“콜록, 콜록, 콜록…… 그걸 사겠소…… 자.”

마지못해 그는 은화 여덟 닢을 넘겨주었지만, 아직 그의 손안에 있는 동안 기침이 그를 엄습해서, 그것들이 흔들려 갑판 위에 떨어졌다.

하나씩 하나씩 약초의는 은화들을 집어 올리고, 검사하면서 말했다. “이것들은 25센트 경화가 아니라 거의 가치가 없는 것들이고, 가장자리가 깎였고, 게다가 마모되었습니다.”

“어허, 그렇게 쩨쩨하게 굴지 말아요…… 콜록, 콜록!…… 구두쇠보단 짐승이 더 낫소…… 콜록, 콜록!”

“그래요, 그쯤 해둡시다. 당신의 이러한 기침이 낫지 않는다는 생각보다 싫은 것은 없습니다. 그리고 인간의 명예를 위하여, 단지 내 동정심이라는 약점을 움직여서 내 약을 그만큼 더 싸게 구입할 목적으로, 실제보다 형편이 더 어려운 것 같이 보이지 않았으면 좋겠다고 생각합니다. 자, 명심하세요. 밤까지 그것을 먹지 마십시오. 바로 취침 전이 그 복용 시간입니다. 자, 당신은 이제 해낼 수 있죠, 그렇죠? 좀 더 돌봐 주고 싶습니다만, 나는 곧 하선합니다. 그리고 내 짐을 찾으러 가야 합니다.”

21장
힘든 사례

"약초, 약초, 자연, 자연, 이 어리석은 노인 양반! 그가 저 야바위로 당신을 속인 거요, 그렇죠? 약초와 자연이 당신의 불치병인 기침을 고칠 거라고 생각하시오?"

그렇게 말한 사람은 다소 괴팍스러워 보이는 사람이었는데, 생김새가 약간 곰 같았고, 곰피라고 일컫는 천으로 만든 텁수룩한 반코트, 털이 복슬복슬한 긴 꼬리를 뒤로 늘어뜨린 너구리 가죽으로 만든 뾰족한 모자, 생가죽 각반, 짧은 수염이 험상궂게 난 턱, 그리고 끝으로 손에 든 2연발식 엽총을 뽐내는—스파르타식의 여가와 재산, 그와 동시에 스파르타식 예절과 정서를 가진, 그리고 뒷이야기가 보여 줄지도 모르듯이, 숲에 대한 지식과 라이플총들 못지않게, 자신의 스파르타 방식으로 철학과 책들에 대해 잘 알고 있는, 시골뜨기 신사인 미주리주 출신의 독신 남자였다.

그는 구두쇠와 약초의 사이의 대화 일부를 우연히 엿들었음에 틀림없었는데, 왜냐하면 후자가 방금 물러난 직후에, 그가 위의 인사말과 함께—그때 층계의 하단부에서 그곳 난간에 기대서 있는—전자에 접근했기 때문이다.

"그것이 나를 치료할 거라고 생각하느냐고요?" 구두쇠가 주변이 울릴 정도로 기침을 했다. "못 할 이유가 뭐요? 그 약은 천연 약초, 순수한 약초이고, 약초는 나를 치료해야 마땅하오."

"어떤 것이, 이른바 천연 재료니까, 그것은 유익함에 틀림없다고 당신은 생각하지만, 누가 당신에게 저 기침을 안겨 주었나요? 그것이 자연이었나요, 아니었나요?"

"설마 당신은 자연이나 자연의 여신이, 사람의 몸을 해칠 것이라고 생각하지는 않죠, 그렇죠?

"자연은 훌륭한 엘리자베스 여왕 같은 존재이지만, 콜레라의 원인이 무엇인가요?"

"하지만 약초, 약초들, 약초들은 유익하죠?"

"벨라도나*가 무엇인가요? 약초죠, 그렇죠?"

"어허, 기독교인이 자연과 약초를 반대하다니…… 콜록, 콜록, 콜록!…… 병자들은 시골로, 자연과 초원으로 보내지 않소?"

"그래요, 그리고 절뚝거리는 말들의 발굽을 회복시키기 위해서 편자를 박지 않은 채로 그것들을 잔디밭에 내보내듯이, 시인들은 병든 영혼을 푸른 목초지로 내보내죠. 그들 나름으로 일종의 약초의들인 시인들은, 폐렴에 대해서처럼 비통한 마음에 대해서, 자연은 훌륭한 치료제라고 주장하죠. 하지만 목초지에서 한 무리의 짐승을 부리는 나의 인부를 누가 얼어 죽게 했나요? 그리고 누가 '야생 소년 피터'**를 백치로 만들었나요?"

---

* 가짓과(科)의 유독 식물.
** Peter the Wild boy(1712-1785)가 1725년 하노바 근처의 숲에서 발견되었을 때, 그는 약 12살 된 알몸의 소년이었다. 벙어리이며 미개한 상태였던 그는 영국의 국왕 조지 1세에 의해서, 본유 관념의 존재 여부를 증명하는 것으로 당시에 추정되던 존 아버스노트 박사에게 맡겨졌다. 박사는 그가 백치인 것을 곧 확인했다.

"그럼 당신은 여기 이 약초의들을 믿지 않소?"

"약초의들? 나는 전에 모빌*에서 병원 침대 위에 누워 있던 여읜 약초의를 기억하는데요. 회진하면서 입원 환자들을 둘러보는 의사들 중 한 사람이, 직업적으로 의기양양하여 말했어요. '아, 그린 박사. 당신의 약초들이 이제 당신에게 도움이 되지 않는군요, 그린 박사. 이제 우리의 수은 치료를 받으러 와야 하다니, 그린 박사.' 자연! 약초!"

"약초와 약초의들에 대해서 무언가 말씀하셨습니까?" 이때 피리 소리 같은 음성이 다가오면서 말했다.

그것은 약초의 본인이었다. 손에 여행용 가방을 들고, 그는 마침 그쪽으로 한가로이 거닐며 돌아오고 있었다.

"실례지만……." 약초의는 그 미주리주 사람에게 말을 걸었다. "내가 당신의 말을 바르게 이해한다면, 당신은 자연을 거의 신뢰하지 않는 것처럼 보이는데, 그것은 참으로, 나의 사고방식으로는, 불신의 정신이 지나친 것처럼 보입니다."

"그런데 당신은 도대체 누구신지?" 어투의 진지성을 다소 미덥지 않아 보이게 만드는 우스꽝스러운 부절제한 말씨가 아니라면, 반은 냉소적이고 반은 무모한 것처럼 보였음직한 태도로, 갑자기 그를 홱 돌아보면서 총의 안전장치를 탁 쳤다.

"자신에 대한 다소 겸손한 신뢰와 함께, 자연을 신뢰하고 인간을 신뢰하는 사람입니다."

"그건 당신의 신앙 고백이죠, 그렇죠? 인간에 대한 신뢰, 그래요? 글쎄, 악당들과 바보들 중에서, 당신은 어느 쪽이 가장 많다고 생각하시오?"

---

*   Mobile: 미국 앨라배마주에 있는 도시.

"어느 쪽도 거의, 아니 전혀 만나 본 적이 없어서, 나는 대답할 자격이 있다고 도무지 생각하지 않습니다."

"내가 대신 대답하겠소. 바보들이 가장 많아요."

"어째서 그렇게 생각합니까?"

"귀리가 말들보다 수적으로 더 많다고 생각하는 바로 그 이유 때문이죠. 말들이 귀리를 우적우적 씹어 먹는 것과 마찬가지로, 악당들은 바보들을 먹이로 삼지 않나요?"

"익살꾸러기시군요, 선생. 당신은 익살꾸러기십니다. 나는 농담을 음미할 수 있습니다…… 하, 하, 하!"

"하지만 나는 진심이오."

"말들이 귀리를 우적우적 씹어 먹듯이 악당들은 바보들을 먹이로 삼는다는, 우스꽝스럽고 터무니없는 생각을 진지한 태도로 말하는 것, 그것이 바로 농담입니다. 참, 대단히 우스꽝스러워요, 정말. 하, 하, 하! 네, 이제 나는 당신을 이해한다고 생각합니다, 선생. 또한, 자연을 전혀 신뢰하지 않는 것에 대한 당신의 익살스럽고 기발한 표현에서, 당신의 말을 진지하게 받아들였으니 나도 참 바보였습니다. 실제로 당신은 틀림없이 나와 마찬가지로 자연을 신뢰하고 있습니다."

"내가 자연을 신뢰한다고요? 내가? 거듭 말하는데, 그보다 더 신뢰하지 않는 것은 없소이다. 나는 한때 자연 때문에 1만 달러를 잃었소. 자연이 나에게서 그 금액을 횡령해 1만 달러어치의 내 재산을 가지고 도망쳤고, 이 강가에 있는 농장이 홍수 속에서 땅의 돌연한 이동으로 인해 깨끗이 휩쓸려 가버렸고, 1만 달러어치의 충적토가 물위에서 유실되었소."

"하지만 당신은 역방향 이동에 의해서, 그 땅이 여러 날 후에 돌아올 것이라는 신뢰를 갖고 있지 않습니까? 아, 나의 존경할 만한 친구가 여기 계시군요." 그리고는 구두쇠 노인을 보면서, "아직 침상에 들지 않았습니까? 제발, 계속 기동하실 거면, 저 난간에 기대지 마시고 내 팔을 붙잡으시오."

팔이 잡히자 그 둘은 함께 섰으며, 늙은 구두쇠는 서 있을 때 샴쌍둥이 중 힘이 덜 센 쪽이 습관적으로 다른 쪽에 기대는, 신뢰하는 형제애의 태도를 다소 보이며 약초의에게 의지하고 있었다.

미주리 사람은 침묵 속에서 그들을 눈여겨보았고, 그 침묵은 약초의에 의해서 깨졌다.

"당신은 놀란 것처럼 보입니다, 선생. 그것은 내가 공공연하게 이런 분을 보호하기 때문입니까? 하지만 그의 외양이 어떻다 할지라도, 나는 결코 정직을 부끄러워하지 않습니다."

"조심해요." 유심히 보는 것을 잠깐 멈춘 후에, 미주리 사람이 말했다. "당신은 괴상한 사람이오. 당신을 어떻게 생각해야 할지 정확히 모르겠소. 하긴 전체적으로 보아, 당신은 내 사무소에 최근 데리고 있던 소년을 다소 생각나게 하오."

"착하고 신뢰할 만한 소년인가요?"

"그래요, 무척이나! 나는 지금 소년들이 필요한 자격을 갖추고 하는, 그런 종류의 일을 대신할 모종의 기계를 만드는 일에 착수했소."

"그러면 당신은 소년들에게 해고 통보를 했습니까?"

"그야 성인들에게도 했죠."

"하지만 선생, 그건 또 다소간 신뢰의 결여를 뜻하지 않습니까? (조금 일어나세요, 아주 조금만, 나의 존경할 만한 친구, 좀 심하게 기대고 있습니다.) 소년들에 대한 불신, 성인들에 대한 불신, 자연에 대한 불신. 이봐요, 선생. 당신은 누구 또는 무엇을 신뢰할 수 있을까요?"

"나는 불신을 신뢰해요. 특히 당신과 당신의 약초에 적용해서요."

"이런!" 약초의는 참을성 있게 미소 지으며, "그건 솔직하군요. 하지만 제발, 당신이 내 약초를 의심할 때 당신은 자연도 함께 의심한다는 것을 잊지 마십시오."

"내가 이미 그것을 말하지 않았소?"

"알았습니다. 논의를 위해서 나는 당신이 진심이라고 생각하겠습니다. 그런데 자연을 의심쩍게 여기는 당신은, 바로 이 자연이 친절하게도 당신을 생겨나게 했을 뿐만 아니라, 현재의 원기 왕성하고 독자적인 상태로 당신을 충실하게 돌본 것을 부정할 수 있습니까? 당신이 자연을 험담하려고 그토록 야비하게 이용하는 정신의 강건함을 얻은 것은 자연의 덕택이 아닙니까? 글쎄, 당신이 자연을 비난하는 데 쓰는 당신의 두 눈은 자연의 은혜를 입고 있지 않습니까?"

"아니오! 시력의 혜택을 얻은 것은 안과 의사 덕택이고, 그분은 내가 열 살 때 필라델피아에서 나에게 수술을 해줬소. 자연은 나를 장님으로 만들었고, 나를 그렇게 놔두었을 것이오. 나의 안과 의사께서 계략으로써 자연에 대항했던 것이오."

"그런데 선생, 당신의 안색으로 보아 나는 당신이 야외 생활을 한다고 생각하는데, 자신도 모르게 당신은 자연을 유달리 좋아하고, 당신은 만물의 어머니인 자연으로 날아가듯 달려갑니다."

"대단히 어머니답죠! 선생, 자연의 정열적 발작 속에서, 자연으로부터 나에게 새들이 거칠게 날아드는 것을 나는 경험해서 알고 있소. 그래요, 선생, 폭풍우 속에서 여기에 피신했소." 그의 굵은 모직 외투의 주름을 치면서, "사실이오, 선생, 사실. 자, 자, 상담가 선생, 상담으로 바쁘지만, 춥고 비오는 밤 같은 때에 당신은 야생 동물을 집에 들인 적이 결코 없었소? 그것들을 내쫓았소? 몰아냈소? 쓸어 냈소?"

"그것에 관해서는……." 약초의가 침착하게 말했다. "많은 것을 말할 수 있습니다."

"그것을 말해요, 그럼." 그의 머리털을 모두 헝클어뜨리면서, "그럴 리가 없지, 선생, 그럴 리가 없어." 그런 다음 불쑥 말했다. "조심하시오, 자연을! 당신의 클로버가 향기롭다는 것을 부정하지 않고, 당신의 민들레들이 고함치지 않지만, 내 창문들을 부순 것은 누구의 우박이었나?"

"선생!" 약초의는 상냥함을 유지하며 그의 약상자 한 개를 꺼내더니, "자연을 위험한 것으로 여기는 사람을 만나서 마음 아픕니다. 당신의 태도는 세련되었지만 당신의 목소리는 거친데, 요컨대 당신은 인후염에 걸린 것 같습니다. 비난받은 자연의 이름으로 당신에게 이 약상자를 증정하겠소. 여기 계신 나의 존경할 만한 친구도 유사한 것을 갖고 계시지만, 하지만 당신에겐 무료 선물입니다, 선생. 정식으로 인정받은 자연의 대리인들을 통해서, 마침 저도 그중 한 사람인데, 자연은 자연을 가장 매도하는 사람들에게 도움되는 것을 매우 좋아합니다. 바라건대, 받아 주십시오."

"치워 버려요! 그렇게 가까이 들고 있지 마시오. 십중팔구 그 안에 폭발물이 들어 있을 거요. 이런 것들이 그랬었지, 편집자들이 그런 식으로 살해되었지. 이봐요, 그것을 멀리 치우시오."

"야단났네! 여보세요, 선생!"

"정말로 나는 당신의 약상자를 전혀 갖고 싶지 않소." 그는 엽총을 탁치면서 말했다.

"어허, 그것을 받으시오…… 콜록, 콜록! 꼭 받으시오." 구두쇠 노인이 대화에 끼어들었다. "나한테도 공짜로 한 개를 주면 좋을 텐데."

"당신은 적적하시군요." 잠시 그를 돌아다보면서, "속아 주면 말동무를 얻게 될 텐데."

"어떻게 그분이 적적하다고 생각할 수 있습니까?" 약초의가 대꾸했다. "여기에 내가, 그가 신뢰하는 나조차도 그의 옆에 있는데 어떻게 말동무를 바랍니까? 속이는 것에 관해서는 정말, 이 불쌍한 노인에게 그렇게 말하는 것이 사람의 도리에 맞는 일입니까? 나의 약에 대한 그의 의존이 헛된 것이라 하더라도, 그 이상도 이하도 아닌 단순한 상상 속에서 희망을 가지고, 간신히 그의 병을 견뎌 내는 것에 도움이 될지도 모르는 것을 그에게서 박탈하는 것이 사려 깊은 일입니까? 당신에 대해 말할 것 같으면, 당신은 전혀 신뢰하지 않고, 당신의 타고난 건강 덕분에, 적어도 내 약을 믿는 것에 관한 한 신뢰 없이도 살아갈 수 있다 할지라도, 이 고통받는 사람을 여기에 두고 그렇게 말하는 것은 얼마나 잔인한 주장입니까? 그것은 어떤 강건한 권투 선수가, 12월에 얼굴이 발개져서 달려 들어와 병원의 난롯불을 꺼버리는 것과 똑같지 않습니까? 물론, 그는 인위적인 열기의 필요성을 전혀 느끼지 않아도, 떨고 있는 환자들은 어떤 열기도 받지 못하게 될 것이니까요. 그것을 당신의 양심의 판단에 맡겨 보시오, 선생. 그러면 이 고통받는 이의 신뢰의 성격이 무엇이라 할지라도, 당신이 그것에 반대할 때 잘못되어 있는 두뇌나 빗나간 마음을 나타낸다는 것을 인정할 것입니다. 자, 고백하시오. 당신은 냉혹하지 않습니까?"

"그래요, 가엾어라." 미주리 사람이 노인을 근엄하게 주목하면서 말했다. "그래요, 당신 같은 사람에게 너무 정직하게 말하는 것은 나 같은 사람에게는 냉혹한 일이오. 당신은 현세에서, 평소 취침 시간을 지나 밤에 늦게까지 자지 않고 일어나 앉아 있는 사람이고, 일부의 사람들에게는 건강한 아침 식사가 되지만, 진실은 모든 사람들에게 지나치게 영양가 높은 저녁 식사임이 드러나오. 영양가 높은 음식을 밤늦게 먹으면, 나쁜 꿈을 꾸게 돼요."

"도대체, 무엇을…… 콜록, 콜록!…… 그가 지껄이고 있소?" 구두쇠 노인이 약초의를 쳐다보며 물었다.

"그것 참 고마워라!" 미주리 사람이 큰 소리로 말했다.

"미친 것 같군, 그렇죠?" 구두쇠 노인이 다시 호소하듯 말했다.

"이봐요, 선생." 약초의가 미주리 사람에게 말했다. "방금 당신은 무엇 때문에 고마워하고 있었습니까?"

"이런 것 때문이죠. 즉, 불쌍한 야만인 녀석들이 우연히 발견한 장전된 권총처럼, 부주의하게 다루어서 그것이 혹시 저절로 발사되지 않으면 그 것의 특이한 효능을 추측할 수 없어…… 그것이 공포보다는 오히려 놀라 움을 일으키는 점에서 보면, 일부의 사람들 마음에 진실은, 사실상 그렇 게 냉혹하지 않다는 것이죠."

"나는 거기서 당신의 의도를 주제넘게 간파하려고 하지 않습니다." 약 초의가 잠시 말을 멈추는 동안, 마치 그 미주리 사람의 정신 상태를 가슴 아파하고, 동시에 무엇이 그를 이 지경에 이르게 했는가를 이상하게 여기 는 것처럼, 고통과 호기심이 섞인 일종의 거북한 표정으로 그를 눈여겨본 후에 말했다. "하지만 이 정도는 압니다." 그가 덧붙여 말했다. "당신 생각 들의 전체적인 특색은, 아무리 좋게 말하더라도 불행하다는 것입니다. 그 생각들 속에 힘이 있지만, 힘은 그것의 근원이 물질적이어서 약해지기 마 련입니다. 당신은 언젠가는 자신의 주장을 철회할 것입니다."

"철회한다고요?"

"그래요. 이 노인의 경우처럼, 당신에게도 불우한 쇠퇴의 시기가 다가 올 때, 당신도 방 안에서 백발의 포로 신세가 될 때, 우리가 소설에서 읽 는 지하 감옥에 갇힌 이탈리아 사람과 당신도 약간 비슷한 처지가 되어, 당신 청춘의 순진한 때에 생겨난, 만일 그것이 노년의 당신에게 돌아오면 말할 수 없이 다행인, 바로 그 신뢰를 찾아 가슴속을 뒤질 것입니다."

"유모에게 다시 돌아가라는 거잖아? 제2의 유년 시대군, 정말. 당신은 말솜씨가 좋군요."

"아이구, 아이구!" 구두쇠 노인이 큰 소리로 말했다. "이 모든 것이 정 말 터무니없군!…… 콜록, 콜록! 제발 이치에 닿는 말을 하시오, 나의 홀륭한 친구들. 당신은……." 미주리 사람에게, " 저 약을 얼마간 사려고 하지 않소?"

"제발, 어르신." 약초의가 이제 노인의 몸을 똑바로 세우려고 하면서 말했다. "너무 심하게 기대지 마세요. 제 팔이 저려 오는데, 조금만, 아주 조금만 덜 기대세요."

"가시오." 미주리 사람이 말했다. "가서 당신의 무덤 속에 누우시오, 노인장. 당신이 당신 스스로 서 있을 수 없다면 말이오. 남에게 의지하는 사람에겐 힘겨운 세상이오."

"그의 무덤에 관한 한……." 약초의가 말했다. "그건 아주 멀리 떨어진 곳에 있고, 그래서 이분은 오직 충실하게 내 약을 드십니다."

"콜록, 콜록, 콜록!…… 그의 말은 정말이오. 그래요, 나는…… 콜록! 아직 죽을 것 같지 않소…… 콜록, 콜록, 콜록! 아직 살아갈 세월이 많아요, 콜록, 콜록, 콜록!"

"나는 당신의 신뢰에 찬성합니다." 약초의가 말했다. "하지만 당신의 기침은, 당신에게 해로운 것 말고도 나를 걱정하게 합니다. 제발, 당신을 당신의 침대로 데려가게 해주세요. 그곳이 당신에게 가장 좋습니다. 여기 계신 우리 친구분은 내가 돌아올 때까지 기다려 줄 것입니다."

그렇게 말하고 그는 구두쇠 노인을 데려갔고, 그런 다음 돌아와서 미주리 사람과의 대화를 계속 이어 갔다.

"선생." 약간 위엄 있게 그리고 더 다감하게 약초의가 말했다. "우리의 환자분이 물러갔으니, 그가 듣고 있는 데서 당신 입에서 나오는 대로 한 말들에 대한 나의 염려를 충분히 말로 표현하겠습니다. 내가 틀리지 않다면 그 말들 중의 일부는, 환자의 마음에 한심스러운 불신을 낳게 할 만한 것 말고도, 그의 의사인 나에 대한 불쾌한 비난의 뜻을 전하기에 꼭 맞는 것처럼 보였습니다."

"만일 그랬다면?" 미주리 사람이 위협적인 태도로 나왔다.

"그야, 그러면…… 그러면, 정말……." 공손하게 물러서면서, "나는 당신이 전반적으로 익살맞다는 나의 지론에 의지하는 바입니다. 나는 다행히도 유머가 있는 사람, 즉 익살꾼과 함께 있군요."

"당신은 물러나는 편이 낫소. 그리고 그건 익살이 아니고 흔들기요." 미주리 사람은 그에게 다가서며, 거의 약초의의 얼굴에다 대고 그의 너구리 꼬리를 흔들면서 큰 소리로 말했다. "조심해요!"

"무엇을요?"

"이 너구리 촌놈을. 여우인 당신이 그를 잡을 수 있소?"

"만일 당신이……." 상대방이 냉정함을 잃지 않고 대꾸했다. "내가 어떤 수를 써서라도 당신을 속이거나, 속여서 가짜 약을 사게 하거나, 당신에게 내가 아닌 다른 인물 행세를 할 수 있다고 자부하는지의 의미로 말하는 거라면, 나는 정직한 사람으로서 그런 종류의 어떤 일을 할 의향도 능력도 없다고 대답합니다."

"정직한 사람? 내가 보기에 당신은 오히려 겁쟁이처럼 말하는 것 같소."

"당신은 공연히 나에게 싸움을 걸거나, 나를 모욕하려고 애쓰고 있는데요. 나의 결백이 나를 정화시킵니다."

"당신의 만병통치약 같은 치료법이군. 하지만 당신은 수상한 사람, 대단히 수상하고 의심스러운 사람, 대체로 내가 지금까지 만나 본 사람 중에서 어쩐지 가장 그런 사람이오."

여기에 대해 파고 따짐은 약초의의 자신감 결여로 인해 달갑지 않은 것처럼 보였다. 화제를 바꾸려는 것은 물론, 원한이 없음을 당장 증명하려는 것처럼, 그는 그의 태도 속에 일종의 허물없는 충정을 주입하며 말했다. "정말 당신은 당신의 일을 해줄 어떤 기계를 만들어 달라고 했습니까? 인정 많은 양심의 가책 때문에, 확실히 당신은 노예를 사러 뉴올리언스까지 가진 못하지요?"

"노예들?" 미주리 사람은 눈 깜짝할 사이에 또다시 시무룩해지며, "갖고 싶지 않소! 자기들이 먹을 곡식을 얻기 위해서 사방에 정중하게 절을 해대는 저 불쌍한 검둥이 녀석들을 갖고 싶지 않고, 백인들이 호감을 사기 위해서 사방에 대고 굽실거리며 하얀 이를 드러내고 싱긋 웃는 것은 보기만 해도 불쾌하기 짝이 없소. 허긴 나에게는, 그 둘 중 검둥이들이 더 맘에 드는 쪽이오. 당신은 노예 제도 폐지론자죠, 그렇죠?" 그가 그의 엽총 위에 양 손을 얹어 지팡이로 사용하며, 어깨를 펴고, 그것이 과녁이라도 되는 것처럼 공손한 구석은 전혀 없이 약초의의 얼굴을 뚫어지게 보면서 덧붙였다. "당신은 노예 제도 폐지론자죠, 그렇죠?"

"그것에 관한 한, 나는 그렇게 쉽사리 대답할 수 없습니다. 노예 제도 폐지론자란 말로 당신이 열광자를 뜻한다면, 나는 전혀 아니오. 하지만 한 사람이기에, 노예들을 포함하여 모든 인간을 동정하고, 어떠한 합법적 행동에 의해서도 어느 누구의 권익에 반대하지 않고, 그러므로 어느 누구의 적개심도 자극하지 않으며, 피부색에 상관없이 인간 사이에서 기꺼이 고통을 (그것이 조금이라도 존재한다고 생각하면) 없애고자 하는 사람을 의미한다면, 그렇다면 나는 당신이 말하는 그런 사람입니다."

"최상으로 신중한 생각이오. 당신은 절제 있는 사람으로, 사악한 사람의 매우 귀중한 아랫사람이오. 절제 있는 사람인 당신은 악을 위해서 이용될지도 모르지만, 정의를 위해서는 쓸모없소."

"이 모든 것에서 보면……." 약초의가 여전히 관용을 보이며 말했다. "미주리 사람인 당신은 노예주(州)에 살고 있지만, 노예 감정은 없다고 나는 추측합니다."

"옳소. 하지만 당신은? 그렇게 맥빠지게 참을성 있고 고분고분한 당신의 이 태도가, 바로 노예의 태도가 아니오? 글쎄, 당신의 주인은 누구요, 아니면 당신은 회사 소유요?"

"나의 주인?"

"그래요, 메인주나 조지아주 출신이니까, 당신은 노예주(州), 그리고 노예 우리 출신이고, 그곳에선 생계용에서 사장감까지 어떤 값을 치르더라도 최고의 품종을 매점해야 하오. 노예 제도 폐지론은, 오, 신들이여, 노예를 위한 노예의 동료 의식을 나타낼 뿐이오."

"미개척 삼림지는 당신에게 다소 괴벽스러운 생각들을 주입한 것 같습니다." 이제 정중한 우월감을 가지고, 여전히 사내다운 담대함으로 남자답지 않은 공세들을 각각 인내하면서, 약초의가 미소를 지었다. "하지만 여담은 그만하고, 당신의 필요에 의해, 당신은 성인도 소년도 노예도 자유인도, 정말이지 어느 누구도 거느리지 않을 것이므로, 그러면 당신에게 남아 있는 것은 모종의 기계뿐이군요. 당신의 성공을 위한 나의 갈망이 당신을 지키기를 빕니다, 선생. 아아!" 강가 쪽으로 흘긋 보면서, "지라도 곳에 다 왔는데, 난 이만 가봐야 합니다."

22장
〈투스쿨룸 대화〉*의 고상한 정신으로

　"'철학적 직업소개소', 기발한 아이디어로군! 하지만 당신은 내가 당신의 터무니없는 정보 라인에서 무언가를 원한다는 것을 어떻게 상상하게 되었소, 에?"

　지라도곳을 떠난 지 약 20분쯤 후에, 미주리 사람이 방금 그에게 다가와서 우연히 말을 건 나그네에게, 그의 어깨너머로 소리 지르며 이렇게 말했는데, 그는 새우등인데다 무릎이 안으로 굽은, 초라한 싸구려 신사복을 입은 사내로, P. I. O.('철학적 직업소개소'의 이니셜)라고 새긴 작은 놋쇠판을 목걸이처럼 목에 걸고 있었고, 개가 애원하는 것 같은 자세로 비스듬히 뒤에서 살금살금 걸어왔다.

　"당신은 내가 당신의 터무니없는 정보 라인에서 무언가를 원한다는 것을 어떻게 상상하게 되었소, 에?"

---

* 　〈투스쿨룸 대화(*The Tusculan Disputations*)〉: B. C. 45년에 키케로가 저술한 철학적 저서로, 죽음의 성격, 고통의 인내, 고민의 완화 등에 관한 가벼운 대화 형식의 토론들로 구성되어 있음.

"오, 존경하는 고객님." 상대방이 굽실거리며 한 걸음 더 가까이 다가와 고분고분하게, 마치 그의 낡아빠진 윗옷 뒷자락을 뒤에서 흔드는 것처럼 보이면서 애처로운 소리로 말했다. "오, 고객님. 오랜 경험에서, 우리의 하찮은 서비스를 필요로 하는 신사분을 척 보면 압니다."

"하지만 만약 내가 한 소년을 원한다면…… 익살맞게도 이른바 착한 소년을 말이오…… 어떻게 당신의 웃기는 소개소가 나를 도울 수 있소? '철학적 직업소개소'?"

"예, 존경하는 고객님. 소개소의 설립 원칙이 엄격하게 철학적이고 생리학……."

"조심해요, 이리 다가와요. 철학으로든 생리학으로든, 어떻게 주문대로 착한 소년들을 만드나? 이리 다가와요. 내 목에 쥐가 나게 하지 말아요. 이리 다가와요. 자, 자," 마치 그의 사냥개를 부르듯이 했다. "말해 줘요. 구색을 갖춘 다진 고기를 파이 속에 넣듯이, 필요한 종류의 착한 자질들을 어떻게 소년에게 주입하나요?"

"존경하는 고객님, 우리 소개소는……."

"당신은 그 소개소 얘기를 많이 하는군. 그게 어디 있어요? 이 배 안에 있어요?"

"그럴 리가요, 고객님. 난 지금 막 승선했습니다. 우리 소개소는……."

"바로 요전의 선착장에서 승선했다고요? 이봐요, 당신 혹시 그곳에서 내린 약초의를 알아요? 황갈색 외투를 입은 말솜씨 좋은 건달 말이오."

"오, 고객님, 나는 지라도곶의 일시적인 체류자였어요. 허긴, 고객님이 황갈색 외투를 언급하시니까, 내가 배에 올라탈 때 뭍에 내리고 있는, 그리고 얼마 전에 본 적이 있는 것 같아 보이는 사람과 마주친 생각이 납니다. 대단히 온후한 기독교인처럼 보이는 사람이라고 말하고 싶은 분입니다. 그분을 아십니까, 존경하는 고객님?"

"천만에, 하지만 당신보다는 더 잘 아는 것 같소. 당신의 할일을 계속 하시오."

상대방이 허락에 대한 감사의 표시로, 칙살스럽게 고개 숙여 절을 하며 말을 시작했다. "저희 소개소는……."

"조심해요." 독신 남자가 화를 내며 말참견했다. "척추 장애가 있소? 무엇 때문에 꾸벅거리며 설설 기고 있소? 가만히 있어요. 당신의 소개소 는 어디 있소?"

"내가 대표하는 지점은, 고객님, 지금 우리가 통과하고 있는 자유주(남 북 전쟁 전에 노예를 사용하지 않던 주)에선 올튼에 있습니다."(다소 자랑스럽 게 강가를 가리키며.)

"자유라고. 에? 당신은 자신이 자유인이라고 자만해요? 이 굴종적인 윗옷 뒷자락과 저 척추 장애를 가지고 자유라고? 당신의 내밀한 마음속에 누가 당신의 주인인지 한번 따져 보겠소?"

"오, 오, 오! 난 이해하지 못하고 있는데…… 정말…… 정말. 하지만 존 경하는 고객님, 앞서 말했듯이, 우리 소개소는 전적으로 새로운 원칙에 입각해서 설립되어……."

"그놈의 원칙들은 집어치우시오! 누구든 자기의 원칙들을 말하기 시작 하는 것은 나쁜 징조요. 중지, 그만두십시오, 여기서 그만둬요. 그만두시 오, 그만둬! 나한테 더 이상 소년들은 필요하지 않소. 글쎄, 나는 메디아 출신의 페르시아 사람이오. 숲 속 나의 오래된 집에서 나는 다람쥐, 족제 비, 줄다람쥐, 스컹크들에게 충분히 시달리고 있소. 나는 내 성질을 못되 게 만들고 내 재산을 축낼 야생의 해수(害獸)를 더 이상 원하지 않소. 소년 들에 관해 말하지 마시오. 당신의 소년들은 이젠 됐소. 당신의 골칫거리 소년들, 얼어 죽을 놈들! 직업소개소에 관한 한, 나는 동부에 살아서 그것 들을 알고 있소. 태생이 천한 냉소주의자들이, 겉으로는 아양을 부리며 그들의 냉소적인 원한을 인간에게 분풀이하면서 관리하는 사기 사업이오. 당신은 그들의 완전한 표본이오."

"오, 저런(dear), 저런, 저런!"

"디어(Dear)? 그래, 당신의 소년 하나는 나한텐 세 곱절 비싼(dear) 구매가 될 것이오. 썩을 놈들!"

"하지만 존경하는 고객님, 소년들을 두지 않겠다면, 우리가 당신에게 소규모로 성인을 융통해 주어도 괜찮지 않겠습니까?"

"융통해 준다고? 이봐요, 아마 당신은 나에게 당신의 절친도 융통해 줄 수 있을 거요, 그렇죠? 융통해 주다! 협력적인 낱말 '융통해 주다'. 한데, 한 사람이 다른 사람에게 대부금을 융통해 주고 빨리 그것을 갚지 않으면, 그의 발에 맬 쇠사슬을 그에게 융통해 주는 융통 어음이 있지. 융통해 주다! 내게 융통받는 일이 절대로 없기를 비오. 설마, 설마. 조심해요. 내가 당신의 독일인 사촌인 그 약초의에게 말했듯이, 나는 지금 내 일을 해 줄 모종의 기계를 만들어 달라고 부탁해 놓고 있소. 나를 위한 기계들, 나의 사과즙 압착기…… 그것이 나의 사과즙을 훔친 적이 있는가? 나의 제초기…… 그것이 아침에 늦잠을 잔 적이 있는가? 나의 옥수수 껍질을 벗기는 기계…… 그것이 나에게 무례하게 군 적이 있는가? 아니오, 사과즙 압착기, 제초기, 옥수수 껍질을 벗기는 기계, 모두 충실하게 그것들의 일에 종사하오. 또한 사심이 없고, 식비도 들지 않고, 무임금이고, 그럼에도 그것들의 평생 동안 착한 일을 하고, 덕행이 그것 자신에 대한 보상인 훌륭한 본보기들, 내가 아는 유일한 쓸모 있는 기독교도들이오."

"오! 저런, 저런, 저런, 저런!"

"그래요, 선생. 소년들? 내 영혼의 전구들을 밝히고 보면, 옥수수 껍질을 벗기는 기계와 소년 사이에, 도덕적 관점에서는 얼마나 많은 차이가 있는가! 선생, 옥수수 껍질을 벗기는 기계는 그것이 꾸준히 선행을 계속하는 것 때문에 승천에 적합할지도 모릅니다. 당신은 소년이 그럴 거라고 생각하시오?"

"천국에 오른 옥수수 껍질을 벗기는 기계라니! (그의 눈의 흰자위를 까뒤집으면서) 존경하는 고객님, 마치 천국이 일종의 워싱턴 특허청 박물관인 것처럼…… 아이구 저런, 저런! 마치 기계로 하는 일과 꼭두각시로 하는 일이 승천하는 것처럼 이런 식으로 말하다니…… 아이구 저런, 저런! 자주적인 행위를 할 수 없는 것들이, 선행의 영원한 보상을 받다니…… 아이구 저런, 저런!"

"당신은 프레이스-갓-베어보운즈* 같은 자로군. 무엇에 대해서 투덜대고 있는 거요? 내가 무언가 그런 종류의 말을 했소? 당신은 말을 잘하지만, 하나의 단서에 반대 방향으로 아주 빠르게 반응을 하거나, 그렇지 않으면 논쟁적 시비를 걸기 바라는 것 같소."

"그럴지도 또는 그렇지 않을지도 모르죠, 존경하는 고객님." 상대방이 차분하게 대답했다. "하지만 그렇다면, 그것은 오직 명예를 잃은 병사가 모욕을 느끼는 데 민감하듯이, 신앙심을 잃은 기독교인이 이단을 염탐하는 데 재빠르고, 때때로 아마도 약간 너무 지나치게 그럴지도 모르기 때문입니다."

"글쎄……." 놀라서 잠깐 주저한 후에, "기묘한 2인조로 당신과 약초의는 꼭 함께 일을 해봐야 해요."

그렇게 말하면서 그 독신 남자는 그를 자못 날카롭게 훑어보고 있었고, 그때 놋쇠판을 목에 건 자는 자기가 종업원들의 문제에 대해서 좀 더 그

---

*   Praise-God-Barebones: Praise-God Barbon(1596?-1679)을 가리키며, 런던의 평신도 설교자 겸 가죽 상인이었고, 1653년 올리버 크롬웰 치하에서 그의 정적들이 '약골 의회(Barebones Parliament)' 또는 '작은 의회(Little Parliament)'라고 칭하던 의회의 의원이었다. 그는 찰스 2세의 복위에 극렬한 반대자였다.

의 말을 듣기 몹시 열망한다는, 아첨 섞인 귀띔으로 그를 토론의 장에 다시 불러들였다.

"그 문제에 관하여!" 그 충동적인 독신 남자가, 그 귀띔에 로켓처럼 반응하며 큰 소리로 말했다. "모든 생각하는 지성들은 오늘날, 이루 헤아릴 수 없는 조상 대대로의 경험에서 끌어낸…… 고대 작가들 중 호라티우스와 그 밖의 사람들이 종복들에 대해서 말하는 것을 보시오…… 저, 소년이나 성인 남자, 인간 동물은, 대부분 작업 효과를 위해서는 승산 없는 동물이라는 결론에 도달하고 있소. 믿을 수가 없고, 황소보다 신뢰할 수가 없고, 양심적이란 점에서는 턴스피트종의 개가 그를 능가하오. 따라서 이들 다수의 새로운 발명품들, 소면기(梳綿機), 말편자 제조기, 터널 천공기, 자동 수확기, 사과 깎는 기계, 구두 닦는 기계, 재봉틀, 면도기, 심부름하는 기계, 식품 식기 운반용 승강기, 그리고 무엇인지 모르는 수많은 기계들, 그 모든 것들이 저 다루기 힘든 동물인 일하거나 시중드는 인간, 그들을 폐기된 화석이자 잊혀진 과거가 되게 만드는 시대를 알리고 있소. 그 영광스러운 시대 직전에, 못된 주머니쥐들에게처럼 그것들의 날가죽들에, 특히 소년들에게 현상금이 걸리게 될 것을 의심하지 않소. 그래요, 선생(갑판에 그의 라이플을 내려찍어 울리면서), 나는 법의 부추김을 받아 이 엽총을 어깨에 메고 소년을 사냥하러 나가게 될 날이 머지않다는 것을 생각하니 기쁘다오."

"어허, 이런! 아이쿠, 아이쿠, 아이쿠! 하지만 저희 소개소는, 존경하는 고객님, 내가 대담하게도 관찰했듯이……."

"아니오, 선생." 성내듯이 짧은 수염이 송송 난 그의 턱을 그의 너구리 털가죽에 괴면서, "나의 환심을 사려고 애쓰지 마시오. 그 약초의도 그러려고 했었소. 하나의 과정…… 타액 과다 분비보다 더 나쁜…… 서른하고도 다섯 명의 소년들의 교육 과정을 통해서 기억해 둔 현재 나의 경험이,

소년기는 자연 그대로의 파렴치한 상태인 것을 나에게 입증하오."

"와 놀래라, 와 놀래라!"

"그래요, 선생, 그래요. 내 이름은 피치요. 나는 내가 말하는 것을 고집하오. 나의 15년의 체험에서 이야기하는데, 35명의 소년들, 미국인, 아일랜드인, 영국인, 독일인, 아프리카인, 흑백 혼혈아, 나의 어려운 문제들을 잘 아는 사람이 캘리포니아에서 보내 준 저 중국 소년은 말할 것도 없고, 그리고 봄베이 출신의 저 동인도인 소년 선원. 흉악한 놈! 나는 그가 내 달걀들에서 수정란의 생명을 빨아먹는 것을 발견했소. 선생, 그들의 영혼은 모두 악한들, 캅카스인이건 몽골인이건 말이오. 청소년 부류의 인간성에 내재한 끝없이 다양한 악당 근성이 놀랄 만했소. 나는 기억하오. 29명의 소년들을 각자 차례로, 역시 한 소년을 특유한 어떤 전혀 뜻하지 않은 종류의 패덕 때문에 해고하고서, 나는 혼자서 한 말을 기억하는데, '자, 이제 확실히 나는 그 명단의 끝에 이르렀고, 그것을 완전히 다 써버렸다. 나는 이제 저 29명의 앞선 소년들과 다른, 어떤 소년이나 한 소년을 구하기만 하면 되고, 그는 절대 확실하게 내가 그렇게 오랫동안 얻으려고 했던 그 고결한 소년이리라.' 하지만, 아차! 이 서른 번째의 소년은, 그 당시에 오랫동안 소위 직업소개소들을 단연코 멀리해 왔기 때문에, 나는 이민 감독관들로부터 먼 길을 무릅쓰고 뉴욕에서 나에게 보내어진 그를 받아들였는데, 요컨대 나의 부탁에 의하여, 이스트 리버섬의 임시 막사에 수용된, 모든 국가들의 정화인 8백 명의 소년 상비군 중에서 맑은 날씨에 신중히 추려 내었다고, 그들이 그렇게 나에게 적어 보냈소. 이 서른 번째 소년의 모습은 미련스럽지 않았는데, 그의 사망한 모친은 어느 귀부인의 하녀인지 뭔지 그런 부류였고, 몸가짐은, 글쎄, 평민으로서 완전한 체스터필드*

---

*　Philip Dormer Stanhope Chesterfield(1694-1733): 영국의 정치가로, 〈아들에게 주는 편

이고, 또한 대단히 지적이고, 아주 민첩했소. 하지만 그 엄청난 상냥함이라니! '죄송합니다만, 사장님! 죄송합니다만, 사장님!' 언제나 허리를 굽히고 '죄송합니다만, 사장님!'을 입에 달고 있었소. 또한 효심을 아주 교묘한 방식으로 비굴한 존경심과 결합시켰소. 나의 업무에 아주 따뜻하고 유별난 관심을 가졌소. 가족의 일원으로, 말하자면 나의 입양아로 간주되길 원했겠지요. 아침나절에 곧잘 내가 나의 마구간에 나가곤 할 때, 정말 천진하고 선량한 성품으로 내 경주마를 끌어내어 걸음걸이를 보여 주며, '죄송합니다만, 사장님, 말이 점점 살이 찌고 있다고 생각합니다'라고 말하곤 했죠. 그렇게 상냥한 아이에게 노골적으로 엄하고 싶지 않아서, '하지만 그다지 깨끗해 보이지 않는군, 그렇지? 그리고 거기 다리와 허리 부분 안쪽이 약간 야위어 보이는군, 그렇지? 그렇지 않다면, 어쩌면 내가 오늘 아침 똑똑히 보지 못한 것일지도 몰라.' '어머나, 죄송합니다만, 사장님, 말이 살찌고 있다고 내가 생각하는 데가 바로 거기입니다, 글쎄.' 공손한 망나니. 나는 곧 그가 그 불쌍한 말에게 저녁에 먹이로 귀리를 준 적이 없고, 또한 말에게 짚을 깔아 주지도 않은 것을 확인했소. 그런 종류의 가정부 일 따위는 하지 않는다는 것이었소. 그의 고집 센 태만 행위들에는 끝이 없었소. 그러나 그가 나의 업무를 악용하면 할수록, 그는 더욱더 공손해졌소."

"어허, 고객님, 어찌 됐든 선생이 그를 잘못 알았습니다."

"천만에! 게다가 그는 체스터필드류의 외모 밑에 그의 강한 파괴적 성향을 감춘 소년이었소. 그는 그의 큰 상자에 경첩들을 달기 위하여 가죽 조각들을 얻으려고, 내 말안장을 잘게 자르고는 그것을 딱 잘라 부인했

지《Letters to His Son》)의 저자로 주로 알려져 있고, 편지들에서 그는 좋은 가정교육을 교양 있는 남자의 가장 중요한 자질로 천거한다.

소. 그가 떠나간 후에 나는, 그의 매트리스 밑에서 쓰고 남은 조각들을 발견했소. 또한, 제초기로 잡초를 파내는 일을 면할 목적으로, 몰래 제초기 손잡이를 부수곤 했소. 그러고 나서 그의 근면한 체력의 결정적 과잉을 매우 얌전하게 참회하는 것이었소. 모든 것을 수리하겠다고 집을 나서고선, 도중에 풍족하게 열매들이 맺힌 버찌나무들이 즐비한 가장 가까운 부락으로 기분 좋은 산책을 마친 다음, 고작 부서진 것을 수선받아 찾아오는 거였소. 매우 노련하게 내 배들, 우수리 잔돈, 실링, 달러, 그리고 견과들을 훔쳤지. 그는 그걸 노리는 단골 다람쥐였소. 하지만 나는 아무것도 증명할 수 없었소. 그에게 나의 미심쩍은 생각들을 표명했소. 나는 그런대로 부드럽게, '공손함은 약간 덜해도, 좀 더 정직하면 더 내 마음에 들 것이다'라고 말했소. 그는 불끈 화를 냈고, 명예 훼손으로 고소하겠다고 협박했소. 그가 나중에 오하이오에서, 기관차의 화부가 그를 실제 사기꾼이라고 불렀다는 이유로, 철도 선로를 가로질러 나무 막대를 걸쳐 놓는 중에 발각된 것에 대해서는 나는 아무 말도 하지 않겠소. 하지만 더 말할 것도 없소. 공손하건 불손하건, 백인이건 흑인이건, 재빠르건 게으르건, 캅카스인이건 몽골인이건, 모든 소년들은 악당들이오."

"충격적이군, 충격적이군!" 소심하게 그의 낡아빠진 넥타이 끝을 보이지 않게 밀어 넣으면서 말했다. "존경하는 고객님, 확실히 한탄스러운 망상으로 고생하십니다. 에, 다시 실례지만, 고객님은 소년들을 추호도 신뢰하지 않는 것 같습니다. 정말 소년들은, 적어도 그들 가운데 일부는, 유감스럽게도 무엇이든 옹졸하고 어리석은 약점을 갖기 일쑤입니다. 하지만 존경하는 고객님, 자연법칙에 의해서 그들이 성장하여 이러한 것들을 결정적으로, 그리고 완전히 벗어나면, 그러면 어떻게 되지요?"

지금까지 주로 개가 낑낑거리며 신음 소리 내듯 푸념하는 식의 불찬성으로 자신의 감정을 표출했지만, 놋쇠판을 목에 건 남자는 이제 용기를 내어 덜 주저하며 마주치기 시작하는 것 같았다. 하지만 난생 처음 해보는 그의 시도에 그다지 힘이 실리는 것 같진 않아서, 대화는 즉각 다음과 같이 계속되었다.

"소년들이 성장하여 그들의 잘못된 점에서 벗어납니까? 나쁜 소년들에서 착한 어른들이 됩니까? 선생, '어린이는 어른의 아버지입니다.' 그러므로 모든 소년들이 악당이듯이, 모든 어른들도 마찬가지요. 하지만 저런, 당신은 이런 것들을 나보다 더 잘 알아야 하는데, 실제로 직업소개소를 운영하니까요. 인간을 연구하는 데 특이한 편의를 제공해야 하는 사업 말이오. 자, 이리 다가오시오, 선생. 결국, 당신이 이런 것들을 아주 잘 알고 있다고 실토하시오. 당신은 모든 어른들이 악당이고, 모든 소년들도 역시 그렇다는 것을 모릅니까?"

"고객님!" 상대방이 감정의 충격에도 불구하고 다소 분발하는 것처럼 보이며 대답했지만, 경솔한 정도는 아니었다. "고객님, 고마우셔라. 나는 고객님이 말하는 것을 조금도, 아주 조금도 모릅니다. 정말 그렇습니다." 그는 사려 깊게 말을 계속했다. "내 동료들과 함께 나는 직업소개소를 운영하고, 10월이 되면 10년 동안이나, 어떻게든지 해서 그 계통에 관여해 오고 있는데, 또한 대도시 신시내티에서 적지 않은 기간 동안, 그리고 고객님이 넌지시 말하듯이, 그 긴 기간 동안 나는 인간을 연구할 다소 유리한 기회를 틀림없이 가졌으며, 직업적으로 얼굴들을 정밀 검사할 뿐만 아니라, 여러 나라의 남성과 여성, 사용자와 노동자, 가문이 좋은 자와 나쁜 자, 교육받은 자와 받지 못한 자, 수천 명의 인간의 살림살이를 면밀히 조사했는데, 그럼에도 물론 약간의 변칙적인 예외를 두고, 나의 작은 관찰 범위 내에서 이렇게 가정적으로 고찰되고, 친밀하게 관찰되었다고 내가 말해도 좋은 인간은, 그들은 대체로, 인간의 불완전성을 다소 참작해도, 가장 순결한 천사가 바랄 수 있을 만큼 순수한 도덕적 행동을 보이는 것을 확인했음을 나는 솔직히 인정합니다. 나는 그것을, 존경하는 고객님, 확신을 갖고 말합니다."

"쓸데없는 소리! 그건 진심으로 하는 말이 아니오. 그렇지 않다면 당신은 배 위의 풋내기 선원처럼 밧줄조차 모르고 있소. 당신 눈앞에서 끝없이 당겨지는 바로 그것들 말이오. 그것들은 뱀같이 여기저기 미끄러지듯 움직이며, 당신에겐 너무 불가사의한 여행 장애물들이지. 한마디로 말하면, 배 전체는 하나의 수수께끼요. 에, 당신 같은 풋내기들은 배가 항해에 적합하지 않은지 어떤지 모를 것이지만, 그럼에도 불구하고 잔뜩 보험에 들어 놓고, 배를 내보내서 난파당하게 하는 작자인 교활한 선주가, 당신의 순진한 입에 구전시켜 준 가사(歌詞)를, 썩은 널빤지들 위를 팔짱을 낀 채 왔다 갔다 하면서 바보처럼 노래하지요.

젖은 아딧줄*과 흐르는 바다!**

그리고 선생, 생각이 나서 하는 말인데, 당신이 하는 말은 그 모두가 그저 젖은 아딧줄과 흐르는 바다이고, 그리고 내 자신의 담론에 뚜렷한 대조를 이루며 재빠르게 뒤따라오는 한가한 바람일 뿐이오."

"고객님!" 놋쇠판을 목에 건 사내가, 그의 인내심이 이제 바닥이 나서 큰 소리로 말했다. "입에 올리기 죄송합니다만, 고객님의 일부 의견들은 무분별한 말로 표현되어 있습니다. 그리고 우리는 우리의 고객들께 보냈을지도 모르는 어느 가치 있는 소년, 즉 한동안 완전히 오판된 어떤 소년 때문에 우리에 대한 독설로 가득 차 고객들이 사무실로 들어올 때, 우리

---

* 풍향에 따라 돛의 각도를 조절하는 밧줄.
** Allan Cunningham(1784-1842)이 쓴 스코틀랜드의 전통적 바다 노래.

는 그분들에게 이렇게 말합니다. '고객님, 자 들어 보세요. 변변찮은 사람이지만, 나도 나의 하찮은 몫의 감정을 가지고 있을지도 모른다는 것을 고객님께선 충분히 고려하지 않으십니다.'"

"이런, 이런, 조금도 당신의 감정을 상하게 할 작정은 아니었소. 그리고 그것이 하찮다는, 아주 하찮다는 당신의 말을 믿소. 미안, 미안하오. 하지만 진실은 탈곡기 같아서, 여린 감정은 피해야 하오. 내 말을 이해하기 바라오. 당신의 감정을 상하게 하고 싶지 않소. 내가 주장하는 것은 내가 애당초 말한 것뿐이고, 단지 지금도 나는 그것을 주장하오. 모든 소년들은 악당들이라고."

"고객님." 상대방이 법정에서 괴롭힘을 당하는 나이 먹은 변호사처럼, 그렇지 않으면 근본이 착한 바보처럼, 장난이 심한 익살꾸러기들의 뜸베질을 여전히 참으면서 낮은 목소리로 대답했다. "고객님, 요점으로 다시 돌아왔으니까, 내가 대단찮은 조용한 방식으로, 논의 중인 주제에 대한 어떤 대단찮은 조용한 견해를 말해도 되겠습니까?"

"그렇고말고요!" 무례하게 무관심한 태도로 턱을 비비고 반대편을 바라보면서, "그렇고말고요, 계속해요."

"어, 그렇다면 존경하는 고객님." 짜증나게 꼭 끼는 모양의 그의 싸구려 양복이 용납할 만큼 짐짓 점잖은 태도를 취하며, 상대방이 계속해서 말했다. "어, 그렇다면 고객님, 엄밀히 철학적인 원칙들이라고 말할 수 있는……." 그가 긴장하여 조심성 있게 일어나듯이 신중하게 점잔을 빼면서, "우리 소개소의 설립 근거인 독특한 원칙들 때문에, 나와 나의 동료들은 우리의 대단찮은 차분한 방식으로, 또한 차분한 이론에 입각해서, 그리고 전적으로 우리 자신의 주제넘지 않은 목적을 가지고 수행된, 인간에 대한 신중한 분석적 연구를 하기에 이르렀습니다. 그 이론을 지금 상세히 설명하지 않겠습니다. 하지만 그것에서 유래한 발견들 중의 일부를, 즉 과학적으로 고찰된 소년기의 상태와 관련된 것들을, 고객님의 허락을 얻어 아주 간단히 언급하겠습니다."

"그러면 당신들은 그 문제를 연구했던 거요? 확실히 소년들을 연구했소, 에? 어째서 그걸 일찍이 털어놓지 않았소?"

"고객님, 나의 소규모 사업 방식으로, 내가 그토록 많은 대가들, 훌륭한 대가들과 부질없이 담화를 나누진 않았습니다. 나는 이 세상에서 사람은 물론이고 의견들에도 순서상의 우위가 있다고 가르침을 받았습니다. 고객님은 친절하게도 나에게 고객님의 견해들을 밝혀 주셨고, 나는 이제 조심스럽게 나의 견해를 말씀드리려고 합니다."

"아첨하지 말고, 계속하시오."

"첫째로, 고객님. 우리의 이론은 형이하학적인 것에서 형이상학적인 것으로 유추적으로 옮아가라고 가르칩니다. 그 점에서 우리가 옳습니까? 그렇다면 고객님, 어린 소년, 아니 어린 남자아이, 요컨대 사내아이를 택하시고, 고객님, 삼가 묻겠는데, 우선 무엇에 주목하십니까?"

"악당! 현재와 미래의 악당!"

"고객님, 감정이 개입하게 되면 과학은 확실히 물러나야 합니다. 계속해도 되겠습니까? 그럼 우선 일반적인 생각으로는, 존경하는 고객님, 그 남자아이 또는 사내아이의 무엇에 주목합니까?"

독신 남자는 남몰래 투덜거렸는데, 하지만 이번에는 정말, 명확한 대꾸를 감행하는 것이 신중하다고 생각할 정도로는 아니었지만, 대체로 이전보다 더 잘 자제했다.

"무엇에 주목합니까? 삼가 되풀이해서 말합니다." 그러나 속이 빈 나무 둥치 속에서 불곰의 으르렁거리는 소리처럼 낮은, 반쯤 억제된 투덜거림뿐 아무 대답이 나오지 않았으므로, 질문자가 계속해서 말했다. "그건 그렇고 고객님, 나의 대단찮은 방식으로 대변해도 좋으시다면, 존경하는 고객님은 시작 단계의 산물, 산만한 종류의 피상적인 생각, 말하자면 남자에 대한 하찮은 예비적 기초 연구, 또는 불완전한 밑그림에 주목하십니다. 존경하는 고객님, 아시다시피 아이디어는 있습니다만, 아직 여백을 메워야 합니다. 요컨대, 존경하는 고객님, 그 남자아이는 현재 모든 면에서 어릴 뿐인데, 나는 그것을 감히 부정하지 않습니다만, 동시에 그는 희망이 있습니다, 그렇죠? 네, 정말 충분히 가망이 있다고 말할 수 있습니다. (또한, 우리는 난쟁이라고 거부당한 어떤 훌륭한 어린 소년과 관련하여 우리의 고객들께 그렇게 말합니다.) 그러나 한 걸음 더 나아가기 위해서……." 그가 한 걸음 더 가까이 다가와 그의 누더기를 걸친 다리를 뻗치면서, "우리는 이제 그 기초적 밑그림의 인물을 버리고, 필요할 때 즉시 사용하기 위해 원예계에서 하나를 도입해야 합니다. 멋진 꽃봉오리, 백합 꽃봉오리를 말입니다. 자, 갓 태어난 사내아이가 가지고 있는 것과 같은 장점들, 아직은 모두가 다 바람직한 것들은 아니라고 자유로이 인정할 수 있지만, 비록 변변치 못하지만 거기에 그것들이 있고, 어른의 장점들처럼 감지할 수 있습니다. 하지만 우리는 여기서 멈추지 않습니다." 그는 또 한 걸음 내디디면서 말했다. "그 사내아이는, 비록 적지만 현재의 이 장점들을 가지고 있을 뿐만 아니라, 게다가 즉시 우리의 원예학의 이미지가 작동하기 시작하여 백합의 꽃봉오리처럼, 그는 다른 사람들의 감춰진 발전의 조짐들을 내포하고 있는데, 말하자면 잠재하고 있는 매력들과 함께, 오늘날에는 눈에 안 보이는 장점들입니다."

"아니, 이봐요. 이 대화가 너무 원예학적이고 완전히 고상해지고 있구려. 간단히 말하시오, 간단히!"

"존경하는 고객님." 쇠퇴한 상등병처럼 심기가 나쁜 군인 같은 몸짓을 하며, "토론의 전장에서 중요한 논쟁의 선봉을 배치할 때, 더욱이 소년들에 대한 새로운 철학의 당당한 중추 부대를 전개할 때, 당신은 확실히 착수한 작전 행동에, 그 행동이 나름으로 대단찮고 초라하다 할지라도, 적절한 범위를 기꺼이 허용할 것입니다. 계속할 가치가 있습니까, 존경하는 고객님?"

"그래요, 아첨하지 말고 계속하시오."

이와 같이 격려를 받고, 또다시 놋쇠판을 목에 건 철학자는 말했다.

"그 훌륭한 신사(이러한 표현으로 취업 신청자에게, 우리가 어쩌다가 안중에 두게 된 어떤 고객을 언급합니다), 존경하는 고객님, 그 훌륭한 신사 아담이 목초지의 송아지처럼 에덴동산에 갑자기 보내졌으리라고 생각하면, 그랬으리라고 생각하면, 고객님, 그렇다면 박식한 뱀조차도 이렇게 솜털이 보송보송한 천진난만한 아이가, 마침내 염소 못지않은 턱수염을 갖게 될 것이라고 어떻게 미리 알 수 있었겠습니까? 고객님, 그 뱀은 현명했지만, 그 결말은 그의 지혜로부터 완전히 은폐되었을 것입니다."

"난 그것에 대해서 알지 못하오. 사탄은 대단히 영리하오. 그 일어난 일로 판단하면, 인간을 만든 하느님보다 그가 한층 더 잘 인간을 이해했던 것 같소."

"제발, 그런 말 하지 마시오, 고객님! 핵심으로 갑니다. 그의 턱수염 속에, 그 사내아이는 장차 가부장적인 것 못지않게 당당한 부가가치를 갖는다는 것을 지금 공정하게 부정할 수 있습니까? 그리고 이 매력적인 턱수염에 대해 관대하게 기대하며, 그가 요람 속에 있다 할지라도 그 사내아이를 우리가 신용해서는 안 되요? 지금 우리가 그러면 안 됩니까? 정중하게 의견을 구합니다."

"아니오, 그것이 쑥쑥 자라자마자 그가 그것을 명아주처럼 베어 버리면 좋을 텐데." 그는 다박수염이 난 턱을 주접스럽게 그의 너구리 털가죽에다 대고 비비면서 말했다.

"나는 유추법으로 넌지시 말했습니다." 지엽으로 흐르는 것을 침착하게 무시하면서 상대방이 계속했다. "이제 그것을 적용하자면, 소년이 아무런 훌륭한 자질도 나타내지 못한다고 가정하십시오. 그때 관대하게, 그가 기대되는 자질을 당연히 가진 것으로 보십시오. 모르시겠어요? 그래서 우리는 우리의 단골손님들이 소년을 보잘것없는 것으로 여겨 우리에게 기꺼이 돌려보내려고 할 때 그들에게 말하는데, '여사님, 또는 사장님, (경우에 따라서) 이 소년에게 턱수염이 있습니까?' '아니오.' '우린 정중하게 묻습니다. 그가 지금까지 어떤 뛰어난 자질을 보였습니까?' '아니오, 정말.' '그러면 여사님 또는 사장님, 우리가 겸허하게 간청하는데, 그를 도로 데려가세요. 그리고 그 뛰어난 자질이 싹틀 때까지 그를 데리고 계세요. 왜냐하면, 확신을 가지세요. 그것은 턱수염처럼 그 아이에게 있기 때문입니다.'"

"대단히 훌륭한 이론이군." 그 독신남이 경멸적으로 소리쳤음에도, 아마도 그 문제에 대한 이 생소하고도 새로운 견해들로 인해 남몰래 약간은 심적으로 교란되어, "하지만 그것에 무슨 기대를 걸 수 있소?"

"완전한 확신의 기대입니다, 고객님. 계속해서 말하자면, 다시 한번 부디, 그 사내아이를 주목하세요."

"잠깐 기다려요!" 그의 곰 가죽 옷소매 팔을 동물의 앞발처럼 내밀면서, "그 사내아이를 나에게 너무 자주 디밀지 마시오. 빵을 좋아하지 않는 사람은 밀가루 반죽에 홀딱 빠지지 않아요. 당신의 사내아이에 대해선 논리적 조정이 허용할 정도로만."

"다시 그 사내아이를 주목하십시오." 놋쇠판을 목에 건 사내가 한결 대담해져 되풀이하여 말했다. "그의 성장의 견지에서 말입니다. 처음에는 그 사내아이에겐 이빨이 없습니다. 하지만 생후 약 6개월째가 되면, 내 말이 맞습니까, 고객님?"

"그것에 관해선 아무것도 모르오."

"그러면 계속해서 말하자면, 처음에는 이빨이 나 있지 않지만 약 6개월

째가 되면 그 사내아이는 이가 나기 시작합니다. 그리고 이 무르고 조그만 젖니들은 귀엽습니다."

"그래요 무척, 하지만 이내 그의 입에서 없어져요. 참 쓸모없죠."

"인정합니다. 더욱이 그 때문에, 착하지 않을 뿐만 아니라 도에 지나치게 사악하다고 알려진 소년을 데리고 되돌아오는 우리의 단골손님들에게 우리는 말하는데, '그 녀석은, 여사님 또는 사장님, 대단히 부도덕한 성품들을 나타내죠, 그렇죠?' '한도 없죠.' '하지만 확신을 가지세요. 이 녀석의 유아기 때 그 연약한 젖니들에 이어서, 그 다음에 그의 건강하고 고르고 예쁜 영구치가 나오지 않았습니까? 그리고 그 최초의 젖니들이 못쓰게 될수록, 그것은 여사님, 우리는 정중하게 말씀드리는데, 그만큼 더 현재의 건강하고 고르고 예쁜 영구치가 그것들을 신속하게 대체하기를 기대하는 이유가 아니었습니까?' '정말로, 정말로, 그것을 부인할 수 없습니다.' '그러면 여사님, 그를 도로 데려가십시오. 우리는 정중하게 간청합니다. 그리고 신속한 자연의 추세 속에서, 여사님이 한탄하는 그 덧없는 도덕적 오점들을 버리고, 그 대신 건강하고 한결같고 아름답고 영원한 미덕들 가운데서 그가 성장하기 시작할 때까지 기다리십시오.'"

"다시 매우 철학적이구려"하고 경멸적인 대답을 했다. 어쩌면, 내적인 불안에 비례하는 외면적 경멸이었을지도 모른다. "방대하게 철학적이구려, 정말. 하지만 말해 봐요. 당신의 유추에 의한 설명을 계속하자면, 두 번째 이빨들이 최초의 것들 다음에 나오고, 사실상 그것들에서 생기므로, 그 흠이 옮겨질 가망성은 없소?"

"조금도 없습니다." 그가 논쟁에서 앞섬에 따라 겸손의 도가 줄면서, "두 번째 이빨들은 첫 번째 것들 다음에 나오지만 거기서 생기지는 않으며, 후계자들이지 자식들은 아닙니다. 최초의 이빨들은 사과의 배아(胚芽)꽃과는 달리, 그것 다음에 오는 생장물의 원형(原型)인 동시에 그것에 통합되지만, 그것들은 다음 조의 독자적 치열에 의해서 그것들의 자리에서 밀려나요. 그런데, 내가 바라는 것보다 더 많지는 않지만, 내가 의도한 것보다 더 많은 것을 나를 위해 말해 주는 설명이 되네요."

"그것이 무엇을 말해 줍니까?" 무시당하는 확신에 대한 내재적 불안을 억제하며, 천둥을 몰고 오는 먹구름처럼 뿌루퉁한 얼굴을 하고 물었다.

"그것은 이런 것을 말해 줍니다, 존경하는 고객님. 어느 소년이나, 특히 나쁜 소년의 경우에는, '어린이는 어른의 아버지'라는 격언을 무조건적으로 적용하는 것은, 인류에 대한 가차없는 비방을 뜻하는 것 외에도, 무언가에서 대단히 빗나간 것을 주장하는 격이라는 것입니다."

"당신의 유추법이란 것에서 빗나간……." 독신남이 물어뜯는 거북이처럼 대들며 말했다.

"그렇습니다, 존경하는 고객님."

"그렇지만 유추법이 논법이오? 당신은 말장난을 하는 사람이오."

"말장난을 하는 사람이라고요, 존경하는 고객님?"

"그렇소, 다른 사람은 말들로 말장난을 하는데, 당신은 생각들을 가지고 말장난하오."

"원 참, 고객님. 누구든지 그런 말투로 말하는 사람, 인간의 이성을 신뢰하지 않는 사람, 인간의 이성을 경멸하는 사람, 그런 사람과 이치를 따지는 것은 헛일입니다. 그럼에도 존경하는 고객님." 그의 태도를 바꾸며, "빗대어 말해서 죄송합니다만, 그 유추의 힘이 고객님을 다소 감동시키지 않았다면, 아마도 그것을 경멸하려고 하지 않았을 것입니다."

"얘기를 계속하시오." 경멸적으로, "하지만 당신이 바로 앞에서 말한 그 유추법이 당신의 직업소개소 업무와 무슨 관계가 있는지 제발 말해 주시오."

"그것과 중요한 관계가 있습니다, 존경하는 고객님. 그 유추법에서 우리는, 성인 일꾼을 우리한테서 공급받은 후에, 그 고객과 함께 있는 동안 일꾼이 어떤 불만의 원인을 주었기 때문이 아니라, 그 성인을 오래 전에, 소년 적에 고용했던 어떤 신사로부터, 그 고객이 우연히 그에 관한 무언가 불리한 말을 들었기 때문에, 우리를 탓하며 그를 돌려보낼 작정인 지독한 고객에게 해줄 대답을 얻습니다. 너무 까다로운 그 고객에게 우리는, 그 성인의 손을 잡고 그 고객에게 그를 얌전하게 다시 안내하면서 말해요. '여사님, 또는 사장님, 소급법의 정신으로, 이 성인에 대한 비난을 계속하려는 생각 같은 것은 당신에겐 전혀 없으십니다. 여사님, 또는 사장님, 유충의 죄들을 나비에게 씌우렵니까? 모든 생물들이 자연적으로 진보하는 중에, 그것들은 몇 번이고 점점 더 향상되는 끝없는 부활에 몰두하지 않습니까? 여사님 또는 사장님, 이 사람을 도로 데려가십시오, 그는 유충이었을지 모르지만, 지금은 나비입니다.'"

"말장난 집어치워요. 하지만 당신의 유추적인 말장난을 받아들인다 할지라도, 그것이 결과적으로 무엇이 됩니까? 유충은 하나의 생물이었고, 나비는 별개의 것입니까? 나비는 야한 망토를 걸친 유충이고, 그것을 벗기면 전처럼 아주 많이 벌레 모양을 한, 긴 굴대 같은 사기꾼의 몸통이 놓여 있소."

"유추법을 거부하시는군요. 그러면 사실들을 거론합시다. 고객님은 하나의 성격을 가진 젊은이가 반대 성격의 사람으로 바뀔 수 있다는 것을 부정합니다. 자, 그러면, 네, 알았어요, 라 트랍 대수도원*의 창립자와 이그나티우스 로욜라**가 있는데, 소년 시절에, 그리고 성년기에 들어서도 잠시 저돌적인 난봉꾼들이었지만, 결국은 은자(隱者)와 같은 극기로 세계

---

* 프랑스 노르망디에 있는 수도원, 여기서 트라피스트 수도회가 창립되었다.
** Ignatius Loyola(1491-1556): 스페인의 군인, 성직자, 예수회(Society of Jesus)의 창립자.

의 경이적인 인물들이 되었습니다. 이 두 분의 선례들을 넌지시, 우리는 방탕한 젊은 일꾼들을 우리한테 성급하게 되돌려주려고 하는 고객들에게 인용합니다. '여사님, 또는 사장님, 참으십시오, 참으십시오.' 우리는 말하길, '훌륭하신 여사님, 또는 사장님. 좋은 포도주가 발효하는 동안, 침전물을 휘저어 다소 뿌옇게 흐려지기 때문에 그것을 통에서 쏟아 버리시겠습니까? 그렇다면 이 젊은 일꾼을 내치지 마세요. 그의 장점이 곧 작동할 것입니다.' '하지만 그는 고약한 난봉꾼입니다.' '거기에 그의 장래성이 있어요. 난봉꾼은 성인이 될 재목이니까요.'"

"아, 당신은 수다스런 사람, 내가 하는 말로 말 많은 사람이오. 당신은 계속 수다를 떨어요."

"그런데도 정중히 말씀드리면 고객님, 주교든 예언자든, 가장 위대한 판관은 말 많은 사람 아니고 무엇이었습니까? 그는 말하고, 또 말합니다. 말하는 것은 가르치는 사람의 고유한 소명입니다. 지혜 자체는 식탁에서의 담화 말고 무엇입니까? 이 세상에서 최선의 지혜이며, 그 스승이 말한 결정적 지혜, 그것은 사실상 그리고 진실로 식탁에서의 담화 형식으로 나오지 않았습니까?"*

"이봐요, 이봐!" 그는 엽총을 덜걱덜걱 울리게 하면서 소리쳤다.

"우리의 의견이 일치할 수 없으므로, 바라건대 토론의 주제를 바꾸면, 존경하는 고객님, 성 아우구스티누스를 어떻게 생각하십니까?"

"성 아우구스티누스? 나나 당신이나, 그분에 대해서 무엇을 알아야 하나요? 그러한 코트를 걸치고 있는 것은 말할 것도 없고, 그러한 일에 종사하는 사람으로서, 당신이 정말 많은 것을 알고 있지 않지만, 그래도 당신이 알고 있어야 하는 것보다, 아니 당신이 알 권리를 갖고 있는 것보다,

---

* '최후의 만찬(「요한 복음서」 13–17장)' 참조.

아니 당신이 알고 있는 것이 안전하거나 적절한 것보다, 아니 공정한 인생 행로에서 당신이 정당하게 알 수 있었던 것보다, 훨씬 더 많은 것을 알고 있는 것 같소. 나는 당신이 중세기의 한 유대인처럼 그의 황금으로 보답을 받아야 한다고 생각하지만, 바르게 사용할 방법을 알 만한 견문을 갖지 못한 당신의 이 지식을, 당신에게서 빼앗아야 하오. 그리고 그렇게 나는 처음부터 생각하고 있었소."

"재미있으십니다, 고객님. 하지만 성 아우구스티누스를 약간 연구하셨지요?"

"성 아우구스티누스의 원죄론은 나의 교과서요. 하지만 당신은, 다시 묻는데, 당신은 이 진기한 성찰을 하기 위한 시간과 마음을 어디서 구하여 얻나요? 사실상 당신의 모든 얘기는, 내가 생각하면 할수록, 전혀 전례가 없고 놀랄 만하오."

"존경하는 고객님, 우리 소개소의 설립 근거가 되는 아주 새롭고 엄밀한 철학적인 방법이, 나와 나의 동료 직원들을 인간에 대한 광범위한 연구로 이끌었습니다. 친절한 신사들인 우리의 고객들을 위해, 소년들을 포함한 모든 종류의 착한 도우미들을 엄정하게 구해 주는 데 언제나 지향된 이 연구들이, 저 모든 국가의 모든 사람들 사이에서처럼, 모든 도서관들의 모든 서적들 가운데서 똑같이 수행되었다는 것을, 마찬가지로 만일 내가 넌지시 말하지 않았다면 그것은 내 잘못이었습니다. 그렇다면 고객님은 성 아우구스티누스를 상당히 좋아하십니까?"

"뛰어난 천재요!"

"몇 가지 점에서 그러한데, 그럼에도 성 아우구스티누스가 열세 살이 될 때까지, 자기는 매우 지독하게 쓸모없는 인간이었다고 자필 서명하에 고백한 것은 어찌 된 일입니까?"

"성인이 지독하게 쓸모없는 인간이라고요?"

"그 성인이 아니고, 그 성인에 앞선 무책임한 어린 주자, 소년 시절의 그분 말입니다."

"모든 소년들은 악당들이고, 모든 남자들도 또한 그렇소." 또다시 갑자기 옆으로 빗나가며, "내 이름은 피치요. 나는 내가 말하는 것에 충실합니다."

"아, 고객님, 죄송합니다만…… 이렇게 포근한 여름날 저녁에, 야생 동물의 가죽으로 만든 이렇게 별난 옷을 입은 고객님을 볼 때, 나는 완강하고 부적절한 고객님의 마음의 버릇은, 고객님의 참된 영혼에, 바로 자연 그 자체에 근거하지 않은, 역시 기이한 억측일 뿐이라고 똑같이 결론을 내리지 않을 수 없습니다."

"글쎄, 그래요. 허, 그래요." 이 상냥한 인물 비평에 의해서 그의 양심이 영향을 받아, 그 독신 남자가 안절부절못했다. "그래요, 그래요. 허, 나의 그 35명의 소년들에게 내가 약간 냉혹했을지도 몰라요."

"고객님이 약간 부드러워지는 것을 보니 반갑습니다. 그런데 유순한 기품이, 어쩌면 고객님의 그 서른 번째 소년이 그 시기에 아무리 미심쩍었다 할지라도, 성숙기의 견실한 기질을 싸고 있는 부드러운 껍질이었을지도 모릅니다. 그것은 껍질 속에 옥수수의 이삭이 있는 것처럼 그에게 있었을지도 모릅니다."

"그래, 그래요." 이 새로운 예증의 빛이 갑자기 생기자, 그 독신 남자는 흥분하여 큰 소리로 말했다. "그래, 그래요. 그리고 그것을 생각하니까, 나는 5월에 얼마나 자주 나의 옥수수를 지켜보면서, 이렇게 병들고 반은 벌레 먹은 싹들이 도대체 어떻게 튼튼하게 자라 8월의 단호하고 당당한 창 모양이 될 수 있을까 하고 생각했던 게 떠오르는군!"

"대단히 감탄할 만한 생각이신데, 고객님, 우리 소개소가 처음으로 시작한 유추적인 이론에 따라서, 그것을 문제의 서른 번째 소년에게 적용하고 그 결과를 보기만 하면 됩니다. 그 서른 번째 소년을 단지 붙들어 두고, 그의 불안한 잠재 능력을 참을성 있게 대하고, 그것들을 계발하고, 주변의 잡초들을 파냈더라면, 마침내 성 아우구스티누스와 같은 사람을 마부로 쓰게 되었을 때, 얼마나 영광스런 포상을 받았을 것인지!"

"그래, 그래요. 그러니 내가 맨 처음 작정했던 대로, 그를 감옥에 보내지 않은 것이 다행이오."

"어허, 그건 너무 심했을 것입니다. 그가 아무리 고약했다 하더라도 말입니다. 소년들의 사소한 비행은 아직 완전히 길들여지지 않은 망아지의 천진난만한 발길질과 같습니다. 일부 소년들은 단지 그들이 프랑스어를 모르는 것과 똑같은 이유로 덕행을 모르며, 그것은 그들에게 가르쳐진 적이 결코 없습니다. 부모의 자애를 기초로 하여 설립된 소년원들은, 성인들의 경우에는 다른 벌을 받았을 죄에 대해 판결을 받은 소년들을 위하여 법적으로 존재합니다. 어째서? 그들이 무슨 일을 한다 할지라도, 사회는 우리 소개소처럼, 근본적으로는 소년들에게 기독교도의 신뢰를 가지고 있기 때문입니다. 그리고 이 모든 것을 우리는 우리의 고객들에게 말합니다."

"당신의 고객들은, 선생, 당신이 아무것이라도 말해도 좋은 기병수병 (騎兵水兵: 존재할 수 없는 사람)들처럼 보이는군요." 상대방이 원래의 나쁜 상태로 되돌아가면서 말했다. "어째서 영리한 고용주들은, 최저 임금으로 그들을 제공하겠다고 해도 소년원 출신의 젊은이들을 기피하나요? 나는 소위 개심한 소년들은 사양하겠소."

"그런 소년이 아니고, 고객님, 교정이 필요 없는 소년을 나는 구해 드리고자 합니다. 웃지 마세요. 왜냐하면 백일해와 홍역은 미성년 질병들이지만, 일부 미성년자들은 결코 그것들에 걸리지 않듯이, 그와 똑같이 미성년 비행들에서 벗어난 소년들이 있기 때문입니다. 진실로 가장 우수한 소년들도 홍역에 감염될 수 있고, 나쁜 정보 교환이 좋은 예의범절을 타락시킬지도 모르지만, 건전한 육체에 건전한 정신을 가진 소년, 이러한 사람이 내가 고객님에게 구해 드리고자 하는 소년입니다. 만일 지금까지, 고객님, 별나게 나쁜 기질의 소년들만 뜻밖에도 만났다면, 그만큼 더 착한 소년을 만날 더 많은 희망이 이제 있습니다."

"그건 다소 사리에 맞게 들리는구려. 말하자면 약간 그러하오, 참으로. 사실상, 당신이 매우 많은 어리석은 것들, 대단히 어리석고 불합리한 것들을 말했지만, 그럼에도 대체로 당신의 말은, 나보다 의심이 많지 않은 사람한테는 당신에 대해 어떤 잠정적 신뢰를 갖게 할 마음이 생기게 할 정도였고, 나 또한 하마터면 당신의 소개소에 추가 신청을 할 뻔했소. 그런데 유머 삼아 나 자신조차도, 단지 티끌만큼이지만, 이런 식의 잠정적 신뢰를 정말로 당신에게 가졌다고 가정하면, 과장이 없는 실제로, 당신은 어떤 종류의 소년을 나에게 보내 줄 수 있겠소? 그리고 수수료는 얼마가 되겠소?"

"관리상……." 그의 전향자가 모든 핑계들에도 불구하고 확신에 빠짐에 따라, 상대방은 이제 웅변조로 언성을 높이면서 다소 당당하게 대답했다. "동종 기관들의 통례적인 것을 능가하는 보호, 학습, 그리고 노동을 포함하는 원칙들에 따라 경영되므로, '철학적 직업소개소'는 관례적인 것보다 다소 높은 비용을 피할 수 없습니다. 간단히 말해서, 우리의 수수료는 선불로 3달러입니다. 소년으로 말할 것 같으면, 운 좋게 대단히 장래성 있는 어린 소년을 지금 마음에 두고 있는데, 정말 대단히 유망한 어린 소년입니다."

"정직해요?"

"매우 정직합니다. '그에게 막대한 금액을 안심하고 맡겨도 좋을 것임.' 그의 모친이 나에게 제출한, 그의 두상의 골상학 차트 한켠에 적힌 소견은, 적어도 그러했습니다."

"몇 살?"

"만 열다섯 살."

"키가 커요? 튼튼해요?"

"그의 나이에 비해 드물게 그러하다고, 그의 모친이 말했습니다."

"근면해요?"

"부지런한 일꾼입니다."

그 독신 남자는 불안한 상념에 잠겼다가, 마침내 몹시 망설이며 말했다.

"지금 솔직하게, 솔직하게 말입니다. 솔직하게, 내가 다소 작은, 한정된, 조금은 실낱같은, 잠정적인 정도의 신뢰를 그 소년에게 가져도 좋다고 생각하오? 솔직하게, 지금?"

"솔직하게, 그래도 좋습니다."

"건전한 소년이오? 착한 소년이오?"

"그런 소년은 이제껏 없었습니다."

그 독신 남자는 또 한번 우유부단한 상념에 잠기는가 싶더니 말했다. "그건 그렇고, 자, 당신은 소년들과 또한 남자들에 대한 몇 가지 새로운 견해들을 말했소. 그런 구체적인 견해들에 대해 나는 최종적으로 결정하기를 거부하오. 그럼에도 순전히 과학적 실험을 위해서, 나는 그 소년을 한번 써보겠소. 내가 그를 천사 같은 아이라고 생각하지 않는다는 것을 염두에 두시오. 그래요, 그렇고말고. 하지만 나는 그를 한번 써보겠소. 내 돈 3달러가 있고, 내 주소가 여기 있소. 2주 후 오늘, 그를 보내 주시오. 갖고 있으시오. 당신은 그의 운임으로 그 돈을 필요로 하게 될 거요, 자." 다소 마지못해 하며 그것을 건네주었다.

"아, 감사합니다. 그의 운임을 깜박 잊고 있었는데……." 그런 다음, 태도가 바뀌어 근엄하게 그 지폐들을 손에 쥐면서 계속해서 말했다. "존경하는 고객님, 완전한 기꺼운 마음으로가 아니면, 글쎄요, 지불해 준 돈을 결코 나는 흔쾌히 사용하지 않습니다. 고객님께서 (이제 그 소년 걱정은 하지 마시고) 나를 완전히 절대적으로 신뢰한다고 말해 주시든가, 아니면 내가 정중하게 이 돈을 돌려드리는 것을 허락해 주십시오."

"그 돈 치워요, 그 돈 치워요!"

"감사합니다. 신뢰는 모든 종류의 상거래의 절대적 근거입니다. 그것 없이 사람과 사람 사이의 교역은, 국가와 국가 사이에서처럼, 시계 태엽이 풀려 멈추어 버릴 것입니다. 한데 그 소년이, 설령 현재의 기대에 반하여 다소 바람직스럽지 못한 특성을 나타낸다 할지라도, 존경하는 고객님, 성급하게 그를 내쫓지 마십시오. 그저 참으십시오. 그저 신뢰하십시오. 그 일시적인 비행들은 머지않아 떨어져 나가고, 건전하고 확고하고 한결같고 영구적인 덕행들로 대체될 것입니다. 아!" 강가의 기괴하게 생긴 절벽 쪽으로 흘긋 보면서, "세칭, '악마의 장난'이 저기 있는데, 상륙을 알리는 벨이 곧 울릴 것입니다. 나는 카이로에서 여인숙을 운영하는 분을 위해 내가 데려온 요리사를 찾아보러 가봐야 합니다."

23장
자연 풍경의 강력한 효과가 그 미주리주 사람의 경우에 나타나는데, 그가 카이로 근처의 지역에서 오한증의 재발을 일으키다

카이로에서는, '열병과 학질'이라는 오랜 회사가 아직도 회사의 미결 업무를 처리하고 있고, 저 크리올 출신의 무덤 파는 일꾼 옐로우 잭은—그의 손은 곡괭이질과 삽질에서 그 솜씨를 잃지 않았고, 발진티푸스 호민관님은 죽음의 신과 산책을 하고 있는 한편, 소택지에서 캘빈 에드슨과 3명의 청부인들은 유독한 바람을 열성적으로 냄새 맡아 본다.

모기가 들끓고 반딧불이들이 번쩍이는 습기 찬 황혼녘에, 배는 카이로 앞에 정박하고 있다. 배는 몇몇 승객들을 하선시켰고, 예상 승객들이 오기를 기다리고 있다. 강변에 가까운 쪽의 난간에 기대고서, 그 미주리주 사람은 수상쩍은 매개물을 통해서 저 늪이 많고 지저분한 지역을 훑어보며, 아페만투스*의 개가 아마도 그의 뼈를 우물우물 씹었을지도 모르듯이, 그 매개물 너머로 들리도록 그의 냉소적인 심중을 혼잣말로 중얼거린

---

* Apenmantus: 셰익스피어의 비극 〈아테네의 타이먼(*Timon of Athens*)〉에 나오는 냉소적이고 심술궂은 철학자.

다. 그는 놋쇠판을 목에 건 남자가 이 형편없는 강기슭에 내리려고 했던 것이 생각났고, 비록 다른 것은 아니라 할지라도 그 이유 때문에, 그를 의심쩍게 여기기 시작한다. 기만적으로 투여된 1회분의 마취약에서 깨어나기 시작하는 사람처럼, 철학자인 자기가 멍청하게 속아서 철학적이지 못한 봉이 되어 버린 것을 또한 간파한다. 인간은 얼마나 많은 명암의 부침에 지배를 받는가! 그는 인간의 일반적 주관성의 신비를 깊이 생각한다. 사람은 아침에 잘, 정말, 아주 잘, 그리고 고맙게도 수사슴처럼 활기에 차서 눈을 뜨지만, 취침 시간 전에 영문도 모르게 몸이 편치 않게 될지도 모르듯이―사람은 잠에서 깰 때 현명하고, 쉽게 동의하지 않고, 틀림없이 대단히 신중한데, 그럼에도 불구하고 밤이 되기 전에, 분위기상 비슷한 속임수에 의해서 곤경 속에 멍청이로 남겨질지도 모른다는 것을, 그가 좋아하는 작가인 크로스보운즈와 함께 그도 깨닫는다고 생각한다. 건강과 지혜는 똑같이 귀중하고, 의지해야 할 변동 없는 재산처럼 똑같이 하찮다.

하지만 박혀 들어오는 쐐기가 어디서 끼워 넣어졌는가? 철학, 지식, 경험―성채의 저 믿음직한 기사들이 배반자들인가? 아냐, 하지만 그들이 모르는 사이에, 적병은 성채의 쾌적한 쪽인 남쪽 측면에 살며시 다가오고, 그곳에서 파수꾼인 '의심'이 협상한다. 결국, 그의 지나치게 관대하며 너무 순박하고 사교적인 성격이 그를 배반한다. 그 일로 경각심이 생겨, 그는 앞으로 그의 거래에서 틀림없이 약간 까다로운 성미가 될 것이라고 생각한다.

그가 상상하듯이, 놋쇠판을 목에 건 사내가 그에게 교묘히 빌붙어 눈에 띄지 않을 정도로 서서히 그를 설득하여, 그의 입장에서 인류에 체계적으로 적용되는 저 총괄적인 불신의 법칙을 포기하게 할 정도로 그를 바보로 만들었던, 그 교묘하고 사교적인 담소의 과정을 그는 숙고한다. 그는 그 작업을 숙고하지만 이해할 수 없고, 더군다나 그 조작자는 말할 것도 없다. 그 사내가 만일 사기꾼이었다면, 그건 틀림없이 돈보다는 오히려 호의 때문일 것이다. 부정한 2,3달러가 그렇게 많은 속임수의 동기란 말인가? 그럼에도 불구하고 그의 외관은 얼마나 초라한 몰골이었던가! 그의 마음속에 떠오르는 영상 앞에 저 누추한 탈레랑*, 저 빈곤에 빠진 마키아벨리**, 저 누추한 장미십자회원***을 대표하는 인물이—뭔가 이 모든 이들을 합한 존재로 그는 막연히 생각하는데—지금 곤혹스런 검열을 받는다. 냉대를 받으면서도 그는 기꺼이 논리적 주장을 진술하고 싶어할 것이다. 유추에 의한 설명의 원칙이 다시 제기된다. 사람의 편견에 대하여 쓰일 때는 논리적 오류가 충분히 있는 원칙이지만, 마음속에 품은 의심의 확증에는 가능성이 없지 않다. 유추적으로 그는, 그 애매한 언사를 쓰는 사람의 윗옷 뒷자락의 비스듬한 마름질을 그의 눈의 불길한 생김새와 결부시켜 생각하고, 교활한 사람의 매끄러운 말투를 그의 닳아빠진 부츠 뒷굽의 매끄러운 사면(斜面)의 완곡한 의미가 덧붙여진 관점으로 비교 검토해 보니, 그 간사한 자의 되풀이되는 아부 근성이 배를 깔고 굽실거리며 나아가는 아첨쟁이 짐승의 그것과 꼭 들어맞는다.

이 기분 나쁜 공상들로부터 그는, 뭉게뭉게 피어오르는 향긋한 담배 연기와 함께 누군가 그의 어깨를 가볍게 두드림에 의해 깨어났고, 그 자욱한 담배 연기의 연막으로부터 치품(熾品) 천사의 음성처럼 감미로운 목소리가 들려왔다.

"무엇을 멍하니 생각하고 계신지, 이봐요."

---

*   Talleyrand(1763-1826): 프랑스의 정치가이며 외교관, 그의 외교적 재치로 유명함.
**   Machiavelli(1469-1527): 이탈리아 피렌체의 외교가이며 정치가, 권모술수론으로 유명함.
*** Rosicrucian: 1484년 Christian Rosenkreuz가 창설했다고 전해지는 연금 마법의 기술을 부리는 비밀 결사 회원.

24장
박애주의자가 염세가를 개심시키겠다고 단언하지만, 그를 논박하는 선에서 그치다

"손을 대지 마시오!" 독신 남자가, 자신의 의기소침함을 본의 아니게 뚱한 성미로 감추면서 큰 소리로 말했다.

"손을 대지 마시오? 그런 종류의 표시는 우리 품평회에선 쓸모가 없습니다. 우리 품평회에서 섬세한 감정을 가진 사람은 누구나 우수한 옷감의 보풀을 만져 보길 좋아합니다. 특히 멋진 친구가 그 옷감으로 만든 옷을 입고 있을 때 말입니다."

"그런데 나의 멋진 친구 부류에서 그 누구였더라? 브라질 패 출신이죠, 그렇죠? 큰부리새로군. 고기는 맛없는데 깃털은 곱지요."

독신 남자의 이 얌전치 못한 큰부리새의 언급은, 아마도 그 낯선 사람의 얼룩덜룩하고 다소 깃털 같은 모습으로 인해 연상되었을 것인데, 복장 면에서는 고집통이가 아니라 자유주의자처럼 보였을 것이고, 모든 종류의 환상적 약식 행위들에 익숙한 개방적인 미시시피강 유역 이외의 거의 어느 곳에서나, 그 독신 남자보다 덜 비판적인 관찰자에게조차도, 그의 의상은 약간 범상치 않아 보였을지도 모르지만, 곰과 너구리 털가죽 복장을 고려하면, 어쩌면 그 독신 남자의 외양보다 더하지 않았을지도 모른다.

요컨대, 그 나그네는 여러 가지 색깔의 줄무늬 진, 스코틀랜드 고지대 지방 특유의 사치스런 격자무늬 어깨걸이, 아랍 토후의 길고 헐거운 겉옷, 그리고 프랑스풍 블라우스의 특성을 얼마간 갖는 진홍색이 지배적인 의복을 뽐냈고, 그것의 주름 잡힌 앞면에서 꽃무늬 장식의 레가타 셔츠가 흘긋 드러났고, 한편 나머지는, 넉넉한 흰색 즈크천 바지가 밤색 실내화 위로 흘러내리고 있었고, 마지막으로 멋진 제왕의 자줏빛 약식 모자가 그의 머리를 훌륭하게 장식하고 있어, 아무래도 두루 여행한 원만한 성격의 사람들의 왕인 듯했다. 모든 것이 괴상했지만, 어느 것도 경직되거나 어색해 보이지 않았고, 모든 것이 쓸모 있는 낙낙함의 표시들을 보였으며, 가장 익숙하지 않은 것이 익숙해진 장갑처럼 잘 맞았다. 불친절한 어깨에 방금 얹어 놓았던 그 정다운 손은, 여분의 옷자락을 단정히 여미고 있는 일종의 인디언 혁대 안에 뱃사람처럼 무심코 아래로 꽂아 넣고 있었고, 다른 쪽 손은 담배 연기를 내뿜고 있는 뉘른베르크 파이프의 길고 빛나는 벚나무 담배설대를 쥐고 있었고, 파이프의 큼직한 도자기 대통엔 연계된 국가들의 관련 투구 장식과 문장들이 축소화로 그려져 있어, 한마디로 겉모양이 현란했다. 담배의 방순한 정수의 미묘한 삼투에 의해서, 그것이 대통을 익혀 놓은 것처럼, 대통은 마치 내부의 기운 비슷한 것이 그 겉면에 담홍색으로 번져 나온 것처럼 보였다. 하지만 담홍색 파이프 대통, 또는 담홍색의 생김새, 모든 것이 그 혈색이 좋지 않은 독신 남자에겐 효과가 없었고, 배가 새로이 전진함으로써 야기된 소동이 약간 잦아들 때까지 잠시 기다리다가, 그는 이와 같이 말을 계속했다.

"들으시오." 그 모자와 혁대를 조롱하듯이 눈여겨보면서, "당신은 아프리카 무언극에서 마르제티 씨*를 본 적이 있소?"

"아뇨, 좋은 연기자입니까?"

"뛰어난 연기자요, 지적인 원숭이를 연기할 때 진짜처럼 보이죠. 이러한 자연스러움으로 불멸의 정신을 타고난 존재가 원숭이라는 존재 속으로 이입될 수 있죠. 하지만 당신의 꼬리는 어디 있소? 마르제티 씨는, 그의 수도사 생활 양식에서 결코 위선자가 아님을, 그 무언극에서 그것을 자랑하오."

나그네는 한쪽 엉덩이에 의지해 비스듬히 앉아 쉬면서, 그의 오른쪽 다리를 다른 쪽 다리 앞에 거만하게 가로지르고, 그의 곧추선 실내화의 앞부리를 편안하게 갑판 위에 세우고, 그를 다소 세상사에 신중한 사람, 즉 정반대의 인물인 진지한 기독교인처럼 쉽게 화내지 않는 인물로 보이게 하며, 길고 느긋한 식으로 냉담하고 후하게 담배 연기를 내뿜었다. 그런 다음에 여전히 담배를 피우며 가까이 다가와, 이번에는 온화한 인상으로 그 곰 같은 어깨 위에 또다시 그의 손을 얹으며 퉁명스럽지 않게 말했다. "당신의 말하는 태도에 강한 행동이 숨어 있다는 것을 편견이 없는 관찰자치고 시비할 사람은 거의 없을 것입니다만, 이것이 점잖은 태도와 적당히 조절된다는 것은 정직한 의심의 여지가 있을지도 모른다고 생각합니다. 나의 친애하는 동지." 그를 향해 진정으로 눈을 빛내며, "나의 인사를 냉담하게 받으시다니, 내가 당신에게 무슨 무례를 범했습니까?"

"손을 대지 마시오." 다시 한번 그 다정한 손을 흔들어 떼어내면서, "당신과 마르제티와 그 밖의 수다쟁이들이 흡사하게 모방한 위대한 침팬지의 이름으로, 도대체 당신은 누구요?"

"세계주의자이고, 가톨릭 교도이며, 그러기 때문에 자신을 어떤 편협한 재단사나 선생에 얽매이지 않고, 마음속의 태양 아래 복장처럼 어느 정도

---

* Joseph Marzetti: 뉴욕에서 여러 해 동안 공연된 풍자적인 촌극(寸劇)에서 브라질 원숭이를 연기한 배우.

다양한 용감한 행위들을 연합합니다. 오, 사람은 화려한 세상을 공연히 돌아다니지 않습니다. 그럼으로써 형제 같은 융합하는 감정이 길러집니다. 누구도 낯선 사람이 아닙니다. 당신은 아무에게나 다가가서 말을 겁니다. 따뜻하고 쉽게 신뢰하며, 당신은 정확히 계산된 접근을 기다리지 않습니다. 그리고 정말 이 경우에, 나의 접근이 그다지 유쾌한 격려를 받지 못했지만, 그럼에도 진실한 세계 시민의 원칙은 여전히 악을 선으로 갚는 것입니다. 나의 친애하는 동지, 어떻게 하면 당신에게 도움이 될 수 있는지 말해 주시오."

"속된 수다쟁이씨, 스스로 달나라의 산간 오지로 급히 사라져 주면 좋겠소. 당신이야말로 또 하나의 수다쟁이일 뿐이오. 꺼져요."

"당신에겐 그러면, 인간을 보는 것이 그토록 심히 불쾌합니까? 아, 내가 어리석을지도 모르지만, 나로서는 모든 면에서 인간을 사랑합니다. 폴란드 사람에게, 또는 무어 사람에게, 도적 열도 사람에게, 또는 미국 사람에게 차려 낸 저 훌륭한 요리, 인간은 아직도 나를 매우 기쁘게 하는데, 더 정확히 말하자면 인간은 내가 조금씩 음미하며 마시고 비교하는 데 싫증이 나지 않는 와인이고, 그러므로 나는 서약한 세계주의자이고, 테헤란에서 내커터시*까지 인종의 감별가로 돌아다니며, 인간의 모든 포도주들처럼 끊임없이 독특한 풍미가 있는 창조물, 즉 인간을 보고 입맛을 다시는, 런던 부두의 대규모 포도주 저장실의 감식가 같은 사람입니다. 하지만, 아몬틸라도(스페인산 셰리주)조차도 싫어하는 절대 금주의 미각들이 있듯이, 최상급의 인간조차 불쾌하게 생각하는 절대적인 사람들이 있을지도 모른다고 생각합니다. 죄송합니다만, 나의 친애하는 동지, 당신은 어쩌면 독신 생활을 할지도 모른다는 생각이 문득 나에게 떠오릅니다."

---

*　Natchitoches: 미국 루이지애나주 중부에 위치한 도시.

"독신?" 상대는 선견지명의 기미에 놀라듯이 움찔하며 말했다.

"그래요, 독신 생활에서 누구나 서서히 괴상한 버릇들이 생기는데, 당신은 이미 혼잣말을 하고 있지요."

"엿듣고 있었소, 에?"

"그야, 인파 속에서 독백하는 사람의 말은 어쩌다 들리기 마련이고, 듣는 이에게 별로 수치가 되는 것도 없습니다."

"당신은 엿듣는 사람이군."

"글쎄요. 그러면 그렇게 생각하세요."

"자신이 엿듣는 사람이라고 자백하오?"

"당신이 여기서 중얼거리고 있을 때 내가 지나다가 들은 한두 마디와, 앞서 당신이 직업소개소 사람과 대화할 때 무언가를 들었다고 자백하는데, 말이 난 김에 하는 말로, 그는 상당히 똑똑한 사람이고, 대체로 나와 같은 사고방식인데, 그 자신을 위하여 그가 내 복장 스타일을 가지면 좋으련만. 뛰어난 판단력을 가진 사람이 겸손하게 자기 재능을 감추어야 하는 것은 훌륭한 지성들에게 통탄할 일입니다. 그건 그렇고, 적으나마 내가 들은 모든 내용으로 보아, 지금 여기에 인간을 경멸하는 무익한 철학을 가진 사람이 있다고, 나는 마음속으로 혼잣말을 했습니다. 그 병은 대체로, 죄송하지만 내가 관찰한 바로는, 은둔과 떨어질 수 없는 정신의 산패 현상이 아니라면, 어떤 미약함에서 갑자기 나타납니다. 내 말을 믿으십시오. 사람은 다른 사람들과 사이좋게 어울리고, 그들처럼 행동하는 것이 좋습니다. 이렇게 즐거운 시간을 갖는 것을 나쁘게 생각하는 것은 서글픈 일입니다. 인생은 가장(假裝) 야유회이고, 누구나 역할을 맡아 한 인물을 가장하고, 재치 있게 광대 노릇을 할 준비가 되어 있어야 합니다. 똑똑한 체하면서 시무룩한 얼굴로 평상복 차림으로 오면, 누구나 자기 자신에게도 불편해지고 그 현장의 오점이 될 뿐입니다. 포도주병들 한가운데 있는 당신의 냉수 물병처럼, 그것은 우쭐대는 사람들 사이에서 당신을 의기소침하게 만듭니다. 아니오, 아니오. 이 엄격함은 좋지 않습니다. 또한 은밀히 말씀드리자면, 흥청망청거리는 술잔치가 반드시 만취 상태로 만드는 것은 아니지만, 지나치게 깊이 빠진 술잔치에서 취하지 않는 것은, 일종의 고주망태가 될지도 모릅니다. 그 술에 취하지 않는 고주망태는, 내 사고방식으로는, 오직 조금씩 습관적으로 마시기 시작하는 것으로 치료할 수 있을 뿐입니다."

"이봐요, 당신은 무슨 포도주 상인들과 늙은 술고래들의 협회를 위한 강연자로 고용되었소?"

"아무래도 내 취지를 명확히 전달하지 못한 것 같군요. 한 작은 이야기가 도움이 될지도 모릅니다. 고쉔이라는 덕망 있는, 대단히 도덕적인 노파의 이야기로, 그분은 자기의 새끼 돼지들에게 가을에 가축을 살찌우는 사과들을 먹지 못하게 했는데, 그 과일이 돼지들의 두뇌를 자극하여 그것들을 추잡하게 만들어서는 안 되겠다고 생각해서였답니다. 그런데 노인들에게 불길한 눈이 오지 않는 크리스마스에, 이 덕망 있는 노파가 소모성 질환에 걸려 식욕을 잃고 앓아누웠고, 그녀의 절친한 친구들조차 만나기를 거절했습니다. 그녀의 남편은 크게 걱정이 되어 의사를 데리고 오라고 사람을 보냈고, 의사는 환자를 살펴보고 한두 마디 질문을 한 후에, 손짓으로 남편을 밖으로 불러내어 말했는데, '집사님, 당신은 그녀의 병이 낫기를 원합니까?' '그럼요.' '그러면 당장 가서 산타크루즈 포도주 한 병을 사오시오.' '산타크루즈? 내 아내가 산타크루즈 포도주를 마신다구요?' '그러든가 아니면 죽든가.' '하지만 얼마만큼요?' '그녀가 들이킬 수 있는 만큼.' '하지만 취할 텐데!' '그게 치료법이오.' 의사들 같은 현명한 이들의 말은 잘 들어야 합니다. 술을 마시지 않는 집사는 몹시 못마땅하였지만 그 취하는 약을 구했고, 똑같이 그녀의 양심에 거스르며 그 가엾은 노파가 그것을 마셨지만, 그렇게 함으로써 머지않아 건강과 활기, 왕성한 식욕을 회복했고, 그녀의 친구들을 다시 만나서 기뻤으며, 이 경험에 의해서 무미건조한 금주의 얼음을 깨어 버렸으므로, 그 후에 그녀의 잔을 너무 얕게 채운 적은 한 번도 없었습니다."

이 이야기는 그 독신 남자의 허를 찔러, 아마도 찬성하게 하진 못했지만 흥미를 느끼게 하는 효과는 있었다.

"내가 그 우화를 정확히 이해한다면⋯⋯." 그가 이전의 무례함을 상당히 억제하면서 말했다. "그 의미는, 누구나 지나치게 엄숙한 인생관을 포기하지 않으면 인생을 신나게 즐길 수 없다는 것이오. 하지만 지나치게 엄격한 인생관이, 만취한 인생관보다 틀림없이 더 진실에 가까우므로, 찬물 같은 진실이 토케이 포도주 같은 허위보다 낫다고 생각하는 나로서는, 그냥 나의 물병에 충실하겠소."

"알겠어요." 나선형의 계단처럼 피어오르는 느린 담배 연기를 천천히 위로 내뿜으면서, "알겠어요, 당신은 고상한 것을 지지하는군요."

"뭐라고요?"

"아, 아무것도 아닙니다! 하지만 만일 내가 지루하게 이야기하는 것이 아닌가 하고 걱정하지 않았다면, 파이 굽는 사람의 다락방에서 태양과 오븐 사이에 낀 채, 보기 흉하게 바싹 말라 뒤틀리며 줄어들고 있는, 낡은 장화에 대한 또 하나의 이야기를 말해 주었을지도 모릅니다. 당신은 다락방에 사는 이러한 가죽 같은 노인들을 보셨죠? 대단히 거만하고, 엄숙하고, 외롭고, 철학적이고, 위엄 있는, 낡은 장화 같은 노인들 말이오. 하지만 정말 나로서는, 차라리 파이 굽는 사람의 땅 위를 밟는 슬리퍼가 되는 것이 낫겠습니다. 파이 굽는 사람 말이 났으니 말이지, 나에겐 멋들어진 케이크보다 사슴 내장 파이가 먼저입니다. 이런 외롭고 고상한 생각은 슬픈 착각이오. 이런 점에서 나는 남자들을 수탉들 같다고 생각하는데, 매우 높은 횃대에 외롭게 의지하는 자는 공처가, 아니면 매독에 걸린 자입니다."

"당신은 독설가로군!" 독신 남자가 성이 나서, 분명하고 큰 소리로 말했다.

"누군가 욕을 먹었습니까? 당신이, 아니면 인류가? 당신은 인류가 매도당하는 것을 수수방관하지 않겠지요? 아, 그러면 당신은 인류에 대한 얼마간의 존경심을 가지고 있습니다."

"나는 나 자신을 다소 존중하오." 이전만큼 입술을 꼭 다물진 않고 말했다.

"그래서 당신은 무슨 부류에 속할까요? 한데 친애하는 동지, 우리가 인간을 경멸하는 체함으로써 어떤 모순에 빠지는지를 당신은 모르십니까? 신통하게도, 나의 작은 전략이 성공했습니다. 자, 상황을 더 좋게 생각하시고, 새로운 마음으로의 첫 단계로서 고독을 포기하십시오. 그런데 나는 당신이 짐머맨*, 저 메그림 노인 같은 짐머맨을 어느 때에 읽고 있었을 것 같아 걱정인데, 그의 저서 〈고독론〉은 흄의 〈자살론〉, 베이컨의 〈지식론〉만큼이나 무익하고, 그것에 의해서 영혼과 육체를 이끌려고 애쓰는 자를 사이비 종교처럼 배반할 것입니다. 그들이 당신이 좋아하는 매우 자랑스러운 사람들이라 할지라도, 확립된 만족의 규칙을 따른 우리의 갈망에, 위에서 말한 것처럼 정당한 신뢰에 입각한 동지적 기쁨의 정신으로, 아무 것도 기여하지 못하는 그들 모두를 불쌍한 봉들로, 아니 한층 더 불쌍한 협잡꾼들로 쫓아 버리시오."

이때 그의 태도는 너무나 진지했기 때문에, 듣는 사람은 누구나 어쩌면 그것에 다소 감명받았을 것이고, 동시에 아마도 과민한 적수들은 그것에

---

* Johann Georg Zimmermann(1728–95): 스위스의 내과 의사이며 철학적 저술가.

압도되어 약간 움찔했을지도 모른다. 독신 남자가 잠시 속으로 생각하더니 응답했다. "체험을 해보면, 당신이 말하는 독주를 조금씩 습관적으로 마시는 방법은, 당신이 그것을 어떤 의미로 받아들인다 할지라도, 다른 어떤 방법과 마찬가지로 바람직하지 못하다는 것을 알 것이오. 그리고 라블레*의 포도주 옹호 말씀이 믿을 수 없는 것은, 마호메트의 포도주 반대 말씀이 믿을 수 없는 것이나 마찬가지요."

"이젠 그만하죠." 최종적으로 그의 파이프에서 재를 털어 내면서, "우린 서로 계속 이야기하면서 아직도 같은 자리에 서 있습니다. 산책하는 게 어떨까요? 내 팔에 기대어 한 바퀴 돕시다. 사람들은 오늘 밤 최상 갑판에서 춤판을 벌이려고 합니다. 주화들을 안전하게 지키기 위해서, 당신이 내 주머니 속의 잔돈을 보관하고 있는 동안, 나는 스코틀랜드 지그 무곡에 맞춰 사람들이 자리를 박차고 뛰어나가게 할 것이고, 그것에 이어서, 친애하는 동지, 선원의 활발한 춤 속에서 당신은 그 총을 걸어 놓고 당신의 곰 가죽 옷을 벗어던질 것을 제안합니다. 내가 당신의 손목시계를 보관하고 있을 테니. 어떻습니까?"

이 제안을 듣자 상대방은, 전신이 너구리 모피뿐인 평소의 자기 자신으로 다시 돌아왔다.

"이봐요." 그의 엽총을 쿵 하고 내리치면서, "당신은 제레미 디들러 3호요?"

"제레미 디들러요? 제레미(예레미야) 예언자와 제레미 테일러 목사에 대한 소문은 들은 적이 있지만, 당신의 또 다른 제레미는 나에게 생소한 남자분입니다."

"당신은 그의 심복 사무원이죠, 그렇죠?"

---

*　Rabelais: 프랑스의 풍자 작가.

"글쎄, 누구의 심복이란 말입니까? 내 자신이 신임을 받을 만한 가치가 없다고 생각하기 때문이 아니라, 내가 사정을 이해하지 못하고 있기 때문입니다."

"당신은 그들 중 또 한 사람이오. 웬일인지 나는 오늘 가장 비상한 형이상학적 건달들과 우연히 만나는군. 말하자면 그들의 심방이로군. 그런데도 그 약초의 디들러는, 아무튼 그의 뒤를 잇는 디들러가(家)의 사람들의 거친 기세를 꺾어 놓지요."

"약초의? 그가 누굽니까?"

"당신 같은, 그들 중 또 한 사람."

"누구요?" 그러고 나서, 마치 제법 긴 해명성 잡담을 하려는 것처럼 가까이 다가와 그의 왼쪽 손을 펴고, 그 위에 파이프의 설대를 매질하는 것처럼 가로로 내리치면서, "당신은 나를 나쁘게 생각합니다. 당장에 당신의 그릇된 생각을 깨우쳐 주기 위해서, 바로 잠깐 동안 토론을 시작하겠고……."

"아니오, 그만두시오. 쩨쩨한 토론들은 이제 그만. 나는 오늘 하찮은 토론을 너무 많이 했소."

"하지만 실상을 말하지요. 독신 생활을 하는 남자는 낯선 사람들에 관하여 아주 심한 오해에 묘하게 빠지게 되어 있다는 것을 당신은 부정할 수 있습니까? 어림도 없을걸요?"

"그렇소, 나는 그것을 정말 부정하오." 또다시 그의 충동에 이끌려 논쟁의 미끼를 덥석 물면서, "그리고 나는 그 점에서 곧바로 당신을 끽소리 못 하게 하겠소. 조심해요!"

"이런, 이런, 친애하는 동지." 양쪽 손바닥을 곤추세워 이중의 방패로 내밀면서, "당신은 너무 심하게 나를 다그칩니다. 당신은 사람에게 기회를 주지 않습니다. 당신이 무슨 말을 할지라도, 내가 하는 것과 같은 사교적 제안을 피하는 것, 여하간 사회 관습을 멀리하는 것은, 심술궂고 냉정하고 무정한 성격을 나타내는데, 그것을 기꺼이 받아들이는 것은, 사람이 따뜻하고 다정하며, 사실상 쾌활하다는 것을 말해 주듯이 말입니다."

이때 상대방은 또다시 몹시 흥분하여 그의 괴팍한 방식으로, 귀청이 터질 것 같은 지역에 틀어박혀 있는 늙은 귀머거리 속물과, 통풍을 잘 일으키는 폭식에 푹 빠지러 절룩거리고 가는 통풍에 걸린 폭식가와, 오로지 냉담한 사회를 생각하여, 왈츠에서 코르셋을 껴입은 그들의 댄스 파트너들을 꼭 껴안는 코르셋을 껴입은 바람둥이 여자와, 무절제로 인해 파산한, 시기심도 경쟁도, 또는 그것에 대한 다른 야비한 동기도 없이, 인간의 달콤한 교제를 순수하게 사랑하는 마음에서 자신들을 몰락시키는 수많은 사람들에 대한 몰인정하기 짝이 없는 언급들을 위세 당당하게 시작했다.

"아, 그런데……." 그의 담배 파이프로 비난하는 동작을 하면서, "비꼬는 말은 매우 온당치 않고, 비꼬는 말을 결코 참을 수는 없으며, 비꼬는 말에는 악마적인 것이 있습니다. 하느님, 비꼬는 말과 그의 절친 풍자로부터 저를 지켜 주소서."

"틀림없는 악한의 기도이고, 또한 틀림없는 바보의 기도이기도 하오." 그는 라이플총의 안전장치를 짤깍 하고 소리 내면서 말했다.

"이제 솔직하십시오. 그건 조금 근거 없는 것이었다고 인정하시오. 하지만 아니오, 아니오, 당신이 진심으로 한 말은 아니었는데, 아무튼 나는 용서할 수 있습니다. 아, 당신은 알고나 있었는지, 끊임없이 저 염세적 라이플총을 계속 만지작거리는 것보다, 이 박애주의적 담배 파이프로 뻐끔 뻐끔 담배를 피우는 것이 얼마나 훨씬 더 기분 좋은지를 말입니다. 소위 속물, 폭식가, 그리고 바람난 여자에 관한 한, 물론 위에서 말한 대로여서, 그들이 작은 결점들을 가지고 있을지도 모르지만, 하긴 그렇지 않은 사람이 누가 있나요? 그럼에도 그 세 사람들 중에서 어느 한 사람도 사회를 멀리하는 그 무서운 죄 때문에 비난받을 수는 없는데, 내가 그것을 무섭다고 생각하는 것은, 간혹 그것이 그것 자체보다도 한층 더 어두운 것, 즉 자책을 미리 추정하기 때문입니다."

"자책이 인간을 인간에게서 몰아냅니까? 어째서 당신과 같은 인간, 카인은 최초의 살인 후에 최초의 성읍을 지으러 갔나요? 그리고 어째서 현대의 카인은 독방 감금을 무엇보다도 가장 두려워하나요?"

"나의 친애하는 동지, 당신은 흥분했습니다. 당신이 무슨 말을 해도, 나는 나의 동료 인간들이 내 주변에 있어야 하는 사람 중의 한 사람입니다. 또한 아주 많이, 나에겐 그들이 아주 많이 있어야 합니다."

"소매치기들도 역시, 그의 동료들이 자기 주변에 있는 것을 좋아하오. 쯧, 여보시오! 아무도 그의 목적을 위해서 아니고는 군중 속에 들어가지 않으며, 너무 많은 사람들의 목적이 소매치기의 목적과 똑같소, 돈주머니죠."

"한데 친애하는 동지, 양들이 무리 짓는 것 못지않게 인간이 사회적이라는 것은 자연법칙에 따른 것임에도 불구하고, 어째서 당신은 거리낌 없이 그런 말을 할 수 있습니까? 하지만 사람은 사회적일 때 각기 자기의 목적을 가지고 있는 것이라 하더라도, 당신은 그것을 믿고 당신 스스로, 이봐요, 지금 당장 인간과 사이좋게 어울리고, 당신의 목적은 더욱 친절한 철학이 되게 하시오. 자, 산책을 합시다."

또다시 그는 그의 우애의 팔을 내밀었지만, 그 독신 남자는 다시 한번 그것을 뿌리치고 활기차게 그의 라이플총을 들어 올리면서 소리쳤다. "자, 경찰국장님이 도시에 있는 모든 악한들과 곡식 저장소 안의 쥐들을 잡아서 혼내 주시고, 만일 당분간 인간 곡식 저장소인 이 배 안에, 어떤 교활하고 유연하고 엽색적인 쥐새끼가 지금 살짝 숨어 있으면, 그대 지체 높은 쥐잡이꾼이여, 그놈을 이 난간에다 핀으로 꽂아 놓으시오."

"고결한 절규로다! 당신이 실제로는 으뜸패(믿음직한 사람)라는 것을 말해 줍니다. 그리고 카드가 으뜸패일 때엔, 그것이 스페이드인지 다이아몬드인지는 그다지 중요하지 않습니다. 당신은, 한층 더 좋아지기 위해 흔들어 섞을 필요가 있을 뿐인 품질 좋은 포도주입니다. 자, 우린 뉴올리언스로 가서, 거기서 런던을 향해 떠나기로 합의합시다. 나는 프림로즈 힐(앵초 언덕) 근처에서 내 친구들과 함께 묵고, 당신은 코번트 가든의 피아자 호텔에 숙박하고, 코번트 가든의 피아자 호텔인데, 왜냐하면 당신은 완전히 문하생이 되지 않을 것이므로, 말씀해 주세요. 디오게네스를 꽃시장에서 어릿광대로 살게 할 마음이 생기게 한 그의 바로 그 기질이, 그보다 현명치 못한 아테네 사람을 소나무가 드문드문 난 불모의 모래밭에서 살금살금 숨어 다니는 초라한 사람으로 만든, 바로 그 장본인의 기질보다 더 낫지 않습니까? 지각없는 신사, 타이먼 나리 말입니다."

"당신의 손을 주시오!" 그리고 그것을 꽉 쥐었다.

"이런, 참으로 마음에서 우러난 굳은 악수로군. 그러면, 우리가 형제가 되기로 합의된 것입니까?"

"한 쌍의 염세가들이 형제가 될 수 있는 정도로는 그렇소." 또 한번 엄청나게 손아귀에 힘을 주면서, "나는 현대인들이 염세주의자의 자격에 미달할 정도로 타락했다고 생각했었소. 단 한 번의 경우에, 그것도 위장하고서지만, 그릇된 생각을 깨우침 받아서 기쁘오."

상대방이 놀라서 멍하니 말똥말똥 쳐다보았다.

"마뜩찮구려. 당신은 디오게네스, 위장한 디오게네스요. 이봐요, 세계주의자로 가장하는 디오게네스 말이오."

애처롭게 변화된 모습으로 그 낯선 사람은 여전히 잠시 침묵한 채 서 있었다. 그리고 마침내 마음 아픈 어조로 말했다. "그의 열정 속에서 너무 많이 양보하면서, 아무리 효과가 없다 할지라도, 오직 개심시키려고 노력하는 측에 속하는 것으로 간주되는 중재자의 운명은 얼마나 괴로운가!" 그러고 나서 또 한번 태도를 바꾸면서, "세상에서 버림받은 이스마엘 같은 사람인 당신에게, 나는 익살스럽게 나의 의도를 감추고, 당신의 혐오에 대하여 사람들이 어떤 상응하는 원한도 품지 않고, 당신과 그들 사이에 조화를 중재하려고 노력한다는 확신으로 가득 차, 인류로부터 파견된 사절로서 다가왔습니다. 그럼에도 당신은 나를 정직한 사절로서가 아니라, 나도 무언지 모를 종류의 간첩으로 잘못 알고 있습니다, 선생." 그는 목소리를 덜 낮추고 덧붙여 말했다. "당신의 고용인에 대한 이런 오해는, 당신이 얼마나 모든 인간을 오해할 수 있는지를 깨닫게 해야 마땅합니다. 아무쪼록……." 그에게 양손을 얹으면서, "신뢰를 몸에 익히시오. 불신이 당신을 어떻게 속였는지를 확인해 보시오. 내가 디오게네스라고요? 나는 염세를 한 걸음 넘어서면서, 인간을 증오하기보다는 오히려 인간을 야유하는 자입니다. 내가 엄하고 단호하면 더 좋을 텐데!"

그렇게 말하고, 당황한 염세가를 자기가 지혜롭게 여기는 고독에 맡긴 채, 그 박애주의자는 왔을 때보다 덜 경쾌한 걸음걸이로 물러갔다.

25장
세계주의자가 친구를 사귀다

세계주의자는 물러가던 중에 한 승객과 우연히 마주쳤는데, 그는 서부식으로 퉁명스럽게 접근하며, 초면이지만 그에게 이렇게 말을 걸었다.

"괴상한 사내, 당신 친구 말이오. 내가 그자와 작은 충돌이 있었소. 그가 그렇게 심하게 꼬치꼬치 따지고 캐묻지 않았다면 다소 재미있는 멋진 사내인데. 당신의 친구가 근본적으로 썩 그렇게 좋은 친구가 아니라는 사실만 빼다면, 존 머독 대령*에 관해서 내가 들은 것을 어쩐지 상기시킨다고 생각합니다만……."

그것은 갑판에서 움푹 들어간 곳으로 통하는, 머리 위에 매달린 등불이 기름이 거의 바닥난 채 켜져 있어, 한낮의 태양처럼 그 빛을 수직으로 내리비추는 선실의 반원형 현관 안에서였다.

---

*   Colonel John Moredock: 19세기 전반부에 일리노이 주의회 의원으로 활동함. 그가 젊었을 때 그의 가족은 일리노이주로 이주하는 일행과 합류했는데, the Grand Tower에서 한 무리의 인디언들에게 John만 빼고 모두 몰살당했다. 그는 그들을 추적하여, 마침내 그들을 모두 그 자신의 손으로 죽였다. 이 복수에 만족하지 않고, 그는 인디언 증오자이자 인디언 킬러가 되었다.

그 말하는 사람은 그 등불 밑에 서서, 그럴 생각이 있는 어느 누구에게나 유심히 볼 수 있는 호의적인 기회를 제공했지만, 지금 그에게 머물고 있는 시선은 이러한 무례함을 전혀 드러내지 않았다.

키가 크지도 뚱뚱하지도 않고, 키가 작지도 수척하지도 않지만, 그의 정신적 노고에 치수를 잰 것처럼 맞추어진 몸을 가진 남자였다. 나머지는, 그의 의복보다 어쩌면 그의 용모가 더 빠지는 자였고, 그 의복의 장점은 옷의 맞음새보다는 오히려 마름질에 있었을지도 모르는데, 살결에 무언가 곱지 않은 것을 그냥 놔두지 않은 것 같은 보풀의 섬세함과, 일종의 화 잘 내는 버릇을 나타내는 얼굴에 저녁놀이 진 하늘 빛깔을 띠게 하는 보라색 조끼의 어울리지 않음은 말할 것도 없었다.

하지만 대체로, 그의 겉모습이 호감이 안 간다고는 사실상 말할 수 없었는데, 실제로 동질적인 사람들에게 그것이 틀림없이 부적합하지는 않았을 것이고, 한편 다른 사람들에겐 그 뒤에 숨어 있는 알뜰한 신중함이 갖는, 무언지 모를 종류의 학질에 걸린 듯한 나쁜 혈색과 대조를 이루는 현란한 충정이 어린 따뜻한 태도로 인하여, 아무튼 그것은 기묘하게도 관심을 끌지 않을 수 없었다. 무례한 비평가들은 조끼가 볼에 홍조를 띠게 한 것과 다소 똑같은 허구적 방법으로, 움직임이 그 사내의 기세를 돋운다고 생각했을지도 모른다. 그리고 그의 치아는 유별나게 좋았지만, 똑같은 무례한 비평가들은, 최선의 의치(義齒)는 그만큼 더 실물처럼 보이도록 적어도 한두 개의 흠과 함께 만들어진 것들이므로, 그것들이 너무 좋아서 진짜일 리 없고, 더 정확히 말하면 추측한 만큼 좋지 않다고 빗대어 말했을지도 모른다. 하지만 더 좋은 구성을 위해 다행히도 이러한 비평가들이 아무도 그 나그네를 안중에 두고 있지 않았고, 오직 세계주의자만 우선 무언의 인사로 그가 다가옴을 알아차린 것을 알린 후에—그 알리는 동작에서, 그가 미주리주 사람에게 다가가서 말을 걸었던 행동보다 활기가 덜한 것처럼 보였다면, 그것은 아마 바로 그 이전 면담의 우울한 결과 때문이었을 것인데—
그때 이렇게 대답했다. "존 머독 대령." 넋을 잃고 그 말을 되풀이하면서,
"그 이름이 기억들을 되살립니다. 이봐요." 다시 유쾌해진 태도로, " 그분
은 어쨌든 영국 노샘프턴셔 머독 회관의 머독가(家)와 친척이었습니까?"

"내가 머독 회관의 머독가를 모르는 것은 버독 오두막의 버독가를 모르
는 것과 같소." 상대방이 어쩐지 자수성가한 사람 같은 태도로 대꾸했다.
"오직 내가 아는 것은, 고(故) 존 머독 대령은 당대에 유명한 분으로, 눈은
로키일*과 같았고, 손가락은 제동 장치 같았고, 신경은 스라소니 같았고,
단 두 가지의 작은 괴벽이 있었는데, 라이플총 없이는 좀체 움직이지 않
았고, 인디언을 뱀처럼 증오했다는 거요."

"당신이 말하는 머독은, 그러면 염세가 회관, 즉 숲 속의 머독처럼 보
일 텐데. 대령은 그다지 대인 관계가 부드러운 사람이 아니군요."

"대인 관계가 부드럽든 아니든, 그는 텁수룩한 사람이 아니라 명주실
같은 턱수염을 기르고 곱슬머리를 하고, 인디언들을 제외하고 모든 사람
들에게 복숭아처럼 살가웠소. 하지만 인디언들, 일리노이주의 인디언 증
오자인 고 존 머독 대령은, 정말 얼마나 인디언들을 미워했던가!"

"그런 일은 들어 본 적이 없어요. 인디언들을 증오한다고요? 어째서 그
분 또는 다른 누구든지 인디언들을 증오해야 합니까? 나는 인디언들을 찬
양합니다. 나는 인디언들이 원시적 씨족들 중에서, 가장 많은 영웅적 미
덕들을 갖춘 가장 뛰어난 혈족이라고 항시 들었습니다. 몇 명의 훌륭한
여인들에 대해서도요. 포카혼타스**를 생각할 때, 나는 기꺼이 인디언들을

---

*   Sir Ewan Cameron of Lockiel(1629-1719): 스코틀랜드 고지대 지방의 지배자로, 찰스
     1세와 찰스 2세를 위해서 싸웠다. 무술과 추적에서 그와 필적하는 사람이 거의 없었다.
**   Pocahontas(1595?-1617): 존 스미스 선장을 구출했다고 전해지는 아메리칸 인디언
     공주.

사랑하게 됩니다. 게다가 마싸소이트*와, 필립 오브 마운트 호프**와, 티컴세***와, 레드-재킷****과, 로건*****이 있는데, 모두가 영웅들이고, 5부족 연합******과, 아라우칸족*******이 있는데, 이는 영웅들의 동맹들이고 공동체들입니다. 원 저런, 인디언들을 증오한다고요? 기필코, 고 존 머독 대령은 그의 마음 속에서 방황했음에 틀림없습니다."

"적지 않게 숲 속에서 방황했었지만, 일찍이 내가 들어 본 다른 어느 곳에서도 결코 방황한 적이 없소."

"진심으로 말하는 것입니까? 그를 가리키기 위해서 인디언 증오자라는 특별한 말이 만들어졌을 정도로, 인디언들을 미워하는 것을 그의 특별한 사명으로 삼은 사람이 일찍이 있었단 말입니까?"

"바로 그렇소."

"저런, 당신은 그것을 아주 태연하게 받아들이십니다. 하지만 참으로, 나는 이 인디언 증오에 대해서 무언가를 알고 싶습니다. 나는 이런 일이 존재한다는 것을 거의 믿을 수 없습니다. 당신이 말한 그 비범한 사람의 간략한 이력을 나에게 말해 줄 수 있습니까?"

"기꺼이 그러지요." 그리고 즉시 현관에서 한 걸음 앞으로 나오면서,

---

*   Massasoit(? -1661): 왐파노애그(Wampanoag) 인디언 추장으로 Pilgrim Fathers의 변치 않는 친구이자 충실한 동맹자였다.

**   Philip of Mount Hope, 또는 King Philip(? -1676): 마싸소이트의 아들이며 그의 후계자.

***   Tecumseh(1768-1813): 아메리칸 인디언 쇼니(Shawnee)족의 추장.

****   Red-Jacket(1758-1830): 아메리칸 인디언 세네카(Seneca)족의 추장.

*****   James or John Logan(1725?-80): 아메리칸 인디언 카유가(Cayuga)족의 추장.

****** The Five Nations: 원래 모호크(Mohawks)족, 오나이더(Oneidas)족, 오논다가(Onondagas)족, 카유가(Cayugas)족, 그리고 세네카(Senecas)족으로 구성되는, 이로 쿼이족 인디언들의 동맹.

******* Araucanians: 칠레 남부의 풍부하고 비옥한 지역에 거주하는 인디언 부족.

세계주의자에게 갑판 위 가까운 자리에 있는 긴 의자 쪽으로 오라고 손
짓했다.

"자, 선생, 거기 앉으시오. 그러면 나는 당신 옆의 여기에 앉겠소. 당
신은 존 머독 대령의 이야기를 듣기 원하오. 글쎄, 내 소년 시절의 어느
하루는 기억할 만한 날이오. 그날 나는 워배시강의 서쪽 강기슭에 있는
오두막집에 걸려 있는, 뿔 화약통이 부착된 대령의 라이플총을 보았소.
나는 부친과 함께 서쪽으로 자연 보호 구역을 두루 돌아보는 긴 여행을
하는 중이었소. 정오에 가까운 시각이었는데, 우리는 말의 안장을 내리
고 말에게 먹이를 먹이기 위해서 그 오두막집에 들렀소. 그 오두막집 남
자는 그 라이플총을 가리키며 그것이 누구의 것인지를 말해 주었고, 대
령이 지금 위층 다락방에서 늑대 모피를 깔고 잠들어 있으므로, 우리가
너무 큰 소리로 말해서는 안 된다면서, 왜냐하면 대령이 밤새도록 사냥
하러 나가 있었으니(잘 들어요, 인디언들을 말이오), 그의 수면을 방해하는
것은 무자비한 짓일 것이기 때문이라고 덧붙여 말했소. 그렇게 유명한
사람을 보고 싶어서, 우리는 그가 나타나기를 기대하며 2시간 넘게 기다
렸지만, 그는 결국 나타나지 않았소. 어두워지기 전에 다음 오두막집에
도착해야 해서, 우리는 마침내 바라던 소원을 성취하지 못하고 말을 타
고 떠나야 했소. 그러나 진실을 말하자면, 개인적으로 나는 완전히 만족
하지 못한 채 떠난 것은 아니었는데, 그 까닭은, 나의 부친이 말들에게 물
을 먹이고 있는 동안 나는 슬그머니 오두막집으로 들어가, 사다리의 발판
을 한두 단 디디고 올라가, 트랩을 통하여 내 머리를 내밀고 사방을 주의
해서 보았소. 다락방 안은 별로 밝지 않았으나, 저쪽 먼 구석에 늑대 모피
로 생각되는 것이 보였고, 그 위에 바람에 날려 쌓인 낙엽 더미 같은 한
보따리의 무언가와, 한쪽 끝에 이끼 공처럼 생긴 것과, 그 위로 사슴의 갈
라진 뿔이 보였고, 바로 곁에 견과들이 담긴 단풍나무 그릇에서 작은 다

람쥐가 튀어나와, 그의 꼬리로 이끼 공을 스치고 지나가 구멍 속으로 찍찍 소리를 내며 사라졌소. 그 한 조각 삼림지의 장면이 내가 본 전부였소. 거기에 머독 대령의 모습은, 그 이끼 공이 그의 고수머리 머리통이 아니었다면, 되돌아본 시야에 잡히지 않았소. 나는 명확히 확인했었을 테지만, 아래층의 남자가 대령은 그의 야영 생활의 습관 때문에 천둥 속에서도 잘 수 있지만, 같은 이유로, 특히 사람의 경우엔, 아무리 가벼운 발자국 소리에도 놀랄 만큼 빨리 잠에서 깬다고 나에게 경고하며 그만두게 했소."

"죄송합니다만……." 상대방이 말하는 이의 손목에 그의 손을 살며시 얹으면서, "대령이 아무래도 의심 많은 성격으로, 신뢰는 거의 없었던 것 같습니다. 그분은 약간 의심이 많은 성향이었죠, 그렇죠?"

"천만에. 너무 많은 것을 알고 있었소. 아무도 의심하지 않았지만, 인디언들에 대해 무지하지 않았소. 그건 그렇고, 당신이 추측할지도 모르듯이, 내가 그분을 결코 완전히 보진 못했지만, 그럼에도 나는 거의 다른 어느 누구 못지않게 그분에 대해서 이럭저럭 많은 것을 들었고, 특히 나의 부친의 친구이며, 아시다시피 판사이신 제임스 홀 씨로부터 그의 과거의 일을 몇 번이고 들었소. 모든 모임에서 이 내력을 들려달라고 요청을 받으면, 아무도 그분보다 그걸 더 잘할 수 없었는데, 판사는 마침내 매우 다정다감한 말씨가 되었고, 사람들은 그가 단순한 청취자들에게보다는 오히려 눈에 보이지 않는 속기사에게 말한다는 생각을 했을 거고, 마치 보도진에게 말하는 것 같았는데, 정말 그것은 대단히 인상적인 방법이었소. 나도 똑같이 민감한 기억력을 갖고 있어서, 만약의 경우에는 대령에 대해서 판사가 한 말을 거의 한마디 한마디 그대로 말해 줄 수 있다고 생각하오."

"부디, 그렇게 해주십시오." 세계주의자가 매우 좋아하며 말했다.

"당신에게 판사의 철학과 그 밖의 모든 것을 다 말해 줄까요?"

"그것에 관해서는……." 상대방이 담배 파이프의 대통에 담배를 채워 넣다가 잠시 멈추면서 엄숙하게 응답했다. "어느 정도의 지성인에게 다른 사람의 철학을 접하게 해주는 것이 바람직한가는, 그 다른 사람의 철학이 무슨 학파에 속하느냐에 상당히 좌우됩니다. 글쎄, 그 판사는 무슨 학파 또는 사상 체계에 속했습니까?"

"에, 읽고 쓸 줄 알았지만 판사는 결코 많은 학교 교육을 받지 못했소. 하지만 그는 아마, 어느 편인가 하면, 대안 학교 출신이었겠지요. 그래요, 진실한 애국자인 판사는 대안 학교들을 강력하게 지지했었소."

"철학은요? 그렇다면, 판사의 애국심을 존경하고, 그가 가진 것으로 판 명될지도 모를 그런 판사의 화술 능력을 알아보는 눈이 없지 않은 어느 정도의 지성인은, 어쩌면 신중하게 판사의 예상되는 철학에 대한 평가를 보류할지도 모를 것입니다. 하지만 나는 전혀 엄격주의자가 아닌지라, 말씀을 계속하십시오. 부탁하건대, 그의 철학이든 아니든 원하시는 대로요."

"그래요. 단지 먼저, 판사가 언제나 낯선 사람들과 관련해서 절대로 필요하다고 생각한 배경에 대한 약간의 철학적 탐색, 바로 그 부분은 대부분 건너뛰겠소. 왜냐하면, 인디언 증오는 머독 대령의 전유물이 아니고, 어떤 형태로나, 그리고 어느 정도, 얼마간, 그가 속했던 계층 사이에서 주로 공유된 감정이었기 때문이오. 그리고 인디언 증오는 아직도 존재하고 있고, 인디언들이 존재하는 한 필시 계속해서 존재할 것이오. 그러므로 인디언 증오는 나의 첫 번째 주제가 될 것이고, 인디언 증오자 머독 대령이 나의 다음번, 그리고 마지막 주제가 될 것이오."

그렇게 말하고 그 낯선 사내는 그의 자리에 턱 앉으면서 이야기를 시작했는데, 듣는 사람은 천천히 담배를 피우면서 현저한 관심을 기울였고, 동시에 그의 시선은 확고하게 갑판 쪽으로 돌려져 있었지만, 그의 오른쪽

귀는 가능한 한 주위의 작은 상황적 간섭을 뚫고 한마디 한마디가 들려올 정도로 말하는 사람을 향해 기울이고 있었다. 청각을 강화하기 위하여 그는 시각을 약화시키는 것 같았다. 단순한 말이 갖는 어떠한 공손함도, 철저하게 잘 이해하며 경청하는 이 무언의 웅변술만큼 비위를 잘 맞추거나, 그만큼 인상적인 정중함을 나타낼 수 없었을 것이다.

26장
야만인들을 지지하는 루소만큼 편견이 없는 것이 분명한 사람의 견해에 따라서, 인디언 증오의 형이상학을 담고 있음

"판사는 언제나 이런 말들로 시작했는데, '인디언에 대한 벽지 사람의 증오는 다소 논란거리가 되는 화제였소. 변경의 초창기에 그 감정은 쉽사리 설명되는 것으로 생각되었소. 하지만 한때 인디언 약탈이 성행했던 지역들 전체에서 대부분 멎었었는데도, 박애주의자는 그것과 함께 인디언 증오가 비슷한 정도로 멈추지 않은 데 놀라고 있소. 그는 벽지의 사람이 어째서, 배심원이 살인자를 보거나 덫 사냥꾼이 살쾡이를 보는 것과 아주 똑같은 마음으로, 아직도 아메리칸 인디언을 보는지를 이상하게 여기고 있는데…… 하나의 짐승인 그를 위해서 연민의 정은 슬기롭지 못하고, 휴전은 무익하고, 그는 꼭 죽여야 하오. 이상한 점은…….'

판사가 계속해서 말하곤 했소. '어쩌면 그걸 설명을 해도 모든 사람이 다 완전히 이해하지는 못할지도 모르는데, 한편으로는 누구나 이해에 다가가기 위해서는, 인디언이 어떤 사람인지에 대해서 역사에서든 경험에서든 많은 사람이 알고 있듯이, 벽지의 사람도 어떤 사람인지를 배우거나, 이미 알고 있다면 명심하고 있는 것이 필요하오.

벽지의 사람은 외로운 사람이오. 그는 생각이 깊은 사람이오. 그는 강하고 순박한 사람이오. 충동적이어서 그를 어떤 사람들은 방종하다고 말할지도 모르오. 여하간 그는 고집 세고, 다른 사람들이 사태에 대해서 말할지도 모르는 것에 귀를 기울이기보다는, 오히려 사태 자체가 무엇인지를 알아보기 위해서 자기 힘으로 검토하는 사람이오. 곤경에 빠지면, 도와줄 사람은 거의 없고, 그는 자기 자신에 의지해야 하고, 줄곧 자기 자신을 믿어야 하오. 그러므로 고립무원이지만, 그 자신의 판단에 의해서 굳건히 서 있을 정도로 독립독행인 것이오. 그가 자신을 절대 오류가 없다고 생각하기 때문이 아니라, 지나간 자국들을 추적할 때 범하는 너무나 많은 실수들이 그 반대임을 증명하지만, 그는 자연이 주머니쥐에게 총명함을 예정해 두듯이, 자기에게 준 것과 같은 총명함을 자연은 예정해 둔다고 생각하지요. 황무지의 이 동료 인간들에게 그들의 타고난 총명함은 그들이 의지하는 최선의 것이오. 어느 쪽에든 그것이 불완전한 것으로 드러나면, 주머니쥐의 총명함이 그것을 속여 덫에 걸리게 하거나, 벽지 사람의 총명함이 그를 매복 장소로 잘못 인도하면, 그 결과를 감당해 내야 하지만 자책은 없소. 주머니쥐의 경우처럼, 벽지 사람의 경우도 본능이 교훈을 압도하오. 주머니쥐처럼, 벽지 사람도 오로지 하느님의 작품들(자연) 가운데서 거주하는 창조물의 광경을 드러내는데, 그럼에도 진실로 고백컨대, 이것들이 그에게 신을 공경하는 마음을 가르치진 않소. 그가 무릎을 굽히고 그의 라이플총을 겨냥하고 부싯돌을 쫄 때보다 그 이상으로, 사소한 굽실거림은 그가 늘 하는 일이오. 말동무도 거의 없이, 고독은 필연적으로 그의 오랜 운명이고, 그는 그 시련을 견뎌 내는데…… 죽음 다음으로 고독은, 제대로 견디면 아마도 불굴의 정신의 가장 혹독한 시험일지도 모르니까 가벼운 것이 아니오. 그러나 벽지의 사람은 홀로인 것에 만족할 뿐만 아니라, 적지 않은 경우에 그러고 싶어하오. 10마일 떨어진 곳에 연기가 보이는 것은, 자연 속으로 한 걸음 더 깊이, 인간으로부터 한 번 더 이동하게 하는 도발이오. 그것은 인간이 무엇이라 할지라도, 인간은 천지만물이 아니라고 느끼기 때문인가요? 영광, 아름다움, 친절이 모두 다 인간에 의해서 독점되지는 않는다고 느끼기 때문인가요? 인간의 존재가 새들을 놀라게 해 달아나게 하듯이, 새와 같은 많은 생각들 때문인가요? 어찌 됐든 간에, 벽지의 사람은 그의 성격에 얼마간의 섬세함이 없지 않아요. 털투성이의 오르송*처럼 보이지만, 그에게는 셰틀랜드(스코틀랜드 북동쪽에 있는 군도) 바다표범처럼, 억센 털 밑에 부드러운 털이 숨겨져 있을지도 모르오.

일종의 야만인으로 여기지만, 벽지의 사람과 아메리카의 관계는 알렉산더와 아시아의 관계처럼 보일 것인데, 즉 문명 정복의 선두에 선 우두머리인 것이오. 국가의 증가하는 부나 힘이 무엇이라 할지라도, 국가는 그의 발뒤꿈치에 빌붙지 않나요? 그의 뒤를 따르는 사람들에게 안전을 준비해 주는 개척자이지만, 자기 자신을 위해서는 고난 이외에는 아무것도 요구하지 않소. 탈출기의 모세, 또는 엄호되거나 말 탄 대군의 선두에서, 투구도 쓰지 않고 걸어서 매일매일 폭풍우를 헤치고 그렇게 진군한, 갈리아 원정에서의 율리아누스 황제와 비교될 만하오. 이민의 물결이 아무리 밀려든다 할지라도, 결코 벽지의 사람은 그 속에 매몰되지 않고, 폴리네시아인이 밀려드는 파도의 물마루를 타듯이 선봉대에 편승한다오.

이와 같이 평생 동안 이동하기를 계속하지만, 그는 자연에 대한 존경심과 함께, 또한 표범과 인디언들을 포함하여 자연의 창조물들과 시종일관 대체로 같은 불변의 관계를 유지하오. 그러므로 평화 대회**의 이론이 그

---

*   Orson: 중세 프랑스 로망스에 등장하는 인물로, 곰에게 물려가서 야만인으로 성장함.

**   the Peace Congress: 유럽과 미국의 평화 단체들의 후원을 받아, 제1차 국제 평화 대회는

두 종류의 존재들에 관하여 한 치의 오차도 없이 정확하지만, 그럼에도 벽지의 사람은 약간의 실제적 건의를 넌지시 말해 줄 자격이 있을지도 모르오.

벽지의 사람에게서 태어난 아이는 그의 부친의 인생을, 인간과 관련해선 주로 인디언들과 관계되는 인생을 차례로 살아가야 하므로, 신중한 배려에서 말을 조심해서 하는 것이 아니라, 그 아이에게 아주 솔직하게 인디언이 어떤 사람이고, 그에게서 무엇을 예상해야 하는지를 말해 주는 것이 최선이라고 생각하오. 왜냐하면 인디언들을 친우 봉사회*의 회원들처럼 생각하는 것이 아무리 관용적이라 할지라도, 그럼에도 그의 외로운 길이 그들의 땅을 지나서 멀리 뻗어 있는데, 인디언들을 모르는 자에게 그들에 대해 이렇게 단언한다면, 이것은 결과적으로 분별없을 뿐만 아니라 비참한 것으로 판명될지도 모를 일이기 때문이오. 적어도 뭔가 이런 것이 벽지의 교육이 바탕을 두고 있는 좌우명처럼 보일 것이오. 그러므로 벽지의 사람이 젊었을 때 견문을 넓히고 싶어지면, 늘 있는 일이듯이, 그가 숲 속의 오래된 연대기 편자들인 그의 선생들에게서 고작 듣게 되는 것은 인디언의 거짓말, 인디언의 도둑질, 인디언의 표리부동, 인디언의 기만과 배반, 인디언의 양심 부족, 인디언의 살벌함, 인디언의 악마 같은 짓의 내력들뿐, 야생의 삼림에 대한 것이지만 뉴게이트 연감**이나 유럽의 연대기

1843년 런던에서 열렸고, 그후 1851년까지 4차례 열렸었다. H. B. Franklin에 의하면, 여기서 언급되는 이론(theory)의 가능한 출처가 '미국 평화 협회(the American Peace Society)'의 소책자 〈평화적 원칙들의 안전성(*Safety of Pacific Principles*)〉에서 발견된다. '평화 원칙은…… 청년과 노인, 교양인과 미개인, 착한 사람은 물론 나쁜 사람, 야만인, 미치광이, 그리고 심지어 짐승 같은 사람들을 지배한다.'

* the Society fo Friends: 개신교의 일파인 퀘이커 교도를 말하며, 절대 평화주의자들임.

** The Newgate Calender: 뉴게이트 형무소에 수감된 가장 악명 높은 죄수들에 대한 전기체의 기록으로, 1826년에 출판됨.

만큼 불결한 사건들로 가득 찬 과거의 일들뿐이오. 이들 인디언 이야기들과 전설들을 아이는 철저하게 가르침 받소. 「나뭇가지가 굽어지는 대로 나무는 기울어진다.」 인디언에 대한 혐오의 본능이 선과 악, 정당함과 부당함에 대한 인식과 함께 벽지 사람의 마음에서 생겨나오. 형제는 사랑해야 하고, 인디언은 증오해야 한다는 것을 그는 단숨에 터득하오. 이러한 것이 사실들이고⋯⋯.'

판사님은 말하곤 했소. '그것들에 근거해서 누구나 도덕적 고찰을 하려고 한다면, 그는 그것들을 염두에 두고 그래야 하오. 한 생명체가 다른 생명체를 그렇게 대하고, 한 종족 전체를 혐오하는 것을 양심으로 삼는 것은 무서운 일이오. 그건 무서운 일인데, 하지만 놀랍소? 어떤 종류의 채소밭 곤충들을 녹색으로 만드는 것과 비슷한 원인으로, 우리가 붉다고 생각하는 종족을 증오한다는 것이 놀랍소? 변경에서 「죽음의 경고」라는 이름을 가진 종족은, 그에게 온갖 나쁜 면을 강조하며 묘사되는데, 때로는 모야멘싱(필라델피아 군(郡) 형무소) 수감자들 같은 말 도둑, 때로는 뉴욕의 무뢰한 같은 자객, 때로는 오스트리아 사람 같은 협정 파괴자, 때로는 독화살을 지닌 파머*, 때로는 사법 살인자와 흉포한 연극 같은 공판 후에 그의 희생자에게 잔혹한 사형을 선고하는 제프리스** 같은 사람, 또는 친절한 말로 인사불성의 나그네를 속여 매복 장소로 데려가, 거기서 그를 목 졸라 죽이고 그것을 그의 신 매너투에 감사하는 행위로 간주하는 유대인으로 말이오.

그럼에도 불구하고, 이 모든 것이 인디언들의 진상이라기보다는 오히

---

* William Palmer(1824-56): 보험금을 타내기 위해서 그의 아내와 동생을 독살한 악명 높은 영국인 죄수.
** George Jeffries(1648-89): 영국의 찰스 2세와 제임스 2세 때에 악명 높았던 무지막지한 판사.

려 그들에 대한 벽지 사람의 편견의 실례들로 제시되는데, 거기서 관대한 사람은 그가 그들을 다소 불공평하게 판단한다고 생각할지도 모르오. 인디언들 자신은 그렇게 생각하는 것이 확실하고, 그것도 완전히 만장일치로 말이오. 인디언들은 정말, 그들에 대한 벽지 사람의 사고방식에 항의하고, 일부는 그들이 행동으로 보여 주듯이, 그렇게 진지하게 그의 혐오를 되갚아 주는 한 가지 원인은, 그들이 실제로 믿고 말하듯이, 그한테서 그토록 비방받는 것에 대한 그들의 정신적 의분이라고 생각해요. 하지만 이 점 또는 어느 점에 대해서나, 인디언들이 다른 증언을 제외할 만큼, 스스로 입증하도록 용납해야 하는지는 대법원에 맡겨질지도 모르는 문제요. 하여튼, 인디언이 기독교로 참된 개종자가 될 때 (이런 사례들은 하지만 별로 많지 않소, 하긴 정말 부족들 전체가 때때로 명목상은 참된 빛으로 인도되지만.) 그는 그 경우에, 그의 씨족의 타고난 운명의 완전한 타락이라는 그의 개화된 확신을 감추려 들지 않고, 그런 식으로 그것에 대한 벽지 사람의 최악의 인식도 진실에 가깝다는 것을 인정하기까지 하는데, 반면에 인디언의 미덕과 인디언의 인정론에 가장 크게 집착하는 홍인종들이, 그들 가운데서도 때때로 가장 악명 높은 말 도둑들과 도끼 공격자들인 것이 관찰되었소. 적어도 벽지 사람은 그렇게 증언하오. 그가 실제로 생각하듯이 인디언의 성격을 알고 있으므로, 그는 인디언이 미개지의 책략에서 다른 사람을 속일 수 있는 만큼, 거의 실제로 몇 가지 점들에서 오해할 수 있다는 것을 모르지 않는다고 생각하지만, 그럼에도 위에서 대조된 바와 같이 그의 이론과 실제는 너무나 극단적인 모순을 내포하는 것처럼 보이므로, 벽지의 사람은 도끼로 공격하는 인디언이 홍인종의 온정의 의향을 제시할 때, 그것은 그가 전쟁에서나 사냥에서, 그리고 생활의 일반적 행위에서 매우 유용하다고 깨닫는 미묘한 전략의 중요 부분일 뿐으로 가정하고 그것을 설명할 뿐이오.'

벽지의 사람이 인디언을 보면서 갖는 그 깊은 혐오에 대해 다시 덧붙여진 설명에서, 앞서 언급한 저 산림지의 역사와 전통에서 그 혐오에 대해 무슨 종류의 자극이 제공되는지를 고려하는 것이, 아마도 약간 도움이 될지도 모른다고 판사는 늘 생각했소. 그것을 위해서, 가족들과 함께 계속해서 이사를 거듭한 후에 유혈의 땅 켄터키주의 남쪽 변경에 자리 잡은, 원래 버지니아주 출신의 일곱 명의 사촌들인 라이트 형제와 위버 형제의 작은 마을 이야기를 그는 말해 주곤 했는데, '그들은 강하고 용감한 남자들이었지만, 그 시절의 대다수의 개척자들과는 달리, 그들은 충돌을 위한 충돌을 좋아하지 않았어요. 그들은 이동 중에 인디언의 괴롭힘을 희귀하게 면하고, 항시 손짓하는 비옥한 처녀지의 유혹에 끌려 한 걸음 한 걸음 그들의 안식처로 들어간 것이오. 하지만 개간지가 만들어지고 집들이 세워지자, 빛나는 방패는 머지않아 정반대로 바뀔 운명이었소. 그들의 이웃에 있는 점차 줄어든 부족이 그들에게 저지른 되풀이된 괴롭힘과 궁극적 적대 행위가 있은 후에, 괴롭힘은 농작물과 가축의 손실을 초래했고, 그들의 구성원에서 두 사람이 목숨을 잃었고, 그 밖의 다른 사람들은 겨우 목숨이 붙어 있는 심한 부상을 당했으며, 남은 다섯 명의 사촌들은 다소의 중대한 양보를 하여, 추장 목모혹과 일종의 조약을 맺었는데, 적의 약탈들 때문에 이런 일을 하게 된 것이고, 그들은 평화를 얻지도 못했어요. 하지만 그들은 갑자기 변한 목모혹의 행동에 의해서 한층 더 자극받았고 고무되었는데, 그는 지금까지 카이사르 보르지아*처럼 거의 배반을 일삼는 야만인으로 간주되었지만, 그럼에도 겉으로는 이제 이와는 정반대의 태도를 취하고, 강화하고 화친하고 영원한 친구, 적개심을 버리는 단순한

---

*   Caesar Borgia(1476?-1507): 폭력과 배신의 배합으로 악명 높았던 이탈리아의 추기경, 군사 지도자, 정치가.

의미로서가 아니라 능동적이고 허물없는 친절을 의미하는 친구가 되겠다고 약속했지요.

그러나 그들은 현재 추장의 겉모양만 보고 지난날의 추장에 대해 분별력을 완전히 잃지는 않았는데, 그래서 그의 태도의 변화로 인해 적지 않은 정도로 영향을 받았지만, 그들 쪽의 규약들 중에서 특히, 인디언의 오두막집들과 개척민의 통나무집들 사이에 친선 방문이 설령 교환된다 할지라도, 다섯 명의 사촌들이 결코 어떤 이유에서도 추장의 오두막에 다 함께 들어가 주리라고 기대하지 않을 것을 그와 계약할 만큼, 여전히 그를 불신했어요. 그들은 그 의도를 감췄지만, 언젠가 친선을 가장하여 추장이 설령 그들을 해칠 마음을 품고 그것을 실행하는 일이 있어도, 그 다섯 명 중 몇 명은 그들의 가족을 위해서뿐만 아니라 보복을 위해서도 살아남을 수 있도록, 피해는 오직 부분적이어야 하기 때문이었어요. 그럼에도 불구하고 목모혹은, 제때에 너무나 미묘한 술책과 붙임성 있는 태도로 그들의 신뢰를 얻어, 그들을 다 함께 곰 고기 잔치에 오게 한 후 그곳에서 술책을 써서 그들을 죽였어요. 여러 해가 지난 후에, 태워서 생석회가 된 그들의 유골과 그들의 모든 가족들의 유골에 관해서, 추장이 그가 포로로 잡아 둔 용감한 사냥꾼한테서 그의 배신 행위에 대해 비난을 받자, 조롱하며 소리쳤어요, 「배신 행위라고? 창백한 얼굴을 한 백인 녀석! 다 함께 왔기 때문에 먼저 약속을 깬 것은 그들이었고, 목모혹을 믿었기 때문에 먼저 약속을 깬 것도 그들이었어.」

이 순간에 판사는 잠시 멈추고, 그의 손을 들어 올리고 눈알을 굴리면서, 아주 엄숙한 목소리로 외치곤 했소. '둘러싸는 농간들과 피에 굶주린 탐욕들이라니. 추장의 예민함과 재능이 그를 더욱 잔학하게 만들 뿐이지.'

또 한번 잠시 멈춘 후에, 그는 벽지 사람과 한 질문자 사이의 일종의 가공적인 대화를 시작하곤 했소.

'하지만 모든 인디언들이 목모혹 같은가요? 모두가 다 그러한 것으로 드러나지는 않았지만, 최소의 유해함 속이라 할지라도 그의 유전자가 들어 있을지도 모르는 일이오. 거기에 인디언의 성격이 있어요. 「인디언의 피가 내 몸속에 있다」라는 말이 인디언 혼혈아가 쓰는 협박이오. 하지만 일부의 인디언들은 친절하지 않습니까? 그렇소, 하지만 친절한 인디언들은 대개가 나태하고 단순하다고 소문나 있고, 여하튼 추장이 되는 일이 드문데, 홍인종 가운데서 추장들은 적극적인 사람들과 현명하다고 간주되는 사람들 중에서 선택되지요. 그러므로 승진이 거의 되지 않아서, 친절한 인디언들은 그에 비례하는 영향력만 가지고 있을 뿐이오. 그리고 친절한 인디언들은 몰인정한 명령들을 내리도록 강요받을지도 몰라요. 그래서 「친절하든 불친절하든, 인디언을 경계하시오」라고 다니엘이란 분이 말했는데, 그는 그들에게 그의 아들들을 잃었어요. 하지만 여러분, 벽지의 사람들 모두가 어떻게든 인디언들한테 고통을 받았습니까? 아니오, 글쎄요, 그리고 어떤 경우엔 적어도 당신들 중 누구는 그들한테 호감을 사고 있을지도 모르지 않습니까? 그렇소, 하지만 우리 가운데 개인적으로 인디언의 난폭 행위로부터 면제된 것을, 인디언들을 전반적으로 좋게 생각하겠다고 고집스럽게 주장하는 것과 같은, 수많은 다른 사람들의 상반되는 경험을 상쇄하는 것으로 확신할 만큼 자만심이 강하거나 제멋대로 생각하는 자는 거의 없는데, 다시 말해서 그가 정말 그렇게 생각하면, 그의 옆구리의 화살이 적절한 불신을 암시할지도 모르죠.'

요컨대 판사의 말에 의하면, '우리가 적어도 벽지의 사람을 믿는다면, 인디언들에 대한 그의 감정을 올바르게 받아들여, 자기를 위한 것이라기보다는 오히려 다른 사람들을 위한, 혹은 공동으로 양자 모두를 위한 것으로 간주되어야 해요. 진실로, 그가 아는 가족치고 그 가족의 어떤 사람, 또는 친척이 인디언들에 의해 불구가 되었거나 머리 가죽이 벗겨진 적이 없는 가족이 거의 없어요. 그렇다면 어떤 한 명의, 또는 어떤 두세 명의 인디언들이, 벽지의 사람을 친절한 것처럼 대하는 것이 무슨 도움이 되나요? 나는 그가 두렵다고 생각해요. 내게서 내 라이플총을 빼앗고, 그를 자극하면 무슨 일이 일어날까요? 혹은 그렇지 않으면, 지금 시간에 나 못지않게 그에게 알려지지 않은 것들에 대해서 어떤 무의식중의 대비가 그의 마음속에 진행되고 있는지 나는 알 도리가 없어요. 질병에 대해 몸속에서 일어나는 화학적 대비처럼, 악의에 대한 마음속의 일종의 화학적 준비 말이오.'

알다시피, 벽지의 사람이 결코 이런 말들을 사용한 것이 아니고, 판사가 그에게 그의 뜻을 전달하기 위한 표현법을 찾아 준 것이오. 그리고 이 순간 그는, '소위 「친절한 인디언」은 대단히 드문 종류의 존재였고, 족히 그러하다고 말하는 것으로 결론짓곤 했는데, 왜냐하면 어떤 냉혹함도 적으로 변한 「친절한 인디언」의 무자비함을 능가하지 못하기 때문이오. 겁쟁이 친구인 그가 용맹스런 적이 된다고요. 하지만 지금까지는 문제의 감정을 일반적으로 한 공동체의 감정으로 보아 왔소. 벽지의 사람이 그의 당연한 몫인 이것에 그의 개인적인 감정을 추가할 때, 그때 적어도 전형적인 인디언 혐오자를 만들어 내는 혈통이 생기는 거요.'

전형적인 인디언 혐오자는 그의 어머니의 모유와 함께 홍인종에 대한 작은 호의를 빨아들이고, 청년기 또는 이른 성년기에 그의 감수성이 굳어지기 전에, 그들의 손에 의해 다소 현저한 유린을 당하는 자라고 판사는 정의를 내리는데, '다시 말해서 그것은 사실상 그의 혈족의 일부, 또는 어떤 친구가 경험하는 것과 대체로 같은 것이오. 한데, 황야로 그를 온통 둘러싼 자연은 그에게 이 문제를 곰곰이 생각하라고 조르거나 요구하고, 그는 그에 따라 그렇게 해서, 마침내 그 생각은 크게 흡인력을 일으켜, 마치 무질서하게 퍼지는 수증기가 사방에서 떼지어 모여 폭풍우가 될 구름을 이루듯이, 다른 폭행들에 대한 산재해 있는 생각들이 핵심적 생각으로 떼지어 모여 그것과 동화하고, 그것을 부풀게 해요. 마침내 기본 요소들을 잘 생각해 보면서, 그는 그의 결정에 도달해요. 한니발 같은 격렬한 투사가 되어 그는 맹세를 하는데, 그 증오는 가해자 씨족의 아무리 먼 인척이라 할지라도 그 흡인력으로부터 그런대로 안전하다고 절대로 느낄 수가 없는 소용돌이오. 그 다음에, 그는 소신을 밝히고 그의 세속적인 일들을 처리하오. 수도승이 된 스페인 사람처럼 근엄하게, 그는 그의 친족들에게 작별을 고하는데, 더 정확히 말하면 이 고별들에는 임종의 작별 인사가 갖는 엄숙한 단호함 같은 것이 있어요. 마지막으로 그는 원시림으로 들어가, 거기서 그의 목숨이 붙어 있는 동안은, 전략적이고 인정사정없는 고독한 복수, 세상을 등진 계획을 차분히 실행하기로 약속하지요. 줄곧 조용한 산길에서, 냉정하고 침착하고 끈기 있는, 눈에 띄기보다는 오히려 느껴지는, 냄새를 맡아 내고 낌새채는, 가죽 각반을 찬 네메시스 같은 복수의 화신이오. 개척지에서 다시는 그를 보지 못할 것이고, 그에 관하여 말해 주는 우연한 것을 보고 옛 동료들의 눈에선 눈물이 나기 시작할지도 모르지만, 그들은 결코 그를 찾지도 부르지도 않으며, 그들은 그가 오지 않을 것을 알고 있어요. 계절과 세월이 어느덧 지나가고, 참나리꽃이 피고 지고, 아기들이 태어나 그들의 어머니의 품속에서 뛰어오르지만, 인디언 혐오자는 자기의 영원한 집으로 간 것이나 마찬가지이고, 「공포」가 그의 비문이오.'

여기서 판사는 다소 점잔을 빼며 잠시 멈추었지만, 곧 계속하곤 했는데, '엄격히 말해서 뛰어난 인디언 혐오자의 기록이 있을 리 없는 것은, 황새치나 다른 심해 어류의 기록이 없는 것이나 마찬가지로 너무나 분명하고, 아니 한층 더 상상이 잘 안 되는 것은 죽은 사람의 기록이 없는 것이오. 뛰어난 인디언 혐오자의 생애는 실종된 기선의 종말이 갖는 불가해성을 가지고 있어요. 틀림없이 사건들, 무서운 사건들이 일어났고, 일어났음에 틀림없지만, 자연 가운데 있는 제신(諸神)들은 그것들이 결코 뉴스가 되지 않아야 한다는 지령을 받았어요.

　하지만 호기심이 강한 사람들한테는 다행히도, 일종의 희석된 인디언 혐오자, 그의 두뇌만큼 견고하지 않은 것으로 판명된 마음을 가진 자가 있어요. 가정생활의 부드러운 유혹들이 너무 자주 그를 고행의 산길에서 끌어내어, 이따금 변절하여 속세로 나가는 수도승 꼴이 돼요. 또한 선원처럼 해외로 많이 떠돌지만, 그는 어떤 초록빛 항구에 잊지 못하는 아내와 가족을 가지고 있을지도 몰라요. 그의 경우에는 세네갈에서 가톨릭 교도 개종자들의 경우처럼, 금식과 고행이 견디기 힘들다는 것이 드러나요.'

　판사는 그의 평소의 판단력으로, 인디언 혐오자가 자신을 맡기는 극심한 고독이, 그것이 갖는 위압적인 압력으로 인해 그의 맹세를 약화시키는 것과 적잖은 관계가 있다고 항시 생각했어요. 몇 개월 동안의 외로운 척후 활동을 한 후에, 인디언 혐오자가 갑자기 일종의 열병에 걸리면, 최초의 연기를 향해서, 그것이 인디언의 것이라는 것을 알지만, 공공연하게 서둘러 가서 자신을 길 잃은 사냥꾼이라고 알리고, 그 야만인에게 그의 라이플총을 내주고, 그의 자비심에 운명을 맡기고, 그와의 친절한 교우 속에서 잠시 동안 사는 특전을 간청하면서, 많은 애정을 담고 그를 포용하는 사례들을 판사는 이야기하곤 했어요. 너무 흔한 그런 병적인 진행의 결과가 무엇인지는, 인디언을 가장 잘 아는 사람들에 의해서 알려져 있을지도 몰라요. 대체로 판사는 수많은 완전하고 충분한 이유를 들며, 뛰어난 인디언 혐오자의 견실한 근무 조건인 절제력과 같은 것을 요구하는 어떤 직업도 알려져 있지 않다고 흔히 주장했어요. 높은 안목으로 보면, 그는 이러한 인물은 한 시대에 단 한 번만 나타난다고 생각했어요.

　희석된 인디언 혐오자에 관해서는, 그가 자신에게 허용하는 휴가들이 그 특성의 유지를 해치지만, 그럼에도 이 사람이야말로 바로 그의 약점으로 인해서, 아무리 부적절하다 할지라도, 완벽한 인디언 혐오가 무엇인지에 대한 추측을 우리로 하여금 구상할 수 있게 하는 사람인 것을 간과해서는 안 돼요."

"잠깐만 기다리시오." 여기서 세계주의자가 점잖게 말을 중단시켰다. "그리고 내 담뱃대를 다시 채우게 해주십시오."

그것이 끝나자, 상대방은 계속하여 말했다.

27장
의심스런 도덕성을 가진 사람이지만, 그럼에도 불구하고 착한 증오자를 좋아한다고 말한, 영국의 저명한 도덕주의자의 호의적 판단을 받을 만한 자격이 있는 사람에 대한 약간의 이야기

"지금까지 말한 모든 것이 그의 이야기의 서론에 불과한 장본인을 언급하게 되면서, 당신처럼 골초 애연가인 판사는 모든 동석자들에게 시가를 피우라고 고집하더니, 그 자신 새로운 시가에 불을 붙이고 자리에서 일어나 가장 엄숙한 목소리로, '여러분, 존 머독 대령을 추모하여 담배 연기를 피어올립시다'하고 말하는데, 그때 깊은 침묵과 더 깊은 환상 속에 서 있으면서 여러 모금 뺀 후에 그는 자리에 다시 앉아, 다음과 같은 말로 그의 담화를 계속했어요.

'존 머독 대령은 전형적인 인디언 혐오자는 아니었지만, 그런데도 그는 홍인종을 향한 일종의 감정적인 생각을 품고 있었고, 그 정도로, 그리고 바로 그를 추모하여 바치는 감사의 표시를 마땅히 받을 만하기에 충분할 만큼, 그의 감정적인 생각을 실행에 옮겼어요.

존 머독은, 세 번 결혼하고 인디언의 도끼에 의해서 세 번 과부가 된 여자의 아들이었어요. 이 여자의 잇따른 세 명의 남편들은 개척자들이었고, 그들과 함께 그녀는 항시 변방에서, 미개지에서 미개지로 떠돌아 다녔어요. 그녀는 작은 개척지에 아홉 명의 자녀들과 함께 있었는데, 그 곳이 후에 빈세니스*요. 거기서 그녀는 일리노이주의 새로운 고장으로 이제 막 이주하려는 일행과 합류하였소. 일리노이주의 동쪽에는 그 당시에 개척지가 없었지만, 서쪽인 미시시피강의 강기슭에, 카스카스키아 강의 어귀 근처에, 오래된 몇 개의 프랑스 사람들의 촌락들이 있었어요. 때 묻지 않은 대단히 즐거운 곳들인, 새로운 아르카디아** 같은 그 촌락 들의 근처로 머독 부인의 일행은 향하고 있었는데, 왜냐하면 그 부근 포 도나무들 가운데 그들은 정착할 작정이었기 때문이오. 그들은 워배시강 에서 보트들을 나누어 타고, 그 강을 따라 내려가 오하이오강으로, 다시 오하이오강에서 미시시피강으로 들어가서, 북쪽의 도착 지점을 향하여 내려갈 작정이었어요. 모든 일이 잘되어 갔고, 마침내 그들은 미시시피 강의 그랜드 타워*** 바위에 도착하여, 거기서 상륙하여 급류가 쓸어내리 는 지점을 우회해 그들의 보트들을 끌고 가야 했어요. 여기서 한 무리의 인디언들이 잠복하여 기다리다가 달려들어 그들 모두를 거의 살해했어 요. 미망인은, 존을 제외한 그녀의 자녀들과 함께 희생자들 중에 끼어 있었고, 그는 약 50마일 떨어져 또 하나의 일행과 함께 따라오고 있었 어요.

이와 같이 사실상 그의 혈족의 유일한 생존자로 남겨졌을 때, 그는 이 제 막 성년에 들어서고 있었어요. 다른 젊은이들 같았으면 한탄하는 자가 되었을 테지만, 그는 복수자로 변했어요. 그의 신경은 전깃줄같이 민감하

---

*   Vincennes: 인디애나주 남서부에 있는 도시.
**   Arcadia: 고대 그리스 펠로폰네소스반도 내륙의 경치 좋은 이상향.
*** The Grand Tower: 미주리주의 서쪽으로부터 미시시피강으로 돌출한 높은 암봉.

지만 강인했어요. 그는 침착하기 때문에, 얼굴이 확 붉어질 리도 창백해질 리도 없는 자였어요. 그 소식이 그에게 전달되었을 때, 그는 강가의 솔송나무 밑에 앉아 사슴 고기로 저녁 식사를 하고 있던 중이었다는데, 그 소식을 듣고는 처음에 깜짝 놀라고 나서 계속해서 식사를 했지만, 천천히 그리고 차분하게, 야생의 고기와 함께 그 험한 소식을, 마치 둘 다 함께 림프액으로 바꾸어, 모두 그의 계획대로 반드시 그의 힘을 북돋우어야 하듯이 계속 씹고 있었어요. 그 식사에서 그는 인디언 혐오자로 일어섰어요. 그는 일어나서 그의 무기를 들고, 얼마간의 동료들을 설득하여 그와 한패로 만들었고, 지체 없이 실제 범죄자들이 누구인지를 알아내기 위하여 출발했어요. 그들은 여러 부족 출신의 20명의 이탈자들로, 인디언들 사이에서조차도 무법자들인, 약탈을 일삼는 패거리에 속한 것으로 판명되었어요. 교전의 기회가 그때엔 생기지 않았으므로 그는 그들에게 감사하며 그의 친구들을 해산시켰고, 언젠가 훗날 그들의 도움을 청하겠다고 말하며 그들에게 떠나가라고 했어요. 1년 이상 황무지에서 혼자, 그는 그 패거리를 감시했어요. 한번은 그가 호기라고 생각한 기회가 생겼는데, 때는 한겨울이었고, 그 야만인들은 야영을 하며 머무르려는 것이 분명하여, 그는 다시 그의 친구들을 소집하여 그들을 향해 진격했지만, 그가 오는 것을 눈치채고 적들은 도망쳤고, 너무나 허둥지둥했기 때문에 그들의 무기를 제외하고 모든 것을 두고 갔어요. 그 겨울 동안에, 거의 같은 일이 연달아 두 차례나 일어났어요. 다음해에 그는 40일 동안, 그를 위해 일하기로 맹세한 무리의 선두에 서서 그들을 찾아다녔어요. 마침내 그 때가 왔어요. 그것은 미시시피강의 강기슭에서였어요. 머독과 그의 친구들은 저녁의 붉은 황혼 속에서, 그들의 잠복처에서 강의 한가운데에 있는 밀림이 우거진 더 안전한 섬에 숙박하기 위해서 노를 저어 건너가는 카인*과 같은 자들의 패거리를 어렴풋이 알아보았는데, 왜냐하면 황무지에서 머독의 복수의 영혼이 에덴동산을 뚫고 큰 소리로 부르는 (하느님의) 목소리처럼, 항시 그들을 꾸짖어 공포에 떨게 했기 때문이오. 백인들은 한밤중까지 기다리다가 그들의 무기를 실은 뗏목을 그들 뒤에 예인하면서 강을 헤엄쳐 건넜어요. 상륙하자마자, 머독은 적의 통나무배들을 동여맨 밧줄을 자르고, 그것들을 자신의 뗏목과 함께 떠내려 보냈는데, 인디언들을 위한 탈출도, 백인들을 위한 안전도, 승리 이외에는 없도록 한다는 결심을 했던 것이오. 백인들은 승리를 거두었지만, 인디언들 중 세 명은 강물에 뛰어들어 목숨을 구했어요. 머독 일행은 한 사람도 목숨을 잃지 않았어요.

살인자들 중에서 세 명이 살아남았어요. 그는 그들의 이름과 용모를 알고 있었고, 3년 동안에 그들은 각기 그의 손에 잇따라 죽었어요. 이제 모두 죽었어요. 하지만 이것만으로 충분하지 않았어요. 그는 공언하지 않았지만, 인디언들을 죽이지 않으면 그의 직성이 풀리지 않게 되었어요. 그는 운동선수로서 필적할 만한 사람이 거의 없었고, 명사수로서 맞설 사람이 없었고, 일대일의 결투에서 무적이었어요. 초심자는 비명횡사하지만 숙련자는 연명할 수 있게 하는 삼림 지대에서의 생존 전략의 대가이며, 수주일, 어쩌면 수개월 동안 한 번도 의심받지 않고 적을 추적하는 그 모든 기술에 정통한 사람인 그는 숲을 떠나지 않았어요. 그와 마주친 외톨이 인디언은 항상 죽임을 당했어요. 다수가 발견되었을 때는, 하다못해 일격을 가할 어떤 기회를 포착하기 위해서 은밀히 그들이 지나간 자취를 추적했으며, 이런 일을 하는 동안 그 자신이 발각되면 그는 뛰어난 기술

---

*   Cain: 아담과 이브의 장남으로 그의 동생 아벨을 살해했다. 그는 인류 최초의 살인자가 된 셈이다. 그는 도망자와 방랑자가 되도록 선고를 받았지만, 노드(Nod) 땅에 도시를 건설했다.

로 그들은 피하곤 했어요.

　여러 해를 그는 이렇게 보냈고, 세월이 지나서 그는 어느 정도 그 지역과 시기의 일상생활로 되돌아왔지만, 그럼에도 존 머독은 인디언을 죽일 기회를 결코 눈감아 준 적이 없다고들 믿고 있어요. 그런 종류의 위반죄들이 그의 것이었을지 모르지만, 태만죄는 결코 아니었을 것이오. 그렇게 생각하는 것은 잘못일 거요.'

　판사는 흔히 말하곤 했어요. '이 양반은 천성이 잔인하다거나 일들에 쫓겨 불편해지면, 인간을 사회생활에서 물러나게 하는 경향이 있는, 그런 기질들을 별나게 소유하고 있었소. 하지만 머독은 무언가 분명히 자기모순적이고, 확실히 별나지만, 동시에 흠잡을 데 없는 것의 본보기였는데, 다시 말해서, 거의 모든 인디언 혐오자들은 사실은 정다운 마음을, 좌우간에 보통 사람들보다, 아무튼 더 관대한 마음을 가지고 있다는 것이오. 확실한 것은, 그가 개척지의 생활 속에 어울렸던 정도로, 머독은 스스로 사람의 도리에 맞는 감정이 없지 않음을 보여 준 것이오. 그는 무정한 남편이거나 더 냉담한 아버지가 아니었고, 자주 그의 가족으로부터 멀리 떠나 있었지만, 가족의 필요성을 명심했고 그들을 부양했어요. 그는 대단히 쾌활할 적이 있었고, (결코 그의 사적인 공적에 대해서는 아니었지만) 이야기를 잘했고, 노래를 잘 불렀어요. 이웃을 도와주는 데 주춤거리지 않고 친절했으며, 남모르게 보복적이듯이, 소문에 의하면 인정도 많았고, 한편 일반적인 태도에서, 정열적이고 비장한 갈색인 그의 얼굴빛을 가진 사내들에게 드문 일이 아니듯이, 때때로 심각하지만, 그럼에도 인디언을 제외하고 누구에게나 사내다운 방식으로 정중하게 대했고, 칭찬받고 사랑받는 노루 가죽신을 신은 신사였어요. 사실상, 다음에 일어날 사건이 증명할지도 모르듯이, 더 인기 있는 사람은 아무도 없었어요.

　인디언 전투에서든 다른 어떤 전투에서든, 그의 용맹성은 의심할 나위 없었어요. 1812년의 전쟁* 동안에 순찰대의 장교인 그는 아주 훌륭하게 임무를 수행했어요. 그의 군인다운 성격에 대해서 이런 일화가 전해지고 있는데, 헐**의 수상쩍은 항복이 있고서 얼마 후에, 머독은 그의 수색대원 일부와 함께 밤에 어느 통나무집에 이르러서, 거기서 아침까지 묵기로 했어요. 말들이 돌보아졌고, 저녁 식사가 끝나고, 대원들에게 잠자리가 할당되어, 주인은 그에게 가장 좋은 잠자리를 보여 주었는데, 다른 것들처럼 바닥 위가 아니라 다리들로 받쳐진 침대였어요. 하지만 손님은 그것을 독점하거나, 아니 사실은 조금도 그것을 차지하려고 하지 않았는데, 그때 주인이 권유를 더 하기 위해서, 어느 장군이 과거에 그 침대에서 잔 적이 있다는 말을 해주었어요. 「글쎄, 누군데요?」하고 대령이 물었어요. 「헐 장군님이오.」「그렇다면 성내지 마시오」하고, 그의 외투 단추를 채우면서 대령이 말했어요. 「정말로 아무리 편하다 할지라도, 비겁자의 침대는 사절이오.」따라서 그는 용맹한 자의 잠자리, 바닥 위의 차가운 자리에 동숙했어요.

한때 대령은 일리노이 준주 위원회의 위원이었는데, 주정부가 구성되면서 주지사 후보가 되라는 압력을 받았지만, 할 생각이 없다고 사양했어요. 그리고 그는 거절하는 이유를 말하기 거부했지만, 그럼에도 그를 가장 잘 아는 사람들에 의해서 그 이유가 전적으로 짐작되지 않은 것은 아니었어요. 공식 입장에서 그는 인디언 부족들과 우호 조약을 맺으라는 요구를 받을지도 몰랐는데, 그건 생각할 수도 없는 일이었어요. 그리고 이러한 우발 사건이 일어나지 않는다 할지라도, 일리노이주의 주지사가, 그

---

*   영미 전쟁(1812-15)
**   William Hull(1753-1825): 1805년에 새로이 창설된 미시간 준주(準州)의 지사가 된 미국의 군인임. 그는 1812년 디트로이트에서, 공격도 하지 않고 Isaac Brock 장군 휘하의 영국군에게 그의 군대와 방어 시설을 넘겨주었다.

가 최고 행정관으로서 보호해 주는 관할구 안에서, 며칠 동안 인간 사냥을 하기 위해서 입법부의 휴회 중에 때때로 몰래 빠져나가는 것은 온당치 않은 일일 것이라고 느꼈어요. 주지사의 지위가 큰 명예를 준다 할지라도, 머독에게는 더 큰 희생을 요구했어요. 이것들은 서로 양립할 수 없는 것들이었어요. 요컨대, 일관된 인디언 혐오자가 되는 것은, 세속적 허식과 영광이라는 그 목적들과 함께 야심을 포기해야 한다는 것을 모르지 않았고, 종교는 이러한 것들을 허영이라고 선언하면서 그것들을 포기하는 것을 칭찬할 만한 가치라고 생각하므로, 이것에 관한 한 인디언 혐오는, 다른 점들에서 그것을 어떻게 생각한다 할지라도, 독실한 감정의 효능이 전혀 없지는 않은 것으로 간주될지도 몰라요.'"

여기서 이야기하는 사람이 말을 멈추었다. 그런 다음, 오랫동안 지루하게 앉아 있다가 벌떡 일어나, 그의 흐트러진 셔츠 가장자리 주름 장식을 정돈하고, 동시에 그의 구겨진 바지 속에서 그의 다리들을 똑바로 추스르면서 이야기를 끝맺었다. "자, 다 했소. 내 이야기나 마음, 또는 내 생각들이 아니라, 딴 사람의 것들을 말해 준 거요. 그런데, 당신의 친구인 너구리 털가죽 옷을 입은 사람에 관해서 말인데, 판사가 여기 계시면 그분은 그를, 열정을 과하게 퍼뜨리면서 그것을 천박하게 만드는, 일종의 종합적 머독 대령이라고 단언할 것임이 틀림없소."

28장
고 존 머독 대령에 관한 논쟁점들

"관용, 관용을!" 세계주의자가 큰 소리로 말했다. "관용 없이 결코 건전한 판단은 없습니다. 인간이 인간을 판단할 때, 관용은 우리의 자비심에서 아낌없이 주어진 것이기보다는, 오히려 인간이 오류를 범하기 쉬운 것에 대한 둔감한 여유를 공정하게 허용하는 것입니다. 나의 괴벽스러운 친구가, 당신이 빗대어 말하는 인물이 절대로 아니기를 빕니다. 당신은 그를 모르거나, 단지 불완전하게 알고 있을 뿐입니다. 그의 외모가 당신을 속였는데, 처음에는 하마터면 나조차도 속을 뻔했습니다. 하지만 나는, 어떤 부당 행위에 대한 분노 때문에 그가 자신을 약간 드러내 놓았을 때 기회를 잡았는데, 나는 그의 마음을 면밀히 살필 행운의 기회를 잡아, 그것이 꺼림칙한 껍질 속에 든 맛있어 보이는 굴인 것을 발견했습니다. 그의 외모는 겉치레일 뿐입니다. 자기 자신의 친절을 부끄러워하여, 그는 중세 이야기 속의 저 이상한 늙은 삼촌들이 그들의 조카들을 다루듯이, 줄곧 딱딱거리면서도 장중보옥(掌中寶玉)처럼 사랑하듯이 인간을 대합니다."

"글쎄요, 내가 그와 주고받은 말은 몇 마디 안 돼요. 아마 그는 내가 생각했던 그런 사람이 아닐지도 모르오. 그래요, 잘은 모르지만, 당신이 옳을지도 모르오."

"그 말을 들으니 다행입니다. 관용은 시처럼, 단지 그것이 운치 있기 위해서라면 연마되어야 합니다. 그런데 당신은 자신의 생각을 포기했으므로, 말하자면 당신의 이야기도 포기한다면 나로서는 기쁠 텐데. 그 이야기는 나에게 놀라움보다는 한층 더 많은 불신을 느끼게 합니다. 어떤 부분들은 앞뒤가 맞지 않습니다. 존 머독이 증오의 인간이라면, 어떻게 또한 사랑의 인간이 될 수 있습니까? 그의 고독한 전투가 헤라클레스의 경우처럼 터무니없거나, 그렇지 않으면 그것들이 진실이므로, 그의 친절한 행위에 관하여 끼워 넣어진 것은 장식물에 불과합니다. 요컨대, 일찍이 머독과 같은 사람이 있었다면, 그는 나의 사고방식으로는 염세가이거나 하찮은 사람이고, 그의 염세는 한 인종에 집중되어 있기 때문에 그만큼 더 강렬합니다. 인간 증오는 자살처럼, 특히 고대 로마나 그리스의 열정, 즉 이교도적으로 보일 것이지만, 그럼에도 고대 로마나 그리스의 기록은, 판사와 당신이 머독 대령을 묘사했듯이, 인간 증오에서 그와 필적하는 사람을 제시할 수 없습니다. 일반적으로 인디언 증오에 관한 한, 나는 그것에 대해서 닥터 존슨이 이른바 리스본 지진에 대해 말했듯이, '선생, 나는 그것을 믿지 않습니다'라고 말할 수 있을 뿐입니다."

"그것을 믿지 않았다고요? 왜요? 그의 어떤 사소한 편견과 상충했나요?"

"닥터 존슨은 편견이 없었지만, 어떤 다른 사람처럼……." 천진난만한 미소를 지으며, "그는 섬세한 감정을 가졌고, 그 감정이 아파했던 겁니다."

"닥터 존슨은 착한 기독교인이었죠, 그렇죠?"

"그랬습니다."

"그가 어떤 다른 인물이었다면 어땠을까요?"

"그러면 그 증거 없이 주장된 지진에 관해서 의심이 적었겠지요."

"그가 또한 염세가였다면?"

"그러면 연기와 재의 장막 밑에서 저질러진 것으로 주장된 약탈과 살인들에 관해서 불신이 적었겠지요. 그 시기의 불신자들은 소문들을 재빨리 믿었고 더 나빴어요. 종교는, 통설과 반대로 어떤 경우에, 동의하는 데는 서두르지 않는 자제의 정신을 내포하는 반면, 경솔히 믿는 것을 경멸한다고 주장하는 무신앙은 때때로 동의하는 데 재빠르다는 것이 매우 확실합니다."

"당신은 염세와 무신앙을 다소 뒤범벅으로 만들고 있어요."

"나는 그것들을 엉클어 놓지 않습니다. 그것들은 대등한 것들입니다. 이봐요, 왜냐하면 염세는 종교의 불신과 같은 뿌리에서 생기며, 무신앙과 쌍둥이이기 때문입니다. 그것은 같은 뿌리에서 생긴다는 말인데, 왜냐하면, 유물론은 제쳐 놓고, 무신론자란 우주 가운데서 사랑이라는 지배적 원리를 보지 못하거나 보려고 하지 않는 자 말고 무엇이며, 염세가란 인간에게서 친절이라는 지배적 원리를 보지 못하거나 보려고 하지 않는 자 말고 무엇입니까? 모르겠습니까? 어느 경우에나 악덕은 신뢰의 부족에 있습니다."

"염세는 어떤 종류의 느낌인가요?"

"차라리 공수병(광견병)이 어떤 종류의 느낌인지 나에게 물어보는 편이 낫습니다. 몰라요, 걸려 본 적이 없습니다. 나는 그것이 도대체 무엇과 같을까 하고 자주 생각한 적이 있습니다. 대체 염세가는 따뜻한 마음씨를 느낄 수 있을까? 마음은 편안한가? 그와 동무로 사귈 만한가? 하고 자문해 봅니다. 염세가는 시가를 피우고 깊이 생각할 수 있을까? 그는 고독 속에서 어떻게 살아가는가? 염세가는 식욕 같은 것을 가지고 있는가? 복숭아의 맛이 그를 상쾌하게 할까? 샴페인 거품이 이는 것을 그는 어떤 눈으로 보는가? 여름은 그에게 나쁘지 않은가? 긴 겨울철의 얼마 동안을 그는 잠잘 수 있는가? 그의 꿈은 무엇인가? 한밤중에 홀로, 연발하는 천둥소리에 갑자기 잠에서 깨었을 때, 그는 어떻게 느끼고 무엇을 하는가?"

"당신과 마찬가지로⋯⋯." 그 낯선 사람이 말했다. "나도 염세가를 이해할 수 없어요. 내 경험의 범위 안에서는, 인간은 다른 사람의 최선의 사랑을 받을 만한 가치가 있거나, 그렇지 않으면 내가 운이 좋았어요. 단지 아주 적은 정도라 할지라도, 운 나쁘게 부당한 취급을 받았던 적은 결코 없었어요. 속이기, 험담하기, 사람을 얕보기, 거드름, 냉혹함, 그리고 그 모든 종류의 것들을, 나는 단지 소문으로만 알고 있어요. 옛 친구의 음흉한 어깨너머로 치떠진 차가운 시선들, 수혜자의 배은망덕, 절친한 친구의 배신행위, 이런 것들일지도 모르지만, 나는 그것에 대해서 누군가의 말을 받아들여야만 해요. 자, 나를 그렇게 잘 건너가게 해준 다리(橋), 나는 그것을 찬미하지 말까요?"

"그러지 않으면 가치 있는 다리에 대한 배은망덕입니다. 인간은 고상한 동료이고, 비꼬기 좋아하는 사람들이 판치는 시대에, 나는 인간을 신뢰하고 용감하게 인간을 옹호하는 사람을 발견하여 기분이 나쁘지 않습니다."

"그래요, 나는 언제나 인간에 대해서 좋은 말을 하고, 더군다나 인간을 위하여 항시 착한 일을 할 준비가 되어 있어요."

"당신은 내 마음에 맞는 사람입니다." 세계주의자가 침착함이 가미된 허심탄회한 심정으로 대꾸했다. "정말⋯⋯." 그가 덧붙여 말했다. "우리의 생각들이 너무나 일치하므로, 그것들을 책 속에 써 넣으면 어느 것이 누구의 생각인지를, 아주 정확한 비평가들이나 결정할 수 있을지도 모릅니다."

"우리가 이렇게 마음으로 하나가 되어 있으므로⋯⋯." 낯선 사람이 말했다. "손을 맞잡아도 좋지 않소?"

"내 손은 언제나 미덕을 추종하며 모십니다." 미덕의 화신에게처럼 기탄없이 그에게 손을 내밀면서 말했다.

"그런데……." 그 낯선 사람이 진심으로 그의 손을 계속 붙잡고 있으면서 말했다. "이곳 서부에서의 우리의 방식을 당신은 알고 있겠죠? 약간 저급할지도 모르지만 그건 순박해요. 간단히 말해서, 우리는 새로 사귄 친구들이므로 함께 술을 마셔야 하는데, 어떻게 생각해요?"

"감사합니다만, 실은 좀 봐주셔야겠습니다."

"어째서요?"

"진실을 말하자면, 나는 오늘 너무나 많은 친구들을, 모두 마음이 너그럽고 쾌활한 사내들을 만났기 때문에, 정말로 현재로서는 그걸 잘 견디고 있지만, 오랜 항해 끝에 뭍에 발을 디디고, 몸이 마음보다 주량이 더 적은지라, 어두워지기도 전에 정다운 환대의 술잔들을 받고 비틀거리는 선원의 상태와 사실은 거의 같습니다."

옛 친구들을 언급하자 그 낯선 사람의 얼굴은, 질투심 많은 연인이 그의 애인으로부터 옛 연인들의 소식을 들었을 때 그럴지도 모르듯이, 어두운 표정이 되었다. 그러나 기운을 차리면서 그가 말했다. "필시 그들이 당신에게 뭔가 독한 술을 대접한 거요. 하지만 포도주, 확실하게 순한 술 저 포도주를, 자, 여기 있는 이 작은 테이블들 가운데 하나에서 순한 포도주를 약간 마십시다. 자, 자." 그러고 나서 음량이 풍부한 갑판장의 호루라기처럼 우렁찬 소리를 내려고 애쓰면서, 잠재적인 음 이탈이 더 적었다면 정다운 우정은 더 많았던 목소리로 노래했다.

산사비노*에서 더운 거품이 이는,
자비로운 포도나무의 포도주를 마시자.

---

*   Zansovine: 이탈리아의 토스카나 지방에 있는 몬테산사비노(Monte San Sovino).

세계주의자는 갈망하는 눈으로 그를 보면서, 몹시 마음이 끌려 잠시 주저하듯이 서 있었는데, 그러고 나서 자포자기의 표정으로 그에게 불쑥 다가서면서 말했다. "인어의 노래들이 선수상(船首像)을 감동시킬 때, 그때의 영광, 금, 그리고 여자들은 나에게 그들의 농간을 부려 주소서. 하지만 좋은 친구가 좋은 노래를 부르면서, 나의 모든 활동 잠재력을 무력화시켜서, 나의 온몸은 배의 선체처럼, 자력이 있는 바위를 지나며 순순히 침몰합니다. 이젠 그만! 사람이 모종의 마음을 가질 때, 굳게 결심해 보려고 해도 헛수고입니다."

29장
마음 맞는 친구

두 사람은 작은 테이블에 앉아 포트와인을 주문하고, 주흥을 기대하며 자연스런 대화의 중단이 이어지고, 낯선 사람의 눈은 가까이에 있는 바 쪽으로 돌려져, 그곳에서 불그스레한 뺨을 가진 사내가 흰 앞치마를 두른 채 쾌활하게 병의 먼지를 털고, 손님을 끌듯이 쟁반과 컵들을 정돈하고 있는 것을 지켜보고 있었는데, 그때 갑자기 충동적으로 그의 말동무 쪽으로 머리를 돌리면서 말했다. "우리의 우정은 첫눈에 끌린 거지요, 그렇죠?"

"그렇습니다." 차분하고 만족스러운 대답이었다. "그리고 첫눈에 반한 사랑과 같은 것을 첫눈에 끌린 우정에 대해서도 말할 수 있을지도 모르는데, 그것은 유일한 진실한 것, 둘도 없는 숭고한 것입니다. 그것은 신뢰를 나타냅니다. 어느 누가, 적의 항구로 밤에 잠입해 들어가는 이상한 배처럼, 사랑이나 우정으로 돌입하는 그 길의 깊이를 재며 들어가고자 합니까?"

"옳소, 바람에 맞서 대담하게 들어가지요. 기꺼이 동의해요, 참으로 우리는 언제나 의견이 일치하는군요. 그런데 형식에 불과하지만, 친구들은 서로 통성명을 해야 해요. 바라건대, 당신의 성함은 어떻게 되는지요?"

"프랜시스 굿맨입니다. 하지만 나를 좋아하는 사람들은 나를 프랭크라고 부릅니다. 그런데 당신의 성함은?"

"찰스 아놀드 노블이오. 하지만 당신은 나를 찰리라고 부르시오."

"그러겠습니다, 찰리. 남자들에게 젊은 시절의 형제 같은 친우 관계를 유지하는 것에 비할 만한 것은 없습니다. 그것은 죽을 때까지 마음이 홍안의 소년임을 증명합니다."

"또다시 감동적이군요. 아!"

그것은 코르크 마개를 빼낸 산뜻한 병을 들고서 방긋 웃고 있는 웨이터였는데, 보통의 1쿼트들이 병이었지만, 호저 가시들로 장식하고 인디언풍으로 야하게 색칠한, 나무껍질로 만든 작은 바구니 속 밑바닥에 임시로 끼워 맞춰져 있었다. 이것이 환대하는 사람 앞에 놓이자, 그는 그것을 애정 어린 관심을 가지고 주시했지만, 병에 부착된 대문자 P. W.가 기재된 멋진 붉은 색 라벨을 이해하지 못하거나, 아니면 이해하지 못하는 척하는 것 같았다.

"피. 더블유……." 그가 붙임성 있게 보이려고 애쓰는 사람을 난처한 표정으로 주목하면서 마침내 말했다. "허, 피. 더블유.가 무엇을 뜻하죠?"

"놀랄 것 없어요." 세계주의자가 근엄하게 말했다. "그것이 포트와인(포르투갈 원산의 적포도주)을 의미해도 말입니다. 당신은 포트와인을 청했지요, 그렇죠?"

"그야 정말 그렇죠, 정말 그렇죠."

"이해하기 어려운 사소한 것들 중에는 의문을 풀기가 별로 어렵지 않은 것들이 있다는 것을 깨닫습니다." 상대방이 살짝 다리를 꼬면서 말했다.

이 진부한 말은 낯선 사람의 귀에 들리지 않는 것 같았는데, 그 까닭은, 그는 지금 술병에 열중한 채 다소 누르께한 그의 두 손으로 그 병의 온 면을 문질렀고, 혀차는 소리와 비슷한 이상한 종류의 낄낄대는 웃음소리와 함께 큰 소리로 말했다. "좋은 포도주, 좋은 포도주요. 그것은 좋은 감정의 특이한 결속이 아니오?" 그런 다음 양쪽 술잔에 술을 가득 부어 하나를 이쪽으로 밀어 주고, 거드름을 피우는 듯한 세련된 태도로 말했다. "오늘날 순수한 포도주는 살 수 없고, 판매 중인 거의 모든 종류는 포도원의 포도주라 하기보다는 제조소의 것들이고, 대부분의 술집 주인들은 그들의 고객들인, 그들의 가장 좋은 친구들의 생명을 속이는 상냥한 술책을 가진 한 패의 독살자들에 불과하다고 주장하는, 저 우울한 회의론자들에게 재앙 있으라."

어두운 기색이 세계주의자를 스치고 지나갔다. 몇 분 동안 우울한 표정의 침묵 후에, 그는 눈을 들어 올려다보며 말했다. "내가 오랫동안 생각해 온 건데, 친애하는 찰리, 오늘날 포도주를 대하는 너무 많은 사람들의 마음이 신뢰 부족의 가장 고통스러운 본보기들 중 하나입니다. 이 술잔들을 보시오. 이 포도주에서 독을 의심할 수 있는 자는 헤베*의 볼에서 폐결핵을 의심할 것입니다. 한편, 포도주 취급자들과 그 판매인들에 대한 의심스런 생각들에 관한 한, 이러한 의심들을 품은 사람들은 인간의 마음에 제한된 신뢰만을 가질 수 있습니다. 그들은 인간의 마음이 제각기, 이와 같은 포트와인이 아니라 그들이 고집하는 것과 같은 포트와인이 담긴, 각각의 포트와인병과 대체로 같다고 생각하지 않으면 안 됩니다. 아무리 신성할지라도, 어느 것에서도 선의를 인식하지 못하는 이상한 비방자들입니다. 내복약들도, 성사(聖事)에 쓰이는 포도주도, 그들을 피하지 못했습니다. 약병을 든 의사와 성찬배(聖餐杯)를 든 신부를, 그들은 죽어 가는 사람에게 가짜 강심제를 비정하게 시여하는 자들과 똑같이 간주합니다."

"무섭군!"

---

* Hebe: 〈그리스 신화〉 헤라와 제우스의 딸로서 헤라클레스의 아내이며, 청춘과 봄의 여신.

"정말 무섭습니다." 세계주의자가 진지하게 말했다. "이들 불신자들은 바로 그 신뢰의 정수를 찌르려고 대듭니다. 만일 이 포도주가……." 그의 가득 찬 술잔을 인상 깊게 들어 올리면서, "밝은 전망을 가진 이 포도주가 진짜가 아니라면, 더 밝을 리가 없는 전망을 가진 인간은 어떻게 될까요? 하지만 인간은 참될지라도 포도주는 가짜라면, 우호적인 친절은 어디로 사라질까요? 진정으로 정다운 사람들이 뜻밖에도 배반적인 흉악한 마약에 취해 서로의 건강을 위해 축배를 드는 것을 상상한다면!"

"끔찍하군!"

"너무 지나쳐서 사실일 리가 없습니다, 찰리. 그건 잊어버립시다. 이봐요, 당신이 지금 나를 대접하는 사람인데, 그런데도 당신은 나를 위해 축배를 들지 않습니다. 나는 그걸 기다리고 있었습니다."

"죄송, 죄송해요." 반은 당황하여 그리고 반은 과시하듯이, 그의 술잔을 들어 올리면서 말했다. "나는 당신에게 건배하오, 프랭크. 진심으로, 정말이오." 너무 예의 바른 자세여서 크게 한 모금을 마실 수는 없었지만, 그것은 양은 적었어도 약간 무의식적으로 입을 찡그리게 했다.

"그래서 나는 찰리, 내가 받은 축배처럼 마음 따뜻하고, 그것을 타서 마시는 이 포도주처럼 순수한 축배로 당신에게 보답합니다." 세계주의자는 친절함이 배어나는 기품 있는 몸짓으로 크게 한 모금 들이켜며 답례를 했고, 소리가 들리긴 하지만 불쾌한 정도는 아니게 입맛을 다시며 끝을 맺었다.

"포도주의 위조 혐의로 말하자면……." 그가 차분하게 그의 술잔을 내려놓은 다음, 그의 머리를 뒤로 비스듬히 젖히고 다정하게 시선을 고정하여 포도주를 주의 깊게 보면서 말했다. "아마 그 주장들의 가장 이상한 부분은, 이 대륙에서 대부분의 포도주들이 가짜라고 확신하지만, 그럼에도 포도주가 너무 좋은 것이어서 위조품조차도 전혀 없는 것보다 낫다고 생각하면서, 말 그대로 여전히 그것들을 마시며 허송세월하는 부류의 사람이 있는 것일지도 모릅니다. 그리고 이런 과정에 의해서, 그는 조만간 자신도 모르는 사이에 건강을 해치게 될 것이라고 금주가들이 주장하면, 그는 대답합니다. '그래서 당신은 내가 그것을 모른다고 생각하시오? 하지만 성찬이 없는 건강은 따분한 것이라고 나는 생각해요. 그리고 음식물은, 가짜 품질이라 할지라도 제값이 있고, 나는 그것을 기꺼이 지불하겠습니다.'"

"프랭크, 이런 사람은 틀림없이 제어할 수 없이 취해서 떠드는 기질을 가지고 있을 것이오."

"그래요, 이런 사람이 있다 할지라도 나는 그것을 믿지 않습니다. 그것은 우화이지만, 재능이 비범하기보다는 오히려 괴상한 어떤 사람이 그 우화 자체보다도 더 기발한 교훈을 거기서 끌어내는 것을, 내가 일찍이 들은 적이 있습니다. 그는, 억제할 수 없이 마음씨 고운 기질을 가진 사람이, 동시에 대부분의 사람들이 신의가 없다는 것을 믿고 있지만, 사교가 너무 즐거운 것이어서 부정한 부류일지라도 전혀 없는 것보다 낫다고 생각하면서, 사람들과 더욱 친하게 교제할 수 있는 것이 어찌 된 영문인지를, 비유에서처럼 그것이 설명한다고 말했습니다. 그리고 로슈푸콜트* 같은 사람들이 이런 과정에 의해서, 조만간 안전을 침해당하게 될 것이라고 주장하면 그는 대답합니다. '그래서 당신은 내가 그것을 모른다고 생각하시오? 하지만 나는 사교 없는 안전을 따분한 것이라고 생각해요. 그리고 사교는, 부정한 종류의 것이라고 할지라도 그 값이 있고, 나는 기꺼이 그 값을 지불하겠습니다.'"

---

*   François de La Rochefoucauld(1613-80): 프랑스의 도덕주의자 및 작가로서, 그의 〈금언집〉으로 유명함.

"대단히 특이한 이론이오." 낯선 사람이 가벼운 조바심과 함께, 약간 캐묻기 좋아하는 눈으로 그의 말동무를 보면서 말했다. "정말, 프랭크, 대단히 명예 훼손적인 생각이오." 그는 갑자기 열을 올리며, 거의 스스로 기분이 상한 듯한 무의식적인 표정을 지으며 큰 소리로 말했다.

"어떤 점에서 그것은 당신이 말하는 모든 것과, 그 밖에도 더 많은 비난을 마땅히 받을 만합니다." 상대방이 평소처럼 온화하게 대꾸했다. "하지만 그 속에 담긴 일종의 해학을 위해서, 어쩌면 관용은 뭔가 사악한 것을 눈감아 줄지도 모릅니다. 사실상 유머는 너무나 축복받은 것이므로, 인간 지성의 가장 부덕한 작품에서조차도 단지 아홉 개의 좋은 농담들을 발견할 수 있다면, 일부 철학자들은 그 아홉 개의 좋은 농담들이 모든 사악한 생각들을, 비록 소돔*의 전체 주민처럼 많을지라도 모두 구제해 준다고 주장할 만큼 관대합니다. 여하간, 다름 아닌 바로 이 해학은, 무어라고 말할 필요가 없는 보시물(布施物)을 담고 있고, 그것은 이러한 만병통치약이며 마력이고, 거의 모든 사람들이 그 밖의 다른 것에서는 거의 동의하지 않지만, 그것을 즐기는 것에는 의견이 일치하고, 그것 나름으로 명백하게 대단히 많은 좋은 일을 세상에서 하기 때문에, 제법 큰 웃음을 웃을 수 있는 사람인 해학가는, 다른 일들에서는 그가 어떻게 보일지라도, 도저히 무정한 망나니가 될 수 없다는 말이 금언에 가까운 것은 조금도 이상한 일이 아닙니다."

"하, 하, 하!" 상대방이 아래 갑판에 있는 핏기 없는 걸인 소년의 모습을 가리키며 소리 내어 웃었고, 그의 가련함은 한 켤레의 기형 부츠로 인해, 말하자면 익살스럽게 감동적이었는데, 분명히 어떤 벽돌공이 버린 것

---

* Sodom: 〈구약 성서〉, 「창세기」 18장 23-32절. 요르단평야에 있던 도시로, 그곳 주민들의 사악함 때문에 하느님이 불로 멸망시킴.

으로, 말라서 갈라졌고 석회로 거의 부식되고, 매듭 주변이 바순처럼 오
그라들어 있었다.

"알겠습니다." 상대방이 차분히 이해하는 것처럼 보이면서도, 이 경우
그 기괴한 모습에 대해 무심하지 않고, 그것에 대한 인식을 그나마 나타
내는 것 같은 태도로 말했다. "알겠는데, 그것이 당신을 크게 웃게 만드는
점이, 찰리, 대단히 적절하게 끼어들어 내가 언급하고 있던 그 격언을 강
조합니다. 정말 당신이 이러한 효과를 의도했다 할지라도, 그것이 더 이
상의 효과를 낼 수는 없었을 것입니다. 왜냐하면 그 큰 웃음소리를 듣는
사람이면 누구든, 언제나 그것에서 건강한 허파 못지않게 건강한 마음을
당연히 논증하지 않겠습니까? 진실로, 연신 미소만 짓는 사람은 악한일지
도 모른다고들 말하지만, 소리 내어 웃고 또 웃고 또 웃는 사람이 악한일
지도 모른다고는 말하지 않습니다. 그렇죠, 찰리?"

"하, 하, 하! 네 그래요, 네 그래요."

"아니 찰리, 당신의 폭소는 화학자의 모의 화산이 그의 강의를 설명하
는 것과 거의 마찬가지로, 적절히 내 의견을 설명합니다. 하지만 소리 내
어 잘 웃는 사람은 나쁜 사람일 리가 없다는 격언을 경험이 용납하지 않
는다 할지라도, 나는 그럼에도 불구하고 그것이 사람들 사이에서 유포되
고, 의심할 여지없이 그들 사이에서 생긴 격언이고, 따라서 진실함에 틀
림없으므로, 은밀히 그것을 믿지 않으면 안 된다고 느낄 것인데, 왜냐하
면 사람들의 목소리가 진실의 목소리이기 때문입니다. 당신은 그렇게 생
각하지 않습니까?"

"물론 그렇죠. 사람들을 통해서 말하지 않으면, 진실은 결코 조금도 말
하지 못한다고, 누군가 그렇게 말하는 것을 들었어요."

"참된 격언입니다. 하지만 우리는 옳은 길에서 빗나갑니다. 마음의 지
표로 고려되는 유머의 통속적인 개념은, 이상하게도 아리스토텔레스에 의

해서 굳혀지는 것처럼 보일 텐데, 그의 〈정치학〉에서라고 생각해요. (덧붙여 말하면, 아무리 그것을 전반적으로 고찰한다 할지라도, 그럼에도 어떤 단락들의 성격으로 인하여, 예방 조치 없이 젊은이들의 손에 들어가서는 안 되는 저서인데.) 역사상 가장 매력 없는 사람들이 유머에 대해서 혐오뿐만 아니라 증오도 가졌던 것처럼 보이고, 그것도 어떤 경우에는 실용적인 재담에 대한 괴상하게 냉담한 취미와 함께였던 것 같다고 그는 말합니다. 나는 시실리의 변덕스러운 폭군 팔라리스에 관해서, 그가 이전에 어느 불쌍한 사람을, 다름 아닌 너털웃음을 웃는다는 이유로 승마용 발판 위에서 참수시켰다는 이야기가 전해지는 것을 기억합니다."

"웃기는 팔라리스!"

"잔인한 팔라리스!"

폭죽이 터진 후처럼 대화가 중단되었고, 두 사람 모두 마치 탄성이 정반대인 것에 서로 충격을 받고, 그것이 갖는 의미가 무엇인지 묵묵히 생각하기라도 하듯이 식탁을 내려다보고 있었다. 적어도 그런 것처럼 보였지만, 한편으론 그렇지 않았을지도 모르는데, 왜냐하면 얼마 안 있어 세계주의자가 흘긋 쳐다보며 말했기 때문이다. "가짜 포도주인 것을 알지만, 여전히 그것을 마실 만한 이유가 있는, 우리가 언급하고 있던 그 괴짜 주정꾼에게서 얻어 낸 익살스럽고 냉소적인 교훈의 사례에서, 거기서, 저, 우리는 해학 속에서 생각해 낸 것이지만, 사악한 생각임에 틀림없는 것의 본보기를 접합니다. 나는 지금 당신에게 사악함 속에서 생각해 낸 사악한 생각의 실례를 말해 주겠습니다. 당신은 두 가지를 비교하여, 전자의 사례에서 신랄함이 유머에 의해서 무력화되지 않는지, 그리고 후자에선 유머의 부재가 신랄함을 자유방임하지 않는지를 대답해 주십시오. 나는 전에 어느 재사(才士), 단순한 재사, 잘 들으세요, 신앙심이 없는 파리 출신의 재사가, 다름 아닌 구두쇠와 악한들이 그들의 이익을 위해서,

금주 운동에 가장 먼저 가담했다고 말하는 소리를 들은 적이 있는데, 그건 그가 확언했듯이, 독한 술 할당량을 삭제하면서 그것에 상당하는 것을 공급하지 않는 선주들과, 사업을 위해 냉정한 두뇌를 유지하기에 좋게 더욱더 냉수만을 고집하는 도박꾼들과 온갖 종류의 사기꾼들에 있어서처럼, 그로 인해 전자는 돈을 절약하고 후자는 돈을 벌었기 때문이었습니다."

"사악한 생각이오, 정말!" 낯선 사람이 감정을 담아 큰 소리로 말했다.

"맞습니다." 상체를 그의 팔꿈치로 받치고 식탁 위로 구부리며, 그리고 쾌활하게 집게손가락으로 그에게 손짓을 하면서, "맞아요. 그런데 내가 말했듯이, 당신은 그것의 신랄함을 깨닫지 못합니까?"

"천만의 말씀을. 대단히 비방적인 생각이오, 프랭크!"

"그 안에 유머는 없습니까?"

"전혀 없소."

"자, 이제 찰리……." 축축한 시선으로 그를 주목하면서, "술을 마십시다. 당신은 술을 많이 마시지 않는 것 같습니다."

"아, 아, 사실은, 사실 나는 그 점에서 몸을 사리지 않소. 나는 항변하오, 친구 찰리보다 더 화통한 술꾼은 어디서도 찾지 못할 거요." 그리고 나서 열정적으로 그의 술잔을 움켜쥐었지만, 결국 그것을 들고 우물쭈물할 뿐이었다. "그런데 프랭크, 나는 일전에 좋은 것, 썩 좋은 것을, 즉 언론에 대한 찬양의 글을 보았소. 그것은 무척 내 마음에 들었고, 나는 두 번 읽고서 그것을 암기했소. 그것은 일종의 시이지만, 무운시(無韻詩)가 압운시(押韻詩)에 대해 갖는 것과 다소 똑같은, 무운시에 입각한 형식으로 된 것이오. 후렴이 달린 일종의 평이한 노래요. 그것을 읊어 볼까요?"

"언론을 찬양하는 것은 무엇이든 들으면 기쁠 것입니다." 세계주의자가 대꾸했다. "한층 더 기쁠 겁니다."

그가 진지하게 말을 계속했다. "최근에 내가 어떤 사람들에게서 언론을 헐뜯는 경향을 목격했으니까요."

"언론을 헐뜯어요?"

"맞아요, 일부 비관적인 사람들은 그것이 브랜디, 즉 오-드-비*에 대해서처럼 그 위대한 발명품을 상대로 시험하고 있다고 주장하는데, 브랜디는 처음 발견되자 바로 의사들에 의해서, 그것의 프랑스어 명칭이 암시하듯이 만병통치약이라고 생각되었지만, 체험적으로 완전히 증명되지 않았다고 생각될지도 모르는 견해입니다."

"당신은 나를 놀라게 하오, 프랭크. 언론을 그렇게 헐뜯는 자들이 실제로 있소? 더 좀 말해 주시오, 그들의 이유를."

"이유는 아무것도 없지만 확인된 말들은 많은데, 그중에서도 특히, 왕조의 폭정하에서 언론은 국민에게 즉흥 시인에 불과하지만, 민중의 폭정하에서 그것은 그들의 잭 케이드** 같은 반역자가 되기 아주 쉽다고 주장합니다. 결국 이들 심술궂은 사이비 현자들은, 권총을 우연히 손에 쥔 자의 목적 이외에는 어떤 것에도 충실하지 않는 콜트식 자동 권총의 견지에서 언론을 보는데, 언론의 발명을 자동 권총의 피스톨과 매우 비슷한 글쓰기에 대한 향상으로 간주하며, 총신의 증가와 동시에 목적의 정화는 전혀 관련시키지 않습니다. 그들은 '언론의 자유'라는 용어를 콜트식 자동 권총의 자유와 동등하게 생각합니다. 따라서, 진실과 권리가 전자로부터 희망에 빠지는 것이 사리에 맞지 않는 것은, 코수스***와 마치니****가 후자로

---

*	eau-de-vie: 프랑스어로 '생명수'란 뜻이며 브랜디를 가리킴.
**	Jack Cade(?-1450): 영국 헨리 6세의 실정에 반대하여 반란을 일으킨 자로, 셰익스피어의 〈헨리 6세(Henry VI)〉에서 무모하고 사납고 저속한 반역자로 등장함.
***	Lajos Kossuth(1802-94): 헝가리에서 1848-9년에 실패로 끝난 혁명을 주도한 정치가.
****	Giuseppe Mazzini(1805-72): 이탈리아의 정치가.

부터 희망에 빠지는 것이 사리에 맞지 않는 것과 같습니다. 그렇지 않습니까?"

"물론이오. 그러나 계속하시오, 계속해요. 당신의 말을 듣고 싶소." 그러면서 비위 맞추듯이 그의 술잔에 술을 가득 부어 주었다.

"한 예로서……." 세계주의자가 당당하게 그의 가슴을 부풀리면서 계속해서 말했다. "나는 언론이 국민의 즉흥 시인도, 잭 케이드 같은 반역자도 아니고, 그들에게 고용된 바보도, 자부심이 강한 고된 노역자도 아니라고 생각합니다. 이해관계가 결코 언론을 설득하여 본분을 압도하지 못한다고 생각합니다. 언론은 자기 입장이 굳어져 있지만 거짓과 상대하여 속수무책일지라도 여전히 진실을 대변합니다. 그것 때문에 뉴스의 값싼 보급자라는 초라한 이름을 경멸하면서, 나는 그것에 대해 지식의 창도자라는 독립 사도직을 요구하는데, 무쇠 같은 바울! 사도 바울 같은 사람 말인데, 왜냐하면 언론은 지식뿐만 아니라 정의를 증진시키기 때문입니다. 태양처럼 언론에는, 친애하는 찰리, 유익한 힘과 빛의 헌정된 원리가 있습니다. 악마적 언론을 말할 것 같으면, 사도적 언론과 공동 출현함으로써 그것이 후자에 오명이 되지 않는 것은, 진짜 태양에 환일(幻日)*의 공동 출현이 오점이 되지 않는 것과 마찬가지입니다. 불길한 환일에도 불구하고, 아폴로신은 낮을 베풀어 주십니다. 요컨대 찰리, 나는 언론이 실제로 영국 왕의 명목상의 칭호인 신앙의 옹호자, 즉 잘못에 대한 진실의, 미신에 대한 형이상학의, 허위에 대한 이론의, 자연계에 대한 기계류의, 그리고 악한 자에 대한 선한 자의 최종적 승리에 대한 확신의 옹호자라고 생각합니다. 이러한 것이 내 견해들인데, 그것들을 상당히 길게 말했다 할

---

* 공기 중에 뜬 얼음 결정에 태양빛이 반사 굴절하였을 때 일어나는, 흰빛 또는 엷은 빛의 태양 비슷하게 빛나는 점.

지라도, 찰리, 당신은 눈감아 주어야 합니다. 왜냐하면 그것은 냉철하고 간결하게 논할 수 없는 주제이기 때문입니다. 그리고 이제 나는 당신의 찬양의 글을 듣고 싶어 못 견디겠는데, 확신하건대 그것은 내 찬사를 부끄럽게 만들 것입니다."

"그것은 좀 부끄러워지게 하는 데가 있어요." 상대방이 미소를 지었다. "그러나 변변치 않지만, 프랭크, 들려주겠소."

"시작하려고 할 때 말해 주시오." 세계주의자가 말했다. "왜냐하면, 공식 만찬에서 언론을 위해 축배를 들 때 나는 늘 일어서서 축배를 드는데, 당신이 그 찬양의 글을 읊는 동안 서 있을 것입니다."

"알았소, 프랭크, 이제 일어서도 됩니다."

그는 그에 따라서 그렇게 했고, 그때 그 낯선 사람은 같이 일어서서 진홍색의 포도주잔을 들고 시작했다.

30장
(포도주) 압착기*에 대한 시적 찬미로 시작되어,
같은 주제로 고취된 대화가 계속되다

 "'압착기를, 파우스트의 것이 아니라 노아의 것을 찬미할지니, 압착기를, 진실한 아침이 그로부터 시작하는 노아의 진실한 압착기를 찬양하고 찬미합시다. 압착기를, 검은 압착기가 아니라 붉은 것을 찬미할지니, 압착기를, 영감이 나오는 노아의 붉은 압착기를 찬양하고 찬미합시다. 라인 지역과 라인강의 그대들 압착기 일꾼들이여, 마데이라**나 미티레네***섬에서 기쁜 소식들을 밟아서 짜내는 모든 이들과 손잡으라. 누가 사람들을 작은 글자 부분에 오래도록 머무르게 해서 충혈된 눈들을 하고 있게 하는가? 사람들을 장밋빛 포도주에 오래도록 머무르게 해서 심장들을 장밋빛으로 물들게 하는 압착기를, 노아의 장밋빛 압착기를 찬미할지어다. 누가 원망하고 싸움질하는가? 누가 까닭 없이 상처를 입는가? 친구들을 맺어 주고 원수를 화해시키는 압착기를, 노아의 다정한 압착기를 찬미할지어

---

*   the press를 세계주의자는 언론으로 인식하고, 낯선 사람은 (포도주) 압착기로 인식하여 두 사람의 의식 차이가 희화화됨.

**   북대서양에 있는 포르투갈의 섬. 포도주 산지.

***   에게해에 있는 그리스의 섬. 백포도주로 유명함.

다. 누가 뇌물을 받을까? 누가 포박당할까? 폭군들을 위해서 거짓말을 하지 않고, 폭군들로 하여금 진실을 말하게 하는 압착기를, 노아의 아낌 없는 압착기를 찬미할지어다. 그러면 압착기를, 노아의 숨김없는 해묵은 압착기를 찬미할지어다. 그러면 압착기를, 노아의 용감한 해묵은 압착기를 찬양하고 찬미합시다. 그러면 인간에게 그의 고통과 마찬가지로 가공적이 아닌 더 없는 기쁨을 주는 지식의 흐름들이 흘러나오는 노아의 압착기, 위대한 해묵은 압착기를 장미꽃으로 화관을 씌우고 휘감읍시다.'"

"당신은 나를 속였습니다." 두 사람 다 이제는 그들의 자리에 앉으면서, 세계주의자가 미소를 지었다. "당신은 익살맞게 나의 순진함을 이용했고, 장난스럽게 나의 열광을 제물로 삼았습니다. 하지만 괜찮은데, 반칙은 있다 해도 매우 재미있었고, 나는 대체로 당신이 다시 반칙 행위를 해주길 바랍니다. 당신의 찬양의 글 중 약간의 어정쩡한 시인들에 관한한, 그들에게 나는 기꺼이 시인의 무한정한 특권을 용인합니다. 전체적으로 보아 그것은 상당히 서정적 양식이었는데, 아마도 그것의 가장 중요한 구성 요소일지도 모르는 저 예언적인 신뢰와 확신의 정신 때문에, 내가 언제나 감탄하는 양식입니다. 하지만 자……." 그의 말동무의 술잔을 흘긋 보면서, "서정 시인치고는, 당신은 그 술병을 너무 오래 가만히 놔두고 있습니다."

"서정시와 포도나무여 영원하여라!" 상대방이 그 귀띔에 무관심한 채, 그의 환희, 또는 그런 것처럼 보이는 것에 사로잡혀 큰 소리로 말했다, "포도나무, 포도나무! 그것은 모든 생장물들 중에서 가장 품위 있고 아낌 없이 주는 것 아니오? 그리고 그것이 이러함으로써, 뭔가 의미를, 거룩한 의미를 갖지 않소? 내가 살아 있듯이, 포도나무를, 카토바 포도나무를, 내 무덤 위에 심게 하겠어요."

"정겨운 생각입니다만, 거기 있는 당신의 술잔을 비우십시오."

"아이고 저런." 알맞게 한 모금을 마시면서, "하지만 당신도, 당신도 마시는 게 어때요?"

"친애하는 찰리, 내가 오늘 나의 전작에 대해서 당신한테 말해 준 것을 잊으셨군요."

"오오!" 그의 말동무의 여유 있는 사교성과 대조적으로, 이제 서정적 감정에 푹 빠진 태도로 큰 소리로 말했다. "오오, 오래된 좋은 포도주는 아무리 많이 마셔도 괜찮다고요. 향긋하고 오래된 진짜 포도주 말이오. 푸, 푸! 온갖 시름을 술로 잊어요."

"그러면 함께 마셔요."

"물론이죠." 과장된 몸짓으로 또 한 모금 마시면서, "시가가 있으면 좋겠는데. 거기 있는 당신의 파이프는 신경 쓰지 마세요. 파이프는 혼자 있을 때 최고죠. 이봐요, 웨이터, 시가 몇 개 가져오시오. 가지고 있는 제일 좋은 걸로."

그것들은 짙은 갈색의, 모종의 인디언 용품을 상징하는, 예쁘게 생긴 작은 서구식 도기에 담겨 여러 겹의 담뱃잎들에 얹혀 왔는데, 녹색의 긴 부채꼴 담뱃잎들은 기발하게 배열되어, 붉은 구멍들과 함께 용기(容器)의 측면을 형성했다.

그것에 곁들여 두 개의 부대물이 있었는데, 역시 도기들이었지만 더 작았고, 둘 다 구형(球型)의 물건들이었으며, 그중 하나는 붉은 색과 황금색으로 생생하게 표현된 사과 모양을 하고 있었고, 위쪽의 갈라진 틈을 통해서 속이 비어 있는 것이 보였다. 이것은 재떨이용이었다. 다른 하나는, 회색이고 표면이 주름져 있고, 말벌집과 흡사하게 생긴 성냥갑이었다.

"자!" 낯선 사내가 시가가 담긴 그릇을 가까이 밀어 주면서, "마음대로 피우시오. 그리고 내가 담뱃불을 붙여 주겠어요"하고 말하며 성냥 한 개비를 집었다. "담배만한 것이 없어요." 시가 연기가 소용돌이치며 올라가기 시작할 때, 흡연자와 도기들을 번갈아 흘긋 보며 그가 덧붙여 말했다. "나는 내 무덤 위 카토바 포도나무 옆에 버지니아 담배나무를 심어 놓게 하겠어요."

"당신의 맨 처음 생각에 비하여 진전된 것이지만, 전의 것만으로도 좋았는데…… 하지만 당신은 담배를 피우지 않고 있습니다."

"좀 있다가, 좀 있다가요. 당신의 술잔을 다시 채우겠소. 술을 마시지 않는군요."

"감사합니다만, 지금은 더 이상 않겠습니다. 당신의 술잔을 채우십시오."

"좀 있다, 좀 있다가요. 당신은 술을 계속 드시라니까요. 내 걱정은 하지 마세요. 갑자기 생각나서 말하겠는데, 극도의 점잖음이나 광신적 덕행으로 담배를 멀리하는 사람은, 튼튼한 장화를 신은 맵시꾼이나 철 침대 위의 독신자보다, 인생의 값싼 쾌락들의 한층 더 심각한 감소를 겪는다고 합니다. 담배를 기꺼이 한껏 즐기고 싶지만, 그럴 수 없는 사람으로 말할 것 같으면, 이런 사람이 그의 쓸모없는 위장 때문에, 그가 즐길 수 없는 시가에 몇 번이고 미친 듯이 되돌아오는 것을 보는 것은, 박애주의자라면 한탄해야 할 일이지만, 한편으론 여전히, 매번 치욕적인 퇴짜를 당한 후에도, 그 불가능한 행복의 달콤한 꿈이 그를 부추겨 한번 더 지독한 고통으로 이끌지요. 가엾은 유약한 남자 같으니!"

"동감입니다." 세계주의자가 여전히 근엄하지만 사근사근하게 말했다. "하지만 당신은 담배를 피우지 않습니다."

"좀 있다가, 좀 있다가요. 당신은 계속 담배를 피우시라니까. 내가 언급하고 있었듯이……."

"하지만 어째서 담배를 피우지 않는지…… 글쎄요, 당신은 담배가 포도주와 결속할 때, 후자인 포도주의 특성을 지나치게 강화한다고, 요컨대 어떤 체질의 경우엔 냉정함을 해친다고 생각하진 않죠, 그렇죠?"

"그렇게 생각하는 것은 좋은 우정에 대한 배신일 거요"하고 마음에서 우러나는 부정을 했다. "아니, 아니오. 하지만 사실은, 바로 지금 내 입안에 좋지 않은 냄새가 있어요. 식사 중에 조악한 스튜를 먹어서, 입안에 남아 있는 그것의 기억을 포도주로 씻어 낼 때까진 담배를 피우지 않을 거요. 하지만 당신은 담배를 피우고 계세요. 그리고 제발 술을 마시는 것도 잊지 마세요. 그런데, 우리가 서로에게 즐거운 어떤 하찮은 것에도 유유자적하면서 매우 다정하게 여기에 앉아 있지만, 상대하기 재미없는 당신의 친구, 너구리 털가죽 옷을 입은 사람과 순수하게 대조되어 기억나는구려. 그가 여기에 있기만 하다면, 그는 자기 동료들과 사이좋게 교류하지 않음으로써, 얼마나 많은 진실한 마음의 기쁨을 멀리하는지 알게 될 것이오."

"물론이죠." 천천히 그의 시가를 입에서 떼고 질질 끌며 강조했다. "나는 그 점에서 당신에게 진실을 깨닫게 했다고 생각합니다. 나는 당신이 나의 별난 친구를 더 잘 이해하게 되었다고 생각합니다."

"그래요, 나도 역시 그렇게 생각해요. 하지만 첫인상은 되살아나는 법이오. 사실은 그 생각을 하니까, 내가 너구리 털가죽과 가진 잠깐의 대담 동안에 그에게서 불쑥 튀어나온 우연한 말들에서, 그가 미주리주 태생이 아니라, 입신출세하기 위해서라기보다는 인간을 피해 달아날 목적으로, 앨리게니산맥 반대쪽 출신의 젊은 염세가로, 수년 전 이곳 서부에 왔다고 추측하고 있어요. 그런데 사소한 일들이 때로는 커다란 결과를 초래한다고들 하므로, 그의 이력을 엄밀히 조사하면, 너구리 털가죽에게 간접적으로 슬퍼하는 성향을 처음 준 것은 폴로니어스*가 레어티스에게 주는 충고

---

* Polonius: 셰익스피어의 〈햄릿(Hamlet)〉에 나오는 오필리아와 레어티스의 아버지. 그의 충고는 〈햄릿〉 I, iii, 54-81을 참고하기 바람.

를 소년 시절에 읽었을 때의 혐오감이었다는 것이 발견될 것임을 나는 이상하게 여기지 않을 것인데, 그 충고는 그것이 심어 주는 이기심에선, 뉴잉글랜드 지방에서 소규모 소매상의 책상에 풀칠해 붙여 놓은 것을 이따금 볼 수 있는, 재산을 모으는 절약 방안에 관한 일종의 담시(譚詩)와 거의 똑같아요."

"나는 지금 바라고 있습니다, 친애하는 동지." 세계주의자가 차분하게 항의하는 태도로 말했다. "적어도 내 면전에서, 당신은 청교도 자손들을 욕되게 하는 말을 조금도 입에 담지 않기를 말입니다."

"호기이자 절정기로군요, 실로!" 상대방이 초조해하며 큰 소리로 말했다. "청교도의 자손들? 흥! 그런데 청교도들이 누구이기에, 앨라배마 사람인 내가 그들에게 경의를 표해야 합니까? 셰익스피어가 그의 희극들 속에서 실컷 비웃는, 까다롭고 우쭐거리는 한 무리의 늙은 말볼리오* 같은 사람들이지요."

"이봐요, 당신은 폴로니어스에 대해서 무슨 말을 하려고 했습니까?" 세계주의자가, 열등한 사람의 건방진 언동에 대해 보다 나은 지성의 소유자가 갖는 인내심으로 조용히 참을성을 발휘하며 말을 꺼냈다. "당신은 레어티스에 대한 그의 충고를 어떻게 보십니까?"

"허위이고, 치명적이고, 중상적인 것으로요." 상대방이 가문에 대한 오명을 분개하는 자에 어울리는 어느 정도의 열정을 가지고 큰 소리로 말했다. "그리고 아버지가 그의 아들에게 주는 충고로는 터무니없죠. 당신이 아는 그 경우는 이런 것이오. 아들이 해외에, 그것도 처음으로 가려고 합니다. 아버지는 무엇을 합니까? 그에게 하느님의 축복을 빌어 줍니까? 그의 트렁크에 축성된 성서를 넣어 줍니까? 아니죠, 그에게 체스터필드

---

*　　Malvolio: 셰익스피어의 희극 〈십이야(*Twelfth Night*)〉에 등장하는 올리비아의 집사.

경의 티가 나는 격언들, 프랑스의 격언들, 이탈리아의 격언들을 주입시키죠."

"아니오, 아니오, 관대하십시오. 그게 아니오. 글쎄올시다, 그는 그중에서도 특히,

> 친구를 사귀되, 받아들이기로 확인되었으면,
> 그들을 네 영혼에 강철 갈고리로 걸어 잡아라

라고 말하지 않습니까? 저 말이 이탈리아의 격언들과 뜻이 맞습니까?"

"예, 그래요, 프랭크. 모르겠소? 레어티스는 그의 친구들, 그의 입증된 친구들을, 포도주병에 마개를 하는 사람이 그의 입증된 병들을 최선을 다해 소중히 다루는 것과 똑같은 신념으로, 최선을 다해 소중히 여기려 해요. 병이 심한 타격을 받고도 깨지지 않을 때 그는 말하죠. '아, 나는 저 병을 간직하겠소.' 어째서? 그가 그것을 좋아하기 때문에? 아니오, 그에겐 그것에 대한 특별한 용도가 있어요."

"저런, 저런!" 곤란해져 애원하듯 몸을 뒤치면서, "그, 그런 종류의 혹평은, 음…… 사실상 그건 안 됩니다."

"진실도 안 되오, 프랭크? 당신은 모든 사람에게 관대한데, 다만 말의 어조를 고려하시오. 한데 나는 당신의 의견을 구하는데요, 프랭크. 그 속에 고결하고, 영웅적이고, 사심 없는 노력을 장려하는 어떤 내용이 담겨 있어요? '네가 가진 모든 것을 팔아 가난한 자들에게 주라'와 같은 것이라도? 그리고 다른 점들에서, 그의 아들에게 스스로 고결함을 고이 간직하라든가, 혹은 다른 사람들과 상반되는 것에 대해 경계하라든가, 어떤 요구가 아버지의 마음속에 가장 큰 것 같아요? 신앙심이 없는 훈계자가, 프랭크, 믿음이 부족한 상담역이, 바로 폴로니어스요. 나는 그를 증오해요.

그리고 나는 소위 세상 경험이 많다는 사람들이, 폴로니어스 노인의 충고 대로 세파를 뚫고 나아가는 자는 파란을 겪지 않는 법이라고 단언하는 소리를 들으면 참을 수가 없어요."

"그래요, 그래요. 아무도 그것에 찬동하지 않기를 바랍니다." 세계주의자가 테이블 위에 그의 팔을 비스듬히 쭉 펴면서, 자포자기식으로 차분하게 응답했다. "만일 폴로니어스의 충고가 당신이 말하는 의미로 받아들여진다면, 그렇다면 경험이 풍부한 사람들이 그것을 권고하는 것은, 인간성에 대한 다소간의 어울리지 않는 종류의 의견을 포함하는 것처럼 보일 것이기 때문에, 나는 아무도 그것을 지지하지 않기를 바랍니다. 게다가……." 매우 난처한 태도로, "당신의 제언들은 나에게 사실상 폴로니어스와 그가 말하는 것에 대한 나의 이전의 생각들을 혼란시킬 정도로, 세상만사를 이상하게 보이게 만들었습니다. 솔직히 말해 우리의 일반적인 의견의 일치가 없다면, 나는 보편적인 근본 원리들을 구실로, 성숙한 지성과 지나치게 많이 교제하면서 미성숙한 지성이 받는 나쁜 영향을 지금 마침내 느끼기 시작하고 있다고 거의 생각할 정도로, 당신은 교묘하게 그 점에서 나를 불안하게 했습니다."

"정말로, 그리고 진실로……." 상대방이 일종의 고무된 겸손과 만족스러운 배려와 함께 큰 소리로 말했다. "나의 이해력은 너무 약해서 쇠갈퀴들을 내던져 그것에 또 하나의 지식을 끌어안을 수 없을 정도요. 나는, 자기들이 제자들을 만들었다기보다는 오히려 봉들을 만들었다고 호언장담하는, 몇몇 위대한 학자들에 대해서 들은 적이 있어요. 하지만 나로 말할 것 같으면, 내게 이런 일들을 할 만한 힘이 있다 할지라도 절대 바라는 마음은 없어요."

"나는 당신을 믿습니다, 친애하는 찰리. 그럼에도 불구하고 다시 말하지만, 폴로니어스에 대한 당신의 논평에 의해서 당신은, 어찌 된 영문인지도 모르게 나를 불안하게 만들었는데, 그래서 나는 지금 셰익스피어가 폴로니어스의 입을 통해 하는 말들을 무슨 뜻으로 한 것인지 정확히 모르겠습니다."

"일부의 사람들은 그가 그 말들로 사람들을 깨우치려는 생각이었다고 말하지만, 나는 그렇게 생각하지 않아요."

"그들을 깨우친다고?" 세계주의자가 그의 눈을 천천히 크게 뜨면서 되풀이 말했다. "이 세상에 사람이 깨우쳐야 할 게 무엇이 있습니까? 당신이 인용하는 기분 나쁘게 만드는 의미 같은 것으로 말입니까?"

"글쎄, 그가 사람들의 품행을 타락시키려는 의도였다고 말하는 사람들도 있고, 게다가 그에겐 조금도 명확한 의도가 없었지만, 사실상 일거에 그들을 깨우치고 그들의 품행을 타락시킨다고 말하는 사람들도 있어요. 그 모든 것들을 나는 부인해요."

"당신이 그토록 조잡한 가설을 부정하는 것은 당연한데, 그런데도 고백컨대, 서재에서 셰익스피어를 읽다가 어떤 구절에 감동되어, 나는 책을 내려놓고 말했어요. '이 셰익스피어란 사람은 기인이다.' 때때로 무책임해 보이기도 하고, 그는 반드시 믿을 만한 것처럼 보이진 않습니다. 그에게는, 저어…… 계몽적이기도 하고 동시에 현혹적이기도 한, 어떤 뭐랄까? 숨겨진 태양이 있는 듯합니다. 한데, 나는 때때로 그 숨겨진 태양의 실체일지도 모른다고 생각했던 것을 말할 만한 용기가 없을 것 같습니다."

"당신은 그것이 진실한 빛이었다고 생각해요?" 그는 은밀하고 상냥하게 또다시 상대방의 술잔을 가득 채웠다.

"나는 거기서 단정적인 질문에 대답하기를 거절하는 게 좋겠습니다. 셰익스피어는 일종의 신적 존재임에 틀림없습니다. 신중한 지성들은, 그에 관한 어떤 잠재적 생각들을 지니고 있으면서, 그것들을 영구적인 유예 상태에 두려고 합니다. 그래도 공언할 수 있는 추론에 관하여, 우리에겐 한

계가 허용됩니다. 셰익스피어 자신은 비난이 아니라 숭배되어야 하지만, 우리가 겸손하게 그러는 한, 우리는 그의 인물들을 약간 검토해도 좋습니다. 그렇다면 그의 오토라이커스*가 있는데, 나를 항상 곤혹스럽게 하는 친구입니다. 우리는 오토라이커스를 어떻게 받아들여야 하나? 대단히 행복하고, 운수 좋고, 의기양양하고, 거의 매혹적으로 부도덕한 경력을 가진 건달이어서, 몰락해서 구빈원에 의탁하는 덕이 높은 사람이 (이러한 우연성을 상상할 수 있다면) 그와 함께 구빈원에서 벗어나기를 간절히 바랐을지도 모릅니다. 그런데도 그가 지껄여 대는 대사를 보시오. '오오!' 오토라이커스가 무대 위에서, 수사슴처럼 흥에 겨워 질주해 오면서 소리칩니다. '오오!' 그가 소리 내어 웃습니다. '오오, 정직과, 그의 의형제이자 매우 순진한 신사인 신용은 얼마나 바보인가.' 그걸 생각해 보세요. 신용, 즉 신뢰, 다시 말해 이 세계에서 가장 신성시되는 것이, 오직 가장 단순한 것으로 거침없이 지껄여 대듯 선언됩니다. 그리고 그 건달이 등장하는 장면들은, 그의 행동 규범들을 입증하기 위하여 일부러 꾸며진 것처럼 보입니다. 조심하시오, 찰리. 나는 사실이 그렇다고 말하는 것이 아니고, 그런 일은 절대로 없지만, 그런 것 같다고 말하는 것입니다. 그렇고말고요. 오토라이커스는 호주머니 인심에 호소하는 것보다는 소매치기하는 것에 의해서 더 많은 것을 얻을 수 있고, 서투른 거지보다 전문적 악한이 더 많은 것을 벌 수 있으며, 그가 생각하듯이 이런 이유로, 바보들이 마음씨 고운 사람들보다 수적으로 우세하다는 확신을 좇아 행동하는 가난한 악한처럼 보일 것입니다. 악마의 훈련된 신병, 오토라이커스는 마치 그가 천국의 제복을 입은 것처럼 기쁨에 차 있습니다. 그 정도로 사악하고, 그 정도로 행복한 자의 성격과 직업에 마음이 산란해졌을 때, 나의 유일한 위안은,

---

*   Autolycus: 셰익스피어의 〈겨울 이야기(*The Winter's Tale*)〉에 등장하는 재치 있는 건달.

이런 놈은 그를 다양하게 재현한 강력한 상상력 속에서 말고는 결코 존재하지 않는다는 사실에 있습니다. 그럼에도 불구하고, 단지 시인만이 그를 만든 사람이었지만, 그는 한 사람, 살아 있는 사람입니다. 오토라이커스가 피와 살을 가진 실물로보다는, 원고지 위에 잉크로 묘사된 그의 차림으로 더욱 효과적으로 인간에게 변화를 가져옵니다. 그의 영향력이 건전할까요? 오토라이커스에게는 유머가 있지만, 나의 신념에 의하면, 유머는 일반적으로 장점이 되는 특성으로 생각될 수 있음에도 불구하고, 말하자면 그의 심한 장난기에 기름칠을 하는 것이 바로 그의 유머이기 때문에, 진실로 오토라이커스의 경우는 예외입니다. 오토라이커스의 허세 부리는 심한 장난기는, 해적선이 그리스 깃발을 나부끼며 진수대 위에서 바다로 나서듯이, 유머를 타고 살그머니 세상에 진입합니다."

"나는 당신 못지않게 오토라이커스를 승인하지 않아요." 낯선 사람이 말했고, 그는 그의 말동무의 진부한 말들을 듣는 동안, 그 말들보다는 오히려 그 말들을 무색케 할 기발한 구상을 완성하는 데 전념했던 것 같았다. "오토라이커스가 무대 위에서 해로운 존재로 드러나는 것이 틀림없지만, 나는 그가 거의 폴로니어스와 같은 인물만큼 그럴 수 있다고 생각할 수 없어요."

"난 그것에 대하여 모릅니다." 무뚝뚝하면서도 무례하지 않게, 세계주의자가 대꾸했다. "물론, 늙은 신하에 대한 당신의 견해를 받아들이면서, 동시에 당신이 그와 오토라이커스 사이에서 비호감의 문제를 제기한다면, 나는 후자가 낫다는 것을 당신에게 인정합니다. 왜냐하면 눈물 젖은 건달은 횡경막을 간질일지도 모르는 반면에, 무미건조한 속물은 비장을 주름지게 할 뿐일지도 모르기 때문입니다."

"하지만 폴로니어스는 무미건조하지 않아요." 상대방이 흥분하여 말했다. "그는 콧물을 흘려요. 누구나 명성이 더럽혀진 늙은 맵시꾼이 콧물을 흘리며 현인 같은 얼굴을 하는 것을 본다오. 그의 비열한 지혜는 그의 불결한 비염으로 인해 더 비참해져요. 굴종하고, 굽신거리고, 지조 없는 늙은 죄인, 이런 사람이 젊은이들에게 사내다운 교훈을 줄 수 있어요? 신중하고, 예의 바른, 노망난 늙은 신하, 노망난 조심성, 얼빠진 망령이여! 리본을 단 늙은 개가 한쪽이, 그것도 고상한 쪽이 완전히 마비되어 있어요. 그의 영혼은 나가고 없어요. 오직 자연의 자동 장치가 그를 두 다리로 서 있게 해줘요. 일부 고목들의 경우처럼, 나무껍질이 둘레의 가장자리까지 썩은 것뿐이지만, 고갱이보다 오래 살아 빳빳이 서 있듯이, 폴로니어스 노인의 육신도 그의 영혼보다 오래 살아남았어요."

"아니, 이봐요." 세계주의자가 거의 불쾌해져, 심각한 태도로 말했다. "진정성의 찬양에선 어느 누구에게도 지지 않지만, 그럼에도 진정성조차도 한계가 있을지도 모른다고 나는 생각합니다. 인도적인 지성들에게 격한 말은 언제나 다소 괴롭습니다. 게다가 폴로니어스는, 내가 무대 위에서의 그를 기억하듯이, 머리털이 눈처럼 하얀 노인입니다. 그렇다면 이러한 인물은, 당신이 어떻게 생각한다 할지라도, 적어도 정중하게 대우할 것을 자비심은 요구합니다. 더욱이, 노년의 나이는 원숙함이고, '날것보다 익은 것이 낫다'고 말하는 것을 일찍이 들은 적이 있습니다."

"하지만 썩은 것이 날것보다 더 좋지는 않아요!" 그의 손을 식탁 위에 힘껏 내려치면서 소리쳤다.

"아이고, 깜짝이야!" 가볍게 놀라며 그의 화난 동료를 응시하면서, "있지도 않았고, 있지도 않을 존재인, 이 불우한 폴로니어스에게 갑자기 무슨 화를 이렇게 내는지. 게다가 기독교적 견지에서 보면……." 그가 생각에 잠겨 덧붙여 말했다. "이 가공인물에 대한 분노가 살아 있는 사람에 대한 분노보다 다소 덜 현명하다고 나는 알고 있지 않습니다. 어느 것에나 몹시 흥분하는 것은 광기입니다."

"그럴지도 모르고, 그렇지 않을지도 모르오." 상대방이 약간 퉁명스럽게 대꾸했다. "하지만 나는 내가 말한 것, 썩은 것보다 날것이 낫다는 것을 고수해요. 그리고 그 논점에 대해서 염려해야 할 것은, 이런 것에서 알 수 있을지도 모르는데, 즉 그것은 가장 맛 좋은 배에 관해서처럼 최선의 마음에 관해서, 현장에서 너무 오래 질질 끌어야 하는 위험한 실험이라는 것이오. 이것을 폴로니어스는 했소. 행운에 감사하오, 프랭크. 나는 젊고, 내 모든 이빨은 튼튼하고, 만일 좋은 포도주가 나를 현재의 위치에 붙잡아 둘 수 있다면, 나는 오랫동안 그렇게 존속할 것이오."

"그렇습니다." 미소 지으며, "하지만 포도주는, 효력이 있으려면 마셔야 합니다. 당신은 말을 많이, 그리고 잘했지만, 찰리, 변변치 않게 조금밖에 마시지 않았으니, 잔을 가득 채우시오."

"좀 있다, 좀 있다가요." 다급하고 여념이 없는 태도로, "내가 올바르게 기억한다면 폴로니어스는, 사람은 누구나 어떠한 상황에서도 불행한 친구를 금전적으로 돕는 과오를 범하지 말 것을 사실상 빗대어 말해요. 그는 '돈을 빌려주는 것은 그것 자체와 친구를 둘 다 잃는다는 것'에 관해서 약간의 진부한 허튼소리를 흘리죠, 그렇죠? 하지만 우리의 술병은, 그것이 (바닥에) 꼭 달라붙어 떨어지지 않아요? 병을 계속 돌리세요, 나의 친애하는 프랭크. 좋은 포도주요, 그리고 맹세코 나는 그것을 느끼기 시작해요. 그리고 나를 통해서 폴로니어스 노인, 그렇소, 이 포도주가 저 밉살맞은 이빨 빠진 늙은 개에 반대하여 나를 그렇게 자극하는 것 같아요."

이때 세계주의자는, 시가를 입에 문 채 천천히 술병을 들어 올려 그것을 천천히 불빛에 갖다 대고, 8월에 기온이 얼마나 낮은지가 아니라 얼마나 높은지를 보기 위해서 온도계를 자세히 보듯이, 침착하게 그것을 자세히 보았다. 그런 다음 담배 연기를 한 모금 내뿜으면서, 그것을 내려놓고 말했다.

．"그런데 찰리, 당신이 마신 적으나마 모든 포도주가 이 병에서 나왔다면, 그 경우에는 한 사례를 가정하여, 만일 한 친구가 다른 한 친구를 술취하게 하는 데 목적을 가지고 있고, 술 취하게 될 이 친구가 당신의 주량을 갖고 있었다면, 그 작업은 비교적 비용이 많이 들지 않을 것이라고 말할 것 같습니다. 어떻게 생각합니까, 찰리?"

"그야, 나는 그 가정에 별로 감탄하지 않으려고 해요." 찰리가 분개한 표정으로 말했다. "틀림없소, 프랭크. 자기 친구들을 상대로 너무 익살맞은 가정을 감히 해보는 것은 좋지 않아요."

"저런, 찰리, 내 가정은 개인에 대한 것이 아니고 일반적인 것이었습니다. 당신은 그렇게 과민해서는 안 됩니다."

"만일 내가 과민하다면, 그건 포도주 탓이오. 때때로 내가 술을 과음할 때, 그것이 나에게 과민한 효과를 나타내는 것을 나는 알고 있었어요."

"과음해요? 당신은 아직 한 잔도 다 마시지 않았습니다. 반면에 나는, 오늘 아침 오랜 친구를 위해서 마신 모든 것은 말할 것도 없고, 당신의 끈덕진 요구 덕분에 이것이 넉 잔째 아니면 다섯 잔째임에 틀림없습니다. 마셔요, 마셔요, 당신은 마셔야 합니다."

"아, 당신이 말하고 있는 동안 나도 마셔요." 상대방이 웃으면서 말했다. "당신은 그것을 알아채지 못했지만, 나는 내 몫을 마셨어요. 차분한 노년의 삼촌한테서 배운 괴상한 버릇이 있는데, 그분은 눈에 띄지 않게 그의 술잔을 기울여서 술을 흘리곤 했어요. 술을 가득 채우시오, 내 잔도요. 자! 이제 그 꽁초를 치워 버리고 새 시가를 피우시오. 우정이여, 영원히!" 다시 서정적 무드로 말했다. "저어, 프랭크, 우리는 사람 아니오? 우리는 인간이 아니냔 말이오? 말해 주시오, 맹세코 우리가 낳게 될 자들이 인간일 것이라고 믿듯이, 우리를 낳은 사람들이 인간이 아니었어요? 가득히, 가득히, 가득히 채우시오, 나의 친구여. 진홍색 기운을 드높입시다.

그리고 모든 진홍색 열망들도 함께! 가득히, 가득 채우시오! 우리 쾌활해(convivial)집시다. 그런데 공생(conviviality), 그게 뭐지요? 그 말, 아니, 그 것이 무엇을 나타내지요? 함께 사는 것. 하지만 박쥐들은 함께 사는데, 유쾌한 박쥐들에 대해서 들은 적 있어요?"

"있었다 해도……." 세계주의자가 말했다. "내 기억에서 완전히 사라졌습니다."

"하지만 어째서 당신도, 또한 다른 어느 누구도 유쾌한 박쥐들에 대해서 들은 적이 없을까요? 박쥐들은 함께 살지만, 정답게 함께 살지는 않기 때문이오. 박쥐들은 정다운 생명들이 아니오. 하지만 인간은 정답고, 인간들 사이에서 최고의 온정을 나타내는 그 말이, 절대 필요한 보조물로 술병의 기분 좋은 은총을 내포한다고 생각하니 얼마나 기쁜지. 그래요, 프랭크, 가장 좋은 의미로 함께 살기 위해서, 우리는 함께 마셔야 해요. 따라서 포도주를 사랑하지 않는 자, 바로 그 술 마시지 않는 가련한 사람은 빈약한 가슴, 쥐어짠 낡은 표백제 주머니 같은 가슴을 가지고 있어, 그의 동족을 사랑하지 않는다고 해서 무엇이 이상하리오? 그를 퇴장시켜, 넝마장으로 데리고 가서 없애 버려요, 마음에 안 드는 놈 같으니!"

"아, 이런, 이런, 비판적이지 않고 유쾌해질 수 없습니까? 나는 마음 편한, 흥분하지 않는 공생을 좋아합니다. 술 마시지 않는 사람에 대하여, 정말로 나로서는 당연히 유쾌한 술잔을 좋아하지만, 나의 기질을 다른 성질의 사람들에게 법으로서 규정하지 않겠습니다. 그러므로 술 마시지 않는 사람을 매도하지 마십시오. 공생은 하나의 좋은 것이고, 절주는 또 하나의 좋은 것입니다. 그러므로 한쪽으로 치우치지 마십시오."

"글쎄요, 내가 한쪽으로 치우쳤다면, 그건 포도주 탓이오. 정말, 정말, 나는 너무 쾌활하게 술을 마음껏 마셨어요. 경미한 도발에 대한 나의 흥분 상태가 그것을 증명해요. 하지만 당신은 더 강한 이성을 가졌으니, 당신은 마셔요. 그런데 온정으로 말하자면, 오늘날 그것은 크게 증가일로에 있지요, 그렇죠?"

"그렇습니다, 그리고 나는 그 사실을 환영합니다. 인도주의적 정신의 향상을 그보다 더 잘 증언하는 것은 없습니다. 과거의 비인도주의적 시대, 원형 경기장과 검투사들의 시대에 온정은 주로 난롯가와 식탁에 한정되었습니다. 하지만 우리의 시대, 합자 회사와 무통제의 시대에 그것은, 부엌데기의 소스 냄비를 잉카 제국 황제의 왕관이라고 벌충하고 있는 것을 피사로*가 발견한, 옛날의 페루에서 귀중한 황금과 함께였듯이 이 귀중한 특성과 함께입니다. 그래요, 우리들 활력으로 가득 찬 젊은이들, 현대인들은 도처에서 온정을, 달빛 같은 박애의 전파를 향유합니다."

"정말, 정말요, 다시 다정다감해지는군요. 온정이 각각의 분야와 직업에 밀어닥쳤소. 우리에겐 정다운 상원 의원들, 정다운 작가들, 정다운 강연자들, 정다운 박사들, 정다운 성직자들, 정다운 외과 의사들이 있고, 그 다음으로 정다운 교수형 집행인을 갖게 될 것이오."

"마지막으로 거명된 부류의 사람에 관한 한……." 세계주의자가 말했다. "나는 향상하는 온정주의 덕분에, 마침내 우리는 그를 불필요한 존재로 만들 수 있게 될 것이라고 믿습니다. 살인범이 없으니 교수형 집행인도 없어지는 것입니다. 그리고 온 세상이 확실히 온정적으로 되었을 때, 살인자들에 관해 말하는 것은, 기독교화한 세계에서 죄인들에 관해서 말하는 것 못지않게 어울리지 않을 것입니다."

"그 생각에 따르자면……." 상대방이 말했다. "모든 축복에는 약간의 악이 수반되고, 그리고……."

"잠깐!" 세계주의자가 말했다. "그것은 희망적인 이론보다는, 느슨한

* Francisco Pizarro(1471?-1541): 스페인의 탐험가, 페루의 정복자.

발언으로 간주하는 것이 더 나을지도 모릅니다."

"글쎄요, 그 발언이 진실이라고 가정하면, 방적기가 윙 하고 움직여 욱일승천의 기세일 때 직조공에게 일어났던 일이 그대로 교수형 집행인에게도 일어날 것이므로, 그것은 온화한 정신의 미래적 우월성에 적용될 것이오. 실직 상태가 되면, 잭 캐치*는 무슨 일에 손을 댈 수 있을까요? 도살업?"

"그가 그 일에 착수할 수 있을 것 같아 보이지만, 그 상황하에서 그것은 사람에 따라 마음속에 의문의 여지가 있을지도 모른다는 것이 적절할 것입니다. 한 예로서 나는, 한때 불행한 사람들의 마지막 시간을 지키는 일에 종사했던 한 개인이, 그 일이 없어지자 불행한 가축의 마지막 시간을 지키는 일로 전업하는 것이, 우리 인간의 존엄성에 적절할 것 같지 않다고 생각하고 싶은데도, 그것이 괴팍스럽게 여겨지진 않을 것이라고 확신합니다. 나는 그 개인이, 어쩌면 사람을 다루는 것에 대한 그의 익숙한 민첩함으로 인해 전적으로 부적합하진 않은 것처럼 보일지도 모르는 직업, 즉 시종이 되는 것을 제안하고 싶습니다. 특히, 신사의 넥타이에 마무리 매듭을 지어 주는 것에 대해서는, 아마 그 직업적인 당사자보다 이전의 직업으로부터 더 잘 적응되어 있을 것 같은 사람을 나는 잘 모릅니다."

"당신은 진심으로 그러는 거요?" 꾸밈없는 호기심으로 그 침착한 화자(話者)를 대하면서, "정말 진심으로 그러는 거요?"

"나는 항시 그런다고 생각합니다." 상냥하고 성실한 대답이었다. "하지만 온정의 향상으로 말하면, 나는 그것이 염세가와 같은 어려운 주제에 대해서조차 마침내 그 영향력을 행사하게 될 것이라는 희망을 품고 있습니다."

---

*   Jack Ketch: 찰스 2세 때 악명 높은 교수형 집행인.

"정다운 염세가! 나는 정다운 교수형 집행인에 관해 말할 때 매우 심하게 사실을 왜곡했다고 생각했어요. 정다운 염세가를 상상할 수 없는 것은 퉁명스러운 박애주의자를 상상할 수 없는 것이나 마찬가지요."

"그렇습니다." 그는 파손되지 않은 작은 원통 안에 시가의 재를 가볍게 털어 넣으면서, "정말, 당신이 가리키는 그 둘은 완전히 대립됩니다."

"뭐라고요? 당신은 마치 퉁명스러운 박애주의자와 같은 존재가 있는 것처럼 말하네요."

"그렇습니다. 당신이 '너구리 털가죽'이라고 부르는, 나의 괴벽스러운 친구가 본보기입니다. 그는, 내가 당신에게 설명했듯이, 퉁명스러운 태도 밑에 박애주의적 애정을 감추고 있지 않습니까? 그런데 정다운 염세가는, 시대의 진행 속에서 모습을 나타낼 때 이것의 정반대일 것인데, 상냥한 태도 밑에 그는 염세적인 마음을 감출 것입니다. 요컨대, 정다운 염세가는 새로운 종류의 괴물일 것이지만, 저 불쌍한 늙은 미치광이 타이먼처럼 사람들에게 얼굴을 찌푸리며 돌을 던지지 않고, 바이올린을 손에 들고 스텝을 밟으며 신명이 난 세상 사람들을 춤추게 할 것이므로, 본래의 인물에 비하여 적잖은 향상일 것입니다. 한마디로 말하면, 기독교화의 진행이 정신적으로 개선될 수 없는 사람들을 태도 면에서 온건하게 하듯이, 그것도 온정화의 진행과 함께 대체로 같은 것으로 판명될 것입니다. 그래서 온정 덕분에 염세가는, 그의 촌티 나는 태도에서 교화되어, 정말 너무나 상냥한 정도로 세련되고 싹싹한 태도를 흉내 낼 것이므로, 다가오는 세기의 염세가는, 진정으로 미안한 말이지만, 몇몇 현대의 박애주의자와는 달리 대체로 평판이 좋은 것으로 판명될지도 모르는데, 이를테면 앞서 가리킨 나의 괴벽스러운 친구를 보면 알 수 있습니다."

"그래요." 상대방이, 아마도 매우 추상적인 추론에 약간 싫증이 난 듯 큰 소리로 말했다. "그래요. 다가올 세기가 어떻게 된다 할지라도, 틀림없이 현재의 세기에 사람이 다른 어떤 인물이 된다 할지라도, 그는 상냥해야지 그렇지 않으면 아무것도 아니오. 그러므로 술잔을 가득, 가득 채우고 상냥해져요!"

"나는 최선을 다하고 있습니다." 여전히 침착하게 사교적으로 세계주의자가 말했다. "조금 전에 우리는 피사로, 금, 그리고 페루에 대해서 얘기했고, 틀림없이 지금 그 스페인 사람이 처음으로 아타할파*의 보물 저장실에 들어가, 양조업자의 뜰에 낡은 술통이 제멋대로 널려 있듯이, 좌우로 이처럼 많은 식기류가 산더미같이 쌓여 있는 것을 보았을 때, 그 가난한 친구는 그렇게 넘치는 풍부함의 진성(眞性)에 대하여, 불안한 고통, 확신 부족의 고통을 느낀 것을 당신은 기억합니다. 그는 그의 손가락 관절로 그 빛나는 장식용 항아리들을 톡톡 두드리며 돌아다녔습니다. 하지만 그것은 모두 금이고, 순금이고, 최상의 금이고, 법정 순도의 금이었고, 그것들은 대단히 기분 좋게 금 세공인의 홀에서 그렇게 찍혔을 것입니다. 그리고 저 가난한 마음들도 꼭 그대로인데, 그들은 그들 자신의 불성실로 인하여 인간을 신뢰하지 않으면서, 이 시대의 관대한 온정이 가짜가 아닐까 하고 의심합니다. 그들은 그들 나름으로 작은 피사로들이고, 인간의 온정의 그 의젓함에 놀라서 그것을 의심합니다."

"그러한 의심 따위는 당신과 나에게는 전혀 없어요, 나의 정다운 친구." 상대방이 열렬히 큰 소리로 말했다. "술잔을 가득 채우시오, 가득 채우시오!"

"이런, 이건 처음부터 분업인 것 같습니다." 세계주의자가 미소 지었다. "나는 온통 술 마시는 일만 하고, 당신은 온통 온정을 베푸는 일을 합니다. 하지만 당신은 많은 사람들에게 그렇게 해낼 능력이 있는 천성을

---

*   Atahalpa(1500?-33): 페루 잉카 제국의 마지막 왕으로, 피사로에 정복당해 사형당했다.

가지고 있습니다. 그리고 지금, 나의 친구여!" 각별히 심각한 태도로, 분명히 무언가 중요하고 은밀한 개인적인 이해관계가 있음직한 징조를 보이면서, "술이, 아시다시피, 마음을 열고, 그리고……."

"마음을 열지요!" 의기양양해져, "술은 마음을 완전히 녹여요. 술이 마음을 녹이고, 눈더미 속에 떨어진 보석처럼 숨겨져 봄까지 의심받지 않고 거기에 놓여 있는, 모든 소중한 비밀과 함께 밑에서 싹트는 부드러운 풀과 감미로운 목초를 드러낼 때까지, 모든 마음은 동결되어 있어요."

"바로 그런 식으로, 친애하는 찰리, 나의 작은 비밀들 중 하나를 이제 공표할 예정입니다."

"아!" 간절한 마음으로 그의 의자를 가까이 당기며, "그게 무엇이오?"

"그렇게 성급해하지 마시오, 친애하는 찰리. 설명해 주겠습니다. 아시다시피, 물론 나는 여간해서 확신을 하지 못하는 사람이고, 일반적으로 나는 어느 편인가 하면, 숫기 없고 말수가 적은데, 그래서 만일 내가 얼마 안 있어 그렇지 않은 것처럼 보이게 된다면, 그 이유는 당신이 당신의 모든 이야기 중에 나타낸 온정에 의해서, 그리고 특히 인간에 대한 당신의 호의적인 견해를 주장하면서, 폴로니어스의 충고 가운데 각별히 편협한 구절에 대한 당신의 분노로 인한 것 말고는, 어느 누구에게도 결코 잘못한 적이 없었다고 넌지시 말한 그 숭고한 행동에 의해서, 요컨대, 요컨대……." 몹시 당황하며, "당신의 모든 인격으로, 당신은 나로 하여금 당신의 당당함에 의지하게 하고, 한마디로 말하면 당신을 신뢰하게, 전적으로 신뢰하게 한다고 말하지 않으면, 과연 내가 뜻하는 바를 어떻게 표현할까요?"

"알겠소, 알겠소." 상대방이 강화된 흥미를 보이며, "무언가 중요한 것을 털어놓고 싶어하시는군. 자, 그게 무엇이오, 프랭크? 남녀 관계요?"

"아뇨, 그런 것이 아니오."

"그러면 무엇이오, 친애하는 프랭크? 말하시오, 끝까지 나를 믿고 그것을 털어놓으시오."

"그러면 그것을 털어놓겠습니다." 세계주의자가 말했다. "나는 필요합니다, 긴급히 필요합니다, 돈이!"

31장
오비드*의 어느 것보다도 더 놀라운 변신

"돈이 필요하다니오?" 갑자기 드러난 사람 잡는 덫이나 구멍에서 그의 의자를 뒤로 밀어내듯 하면서 물었다.

"네." 세계주의자가 순수하게 동의했다. "그리고 당신은 나에게 50달러를 빌려 줄 것 같습니다. 오직 당신을 위해서, 내가 더 많은 돈을 필요로 하면 좋을 뻔했습니다. 그래요, 친애하는 찰리, 당신을 위해서, 친애하는 찰리, 당신의 숭고한 온정을 더 잘 증명할 수 있도록 말입니다."

"그따위 친애하는 찰리 같은 소리 하지 말아요." 상대방이 벌떡 일어나, 서둘러서 긴 여행을 떠나려는 것처럼 그의 외투 단추를 채워 잠그면서 큰 소리로 말했다.

"왜, 왜, 왜요?" 세계주의자가 고통스럽게 쳐다보면서 말했다.

"그따위 왜, 왜, 왜요 소리도 하지 말아요!" 한쪽 발로 발길질을 하면서, "지옥에나 가시지, 선생! 거지, 사기꾼! 내 평생 사람을 이렇게 잘못 본 적이 없소."

---

* Ovid(43 B.C.-18 A.D.): 로마의 시인, '변신'이라는 테마로 신화를 엮음.

32장
마술과 마술사들의 시대가 아직 지나가지
않았다는 것을 보여 주며

그런 말들은 말한다기보다는 쉿쉿 소리를 내는 것처럼 보이는 한편, 그 유쾌한 친구는 우리가 동화에서 읽는 것과 같은 엄청난 변화를 하여, 이전의 인물에서 갑자기 새로운 사람이 나타났다. 카드모스*는 점점 변해 뱀이 되었다.

세계주의자가 일어서며, 이전의 감정의 흔적들은 사라진 채 변모한 그의 친구를 응시한 다음, 그의 주머니에서 5달러 금화 열 개를 꺼내어, 상체를 구부리고 그것들을 하나씩 하나씩 그의 둘레에 원형으로 놓고 한 걸음 뒤로 물러나, 그의 복장에 의해 두드러지게 강조된 마술사의 외양으로 그의 긴 술이 달린 파이프를 흔들었고, 매번 흔들 때마다 신비적인 말들을 곁들여 엄숙하게 중얼거렸다.

그러는 동안에, 마술의 고리 안에 선 그는 갑자기 넋을 빼앗기고, 변화

---

*   Cadmus: 〈그리스 신화〉 페니키아의 왕 아게노르(Agenor)의 아들로, 테베 도시를 건설
     했다. 일리리아(Illyria)로 은퇴한 후에 그는 뱀으로 변하게 해달라고 빌었고, 그 소원은
     허용되었다.

된 볼, 고정된 자세, 냉담한 눈매, 성공한 마력의 모든 징후를 보이면서, 흔드는 요술 지팡이에 의해서라기보다는 오히려 바닥 위에 놓인 열 개의 무적의 부적들에 의해서 마법에 걸려 서 있었다.

"재현하라, 재현하라, 재현하라, 오 나의 옛 친구여! 이 끔찍한 망령을 그대의 축복받은 모습으로 바꾸라. 그리고 그대의 귀환의 표시로 '나의 친애하는 프랭크'라고 말하라."

"나의 친애하는 프랭크." 이제 의식을 회복한 친구가 냉정함을 되찾고 잃어버린 주체성을 되찾으면서, 그 고리 밖으로 조심스럽게 나오면서 큰 소리로 말했다. "나의 친애하는 프랭크, 당신은 참 재미있는 사람인데, 익살맞기 그지없군요. 어떻게 당신이 어려움에 처해 있다는 그 터무니없는 이야기를 나에게 말할 수 있었어요? 하지만 나는 멋진 농담을 너무나 만족스럽게 즐겨서 그것을 망칠 수 없소. 물론 나는 그 일에 맞장구쳤고, 당신이 나에게 기대했던 온갖 끔찍한 오만을 부렸소. 자, 거짓 불화의 이 작은 에피소드가 즐거운 현실을 강화할 뿐일 거요. 다시 앉아서, 우리의 술을 다 마셔 버립시다."

"진심으로!" 세계주의자가, 마술사를 가장하던 것과 똑같이 수월하게 그것을 중단하면서 말했다. "그래요." 그가 침착하게 금화들을 주워서, 그 것들을 그의 주머니에 잘랑잘랑 소리와 함께 도로 넣으면서 덧붙여 말했다. "그래요, 나는 종종 다소 재미있는 사람입니다. 한편 당신한테 말인데, 찰리." 다정하게 그를 보면서, "당신이 그 일에 맞장구치며 한 말은 조금도 틀림이 없고, 당신이 방금 한 것보다 더 잘 장난에 보조를 맞출 사람은 없습니다. 내가 내 역할을 한 것보다 더 잘 당신은 자신의 역할을 했고, 당신은, 찰리, 정확하게 그 역할을 했습니다."

"있잖아요, 나는 한때 아마추어 극단 단원이었고, 바로 그 덕분이오. 하지만 자, 술잔을 가득 채우시오, 그리고 다른 것에 대해서 얘기합시다."

"그래요." 세계주의자가 자리에 앉아, 조용히 그의 술잔에 술을 가득 부으면서 동의했다. "무슨 얘기를 할까요?"

"오오, 어느 것이나 좋을 대로 하세요." 상대방이 다소 소심하게 호의적으로 말했다.

"글쎄요, 샤를르몽에 대해서 얘기하면 어떨까요?

"샤를르몽? 샤를르몽이 무엇이오? 샤를르몽이 누구요?"

"말해 주겠습니다, 친애하는 찰리." 세계주의자가 대답했다. "신사 미치광이 샤를르몽의 이야기를 해주겠습니다."

33장
무엇이든 가치 있다고 판명될 수 있는 것으로
간주될 만한

  하지만 샤를르몽에 대한 자못 심각한 이야기를 해주기 전에, 지나간 장
(章)들, 더욱 특별히 어떤 우스꽝스러운 짓들이 나타나는 바로 앞의 장 때
문에, '이 모든 것이 참으로 비현실적이군! 도대체 누가 소위 세계주의자
처럼 옷차림을 하거나 행동을 했단 말입니까? 그리고 그것을 되돌려 보여
줄 수도 있을 텐데, 도대체 어느 누가 어릿광대처럼 옷차림을 하거나 행
동을 했습니까?'하고 외치는, 내 귀에 들리는 것 같은 어떤 목소리에 정중
히 대답해야 한다.

  오락 작품에서 실제 생활에 대한 이 엄격한 충실함이, 이러한 작품에
착수함으로써 자기는 실제 생활을 중단하고 당분간 어떤 다른 것을 시작
하고 싶어한다는 것을 충분히 보여 주는, 그것이 누구든지에 의해서 무리
하게 강요되는 것은 좀 이상하다. 그렇다. 누구든지 자기가 싫증이 난 일
을 강력히 요구하는 것은, 즉 어떤 이유로든 실제 생활을 따분하다고 생
각하는 누구든지, 그것으로부터 자기의 관심을 딴 곳으로 돌리려고 하는
자에게, 그가 그 지루함에 충실할 것을 여전히 요구하는 것은 정말 이상
하다.

또 하나의 부류가 있고 우리는 이 부류에 편드는데, 그들은 희곡에 매달리듯이, 그리고 거의 같은 기대와 감정을 가지고 관대하게 오락 작품에 본격적으로 착수한다. 그들은, 똑같이 상투적인 거리에서, 매일 똑같이 상투적인 방식으로 만나는, 똑같이 상투적인 친구들의 성격과는 다른 인물들과 함께, 세관 카운터 주변의 똑같이 상투적인 패거리와, 하숙집 식탁 위의 똑같이 상투적인 접시들의 현장과는 다른 것들을, 즉 상상력이 다양하게 재현하도록 유의한다. 그리고 실제 생활에서, 사람들이 무대에서 허용되듯, 기탄없이 자신들의 억압된 감정을 행동화하는 것을 예의범절이 허용하지 않는 법이지만, 소설책 속에서 그들은 실제 생활 자체가 보여 줄 수 있는 것보다 더 많은 오락뿐만 아니라, 본심은 한층 더 많은 리얼리티를 찾는다. 그러므로 그들은 진기함을 원하지만 인간 자연의 모습 또한 원하는데, 단지 속박을 벗어난 유쾌한, 요컨대 변형된 자연을 원한다. 이런 사고방식으로 소설 속의 사람들은, 희곡 속의 사람들처럼 아무도 절대 그렇게 옷을 입지 않듯이 옷을 입어야 하고, 아무도 절대 그렇게 말하지 않듯이 말해야 하고, 아무도 절대 그렇게 행동하지 않듯이 행동해야 한다. 소설의 경우는 종교의 경우와 비슷하다. 소설은 다른 세계를 보여 주어야 하는데도, 우리가 유대감을 느끼는 세계를 보여 주어야 한다.

선의의 노력에 대해 무언가를 눈감아 주어야 한다면, 어릿광대가 지나치게 얼룩덜룩한 코트를 입고 그 앞에 나타날 리도, 별나게 까불어 댈 리도 없는, 보다 더 관대한 연극 애호가들의 묵시적 소망이라고 이해되고 있는 것을, 그의 모든 장면들에서 오직 충족시키려고 노력하는 바로 그 작가에게, 반드시 약간의 것은 허용되어야 한다.

한마디 더하자면, 모든 경우에서 자기의 정당함을 입증하려고 하는 것이 얼마나 무익한지를 모든 사람이 알고 있지만, 사람은 누구나 자기는 결코 잘못되어 있지 않다고 얼마나 확신하고 있는지에 대해서는 신경 쓰지 말라. 그럼에도, 그의 특유의 방법에 대한 공식 허가는 인간에게 너무 귀중하기 때문에, 오직 가공의 작품에만 적용되는 가상의 비난을 받으면서이지만, 마음놓고 있는 것은 결코 쉬운 일이 아니다. 이 약점의 언급은, 세계주의자가 머리칼을 곤두세우며 비꼬는 사람과 벌이는 야단법석과, 그 마음 맞는 친구에 대한 그의 차분하고 고운 마음씨 사이의 무언가 조화롭지 않은 것을 인식한다고 생각할지도 모르는 모든 독자들이, 또 다른 인물에 있는 어떤 분명한 유사한 모순을, 일반 도덕적 견지에서 변호하려고 겸손하게 노력하는 바로 그 장(章)을 어째서 참조해야 하는지에 대한 설명이 될 것이다.

34장
세계주의자가 신사 광인의 이야기를 말하다

　"샤를르몽은 세인트루이스에 사는 프랑스계의 젊은 상인이었는데, 정신적으로 결함이 없고 발랄한 미혼 남자에게서 말고는 좀체 온전히 볼 수 없는, 때때로 놀라울 정도로 품위 있고 태평스럽고 재기 넘치는 쾌활한 기분과 통합된, 순수하고 매력적인 친절함을 지닌 남자였습니다. 물론 그는 모든 사람들한테 칭찬받았고, 적지 않은 사람들에게서 인간만이 할 수 있는 사랑을 받았습니다. 하지만 그의 나이 29세 때에 큰 변화가 그를 덮쳤습니다. 하룻밤 사이에 머리털이 백발로 변하는 사람처럼, 하루 사이에 샤를르몽은 붙임성 있는 사람에서 침울한 사람으로 변했습니다. 그가 아는 사람들을 인사도 없이 지나쳤고, 한편 그의 친한 친구들로 말할 것 같으면, 그는 그들을 노골적으로 파렴치하게, 그리고 거의 사납게 모른 체했습니다.

　어떤 사람은 이러한 행동에 화가 나서, 경멸적인 말과 함께 기꺼이 그것을 괘씸하게 생각했을 것이고, 한편 또 다른 사람은 그 변화에 충격을 받고, 친구에 대한 배려로 무례한 언동을 관대하게 눈감아 주면서, 무슨 돌연한 극비의 슬픔이 그를 병적으로 만들었는지를 알게 해달라고 간청했습니다. 하지만 분노로부터도, 그리고 친절로부터도 샤를르몽은 마찬가지로 외면했습니다.

　머지않아 놀랍게도, 상인 샤를르몽은 파산자로 신문에 고시되었고, 바로 그날 그는 읍에서 퇴거했지만, 채권자들을 위하여 책임 있는 재산 관리인의 손에 그의 전 재산을 위탁하고서였습니다.

　그가 어디로 사라졌는지 아무도 짐작할 수 없었습니다. 마침내 아무 소식도 듣지 못해서, 그가 스스로 목숨을 끊었음에 틀림없다고 추측했는데, 그것은 물론 그가 파산하기 몇 개월 전의 변화, 즉 갑자기 균형을 상실한 마음 탓으로 돌릴 수 있는, 그런 종류의 변화에 대한 기억에서 비롯된 추측이었습니다.

　여러 해가 지나갔습니다. 때는 봄철이었고 어느 이른 아침, 샤를르몽이 세인트루이스의 커피점에 어슬렁거리고 들어왔는데, 쾌활하고, 정중하고, 인정 있고, 사교적이고, 더할 나위 없이 값비싸고 우아한 옷차림을 하고서였습니다. 그가 살아 있을 뿐만 아니라, 그는 원상태를 회복하고 있었습니다. 옛 지인들을 만나자 그가 먼저 다가갔고, 서로 반갑게 다가가지 않을 수 없는 정도였습니다. 우연히 만나지 못한 다른 옛 친구들에 대해선, 그가 직접 방문하거나 그들에게 그의 명함과 의례적인 인사말을 남겨 놓았고, 몇몇에게는 새를 선물하거나 포도주 바구니를 보냈습니다.

　세상은 때때로 가혹하리만치 잘못을 허락하지 않는다고 말들 하지만, 샤를르몽에게는 그렇지 않았습니다. 세상은 그에게 그러했듯이, 다시 돌아오는 자에 대해서 사랑의 회귀를 느낍니다. 한데 정확하게, 그가 파산하고 그렇게 오랜 세월이 지난 후에, 샤를르몽의 재산이 지금 어떻게 되었나 하는 수군거림, 호기심에 찬 쑥덕공론이 세간의 새로워진 관심을 나타내고 있었습니다. 좀처럼 대답할 바를 몰라 당황하지 않는 풍문이 대답하길, 그는 프랑스 마르세유에서 9년을 보냈고 거기서 다시 재산을 모아,

이제부터는 온정적 우정에 전념하는 남자가 되어 그 재산을 가지고 귀환했다고 합니다.

　추가된 세월이 지나갔고, 복위된 방랑자는 여전히 변함없었다기보다는, 그의 고매한 성격에 의해서 좋은 평판을 장려하는 양지의 황금 옥수수처럼 발전했습니다. 하지만 그래도 역시 잠재적인 의심은, 거의 지금처럼, 그가 어느 모로 보나 똑같은 재산, 똑같은 친구들, 똑같은 인기에 점유되어 있던 시기에, 무엇이 그에게서 그런 변화를 일으켰느냐는 것이었습니다. 하지만 아무도 그것이 지금 그에게 질문하기에 적절한 것이라고 생각하지 않았습니다.

　마침내 그의 집에서 열린 만찬에서, 한 사람을 제외한 모든 손님들이 잇따라 떠났을 때, 오래 사귄 지인인 이 남은 손님이, 그 말하기 힘든 요점을 간단히 언급하는 두려움을 제쳐놓기에 족할 만큼 포도주에 취해 있었으므로, 아마도 그의 재치보다 그의 마음을 더 알맞게 대변할지도 모르는 방식으로, 대담하게도 그의 호스트에게 그의 인생의 유일한 수수께끼를 설명해 달라고 간청했습니다. 깊은 우수가 그전까지 명랑했던 샤를르몽의 얼굴을 온통 뒤덮었는데, 그는 얼마 동안 전전긍긍하며 말없이 앉아 있다가, 가득 찬 포도주병을 그 손님 쪽으로 밀면서 숨막히는 목소리로 말했어요. '아니오, 아니오! 기술 그리고 돌봄, 그리고 시간에 의해서 꽃들이 무덤 위에 활짝 피어나게 되었는데, 누가 오직 그 수수께끼를 알기 위해서 다시 모두 다 파헤치려고 애쓸 건가요? 포도주.' 양쪽의 술잔이 모두 가득 채워졌을 때, 샤를르몽은 자기 술잔을 잡고 그것을 들어 올리면서 천천히 덧붙여 말했어요. '언젠가 미래에, 당신이 파산이 임박한 것을 알게 되고, 자신이 인간을 알고 있다고 생각하면서 당신의 우정을 걱정하고, 당신의 자존심을 걱정하게 되고, 부분적으로 전자에 대한 사랑과 후자에 대한 불안 때문에 세상사에 미리 대비하고, 세상을 죄에서 구하기 위해 잠재적으로 그 죄를 자신이 떠맡기로 결심하게 되면, 그러면 당신은 내가 지금 그리워하는 분이 일찍이 그러했듯이 당신도 그렇게 할 것이고, 그분처럼 당신도 고통을 겪을 것이지만, 그동안 일어난 모든 일에도 불구하고, 만일 그분처럼 당신이 적으나마 다시 행복해질 수 있다면, 당신은 참으로 다행이고 참으로 감사해야 할 것입니다.'

그 손님이 떠났을 때, 외견상 재산상으로 그렇듯이 정신적으로도 회복되었지만, 그럼에도 샤를르몽의 해묵은 병의 흔적은 약간 남아 있다는 것과, 친구들이 하나의 위험한 현을 건드리는 것은 좋지 않다는 것을 확신하였습니다."

35장
여기서 세계주의자는 꾸밈없는 그의 성격을
두드러지게 나타내다

"그런데, 샤를르몽의 이야기를 어떻게 생각합니까?" 그것을 이야기한 사람이 조심스럽게 물었다.

"대단히 이상한 이야기요." 위에서 말한 대로 완전히 마음 편하진 않았던 청취자가 대답했다. "하지만 그것이 정말이오?"

"당연히 아닙니다. 그것은 모든 이야기꾼의 재미있게 하려는 목적을 가지고 내가 들려준 이야기입니다. 따라서, 만일 그것이 당신에게 이상해 보인다면, 그 이상함은 로맨스이고, 그것은 이야기를 실제의 인생과 대조시키는 것이고, 그것은 꾸며낸 것, 요컨대 사실에 대립하는 것으로서 허구입니다. 오직 자신에게 물어보십시오, 친애하는 찰리." 다정하게 그를 향해 상체를 구부리면서, "나는 지금 그것을 당신 자신의 마음에 맡깁니다. 즉 샤를르몽이 그의 변화에서 자기가 따라 행동했다고 넌지시 말한 것과 같은 우세한 동기, 이러한 동기는 그러니까, 인간 사회의 본질에 의해서 조금이라도 정당화되는 종류의 것인지요? 한 예로서, 당신의 한 친구, 그러니까 갑자기 그가 무일푼인 것이 드러난 우호적인 친구에게 당신은 냉담하게 등을 돌리겠습니까?"

"어떻게 나에게 그런 질문을 할 수 있어요, 친애하는 프랭크? 내가 그런 비열한 짓을 경멸할 줄 알면서 말이오." 그러나 좀 당황해져 일어서면서, "좀 이르긴 하지만, 난 물러가야 한다고 생각해요. 내 머리가……." 그의 손을 들어 머리에 대면서, "불쾌한 느낌이 드는데, 이 괴씸한 로그우드의 만능약이, 나는 그것을 조금밖에 마시지 않았지만 나를 망쳐 버렸어요."

"이 로그우드 만능약을 조금밖에 마시지 않았다고요? 이런, 찰리, 당신은 제정신이 아니군요. 향기롭고 오래된 진품의 포도주를 그렇게 말하다니. 그래요, 얼른 어디 가서 잠을 푹 자고 그 느낌을 없애는 것이 좋겠습니다. 자, 미안해할 것 없어요, 변명할 것 없어요. 어서 가요. 나는 당신을 정확히 이해합니다. 내일 뵙겠습니다."

36장
이 장에서 신비주의자가 세계주의자에게 다가와서
말을 걸고, 그 결과 예상했을지도 모를
상당히 많은 대화가 이어지다

다소 서두르며 그 마음 맞는 친구가 물러가자마자, 한 낯선 사람이 다가와 세계주의자를 건드리면서 말했다. "당신이 저 사람을 또 만나겠노라고 말하는 것을 들은 것 같은데요. 조심하시오, 그리고 그러지 마세요."

그는 뒤돌아 그 말하는 사람을 이리저리 뜯어보았는데, 푸른 눈을 가진 남자로, 엷은 갈색 머리를 하고, 색슨족처럼 보였고, 아마도 45세쯤일 것 같고, 키가 크고, 약간 모가 나지 않았더라면 균형이 잡힌 체격이었고, 그에게 상류사회의 특색은 거의 없지만, 일종의 농부의 품위와 함께 청교도 특유의 검소한 예절의 풍모가 있었다.* 그의 나이는 그의 전반적 외모에 의해서보다, 차분하고 사려 깊은 그의 이마로 인해서 더 많아 보이는 것 같았는데, 그의 외모는 자연 본래의 선물이거나, 아마도 도덕성만큼이나 체질에 의해서 그렇게 유지된, 일부분 감정의 꾸준한 절제의 효과나 보상인 타고난 육체의 건강에, 때때로 특유한 원숙함 속 젊음의 모습을 지니

---

* Mark Winsome은 Ralph Waldo Emerson을 모델로 하고 있다.

고 있었다. 깔끔하고 알맞게 거의 불그스레한 뺨은, 찬 기운이 있는 새벽
에 핀 붉은 클로버꽃같이 시원하게 생기가 넘쳤고, 냉기의 효력에 의해서
보존된 온기의 색채였다. 이상하게 뒤범벅된, 뭔지 모를 예민함과 신비함
이 그 사람 전체를 조율하고 있었는데, 그런 식으로 그는 양키 봇짐장수
와 타타르족 승려 사이의 일종의 이종 교배처럼 보였지만, 위기에 직면하
여 전자는 아마도 후자에 대한 보좌역을 맡아 하려 하지는 않았을 것이다.

"선생님!" 세계주의자가 일어나서 점잔을 빼고 천천히 머리를 숙이면
서 말했다. "만일 내가 방금 사교적인 술잔을 맞대고 있었던 자를 겨냥한
귀띔의 말을 순수하게 만족하며 환영할 수 없다 할지라도, 다른 한편 현
재의 경우에, 이러한 암시를 단독으로 부추길 수 있었던 동기를 과소평가
하고 싶지 않습니다. 그가 앉아 있던 자리에 아직도 온기가 남아 있고, 내
친구는 여기 그의 술병에 얼마간 술을 남겨 놓은 채 잠자기 위해 물러갔
습니다. 제발, 그의 자리에 앉아서 나와 함께 마시시지요. 그런 다음, 만
일 당신이, 그의 몸의 정다운 온기가 일부분 당신의 몸 안으로 옮겨 가고,
그의 친절한 환대가 당신의 몸속을 두루 굽이쳐 흐른 다음, 그 사람에 대
해 무엇이든 한층 더 비판적인 것을 넌지시 말하기로 결정하시면, 그때
그렇게 하십시오."

"상당히 아름다운 기발한 생각들이오." 그 낯선 사람이, 그 주목을 끄
는 화자를 마치 그가 피티 화랑*의 조각상인 것처럼, 이제는 학자인 체 예
술적으로 눈여겨보면서 말했다. "대단히 아름다워요." 그런 다음 심상치
않은 흥미를 가지고, "당신의 영혼은, 선생, 내가 착각하지 않았다면 아름
다운 영혼, 최고의 사랑과 진실로 가득 찬 영혼임에 틀림없는데, 왜냐하
면 아름다움이 있는 곳에, 틀림없이 그것들이 있기 때문이오."

---

*   The Pitti Palace: 이탈리아 플로렌스에 있는 갤러리.

"마음에 드는 신념입니다." 세계주의자가 차분한 태도로 말을 시작하면서 응답했다. "그리고 고백하자면, 오래 전에 그것은 내 마음에 들었습니다. 그래요, 선생과 실러*와 함께, 나는 아름다움은 근본적으로 악과 양립할 수 없다고 믿는 것을 기쁘게 생각하고, 그 결과 저 아름다운 동물, 방울뱀의 잠재적 유순함을 신뢰할 만큼 괴벽스러운데요. 그가 양지에서 매끄럽게 몸을 말아 올릴 때, 그의 유연한 목과 황금빛 갈색의 윤기 나는 모습을 대평원에서 보고 어느 누가 경탄하지 않을 수 있습니까?"

그가 이 말들을 격렬한 어조로 말할 때, 일부 묘사적으로 말하는 진지한 화자들이 곧잘 하듯이, 그는 무의식적으로 그의 몸체를 고리 모양으로 만들고 비스듬히 그의 머리를 곤두세울 만큼 그 말들의 진의에 공감하는 것 같았고, 마침내 그는 거의 그 묘사된 짐승처럼 보였다. 한편 그 낯선 사람은, 보기엔 신비주의적인 종류의 묵상에 깊이 잠긴 채였지만, 거의 놀라지 않고 그를 대하더니 이윽고 말했다. "저 독사의 아름다움에 매혹되었을 때, 그와 몸을 바꾸고 싶은 생각이 당신에게 떠오른 적이 없었어요? 뱀이 되는 것이 어떤 것인지를 느껴 보는 것? 생각지도 않게 풀밭을 미끄러지듯 움직이는 것? 독침으로 쏘는 것, 좀 닿기만 하여도 누굴 죽이는 것, 당신의 아름다운 몸 전체가 하나의 무지개 빛깔 죽음의 칼집이 되는 것 말이오. 요컨대, 당신 자신이 지식과 양심의 굴레에서 면제됨을 느끼고, 잠시 동안 완전히 본능적이고 파렴치하고 '무책임한' 짐승의 태평스럽고 즐거운 생활에 빠지고 싶은 소망이 당신 머리에 떠오른 적이 없어요?"

"이러한 소망을……." 느낄 수 있을 정도로 동요되진 않은 채 상대방이 대답했다. "의식적으로 가진 적은 없다고 고백하는 바입니다. 이러한 소망은, 정말 보통의 상상력으론 거의 떠오를 리가 없을 것이고, 나는 내 상

---

* Johann Christoph Friedrich von Schiller(1759-1805): 독일의 시인이며 극작가임.

상력이 평균 이상이라고 생각할 수 없습니다."

"그러나 그 생각을 말했으니까……." 낯선 사람이 어린아이 수준의 지능으로 말했다. "그것이 그 욕망을 일으키지 않나요?"

"전혀 아닙니다. 왜냐하면 내가 방울뱀에 대한 어떤 무자비한 편견을 가지고 있다고 생각하지 않지만, 그럼에도 그것이 되고 싶지는 않기 때문입니다. 내가 지금 방울뱀이라면, 인간과 정다워지는 일은 없을 것인데, 인간은 나를 두려워할 것이고, 그 다음에 나는 대단히 외롭고 비참한 방울뱀이 될 것입니다."

"틀림없이 인간은 당신을 두려워할 것이오. 그런데 왜 그럴까요? 당신의 방울 소리, 당신의 공허한 방울 소리, 사람들이 하는 말을 내가 들은 바 있듯이, 「죽음의 왈츠」 곡조 속에서 작고 마른 해골들을 다 함께 흔드는 것 같은 소리 때문이오. 어떤 짐승이든 기질적으로 다른 짐승들과 반목하고 있을 때, 요컨대 자연은 약재상이 독약을 다루듯이, 그 짐승에게 꼬리표를 붙여요. 그래서 방울뱀이나 다른 해로운 행위자에 의해서 누가 죽더라도, 그건 그 자신의 잘못이오. 그는 그 꼬리표를 존중해야 했어요. 여기에서 '뱀에게 물린 마법사를 누가 동정하겠느냐?'*라는 성서의 의미심장한 구절이 유래하는 거요."

"나는 그를 동정할 것입니다." 어쩌면 약간 퉁명스럽게 세계주의자가 말했다.

"하지만 당신은……." 여전히 그의 침착한 태도를 유지하면서 상대방이 응답했다. "자연은 가차없는 데 반해, 인간이 동정하는 것은 약간 주제넘은 짓이라고 당신은 생각하지 않아요?"

"결의론자들이 도덕적 원리의 적용을 결정해 보라지요. 하지만 동정심

* 「집회서」 12장 13절.

312

은 마음이 독자적으로 결정합니다. 하지만 선생님……." 진지함이 깊어지면서, "내가 지금 처음으로 깨닫듯이, 당신은 단지 잠시 전에 내게 익숙하지 않은 방식으로 '무책임한'이라는 낱말을 도입했습니다. 그런데 선생님, 내가 희망하듯이, 관대한 마음에서 어떠한 의견에도 그것이 정직하게 추구되는 한, 결코 겁먹지 않으려고 최선을 다하지만, 그럼에도 이번만은 그 인용된 요점에서, 당신은 정말로 나를 불안하게 한다는 것을 나는 인정해야 하는데, 그것은 적절한 신뢰를 조성하는 데 적합한 관점인 적절한 우주관이, 내가 틀리지 않다면 모든 사물들은 정당하게 관장되므로, 어떻게든 행위 등에 대하여 책임질 필요가 없는 살아 있는 행위자들은 별로 많지 않다고 가르치기 때문입니다."

"방울뱀이 책임을 져야 해요?" 낯선 사람이 감정이 있는 사람이기보다는 오히려 형이상학적인 인어처럼 보일 만큼, 그의 투명한 푸른 눈에서 불가사의하게 차갑고 반짝거리는 시선을 보내며 물었다. "방울뱀이 책임을 져야 해요?"

"내가 그렇다고 단언하지 않을지라도……." 상대방이, 미숙하지 않은 사색가의 조심성을 가지고 대꾸했다. "나는 또한 그것을 부정하지 않을 것입니다. 하지만 우리가 그것을 그렇게 생각하면, 이러한 책임은 당신에 대해서도, 나에 대해서도, 민사 법원에 대해서도 아니고, 무언가 우월한 존재에 대한 것입니다."

그는 계속하여 말하고 있었고, 그때 낯선 사람은 그의 말을 도중에서 가로막았을 테지만, 세계주의자는 그의 눈에서 그의 주장을 읽는 듯이, 그것이 말로 옮겨지기를 기다리지 않고 즉시 그것에 대해 말했다. "앞에서 말한 대로, 당신은 방울뱀의 책임은 본래 명백하지 않다는 나의 가설에 반대하지만, 대체로 같은 것을 인간의 책임에 반대하여 주장해도 좋지 않을까요? 반대가 헛된 것을 증명하는 간접 증명법이지요. 하지만 만일 지금……." 그가 계속해서 말했다. "당신은 방울뱀에 존재하는 모든 가해 능력을 생각하면(나는 그것의 유해함을 비난하는 것이 아니라, 단지 그것이 그럴 능력이 있음을 말하는 것뿐임을 유의하십시오), 인간에게 법적인 정당한 이유 없이 그의 동료를 죽이는 것은 금지되지만, 그럼에도 방울뱀은, 인간을 포함하여, 그것이 변덕스럽거나 불쾌하게 여기는 어떤 짐승이든 살해해도 아무 책임이 없는 묵시적인 허가를 갖고 있다고 주장하는 것은, 전혀 조화된 우주관이 아닐 것이라고 인정하지 않을 수 있겠어요? 하지만……." 싫증난 태도로, "이것은 정다운 대화가 아니오. 적어도 나에겐 그렇지 않습니다. 열정이 뜻밖에도 나를 그 속에 끌어넣었습니다. 나는 그것을 후회합니다. 제발, 앉으세요, 그리고 이 포도주를 좀 드십시오."

"당신의 제언은 처음 듣는 것이오." 상대방이 지식에 대한 강한 애착에서, 거지의 식탁에서 지식의 아주 작은 부스러기조차도 독차지하지 못하는 것을 경멸하는 자가 하듯이, 짐짓 겸손한 체하는 감사의 표시와 함께 말했다. "그리고 나는 새로운 생각을 맞이함에 있어서 바로 아테네 사람 같으므로, 나는 그렇게 갑자기 그것을 집어치우는 것에 동의할 수 없어요. 한데 방울뱀이……."

"방울뱀들에 대해서는 이제 그만하기를 간청합니다." 세계주의자는 곤란해져서, "나는 그 주제로 다시 들어가는 것을 단호히 거부합니다. 앉으시기 바랍니다, 선생님. 그리고 이 포도주를 조금 드십시오."

"나에게 당신과 자리를 함께하기를 권하는 것은 친절한 일이오." 이제 주제의 변화에 침착하게 순순히 따르면서, "그리고 환대는 동양에서 유래한 것으로 꾸며졌고, 원래 대단히 낭만적인 것임은 물론, 실제로 유쾌한 아라비아의 공상 소설의 주제를 구성하므로, 그러므로 나는 항상 환대의 표현들에 기꺼이 귀기울여요. 하지만 포도주에 관한 한, 그 음료에 대한 나의 호감은 매우 극심하고, 그것이 나를 물리게 하는 것을 너무나 두려워하므로, 그것에 대한 나의 사랑을 확인되지 않은 추상적 개념의 상태로 나는 영원히 간직해요. 간단히 말해서, 나는 하피스*의 서정시에서 막대한 양의 포도주를 들이켜지만, 술잔의 포도주는 좀처럼 한 모금도 마시지 않아요."

세계주의자는 말하는 사람에게 온화한 시선을 돌렸고, 그는 이제 그의 맞은편 의자를 차지하고 앉아 프리즘처럼 맑고 차갑게 빛을 내고 있었다. 마치 투명하게 울리는 그의 목소리가 누구에게나 거의 들릴 수 있을 것처럼 보였다. 그때 급사 하나가 지나갔고, 세계주의자가 그를 손짓으로 정지시키면서, 가서 얼음물 한 잔을 가져오라고 시켰다. "그것을 알맞게 차게 하시오, 급사." 그가 말했다. "그런데요……." 낯선 사람을 향하면서, "미안합니다만, 당신이 맨 처음 저에게 건넨 경고의 말에 대해, 그 이유를 말씀해 주시겠습니까?"

"나는 그것들이 대부분의 경고들과 같은 그러한 것들이 아니기를 바라오." 낯선 사람이 말했다. "미리 경고해 주는 것이 아니라, 조롱거리로 사실의 뒤를 잇는 경고들 말이오. 그런데도 당신의 사기꾼 친구가 무슨 잠재적인 속셈을 당신에 대해 가지고 있었다 할지라도, 그것이 아직은 미완성으로 남아 있다는 것을, 당신의 무언가가 지금 나에게 생각하라고 해요. 당신은 그의 꼬리표를 읽었어요."

"그래서 무어라고 쓰여 있었습니까? '이 사람은 친절한 사람이다.' 그래서 당신은 당신의 꼬리표 이론을 포기하거나, 아니면 내 친구에 대한 당신의 편견을 버려야 한다는 것을 깨닫습니다. 하지만 말씀해 주십시오." 새삼 진지하게, "당신은 그를 어떤 사람이라고 생각합니까? 그는 무엇을 하는 사람입니까?"

---

*   Hafiz: 14세기 페르시아의 서정 시인.

"당신은 무엇을 하는 사람이오? 나는 어떤 사람이오? 누가 누구인지 아무도 몰라요. 어떤 존재에 대한 진실한 평가를 구성하는 것에 대하여 인생이 제공하는 자료들은, 기하학에서 삼각형을 측정하는 데 주어진 한 변만큼이나 그 목적에 불충분해요."

"하지만 이 삼각형의 이론은 어떻든 당신의 꼬리표 이론과는 불일치하지 않습니까?"

"그래요, 하지만 그것이 어떻다는 거요? 나는 시종일관 무언가 하고 싶어하는 적이 드물어요. 철학적으로 보면, 일관성은 사람 마음의 모든 생각들 속에서 언제나 일정한 수준으로 유지돼요. 그러나 자연이 거의 모두가 산과 골짜기인 것처럼, 사람이 발전 과정에서 현실적인 불균형을 감수하지 않고 어떻게 지적으로 무리 없이 계속 향상할 수 있어요? 지적 향상은 이렇게 대운하에서의 전진과 똑같은데, 그곳에선 지역의 특성 때문에 높이의 변화가 불가피하여, 계속해서 반복되는 수평면의 불일치로 인해 오르내리며 수문을 통과하게 되고, 그럼에도 그동안 줄곧 사람은 전진하고 있고, 한편 전체 항로의 가장 지루한 부분은 선원들이 '긴 수평면'이라고 일컫는, 물이 흐르지 않는 늪지를 지나는 60마일에 걸친 시종일관 편평한 수면이오."

"한 가지 점에서⋯⋯." 세계주의자가 응답했다. "당신의 비유는 아마 부적절할지도 모릅니다. 왜냐하면, 이 모든 지루한 수문을 통과하는 오르내림 후에, 결국 얼마나 더 높은 대평원에 서 있는 것입니까? 젊어서부터 지식에 대한 숭상을 가르침 받았으므로, 단지 이 한 가지 이유 때문에 내가 당신의 유추법을 거부한다 할지라도, 당신은 나를 용서해야 합니다. 하지만 정말 당신은 당신의 유혹적인 담론으로 어떻게든지 나를 매혹시켜서, 나는 부지중에 내 논의의 요점에서 계속 빗나갑니다. 당신은 내 친구가 누구인지 또는 어떤 사람인지 확실히 알 수 없다고 말씀하시는데, 당신은 그가 어떤 사람이라고 추측하십니까?"

"나는 그가 고대 이집트 사람들 사이에서, _____라고 불렸던 바로 그 것이라고 추측해요." 어떤 미지의 낱말을 사용하면서 그가 말했다.

"_____라고요! 그런데 그게 무엇입니까?"

"_____의 뜻은 프로클루스*가, 플라톤의 신학에 관한 그의 세 번째 저서에 붙인 작은 주해에서, _____ _____라고 정의를 내리는 것이오." 그가 그리스어의 문장으로 분명히 밝혔다.

그의 술잔을 들고 침착하게 그 투명도를 충분히 조사하면서, 세계주의 자가 응답했다. "그것을 그렇게 정의 내릴 때, 프로클루스가 그것을 받아 들일 수 있었던 가장 맑고 투명한 견지에서 현대적 지성에 접근시켰다는 것을 나는 경솔하게 부정하진 않겠지만, 그래도 당신이 나와 같은 수준의 지각 작용에 적합한 말들로 그 뜻을 표현할 수 있다면, 나는 그것을 선물 로 여길 것입니다."

"선물이라고요!" 그의 냉정한 눈썹들을 약간 추켜올리면서, "신부의 선 물을 나는 알고 있고, 그것은 진실한 결혼의 순수성에 대한 대단히 아름 다운 상징이지만, 나는 다른 선물들에 대해선 아직 배워야 하는데, 그럼 에도 막연하게 당신이 쓰고 있듯이, 그 말은 뭔가 도움을 받는 것에 대한 어떤 초라하고 당당하지 못한 굴복을, 일반적으로 말해 불쾌한 느낌을 나 에게 줘요."

이때 얼음물이 담긴 잔을 가져왔고, 세계주의자의 손짓에 따라 낯선 사 람 앞에 놓였고, 그는 감사의 말을 하고 나서 단숨에 마신 후 상쾌한 것이 분명했지만, 일부 사람들에게 있는 일이듯이, 그 차가움은 전적으로 마음 에 맞지만은 않은 것이 드러났다.

---

*   Proclus(411?-485): 그리스의 신플라톤 학파의 철학자.

마침내 잔을 내려놓고, 암초 위 산호조개의 껍질에처럼 산뜻하게 달라붙어 있는 물방울들을 그의 입술에서 천천히 닦아 내면서, 그는 세계주의자를 향해 돌아앉아, 가능한 한 가장 냉정하고 침착하고 사무적인 태도로 말했다. "나는 윤회를 고수하고, 지금 내가 어떤 사람이라 할지라도, 나는 과거에 금욕적 비(非)유대계 백인이었다고 느끼고 있으며, 아마도 당신의 '선물'이라는 말과 일치하는, 그 옛날 일상 언어의 한 낱말에 똑같이 쩔쩔맸을 것을 어렴풋이 알고 있어요."

　"나에게 설명해 주시지 않겠습니까?" 세계주의자가 부드럽게 말했다.

　"선생!" 낯선 사람이 아주 가벼운 정도의 엄격함을 지니고 응수했다. "나는 무엇보다도 먼저 명쾌한 것을 좋아하는데, 당신이 그것을 명심하지 않으면 도저히 당신과 만족스럽게 대화할 수 없다고 생각해요."

　세계주의자가 곰곰이 생각하듯이 잠시 그를 주의 깊게 보았고, 그러고 나서 말했다. "내가 들은 대로, 미로에서 빠져나오는 최선의 방법은 온 길로 돌아가는 것입니다. 따라서 나는 내가 온 길로 돌아가겠는데, 제발 나와 동행해 주십시오. 요컨대, 다시 한번 핵심으로 돌아가서 말하자면, 무슨 이유로 당신은 내 친구에 대해서 나를 조심시켰습니까?"

　"그러면 간단히, 그리고 명료하게, 전에 말했듯이 나는 그를 이렇게 추측해요. 뭔고 하니, 고대 이집트 사람들 사이에서……."

　"그런데 제발!" 세계주의자가 진지하게 반대했다. "제발, 어째서 저 고대 이집트 사람들에게 폐를 끼칩니까? 그들의 말이나 생각들이 우리와 무슨 관계가 있습니까? 우리가 미라들과 함께 지하 묘지의 먼지 가운데에 무단 입주자들이 되어야 하다니, 우리가 자기 소유의 집도 없는 아랍인 거지들입니까?"

　"파라오의 가장 가난한 벽돌공도, 삼베 수의를 입은 모든 러시아의 황제보다 그의 누더기를 걸치고 더 당당하게 묻혀 있어요." 낯선 사람이 점잔을 빼며 말했다. "왜냐하면 죽음은, 비록 구더기에게도 그것은 장엄한데, 목숨은 왕에게도 치사하기 때문이오. 그러므로 미라에 대해 험담하지 마시오. 미라에 대한 정당한 경외심을 인간에게 가르치는 것이 내 사명의 일부요."

다행히도 그때, 이 지리멸렬한 말들을 저지하기 위해서라기보다, 정확히는 그것들에 변화를 가하기 위해서, 초췌하지만 영감을 받은 것처럼 보이는 남자가 다가왔는데, 자기가 직접 쓴 어느 열광적 창도자의 사명에 대한 그의 주장들을 밝히는 책자를 판매하는 형식으로, 자선 기부금을 요구하는 미치광이 같은 걸인이었다.* 남루하고 불결했지만 그에게 천박한 기미는 전혀 없었는데, 왜냐하면 본래 그의 몸가짐은 품위가 없지 않았고, 그의 체격은 호리호리한데다, 오그라든 버찌의 겉모양처럼 얼굴빛에 한층 더 짙은 색조를 띠게 하는, 온통 헝클어진 새까만 고수머리로 뒤덮인 햇볕에 타지 않은 그의 넓은 앞이마 때문에, 그만큼 더 그런 것 같아 보였다. 아무것도 그에게 어떤 영구적인 도움이 되기에는 충분하지 않지만, 아마도 그의 혼란스런 영광의 꿈이 진실하든 그렇지 않든 간에, 잠재적 회의의 고통을 때때로 연상시키기엔 충분한, 오직 하나의 어렴풋이 엿보이는 이성에 의해 강화되는, 별난 이탈리아 사람의 몰락과 찬탈의 내력을 가진 듯한 그의 모습을 아무도 능가할 수 없었다.

그가 내민 그 소책자를 받자, 세계주의자는 그것을 대강 훑어보며 그 내용을 알아보는 듯하다가, 그것을 덮어 그의 주머니 속에 집어넣고 잠시 그 사람을 눈여겨보더니, 상체를 굽히고 그에게 1실링을 건네주면서, 친절하고 신중한 어조로 그에게 말했다. "미안합니다, 동지, 내가 마침 지금

---

* Harrison Hayford(1959)는 이 미치광이 같은 사람이 Edgar Allan Poe에 바탕을 둔 것이라는 증거를 모아 정리했다.

은 바쁘지만 당신의 작품을 구입했으므로, 가장 이른 한가한 때에 그것을 정독함으로써 많은 기쁨을 얻기를 기대합니다."

단추가 외줄인 낡은 프록코트를 입고, 격에 맞지 않게 그의 턱까지 단추를 채운 그 머리가 돈 듯한 사람은, 정중한 행위치곤 자작에게나 어울릴 법한 절을 공손히 그에게 하고 나서, 낯선 사람을 향하며 무언의 호소를 했다. 하지만 낯선 사람은 그 어느 때보다도 더 차가운 프리즘처럼 앉아 있었고, 동시에 예민한 양키의 기민한 표정을 이제는 이전의 신비주의적 표정으로 대체하면서, 그의 용모에 추가된 냉기를 보탰다. 그의 태도 전체가 말했다. "나한테서는 아무것도 없소." 퇴짜 맞은 청원자는 손상된 긍지와 분개한 경멸로 가득 찬 눈빛을 그에게 던지고 제 갈 길로 가버렸다.

"글쎄, 그런데요." 세계주의자가 약간 책망조로 말했다. "당신은 저 사람을 동정했어야 했는데, 말해 보세요, 당신은 조금의 동료 의식도 느끼지 못합니까? 여기에 있는 그의 소책자를 보세요. 다분히 초월론적 기질이 엿보입니다."

"미안합니다." 낯선 사람이 그 소책자를 외면하면서 말했다. "나는 결코 건달들을 후원하지 않아요."

"건달들이라고요?"

"나는 그에게서, 선생, 판단력의 파멸적인 드러남을 탐지했는데, 파멸적이라고요, 왜냐하면 미친 것처럼 보이는 사람에게 판단력은 악당 근성이기 때문이오. 나는 그를 교활한 부랑자로 여기는데, 그는 교묘하게 미친 사람 노릇을 함으로써 부랑자의 생활 방식을 익혀요. 당신은 그가 내 앞에서 주춤하는 것을 알아차리지 않았어요?"

"과연!" 놀란 한숨을 길게 들이쉬면서, "나는 당신에게서 그렇게 이해하기 어려운 의심 많은 성미를 전혀 예측할 수 없었는데. 주춤했다고요? 가엾은 친구 같으니, 확실히 그랬는데, 당신은 그를 아주 뻣뻣하게 대하며 맞아들였습니다. 그가 교묘하게 미친 사람 노릇을 하는 것에 관한 한, 부당한 비평가들은 요즈음, 순회공연을 하는 한두 명의 마법사들에 대해 동일한 반대 이유를 내세울지도 모릅니다. 하지만 그것은 내가 전혀 모르는 일입니다. 하지만 한번 더, 그리고 마지막으로 핵심으로 돌아가서, 어째서 선생님, 나에게 내 친구를 피하도록 경고했습니까? 그것이 판명될 것으로 내가 생각하듯이, 만일 내 친구에 대한 당신의 신뢰 부족이 정신 이상자에 대한 당신의 불신과 똑같이 미덥지 않은 논거에 기초를 둔다면 나는 기뻐할 것입니다. 자, 어째서 나에게 경고했습니까? 간청하건대, 몇 마디 말로, 그리고 영어로 그것을 말해 주십시오."

"그는 이 여객선에서 사람들이 하는 말로는, 미시시피의 시술자로 알려진 존재가 아닌가 하고 생각되기 때문에, 그에 대해서 당신을 조심시켰소."

"시술자라고요? 그는 시술합니다, 그렇죠? 내 친구는, 그러면 인디언들이 말하는 '대주술사'와 약간 비슷한 사람입니다. 그렇죠? 그는 시술하고, 하제를 쓰고, 포식한 것을 빠지게 합니다."

"내가 파악하기론, 선생." 체질적으로 유쾌한 농담에 둔감한 낯선 사람이 말했다. "이른바 '대주술사'에 대한 당신의 생각은 정정이 필요해요. 인디언들 사이에서 '대주술사'는 의사라기보다는 그의 현명한 총명함 때문에 중대하게 존경받는 사람이오."

"그러면 내 친구가 현명하지 않습니까? 내 친구가 총명하지 않습니까? 당신 자신의 정의에 따라, 내 친구는 '대주술사'가 아닙니까?"

"아니오, 그는 시술자, 미시시피의 시술자요, 모호한 인물이죠. 내가 전에 여행해 본 적이 없는 이 서부 지역의 어떤 사소하고 신기한 일이든 나에게 가르쳐 주고 싶어하는 사람한테서, 그가 이런 사람으로 나에게 지적되었기 때문에, 그가 이러한 인물이라는 것을 나는 전혀 의심하지 않아요. 그리고 선생, 내가 잘못 생각하고 있지 않다면, 당신 또한 이곳에 생소한 사람이고, (하지만 정말, 이 낯선 세계의 어디서든 누구나 이방인이 아닌가?) 바로 그것이 격의 없이 사람을 신용하는 기질의 사람에게 위험할 수밖에 없는 말동무에 대해서, 내가 당신을 조심시킬 마음이 생기게 된 이유요. 하지만 적어도 지금까지, 그가 당신에게 성과를 거두지 못했고, 앞으로도 그는 그러지 못할 것이라고 생각한다는 희망을 되풀이하여 말할 뿐이오."

"걱정해 주어서 고맙습니다만, 내 친구가 못마땅하다는 억측을 그토록 꾸준하게 견지하는 것에 대해서는 전혀 감사할 수 없습니다. 정확하게, 나는 오늘 처음으로 그와 아는 사이가 되었을 뿐이고, 그의 전력에 대해서는 거의 아는 것이 없지만, 바로 그것이 그의 인간성에 저절로 신뢰를 불어넣지 못하는 정당한 이유 같지는 않을 것입니다. 그리고 그 남자분에 대한 당신 자신의 정보가, 당신의 말에 의해서도 그렇듯이 정확하지 않으므로, 그에 대한 노골적인 어떠한 제언도 더 이상 기꺼이 받아들이기를 내가 거절할지라도 용서해 주십시오. 정말로요, 선생님." 호의적으로 결연히, "화제를 바꿉시다."

37장
신비적인 스승이 실천적인 제자를 소개하다

"화제와 대화 상대자, 둘 다요." 낯선 사람이 일어서며, 한 보행객이 그의 산책길이 끝나는 저쪽에서 그 순간 돌아서서, 그를 향해 되돌아오기를 기다리면서 대답했다.

"에그버트!" 그가 큰 소리로 불렀다.

에그버트는, 옷맵시가 단정하고 상업적으로 보이는 약 30세의 신사로, 두드러지게 공손한 방식으로 응답했고, 보기엔 동등한 동료라기보다는 오히려 신임이 두터운 문하생의 자세로 순식간에 가까이 다가와 섰다.

"이 사람은……." 낯선 사람이 에그버트의 손을 잡고, 그를 세계주의자에게 데리고 오면서 말했다. "이 사람은 제자 에그버트요. 나는 당신이 에그버트와 알고 지내기를 바라오. 에그버트는 마크 원섬의 행동 규범들, 생활보다는 오히려 공리공론에 적합화한 것으로 간주된 과거의 도덕 기준들을 인류 최초로 실행에 옮길 사람이오.* 에그버트!" 겉으로 보기에는 겸손하게, 이 칭찬의 말들을 듣고 약간 움츠러든 그 제자를 향하면서, "에그

---

*　Egbert는 Thoreau를 모델로 한 인물인 것으로 판단됨.

버트, 이분은……." 세계주의자를 향해 경의를 표하면서, "우리 모두처럼 이방인이네. 나는 에그버트, 자네가 이 이방인 형제를 알고 지내면서, 이분과 의사소통하기를 바라네. 특히, 지금까지 무심코 언급된 무엇이든지에 의해서, 내 철학의 정확한 성격에 관해서 그의 호기심이 일깨워졌다면, 나는 자네가 이러한 호기심을 충족시키지 않은 채로 놔두진 않을 거라고 생각하네. 에그버트, 자네는 단순히 자네의 실천을 보임으로써, 나의 학설에 관해 나 자신이 단순한 말로 할 수 있는 것보다, 사람을 교화하는 목적으로 더 많은 것을 할 수 있네. 정말 나 자신이 스스로를 가장 잘 이해할 수 있는 것은 자네에 의해서라네. 왜냐하면, 모든 철학에는 대단히 중요한 부분인 일정한 뒷부분이 있고, 이 부분은 사람 머리의 뒷부분처럼 거울의 영상에 의해서 가장 잘 보인다네. 한데 에그버트, 자네는 자네의 생활 속에서, 내 학설의 더 중요한 부분을 거울 속에서처럼 나에게 비추어 주네. 자네를 인정하는 사람은, 마크 윈섬의 철학을 인정하는 것이네."

이 장황한 말의 여러 부분들이 아마도 어법상 독선처럼 보이지만, 그럼에도 독선의 흔적은 시종일관 꾸밈없고, 주제넘지 않고, 기품 있고, 남자다운 화자(話者)의 태도에서 전혀 느낄 수 없었고, 선생 겸 선각자의 면모는, 말하자면 관념의 전달 수단인 그의 단순한 거동보다 그 관념 속에 더 많이 잠재해 있는 것 같았다.

"선생님!" 세계주의자가 말했고, 그는 사태의 이 새로운 양상에 적잖이 흥미를 가진 것처럼 보였다. "당신은 다소 불가해한 것일지도 모르는 어떤 철학에 관하여 말하고, 그리고 그것의 실제 생활과의 관계를 넌지시 말하시는데, 제발 말해 주십시오. 이 철학의 연구가 세상의 경험과 함께 변함없는 인격의 형성에 도움이 되는지요?"

"그래요, 그리고 그것이 그 진실성의 시금석인데, 왜냐하면 세상의 관례와 모순되는 효력을 가지면서, 그것과 불화하는 인물을 만들어 내는 경향이 있는 어떤 철학도, 이러한 철학은 필연적인 결과로서 속임수이고 몽상일 뿐이기 때문이오."

"당신은 나를 약간 놀라게 합니다." 세계주의자가 대답했다. "그 까닭은, 이따금 당신의 심오함으로 보아, 그리고 또한 플라톤의 신학에 관한 심오한 연구에 대한 당신의 언급으로 보아, 당신이 어떤 철학의 창시자라면, 비교적 미천한 인생의 관행 이상으로 그 난해함을 강화할 정도로, 그 철학이 어느 정도 심오한 성질을 띠지 않을 수 없다고 생각하는 것이 오직 당연할 것이기 때문입니다."

"나에 관해서 흔히 있는 오해요." 상대방이 응답했다. 그러고 나서 라파엘 대천사*처럼 온순하게 서 있으면서, "아직도 황금빛 어조로 그 옛날의 멤논**이 그의 알 수 없는 말을 속삭인다 할지라도, 역시 모든 사람의 장부에서 대차대조표는 인생의 손익을 해명한다오. 선생." 차분하면서도 힘 있게, "인간은 앉아서 묵상하기 위해서가 아니고, 공허하고 미묘한 것들로 자신을 몽롱하게 하려는 것도 아니며, 그의 허리띠를 졸라매고 일하기 위해서 이 세상에 왔어요. 신비는 아침에 있고, 신비는 밤에 있고, 그리고 신비의 아름다움은 도처에 있지만, 그래도 여전히 입과 지갑은 채워 넣어야 한다는 평범한 진리는 존속해요. 지금까지 당신이 나를 몽상가로 생각했다면, 그릇된 생각을 깨우치시오. 나는 한 가지 생각에 사로잡힌 사람도 아니고, 나 이전의 선각자들과 마찬가지요. 세네카는 고리대금업

---

*   Raphael: 하느님 앞에 서 있는 일곱 대천사 중의 하나.
**   Memnon: 〈그리스 신화〉 전설적인 에티오피아의 왕. 그는 티토투스와 새벽의 여신 이오스(Eos)의 아들로, 그의 삼촌 프리암(Priam)을 지원하여 트로이 전쟁에 참가했다가 아킬레스에게 살해당했다. 전설에 의하면, 이집트 테베 근처에 있는 거대한 조각상이 멤논의 상인데, 떠오르는 햇빛이 비치면 그 상은 음악 소리를 냈고, 그것은 그의 어머니 새벽의 여신에 대한 그의 아침 인사로 간주되었다.

자가 아니었소? 베이컨은 궁정에 출사하는 사람이었고, 스베덴보리는 한 눈은 영계(靈界)에 두고 있었지만, 다른 한 눈을 돈 버는 절호의 기회에 두고 있지 않았어요? 나에게 부여될지도 모르는 다른 어떤 직분과 함께, 나는 실용적인 지식을 가진 사람이고, 세상을 잘 아는 사람이오. 나를 이러한 사람으로 알고 있으시오. 그리고 여기 있는 내 제자에 관한 한⋯⋯."
그를 향해 돌아서면서, "당신이 그에게서 어떤 달콤한 유토피아적 이념들과 지난 해의 저녁놀빛을 찾아내기를 기대한다면, 나는 그가 당신을 어떻게 교정할지를 생각하니 웃음이 나요. 내가 그에게 가르친 학설은, 매우 많은 다른 학설들이 속기 쉬운 완고한 사람들에 대해서 그랬듯이, 그를 정신 병원으로도 구빈원으로도 끌고 가지 않을 것이라고 믿어요. 더군다나⋯⋯." 아버지처럼 다정하게 그를 흘긋 보면서, "에그버트는 내 제자이자 나의 시인이오. 왜냐하면 시란, 잉크와 운(韻)의 작품이 아니라 생각과 행동의 작품이고, 후자의 방식으로 실용적인 행동에서 찾을 때, 어느 누구든 어느 곳에서나 찾을 수 있기 때문이오. 요컨대, 여기 있는 내 제자는 서인도 교역에서 번창하는 젊은 상인이고, 실용적인 시인이오. 자!" 에그버트의 손을 세계주의자에게 내밀면서, "나는 당신들을 맺어 주고, 당신들을 두고 가오." 그 말과 함께, 인사도 없이 스승은 물러갔다.

38장
제자는 마음을 터놓고,
사교적인 역할을 승낙하다

스승 앞에서 제자는 자기의 위치를 모르지 않는 사람처럼 서 있었고, 겸손이 일종의 공손한 침울함과 함께 그의 표정 속에 담겨 있었다. 하지만 윗사람의 존재가 물러나자, 그는 장난감 상자의 꼭두각시 인형들 가운데 하나처럼, 그것 밑에 눌려 있다가 유연하게 높이 치솟는 것 같았다.

앞서 말했듯이 그는 약 30세의 젊은이였다. 그의 얼굴 생김새는, 평온할 땐 호감을 주지도 비위에 거슬리지도 않는 그런 중립적인 것이라고 할 수 있었으므로, 그가 결국 어떤 상태로 드러날 것인지는 상당히 불확실한 것 같았다. 그의 복장은 단정했고, 독창성에 대한 비난에서 그것을 지켜줄 만큼의 유행을 갖췄는데, 전반적으로 세부적인 것들의 재조정을 제외하면, 그의 옷차림은 그의 스승의 것을 본받은 것 같았다.

하지만 전체적으로 그는, 어느 모로 보나 결코 어떤 초월론적 철학의 문하생으로 아무도 생각할 것 같지 않은 인물이었는데, 하긴 정말 그의 뾰족한 코와 면도로 밀어낸 턱은, 신비주의가 하나의 과제로서 언젠가 그에게 떨어진다 할지라도, 그는 진짜 뉴잉글랜드 사람 특유의 교묘한 솜씨로, 그토록 무익한 것조차도 다소 이익이 되게 활용할지도 모른다는 것을 암시하는 것 같았다.

"그런데······." 이제 스스럼없이 빈 의자에 앉으면서 그가 말했다. "마크 윈섬을 어떻게 생각하세요? 고상한 분이죠, 그렇죠?"

"인간 동업 조합의 회원이 제각기 존경받을 만한 가치가 있다는 것은, 친구여!" 세계주의자가 응답했다. "그 조합의 찬양자는 결코 시비하려 하지 않는 사실이지만, 더 고매한 성품의 사람들을 생각하여 매우 빈번하게 그들에게 적용되는 '고상한'이라는 낱말이, 인간에게 또한 혼란 없이 적용될 수 있는 것은 인간이 스스로 결정할 핵심 사항입니다. 하긴 정말 그가 그것을 긍정적으로 결정하면, 그건 내가 반대할 일이 아닙니다. 하지만 나는 요즈음, 어렴풋이 알고 있을 뿐인 그 철학에 대해서 더 알고 싶습니다. 인간 최초의 그 문하생인 당신이, 특히 그것을 설명할 자격이 있는 것 같습니다. 지금 시작하는 것에 이의가 있습니까?"

"전혀 없어요." 테이블 쪽으로 자세를 곧게 바로잡으면서 말했다. "어디서부터 시작할까요? 제1원리에서요?"

"당신이 명확한 설명에 적합한 사람이라고 말해지는 것은, 실용적인 면에서였다는 것을 당신은 기억합니다. 그런데 소위 제1원리라는 것이, 몇 가지 문제들에서 다소 모호한 것을 알았습니다. 그렇다면 간단한 방법으로, 실제 생활에서 어떤 평범한 사례를 상정하는 것을 허용해 주시고, 그것이 끝나면 내가 알고 싶어하는 철학의 실천적인 문하생인 당신이, 그 경우에 어떻게 처신할 것인지를 나에게 말해 주기 바랍니다."

"사무적인 관점이군요. 그 사례를 말하시오."

"사례뿐만 아니라 인물들도요. 그 사례는 다음과 같은데, 두 명의 친구들, 어린 시절부터의 친구들, 즉 마음의 벗들이 있고, 그중 한 사람이 처음으로 어려움에 처해서, 처음으로 다른 한 사람에게 돈을 빌리려 하고, 그는 재산에 관한 한 그것을 들어줄 능력이 충분합니다. 그리고 그 인물들은 당신과 내가 하기로 되어 있는데, 당신은 돈을 빌려줄 친구이고, 나는 돈을 빌리려 하는 친구이며, 당신은 그 문제의 철학 문하생이고, 나는 따뜻할 때 추위를 느끼지 않고 학질에 걸렸을 때 떨린다는 것을 고작 아는 정도의 철학을 가진 평범한 사람입니다. 자, 잘 들어요. 당신은 당신의 상상력을 발휘하여 바로 그 가정된 사례가 사실인 것처럼, 가능한 한 많이 말하고 행동해야 합니다. 생략하여, 당신은 나를 프랭크라고 부르고, 나는 당신을 찰리라고 부르겠습니다. 동의합니까?"

"전적으로 동의하오. 시작하시오."

세계주의자는 잠시 숨을 돌리더니, 자신의 역할에 적합한 심각하고 근심 걱정에 시달리는 태도로, 그의 가상의 친구에게 말을 걸었다.

39장
가상의 친구들

"찰리, 나는 당신을 신뢰하려고 합니다."

"당신은 항상, 그리고 당연히 그렇죠. 무슨 일인데요, 프랭크?"

"찰리, 나는 궁핍하고, 돈이 급히 필요합니다."

"그거 안됐군요."

"하지만 찰리, 나에게 1백 달러를 빌려주면 잘될 것입니다. 나의 궁핍이 심하지만 않다면, 나는 당신에게 이것을 요청하지 않을 것이고, 아무리 내 쪽이 기울었을지라도, 당신과 나는 너무나 오랫동안 감성과 지성을 함께 나누었기 때문에, 바로 그 불균형을 내 쪽에 지닌 채, 지갑을 함께 쓰는 것 이외에는 우리의 우정을 증명하기 위해서 남은 것이 아무것도 없습니다. 나의 그 청을 들어주시겠죠, 그렇죠?"

"청이라고요? 당신의 청을 들어달라고 나에게 요구하는 것은 무슨 뜻이오?"

"뭐라고요, 찰리? 당신은 전에는 결코 그렇게 말하지 않았습니다."

"그건 프랭크, 당신 쪽에서 전에는 그렇게 말하지 않았기 때문이오."

"하지만 나에게 돈을 빌려주지 않겠습니까?"

"그래요, 프랭크."

"어째서요?"

"나의 규칙이 금하기 때문이오. 나는 돈을 거저 주긴 하지만 절대로 빌려주진 않고, 당연히 자기 자신을 나의 친구라고 말하는 사람은 보시를 받는 따위의 짓을 하지 않아요. 금전상의 교섭은 상거래요. 그리고 나는 친구와 상거래를 하지 않겠소. 친구라는 것은 사교적 그리고 지적인 것이고, 나는 사교적이고 지적인 우정을 너무 높이 평가하기 때문에, 어느 모로나 금전상의 미봉책으로 그것의 품위를 떨어뜨릴 수 없어요. 확실히 이른바 사업상의 친구라는 것이 있고, 나에게도 물론 있는데, 즉 말하자면 그들은 사업상의 지인들이고, 대단히 편리한 사람들이지요. 하지만 나는 그들과 진정한 의미의 내 친구들 사이에 빨간색 선을 긋고 있소. 사교적이고 지적인 내 친구들 말이오. 요컨대, 진실한 친구는 돈거래와는 아무런 관계가 없고, 그는 마땅히 그것을 부끄럽게 여기는 영혼을 가지고 있어야 해요. 대부는 일정한 담보물을 주고 일정한 이자를 지불함으로써, 은행이라는 영혼이 없는 회사로부터 받기로 되어 있는 박정한 융자일 뿐이오."

"박정한 융자라고요? 그 어휘들이 멋지게 어울립니까?"

"노인과 암소라는 가난한 농부의 한 조처럼 어울리진 않지만, 적절해요. 이봐요, 프랭크, 이자가 붙는 돈거래는 돈의 외상 판매요. 외상으로 물건을 파는 것은 하나의 융통일지도 모르지만, 거기 우정이 어디에 있소? 기아에 가까운 궁핍 때문이 아니라면, 투기꾼을 제외하고는 이자가 붙는 돈을 제정신으로 빌리는 사람은 거의 없어요. 자, 과연 내가 굶주리는 사람에게, 정해진 날짜에 밀가루 1.5배럴 가치의 돈을 지불한다는 조건으로 밀가루 1배럴 가치의 돈을 빌려주었을 때, 특히 그가 그렇게 하지 못하면, 나는 그때 나의 1배럴과 그의 반 배럴 가치의 돈을 내 자신에게 보장하기 위해서 그의 심장을 공매에 붙이고, 가족들을 떼어놓는 것은 잔인하므로 그의 아내와 자녀들의 것을 끼워 넣는다는 이런 단서를 더 추가한다면, 우정은 어디에 있는 거요?"

"이해하고 있습니다." 애절하게 떨면서, "하지만 상황이 그렇게 된다 할지라도, 채권자 측의 이러한 조치는, 인간성의 명예를 걸고 속셈이라기보다는 계약의 부대 조항일 것으로 생각합시다."

"하지만 프랭크, 적당한 담보물을 미리 받는 것 속에 규정되어 있는 부대 조항이오."

"그래도 찰리, 그 돈거래는 애당초 친구로서의 행위가 아니었습니까?"

"그리고 마지막으로 그 공매는 적의 행위였지요. 모르겠어요? 몰락이 바로 그 구제 속에 잠복해 있듯이, 원한이 우정 속에 웅크리고 있어요."

"나는 오늘 대단히 어리석음에 틀림없습니다, 찰리. 하지만 정말 이것을 이해할 수 없습니다. 죄송합니다만, 나의 벗님, 주제의 원리를 논하는 중에, 당신은 다소 깊은 구렁에 빠져든다는 생각이 듭니다."

"바다로 부주의하게 걸어 나간 사람이 그렇게 말했지만, 바다는 대답했지요. '그건 바로 반대 방향이네, 틀려먹은 친구야.' 그리고 그를 익사시켰지요."

"그건 찰리, 일부의 이솝 우화가 동물들에게 부당한 것에 거의 못지않게, 바다에게 부당한 우화입니다. 바다는 도량이 큰 영역이고, 익사시키는 행위 중에 그를 조롱하는 것은 말할 것도 없이, 불쌍한 놈을 죽이는 것을 수치로 여길 것입니다. 그러나 나는 우정 속에 숨어 있는 원한과, 구원 속에 잠복한 파멸에 대해서 당신이 말하는 것을 알 수 없습니다."

"내가 설명하겠어요, 프랭크. 가난한 사람은 철로에서 탈선한 열차요. 그에게 이자를 부쳐 돈을 빌려주는 자는, 편의를 도모하기 위해서 그 열차를 제자리에 되돌려 놓는 것을 돕지만, 그 다음에 모든 것을 청산하고도 좀 더 챙기기 위하여, 30마일 앞쪽에 있는 관리자에게 지급으로 전보를 쳐서, 그를 위하여 선로를 가로지르는 들보를 바로 거기에 던져 놓으라고 하는 자요. 당신의 가난한 친구에게 빌려준 원금에 이자를 챙기는 친구는, 다시 말하는데 원한을 남겨 둔 친구요. 설마, 설마, 나의 벗님, 나는 결코 이자를 챙기지 않소. 나는 이자를 경멸해요."

"그래요, 찰리, 당신은 아무도 비난할 필요가 없습니다. 나에게 무이자로 돈을 빌려주십시오."

"그것은 또다시 보시가 될 것이오."

"빌린 돈을 갚아도 보시입니까?"

"그렇소. 원금이 아니라 이자의 보시요."

"글쎄요. 나는 몹시 곤궁해서, 그 보시를 거절하지 않겠습니다. 그게 당신이므로, 찰리, 그 이자의 보시를 고맙게 받겠습니다. 친구 사이에 창피할 것 없습니다."

"한데 우정의 엄밀한 관점에서, 어떻게 당신은 자신이 그렇게 말하는 것을 묵인할 수 있어요, 프랭크님? 그것이 내 마음을 아프게 해요. 왜냐하면, 어려울 때에 남이 형제보다 낫다는 솔로몬의 비뚤어진 마음*을 지니고 있지 않지만, 그럼에도 나는 나의 탁월한 스승님과 전적으로 같은 의견인데, 그분께서는 그의 〈우정론〉에서, 만일 그가 속세의 편의를 바란다면, 그의 신성한 친구(즉 사교적이고 지적인 친구)한테 가지 않고, 그래요, 그의 세속적 편의를 얻기 위해선 그의 속세의 친구(즉 비천한 사업상의 친구)에게 간다고, 아주 당당히 말해요. 대단히 명쾌하게 그 이유를 덧붙여 말하는데, 어떤 교육으로도 결코 그 능력 이상으로 향상될 리가 없는 열등한 사람이 항상 친절을 베풀고 싶어할 때에, 친절을 베풀어 달라는 요

---

*　「잠언」 18장 24절.

구들을 성가시게 느껴서 결코 몸을 낮추어 그런 일을 할 리가 없는 우월한 성질의 사람에게는, 이것은 매우 적합하지 않기 때문이라고 말이오."

"그렇다면 나는, 당신을 나의 신성한 친구로가 아니라 그 반대로 생각하겠습니다."

"그 꼴이 되고 만 것이 나에게 극심한 고통을 주지만, 당신의 소원을 들어주기 위해서 그렇게 하겠소. 우리는 장사 친구고, 장사는 장사요. 당신은 돈거래의 협상을 원하오. 좋아요, 무슨 어음으로요? 한 달에 3할 이자를 지불하겠어요? 당신의 담보물은 어디 있소?"

"틀림없이 당신은 당신의 옛 학우, 매우 자주 함께 대학의 작은 숲을 따라 거닐면서, 덕행의 아름다움과 친절 속에 깃든 은총을 이야기하던 그에게 이런 정식 절차를 강요하지 않을 거요. 그렇게 얼마 안 되는 금액 때문에 말입니다. 담보물? 우리가 대학 동창생들이고, 어릴 때부터 줄곧 친구들인 것이 담보물입니다."

"미안합니다만, 프랭크님, 우리가 대학 동창생들인 것은 최악의 담보물이고, 우리가 어릴 때부터 줄곧 친구였던 것은 정말 조금도 담보물이 안 돼요. 당신은 우리가 지금 장사 친구들인 것을 잊고 있어요."

"그런데 당신 쪽에서는, 찰리, 당신의 장사 친구로서 내가 당신에게 아무런 담보물도 줄 수 없고, 내가 아주 몹시 곤궁하여 보증인을 구할 수도 없다는 것을 잊고 있습니다."

"담보물도, 보증인도 없으면, 대출도 없소."

"그러면 찰리, 당신이 정의를 내린 전자 부류의 친구로서도 후자 부류의 친구로서도 나는 당신을 설득할 수 없으므로, 그 둘을 합쳐서 내가 양자 모두의 자격으로 청구하면 어떻겠습니까?"

"당신은 이중인격자요?"

"그러면 모든 것을 다 말했는데, 당신이 뜻하는 모든 관점에서 보아 당신의 우정이 나에게 무슨 소용이 있습니까?"

"실천적인 문하생에 의해서 실행에 옮겨진 대로, 마크 윈섬의 철학 속에 담긴 미덕이지요."

"그런데도 어째서 마크 윈섬의 철학이 나에게 많은 도움이 될지도 모른다고 덧붙여 말하지 않습니까? 아아!" 호소하듯이 뒤돌아보면서, "우정이란 도와주는 손길과 동정심, 어려울 때 착한 사마리아인이 지갑을 물약병처럼 쏟아 놓는 행위*가 아니라면, 그것은 도대체 무엇입니까?"

"이런, 프랭크님, 어린애같이 굴지 마세요. 인간은 결코 눈물을 통하여 어둠 속에서 그의 나아갈 길을 본 적이 없어요. 이상 속의 우정은 너무 고상해서 당신은 품을 수 없다고 내가 생각해도 좋다면, 내가 당신에게 지니고 있는 저 진지한 우정에 당신은 어울리지 않는다고 나는 생각할 것이오. 그리고 프랭크님, 언젠가 또다시 당신이 현재의 장면을 되풀이한다면, 당신은 우리의 우정의 토대를 심하게 흔들 것이라고 말하고 싶소. 내가 갖고 있는 그 철학은 가장 강력하게 공명정대한 거래를 가르쳐요. 그러면 이제, 가장 적절한 때에 하듯이, 당신이 모르고 있는 것처럼 보이는 어떤 상황들을 숨김없이 밝히고 싶소. 우리의 우정이 소년 시절에 시작됐지만, 적어도 내 쪽에선 그것이 분별없이 시작됐다고 생각하지 않아요. 소년들은 작은 어른들이라고들 해요. 내가 미숙하게도, 그 당시에 당신이 가진 편리한 점들 때문에 당신을 내 친구로 골랐는데, 그중 적지 않은 것이 당신의 좋은 예절, 훌륭한 복장, 그리고 당신 부모의 사회적 지위와 재산에 대한 평판이었소. 요컨대, 나는 소년이었지만 마치 성인처럼, 시장에 가서 마른 것이 아니라 살찐 것을 찾아 양고기를 골랐소. 바꾸어 말하면, 주머니 속에 항상 은화가 들어 있는 학생인 당신에겐, 결코 실속 없이

---

*   「루카 복음서」 10장 30-37절.

두둑한 원조를 필요로 하지 않을 거라는 논리적인 개연성이 있는 것처럼 보였는데, 나의 최초의 느낌이 결과적으로 입증되지 못했다면, 그것은 아무리 신중하다 할지라도 오직 인간 기대의 부정확성을 낳는 운명의 변덕 때문일 따름이오."

"오, 내가 이 피도 눈물도 없이 털어놓는 이야기에 귀를 기울이다니!"

"당신의 뜨거운 혈관 속에 약간의 차가운 피는, 프랭크님, 당신에게 아무런 해가 되지 않을 것이라고 말해 주고 싶어요. 피도 눈물도 없다고요? 나의 폭로가 내 쪽에 비열한 타산을 필연적으로 수반하는 것처럼 보이기 때문에, 당신은 그런 말을 하고 있어요. 하지만 그렇지 않아요. 일부분 내가 언급한 것처럼, 당신을 선택한 이유는 오로지 그 관계의 미묘함을 침해되지 않은 상태로 보존할 목적으로였어요. 왜냐하면, 그걸 단지 생각만 해봐요. 당신의 친구가 결국 성년이 되어, 5달러 남짓한 작은 돈을 얻기 위해서 비오는 밤 같은 때에 잠깐 들르는 것보다, 일찍이 형성된 미묘한 우정에 비참함을 가져오는 것이 무엇이 더 있을까요? 미묘한 우정이 그것을 견딜 수 있을까요? 그리고 다른 한편으로, 미묘한 우정이 그 미묘함을 계속 유지하는 한 그런 일을 할까요? 당신은 현관에 있는 당신의 흠뻑 젖은 친구에 대해서, '나는 이 사람한테 속았어, 기만적으로 속았어, 그는 사랑의 의식을 필요로 할 정신적 우정에서 그다지 진실한 친구는 아니야'라고 본능적으로 생각하지 않을까요?"

"그런데도 의식들, 그것들은 두 곱으로 정당한 권리들이오. 무정한 찰리!"

"당신이 그것을 어떻게 받아들인다 할지라도, 당신이 말하는 그 권리들을 너무 끈질기게 주장함으로써, 내가 암시한 그 토대를 얼마나 흔드는지를 잘 유의하시오. 왜냐하면 결국 드러나듯이, 내가 초기의 교우 관계에서 메마른 집터에 아름다운 집을 지었는데, 그리고 그 집에 너무나 많은 수고와 비용을 물 쓰듯 했기 때문에, 결국 그것은 나에게 매우 소중한 것이오. 그래요, 나는 당신 우정의 고마운 은혜를 잊지 않을 것이오, 프랭크. 하지만 조심하시오."

"그런데 무엇에 대해서 말이오? 궁핍한 것에 대해서요? 오, 찰리! 당신은 원래 자기 자신의 재산을 갖고 있는 존재인 신(神)에게가 아니라, 사람이기 때문에 운명의 바람과 파도의 노리개이고, 큰 물결들이 골로 혹은 물마루로 그를 굴리는 대로, 천국을 향해 올라가거나 지옥을 향해 침몰하는 사람에게 말하고 있습니다."

"쯧! 프랭크. 인간은 그와 같이 불쌍한 자, 우주를 표류하는 불쌍한 해초가 아니오. 인간은 영혼을 가지고 있고, 그 영혼은 그가 하고자 하면, 운명의 여신의 손가락과 미래의 심술이 그에게 미치지 않게 해요. 운명의 여신의 매 맞은 강아지처럼 낑낑거리지 말아요, 프랭크. 그러지 않으면 진실한 친구의 용기로, 나는 당신과 절교하겠소."

"당신은 이미 나와 절교했고, 잔인한 찰리, 급소를 찔렀습니다. 우리가 나무 열매를 주우러 갔던 날들, 몸통들이 나무들처럼 엉킨 모습으로 어깨 동무를 하고 숲 속을 걸어갔던 그 시절을 상기하시오. 오, 찰리."

"체! 우린 어렸어요."

"그러면 성숙기에 더 모진 서리가 덮치기도 전에 무덤 속에서 차디찬 주검이 된, 이집트 땅의 맏이의 운명*이 행운인가요, 찰리?"

"저런! 계집아이 같군요."

"도와줘요, 도와줘요, 찰리, 도움을 바랍니다."

"도와달라고요? 친구는 말할 것도 없고, 도움을 바라는 자에게는 무언가 이상한 것이 있어요. 어딘가에 결함, 결점이 있고, 간단히 말해서 그

---

* 「탈출기」 12장 29절.

사람에겐 어딘가에 결핍, 심한 결핍이 있어요."

"정말 그렇습니다, 찰리. 도와주시오, 도와주시오!"

"도움을 간청하는 것, 그 자체가 도움을 받을 만한 자격이 없다는 증거인데, 참으로 어리석은 외침이오."

"오, 이것은 처음부터 당신, 찰리가 아니고, 당신의 후두를 불법 사용하는 어떤 복화술사입니다. 말하는 사람은 찰리가 아니고, 마크 윈섬입니다."

"그렇다면, 고마워라, 마크 윈섬의 목소리는 나의 후두에 이질적이 아니고 동질적이오. 저 걸출한 선생의 철학이 일반 사람들 가운데서 아무 감응도 일으키지 않는다면, 그것은 그들이 가르침을 받을 만한 기질을 가지고 있지 않기 때문이기보다는, 그들이 너무 불운해서 그와 조화하는 성향의 천성을 가지고 있지 못하기 때문이오."

"인간성에 대한 저 칭찬의 말을 환영합니다." 프랭크가 힘주어 외쳤다. "계획한 말이 아니기 때문에 더욱 진실합니다. 그리고 이 점에서 인간성은 오랫동안 당신이 주장하는 것으로 남아 있기를 바랍니다. 그리고 인간성은, 그것이 궁핍에 얼마나 영향을 받는지, 따라서 도움이 얼마나 귀중한지를 속으로 느끼면서, 다름 아닌 이기심 때문에, 세상에서 도움을 추방하는 철학을 재가하기를 오랫동안 미룰 것이므로, 인간성은 오랫동안 그렇게 남아 있을 것입니다. 하지만 찰리, 찰리! 당신이 늘 했던 대로 말하시오, 당신은 나를 돕겠다고 말해 주시오. 입장이 바뀌면, 당신이 나에게 돈을 빌려달라고 청구하는 만큼, 나는 당신에게 아낌없이 돈을 빌려줄 것입니다."

"내가 청구해요? 내가 대부를 청구해요? 프랭크, 청구하는 것이 나에게 강요되지 않지만, 이 손으로, 어떤 상황하에서도, 나는 대부를 받아들이지 않을 것이오. 차이나 에스터의 경험이 나를 조심시켰을지도 몰라요."

"그런데 그것이 무슨 일이었습니까?"

"자기 자신에게 달빛 궁전을 지어 주었다가, 달이 지자 그의 궁전이 그것과 함께 사라지는 것을 보고 놀란 사람의 경험과 별로 다르지 않아요. 내가 당신에게 차이나 에스터에 관해서 얘기해 주겠소. 내 자신의 말로 그렇게 할 수 있으면 좋을 텐데, 하지만 불행하게도 그때 그 이야기를 해 준 사람이 너무나 나를 압도해 버렸기 때문에, 그의 이야기를 되풀이하여 말하다 보면, 나도 모르는 사이에 그의 표현법으로 바뀌지 않을 수 없어요. 나는 당신에게 다음의 것, 즉 약간의 부분들에서 그 이야기가 말하는 사람을 그렇게 만드는 것처럼 보이지만, 나를 감상적인 사람으로 생각하지 말라고 미리 경고하오. 어떤 지성인이든, 특히 그토록 사소한 문제에서, 또한 가장 잘 발휘된 의지에 반하여, 다른 이의 일에 주제넘게 나서는 이러한 권능을 갖는 것은 참 안된 일이오. 그렇지만, 모든 것이 수렴되는 주된 교훈에 내가 완전히 찬동하는 것을 안 것은 기쁜 일이오. 정말로, 시작하겠소."

40장
차이나 에스터의 이야기를,
그 교훈을 비난하지는 않는 반면에,
그 표현법의 정신을 거부하는 사람에게 전해 듣다

"차이나 에스터는 머스킹엄강*의 어귀에 있는 도시인, 매리에타의 젊은 양초 제조업자, 미개한 행성의 어둠을 뚫고, 효과적으로 또는 다른 방법으로 약간의 빛을 발산하는 수단이 될, 천체(天體)의 저 근원적 기술과 신비의 종속과 같은 것처럼 보이는 직업을 가진 자였어요. 하지만 그는 그 사업으로 거의 돈을 벌지 못했어요. 차이나 에스터와 그의 가족은 무척 어렵게 살았는데, 그가 원했다면 그의 가게로부터 도로 전체를 밝게 할 수는 있었겠지만, 그렇게 용이하게 그의 온 집안 식구들의 마음을 밝게 해줄 수는 없었어요.

그런데 차이나 에스터에겐, 마침 제화공인 오키스라는 친구가 있었는데, 사람들의 발을 사물들의 실체와 노출된 접촉으로부터 방어하는 것이 그의 직업인 자로, 똑똑한 체하는 사람들이 예측할지도 모르는 모든 것에도 불구하고, 단단한 바위들이 부싯돌로 마모되지 않는 한은 한물갈 것

---

*   the Muskingum: 오하이오주에 있는 강.

같지 않은 대단히 유용한 직업이오. 그런 그가 갑자기 복권 뽑기에서 일등으로 당첨되어, 이 유용한 제화공은 벤치에서 소파로 올라앉았어요. 제화공은 이제 작은 갑부가 되었고, 사람들의 발은 알아서 스스로 꾸려 나가야 했지요. 오키스가 부자가 되었다고 의기양양하여 냉혹해진 것은 아니었어요. 전혀 아니었어요.

어느 날 아침, 멋진 의상을 걸치고 한가로이 양초 공장 안으로 걸어 들어와, 손잡이가 금으로 된 그의 지팡이로 양초 상자들을 유쾌하게 여기저기 툭툭 치고 있는 동안, 불쌍한 차이나 에스터는 기름이 묻은 그의 종이 모자를 쓰고 가죽 앞치마를 걸친 채, 가난한 귤장수 여자에게 한 푼짜리 양초 한 개를 팔고 있었는데, 그녀는 흔한 고객의 오만한 냉정함으로, 그것을 반 장의 종이로 잘 말아서 묶어 달라고 요구했고, 그 여자가 가버리자 활기에 넘치는 오키스는 그의 유쾌한 매질을 중단하고 말했어요. '친구 차이나 에스터, 이것은 자네에겐 초라한 장사야. 당신은 자본이 너무 적어요. 당신은 이 하등의 수지(獸脂)를 집어치우고 순수한 경랍(鯨蠟)을 세상에 내놓도록 해요. 실은 말이지, 당신에게 그 사업으로 확장할 돈 1천 달러를 주겠네. 사실 자네는 돈을 벌어야 해요, 차이나 에스터. 나는 자네의 어린 아들이, 실제로 그러하듯이, 신발도 없이 아장아장 걸어 다니는 것을 보고 싶지 않다네.'

'당신의 친절에 감사하오, 오키스님.' 양초 제조공이 대답했어요. '하지만 대장장이인 나의 삼촌의 말을 상기한다 해도, 그걸 나쁘게 생각하지 말아요. 그에게 대부를 권했을 때, 그분은 그것을 거절하며 말했어요. 「이웃의 해머에서 떼어 낸 한 조각을 자신의 것에 용접함으로써 약간 더 여분의 무게를 가질지는 모르지만, 그것을 무겁게 보완하는 것보다, 가벼울지라도 내 자신의 해머를 부지런히 쓰는 것이 훨씬 더 좋다고 나는 생각하는데, 빌린 조각을 갑자기 다시 반환해야 한다면, 그것이 접합점에서가 아니라 한쪽에서 또는 다른 한쪽에서 지나치게 많이 떨어져 나갈지도 모른다오.」

 '터무니없는 말이네, 차이나 에스터님. 너무 정직하게 굴지 말게, 자네의 아들이 맨발이네. 게다가 부자가 가난한 사람 때문에 손해 보는가? 그렇지 않으면 친구가 친구로 인해 형편이 더 나빠지는가? 차이나 에스터, 오늘 아침, 여기서 당신의 양초통 속을 상체를 구부리고 들여다보면서, 당신의 지혜를 다 흘려 버렸을까 걱정이오. 쉿! 더 이상 듣지 않겠네. 당신의 책상이 어디 있나? 오, 여기.' 그렇게 말하며 오키스는 그의 거래 은행 앞으로 단숨에 수표를 발행하여, 즉석에서 그것을 건네주면서 말했어요. '차이나 에스터님, 자네의 1천 달러가 여기 있네. 자네가 매우 일찍 그럴 것이듯이, 그것을 1만 달러로 만들 때(왜냐하면 단 하나뿐인 진실한 지식과 경험이, 모든 사람에게 행운이 기다리고 있다는 것을 나에게 가르쳐 주었기 때문인데), 그때 차이나 에스터, 그때 바로 자네가 원하는 대로 그 돈을 나에게 돌려줘도 좋고 주지 않아도 돼요. 여하튼 간에, 아무 걱정도 하지 말아요, 왜냐하면 나는 결코 변상을 요구하지 않을 거니까.'

 한데 사려 깊은 하느님이, 배고픈 사람에게 빵은 커다란 유혹이고, 그러므로 누군가 인심 후하게 줄 때, 그가 언제 갚을 수 있게 될지 불확실할지라도 그것을 받은 그를 가혹하게 비난할 수 없다고 주장하듯이, 가난한 사람에게 제공된 돈은 똑같이 마음을 끌 만하고, 그가 그것을 받았을 때 그에 대해서 말할 수 있는 가장 심한 것은, 또 하나의 배고픈 사람의 경우에 말할 수 있는 바로 그것이오. 요컨대, 그 가난한 양초 제조공의 양심적인 도덕성은, 종종 있을 것 같은 일이지만, 파렴치한 빈곤에 굴복했어요. 그는 그 수표를 받았고, 당분간 그것을 조심스럽게 치워 놓으려고 했을 때, 오키스가 다시 그의 황금 손잡이 지팡이로 여기저기 두드리면서 말했어요. '그런데 차이나 에스터, 별 뜻은 없지만, 이것에 대한 작은 각서를 써주면 어떨까? 아무런 해가 되지 않을 거요.' 그래서 차이나 에스터는 오키스에게, 요구가 있으면 즉시 지불한다는 1천 달러에 대한 각서를 써주었어요. 오키스는 그것을 받아서 잠시 동안 바라보더니, '피, 내가 자네에게, 차이나 에스터, 결코 아무런 권리 주장도 하지 않을 것이라고 말했소.' 그리고 나서 그 각서를 찢어 버리고, 다시 양초 상자들을 지팡이로 치면서 무심코 말했어요. '기간을 4년으로 하게.' 그래서 차이나 에스터는 4년 거치의 1천 달러에 대한 각서를 오키스에게 다시 써주었어요. '알다시피 나는 이것에 대해서 결코 자네를 괴롭히지 않겠네.' 오키스는 그것을 그의 수첩 안에 끼워 넣으면서 말했어요. '차이나 에스터님, 자네의 돈을 어떻게 가장 잘 투자할 것인지 말고는 더 이상의 생각을 하지 말아요. 그리고 경랍에 대한 나의 힌트를 잊지 말아요. 그것을 시작해요. 그러면 나는 자네에게서 나의 모든 양초를 사겠소.' 그러한 격려의 말과 함께, 그는 평소의 활발한 우정으로 작별 인사를 했어요.

차이나 에스터는 오키스가 그를 두고 떠난 바로 그 자리에 여전히 서 있었는데, 그때 갑자기 두 명의 초로의 친지들이 별 볼일 없이 잡담을 하러 들렀어요. 잡담이 끝나자 차이나 에스터는, 기름 묻은 모자와 앞치마를 걸친 채 오키스의 뒤를 쫓아가서 말했어요. '오키스님, 하느님은 당신의 선의에 대해 보답할 것이지만, 자 당신의 수표를 받고 즉시 내 각서를 돌려줘요.'

'자네의 정직은 따분한 것이군, 차이나 에스터.' 오키스가 불만스럽게 말했어요. '나는 자네에게서 그 수표를 받지 않겠네.'

'그러면 길바닥에서 그걸 집어 가요, 오키스.' 차이나 에스터가 말했어요. 그리고 돌멩이를 하나 집어 들고, 길바닥에 수표를 놓은 다음 그 위에 돌멩이를 얹어 놓았어요.

'차이나 에스터.' 오키스가 호기심이 가득 찬 눈으로 그를 보면서 말했어요. '방금 내가 양초 공장을 떠난 후에 어떤 바보들이 그곳에 들러, 당장 서둘러 내 뒤를 쫓아가서 이렇게 바보처럼 굴라고 자네에게 말했소? 그것이 잔소리꾼 영감과 꼼꼼쟁이 영감이라고 애들이 별명을 붙이고 있는 저 두 명의 바보 노인들이었다면 놀라지도 않아요.'

'그래, 그 두 분들이었소, 오키스. 하지만 그분들을 욕하진 말아요.'

'한 쌍의 절름발이 불평꾼 노인들 같으니. 잔소리꾼 영감은 잔소리가 심한 여자를 아내로 두어, 그것이 그를 고분고분하지 않게 만들었고, 꼼꼼쟁이 영감은 소년 시절에 사과 매점에서 건강을 해쳐, 그것이 그를 평생 동안 낙담시켰지. 꼼꼼쟁이 영감이 옆에 서서 그의 지팡이에 기대고, 그의 반백의 머리를 흔들며 말끝마다 장단을 맞춰 가면서, 잔소리꾼 영감이 그의 심술궂은 옛 속담들을 씨근거리며 말하는 것을 듣는 것보다, 나 같이 아는 것이 많은 놈에게 더 좋은 웃음거리는 없지.'

'내 부친의 친구였던 사람들에 대해서, 오키스, 어떻게 그렇게 말할 수 있는가?'

'그 불평가 노인들이 정직 옹(翁)의 친구들이었다면, 내게 참견 말게. 나는 자네의 부친을 그렇게 부르네. 왜냐하면 모든 사람들이 늘 그랬으니까. 저, 차이나 에스터, 그 두 노친네들이, 지금은 작고하신 괴팍한 퀘이커 교도 노인에 대해 애들이 이름 지은 대로 양심 옹과 함께, 그들 셋이서 자네 부친이 구빈원에 있을 때 그곳에 가서 그의 침대에 둘러앉아, 엘리파즈, 빌닷 그리고 초바르가 불쌍한 거지 노인 욥에게 했듯이,* 그분에게 온갖 세상일에 대해서 말해 주곤 했다는 것을, 동네 일들에 정통한 나의 모친에게서 자주 들었네. 그래요, 자네의 가엾은 늙은 부친에겐, 잔소리꾼 영감과 꼼꼼쟁이 영감과 양심 옹이 바로 욥의 위로자들이었네. 친구들

* 「욥기」 2장 11절.

이라고? 나는 자네가 누구를 원수라고 부르는지 알고 싶군. 그들의 끝없는 불평과 책망으로, 자네의 부친이신 불쌍한 정직 옹을 못살게 굴어 그는 죽을 지경이었다네.'

이 말을 듣고, 그의 존경할 만한 어버이의 슬픈 죽음을 상기하면서, 차이나 에스터는 얼마간의 눈물을 억제할 수 없었어요. 그러자 오키스가 말했어요. '이런, 차이나 에스터, 자네는 침울하기 짝이 없는 사람이로군. 차이나 에스터, 인생을 밝게 보는 게 어떤가? 자네가 인생을 밝게 보지 않으면, 자네의 사업에서 또는 다른 어떤 일에서도 결코 성공하지 못할 걸세. 침울한 사고방식을 갖는 것은 한 사람의 파멸의 원인이네.' 그러고 나서 그의 황금 손잡이가 달린 지팡이로 그를 명랑하게 찌르면서, '그러면 해보지 그래? 나처럼 밝게 희망을 품지 않겠어? 확신을 갖는 게 어떤가, 차이나 에스터?'

'정말 난 모르겠어, 오키스님.' 차이나 에스터가 침착하게 대답했어요. '하지만 아마도 내가, 당신처럼 복권에 당첨된 적이 없는 것이 다소 차이가 날지도 모르겠어.'

'터무니없는 소리! 당첨에 대해서 알기 전에도 나는 종달새처럼 명랑했고, 지금의 나와 꼭 마찬가지로 쾌활했네. 사실상, 밝은 사고방식을 고수하는 것이 나에게는 항상 원칙이었네.'

이 말을 듣자, 사실은 행운의 복권 당첨이 그에게 있기 전에, 오키스는 언제나 몹시 전전긍긍하며 만일의 경우에 대비해 얼마 안 되는 그의 수입에서 몇 달러씩 모아 저축해 둘 정도로, 이전에는 우울증 성향을 가졌으므로 '수심 덩어리'라는 별명으로 통했었다는 생각 때문에, 차이나 에스터는 오키스를 잠시 응시했어요.

'자, 내 말 좀 들어 보게, 차이나 에스터님.' 오키스가 돌멩이 밑에 깔린 수표를 가리킨 다음, 자기 주머니를 찰싹 때리면서 말했어요. '자네가 그렇게 말하면 수표는 거기에 놓아 두겠네. 하지만 자네의 각서는 그것과 함께 두지는 않겠어. 사실상, 차이나 에스터, 나는 진정으로 자네의 친구이기 때문에 자네의 일시적인 우울증 발작을 역이용할 수가 없네. 자네가 내 우정의 이익을 거두게 하겠네.' 그 말과 함께, 즉시 그의 코트 단추를 채워 잠그고, 그 수표를 남겨 둔 채 달아나 버렸어요.

처음에 차이나 에스터는 그것을 찢어 버리려고 했지만, 이런 것은 그 수표 발행인의 면전에서가 아니면 해서는 안 된다는 것을 생각하면서 잠시 생각에 잠겨 있다가, 그의 일과가 끝나자마자 오키스를 찾아가 그의 눈앞에서 그 수표를 파기할 결심을 완벽하게 하며, 그것을 집어 들고 터덕터덕 걸어서 양초 공장으로 돌아갔어요. 그러나 차이나 에스터가 방문했을 때 마침 오키스는 외출 중이었고, 지루한 시간 동안 그를 기다렸으나 허사였으며, 차이나 에스터는 여전히 그 수표를 지니고 있었지만, 여전히 하루도 더 그것을 계속 갖고 있지 않기로 결심하고 집으로 돌아갔어요. 이튿날 아침 일찍 그는 또 한번 오키스를 찾아가서, 그를 그의 침상에서 찾아내어, 의심할 바 없이 그것을 확실히 매듭지으려고 했는데, 왜냐하면 그가 복권에 당첨된 이후로, 오키스는 더 명랑해진 것 외에도, 또한 약간 게을러졌기 때문이었어요.

하지만 운명의 장난으로, 바로 그날 밤 차이나 에스터는 꿈을 꾸었는데, 그 꿈속에서 미소 짓는 천사를 가장한 존재가 일종의 풍요의 뿔을 손에 들고 그의 위를 맴돌며, 옥수수 낟알처럼 굵은 작은 금화들을 억수로 퍼부었어요. '나는 밝은 미래요, 차이나 에스터님.' 천사가 말했어요. '그리고 만일 오키스님이 당신에게 시키고 싶어하는 것을 당신이 하면, 그 결과가 무엇인지를 한번 보십시오.' 그 말과 함께 '밝은 미래'는 또 한번 그의 '풍요의 뿔'을 흔들며, 그에게 작은 금화들을 또 한번 억수로 퍼부었기 때문에, 그의 둘레에 금화가 겹겹이 쌓이는 것 같았고, 그는 맥아 더미 속의 맥아 장수처럼 그 안에서 이리저리 힘들게 걸어 나아갔어요.

한데 꿈들이란, 모든 사람들이 알고 있듯이 불가사의한 것들이고, 정말 너무나 경이적이기 때문에, 일부 사람들은 그것들을 직접 하늘의 뜻으로 돌리기까지 하는데, 매사에 진정한 마음씨를 지닌 차이나 에스터는, 오키스를 다시 찾기 전에 그 꿈을 고려하여 잠시 기다리는 것이 좋을 것이라고 생각했어요. 낮 동안, 차이나 에스터의 마음은 계속해서 그 꿈을 곰곰이 생각하면서 그것에 몰두하고 있었기 때문에, 잔소리꾼 영감이 정직 옹의 아들에 대해 갖는 관심에서, 그가 자주 그러듯이, 정찬 직전에 그를 보러 들렀을 때, 차이나 에스터는 그의 꿈에 대해서 모두 말했고, 그렇게 눈부신 천사가 남을 기만할 수 있다고는 생각할 수 없다고 덧붙여 말했으며, 정말이지 누구나 그가 그 천사를 어떤 아름다운 인간 박애주의자로 믿는다고 생각했을 정도로 말했어요. 그리하여 잔소리꾼 영감은 그를 다소 이해했고, 따라서 그의 솔직한 방식으로 말했어요. '차이나 에스터, 꿈에 천사가 자네에게 나타났다는 말이로군. 한데 그것이, 천사가 자네에게 나타난 꿈을 꾸었다는 것 말고, 무슨 의미가 있겠나? 당장 가서, 차이나 에스터, 내가 전에 자네에게 충고한 대로 그 수표를 돌려주게. 꼼꼼쟁이 친구가 여기 있으면, 그도 똑같은 말을 할 것일세.' 그 말과 함께 잔소리꾼 영감은 꼼꼼쟁이 친구를 찾으러 가버렸지만, 헛수고만 하고 스스로 양초 공장으로 돌아오고 있었는데, 그때 멀리서 그를 본 차이나 에스터는, 오랫동안 자기를 괴롭혀 온 재촉이 심한 채권자로 잘못 알고, 공포에 싸여 그의 모든 문들을 잠그고 어떤 노크 소리도 들리지 않는 양초 공장의 뒤꼍으로 피했어요.

이 슬픈 착각으로 인해서, 그 문제의 다른 면에 대해 논의할 어떤 친구도 없이 남겨진 차이나 에스터는 그의 꿈을 곰곰이 생각함으로써, 그 수표를 현금으로 바꿔 바로 그날 양초로 만들 많은 양의 경랍을 사는 데 그 돈을 투자해야 하는 것 말고는, 별 도리가 없을 정도로 마침내 마음이 움직여졌고, 그 사업에 의해서 그는 인생에서 그 어느 때보다 더 많은 돈을 벌 것을 기대했는데, 사실상 이것이 천사가 그에게 약속한 그 멋진 행운의 토대로 판명될 것이라고 그는 믿었어요.

그런데 그 돈을 사용할 때, 차이나 에스터는 원금을 갚을 때까지 6개월마다 정확하게 이자를 지불하기로 결심했지만, 그럼에도 불구하고 이런 것에 관해서 오키스가 한마디도 입 밖에 낸 적이 없었는데, 하긴 정말 이런 문제들에서, 법은 물론 관습에 따라서, 그와 반대의 내용이 증서에 적혀 있지 않다면 이자는 대부금에 합법적으로 붙었을 거요. 오키스가 그때 이것을 기억하고 있었는지 아닌지는 확실히 알 수 없지만, 어느 모로 보나 그는 어느 쪽이든, 그 문제에 대해서 생각하고 싶지도 않았을 것이오.

경랍 사업은 차이나 에스터의 자신만만한 기대를 상당히 실망시켰지만, 그래도 그는 그럭저럭 최초의 6개월분 이자를 지불했고, 그의 다음 사업은 한층 더 순조롭지 못한 것으로 드러나, 신선한 고기에 관해서는 여전히 그의 가족을 쪼들리게 하고, 그를 한층 더 마음 아프게 한 것은, 그의 아들들의 교육비를 절약해서, 동등한 정도로는 아니지만 청렴결백이 그 정반대와 마찬가지로 때때로 대가를 치르게 하는 것을 진정으로 가슴 아파하며, 그는 두 번째의 6개월분 이자를 용케 지불했어요.

그동안 오키스는 내과 의사의 충고에 따라 유럽으로 여행을 갔는데, 그 당시에 거의 거론할 가치도 없는 경미한 우울증 말고는 전에 어떠한 병도 호소한 적이 없었지만, 마침 복권에 당첨된 이후로 그의 건강이 별로 안정적이지 않다는 것이 오키스에게서 발견되었어요. 그래서 오키스는 외국에 있었으므로, 자기가 아무리 그것에 반대했다 할지라도 차이나 에스터가 이자를 지불하는 것을 피할 수 없었을 것인데, 왜냐하면 차이나 에스터는 오키스의 대리인에게 그것을 지불했고, 그자는 너무 사무적인 기질이어서, 대부금에 대해 정기적으로 지불되는 이자를 거절할 수 없었기 때문이오.

하지만 그 때문에 계속 그 대리인을 성가시게 하는 것은 다시 차이나 에스터의 운명이 될 수 없었는데, 왜냐하면 고객들을 믿으려고 하지 않는 그런 의심 많은 마음이 없어서, 그의 세 번째 사업은 회수 불능의 빚으로 인하여 거의 전손(全損)으로 끝났기 때문이었고, 그건 양초 제조업자에겐 심한 타격이었어요. 또한 잔소리꾼 영감과 꼼꼼쟁이 영감이, 빌린 돈과 아무런 관련이 없는 것에 관해서는 그가 그들의 충고를 무시한 결과를 놓고, 그에게 꽤 즐겁지 않은 충분한 훈계를 할 기회를 결코 놓치지 않았어요. '그건 모두 내가 예언한 그대로일세.' 잔소리꾼 영감이 그의 낡은 손수건으로 그의 늙은 코를 풀면서 말했어요. '그래, 정말로 그래.' 꼼꼼쟁이 영감이 마루를 그의 지팡이로 툭툭 두드린 다음, 그것에 기대어 심각한 표정으로 불길함을 예감하며, 차이나 에스터를 쳐다보면서 대화에 끼어들었어요. 불쌍한 양초 제조공은 아주 풀이 죽었는데, 마침내 갑자기 그에게 밝은 얼굴을 하고 다가온 것은 다름 아닌, 꿈속에서 만났던 또 하나의 그의 밝은 후원자, 그 천사였어요. 다시 '풍요의 뿔'이 그것의 보물을 쏟아 놓았고, 한층 더 많은 것을 약속했어요. 그는 낙담하지 않고 그 환상으로 인해서 기운이 솟아나, 잔소리꾼 영감의 충고와는 반대로, 평소와 같이 그의 친구의 후원을 받아 한번 더 분발하여 열심히 하기로 결심했는데, 현재의 상황하에서 차이나 에스터가 할 수 있는 최선의 것은, 그의 사업을 폐업하고, 할 수 있다면 그의 모든 부채를 해결하고, 그런 다음 그가 좋은 노임을 벌 수 있는 유능한 기능공으로 일을 시작하고, 앞으로는 자기보다 더 유능한 사람의 유급 부하 직원 이상으로 승진할 모든 생각들을 포기하는 것일 거라는 취지였고, 그 까닭은 차이나 에스터의 생애가, 모든 사람들이 알고 있었듯이, 사업가의 재능을 별로 보여 준 적이 없었고, 사실상 재능이 너무 없어서 사업에 종사할 자격이 없다고 많은 사람들이 언급한, 그 '정직 옹'의 적출자임을 지금까지 명백히 증명했기 때문이었어요. 그리고 바로 이 명백한 발언을 잔소리꾼 영감이 이제 노골적으로 차이나 에스터에게 써먹었고, 꼼꼼쟁이 영감은 그와 의견이 다른 적이 없었어요. 하지만 꿈속에서 천사는 의견이 달랐고, 잔소리꾼 영감을 무시하고 양초 제조업자에게 완전히 다른 생각을 심어 주었어요.

그는 스스로 복구하기 위하여 자기가 무엇을 해야 할지를 생각했어요. 오키스가 국내에 있었다면, 틀림없이 그는 이 곤경에서 그를 도왔을 텐데. 사실 그는 다른 사람들에게 청을 넣었는데, 일부 사람들은 반대로 암시할지도 모르지만, 불행에 처한 정직한 사람은 세상에서 아직도 그의 곁에서 도와줄 친구를 찾을 수 있듯이, 차이나 에스터의 경우는 정말로 그렇다는 것이 판명되었는데, 그는 병약한 무두장이인 자식이 없는 부유한 삼촌한테서 차이나 에스터의 아내에게 남겨질 어떤 재산이든, 그것에 대한 모든 권리와 자격 같은 소유권이, 정해진 날짜에 빌린 금액을 그가 갚지 못하는 경우에 고리대금업자의 합법적인 소유가 된다는 취지로, 차이나 에스터의 아내와 그 자신이 서명한 비밀 차용증서를 담보로 하여, 고리대금업자들의 통상적 이자를 붙여 6백 달러의 금액을, 부유한 늙은 농부에게서 빌리는 데 마침내 성공했어요. 정말 차이나 에스터가 신중한 여자인 그의 아내를 설득하여, 이 차용증서에 서명하게 하는 것이 바로 그가 어떻게든 할 수 있는 한계였는데, 왜냐하면 그녀는 언제나 그녀 삼촌의 유산에서 그녀에게 약속된 몫을 차이나 에스터가 항시 다소간 눈독 들이고 있고, 그녀의 가슴속에서, 그가 거기서 빠져 나올 가능성이 별로 없는 재정적으로 몹시 어려운 시기의 안전을 위한 조치로서 간주했었기 때문이오. 차이나 에스터 아내의 가슴과 머릿속에 그가 차지하고 있는 위치에 대해선, 우연히 그 점에 대해 그녀의 마음을 타진한 사람들에 대한 대답으로 일반적으로 사용된 짧은 문장에 의해서, 약간의 이해를 얻을지도 몰라요. '차이나 에스터는…….' 그녀는 말하곤 했어요. '좋은 남편이지만, 수지 안 맞는 사업가예요!' 사실 그녀는 잔소리꾼 영감의 모계 쪽 친척이었어요. 하지만 차이나 에스터가 잔소리꾼 영감과 꼼꼼쟁이 영감이 그와 그 늙은 농부의 거래 소식을 듣지 못하도록 조심하지 않았더라면, 십중팔구 그들은 어떻게 해서든 그 방면에서의 그의 성공을 방해했을 거요.

차이나 에스터가 정직했기 때문에, 그 고리대금업자가 불행에 처한 그를 돕게 되었다는 것이 넌지시 말해졌고, 이것은 명백함에 틀림없는데, 왜냐하면 차이나 에스터가 다른 사람이었다면, 고리대금업자는 그가 그의 각서를 이행하지 못하는 경우에, 그가 어떻게든지 해서 뻔뻔스러운 사람으로 드러나지나 않을까 하고 두려워했을지도 모르기 때문이었고, 유달리 곤궁한 때에 그의 아내의 돈을 그렇게 위험에 빠뜨린 것에 대한 자책으로 더욱 감정이 움직여, 최후의 수단으로서 그 늙은 농부가 갖게 된 비밀 담보물과 권리가 법정에서 어떻게 유효할 것인지는 매우 불확실하다는 것을 내비칠 것도 없이, 그의 마음이 그의 차용증서에 배신자로 드러날지도 모르기 때문이었어요. 하지만 이 모든 것에서 가능한 한 가지 추론은, 차이나 에스터가 과거의 그와 다른 어떤 인간이었다면 그는 신뢰받지 못했을 것이고, 따라서 그는 그 자신과 아내의 머리를 고리대금업자의 올가미에 처박는 일에서 실제로 차단되었을 것이지만, 그럼에도 모든 것이 마침내 드러났을 때, 이 관점에서 그리고 이 정도로 양초 제조공의 정직성은 그에게 전혀 유리한 점이 아니었다고 주장하는 사람들은, 그렇게 말할 때 이런 사람들은 모든 착한 마음이 개탄해 마지않는 것과, 신중한 어떤 입도 인정하고 싶어하지 않는 것을 말한 것이오.

그 늙은 농부가 차이나 에스터에게 그의 대부금 일부를 세 마리의 늙고 비쩍 마른 암소와, 점막마비저(粘膜馬鼻疽)에 걸린 한 마리의 절름발이 말

351

로 받게 한 것을 언급할 수 있어요. 그 늙은 고리대금업자는 그의 농장에서 기른 모든 종류의 가축에 대한 높은 가격 평가에 관해서 기이한 편견을 가지고 있어서, 이것들을 매우 비싼 값에 끼워 넣었어요. 차이나 에스터는, 투자를 하도록 설득할 만한 사적인 구매자를 찾지 못하고, 더 많은 손해를 보고 아주 어렵게, 공매에서 그의 가축을 처분했어요. 그리고 이제 모든 방법으로 애써 모으고 조금씩 저축하면서, 그리고 아침 일찍부터 밤늦게까지 일하면서, 차이나 에스터는 다시 통 크고 자신 있게 분발하여 마침내 새로이 시작했어요. 하지만 그는 다시 경랍에 손을 대려고 하지 않고, 경험의 충고대로 수지로 복귀했어요. 그러나 그걸 다량으로 구입하여 그것을 양초로 만든 시기에, 수지 가격이 너무 하락하고 그와 함께 양초 가격도 하락하여, 그의 양초들은 파운드당 그가 수지에 대하여 지불했던 가격으로 겨우 팔렸어요. 그동안에 1년치의 미지불 이자가 오키스의 대부금에 붙었지만, 이제 차이나 에스터는 그것에 대해서보다는 오히려 늙은 농부에게 치러야 할 이자에 더 관심을 기울였어요. 그래도 그에게는 그쪽 원금은 아직 치러야 할 약간의 시간 여유가 있는 것이 다행이었어요. 그렇지만 그 말라빠진 늙은이는, 곰팡내 나는 낡은 안장을 얹고, 오그라든 오래된 생가죽 채찍으로 비틀거리는 늙은 걸음걸이를 몰아 세운 앙상한 늙은 백마를 타고, 매일 아니면 이틀마다 그를 찾아와서 귀찮게 했어요. 이웃 사람들이 모두, 파리한 말을 탄 '죽음' 자신이 이제는 불쌍한 차이나 에스터를 뒤쫓고 있다고* 말했어요. 그리고 정말 그런 것으로 드러났는데, 왜냐하면 머지않아 차이나 에스터가 아주 치명적인 다툼에 휘말리게 되었기 때문이었어요.

---

* 「요한 묵시록」 6장 8절: '내가 또 보니, 파리한 말 한 마리가 있는데 그 위에 탄 이의 이름은 죽음이었고, 그 뒤에는 저승이 따르고 있었습니다.'

이 중대한 시기에 오키스의 소식이 들렸어요. 오키스가 여행에서 돌아온 것 같았는데, 비밀리에 결혼을 하여, 일종의 괴상한 방식으로 펜실베이니아에서 그의 아내의 친척들 사이에 끼어 살고 있었고, 그들 중에서도 특히, 그를 설득하여 급진적 개혁주의자들의 교회, 아니 오히려 반종교적 유파에 가입하게 했으며, 게다가 오키스는, 그 자신이 직접 오지도 않고 그의 대리인에게 전갈을 보내어, 매리에타에 있는 그의 재산의 일부를 처분하여 그 대금을 그에게 송금하게 했어요. 그로부터 1년도 안 되어 차이나 에스터는 오키스로부터 편지를 받았는데, 최초 1년분 이자를 그가 기일을 엄수하여 지불한 것을 칭찬하고, 그(오키스)가 지금 그의 모든 배당금을 사용하지 않을 수 없는 긴급한 처지임을 유감으로 생각하면서, 차이나 에스터가 다음 6개월분의 이자를, 당연히 밀린 이자와 함께 지불해 줄 것을 그는 기대하고 있었어요. 놀라기보다는 오히려 불안해하며, 차이나 에스터는 기선을 타고 오키스를 만나러 갈 생각을 했지만, 최근에 그의 특징인 이상한 종류의 변덕스러움에 의해서 갑자기 그곳으로 오게 된 오키스가 예기치 않게 몸소 매리에타에 도착함으로써, 그는 그 비용을 쓰지 않아도 되었어요. 차이나 에스터가 그의 옛 친구의 도착 소식을 듣자마자 서둘러 그를 찾아갔어요. 그는 그가 이상하게도 옷이 낡고, 뺨이 병적으로 흙빛이고, 명랑하고 친절한 태도가 확실히 전만 못한 것을 깨달았는데, 옛날에는 그(오키스)가 자신을 완벽하게 행복하고, 유쾌하고, 인자한 사람으로 만들기 위해서 오직 바라는 것은, 그의 내면의 자유로운 발전과 함께 유럽 여행과 아내라는 것을, 그의 가볍고 쾌활한 방식으로 단언하는 것을 몇 번이고 들었기 때문에, 그의 모습은 그만큼 더 차이나 에스터를 놀라게 했어요.

차이나 에스터가 그의 입장을 말하자, 그의 무디어진 친구는 잠시 동안 침묵을 지키더니, 자기는 차이나 에스터를 다그치지 않을 것이지만, 그래도 자기의 곤궁 상태가 절박하다는 것을 이상야릇한 방식으로 말했어요. 차이나 에스터가 양초 공장을 저당 잡힐 수 없을까? 그는 정직했고, 돈 많은 친구들이 틀림없이 있을 것이고, 그가 자기의 양초 판매를 강행할 수 없을까? 그렇게 하도록 시장을 약간 압박할 수 없을까? 양초로 버는 이득이 틀림없이 막대할 거야. 오키스가 양초 제조업이 대단히 이익이 되는 사업이라는 생각을 갖고 있는 것을 그때 깨닫고, 대단한 착오가 여기에 있는 것을 아주 마음 아프게 이해하며, 차이나 에스터는 그의 그릇된 생각을 깨우쳐 주려고 애썼어요. 하지만 그는 오키스에게 진실을 깨닫게 할 수 없었는데, 오키스가 이 점에서 매우 우둔했고, 동시에 이상한 이야기지만 대단히 우울했어요. 마침내 오키스는 매우 불쾌한 주제로부터 벗어나, 변하기 쉽고 기만적인 인간의 마음에 대한, 종교적 관점에서 느낀 아주 뜻밖의 생각들로 빗나갔어요. 그러나 차이나 에스터는, 그가 생각했듯이, 뭔가 그런 것을 경험해 봤으므로, 그의 친구의 발언에 이의를 말하지 않았지만, 무엇보다도 호의적인 교제를 위해서 그렇게 하는 것을 자제했어요. 이윽고 오키스는 매우 소탈하게 일어나서, 그의 아내에게 편지를 써 보내야 한다고 말하면서 그의 친구에게 작별을 고했지만, 옛날처럼 따뜻하게 그와 악수를 하지는 않았어요.

그 변화를 보고 무척 걱정이 된 차이나 에스터는, 아직까지 듣지 못한 무슨 일들이 오키스에게 일어나, 이처럼 완전한 변화를 초래했는지에 대해서 적절한 소식통들에게 열심히 조사했는데, 여행하고, 결혼하고, 급진적 개혁주의자들의 종파에 가입한 것 외에도, 오키스는 어쩌다가 악성 소화 불량에 걸렸고, 뉴욕 금융업자 측의 배임으로 상당한 재산을 잃었다는 것을 마침내 알았어요. 잔소리꾼 영감에게 이런 일들을 말하면서, 그 세상 물정에 다소 밝다는 사람이 그의 늙은 머리를 흔들며 상황이 다른 상태라고 말해 주기를 희망하지만, 그러나 그는, 차이나 에스터가 오키스에 관해서 전달한 모든 것이, 그의 미래의 지불 유예에 관해서는 나쁜 조짐 쪽으로 영향을 미치는 것 같다며, 특히 그는, 오키스가 급진적 개혁주의 자들의 종파에 가담한 것 때문에 불길한 미소를 지으며 부언했는데, 왜냐하면 다소의 사람들이 그들 내심의 천성이 무엇인지를 안다면, 그들은 그것을 누설하지 않고 내보이지 않으려고 최선을 다하는 법이고, 그것이 정말 신중한 사람의 처세 방식이기 때문이라고 차이나 에스터에게 말했어요. 그 모든 좋지 않은 의견들에 꼼꼼쟁이 영감은 평소와 같이 맞장구를 치며 대화에 끼어들었어요.

이자 지불일이 다시 돌아왔을 때, 차이나 에스터는 최대한의 노력을 하여 치러야 할 금액의 작은 부분을 오키스의 대리인에게 지불할 수 있을 뿐이었고, 그것의 일부는 그의 자녀들이 선물로 받은 돈(그들의 작은 저금통 속에 보관된, 빛나는 10센트 주화들과 새로 나온 25센트 주화들)과, 그의 제일 좋은 옷들을 그의 아내와 자식들의 옷들과 함께 전당포에 잡혀서 벌충했는데, 그래서 모든 식구가 예배 보러 가지도 못하는 고충을 당하게 되었어요. 또한 그 늙은 고리대금업자는, 이제 제어할 수 없을 만큼 날뛰기 시작해서, 마침내 차이나 에스터는 양초 공장을 저당 잡혀 구한 돈으로 그에게 이자를 지불하고, 일부 다른 긴급한 빚들을 갚았어요.

오키스에 대한 다음 이자 지불일이 돌아왔을 땐, 한 푼도 마련할 수 없었어요. 매우 비통한 마음으로, 차이나 에스터는 오키스의 대리인에게 그렇게 알렸어요. 그사이에 늙은 고리대금업자에게 써준 각서가 만기가 되었고, 차이나 에스터에게는 그것에 대응할 준비가 아무것도 되어 있지 않았는데, 그런데도 하늘은 정당한 사람과 부당한 사람에게 차별 없이 비를 내리듯이, 그 늙은 농부에게 불리하지 않은 우연의 일치에 의해서, 무두장이인 부유한 삼촌이 죽었으므로, 그의 재산 중 유언에 의해서 차이나 에스터의 아내에게 남겨진 부분을 그 고리대금업자가 손에 넣게 되었어요. 게다가 오키스에 대한 그 다음 이자 지불일이 돌아왔을 때, 차이나 에스터는 지금까지보다 더 형편이 어려워져 있었는데, 그 까닭은, 그의 다른 근심거리들 말고도 그가 이제 병으로 허약해졌기 때문이었어요. 힘없이 오키스의 대리인에게 무거운 몸을 이끌고 가다가, 길에서 그를 만나자초지종을 정확히 그에게 전달했는데, 그것을 듣자 그 대리인은 아주 심각한 얼굴로, 그의 의뢰인한테서 지금은 이자에 대해서 그를 다그치지 말고, 각서가 만기가 될 무렵에 오키스가 대처해야 할 무거운 부채가 있으므로, 그 각서에 따라 그때 확실하게 갚아야 하고, 당연히 그것과 함께 밀린 이자도 지불해야 하며, 그뿐만 아니라 오키스가 오랜 기간 동안 이자를 묵인해야 했으므로, 그는 밀린 이자에 대하여 차이나 에스터가 보답으로서, 1년 단위로 그 이자에 대한 이자를 지급하는 것에 이의가 없기를 희망한다는 것을, 그에게 말하라는 지시를 받았다고 말했어요. 물론 이것은 법이 아니었지만, 서로 편의를 도모하는 친구들 사이에서는 관례였어요.

바로 그때, 잔소리꾼 영감이 꼼꼼쟁이 영감과 함께 길모퉁이를 돌아서, 그 대리인이 차이나 에스터를 남겨 두고 떠나는 순간 갑작스럽게 우연히 그와 만났는데, 그게 일사병 때문이었는지 그가 너무 허약해서였는지, 아니면 모든 것이 합쳐져서인지, 정확하게 왜 그런지 알 수 없지만, 불쌍한 차이나 에스터는 땅바닥에 쓰러져 머리를 세게 부딪치는 바람에, 그를 부축해 일으켰을 때는 인사불성이었어요. 그날은 7월 어느 날이었고, 내지의 오하이오강의 양쪽 기슭만이 아는 것과 같은 한여름의 빛과 열기였어요. 차이나 에스터는 문짝 위에 들려 집에 돌아왔는데, 몽롱해진 정신으로 며칠 동안 명을 이어갔고, 계속 헛소리를 하다가 마침내, 한밤중 아무도 알아차리지 못할 때 그의 영혼은 다른 세상으로 멀리 떠나갔어요.

잔소리꾼 영감과 꼼꼼쟁이 영감은, 어느 쪽도 어떤 장례식에나 참석하는 것을 결코 빠뜨린 적이 없는데, 그것은 정말 그들의 주요한 행사였고,

이 두 사람은 그들의 옛 친구의 아들의 유해를 무덤까지 따라간 가장 진지한 조문객들 중에 끼었어요.

잇따라 일어난 강제 집행들에 대해서는 얘기할 필요가 없는데, 양초 공장이 저당권자에 의해서 팔린 사정과, 오키스가 그의 대부금을 한 푼도 받지 못한 사정과, 불쌍한 미망인의 경우에 징벌이 신의 은총으로 완화된 자초지종을 말하는 것인데, 왜냐하면 그녀가 무일푼으로 남겨졌지만, 무자식으로 남겨지진 않았기 때문이었어요. 그럼에도 불구하고 그 완화에 관계없이, 그녀가 조바심하며 그녀 운명의 쓰라림과 세태의 가혹함이라고 일컫는 것에 대한 정신의 불만 상태가 그녀의 마음을 너무 좀먹어서, 머지않아 그녀를 극심한 곤궁의 어둠으로부터 더 깊은 어둠의 무덤 속으로 보냈어요.

그러나 차이나 에스터가 그의 가족에게 남겨 두고 간 곤궁은, 분명히 세인의 관심을 흐리게 하는 것 외에도, 마찬가지로 사망한 가장의 청렴결백에 대한 세인의 인식을 흐리게 하는 것 같았지만, 그리고 이것이 일부의 사람들이 생각했듯이, 세상을 향한 좋은 증언이 되지 않았지만, 우연히도 이 경우엔 다른 경우들에서처럼, 세상이 한동안은 의혹을 받고 있는 그 가치에 둔감한 것처럼 보이지만, 그래도 조만간 세상은 언제나 명예가 돌아가야 할 곳에 명예를 돌려주는데, 왜냐하면 그 미망인이 죽자, 매리에타시의 시민들은 차이나 에스터에 대한 존경의 표시로, 그리고 그의 높은 도덕적 가치에 대한 그들의 확신의 표현으로, 그의 자녀들이 성년이 될 때까지 시의 생활 보호 대상자로 간주한다는 결의안을 통과시켰어요. 일부 공공 단체들의 것처럼 단순한 구두의 의례적인 인사말이 아닌 것이, 바로 그날 그 고아들은 그들보다 앞서 읍의 생활 보호 대상자였던 그들의 훌륭한 조부께서, 그의 마지막 숨을 거두었던 쾌적한 건물에 정식으로 입주했기 때문이오.

때때로 정직한 사람을 추모하여 경의를 표할지는 몰라도, 여전히 그의 무덤은 기념비도 없는 채로 있어요. 하지만 양초 제조공의 경우는 그렇지 않았어요. 가까운 시일에 잔소리꾼 영감은 평범한 묘석을 마련했고, 그 위에 무슨 의미 있는 말을 한두 마디 배열할 것인지를 그의 마음속으로 정리하고 있었는데, 그때 다른 경우라면 텅 비어 있을 차이나 에스터의 지갑에서, 아마도 그의 죽음에 앞서 몇 개월 동안 그에게 매우 자주 일어 났을지도 모르는 다소간의 정신 이상이 수반된, 아마도 그 불가피한 절망적인 시기에 쓰인 비명체의 시문이 발견되었어요. 뒷면에 써놓은 비망록은, 그것을 그의 무덤 위에 새겨 두기를 바라는 소망을 표현했어요. 그 비문의 취지와 잔소리꾼 영감의 의견이 다르지는 않았지만, 그 자신 때때로 심기증의 성향이 있었는데, 적어도 많은 사람들이 그렇게 말했어요. 그런데도 그에게는 그 표현이 길게 잡아 늘인 느낌을 주었고, 그래서 꼼꼼쟁이 영감과 의논 끝에, 그는 그 비문을 사용하지만 말을 축소하기로 결정했어요. 이렇게 하고 났을 때, 그것이 아직도 그에게는 장황한 것처럼 보였지만, 그럼에도 불구하고 고인이 언급되어야 하므로, 특히 그가 진지하게 말할 때, 그리고 그렇게 함으로써 더욱 유익한 교훈이 주어질 경우에는, 그가 스스로 말하게 하는 것이 그저 당연하다고 생각하면서, 그는 그 축소된 비문을 묘석 위에 다음과 같이 끌로 새기게 했어요.

양초 제조공
차이나 에스터의
유해가 여기에 잠들어 있다.
그의 생애는
현왕 솔로몬의 온건한 철학에서 발견되듯이.
성서

속 말씀

의

본보기였다.

왜냐하면 반대의 의견에 유의함으로써 얻어지는 조언을 배제하고,

그의 양식에 거슬러,

신뢰에 대한 아낌없는 관용

과,

열렬하게 밝은 인생관 쪽으로, 그

자신 세뇌되어

이를

묵인함으로써, 그가 몰락했

기

때문이다.

이 비문은 읍내에서 약간의 논란을 일으켰고, 차이나 에스터에게 준 대부금을 저당권에 의해서 안전하게 지켰던, 대단히 쾌활한 성향의 사람인 자본주에 의해서 다소 심하게 비난받았고, 그것은 또한 읍민 회의에서, 차이나 에스터를 추모하여 경의의 표시를 하자고 최초로 제안한 사람에게도 비위 상하는 것으로 드러났으며, 정말 그는 저 노련한 늙은 불평가만이 이러한 넋두리를 쓸 수 있었을 것임을 내재적 증거가 증명한다고 강력히 주장하면서, 잔소리꾼 영감을 원작자라고 비난하며 양초 제조공 자신이 그 글을 만들었다는 것을 믿으려고 하지 않을 정도로, 그는 그것을 양초 제조공에 대한 일종의 비방으로 간주했지만, 이 모든 것에도 불구하고 그 비석은 세워져 있었어요. 매사에, 당연히 잔소리꾼 영감은 꼼꼼쟁이 영감의 지지를 받았고, 그는 어느 날 큰 외투에 덧신을 신고, 왜냐하면 쾌

청한 아침이었지만 심한 이슬 때문에 땅이 축축해져 있을지도 모른다고 생각했기 때문이었는데, 그 묘지에 가서 그의 지팡이에 기대어 심하게 상체를 구부리고, 그 비석 앞에 오랫동안 서서 안경을 코에 걸고 그 비문을 한 자 한 자 읽어 나갔고, 그후에 길에서 잔소리꾼 영감을 만나 그의 지팡이로 땅을 세게 두드리며 말했어요. '잔소리꾼 친구, 그 비문은 괜찮다네. 그렇지만 짧은 문장 하나가 부족하네.' 그 말을 듣자 잔소리꾼은, 끌로 새긴 글자들이 이러한 비문들의 통상적인 방식에 따라 배열되어 있기 때문에, 아무것도 행간에 써 넣을 수가 없으므로, 그러기엔 너무 늦었다고 말했어요. '그러면…….' 꼼꼼쟁이 영감이 말했어요. '내가 그것을 보유(補遺)의 형태로 넣겠네.' 따라서 잔소리꾼 영감의 찬동을 얻어 그는 그 비석의 왼쪽 모퉁이에, 그리고 아주 맨 아래에 다음의 글자들을 끌로 새기게 했어요.

모든 것의 근원은 우호적인 대부금이었다.”

41장
가설의 결렬로 끝나다

"무슨 마음으로!" 아직도 그 인물답게 프랭크가 소리쳤다. "나에게 이 이야기를 들려주었습니까? 나는 조금도 찬성할 수 없는 이야기입니다. 왜냐하면 그 우의(寓意)를 만일 받아들인다면, 믿고 의지하는 나의 마지막 대상에 대한 모든 신뢰와, 그 결과 인생에서 나의 마지막 용기를 고갈시켜 버릴 것이기 때문입니다. 왜냐하면 차이나 에스터의 밝은 사고방식은, 그가 오직 용감한 마음을 계속 견지하고 열심히 일하고 언제나 최선의 결과를 희망하면, 모든 것이 마침내 잘될 것이라는 쾌활한 확신 말고 무엇이었습니까? 나에게 이 이야기를 들려준 찰리, 당신의 목적이 나를, 그것도 통렬히 마음 아프게 하는 것이었다면 당신은 성공했습니다만, 그러나 그것이 나의 마지막 신뢰를 깨버리려는 것이었다면, 당신이 실패한 것을 나는 하느님께 감사합니다."

"신뢰라고요?" 찰리가 큰 소리로 말했고, 그로서는 진심으로 그 일의 참뜻을 이해하는 것 같았다. "신뢰가 그 일과 무슨 관계가 있나요? 내가 당신에게 권하고 싶은, 바로 그 이야기의 교훈은 이런 것이오. 즉 친구가 친구를 돕는다는 것은 양쪽 모두의 어리석은 생각이오. 왜냐하면 오키스가 차이나 에스터에게 준 대부금이 그들의 불화를 향한 첫 단계가 아니었느냐 말이오? 그리고 그것이 결국 오키스의 원한이라는 것을 초래하지 않았어요? 정말이지 프랭크, 진실한 우정은 다른 귀중한 것들처럼, 경솔하게 간섭하지 않아야 하는 것이오. 그런데 친구 사이에 대부금보다 더 간섭하는 것이 뭐가 있소? 완전한 훼방꾼이지요. 왜냐하면 돕는 사람이 채권자가 되어야 하는 것을 어떻게 피할 수 있느냐 말이오? 채권자와 친구, 그들이 도대체 하나가 될 수 있어요? 아니오, 아무리 관대한 경우에도 그럴 수 없는 것이, 관대함 때문에 자기의 지불 청구를 보류하는 것은, 친절한 채권자가 되는 것이기보다는 아예 채권자 노릇을 그만두는 것이니까요. 하지만 이 관대함에 의지하면 안 돼요. 그래요, 최선의 사람이라도 안 돼요. 왜냐하면 최선의 사람도 최악의 사람처럼, 모든 치명적인 우발 사건을 당하기 때문이오. 그는 여행을 할지도 모르고, 결혼을 할지도 모르고, 성격을 개조하는 경향이 다소 있는 다른 것들은 말할 것도 없이, 급진적 개혁주의자들이나 또는 똑같이 부적당한 어떤 종파나 분파에 가담할지도 몰라요. 그리고 그 밖에 다른 아무것도 없다 할지라도, 그렇게 많은 것이 걸려 있는 그의 동화력을 누가 책임지게 할 건가요?"

"하지만 찰리, 찰리님……."

"아니오, 기다려요. 내가 지금 아무리 관대하고 마음이 바른 것처럼 당신에게 보일지라도, 그것이 미래를 보장하는 것이 전혀 아니라는 것을 당신이 이해하지 못한다면, 당신이 내 이야기를 들은 것은 허사였소. 그리고 나의 인간성의 변덕스러움을 통하여, 내가 앞으로 될지도 모르는 그 불확실한 자아의 지배력에, 나의 프랭크님, 당신 자신을 맡기는 것을 단념시켜야 하는 것이 상식 아니오? 잘 생각하시오. 당신은, 당신의 현재의 필요에서 기꺼이 친구로부터 대부금을 받아들이며, 당신의 집과 대지에 대한 저당권에 의해서 그를 안전하게 하고, 그 저당권이 결국 원수의 손에 넘어갈지도 모르는 것을 당신이 만족해할 까닭이 없는 것을 알면서도 그렇게 하겠어요? 그럼에도 이 사람과 저 사람의 차이는, 동일한 오늘의 인물과 미래의 인물 사이의 차이만큼 크지 않아요. 왜냐하면 어떤 사람이든 불변의 성격이나 의지의 힘으로 간직하는 마음이나 사고의 성향이 없기 때문이오. 영원한 정의나 진실과 대단히 동일한 것으로 간주되는 그런 감정들과 견해들조차도 어쩌면 사적인 의견으로, 그것들은 사실 운명의 여신이 그녀의 주사위를 던질 때, 그녀의 팔꿈치를 다소 우연히 가볍게 친 것의 결과일 뿐일지도 몰라요. 왜냐하면 사물의 최초의 근원들을 검토하지 않고, 이런저런 심적 버릇의 소인(素因)을 만드는 혈통의 우연성을 간과하는 것은 이것들과 동떨어지게 되기 때문이고, 그리고 말해 봐요, 만일 당신이 이 사람의 경험들이나 또는 저 사람의 책들을 바꾸면, 지혜가 그의 불변의 확신들을 보증할까요? 특정한 음식은 특별한 꿈들을 낳듯이, 특정한 경험들이나 책들은 특별한 감정이나 소신들을 낳아요. 나는 발전과 그것의 법칙들에 관한 저 듣기 좋은 쓸데없는 말을 아무것도 듣지 않겠는데, 세월의 진전 말고는 의견과 감정의 발전은 없어요. 당신은 이 모든 이야기를 근거 없는 것으로 간주할지도 모르지만, 프랭크, 내가 이렇게 당신을 대하는 이유들이 얼마나 중요한지를 당신에게 보여 주라고 나의 양심은 나에게 명령해요."

"하지만 찰리, 찰리님, 이것들이 무슨 새로운 관념들입니까? 나는 당신이 표현했듯이, 인간은 우주를 떠도는 불쌍한 잡초가 아니고, 그럴 마음만 있으면 그는 자신의 의지와 방법과 생각과 감정을 가질 수 있다고 생각했습니다. 하지만 지금 당신은 나를 몹시 놀라게 하고, 깜짝 놀랄 만한 모순된 언어로 다시 모든 것을 뒤집어 놓았습니다."

"모순된 언어? 흥!"

"복화술자가 또다시 말하고 있습니다." 프랭크가 씁쓸하게 말했다.

아마도 그의 온순함에는 아무리 듣기 좋은 칭찬이 된다 할지라도, 그의 독창성을 전혀 치켜세우지 않는 이런 언급의 반복으로 언짢은 마음이 되어, 그 문하생은 난처한 사태를 잘 헤쳐나가려고 애쓰며 큰 소리로 말했다.

"그래요, 나는 끈기 있게 노력하며 나의 스승의 숭고한 책장들을 밤낮으로 넘기는데, 나의 친구님, 불행하게도 당신에겐, 나에게 평소와 다르게 생각할 마음이 생기게 하는 아무것도 찾지 못하네요. 하지만 이젠 됐어요. 이 문제에서 차이나 에스터의 경험은 마크 윈섬이나, 또한 내가 줄 수 있는 어느 것보다도 더 적절한 교훈을 깨닫게 해주어요."

"나는 그렇게 생각할 수 없습니다, 찰리. 왜냐하면 내가 차이나 에스터도 아니고, 나는 그의 입장에 있지도 않기 때문입니다. 차이나 에스터에게 그 대부금은 그의 사업을 확장하려는 것이었는데, 내가 얻으려고 하는 대부금은 나의 궁핍을 덜려는 것입니다."

"나의 프랭크님, 당신의 복장은 보기 흉하지 않고, 당신의 볼은 수척하지 않아요. 헐벗고 굶주림이 오직 실제적 궁핍을 낳는 건데, 어째서 궁핍 타령이오?"

"하지만 나는 도움이 필요합니다, 찰리. 그리고 너무 절실해서, 나는 지금 결코 당신이 쫓아 버리지 않을, 오직 동료 인간으로서 당신에게 호소하는 동안, 내가 일찍이 당신의 친구였던 것을 잊어 주길 당신에게 간청합니다."

"싫소. 당신의 모자를 벗고, 땅에 머리를 숙이고, 런던 길거리에서 하는 식으로 나에게 보시를 간청하면, 당신의 완강한 거지 행세가 헛된 것이 되게 하지는 않겠어요. 하지만 실제로 친구의 모자에 푼돈을 던져 주는 사람은 없어요. 당신이 거지가 된다면, 숭고한 우정의 명예를 위하여 나는 모른 체하리라."

"이젠 됐습니다." 상대방이 자리에서 일어나며 갑자기 어깨를 젖히고, 그가 맡았던 인물의 역할을 경멸적으로 던져 버리는 것처럼 보이면서 큰 소리로 말했다.

"이젠 됐습니다. 나는 실행에 옮겨진 그대로 마크 윈섬의 철학을 한껏 맛보았습니다. 그리고 그것이 이론상으로 비현실적일지도 모르지만, 그럼에도 그것은 내가 알게 될 것이라고 그분이 장담했듯이, 대단히 실용적인 철학으로 결국 드러납니다. 하지만 만일 그의 학설의 온당함을 입증하기 위하여, 그것을 연구하면 세상 경험과 똑같은 인격 형성에 도달한다고 주장할 때, 그분이 진실을 말한다고 내가 생각하면, 나는 내 인생 행로 때문에 비참해질 것입니다. 재주 있는 문하생님! 마음의 부족한 차가움으로 냉정이 유지되는 머리를 오직 만들어 내기 위해서라면, 무엇 때문에 눈살을 찌푸리고, 생명과 램프 양쪽 모두의 기름을 소모한단 말입니까? 당신의 저명한 마법사가 당신에게 가르쳐 준 것을, 불쌍하고 늙고 좌절하고 마음이 움츠러든 어떤 맵시꾼이든 혀 짧은 소리로 말했을지도 모릅니다. 제발 나를 내버려 두고, 당신의 몰인정한 철학의 마지막 찌꺼기마저 가져가시오. 그리고 자, 이 은화를 가지고 가서, 최초의 선착장에서 당신과 당신의 철학의 얼어붙은 성질을 따뜻하게 해줄 약간의 음식을 사 드십시오."

세계주의자는 이렇게 말하고 커다랗게 비웃으며, 정확하게 어느 지점에서 그 가공 인물 역할을 그만두고 실제 인물로—만약에 있다면—되돌아갔는지를 결정하지 못하여 어리둥절한 상태로 있는 그의 말동무를 남겨 둔 채 휙 돌아섰다.

'만약에 있다면'이라고 하는 것은, 그가 그 세계주의자의 뒷모습을 유심히 바라보고 있는 동안, 예리한 의미와 함께 다음과 같은 잘 알려진 구절이 그에게 문득 떠올랐기 때문이었다.

모든 세상은 하나의 무대와 같아.

모든 남자와 여자들은 단지 배우에 불과하지.

그들에겐 그들이 퇴장할 때와 입장할 때가 있고.

그런데 한 남자는 살아가는 동안 여러 배역을 맡아 하지.*

* 셰익스피어: 〈뜻대로 하세요(*As You Like It*)〉 II, vii, 139-142.

42장
전 장면에 이어 세계주의자는,
축복의 말을 입에 올리며 이발소에 들어서다

"신의 가호를 빕니다, 이발사님!"

그런데 시간이 늦었기 때문에, 이발사는 지난 10분 동안 완전히 홀로 있었는데, 그때 스스로 다소 긴장이 풀린 듯한 것을 깨닫고, 그는 솜누스*와 모르페우스**라고 별명이 붙은, 절친한 두 친구들인 사우터 존***과 탬 오 샌터****와, 비록 전자는 별로 똑똑하지 않고, 후자는 가끔 그의 말을 귀담아 듣는 사람들도 있지만 현명한 사람치고 아무도 맹세코 믿지 않을 소문난 속없는 수다쟁이지만, 그들과 함께 좋은 시간을 가져 볼 것이라고 생각했다.

요컨대, 그의 등불들의 눈부신 빛을 등지고, 그래서 문도 등지고 있는 상태로, 정직한 이발사는 그의 의자에 앉아 소위 선잠을 자며 꿈을 꾸고 있었고, 그래서 천사 같은 어조로 표현된 축복의 말을 갑자기 듣자, 어설

---

*   Somnus: 〈로마 신화〉 잠의 신.

**   Morpheus: 〈그리스 신화〉 꿈의 신.

***   Souter John: Robert Burns의 서사시 〈샌터의 탬(*Tam O'Shanter*)〉의 주인공 Tam의 친구.

****   Tam O'Shanter: Burns의 시 〈샌터의 탬〉의 주정뱅이 농부.

프게 잠이 깨어 깜짝 놀라 일어서면서 자기 앞을 응시했지만 아무것도 보이지 않았는데, 왜냐하면 그 손님은 뒤에 서 있었기 때문이었다. 한편으로, 선잠과 꿈과 얼떨떨함 때문에, 그 결과 그 목소리는 그에겐 일종의 정신적 계시인 것 같았고, 그래서 잠시 동안 그는 아연하여 두 눈을 고정하고 한 팔을 허공에 들어 올린 채 서 있었다.

"이런, 이발사님, 거기서 소금으로 새들을 잡으려고 손을 뻗치고 있습니까?"

"아!" 미몽에서 깨어나 돌아서면서, "그러면, 단지 사람일 뿐이군."

"단지 사람일 뿐? 마치 오직 인간인 것이 아무것도 아닌 것처럼? 하지만 내가 어떤 사람인지에 대해서 너무 자신을 갖지 마십시오. 성읍 사람들이, 사람의 모습으로 롯의 집에 온 천사들을 일컫는 것과 꼭 마찬가지로, 유대인 시골 사람들이, 사람의 모습으로 무덤들에 출몰하는 악마들을 일컫는 것과 꼭 마찬가지로.* 당신은 나를 사람이라 칭합니다. 당신은 인간의 모습에서 확고한 아무것도 단정할 수 없습니다, 이발사님."

"하지만 나는 그런 류의 복장과 함께, 그런 류의 말투에서 무언가를 단정할 수 있소." 냉정을 되찾고, 그와 단독으로 있는 것에 대해 약간의 잠재적인 우려의 표시와 함께, 그를 눈여겨보면서 이발사가 예민하게 생각했다. 그의 마음속에 일어나고 있는 것이 상대방에게 간파당한 것처럼 보였고, 상대방은 이제 더 이성적이고 근엄하게, 그리고 마치 그것을 귀담아들어 줄 작정이듯이 말했다. "당신이 다른 어떤 것에 입각해서 어떤 결론에 도달한다 할지라도, 당신이 나에게 면도를 잘해 주기로 결정하는 것이 내가 바라는 것입니다." 동시에 그의 넥타이를 풀었다. "당신은 면도를 잘해 줄 수 있습니까, 이발사님?"

* 「창세기」 19장 5절과 「마태오 복음서」 8장 28절.

"어느 브로커보다 더 잘할 수 있지요, 손님." 이발사가 대답했고, 그 사무적인 제의가 본능적으로 그에게 그 손님을 대하는 방식을 영업적 목적에만 한정하게 만들었다.

"브로커? 브로커가 비누 거품과 무슨 관련이 있습니까? 나는 브로커가 어떤 증서들과 금속 제품들의 훌륭한 거래자인 것으로 항상 알고 있었습니다."

"히, 히!" 그가 고객이니까, 그의 농담을 높이 평가해도 무방한, 다소 무뚝뚝한 종류의 익살꾼으로 이제 그를 여기면서, "히, 히! 아주 잘 알고 계십니다, 손님. 이 좌석에 앉으십시오, 손님." 등받이와 팔걸이가 높고, 진홍색 커버를 씌우고, 일종의 단 위에 올려놓은, 그리고 그것을 외관상 왕좌나 다름없이 보기에는 오직 닫집과 사이기둥들이 부족한 것처럼 보이는, 충전재를 꽉 채운 커다란 의자 위에 그의 손을 얹으면서 말했다. "이 자리에 앉으십시오, 손님."

"감사합니다." 손님이 앉으면서, "그런데 이봐요, 그 브로커에 대한 것을 설명해 주시오. 그렇지만, 저런, 저런, 이게 뭐요?" 갑자기 일어서며, 선술집 간판처럼 천장에 매달린 착색된 파리 끈끈이 종이들 사이에서 흔들리는 황금색의 게시문을 그의 긴 담뱃대로 지적하면서, "외상 사절? 외상 사절은 불신을 의미하고, 불신은 불신임을 의미하는데, 이발사!" 흥분하여 그를 향해 돌아서면서, "어떤 잔인한 의심이 이런 수치스런 자백을 부추깁니까? 이것 참!" 그의 발을 구르면서, "당신이 개에게 그를 신뢰하지 않는다고 단지 말하는 것은 개를 모욕하기 위한 일이라고 할지라도, 오만한 인류 전체의 턱수염을 그런 식으로 움켜잡는 것은 얼마나 무례한 일인가요! 맹세코, 선생! 하지만 아가멤논*의 담력으로 테르시테스**의 원

---

*   Agamemnon: 〈그리스 신화〉 트로이 전쟁 당시 그리스군 총지휘관.
**   Thersites: 트로이 전쟁에 참가한 그리스의 병사로 지독한 독설가이자 수다쟁이였다. 그

한을 두둔하고 있으니, 당신은 참 용감합니다."

"손님, 당신의 그러한 말투는 정확하게 내 성격에 맞지 않아요." 이발사는 불안감이 되살아나서, 이제 다시 그의 고객을 어찌할 도리가 없이, 다소 애처롭게 말했다. "내 성격에 맞지 않아요, 손님." 그가 힘주어 되풀이하여 말했다.

"하지만 사람의 코를 잡는 것은, 이발사님, 인간에 대한 무례를 당신의 마음속에 서서히 일으킨 것으로, 내가 몹시 두려워하는 버릇입니다. 왜냐하면 어떻게 정말, 인간에 대한 정중한 생각들이 그의 코를 계속 반복하여 붙잡는 버릇과 공존할 수 있단 말입니까? 하지만 정말이지 나 또한 당신 게시문의 취지를 분명히 알지만, 나는 아직도 그 목적을 이해하지 못합니다. 목적이 뭡니까?"

"이제야 당신은 내 성격에 맞게 말하네요, 손님." 이렇게 평이한 말투로 돌아오자 긴장이 풀리어 이발사가 말했다. "저 게시문이 나에게 손해가 될 많은 일들을 면하게 해주어서, 나는 저것이 대단히 유용하다고 생각해요. 그래요, 나는 저것을 게시하기 전엔 이따금 많은 손해를 입었어요." 고맙게 여기며 그것을 향해 흘긋 시선을 주었다.

"하지만 그것의 목적이 무엇입니까? 틀림없이 몇 마디 말로, 당신을 신뢰하지 않는다는 것을 말할 작정은 아니지요? 이를테면 지금." 그의 넥타이를 팽개치고, 그의 윗옷을 뒤로 젖히고, 이발사의 옥좌에 다시 앉자, 이발사는 그 행동을 보고 기계적으로 알코올램프 위의 구리 주전자에서 더운 물을 따라 컵에 채웠다. "이를테면 지금, 내가 당신에게, '이발사, 이발

는 자신의 낮은 신분에도 불구하고 여러 영웅들과 왕들을 조롱하다. 오디세우스에게 심하게 매를 맞았고, 아킬레스가 펜테실레아를 죽이고 슬퍼하는 것을 비웃다가 그에게 죽임을 당했다.

사님, 공교롭게도 오늘 밤 나에게 잔돈이 없어요. 하지만 면도를 해주시면, 틀림없이 내일 돈을 드리지요'하고 말한다면, 내가 지금 그렇게 말한다면, 당신은 나를 신용하겠지요, 그렇죠? 당신은 신뢰하겠지요?"

"그게 당신이니까요, 손님." 이발사가 고분고분하게, 이제 비누 거품을 만들면서 대답했다. "그게 당신이니까, 손님, 나는 그 질문에 대답하지 않겠어요. 할 필요가 없어요."

"물론, 물론이오, 그 견해로는. 하지만 하나의 가정으로, 당신은 나를 신뢰하겠죠, 그렇죠?"

"그야 그렇고말고, 그렇고말고요."

"그렇다면 저 게시문은 무슨 까닭입니까?"

"아, 손님, 모든 사람들이 다 당신 같지는 않아요." 매끄러운 대답이었고, 동시에 마치 원활하게 그 논쟁을 종식시키려는 것처럼 순조롭게 비누 거품을 칠하기 시작했으나, 그 작업은 그 행위 대상자의 몸짓에 의해서 제지되었고, 그것은 단지 그가 답변하려는 욕구에서였으므로 다음과 같은 말로 이어졌다.

"모든 사람들이 나와 같진 않습니다. 그렇다면 나는 대부분의 사람들보다 더 낫거나 더 나쁜 것이 틀림없습니다. 더 나쁘다는 뜻으로 당신이 말했을 리는 없고, 그래요, 이발사님, 당신이 그런 뜻으로 말했을 리가 없고, 도저히 그럴 리가 없습니다. 그러면 당신이 나를 대부분의 사람들보다 더 낫다고 생각하는 것이 남습니다. 나는 그것을 믿을 만큼 허영심이 강하진 않지만, 고백하건대, 나는 아직 내 최선의 노력에 의해서도 허영심에서 완전히 벗어날 수 없었고, 정말 솔직히 말하면, 나는 사실은 별로 그러고 싶어하지 않는데, 바로 이 허영심은, 이발사님, 매우 무해하고, 매우 유용하고, 매우 편안하고, 매우 기분 좋게 불합리한 감정이기 때문입니다."

"맞아요, 손님, 그리고 맹세코 손님, 당신은 말씀을 아주 잘하시네요. 하지만 비누 거품이 약간 식고 있어요, 손님."

"이발사님, 식은 비누 거품이 냉정한 마음보다 나아요. 저 냉정한 게시문은 어째서입니까? 아, 나는 당신이 실토하기를 회피하려고 하는 것을 이상하게 여기지 않습니다. 당신은 마음속으로 얼마나 옹졸한 암시가 거기에 있는지를 느낍니다. 그런데도 이발사님, 내가 당신의 두 눈을 들여다보니까, 어쩐지 틀림없이 나보다 먼저 매우 자주 그것들을 들여다보았을 당신의 모친이 떠오르는데, 물론 당신은 그것을 생각하지 않을지 모르지만, 아마 저 공고문의 진의는 당신의 성격과 일치하지 않을 것입니다. 그렇다면 확인해 보기 위해서 직업상의 관점은 제쳐 놓고, 그 문제를 추상적인 견지에서 보면서, 요컨대 한 사례를 가정하여, 이발사님, 우연히도 얼굴을 돌리고 있지만, 보이는 부분은 대단히 존경스러운 한 어느 낯선 사람을 당신이 본다면, 그렇다면 어떤 것이, 이발사님, 나는 그것을 당신의 양심에, 당신의 자비심에 맡기는데, 도덕적 관점에서 그 사람에 대한 당신의 느낌은 어떤 것이겠습니까? 뚜렷한 의미에서 낯선 사람이니까, 그 때문에 당신은 뚜렷이 그를 악한으로 간주하겠습니까?"

"물론 그렇지 않습죠, 손님, 결코 아니죠." 이발사가 사람의 도리에 맞게 분개하며 큰 소리로 말했다.

"그의 얼굴만 보고 그럴 것입니다."

"얼굴에 관해선, 손님." 이발사가 말했다. "아무것도 단언하지 마세요. 당신은 기억하고 있어요, 손님, 그건 안 보이는 거요."

"그것을 잊었습니다. 그렇다면 당신은 그의 등만 보고, 어쩌면 그가 상당히 존경할 만한 사람, 요컨대 정직한 사람인지도 모른다고 단정할 것이죠, 그렇죠?"

"그럴 것 같지 않은데요, 손님."

"그건 그렇고, 자, 비누 거품을 솔질하려고 너무 조바심하지 마시오, 이발사님. 만일 그 정직한 사람이 그의 얼굴이 여전히 보이지 않을 기선의 어느 어두운 구석에서 밤에 당신을 만나, 당신에게 외상으로 면도를 해달라고 요청하면, 그러면 어떻게 하겠어요?"

"그에게 외상으로 해주진 않겠어요, 손님."

"하지만 정직한 사람에게 외상으로 해주지 않으렵니까?"

"글쎄, 글쎄, 아뇨, 손님."

"거봐요! 아시겠어요, 이제야?"

"무얼 알아요?" 당황한 이발사가 다소 부아가 나서 물었다.

"글쎄, 당신은 자가당착에 빠져 있어요, 이발사님, 그렇죠?"

"아니오." 이발사가 완고하게 말했다.

"이발사님." 근엄하게 그리고 배려의 한숨을 돌린 후에, "우리 인류의 적들은 불성실이 인간의 가장 보편적이고 뿌리 깊은 악, 개인적이든 세계적이든 실질적인 향상을 가로막는 영구불변의 장벽이라고 곧잘 말합니다. 이 경우에 당신은 지금 이발사님, 당신의 완고함에 의해서 이러한 비방을 정말인 양 꾸며 대지 않습니까?"

"아유!" 이발사가 인내심과 함께 존중심도 잃으면서 큰 소리로 말했다. "완고하다고요?" 그런 다음 컵 속에서 솔을 달가닥달가닥 소리 나게 돌리며, "면도를 하시겠소, 안 하시겠소?"

"이발사님, 면도하겠습니다, 그것도 기꺼이. 하지만 제발 그런 식으로 언성을 높이지 마세요. 그런 식으로 이를 갈면서 살아가면, 참으로 낙이 없는 일생을 살게 될 것입니다."

"당신이나 다른 어떤 사람 못지않게 이 세상에서 많은 위안을 얻고 있소." 이발사가 큰 소리로 말했는데, 상대방의 부드러운 성미는 그를 달래기보다는 오히려 화나게 하는 것 같았다.

"불행 따위에 대한 비방을 괘씸하게 생각하는 어떤 인간 집단들의 특유성을 나는 자주 보았는데……." 상대방이 생각에 잠겨 거의 혼잣말로 말했다. "그와 마찬가지로 단지 부차적인 이익과 저급한 친절에 행복이 마련되어 있기 때문에, 그러한 비방에 무관심한 것이 다른 부류의 사람들에게도 똑같이 특유한 것을 보았습니다. 바라건대 이발사님!" 순진하게 쳐다보며, "어느 쪽이 우수한 신의 창조물이라고 생각합니까?"

"이런 종류의 모든 이야기는……." 아직도 진정되지 않은 채 이발사가 큰 소리로 말했다. "내가 이미 한번 말했듯이, 내 성격에 맞지 않아요. 몇 분 있으면 나는 문을 닫을 거요. 면도를 하겠어요?"

"밀어 버려요, 이발사님. 무엇이 방해가 됩니까?" 한 송이 꽃처럼 그의 얼굴을 위로 향하며 말했다.

면도가 시작되었고, 조용히 진행되다가, 마침내 다시 비누 거품을 약간 칠할 준비가 필요해지면서 그 주제를 재론할 기회가 주어지자, 한쪽에선 그것을 놓치지 않았다. "이발사님." 일종의 조심스러운 다정함과 함께 신중히 나아가며, "이발사님, 나에 대해 약간의 인내심을 가져 주시오. 정말, 나를 믿으시오. 나는 기분을 상하게 하고 싶지 않습니다. 나는 그 얼굴이 보이지 않는 사람을 가정한 경우에 대해서 곰곰이 생각하고 있었는데, 그때 내 질문들에 대한 당신의 상반된 대답들에 의해서, 당신 자신이 많은 다른 사람들과 거의 일치하는 것을 보여 주었다는 느낌, 즉 당신은 신뢰를 했다가, 그러나 또 신뢰를 하지 않는다는 인상을 내 마음에서 지울 수가 없습니다. 그렇다면 내가 묻고 싶은데, 한쪽 발은 신뢰 위를, 그리고 다른 한쪽 발은 의심 위를 딛고 있는 것이, 분별 있는 사람의 지각 있는 자세라고 생각합니까? 이발사님, 당신은 선택해야 한다고 생각하지 않습니까? '나는 모든 인간을 신뢰한다'고 말하고 당신의 게시문을 내리거나, 아니면 '나는 모든 인간을 의심한다'고 말하고 그것을 계속 걸어 놓을 일관성이 요구된다고 당신은 생각하지 않습니까?"

공손하지는 않지만, 그 사례를 표현하는 이러한 냉정한 방식은, 그 이발사를 감동시키고 그를 회유했다. 게다가 그 방식의 예리함으로 인하여, 그것은 그를 사려 깊게 만드는 데 도움이 되었는데, 왜냐하면 그가 의도했던 대로, 물을 더 가지러 구리 주전자로 향해 가다 중도에서 멈추고, 숨을 돌린 후에 컵을 손에 든 채 말하길, "손님, 나는 당신이 나를 오해하지 않기를 바라요. 나는 모든 인간을 의심한다고 말할 수도 없고, 말하지도 않겠지만, 정말 모르는 사람들과는 신용 거래를 하지 않겠다고 말하고, 따라서……." 게시문을 가리키며, "외상 사절이오"라고 말했기 때문이다.

"하지만 이거 봐요, 자, 제발, 이발사님." 상대방이 이발사의 변한 심정에 대해 지나치게 외람되지 않게 애원조로 응답했다. "이거 봐요, 자, 모르는 사람들과 신용 거래를 하지 않겠다고 말하는 것은, 그것은 인간을 믿을 수 없다는 말을 의미하지 않는지요? 왜냐하면 대부분의 인간들은 불가피하게 각각의 개인에게 모두 낯선 사람들이 아닌가요? 아니, 이봐요, 친구님." 애교 있게, "당신은 대부분의 인간을 신용할 수 없다고 생각할 타이먼 같은 사람이 아닙니다. 저 게시문을 내리시오. 그건 염세적이고, 타이먼이 그의 동굴 위에 꽂아 놓은 해골의 이마 위에 목탄으로 그린 것과 똑같은 게시문입니다. 그것을 내리시오, 이발사님, 오늘 밤 그것을 내리시오. 인간을 믿으시오. 이번 한 번의 짧은 여행 동안 인간을 신뢰하는 실험을 한번 해보십시오. 이거 봐요, 자, 나는 박애주의자이고, 당신에 대해 1센트 손해 보증을 하겠습니다."

이발사가 냉담하게 고개를 가로저으며 대답했다. "손님, 죄송해요. 내겐 가족이 있어요."

43장
아주 넋을 잃게 하는

　"정말 당신은 박애주의자시군요, 손님." 명확해진 표정을 지으며 이발사가 덧붙여 말했다. "그러면, 그것이 모든 것을 설명하죠. 아주 기이한 종류의 사람이오, 박애주의자는. 당신은, 손님, 내가 본 두 번째 분이오. 정말 박애주의자는 대단히 기이한 종류의 사람이오. 아, 손님." 다시 생각에 잠겨 비누 거품이 든 컵 안을 휘저으면서, "당신들 박애주의자들은 인간이 무엇인가보다, 선량함이 무엇인가를 더 잘 알고 있지나 않을까 하고, 나는 몹시 염려해요." 그런 다음, 마치 그가 빗장 뒤 우리 안에 있는 어떤 이상한 짐승인 것처럼 그를 주의 깊게 보면서, "정말 당신은 박애주의자요, 손님."

　"나는 박애주의자이고, 인간을 사랑합니다. 게다가 또, 당신보다도 더, 이발사님, 나는 그들을 신뢰합니다."

　이때 이발사는 문득 그의 업무가 상기되어, 그의 면도용 컵에 더운 물을 다시 채우려 했지만, 바로 전에 그가 물주전자로 왔을 때 램프 위에 그것을 도로 올려놓지 않은 것을 깨닫고, 그는 이제야 그렇게 하며 그것이 다시 데워지기를 기다리는 동안, 그 데워지는 물이 마치 위스키 펀치 제

조용인 것처럼 거의 사교적이 되었고, 공상 소설들에 등장하는 유쾌한 이발사들 못지않게 쾌활하고 수다스러워졌다.

"손님!" 그가 그의 고객 옆에 있는 옥좌에 앉으면서(왜냐하면 이발사의 수호성인들인 쾰른의 3명의 왕들 전용인 것처럼, 단(壇) 위에 3개의 이발소용 안락의자들이 있었기 때문이다), "손님, 당신은 인간을 신뢰한다고 말합니다. 글쎄요, 남몰래 심하게 나를 곤경에 빠뜨리는, 내가 종사하는 이 직업이 없다면, 나는 당신의 신뢰를 다소 공유할지도 모르겠소."

"이해할 것 같습니다." 우울해진 표정을 지으며, "그리고 당신과 다른 직종의 사람들로부터, 다른 사람들은 말할 것도 없이 변호사로부터, 국회 의원으로부터, 편집자로부터, 각기 이상한 종류의 우울한 허무감과 함께, 인간이 기대 이상으로 더 선하지 않다는 확신에 가장 확실하게 빠져들게 하는 특징을 자기 직업이 가진 것을 자랑하는, 거의 그런 비슷한 말을 나는 들었습니다. 믿을 수 있다면, 그 모든 증언은 서로의 보강 증거에 의해서, 선량한 사람의 마음속에 있는 다소의 불안을 정당화할 것입니다. 하지만 아니오, 아니오, 그건 착각입니다, 모두 착각입니다."

"그럼요, 손님, 그렇고말고요."

"그 말을 들으니 기쁩니다." 손님이 밝아지면서 말했다.

"너무 속단하지 마세요, 손님." 이발사가 말했다. "변호사와, 국회 의원과, 편집자가 틀렸다는 당신의 생각에 동감이지만, 오직 문제가 되는 종류의 지식을 쉽게 배우는 독특한 재주를 가진 것을 각기 자랑하는 한에서인데, 실은 아시다시피, 손님, 사람을 사실들과 접촉시키는 모든 직업이나 일은, 손님, 이런 직업이나 일은 동등하게 그 사실들에 이르는 수단이라는 것이기 때문이오."

"얼마나 정확하게 그렇습니까?"

"그야, 손님, 내 의견이오. 그리고 지난 20년 동안 나는, 이따금씩 마음

속으로 그 문제를 꽤 곰곰이 생각해 보았어요. 인간을 알게 되는 자는, 여전히 인간을 모르고 있진 않을 것이라고요. 내가 그렇게 말해도 경솔하지 않다고 생각해요, 그렇죠, 손님?"

"이발사님, 당신은 철인처럼 말합니다. 모호하게, 이발사님, 모호하게 말입니다."

"글쎄요, 손님." 약간 독선적으로, "이발사는 늘 철인이라고 여겨져 왔지만, 그 모호함에 관한 한 나는 그것을 인정하지 않아요."

"하지만 이봐요. 자, 당신의 설명대로, 당신의 직업에서 얻게 되는 이 불가사의한 지식은 도대체 무엇인지요? 사람의 코를 편리 위주로 홱 당기는 필요성을 당신에게 부여하는 당신의 직업은 그 점에서 유감스럽고, 정말 대단히 그러하다는 당신의 말을, 전에 암시했듯이 인정하는데, 그렇지만 잘 조정된 상상력은 부적절한 독단의 이러한 도발에조차도 영향을 받지 않아야 합니다. 하지만 내가 당신에게서 알고 싶은 것은, 이발사님, 어떻게 사람 머리의 외면을 다루는 단순한 행위가, 당신에게 그들 마음의 내면을 불신하게 합니까?"

"이런, 손님, 더 이상 말할 것도 없이, 줄곧 사람의 머릿기름, 머리 염색약, 화장품, 모조 콧수염, 가발, 그리고 부분 가발을 끊임없이 취급하면서, 그래도 역시 인간은 전적으로 그들의 겉모습과 같다고 믿을 수 있어요? 조심스러운 커튼 뒤에서, 가늘고 감각이 없는 짧은 수염을 면도로 밀어낸 다음, 곱슬곱슬한 적갈색으로 빛나는 그것을 세상에 버릴 때, 생각이 깊은 이발사의 소견은 무엇이라고 당신은 생각하는지요? 엿보고 다니는 친구한테 혹시 거기서 발견되는 것을 두렵게 여기는 것, 커튼 뒤에서 창피하게 여기는 태도와, 그 동일인이 머리털이 더부룩한 어떤 정직한 사람이 겸손하게 그에게 길을 비켜 주는 사이, 즐거운 기만행위인 양 큰 거리로 다시 나서는, 쾌활한 확신과 도전적 자긍심을 대조하세요. 아, 손님,

사람들은 진실의 용기에 대해서 말할지도 모르지만, 진실은 때때로 양과 같다고 나의 직업은 나에게 가르쳐요. 거짓말들, 거짓말들, 손님, 용감한 거짓말들은 사자들이오!"

"당신은 도덕을 곡해하고 있습니다, 이발사님, 당신은 유감스럽게도 그것을 곡해하고 있습니다. 이것 봐요, 자, 그것을 이런 식으로 이해하시오. 알몸으로 거리에 밀려난 신중한 사람은 당황하지 않겠습니까? 그를 안으로 데리고 들어와 옷을 입히면, 그의 자신감이 회복되지 않겠습니까? 그리고 어느 경우에든, 얼마간의 치욕이 뒤얽혀 있지 않겠습니까? 한데, 전체에 들어맞는 것은, 상대적으로 부분에도 꼭 들어맞습니다. 대머리는 가발이 외투 격이 되는 노출 상태입니다. 누구나 머리의 노출 상태의 탄로 가능성에 대해 불안을 느끼는 것과, 그것을 덮어 놓은 것을 의식함으로써 마음의 편안함을 느끼는 것, 이러한 감정은 대머리인 사람에게 수치스러운 것이 아니라, 사실상 자기 자신과 그의 동료들에 대한 예의 바른 존경의 증거가 됩니다. 그리고 속임수에 관한 한, 멋진 옷처럼, 그것 또한 머리에 쓰는 인조 덮개이고, 그와 동시에 범상한 눈에는 착용자를 장식하므로, 훌륭한 성의 훌륭한 지붕을 사기라고 일컫는 거나 마찬가지입니다. 내가 당신을 논박했습니다, 이발사님, 내가 당신을 난처하게 했습니다."

"실례지만……." 이발사가 말했다. "나는 당신이 그랬다고 생각하지 않아요. 아무도 그의 외투와 그의 지붕을 감히 자기 자신의 일부라고 속여서 통용케 하진 않지만, 대머리는 자기 것이 아닌 머리털을 속여서 자기 자신의 것인 체하지요."

"자기 것이 아니라고요, 이발사님? 그가 정당하게 그의 머리털을 구입했다면, 법은 그것의 소유자로서의 자격에서, 그것이 자라난 머리털의 소유권 주장과 마찬가지로 그를 보호할 것입니다. 하지만 당신이 말하는 것을 당신이 믿을 리가 없습니다, 이발사님, 당신은 단순히 웃자고 하는 말입니다. 나는 당신이 비난하는 협잡에 달갑게 종사할 것이라고 예상할 수 없습니다."

"아, 손님, 나는 살아야 합니다."

"그러면서도 당신의 양심에 죄를 짓지 않고, 당신이 믿는 대로 그럴 수는 없습니까? 어떤 다른 직업을 시작하시오."

"별로 사태를 개선하지 못할 거요, 손님."

"그러면 이발사님, 당신은 어떤 점에서, 인간의 모든 직업과 천직들이 대동소이하다고 생각합니까? 치명적이군, 정말!" 그의 손을 치켜들면서, "이루 말할 수 없이 무시무시하군, 이발사라는 직업은. 그것이 필연적으로 이런 결론들의 원인이 된다면, 이발사님." 강렬한 감정으로 그를 주의 깊게 보면서, "당신은 나에겐 그릇된 신앙을 가진 사람이라기보다는, 오도된 사람처럼 보입니다. 자, 내가 당신을 바른 궤도로 돌려놓겠고, 당신의 의식을 회복시켜 인간성을 신뢰하게 하겠는데, 그것도 당신으로 하여금 그것을 의심하게 만든 다름 아닌 바로 그 직업을 수단으로 해서 말입니다."

"손님, 저 게시문을 내리는 실험을 나에게 실제로 해보게 하겠다는 뜻으로 당신은 말하지만……." 다시 그의 솔로 그것을 가리키면서, "저런, 내가 여기 앉아서 잡담하는 동안, 물이 끓어넘치네요."

그 말과 함께, 일부 사람들이 그들의 하찮은 술책이 성공했다고 생각할 때 짓는 대단히 만족하는, 음흉한, 기분 좋은, 그런 표정을 하고 구리 주전자로 서둘러 가서, 곧 그의 컵을, 마치 그것이 새로운 에일 맥주를 따라 넣은 머그잔인 것처럼, 하얀 비누 거품으로 가득 차게 했다.

그러는 동안에도 상대방은 그 담화를 기꺼이 계속하고 싶었을 테지만, 교활한 이발사는 매우 큰 솔로 그에게 비누칠을 하고, 그의 얼굴에 비누 거품을 너무 많이 쌓아 올려서, 그의 얼굴은 큰 물결로 거품이 일어난 물마루처럼 보였고, 그 밑에서 말을 할 생각을 해봤자, 바다에서 물에 빠진 사제가 뗏목 위의 불신자 패거리를 훈계하는 것처럼 헛수고였다. 아무것도 소용이 없었고, 다만 그는 입을 다물고 있어야만 했다. 물론 그 막간은, 심사숙고하는 시간으로 활용되지 않은 것은 아니었는데, 왜냐하면 그 작업의 흔적들이 마침내 제거되자, 세계주의자는 추가적으로 심신을 상쾌하게 하기 위해서, 자리에서 일어나 그의 얼굴과 손을 씻었고, 전반적으로 자신을 재정리하자, 마침내 그의 이전의 방법과는 다른, 기이한 그런 태도로 이발사에게 말을 건네기 시작했다. 그 방법이 정확히 무엇이라고 말하기가 어려운 것은, 그것이 일종의 마법이었다고 빗대어 말하기가 어려운 것이나 마찬가지였는데, 설득력 있게 마음을 빼앗는 힘, 말하자면 희생자의 마음이 진정으로 내키지 않고, 실제로 진심으로 저항함에도 불구하고, 다른 동물의 눈동자를 사로잡는 힘을 가진 자연계의 어떤 동물들의 전설적인, 또는 그 반대의 방법과 완전히 다르진 않은 상냥한 방식으로였다.

이 방법과 사태의 결말은 불일치하지 않았는데, 왜냐하면 결국은 이발사가 어쩔 수 없이 설득되어, 현재 여행의 잔여 기간 동안, 두 사람이 다 그것을 표현했듯이, 인간을 신뢰하는 실험을 해보기로 합의했으므로, 모든 주장과 충언이 헛수고인 것으로 드러났기 때문이었다. 정말로 자유 행위자로서 그의 외상을 안전하게 지키기 위해서, 그는 자기가 그렇게 하겠다고 합의한 것은, 오직 그 일의 신기함 때문이라고 귀찮게 계속 주장했고, 더욱이 그는 상대방에게, 그가 앞서 자청했듯이, 후에 일어날지도 모르는 어떤 손실에 대해서 그의 보증인이 되라고 요구했지만, 그래도 역시 무제한적으로는 아니지만 인간을 신뢰하기로 그가 약속한 사실이 남아 있었고, 그것은 그가 한사코 못 하겠다고 전에 말했던 일이었다. 더군다나 그의 외상을 안전하게 지키기 위해서, 그는 이제 궁극적인 주안점으로써 그 협정을, 특히 보증 부분을 필사해 놓을 것을 주장했다. 상대방이 아무런 이의를 제기하지 않아 펜, 잉크, 그리고 종이가 준비되었고, 무슨 공증인이라도 되는 것처럼 세계주의자는 근엄하게 자리 잡고 앉았지만, 펜을 들기 전에 그 게시문을 흘긋 쳐다보며 말했다. "우선 저 게시문을 치우시오. 이발사님. 타이먼의 게시문을, 자, 그걸 치우시오."

이것은 협정에 들어 있었으므로 약간 주저하면서지만 곧 이행되었고, 미래를 염두에 두고 그 게시문은 서랍 속에 조심스럽게 치워졌다.

"자, 그러면 써보자." 세계주의자가 어깨를 펴면서 말했다. "아!" 갑자기 한숨지으며, "아무래도 나는 유능한 변호사는 못 될 것 같습니다. 아시다시피, 이발사님, 명예로운 원칙을 무시하면서 드잡이를 해야 성사되는 일에는 익숙해 있지 않습니다. 묘합니다, 이발사님." 백지장을 집어 들면서, "이와 같은 얄팍한 것이 튼튼하고 굵은 밧줄이 되다니, 또한 꼴불견의 밧줄이기도 합니다, 이발사님." 벌떡 일어나면서, "그것을 필사해 놓지 않겠습니다. 그건 우리의 공동 명예에 불명예가 될 것입니다. 나는 당신의 말을 믿을 것이고, 당신은 내 말을 믿어 주어야 되겠습니다."

"하지만 당신의 기억은 전혀 최고의 상태가 아닐지도 몰라요, 손님. 당신 편에서, 마치 비망록처럼, 그것을 문서화하여 두는 것이 좋을 거요."

"그렇고말고요, 정말! 그래요, 그리고 그건 당신의 기억에도 도움이 될 거요, 그렇죠, 이발사님? 당신 쪽도 기억력이 아마 조금은 약할 것입니다. 아, 이발사님! 우리 인간은 얼마나 영리하고, 서로 사소하고 미묘한 것들을 얼마나 친절하게 주고받는지요, 그렇죠? 자, 우리가 민감한 동료 의식을 가진 친절하고 사려 깊은 동지들이라는 어떤 더 좋은 증거가 있습니까? 그렇잖아요, 이발사님? 하지만 본론으로 들어갑시다. 그런데, 당신의 이름이 무엇입니까, 이발사님?"

"윌리엄 크림이오, 손님."

잠시 곰곰이 생각하다 그는 글씨를 쓰기 시작했고, 약간의 정정을 한 후에 상체를 뒤로 젖히고, 다음과 같이 적은 것을 큰 소리로 읽었다.

박애주의자이며, 세계의 시민인 프랭크 굿맨
과
미시시피 여객선, 피델르호의 이발사 윌리엄 크림
사이의
협정

"전자는 후자에게 현재 여행의 잔여 기간 동안, 그의 직업과 관련하여 그가 인간을 신뢰하는 데서 생길지도 모르는 어떤 손해도, 윌리엄 크림이 정해진 기간 동안 '외상 사절'이라는 그의 게시문을 보이지 않게 치워 놓고, 다른 어떤 방법으로도 위에 명기한 기간 동안 그의 직업과 관련하여, 사람들이 그에게서 외상을 요청하기를 단념시키기 쉬운 어떤 하찮은 힌트나 암시를 주지 않고, 반대로 모든 적절하고 온당한 말, 손짓, 태도, 그리고 표정들에 의해서, 모든 인간, 특히 낯선 사람들에 대한 완전한 신뢰를 나타내는 것을 조건으로 하여, 죽을 때까지 손해를 벌충하기로 하고, 만약 그렇지 않으면 이 협정은 무효로 하기로 합의한다.

18—년 4월 1일 현재, 전기(前記)의 여객선 피델르호 선상의, 전기의 윌리엄 크림의 이발소에서 성실하게 합의함."

"자, 이발사님, 됐습니까?"
"됐어요." 이발사가 말했다. "단지, 이제 어서 당신의 이름을 적으세요."
양쪽 모두의 서명이 이루어지자, 누가 그 협정서를 보관할 것인지의 문제가 이발사에 의해서 제기되었는데, 하지만 그 점은, 쌍방이 다 같이 선장에게 가서 그 문서를 그의 수중에 맡길 것을 제안함으로써 그 스스로 해결했으며, 이발사는, 선장이 필연적으로 제삼자이고, 더군다나 현재의 경우 성격상 배임에 의한 어떤 행위도 할 수 없기 때문에, 이것이 안전한 처리일 것이라고 넌지시 말했다. 그 모든 것이 다소 놀랍고 걱정스럽게 들렸다.

"아니, 이발사님." 세계주의자가 말했다. "그건 올바른 정신을 보여 주지 못하고, 나로서는 순전히 그가 사람이기 때문에 선장을 신뢰하지만, 그는 우리의 일에 아무 관계도 없는데, 왜냐하면 당신은 나를 신뢰하지 않는다 해도, 이발사님, 나는 당신을 신뢰하기 때문입니다. 자, 그러니 문서를 당신이 보관하시오." 그것을 아량 있게 건네주면서 말했다.

"알았어요." 이발사가 말했다. "그러면 이제 내가 돈을 받는 일만 남았어요."

그 말이나, 또는 누구든 자신의 돈주머니에 대한 청구와 진정으로 가까운, 수많은 그 말의 동의어들 중 어느 것이든 언급하면, 이상하게 그 사람의 얼굴에 다소 두드러진 효과가 나타나는데, 많은 사람에게는 갑작스럽게 얼굴을 떨구는 일이, 다른 사람들에게는 보기에 비참할 정도로 얼굴을 뒤틀고 찡그리는 일이, 어떤 사람들에게는 얼빠진 듯이 창백해지고 치명적으로 대경실색하는 일이 따르지만, 이발사의 요구가 더할 나위 없이 돌연하고 예기치 않은 것이었음에도 불구하고, 이러한 증후의 어떤 흔적도 세계주의자의 얼굴에선 볼 수 없었다.

"돈에 대해서 말하시는데요, 이발사님, 글쎄 무엇과 관련해서입니까?"

"일종의 먼 친척이라는 이유로, 손님." 이발사가 덜 부드럽게 대답했다. "내가 생각하기론, 외상으로 면도를 한번 해주기 원했던 듣기 좋은 목소리를 가진 남자보다 더 밀접한 이해관계에서요."

"저런, 그래서 그에게 무어라고 말했습니까?"

"나는 말했어요. '고맙지만, 손님, 나는 그 관계를 몰라요.'"

"듣기 좋은 목소리를 가진 사람에게 어떻게 그렇게 불친절하게 말할 수 있었습니까?"

"왜냐하면, 시라크의 아들(예수)이 '참된 책'에서 말하는, '원수는 입으로 달콤하게 말한다'는 말이 생각났기 때문이었어요. 그래서 나는 시라크의 아들이 이런 경우에 해주는 충고를 말했지요. '그의 장황한 말들을 믿지 마라.'"*

"이런, 이발사님, 그런 냉소적인 종류의 말들이, 당연히 당신께서 성서를 두고 말하는 '참된 책'에 있다는 말입니까?"

"그래요, 그리고 같은 취지의 말들이 더 많이 있어요. 「잠언」을 읽어 보세요."

"한데, 그거 이상합니다, 이발사님. 왜냐하면 나는 당신이 인용하는 그 구절들을 공교롭게도 본 적이 없습니다. 오늘 밤 자기 전에, 선실 테이블 위에서 성서를 면밀하게 살피겠습니다. 하지만 조심하시오, 당신은 여기에 들어오는 사람들에게 그런 식으로 성서를 인용해서는 안 되는데, 그건 은연중에 계약의 위반이 될 것입니다. 하지만 당신이 매우 잠시 동안 그 온갖 종류의 것을 서명하여 끝맺은 것을 내가 얼마나 기뻐하는지 당신은 모를 겁니다."

"네, 손님, 당신이 현금으로 선불하지 않으면 그래요."

"또 현금 타령이군! 무슨 뜻으로 말하는 것입니까?"

"글쎄요, 여기 이 문서에서 당신은, 손님, 어떤 손실에서 나를 지켜 주기로 약속했습니다."

---

* 「집회서」 12, 16장과 13장 11절.

"어떤? 당신이 손해를 입을 것이 그렇게 '확실'합니까?"

"이런, 그 말을 그런 식으로 받아들이는 것이 잘못된 것은 아닐지도 모르지만, 나는 그것을 그런 뜻으로 말하지 않았어요. 나는 어떤 손실을 의미해요. 당신은 알고 있어요, 어떤 손실을, 적어도 어떤 손실이라는 것을요. 그런데요, 손님, 사전에 당신이 그 목적 달성에 충분한 현금 담보물을 내 수중에 두지 않으면, 나를 안전하게 지키겠다고 당신이 단순히 쓰고 말한 것이 무슨 소용이 있어요?"

"알겠습니다, 현금 담보물."

"네, 그리고 나는 그것을 낮게 산정하겠어요, 저, 50달러요."

"그런데 무슨 놈의 시작이 이렇습니까? 이발사님, 당신은 정해진 기간 동안 인간을 믿기로, 인간을 신뢰하기로 약속하고서, 당신의 첫 번째 조치로 당신의 약속 상대인 바로 그 사람에 대한 불신을 내포하는 요구를 합니다. 하지만 50달러는 아무것도 아니고, 나는 당신에게 기꺼이 그것을 드리고 싶지, 공교롭게도 지금 내게는 잔돈 몇 푼밖에 없습니다."

"하지만, 그래도 당신 트렁크 속엔 돈이 있잖아요?"

"물론입니다. 하지만 아시다시피 사실은, 이발사님, 당신은 언행이 일치되어야 합니다. 안 돼요, 나는 지금 당신이 그 돈을 갖는 것을 허용하지 않겠고, 나는 당신이 그런 식으로 우리 계약에 깊이 간직된 정신을 위반하게 놔두지 않겠습니다. 그러면 안녕히 계십시오, 내일 뵙겠습니다."

"기다려 줘요, 손님!" 이발사가 망설이면서, "당신은 무언가를 잊었습니다."

"손수건? 장갑? 아니오, 잊은 것 없습니다. 안녕히 계십시오."

"기다려 줘요, 손님…… 저…… 저 면도…….."

"아, 정말 그것을 잊었군요. 하지만 그것이 생각나도, 나는 지금은 당신에게 요금을 지불하지 않겠습니다. 당신의 협정서를 보시오, 당신은 믿어야 합니다. 쯧! 손해에 대비해서 당신은 보증이 되어 있습니다. 안녕히 계십시오, 이발사님."

그 말과 함께 그는, 그의 뒤를 빤히 쳐다보고 있는 이발사를 당혹감 속에 남겨 둔 채 어슬렁어슬렁 사라졌다.

그러나 아무것도 없는 곳에서 잘되어 갈 일이 있을 리가 없다는 것이, 자연 철학에서처럼 마음이 홀린 상태에서도 들어맞으므로, 이발사는 이제 그의 냉정과 본정신을 회복하는 데 오래 걸리지 않았는데, 그 첫 번째 증거는 아마, 그의 게시문을 서랍에서 꺼내어 그것이 차지했던 자리에 되돌려 놓은 것이었을지도 모르는데, 한편 그 협정서로 말할 것 같으면, 그는 그것을 찢어 버렸는데, 아마도 그것을 작성한 사람을 결코 다시 만나지 못할 것이라고 생각했기 때문에, 그만큼 더 마음대로 해도 좋다고 그는 느꼈다. 그 생각이 근거가 충분한 것인지 아닌지는 분명하지 않다. 하지만 훗날 그날 밤의 희한한 사건을 얘기하면서, 그 훌륭한 이발사는 언제나 그의 괴상한 고객을, 어떤 동인도 사람들이 뱀 부리는 사람들이라고 일컬어지듯이, 사람의 마음을 빼앗는 사람이라고 말하곤 했고, 모든 그의 친구들은 그 고객을 '상당히 독창적인 사람'이라고 생각했다.

44장
지난 장의 마지막 3개의 낱말들이 이번 장에서 담화의 주제가 되고, 그것을 빼먹지 않고 읽은 독자들로부터 틀림없이 다소간의 주목을 받을 것이다

'상당히 독창적인 사람.' 노인이나 박식한 사람, 또는 유럽 일주 여행을 해본 사람보다는 젊은이나 몽매한 사람들, 또는 견문이 좁은 사람들이 약간 더 자주 사용한다고 생각되는 어구다. 확실히 독창성은 미성년자에게 가장 높은 수준으로 존재하고, 어쩌면 학문 전체를 완성한 사람에게 가장 낮은 수준으로 존재할지도 모른다.

소설에서 독창적인 인물들에 관한 한, 고마워할 줄 아는 독자는 그러한 인물을 우연히 만나자마자 그날을 기념일로 경축할 것이다. 우리는 때때로, 한 작품에서 약 40이나 60명의 이러한 인물들을 만들어 내는 작가의 소식을 듣는데, 진실로 그것이 가능할지도 모른다. 하지만 그들은 햄릿이나 돈키호테나 밀턴의 사탄과 동격의 의미에서 도저히 독창적일 수가 없다. 다시 말하면 그들은, 엄밀한 의미에서 조금도 독창적이지 않다. 그들은 새롭거나 특이하거나 인상적이거나 매력적이거나, 아니면 동시에 네 가지 전부 다거나이다.

아마 그들은 이른바 이상야릇한 인물일 것이지만, 그 때문에 그들이 독창적이지 않은 것은, 그 나름으로 소위 이상야릇한 천재가 독창적이지 않은 것이나 마찬가지다. 그러나 독창적이라면, 그들은 어디로부터 왔는가? 다시 말하면 소설가는 그들을 어디서 발굴했는가?

어떤 소설가가 어떤 하나의 인물을 어디서 찾아내는가? 대부분 틀림없이 도시에서다. 모든 대도시는 일종의 인간 전시장이고, 소설가는 그곳으로, 농업 종사자가 그의 가축을 구하러 가축 품평회에 가는 것과 마찬가지로, 그의 인물을 발굴하기 위해서 간다. 하지만 한쪽 시장에서 새로운 종류의 네 발 동물들은, 또 다른 시장에서 새로운 종류의 인물들, 즉 독창적인 인물들보다 더 드물지는 않다. 그들의 희소성은 한층 더 다음과 같은 것, 즉 단순히 특이한 인물들은 오직 특이한 형태를 뜻하지만, 말하자면 진실로 독창적인 인물은 타고난 독창적인 소질을 뜻하는 것에서 나타날지도 모른다.

요컨대, 소설에서 이런 종류의 인물로 간주될 수 있는 존재에 대한 적당한 구상은 거기서 그를, 실제의 역사에서 새로운 법전 제정자나, 혁명적 철학자나, 새로운 종교의 창시자에 못지않은 비범한 존재로 만들 것이다.

허구적 작품들 속에서 이렇게 대충 설명된 거의 모든 독창적인 인물들에서, 우세하게 지역적이거나 그 시대의 무언가를 인식할 수 있는데, 그러한 상황은 저절로, 여기서 건의된 원칙들에 의해서 평가된 주장을 무효로 만드는 것처럼 보일 것이다.

더군다나 우리가 잘 생각해 보면, 소설 속의 인물들에게 독창적이라고 간주되는 자격을 부여한다고 일반적으로 생각되는 것은, 오직 개인적인 것으로 그 자체에 한정될 뿐이라, 그런 인물은 그 특성이 갖는 영향을 주변 상황에 미치지 못하는 반면에, 본질적으로 독창적인 인물은 회전하는 드러먼드 광(光)*처럼 온 사방에 자체적으로 멀리 빛을 내며, 그것은 모든 것을 밝게 비추고, 모든 것이 그것에 놀라 벌떡 일어나고(햄릿의 경우가 어떠한가를 주목하라), 그래서 어떤 지성의 소유자들에게는 이러한 인물에 대한 적합한 개념 형성에 따라, 「창세기」에서 천지 창조에 수반하는 것과 꽤 유사한 효과가 잇따라 일어난다.

하나의 궤도에 하나의 위성이 있을 뿐이라는 것과 대체로 같은 이유로, 하나의 허구적 작품에는 단지 하나의 이러한 독창적인 인물이 있을 수 있다. 둘이라면 상충하여 대혼란을 일으킬 것이다. 이런 관점에서, 하나의 소설에 하나 이상이 있다고 말하는 것은, 전혀 아무것도 없다는 좋은 추정이 된다. 하지만 새로운, 특이한, 인상적인, 이상야릇한, 별난, 그리고 온갖 종류의 유쾌하고 유익한 인물들로 말할 것 같으면, 좋은 소설은 그들로 가득 차 있을지도 모른다. 이러한 인물들을 창조하기 위해서, 작가는 다른 것들과 대등하게 많은 것을 보았고, 많은 것을 꿰뚫어 보았음에 틀림없고, 단지 하나의 독창적인 인물을 창조하기 위해서는, 그는 무척 운이 좋았음에 틀림없다.

소설에서 이런 종류의 현상과 다른 모든 종류의 것들 사이에 단 하나의 공통점이 있는 것처럼 보이는데, 그것은 작가의 상상력 속에서 태어날 수 없고, 모든 생명은 알에서 생긴다는 것은 동물학에서와 마찬가지로 문학에서도 진실이기 때문이다.

이발사의 친구들이 쓴 것이지만, '상당히 독창적인 사람'이라는 어구의 부정확한 용법을, 가능하다면 증명하려는 노력에서, 우리는 뜻밖에도 지루한, 어쩌면 연기 자욱한 (애매모호한) 것에 가까운 논설에 끌려들어 갔다. 만일 그렇다면, 연기(煙氣)를 전용할 수 있는 최선의 용도는, 그것의 엄호를 받으며 나름대로 정돈하여 본 이야기로 물러가는 것일 게다.

---

*   Drummond light: 스코틀랜드의 발명가 Thomas Drummond(1797-1840)가 발명한 석회광 장치로, 그는 1929년 등대에 이것을 이용했다.

45장
세계주의자의 심각함이 커지다

남자용 선실의 천장 한가운데 매달린 사실용(私室用) 램프가 빛을 내면서 타고 있었고, 그것의 젖빛 유리갓은, 머리에 후광을 두른 길고 헐거운 겉옷을 걸친 남자의 모습과 엇갈리며, 불꽃이 타오르는 (네 귀퉁이에) 뿔이 있는 제단의 이미지와 함께,* 투명하게 빙 둘러 기발하게 채색되어 있다. 이 램프의 빛은, 밑에 놓인 중앙 테이블의 눈처럼 하얗고 둥근 대리석 위에 눈부시게 부딪친 후에, 점점 명료함이 감소하면서 잔물결을 일으키며 나아가다가, 마침내 물에 떨어진 돌멩이로부터 생긴 파문처럼, 빛은 그 공간의 가장 먼 구석진 곳에서 어스레하게 점점 약해졌다.

여기저기, 그것들의 기능에 충실하게가 아니라, 그것들이 있어야 할 자리에 조금도 어긋나지 않게, 기름이 소진되어 꺼졌거나 그 불빛이 성가신, 또는 눈감고 잠들기를 원하는 침대의 점유자들이 소등해 버린, 불모의 위성들 같은 다른 램프들이 매달려 있었다.

멀지 않은 침대에 있는 성마른 사람이 남아 있는 램프도 마저 꺼버렸을

* 「탈출기」 27장 2절.

것이지만, 선장의 명령으로 천연의 일광이 그것을 대체하게 될 때까지 계속 켜두어야 한다고 객실 승무원이 말하면서, 그것은 허락되지 않았다. 그의 직업에 종사하는 다른 많은 사람들처럼, 때때로 약간 터놓고 말하는 경향이 있는 이 승무원은, 선실이 암흑 속에 남겨진 후에 때때로 일어날지도 모르는 슬픈 결과들에 대해서뿐만 아니라, 또한 그곳에서 어둠을 조성하기를 열망하는 사람의 본성을 보여 줄 낯선 사람들로 가득 찬 곳에서, 이런 걱정은 아무리 줄잡아 말하더라도 어울리지 않는 상황임을, 그에게 상기시키려는 그 사내의 끈질김에 화가 나 있었다. 그래서 많은 것들 중에서 마지막으로 남은 그 램프는, 일부 침대들을 차지한 사람들은 속으로 좋아하고, 다른 침대들의 사람들한테는 마음속으로 저주를 받으면서, 계속 빛을 내며 타고 있었다.

테이블 위에 놓인 그의 책을 비추는, 외로운 등불 밑에서 외로운 밤샘을 하면서, 그의 머리는 대리석처럼 순백이고, 얼굴은 마치 주 예수 그리스도를 보고 그를 축복하며 평화로이 떠나갈 때의 착한 시메온*의 얼굴이 연상되는, 깔끔하고 잘생긴 노인이 앉아 있었다. 겨울철에도 원기 왕성한 노익장의 모습과, 분명히 이번 여름의 것이기보다는 오히려 지나간 여름의 햇볕에 의한 누적된 그을음으로 물든 그의 손들에서, 그 노인은 활동적인 검소한 생활을 한 후에 논밭에서 화롯가로 물러난 부유한 농부, 즉 70의 나이에 열다섯 살 때처럼 생기 넘치는 마음을 지닌 사람들 중의 하나처럼 보였는데, 그들에게 은둔 생활은 지식보다 더 축복받은 혜택을 주고, 마치 런던의 여인숙에 투숙하며 관광객으로서 거기서 꼼짝도 하지 않는 시골 사람이, 한 번도 그곳의 안개 속에서 길을 잃거나, 그곳의 흙을 묻히는 일이 없이 마침내 런던을 떠나는 것과 꼭 마찬가지로, 세상을 모

* 「루카 복음서」 2장 25-35절.

르기 때문에 세태에 더럽혀지지 않은 상태로 그들을 천국으로 보낸다.

신부의 방에 경쾌한 걸음으로 걸어오는 어느 신랑이라도 되는 듯이, 이발소에서 나와 좋은 냄새를 풍기며, 기분이 썩 좋은 그의 얼굴 표정으로 밤새도록 일종의 여명을 나누어 주는 것처럼 보이면서 세계주의자가 들어왔는데, 하지만 그 노인을 주목하고 그가 얼마나 몰두하고 있는지를 지켜보면서, 그는 소리 나지 않게 살며시 걸어가서, 그 테이블의 맞은편에 자리를 잡고 앉아 아무 말도 하지 않았다. 아직도 그에게는 일종의 대기하는 표정이 있었다.

"선생!" 잠시 어쩔 줄 몰라 그를 쳐다본 후에 노인이 말했다. "누구나 여기가 커피점이고, 때는 전시이며, 내가 여기에 중대한 뉴스들이 실린 신문을, 그것도 구할 수 있는 유일한 한 부를 가졌다고 생각할 것처럼, 당신은 거기 앉아 그토록 간절하게 나를 바라보고 있구려."

"그래서 좋은 뉴스들을 가지고 거기 계시는군요, 어르신. 희소식들 중 최고의 것을 말입니다."

"너무 좋아서 사실이라고 믿어지지 않아." 커튼으로 가려진 침대들 중의 하나에서 들려왔다.

"들어 보세요!" 세계주의자가 말했다. "누군가 자면서 말하고 있습니다."

"그래요." 노인이 말했다. "그런데 당신, 당신이 꿈속에서 말하고 있는 것 같소. 어째서 당신은, 선생, 내가 여기에 갖고 있는 이것이 책인 것을, 신문이 아니고 성서인 것을 알고 있음에 틀림없는데도, 뉴스와 그런 것 모두를 언급하고 있소?"

"그런 줄 알고 있어요. 그리고 어르신이 그것을 다 보고 났을 때, 아, 서두르지 않으셔도 돼요, 그것을 좀 부탁하겠습니다. 그것은 여객선의 비품이라고 생각해요, 어느 협회의 기증품입니다."

"그렇군, 가져가시오, 가져가시오."

"아닙니다, 어르신, 조금도 어르신께 참견할 작정이 아니었습니다. 나는 단순히, 내가 여기서 기다리는 것에 대한 해명으로서 그 사실을 말한 것에 지나지 않습니다. 계속 읽으십시오, 어르신, 그렇지 않으면 내가 괴로워집니다."

이 정중한 말은 효과가 없지 않았다. 그의 안경을 벗고, 그가 읽던 장(章)을 대략 다 읽었다고 말하면서, 노인은 친절하게 그 책을 건네주었고, 그것을 똑같이 친절한 사의를 표하며 받았다. 몇 분 동안 읽고 나서, 마침내 그의 표정이 조심성에서 심각함으로, 그리고 거기서 일종의 아픔으로 녹아들면서, 세계주의자는 천천히 그 책을 내려놓고, 지금까지 인자한 호기심으로 그를 지켜보고 있던 노인을 향하면서 말했다. "어르신, 하나의 의문을, 나의 마음을 불안하게 하는 의문을 해결해 줄 수 있습니까?"

"의문들이 있지만, 선생……." 노인이 안색을 바꾸며 대답했다. "의문들이 있지만, 선생, 만일 인간이 그것들을 갖고 있다면, 그것들을 해결할 수 있는 것은 인간이 아니오."

"정말입니다, 하지만 보십시오, 자, 나의 의문이 무엇인지. 나는 인간을 좋게 생각하는 사람입니다. 나는 인간을 사랑합니다. 나는 인간을 신뢰합니다. 한데 불과 반 시간 전에 내가 무슨 말을 들었게요? 나는 '그의 장황한 말들을 믿지 마라. 원수는 입으로 달콤하게 말한다'라고 써 있는 것을 발견하게 될 것이라는 말을 들었고, 또한 같은 취지의 훨씬 더 많은 말들과, 모든 것을 이 책에서 발견하게 될 것이라는 말을 들었습니다. 나는 그것을 생각할 수 없는데, 자아를 찾아 여기로 와서 내가 무엇을 읽느냐고요? 이제 방금 인용한 것뿐만 아니라, 또한 약속된 일이지만, 다음과 같은 똑같은 취지의 더 장황한 말들입니다. '많은 말로 그는 너를 유혹할 것이고, 그는 너에게 웃음 지으며 정중히 말하고, 부족한 것이 무엇이냐고 물을 것이다. 네가 그에게 득이 된다면 그는 너를 이용할 것이고, 그는 너를 빈털터리로 만들 것이고, 그 때문에 미안해하지도 않을 것이다. 잘 주시하고 매우 조심하라. 네가 이 말들을 듣고 있다면, 너의 잠에서 깨어나라.'"*

"거기 누군데 사기꾼을 설명하고 있는 거요?" 이때 또다시 침대에서 목소리가 들려왔다.

"과연, 그의 잠에서 깨어났죠, 그렇죠?" 세계주의자가 또다시 놀라 눈을 떼면서 말했다. "전과 동일한 음성이죠, 그렇죠? 이상한 부류의 꿈 많은 사람입니다, 저 사람. 글쎄, 그의 침대는 어느 것인지?"

"그 사람 걱정은 결코 하지 마요, 선생." 노인이 걱정스럽게 말했다. "하지만 나에게 진실로 말해 줘요, 당신은 정말, 방금 그 책에서 읽었나요?"

"그랬습니다." 변화된 태도로, "그리고 그것은 인간을 신뢰하는 사람인 나에게, 박애주의자인 나에게 몸서리나게 싫은 것입니다."

"이런!" 감동되어, "당신이 되풀이하여 말한 것이, 실제로 거기에 기록되어 있다고 말할 작정이 아니오? 나는 소년 시절부터 70년 동안 성서를 읽었는데, 그와 같은 어느 것도 본 기억이 없소. 그걸 보여 주시오." 진정으로 일어나 그에게 다가오면서 말했다.

"여기 있습니다. 그리고 거기, 그리고 거기에." 책장을 넘기며, 그 문장들을 하나씩 하나씩 지적하면서, "거기에, '시라크의 아들, 예수의 지혜(「집회서」)'에 모두 기록되어 있습니다."

"아!" 기분이 밝아지면서 노인이 큰 소리로 말했다. "이제 알겠소. 보시오." 책장들을 앞뒤로 넘기다가, 마침내 한쪽에 〈구약 성서〉 전체를 펼쳐

---

* 「집회서」 13장 11, 6, 4, 5, 13절.

놓고, 다른 한쪽에는 〈신약 성서〉 전체를 펼쳐 놓는 동시에, 그는 그의 손가락들로 그 사이의 일부를 수직으로 받쳤다. "잘 보시오, 선생. 오른쪽의 이 모든 것은 확정된 진리이고, 왼쪽의 이 모든 것도 확정된 진리이지만, 내가 여기에 내 손으로 붙들고 있는 것은 「외경(外經)」이오."

"「외경」?"

"그래요, 그리고 거기에 그 말이 인쇄되어 있어요." 그것을 지적하면서, "그리고 그게 무슨 말이냐고요? 그것은 사실상 '정전(正典)으로 인정할 수 없음'을 말해요. 왜냐하면 그런 종류의 무언가에 대해서 대학 사람들이 뭐라고 말하느냐고요? 그것은 '성서 외전(外典)'이라고 그들은 말해요. 그 말 자체가 다소 불확실한 신뢰를 의미한다고 성직자로부터 들었어요. 그러므로 당신의 마음의 동요가 이 「외경」 속의 어떤 것에서 일어난다면……." 또다시 그 페이지들을 붙들고 있으면서, "그런 경우에는, 더 이상 그것에 대해서 생각하지 마세요, 왜냐하면 그건 「외경」이니까요."

"「묵시록」은 어때요?" 이때 또다시 그 침대에서 소리가 들려왔다.

"그는 지금 환상을 보고 있습니다, 그렇죠?" 세계주의자가, 도중에서 대화를 방해하는 쪽을 한번 더 바라보면서 말했다. "하지만, 어르신." 다시 시작하면서, "나는 당신이 여기서 나에게 「외경」을 상기시키는 것에 대해서 얼마나 고맙게 여기는지 이루 다 말할 수 없습니다. 우선, 그것은 나의 기억에서 이렇게 잊혀지고 있습니다. 사실은 모든 것이 함께 엮여 있으면, 그건 때때로 우리를 헷갈리게 합니다. 성서의 외전에 속하는 부분은 별도로 엮어야 합니다. 그리고 그것을 생각하니까, 우리 대신 이 시라크의 책 전체를 받아들이지 않는 저 박학한 박사님들이 얼마나 잘했는지 모르겠습니다. 나는 그렇게 인간에 대한 인간의 신뢰를 깨버리도록 의도된 어느 것도 결코 읽지 않습니다. 이 시라크의 아드님은, 나는 단지 방금 그것을 보았지만, '그대의 친구들을 조심하여라'*라고 말하기까지 하는

데, 잘 보십시오. 당신의 허울 좋은 친구들, 당신의 위선적인 친구들, 믿지 못할 친구들이 아니라, 참다운 친구들인 당신의 친구들, 즉 말하자면, 세상에서 아무리 진실한 친구들이라 할지라도 무조건적으로 믿어서는 안 된다는 것입니다. 로슈푸코가 그것에 맞먹을 수 있습니까? 인간성에 대한 그의 견해가, 마키아벨리의 그것과 같이, 이 시라크의 아들에게서 받아들였다 할지라도 나는 놀라지 않을 것입니다. 그런데도 그것을 지혜, 시라크 아들의 지혜라고 부르다니! 지혜라니, 참! 지혜는 얼마나 추악한 것임에 틀림없습니까? 간담을 서늘케 하는 지혜보다는 오히려, 저 뺨에 보조개를 짓는 어리석음을 내게 내려 주십시오. 하지만 아니오, 아니오, 그것은 지혜가 아니고, 그것은 어르신이 말하듯이 「외경」입니다. 왜냐하면 불신을 가르치는 것을 어떻게 신뢰할 수 있느냐 말입니다."

"그게 뭔지 내가 말해 주지." 이때 전과 똑같은 목소리가, 단지 덜 조롱조로 큰 소리로 말했다. "당신들 두 사람이 잠잘 줄을 모른다면, 더 현명한 사람들을 잠 못 들게 하지 마시오. 그리고 지혜가 무엇인지 알고 싶으면, 가서 당신들의 담요 밑에서 그것을 찾으시오."

"지혜라고요?" 지방 사투리를 쓰는 또 하나의 목소리가 큰 소리로 말했다. "저런, 그런데 두 마리 거위들이 그동안 내내 꽥꽥거리고 있는 얘깃거리가 지혜인가? 잠이나 자지, 제기랄! 그러다 나중에 지혜 따위로 혼나지들 말고요."

"우리의 목소리를 낮춥시다." 노인이 말했다. "우리가 저 착한 사람들을 괴롭힌 것 같소."

"지혜 때문에 어느 누구든 괴롭혔다면 미안하게 생각합니다." 상대방이 말했다. "하지만 우린 말씀하신 대로 목소리를 낮춥시다. 얘기를 계속

---

* 「집회서」 6장 13절.

하자면, 내가 했듯이 그 문제를 받아들이면서, 어르신은 그토록 불신의 정신으로 가득 찬 구절들을 읽을 때, 내가 느낀 불쾌감에 대해 정말로 놀라실까요?"

"아니오, 선생, 나는 놀라지 않소." 노인이 말했다. 그런 다음 덧붙여 말했다. "당신이 말하는 것으로 미루어 보건대, 나는 당신이 어느 정도 나와 같은 사고방식인 것을 알고 있소. 당신은 사람을 불신하는 것은 일종의 창조주에 대한 불신 행위라고 생각하고 있소. 이런, 나의 어린 친구, 무슨 용무인가? 지금은 자네가 돌아다니기엔 다소 늦은 시간이네. 나에게 무슨 볼일이 있는가?"

이 질문들은, 질질 끌고 다녀 더럽혀지고 누더기가 다 된 노란색의 낡은 아마포 코트를 걸친 소년에게 한 것이었는데, 그는 부드러운 양탄자 위를 맨발로 걸어 갑판에서 들어왔으므로, 아무 소리도 들리지 않았다. 온통 찢기어 펄럭이는, 그 어린 소년의 누더기가 된 붉은 플란넬 셔츠는, 그의 노란색 누더기 코트와 서로 어울려, 종교 재판소의 화형 장면에서 희생자의 겉옷에 색칠한 불꽃처럼 그의 주위에서 선명하게 빛났다. 그의 얼굴 또한 오랫동안 씻지 않고 더러워져 윤이 났으며, 그의 푸른 빛이 도는 검은 눈은 새로 지핀 석탄에서 번쩍번쩍거리는 불꽃처럼 얼굴에서 번득였다. 그는 소년 보따리장수, 다시 말해 예의 바른 프랑스인들이 그렇게 호칭했을지도 모르듯이, 여행자 용품을 파는 '마르샹(상인)'이었고, 지정된 잠자리가 없었으므로 배에서 돌아다니던 중에, 유리문들을 통해서 선실 안의 그 두 사람을 발견하였고, 밤이 깊었지만 한 푼의 이익을 올리는 데 결코 너무 늦지는 않았을지도 모른다고 생각했다.

그중에서도 특히 그는 기이한 물건, 즉 문틀에 경첩이 달렸고, 곧 분명해질 한 가지 점을 제외하고 모든 면에서 알맞게 갖추어진, 소형 마호가니 문을 가지고 다녔다. 그는 이 작은 문을 지금 의미심장하게 그 노인의 면전에 들고 있었고, 노인은 잠시 그것을 빤히 쳐다본 후에 말했다. "자네의 장난감들을 가지고 자네 갈 길을 가게, 어린 친구."

"이런, 결코 저 지경으로 늙고 약삭빠르게 되지 않게 해주소서." 그의 구중중함 속에서도 소년이 소리 내어 웃었고, 그러면서 무리요*의 거친 걸인 소년의 것들처럼, 표범의 것들과 같은 이빨을 드러냈다.

"악마들이 이제 웃고 있구먼, 그렇죠?" 이때 침대에서 지방 사투리가 들려왔다. "어럽쇼, 악마들이 지혜에서 무슨 웃음거리를 찾는다냐? 잠이나 자라, 너희 악마들아, 이제 그만해라."

"알다시피, 얘야, 너는 저 사람에게 폐를 끼쳤어." 노인이 말했다. "이제는 웃으면 안 되네."

"아, 이제……." 세계주의자가 말했다. "제발, 그런 말은 하지 마세요. 이 세상에서 어느 바보로 인하여 가엾은 웃음이 박해받는다고 그가 생각하진 않게 해주십시오."

"글쎄." 노인이 소년에게 말했다. "자넨, 하여튼, 아주 낮은 소리로 말해야 하네."

"그래요, 그건 어쩌면 나쁘지 않을지도 모릅니다." 세계주의자가 말했다. "하지만 나의 멋쟁이 친구, 자넨 여기 계신 노인 어른께 뭔가 말하려고 했는데, 그게 뭐였나?"

"아!" 냉담하게 그의 작은 문을 열었다 닫았다 하면서, 낮추어진 목소리로 말했다. "단지 이거요. 제가 지난달 신시내티의 자선시에서 장난감 매점을 열었을 때, 몇 분 노인들에게 애들 장난감 딸랑이를 팔았어요."

"물론." 노인이 말했다. "나 자신도 내 어린 손자들을 위하여 이런 것들

---

*   Bartolome Esteban Murillo(1618-82): 스페인의 화가로 성화를 많이 그렸지만, 더욱 특별하게 스페인 길거리의 걸인들과 아이들을 그렸다.

을 자주 사지.”

“하지만 내가 말하는 그 노인들은 나이가 든 독신 남자들이었어요.”

노인이 잠시 그를 빤히 쳐다본 다음, 세계주의자에게 작은 목소리로 말했다. “이상한 아이로군, 이 아이는요, 말하자면 숙맥이오, 그렇죠? 아는 게 별로 없어요, 저런!”

“별로 없어요.” 소년이 따라 말했다. “그렇지 않으면 내가 이렇게 남루하지 않을 거예요.”

“이런, 애, 넌 귀가 참 예민하구나!” 노인이 큰 소리로 말했다.

“만일 내 귀가 더 둔하면, 나는 나에 대한 나쁜 소문을 덜 들을 텐데요.” 소년이 말했다.

“자넨 매우 현명한 것 같군, 친구.” 세계주의자가 말했다. “자네의 지혜를 팔아 코트를 사는 게 어떤가?”

“정말!” 소년이 말했다. “바로 그것이 내가 오늘 한 일이고, 이것이 내 지혜의 대가로 산 코트예요. 하지만 어르신들께서는 물건을 사지 않겠어요? 자, 보십시오, 제가 팔고 싶은 것은 문짝이 아니고, 그 문짝은 견본으로 가지고 다닐 뿐이에요. 자, 보십시오, 어르신.” 그 물건을 테이블 위에 세워 놓으면서, “이 작은 문이 어르신의 전용실 문이라면, 그래요.” 그것을 열면서, “어르신은 잠자기 위해 들어가서, 들어간 뒤에 문을 닫습니다, 이렇게. 이제, 모든 것이 안전한가요?”

“아마 그렇겠지, 애야.” 노인이 말했다.

“당연히 그렇지, 멋쟁이 친구.” 세계주의자도 말했다.

“모든 것이 안전하다, 글쎄? 그런데 오전 2시경에, 저 손재주가 있는 신사가 조용히 들어와 여기에 있는 손잡이를 시험해 보고, 그리하여 손재주 있는 신사가 슬며시 기어들어 와서, 자 보세요! 현금에 어떤 일이 닥치는지?”

"알겠어, 알겠어, 얘야." 노인이 말했다. "예의 멋쟁이 신사는 멋쟁이 도둑인데, 자네의 작은 문에는 그를 못 들어오게 할 자물쇠가 없네." 그 말과 함께 그는 전보다 더 자세히 그것을 들여다보았다.

"그래요, 자." 다시 그의 하얀 이빨들을 드러내 보이면서, "그래요, 몇 몇 어르신들은 아는 것이 많은 분들이에요, 정말. 하지만 이제 굉장한 발명품이 나옵니다." 매우 단순하지만 독창적인, 그리고 그 작은 문의 안쪽에 부착되어 빗장처럼 그것을 고정하는, 강철로 된 작은 고안품을 내보였다. "자, 봐요." 팔을 한껏 뻗치고 감탄하며 그것을 손에 들고 있으면서, "자, 봐요. 그 손재주가 있는 신사에게 이제 여기에 있는 이 작은 손잡이를 부드럽게 시험하러 오게 하고, 그의 머리가 그의 손만큼 멍청한 것을 깨달을 때까지 계속 시험하게 하세요. 여행자용 특허 자물쇠를 사세요, 어르신, 단돈 25센트예요."

"저런!" 노인이 큰 소리로 말했다. "이것은 복제하지 못하네. 그래, 얘야, 하나 다오. 그리고 바로 오늘 밤에 그것을 사용하겠다."

나이 든 은행가처럼 침착하게 잔돈을 주머니에 넣으면서, 소년은 이제 다른 한 사람을 향해서 말했다. "하나 사시죠, 손님?"

"미안하네, 여보게. 나는 이런 대장장이의 물건들을 절대로 사용하지 않네."

"대장장이에게 대부분의 일을 맡기는 사람들은 좀처럼 사지 않지요." 그 또래의 아이에게서 고려할 흥미가 없지 않은, 어느 정도의 막연한 지식을 나타내는 윙크를 그에게 보내면서 소년이 말했다. 하지만 그 윙크는 노인의 눈에도, 그리고 어느 모로 보나 그것이 의도된 대상자의 눈에도 뜨이지 않았다.

"자, 그러면……." 소년이 또다시 노인을 향해 말했다. "어르신의 여행자용 자물쇠를 오늘 밤 문에 설치하고, 어르신은 자신이 완전히 안전하다고 생각하실 거예요, 그렇죠?"

"그럴 거라고 생각하지, 얘야."

"하지만 창문은 어떤가요?"

"저런, 창문은! 이봐, 나는 그걸 생각해 본 적이 없네. 그것에 주의해야 하지."

"창문에 대해선 염려 마세요." 소년이 말했다. "그리고 명백한 신의를 걸고서, 여행자용 자물쇠에 대해서도요. (한 개를 판 것이 섭섭하지 않지만) 다만 이 작은 장난감 하나만 더 사주세요." 멜빵처럼 생긴 물건들을 몇 개 꺼내면서, 그것들을 노인 앞에 달랑거려 보였다. "전대(纏帶)요, 어르신, 단돈 50센트예요."

"전대라고? 이런 물건에 대한 소문을 전혀 들어 본 적이 없네."

"일종의 지갑이에요." 소년이 말했다. "단지 더 안전한 종류의 것이지요. 여행자들에겐 아주 좋은 것이에요."

"오오, 지갑. 하긴 나에겐 묘하게 생긴 지갑들처럼 보이는군. 지갑치고는 다소 길고 좁지 않은가?"

"어르신, 그것들은 허리 안쪽에 두릅니다." 소년이 말했다. "문이 열려 있든 잠겨 있든, 완전히 깨어 있든 어르신의 안락의자에 깊이 잠들어 있든, 전대가 털리는 일은 있을 수가 없어요."

"알겠네, 알겠어. 누구의 전대를 트는 것은 어려울 거야. 그런데 나는 오늘 미시시피강이 소매치기들에게 벌이가 안 되는 강이라는 말을 들었어. 그것들은 값이 얼마인가?"

"단돈 50센트예요, 어르신."

"한 개 사겠네. 자!"

"고마워요. 그런데 어르신께 드릴 선물이 있어요." 그 말과 함께 그의 품에서 한 묶음의 작은 문서들을 꺼내더니, 그는 그중 하나를 노인 앞에 던져 주었고, 노인은 그것을 보면서 '모조품 탐지기'라고 읽었다.

"매우 좋은 건데요." 소년이 말했다. "75센트어치를 거래하는 나의 모든 고객들에게 그것을 드려요. 그분들에게 최고의 선물이 될 수 있어요. 전대를 하나 드릴까요, 손님?" 이번엔 세계주의자를 향하여 말했다.

"미안하네, 여보게. 하지만 나는 그런 종류의 물건을 한 번도 사용한 적이 없네. 나는 내 돈을 헐렁하게 지니고 다니네."

"느슨한 미끼는 나쁘지 않죠." 소년이 말했다. "거짓말을 조사해 보라, 그리고 진실을 찾아내라. '모조품 탐지기'에 대해서도 관심 없죠, 그렇죠? 또는 바람이 동풍이라고 생각하세요?"

"애야." 노인이 다소 근심스럽게 말했다. "더 이상 자지 않고 있으면 안 돼. 그건 너의 정신 건강을 해쳐. 그래, 그래, 가서 잠을 자게."

"몇 사람의 지혜에 의존할 수 있으면 그럴 텐데." 소년이 말했다. "하지만 널빤지가 딱딱해요, 아시다시피."

"가라, 아이야, 가라, 가!"

"네, 아이야, 네, 네." 소년이 익살맞게 흉내 내며 말하고, 작별 인사로서, 마치 5월에 장난이 심한 수사슴이 풀밭에서 그의 발굽을 뒤로 문지르듯이, 그는 양탄자에 짜 넣은 꽃무늬들에 그의 딱딱한 발을 뒤로 문질러 댔고, 그런 다음 그의 나머지 낡은 옷처럼, 궁핍한 시기 덕택에 어른이 쓰다 버린 중산모였는데, 그가 도저히 경험할 수 없는 것은 아니지만 그의 연배에는 해당하지 않는 소유물인 그의 모자를 재빠르게 휘두르고는 돌아서서, 카피르족* 청년 같은 태도로 그 장소를 떠났다.

"저 애는 이상한 소년이군." 그의 뒤를 지켜보면서 노인이 말했다. "그

---

* Caffre = Kaffir: 남아프리카 반투(Bantu)족의 하나로, 키가 크고 체격이 좋고, 맹수 사냥에 용맹성을 발휘함.

의 어머니가 누구인지, 그리고 그녀는 그가 얼마나 늦게 자고 늦게 일어나는지 알고 있을까?"

"아마……." 상대방이 말했다. "그의 어머니는 모르고 있을 것입니다. 하지만 기억하신다면, 어르신, 그 소년이 그의 문짝으로 어르신의 말을 중도에 방해했을 때, 어르신은 무언가를 말하고 있었습니다."

"정말 그랬었소. 그런데……." 우선 그가 산 물건들은 염두에 두지 않고, "이런, 그게 뭐였지? 내가 말하고 있던 것이 뭐였지? 당신은 기억하오?"

"완벽하게는 아니지만, 어르신, 내가 틀리지 않다면 그건 뭔가 다음과 같은 것이었는데, 어르신은 인간을 불신하지 않기를 바랐고, 그 이유는 그것이 창조주에 대한 불신을 뜻할 것이기 때문이었습니다."

"그래, 뭔가 그와 같은 것이었소." 자동적으로 그가 산 물건들에 이제야 우둔하게 시선을 주면서 말했다.

"글쎄요, 오늘 밤 어르신의 전대 속에 당신의 돈을 넣어 두시렵니까?"

"그게 최선이오, 그렇죠?" 약간 움찔하며, "조심하는 데 늦는 법은 없소. '소매치기 조심'이 온 배 안에 붙어 있소."

"그렇습니다, 그리고 그것들을 거기에 붙인 것은 '시라크의 아들'이거나, 어떤 다른 병적인 냉소가였음에 틀림없습니다. 하지만 그것은 적절치 않습니다. 당신께서 그것에 관심을 가지고 있으므로, 바라건대 어르신, 내가 어르신을 도와 은밀하게 전대를 채워 드리겠습니다. 우리는 그것으로 안전함을 보장받을 수 있다고 생각합니다."

"오, 아니, 아니, 아니오!" 노인이 혼란 상태로 말했다. "아니, 아니오, 절대로 당신에게 폐를 끼치지 않겠소." 그러고 나서 신경질적으로 전대를 둘둘 말면서, "그리고 또한 당신 앞에서 실례가 될 테니 그걸 하진 않겠소. 하지만 그것이 생각나서 말인데……." 잠깐 멈춘 후에, 그의 조끼 주머니의 외진 구석에서 작은 뭉치를 조심스럽게 꺼내면서, "어제 세인트루이스에서 받은 지폐 두 장이 여기 있소. 물론 그것들은 틀림없겠지만, 단지 시간을 보내기 위해서 그것들을 여기 있는 '탐지기'로 비교 검토하겠소. 나에게 이러한 선물을 주다니, 축복받은 소년이오. 공공의 은인이오, 그 어린 소년은!"

'탐지기'를 테이블 위 그의 앞에 정면으로 놓고서, 그는 어딘지 한 쌍의 범죄인들의 목덜미를 잡아 법정으로 끌고 오는 관리를 연상케 하는 태도로, '탐지기'의 맞은편에 그 두 장의 지폐를 놓고 그것들에 대해서, 약간의 시간이 걸리는 적지 않은 조사와 감시가 함께 수행되는 검사를 시작했고, 오른손의 집게손가락은 그것이 어느 쪽으로 간다 할지라도, 증거를 찾아내고 지적하는 면에서 변호사 같은 효능을 발휘했다.

잠시 그를 지켜본 후에, 세계주의자는 격식을 차린 음성으로 말했다. "그래서 판결은 무엇입니까, 배심원장님, 유죄입니까, 무죄입니까? 무죄지요, 그렇죠?"

"모르겠소, 모르겠소." 노인이 어찌할 바를 모르며 대꾸했다. "매우 많은 온갖 종류의 결정 기준들이 있는데, 그것이 상황을 다소 불확실하게 만들어요. 자, 여기에 이 지폐가 있는데……." 한 장을 만지면서, "'빅스버그 신용 보험 은행' 발행의 3달러 지폐로 보이는데, 그런데 '탐지기'에 쓰여 있기로는……."

"그렇지만 어째서 거기에 쓰여 있는 것을 신경 씁니까? 신용과 보험! 더 이상 무엇을 갖고자 합니까?"

"설마요, 하지만 '탐지기'에는, 그중에서도 특히, 만일 양화(良貨)라면, 종이의 재질 속으로 여기저기 농축된 작고 일정하지 않은 붉은 반점들을 가지고 있어야 한다고 쓰여 있고, 그것들은 제지업자의 큰 통 속에서 골고루 뒤섞여진 붉은 비단 손수건의 보풀에 의해서 만들어지므로, 일종의 명주 같은 촉감을 가져야 한다고 쓰여 있소. 그 종이는 회사용으로 주문해서 만드는 것이어서요."

"글쎄, 그런데요……."

"가만. 하지만 또 암호는 반드시 믿을 수는 없는데, 왜냐하면 일부의 양화들은 너무 낡아서, 그 붉은 자국들이 문질러 지워지기 때문이라고 덧붙이고 있소. 그리고 바로 그것이 여기에 있는 내 지폐와 관련된 일이고, 얼마나 오래된 것인지 보시오, 그렇지 않으면 그것은 가짜요. 그렇지 않으면…… 난 정확히 몰라요. 그렇지 않으면…… 아이구, 저런, 달리 무엇을 생각해야 할지 모르겠소."

"얼마나 많은 골칫거리를 저 '탐지기'가 지금 당신한테 만들어 주는지, 정말로 그 지폐는 진짜입니다. 그렇게 의심하지 마십시오. 내가 늘 생각했던 것, 즉 오늘날 대부분의 신뢰의 결여는 모든 책상과 계산대 위에서 누구나 보는 이 '모조품 탐지기' 때문이라는 것을 증명합니다. 사람들을 부추겨서 진짜 지폐를 의심쩍게 여기게 합니다. 오직 그것이 당신에게 일어나는 걱정이라면, 그것을 버리시길 바랍니다."

"아니오, 성가시지만 나는 그것을 간직할 작정이오. 가만, 한데 여기 또 하나의 암호가 있소. 그것은, 그 지폐가 진짜면, 한쪽 구석에 덩굴무늬와 함께 섞어 넣은 대단히 작은, 정말 거의 현미경으로만 볼 수 있는, 그리고 예방 조치로서 그것에 주의를 기울이지 않으면 확대한다 할지라도 식별 불가능한, 나무로 윤곽을 그린 나폴레옹의 모습 같은 거위의 형상을 가지고 있어야 한다고 쓰여 있소. 한데, 내가 아무리 자세히 본다 할지라도, 나는 그 거위를 볼 수 없소."

"거위를 볼 수 없어요? 이런, 나는 볼 수 있습니다. 그리고 그건 유명한 거위입니다. 저기." (손을 뻗쳐 덩굴무늬 속에 한 점을 가리키면서.)

"나한텐 그것이 안 보여. 저런, 나에겐 안 보여. 그건 진짜 거위요?"

"완벽한 거위, 아름다운 거위입니다."

"아이고, 아이고, 나는 그것이 안 보여."

"그러면 저 '탐지기'를 버리십시오. 다시 말하는데, 그건 당신을 반소경으로 만들 뿐입니다. 그것이 당신을 얼마나 비상식적인 기대로 이끌어 넣었는지 모르십니까? 그 지폐는 진짜입니다. 그 '탐지기'를 버리세요."

"아니오, 그건 내가 기대한 만큼 만족스럽진 않소만, 나는 이 다른 지폐를 검사해야 하오."

"좋으실 대로, 하지만 나는 양심에 거리껴서 더 이상 당신을 도와 드릴 수 없고요. 바라건대, 그러면 실례합니다."

그래서 노인은 무척 고심하며 혼자 그의 일을 다시 시작했는데, 세계주의자는 그가 하는 대로 내버려 두기 위해서, 그의 독서를 다시 시작했다. 드디어 노인은 그가 착수한 일을 가망 없는 것으로 여겨 포기해 버렸고, 또다시 한가해졌으므로, 세계주의자는 그의 앞에 놓인 책에 대하여 그에게 몇 가지 흥미 있는 말을 진지하게 건넸고, 얼마 안 있어 점점 더 심각해지면서, 테이블 위에서 그 큰 책을 뒤집어엎어 놓고, 그것을 그 배에 기증한 협회의 이름이 찍혀 있는 빛깔이 바랜 금박 제명의 자취를 간신히 밝혀 내면서 말했다. "아, 어르신, 모든 사람이 이러한 책이 공공장소에 있다는 생각에 만족해야 하지만, 그래도 그 만족감을 감소시키는 것이 있습니다. 이 책을 보십시오, 외관상으론 수하물 임시 보관소의 여느 헌 여행용 손가방처럼 오래 써서 낡았는데, 내부는 봉오리 진 백합의 고갱이처럼 하얗고 깨끗합니다."

"정말 그래, 정말 그래요." 노인이 처음으로 그의 주의를 주변 상황에 기울이면서 애처롭게 말했다.

"또한 이번이 처음이 아닙니다." 상대방이 계속해서 말했다. "내가 이 공용 성서들을 배와 호텔들에서 목격한 것이 말입니다. 모두 이것과 대동

소이한데, 겉은 낡았고 속은 새것입니다. 정확하게, 이것이 아무리 오래된 것이라 할지라도, 진실의 최선의 증거인 내적 신선미의 특징을 적절히 나타내지만, 한편으로 그것은 여행하는 대중의 마음속에 좋은 책의 평가를 기대하는 만큼 만족스럽게 대변하지 못합니다. 내가 잘못 알고 있는지도 모르지만, 여행하는 일반 사람들이 그것을 더 많이 신뢰한다면, 아마도 그렇게 되지 않을 것처럼 보입니다."

'탐지기' 위로 몸을 굽히고 몰두했을 때와는 매우 다른 표정으로, 노인은 잠시 그의 말동무의 말을 곰곰이 생각해 보며 앉아 있었고, 마침내 매우 기뻐하는 얼굴을 하고 말했다. "그런데도 모든 사람들 중에서 여행하는 일반 사람들은, 이 책에서 알려지게 되는 바로 그 보호를 가장 많이 신뢰할 필요가 있소."

"그렇습니다, 그렇습니다." 상대방이 생각에 잠겨 찬성했다.

"그리고 누구나 사람들이 그러길 원하고, 기꺼이 그럴 것이라고 생각할 거요." 노인이 흥분하며 계속해서 말했다. "왜냐하면, 우리가 이 세상을 두루 돌아다니다가, 우리가 우리 자신을 보호할 수 없을 때, 우리를 차별 없이 보호할 수 있고 기꺼이 보호하는 그 '신적인 존재'를 신뢰하면서, 어떤 뜻밖의 경보에도 전혀 놀랄 필요가 없고, 어떤 뜻밖의 위험에도 전혀 대비할 필요가 없다고 느끼니, 불가피한 것 못지않게 얼마나 유쾌하냔 말이오."

그의 태도는 세계주의자의 마음속에 무언가 그것에 상응하는 것을 일으켰고, 그는 그를 향해 상체를 구부리면서 애처롭게 말했다. "이것은 여행자들이 서로 토론하는 일이 드문 주제이지만, 그래도 어르신에게, 제가 어르신의 안전을 어느 정도 보장한다는 것을 말하겠습니다. 나는 세상을 많이 돌아다녔고, 아직도 그러길 계속하고 있는데, 그렇지만 이 나라에서, 그리고 특히 이 지방에서지만, 사람을 약간 염려하게 만들기에 적합한 몇 가지 이야기들이 기선과 철도에 대해서 전해지고 있는데도, 하지만 눈에 안 보이는 순찰로 전반적으로 무언의 활동을 전개하고, 우리가 깊이 잠들어 있을 때 가장 방심하지 않고 경계하며, 그들의 순찰 구역은 도시들 못지않게 삼림 지대들을 통해서, 대로들 못지않게 강들을 따라서 펼쳐져 있는 '자경 위원회'를, 어르신과 함께 저는 신뢰하므로, 아무리 때때로 일시적으로 불안해한다 할지라도, 육로로든 해로로든, 나는 결코 심각하게 불안해지지는 않는다고 말할 수 있습니다. 요컨대, '주님께서 너의 의지가 되실 것이니'*라고 말하는 성경의 구절을 나는 결코 잊지 않습니다. 이 확신을 갖지 못하는 여행자는, 참으로 괴로운 불안을 틀림없이 가지고 있을 것이고, 아니 그는 참으로 헛된, 근시안적인 몸조심을 하고 있는 것이 틀림없습니다."

"바로 그렇소." 노인이 낮은 목소리로 말했다.

"내가 어르신께 올바르게 읽어 주어야 할……." 상대방이 또다시 그 책을 손에 쥐면서 말을 계속했다. "한 장(章)이 있습니다. 하지만 이 등불이, 사실(私室)에서 쓰는 등불이지만, 불빛이 희미해지기 시작합니다."

"정말 그래, 정말 그래요." 노인이 바뀐 태도로 말했다. "저런, 틀림없이 밤이 매우 늦었을 거요. 나는 자야 해요, 자야 해! 그런데……."

노인이 일어서면서, 처음엔 걸상과 긴 의자들을, 그리고 다음엔 양탄자를 생각에 잠겨 둘러보면서, "그런데, 그런데, 내가 뭔가 잊은 것이 있어요. 무얼 잊었냐고요? 내가 희미하게 기억하는 뭔가 그런 것, 무언가를, 내 아들이, 걔는 꼼꼼한 친군데, 오늘 아침, 바로 오늘 아침에 출발할 때 나한테 말했어요. 뭔가 주의할 것, 그것은 내가 침대에 눕기 전의 무엇인가였소. 그게 무엇이었을까? 안전을 위한 어떤 것이었소. 아, 나의 빈약

---

* 「잠언」 3장 26절.

하고 노쇠한 기억력 같으니!

"내가 약간 추측을 해보겠습니다, 어르신. 구명 기구요?"

"정말 그거였소. 그가 내 선실 안에 구명 기구가 있는지를 꼭 확인하라고 나에게 말했고, 또한 배에서도 그것들을 지급한다고 말했소. 한데 그것들은 어디 있소? 내 눈엔 아무것도 보이지 않는데. 그것들은 어떻게 생겼소?"

"그것들은 틀림없이 약간 이것과 비슷할 것입니다, 어르신." 아래에 둥글게 굽은 주석 칸막이가 달린 갈색 걸상을 들어 올리면서, "예, 이것이 구명 기구이겠지요, 어르신. 그리고 나 자신이 그것들을 전혀 사용한 적이 없으면서, 이런 것들에 대해서 감히 많이 안다고 하진 못하지만, 참 좋은 것이군요."

"이런, 정말, 그런데! 누가 그걸 생각했을까? 저것이 구명 기구라고? 저건 내가 앉아 있던 바로 그 걸상이오, 그렇죠?"

"그렇습니다. 자기가 자신의 생명을 지키고 있지 않을 때에도, 사람의 생명은 지켜지고 있다는 것을 그것은 말해 줍니다. 실제로, 설령 배가 암초에 부딪쳐 암흑 속에서 침몰하면, 어르신, 여기에 있는 이 걸상들 가운데 어느 것이든 당신을 떠 있게 할 것입니다. 하지만, 어르신의 방 안에 한 개를 두고 싶어하시니까, 이것을 가져가십시오." 그것을 그에게 건네주면서 말했다. "나는 이것을 권해도 좋다고 생각하는데, 주석 부분이……." 그것을 그의 손가락 마디로 톡톡 두드리면서, "매우 완전한 것 같습니다. 정말로 아주 속이 빈 소리가 납니다."

"틀림없이 제법 갖추어진 거요, 그래도 혹시?" 그러고 나서 걱정스럽게 그의 안경을 쓰면서, 그는 그것을 꽤 면밀하게 철저히 검사했다. "납땜이 잘 됐나? 아주 단단한가?"

"아마 그렇겠지요, 어르신, 하긴 정말 내가 말했듯이, 이런 종류의 것을 나 자신이 한 번도 사용한 적이 없습니다. 그래도 조난을 당한 경우에는, 끝이 뾰족한 목재들을 막아 주는 저 걸상을 하나의 천우(天佑)로 신뢰할 수 있을 것이라고 생각합니다."

"그러면 잘 자요, 잘 자. 그리고 하느님이 우리 두 사람을 다 잘 지켜 주시기를 바라오."

"확실히 그럴 것입니다." 노인이 손에 전대를 들고, 겨드랑이에는 구명 기구를 끼고 서 있는 동안, 호의적으로 그를 주목하면서, "인간에 대해서처럼 하느님에 대해서도, 어르신과 나는 똑같이 신뢰하니까, 틀림없이 그럴 것입니다. 하지만, 이런, 우리는 여기 어둠 속에 남아 있습니다. 체! 악취 또한 대단하군."

"아, 이제 가야 해." 노인이 그의 앞을 응시하면서 큰 소리로 말했다. "내 선실로 가는 길은 어느 쪽이오?"

"내 눈은 좋지도 나쁘지도 않지만, 어르신을 배웅해 드리지요. 하지만 먼저 모든 사람들을 위해서 이 등불을 끄겠습니다."

다음 순간, 작아지던 불꽃이 아예 꺼졌고, 그와 동시에 (네 귀퉁이에) 뿔이 있는 제단의 약해진 불꽃들이 꺼지고, 길고 헐거운 겉옷을 걸친 남자의 이마 둘레에 이지러지던 후광이 스러지고, 한편 뒤이어 생긴 어둠 속에서 세계주의자는 친절하게 노인을 데리고 갔다. 더 이상의 어떤 일이 이 '가면무도회'에서 잇따라 일어날지도 모른다.

〈끝〉

‘사기꾼’은 미국 문학에서 가장 색다른 인물들 중의 하나이다. 〈모비딕〉에서 멜빌은 개인의 내적 갈등과 영혼과 환경 사이의 외적 갈등을 웅장하게 융합시켰다. 그의 다음 두 개의 주요 작품들에서, 그는 이 문제들을 따로따로 다루려고 시도했다. 〈피에르〉의 뒤얽힌 모호함에서 빠져나와, 멜빌은 지나치게 사적인 이야기에서 사회의 전경(全景)을 조망하는 단 하나의 마지막 시도를 향해서 창작의 방향을 바꾸었다.

〈사기꾼〉의 모든 독자는 인물과 주제의 규모가 현격하게 축소된 것에 충격을 받는다. 이제 비범한 주인공도, 바다를 지배하는 고래도, 문신을 한 야만인들도 없다.

〈사기꾼〉에서 경험하는 일은, 여객선상에서 소액의 현금을 사취하는 사기꾼의 사기 행각들로 엄격히 제한되어 있다. 하지만 그는 그의 사기 행각에 매번 속아 넘어가는 사람들로부터 ‘완전한 신뢰’를 요구하는데, 각각의 사기는 인간 타락의 한 전형이다. 소설은 하나의 ‘가면무도회’이고 승객들은 일단의 가면 무도자들이며, ‘서부의 위세당당하고 모든 것을 융합시키는 정신’에 의해서 계획되고 시도된, 1950년대 미국 사회에 대한 가공적이고, 변화무쌍하고, 다채로운 회화적 묘사이고 재현이며 하나의 풍속도이다.

세인트루이스에서 만우절 날(4월 1일) 사기꾼은 '피델르'호에 승선한다. 세시 풍속으로 사람을 속이면서 즐거워하는 특별한 날, 그가 '성실한'이란 뜻을 가진 이름의 여객선에 오른 것은 예사롭지 않은 설정이다. 그는 다양한 가면들을 착용하며, 승객들의 거의 면전에서 민첩한 솜씨로 여러 모습으로 변신하는, 포착하기 어려운 인물이다.

사기꾼은 그의 가면무도회(사기 행각)에서 다양한 가면들을 쓰는데, 맨먼저, 크림색 옷을 입은 벙어리가 그 여객선에 승선하여, 「코린토 1서」에서 인용한 구호들을 전시하면서 구호금을 구걸하고, 일부 승객들한테서 욕을 먹고 별 소득 없이 앞 갑판의 외진 곳으로 가서 잠든다. 독자들은 그를 다시 만나지 못하고, 다음은 '검둥이 기니'라는 앉은뱅이 흑인 거지를 목격하고, 그는 자신의 신분을 보증해 줄 수 있는 여덟 명의 신사들을 거명하는데, 목사가 그들을 찾으러 나서지만 아무 소득 없이 돌아왔을 때 '검둥이 기니'는 사라지고 없다.

여객선이 여러 부두와 선착장에 정박하는 동안 다양한 승객들이 내리거나 배에 오른다. 그리고 '검둥이 기니'가 언급한 사람들 대부분이 차례로 등장하는데, 상장(喪章)을 단 남자, '세미놀족 미망인과 고아 보호소'의 대리인, 흑여울 석탄 회사 사장이다. 그는 이번에는 우리의 눈앞에서 약초의가 되어, 어둠침침한 이민자들 방에선 '종합 진통 강장제'를 팔고, 객실에선 '사마리아인의 진통제'를 행상한다. 그 다음에 그는 행복을 낳는 '접골사'가 된다. 그는 또한 배에서 내리는 것처럼 보였다가, 다시 소년들의 취업을 알선하는 '철학적 직업소개소'의 직원으로 등장한다. 상장(喪章)을 단 남자가 되어 그는 사업가 승객에게 '흑여울 석탄 회사' 주식으로 대박을 터뜨릴 수 있다는 것을 내비치고, 약초의가 되어 그는 그 회사의 임원이 그 배에 타고 있다는 소문을 퍼뜨리고, 나중에 그는 남몰래 주식을 판다.

이 사기 행각들이 소설의 전반부를 차지한다. 잘 속는 각양각색의 사람들이, 때로는 마지못해 하며 사기꾼의 주장에 넘어가고, 그의 구걸, 그의 인디언 고아원, 그의 무한 변형 안락의자, 월가의 정신으로 추진하겠다는 전도 사업인 '세계 자선 기금'에 기부한다. 자연 요법 전문가의 생약은 고객들을 찾아내고, 구두쇠들이 특히 유혹에 쉽게 넘어간다.

때때로 사기꾼은 속는 사람들에게 여러 가지 이야기들을 해주거나, 그들이 자기 자신의 이야기들을 말하기도 한다. 우리는 잔인한 주부 고네릴, 뉴욕시 교도소에서의 행복한 병사, 그리고 나중에 인디언 증오자 머독 대령, 신사 광인 샤를르몽, 돈을 빌림으로써 몰락한 차이나 에스터의 이야기들을 듣는다. 이 가공 인물들은 논의의 대상이 되는데, 모든 경우에 사기꾼의 견해가 압도한다.

소설의 후반부에서 사기꾼은 여러 나라의 국민 복장들로 이루어진 이상야릇한 옷차림으로 등장한다. 이 세계주의자, '세계의 진정한 시민'은 신뢰, 대부, 그리고 우정에 관한 우열을 가리기 어려운 논쟁들에서, 냉혹하고 설득력이 없는 여러 인물들과 깊이 관련된다. 끝에 가서 그는 이발소에 들어가 이발사를 속여 외상으로 면도를 하는 데 성공하고, 객실에서 램프의 불을 끄고, 나이 많은 노인을 어둠 속으로 인도해서 데려간다.

〈사기꾼〉은 작가가 완성하려고 했지만 미완으로 끝난 작품이라고 말하기도 한다. "더 이상의 어떤 일이 이 '가면무도회'에서 잇따라 일어날지도 모른다"라는 마지막 문장은, 작가가 이야기를 더 첨가하거나 속편을 쓰려는 생각을 가졌음을 나타내는 것처럼 보인다. 그렇다 할지라도, 이 소설은 현재의 형태로 충분히 만족스럽다. 작가가 그 주제를 참고 견딜 수 없게 만든 혐오와 환멸의 밑바닥에 이르렀기 때문에, 그가 〈사기꾼〉을 중도에 갑자기 중단했다고 상상할 근거는 아무것도 없다.

정말로, 〈사기꾼〉은 현실에서 느낀 환멸을 가차 없이 고발하는 소설이다. 하지만 작가는 새로운 문체를 완성하면서, 그가 묘사하는 풍속도에서 혐오에 못지않은 즐거움을 찾아낸 경쾌하고, 박력 있고, 예리한 통찰력을 발휘한다. 〈사기꾼〉은 미국 남북 전쟁(1861-65)이 일어나기 직전, 1850년 대의 미국 사회를 다양한 각도에서 풍자적으로 통찰하고 재현한 허구적 가면무도회이다.

8월 1일, 뉴욕시에서 부친 앨런 멜빌과 모친 마리아 갠스보트 멜빌의 여덟 명의 자녀들 중 셋째로 태어남.	1819
부친의 수입업이 실패하고, 가족이 뉴욕주 올버니로 이사함. 10월 15일, 올버니 아카데미에 입학하여, 부친이 사망할 때까지 재학함.	1830
1월 28일, 부친 앨런 멜빌이 사망하고, 많은 부채를 남김.	1832
은행 서기, 매사추세츠주 피츠필드의 삼촌 농장 도우미, 그리고 외사촌 갠스보트의 모피 공장과 가게 조수로 일함. 올버니 고전학교에 입학(1835).	1832-1837
5월, 멜빌 가족은 올버니에서 강을 건너 뉴욕주 랜싱버그로 이사함. 랜싱버그 아카데미에서 측량술을 공부함.	1838
6월 5일, 뉴욕과 리버풀 사이를 정기적으로 왕복하는 우편선 세인트로렌스호에 최초로 사환으로 취업하여 출항했다가, 10월 1일 귀환. 뉴욕주 그린부쉬에서 교편 생활.	1839

뉴욕주 브런즈윅에서 대리 교사로 잠시 근무함. 앨리 제임스 플라이와 함께 여행하여 일리노이주 걸리너로 삼촌 토마스를 방문함.	1840	
1월 3일, 매사추세츠주 페어헤이븐(뉴 베드포드항)에서 남태평양으로 가는 포경선 어쿠시네트호에 선원으로 승선하여 출항함.	1841	
6월 9일, 마르퀴즈 제도의 누쿠 히바에서 리처드 T.그린과 함께 포경선에서 탈주함. 추측건대 타이피 계곡의 식인종 원주민들 틈에서 한 달을 보낸 후에, 8월 9일, 오스트레일리아 포경선 루시앤호의 승무원들과 만나 탈출함. 다른 승무원들과 함께 타히티에 상륙하여 항명죄로 고발당해 잠시 연금됨.	1842	
5월에서 8월까지 하와이 제도의 마우이섬과 호놀룰루섬에서 보냄. 8월 17일, 정규 수병으로 미국 해군에 입대하고, 전함 U.S.S.호에 승선하여 귀환.	1843	
10월 14일, 보스턴에서 해군 제대하여 랜싱버그로 돌아옴. 그해 겨울에 그의 남태평양 모험 이야기의 집필에 들어감.	1844	
런던 주재 미공사관의 사무관인 그의 외사촌 갠스보트가 원고를 출판업자 존 머리에게 보여 주었고, 그가 〈타이피〉를 출간함. 「토비의 이야기」가 발표되고, 나중에 에필로그로 책에 추가됨. 뉴욕판이 곧이어 나왔음.	1846	타이피
연초에 〈오무〉 출간. 8월 4일, 전업 작가의 포부를 가지고, 매사추세츠 주법원장 레뮤엘 쇼의 딸 엘리자베스와 결혼하여 뉴욕에 정착함.	1847	오무
2월 16일, 아들 맬컴 태어남. 〈마디〉와 〈레드번〉이 출간됨. 10월 11일, 〈화이트 재킷〉의 출판을 준비하기 위해서 유럽 여행을 떠남.	1849	마디 레드번

〈화이트 재킷〉이 출간됨. 매사추세츠주 피츠필드로 이사하여 애로우-헤드 농장을 구입하고, 거기서 취미로 농사짓는 농부이자 작가로 정착함. 당시에 가까운 레녹스에 살고 있던 너대니얼 호손과 만나며 두터운 교분을 다지고 문학적으로 많은 영향을 받음. 호손의 단편집 〈오래된 목사관의 이끼〉에 대한 열렬한 서평을 씀.	1850 화이트 재킷
〈모비딕〉 출간. 10월 22일, 아들 스탠윅스 태어남.	1851 모비딕
〈피에르〉 출간.	1852 피에르
5월 22일, 딸 엘리자베스 태어남. 영사직 임명을 받기 위해 노력했으나 성공하지 못함. 하퍼 앤드 브라더즈 출판사의 대화재로 그의 작품들의 많은 재고가 소실됨.	1853.
월간 문예지 「퍼트넘즈」지와 「하퍼즈」지에 단편소설과 소품들을 게재함.	1853-1856
〈이스라엘 포터〉가 「퍼트넘즈」지에 연재된 후에 단행본으로 출간됨. 3월 2일, 딸 프랜시스 태어남.	1855 이스라엘 포터
단편집 〈피아자 이야기〉가 출간됨. 10월 11일, 뉴욕을 떠나 이듬해 5월 30일까지 유럽과 근동의 성지를 여행함.	1856 피아자 이야기
소설 〈사기꾼〉이 출간됨.	1857 사기꾼
강연을 통해 돈을 벌었으나 크게 성공적이진 못함. 강연 주제는 '로마의 조상(彫像)', '남태평양', '여행'이었음. 1859년쯤에 시를 쓰기 시작함.	1857-1860
동생 토마스가 지휘하는 쾌속 범선 미티어호에 승선하여 항해함. 샌프란시스코에서 하선하여, 파나마를 경유해서 귀향함.	1860
동생 앨런과 서로 집을 맞바꿔, 피츠필드에서 뉴욕시로 이사.	1863

남북 전쟁 중에 쓴 시들을 모아 시집 〈배틀-피이시즈(戰爭詩)〉를 출간함. 그중 일부는 이전에 「하퍼즈」지(誌)에 게재된 것임. 10월 5일, 뉴욕항의 세관 검사관에 임명됨.	1866	배틀-피이시즈
9월 11일, 장남 맬컴이 18세의 나이에 총격으로 사망한 것이 발견되었으나, 정황으로 보아 자살한 것이 분명함.	1867	
20년 전 그의 근동 성지 순례 여행에 기초한 철학적 서사시 〈클레럴〉이 출간됨.	1876	클레럴
12월 31일, 세관 검사관직을 사임함.	1885	
둘째 아들 스탠윅스가 샌프란시스코의 병원에서 병사함.	1886	
버뮤다로 짧은 휴가 항해를 함. 〈존 마아와 그 밖의 선원들〉이 출간됨.	1888	존 마아와 그 밖의 선원들
마지막 시집 〈티몰레온〉이 출간됨. 72세의 나이로 9월 28일 사망.	1891	티몰레온
소설 〈빌리 버드〉가 유작으로 출간됨.	1924	빌리 버드